CBD风流志

姜立涵 著

作家出版社

主要人物表（按出场顺序）

中文名	英文名	职务	关系
许世斌	—	律师	北京人，曾在金达律所实习，许家祺在北京的本地朋友
蔡庆杰	Richard Choi	BGC（亚太）业务主管	四十岁，香港人
许家祺	Clinton Hsui	BGC（中国）投行部 副总裁	1978 年生，香港人，2006 年派驻北京
—	Maggie	香港某事务所 会计师	许家祺在香港的女友
刘定坤	David Liu	BGC（中国）投行部 董事	天津人，投行部北京办公室元老，2007 年由副总裁升任董事
—	Stephen	BGC（中国）投行部 高级经理	香港人，2006 年同许家祺一起派驻北京
—	May	BGC（中国）投行部 助理副总裁	广州人，负责后台事务，北京办公室元老
陈子城	—	大成集团 执行董事	1978 年生，广州人，许家祺剑桥同学，多年好友，大成集团董事长陈大成长子
程 蔚	Eric Cheng	BGC（中国）全球商业地产投资部 董事总经理 中国业务主管	1972 年生，早年清华建筑系毕业，在美读书工作数年后，派回国内
童 谣	Elaine Tong	BGC（中国）全球商业地产投资部 经理	1981 年生，伦敦大学金融专业毕业后加入 BGC
—	Amy	BGC（中国）全球商业地产投资部 行政主管	
李 艾	—	金达律师事务所 房地产部 高级律师	1982 年生，北京人，童谣的大学本科同学
大 周	—	金达律师事务所 房地产部 律师助理	李艾的助理
陈大成	—	大成集团 董事长	五十五岁
伍 迪	—	东莞公安局 警察	李艾大学时代的暧昧男友
李 昂	Leon	BGC（中国）全球商业地产投资部 高级经理	日本留学回国
—	Vivian	BGC（中国）全球商业地产投资部 分析师	
李君凡	Jay	某家族投资公司 高管	韩国人，李艾的男友
邱 媚	—	大成集团 营销中心 销售	
林松杉	—	金达律师事务所 房地产部 律师	北大法学院毕业后留学美国，李艾的同事
吴清明	—	重庆卿城开发项目 总经理	
—	Jack Liang	BGC（中国）全球商业地产投资部 分析师	美籍华人，自幼赴美读书生活，加州伯克利大学金融工程专业毕业后回到北京
季 红	—	大成集团 投资者关系总监	美国哥伦比亚大学 MBA，回国后被大成集团高薪聘请

目录
contents

代序·留住我们的记忆

我的朋友立涵请我帮她的小说写点东西，理由一是我们算大同行，都在资本市场上摸爬滚打；二是我们是朋友，彼此比较了解。于是乎我忐忑不安地接下了这个活儿，抱着厚厚的四十万字文稿回了家。接下来我几乎用了大半天时间，一口气把这部书读完了。掩卷之余，真的是感慨良多。

为什么说忐忑不安呢？因为我从未为别人写过类似的文章。对于我这种整天看各种分析报告，整天与数据分析和各种各样模型打交道，整天开着各种各样投委会、项目分析会、董事会的人来说，能在飞机上抽空看看闲书，已属奢侈消费。青年时的文学梦早已被现实的操劳击碎，文学已是好遥远的回忆了。

看完这部书，我不由对作者大大地敬佩。年纪轻轻的她，居然能把职场的风风雨雨与人生的起起伏伏、悲欢离合如此巧妙地放在一起，演绎开来，实属不易。一边是残酷的资本市场上血淋淋的竞争，胜者大快朵颐，败者饥肠辘辘；一边是化骨的温柔与缠绵，爱恨情仇交替不已，新人笑伴旧人哭，泪洒江天。所有的一切同时在2008年这个难忘的时段发生，所有的鼎盛辉煌，所有的刻骨铭心，也同时在这个难忘的时段随着金融风暴的发生，归于平淡。一幅展开的人生画卷，不论是属于其中的人中龙凤，如投行男女，律师大侠，地产大鳄，还是饱受煎熬，阅历沧桑的售房女郎，酒吧小妹，万分之一的精英与万分之九千九百九十九的平凡人，他们的命运都曾随着2008年汶川大地震的发生，奥运会的成功召开，显得有声有色，别样精致。而2008年的金融风暴，又把这幅画卷悄然收拢，留给我们无限的唏嘘和感叹。

以资本市场，特别是国际上著名投资银行在中国的活动为主轴和背景的职场言情小说，我是第一次读到。这类小说不太好写，一个重要的原因是这个行业比较神秘。尽管过去二十年来，全球主要的投资银行和投资基金都已陆陆续续进入中国，把中国搅得沸沸扬扬，悲喜交加，但对绝大多数中国人来讲，国际投资银行的一切活动离他们手到足到的生活还是太过遥远。在中国成千上万的股民心中，他们是天使加魔鬼；在中国同行看来，他们是导师、榜样和对手。似乎国际投行的男男女女们，拿着高薪，享受着奢华，魔术般地变出财富，梦幻般地成就着一堆又一堆富豪，因此对他们只有羡慕嫉妒恨。民粹主义加民族主义的情感让贫富差距日益加大的中国人甚至产生了越来越多的疑问：阴谋还是阳谋？商业还是政治？这些问题在大多数中国人心中挥之不去，召之即来。

这部小说虽然没有从更大的背景和更深的层次解答这些疑问，但至少从一个平面上，向所有中国的读者展示了国际投行的活动和投行男女的生活。他们能过上百分之九十九的中国人都可望而不可及的生活，是因为他们接受过最好的教育。他们工作十分勤奋，他们拥有了在全球各个市场进行选择的能力和渠道。在中国崛起的过程中，他们扮演着中国与外部资本市场沟通中间人的角色，把中国企业的价值展现给全球主要投资人。他们同时也分享了中国经济高速成长与中国利益全球化带来的红利。他们是精英，同样也有挚爱和愤怒；他们是幸运儿，同样也有失落与郁闷；他们享受着奢华，同样也在努力打拼，熬更守夜。他们知道如何与市场风险搏击中寻求最大利润，却并不能减低他们人生的风险。当全球金融风暴到来时，一大批投行的从业者，同样沮丧无比地离开办公室，离开他们熟悉的职场，加入到失业者的行列。"人前贵，背后累"这个法则对所有人都适用。

这部小说另一条人物线索是以童依兰、邱媚为主展开的。从西北小城的一对姊妹花的友谊，写到了80后中国青年人的生活。80后的中国青年已经是这个国家的骨干，他们大多是独生子女。他们的青春是在中国经济高速增长、中国社会剧烈变化、社会结构重塑的时期渡过的。他们从小接受了父母、祖父母、外祖父母无限的爱，可一旦迈入社会却发觉世界并不以他们为中心，亲人的爱并不能抵消外边世界的冷漠与无情。望子成龙的父母，往往已成为他们最大的牵挂和无形的压力。他们透过信息的天窗，看到了世界上还有很多的美好与丑恶；他们来不及适应竞争与孤独，却首先必须面对房价、物价飞速上涨的压力。童依兰代表了他们中万分之一的幸运儿，而邱媚是绝大多数普罗大众的缩影。他们的命运起点相似，一旦面对选择和竞争，他们的命运就各有不同。看到邱媚和小峰因为招惹流氓地痞，因为缺乏法律的知识和武器保护自己，不得不浪迹天涯，流落异乡，美丽的凤凰变成生计艰难的餐馆服务员、酒吧女、售楼小姐时，不禁让人心中隐隐作痛。好在她有朋友，有同怀情谊的姐妹的支持，她才有了新的开始。可当子城的爱情降落到她身上时，又不禁让人担心，她会幸福吗？邱媚之于丫丫，是相似个体的不同侧面。她们都在为幸福生活而努力，她们都希望一份爱情一场婚姻改变她们落魄的命运，可在这样一个充满了变数的世界里，她们能成功吗？在物欲横流的世界里，爱情已经成为了奢侈品，购买奢侈品是需要大本钱的啊。

2008年是令人难忘的一年。中国人经历了年初的冰雪灾难，承受了汶川大地震的痛苦，目睹了北京奥运会的盛况，也与全世界的人们一起，感受了金融风暴的威力。所有的大喜大悲，所有善良本质，所有的自尊自信，都在这短短三百六十五天大爆发。选择这个特别的时间作为背景，选择这样强烈的刺激来唤醒我们深处的思想，让我深深地体会到了作者的用心。从小人物的命运中触摸大时代的脉动，这是文学的魅力。这种魅力让我们留下了特殊的记忆，包括全部的情感和不可捉摸的命运，这些都会成为我们精神的财富。

作者对语言的运用非常娴熟，在如何衔接两条线索人物的命运方面，还略嫌青涩；对大时代的把握比较到位，对职场生涯的描述生动可信，因为她和我有共同的经历，但处理小说的结尾部分略显仓促，也许她认为留下想象的空间会让读者更加回味吧。

感谢作者，让我们一起把2008年的中国留在心中了。

付山

2013年3月18日

引 子

伦敦奥运会落下了帷幕，才想起来北京奥运会过去四年了，快得让人有点反应不过来。

关于那一年，你还记得多少？年初的冰雪灾，3月"藏独"，5月大地震，8月奥运会，9月金融危机，似乎就没消停的时候。那一年赚了我们太多的眼泪和感动，谁都真实地跟着哭过、笑过、激动过。这些大事里，最具影响的要数金融危机。朋友圈里，因为金融危机直接或间接失业、减薪、不发年终奖、不按时提职的大有人在。除此之外，在股市和楼市上头破血流的更是屡见不鲜。2008年1月，上证5260点开盘，到12月最后一个交易日，只剩下1820点，年跌幅65%，市值蒸发20万亿，是中国股市有史以来最惨痛的一年。老百姓看着鸟巢上空反复升起的五星红旗热泪盈眶，一回身儿，多少安居乐业的梦想破碎得稀里哗啦。奥运之后，气候似乎有所好转，可依然保持着每周有那么几天看不到西山；车号限行之后，交通似乎有所改善，可能开的那六天依然堵得严严实实。可见，我们的生活还有许多需要改善，离我们的梦想还太远太远⋯⋯

那个让人留恋又感慨的2008年，那个登峰造极的戊子年。

2008年最后一天，我和一帮朋友在三里屯等待新年，说起来就像是眼前的事。街对面新开的Village灯火通明，落满了灰的圣诞树苍郁挺拔，红男绿女们吸着鼻涕围着广场拍照留念。街上的老外快比中国人还多，甭管长成什么样，也甭管来自第几世界，见妞就敢泡。那英语比我还烂呢，上去就跟人比划：drink, drink, buy your drink？（喝酒吗？请你喝酒？）白谁准可呢！咱北京的姑娘们也是见过世面的！我懒得往窗外看，酒吧里更是热闹非凡，挨着坐说话都得贴耳朵上喊。小舞台上一会来俩唱歌的，一会来个跳钢管舞的，好歹是元旦，大家也都吆喝捧场。资本主义奢侈荒淫的生活作风，我们也彻底体察并批判过了。刚过10点，各种问候短信就缤纷而至，原创的，转载的，温情的，调侃的，要不说中华文化博大精深，光从节日短信上就能看出端倪。老外们过来过去也就一句happy new year，还是中国人有智慧，结合2009年的生肖特色，都改Happy牛Year啦！

我这人没别的优点，就是朋友特别多！多到有时我都搞不清楚谁是谁。刚接一电话，一个广东口音的男人，上来就管我叫小斌，给我酸的，我妈不这么叫我都好几年了，弄得我丈二和尚摸不着头脑。跟他一边客套一边在记忆库里搜索，这是哪位高人呢？他看我想不起，也稳住就是不说自己是哪个，还埋怨我记性不好。我从张总猜到李总，他总哈哈笑着说不对。我心里有点谱了，问他咱是在广东见过吗，他说是啊是啊，你再想想。我装作恍然大悟的样子：哦，想起来了，是在广州市局吧，你保你二大爷时在我这签的单子哪！这怎么能忘呢！我说你怎么还用这号啊，等你再进来，可没人给你签字了啊！对方"啪"一声挂了电话。骗子们大过节的还加班，真敬业，我嘀咕一声。挂了电话，发现有好几个未接，其中有个显示"Clinton"。这是我手机里硕果仅存的几个洋名，是我一哥们，人如其名，牛！

不待犹豫，我立刻忽视其他未接，先给他回了过去："在哪呢？""Westin（威斯汀酒店）。下午刚回来。""我靠，我说你丫都失业了还摆什么谱啊。不住带星的你是不是睡不着觉啊！"他呵呵笑着，问我在哪。"三里屯。要来快啊，一大堆水灵姑娘呢，可存不到新年！麻溜的吧！"我知道他肯定来，不来我这儿，他去哪里打发时光迎接新年呢，去独自缅怀他难忘的2008吗？我不知道他现在是否有这个勇气。

其实，我是一特平凡的人，嘴上贫点，生活很平静。和您每天在写字楼电梯间、人潮汹涌的地铁站，擦肩而过的任何一个人没有区别。勤勤恳恳、小心谨慎地追着这个大时代跑，喘着粗气还生怕自己给落下。偶尔调侃一下人生，但绝没有愤世嫉俗的勇气和能力。我那哥们儿可不。我不是说他愤青或者文艺，我是说，我觉得他是这个时代的领跑者。这么说好像有点献媚，可的确是。这个被我举过头顶，高高供起的浮华盛世，是他生活的大布景，他不经意的，就把自己的喜怒哀乐刻在这个时代，然后再把时代抛在身后。

大约半小时后，Clinton穿着身铅灰的羊毛短大衣走进来，博柏利格纹围巾随意系在胸口，干净得像是裹挟着夜风里的寒意。我其实背对着门坐着，但从对面一干女生的眼神里，我知道准是他来了。"Clinton，这边儿！"我起身招呼。Clinton转过头，露出招牌似的笑容，皓齿明眸，阳光灿烂。我伸手搂着他肩膀，无比荣耀地介绍："Clinton！美国投行的青年才俊！我哥们！单身！"最后这句绝对有震撼力，女生们都捂着嘴，呵呵乐起来。Clinton比我高半头，这样搂着他肩膀有点别扭。正当我要调整个姿势，他摆摆手自嘲道："哪里是才俊，待业青年。"他那带着台湾味的普通话顿时语惊四座。说笑间，Clinton落了座。大家对他都挺热情，他也以一贯的彬彬有礼的姿态微笑对答，随和里透着矜持。我点上支中南海，舞台上两个小姑娘又蹦又跳地唱《甜蜜蜜》，一个蓝裙，一个红裙，透过烟雾，看起来很美。2008年还剩下最后几十分钟，有那么点舍不得。认识Clinton是四年前，那会我研究生快毕业，对于未来，有太多美好畅想。有回喝多了酒，跟几个哥们拍胸脯，说等奥运会开幕，我许世斌也赞助它几个亿，哥们那时候就出头了！结果几年过去了，别说亿，几十万都没见过。生活平平静静，贷款买了房，全款买了车，娶了媳妇，等着升格成爹。没有轰轰烈烈的爱情，也没有惊天动地的事业。其实这个世界上，绝大多数的人都这样过，文艺点的说法叫做——成长。

2005年春天，我在北京一所还算牛辫的政法院校读研三，民商法专业。那时已经没什么课，人人都在忙实习。经过好几轮笔试面试，我终于得到了一个难得的实习机会——金达律师事务所，律师助理。金达号称中国内资所排行老大，学法律的人都削尖了脑袋想跟它沾点关系。在一个春风拂面的早晨，我西装革履踌躇满志地走进金达富丽堂皇又古香古色的办公室。那可真是个气派的办公室，坐落在CBD中心的摩天大楼，一个律师事务所，愣占了四层楼。前台小姐各个水灵高挑，紧身一步裙，让我一度误以为走到了夜总会。一同来实习的女同学悄悄指点：看过那个电视剧《拿什么拯救你，我的爱人》吗？就是借他们办公室拍的！我脑海里浮现出印小天同志叱咤风云的英俊形象，于是下定决心，排除万难也要留在这里大干一场，谱写属于我的爱情和事业的时代篇章！

证券部的办公室最大，人最多，2005年那会儿，是个公司就敢玩IPO①。我被分在一个小隔间，和另外两个实习生背对背。寒暄几句得知，人家一个北大的，一个留美的。心里顿时有点黯然，转念一想，英雄不问出处。负责带我们的合伙人是个不到四十岁、梳着短发、精瘦矮小的女人。半天接触下来，我发现自己惯用的对付师奶的乖巧伶俐、油嘴滑舌在她全不好使。另外，在我毫无防备的情形下，她抛出几个看似无意的专业问题，诸如：公司减资的公告期多久来着？合同没有约定的情况下，中英文冲突怎么办？我前前后后学了七年法律，竟然一个也没答出来。一头汗水熬过第一天，我明显感到老板对我不怎么感冒。果然，这种感悟在过后几天得到了证实。快干

---

① IPO：Initial Public Offering 的简称，即首次公开募股，是指企业透过证券交易所首次公开向投资者发行股票，以期募集用于企业发展资金的过程。

满两周时，老板把我叫到她办公室（在金达，只有混到合伙人级别，才能有自己独立的办公室），谆谆教诲一番，大致意思是说，我应该更努力踏实，要受得苦吃得亏，马上有个组织考验我的机会，常驻广州分所的汪律师正忙一个房地产公司上市的事，需要个助手帮忙。"这是个难得的机会，用心就能学到很多东西，要是瞎混，三个月打完杂就没什么事了。"话都说到这份上了，我说什么也得上啊。反正从小到大一直在北京，我也乐得出去走走。

证券部的主要工作就是企业上市，这绝对是个苦活、体力活。后来大家耳熟能详的颇有里程碑意义的工行上市，就历时两年多，前后有一百六十多名律师参与其中，阵容浩大。通常，从尽职调查阶段开始，律师们就会被关在企业办公室或者酒店，因为工作量繁重，涉及商业机密等原因，没一两个月根本放不出来。这点从出差补助上都可以看出端倪，比如我实习那会，金达其他部门律师出差，每天补助五十元，证券部出差每天三十元。三月份的广州已开始闷热，我到的第二天，正好赶上Kick-off Meeting（专案启动会议）。这个会就像学校开的动员大会，比那个实质内容略多。上午九点，所有参与上市工作的人都正襟危坐在XX集团气势恢宏的大会议室：公司的人、税务师、会计师、审计师、律师……汪律师坐在红木大圆桌东南角，像我这种助理级别的人，只能坐在靠着墙放的外圈椅子上。公司老总坐在主位，对企业做了简短介绍，又对上市工作提了几点畅想，语气像个军人，气魄不小。紧接着，坐在左边的财务总监，一个头发花白的半老头，谈了谈公司的财务状况、融资目标等等。说了几句，他把立式话筒推给老总右手边的人，请他对上市工作的具体安排做简单介绍。那小伙儿背对我，看不清他的脸，只看到啫喱水打得头发支楞着，西装裤线笔直。他咳嗽一声开始说话，一听就是广东这边的，普通话那个蹩脚。坐在我旁边的毕马威小姑娘坐直了背伸着脖子朝那看，我戳戳她："这男的是哪的啊？""高盛的！"她头也不转，声音里带着激动。"高盛是干吗的？""券商啊！"她转过头来用不可思议的眼神看着我，脸上充满鄙视。我不敢得罪姑娘，陪着笑脸说："呵呵，真年轻！""那是！才二十多岁！看见没，他身上的西装，阿玛尼的！长得比王力宏还帅呢！"我挺奇怪，盯着后脑勺能看出什么帅不帅，却也不敢多言。

会开到12点，刚刚结束。大家去公司的酒店吃饭，汪律师和另外几个核心人物去包厢了，其中也包括那个阿玛尼版王力宏。他旁边还跟着个小伙子，也是笔挺西装，两人都提着笔记本，一会英语一会粤语。走近一看，还真挺精神，作为男人，我不好评价同性的外貌，但平心而论，这的确是张能让姑娘们疯狂的精致的脸。我们剩下的人，在大堂里坐满两桌。公司的人不停招呼大家吃菜喝茶，有些人顺便煞有介事地问一些公司情况，感觉很敬业。我这桌女生多，寒暄几句学校啊，哪里人啊，找到一些同类项，就有了深入话题的可能。不一会，女孩们都被我逗得咯咯直笑，毕马威小姑娘坐在斜对面，白我一眼跟大家说："他刚才连高盛是干什么的都不知道，你说你干嘛来了，真给你们金达丢脸！""我到金达才两周，只丢我自己的脸，金达那么大的脸哪轮得着我丢啊！"大家哈哈乐，公司财务部的大姐笑着说："小许真会讲话！"毕马威女旁的女孩眼睛一亮，问："你姓许！跟Clinton一个姓诶！"她转头跟旁边的女孩说，大家很默契地点点头。"谁？"我遗憾地发现，她们感兴趣的不是我。"就是高盛那个男的，这次上市的项目负责人！是你们本家！"我有点无奈，女人真是浪漫的动物，什么场合都能发现自己的偶像。

接下来的几天，我和汪律师的另外两个助理埋在十几箱材料里，夜不能寐。这家公司成立十几年，名字就变更过四次，要想把所有历史沿革都理出头绪，并且发现问题，真不是件容易的事。对面办公室里的审计师们，也守着几米高的账本通宵达旦地敲计算器。就这样饥一顿饱一顿，睡一会醒一会，一个星期后，我们终于完成了尽职调查的初稿。在周一的进度会上，我又见到了传说中的Clinton。几天没见，他气色明显不如之前。不知他们这周在忙什么，但经常能收到他半夜两三点发出的邮件。这一次，他还带了他们的境外律师——一个三十多岁的美国佬，一脸精明相，说话狂快，他问我what is your name（叫什么名字），我愣是pardon（请再说一遍）了三遍。这一次，我知道了Clinton的中文名——许家祺，是他自己告诉我的。

那天散会后，我从洗手间出来，Clinton正在通往楼梯间的门口转悠，看到我友善地笑笑，还有点腼腆。"有打火机吗？"他用蹩脚的普通话一字一句地问。"有有有！"我赶紧点头，跟他一起走到楼梯间。人家年轻有为，是项目组的leader（领导），也难怪我有点小激动。烟雾喷出来时，话题自然也聊开了。交换名片后，我们都发现彼此名字的相似性，于是感觉又亲近了些。我对香港人原本没什么概念，许家祺的谦虚诚恳随和务实让我给香港同胞打了很高的印象分。他对我是北京人一事，表现出极大兴趣："我很中意北京啊，也许过段会去住，到时找你啦！""没问题！我给你当导游！"我立马拍胸脯，别的不说，在北京当一活地图还是不成问题。

之后的两个月，经常有和许家祺碰面的时候，我们有事没事会攀谈几句，一起抽根烟。他的很多优点渐渐浮现出来，比如说敬业，总是最后一个休息第一个到办公室；比如说智慧，上市这事儿实在太复杂，经常讨论到半夜大家脑子都不转了，只有他依旧思路清晰；比如说尊重人，每次做清洁的阿姨帮他收杯子，他都会抬起头说谢谢；比如说有分寸，对于那些明恋暗恋他的女孩，他总是装作不明白，客客气气和人家谈工作……这一切，使得他越发卓尔不群。我知道他毕业于剑桥，二十六岁已是资深经理，在伦敦纽约都工作过，目前常驻在香港。同龄人，做人的差距咋那么大呢！我不免感慨，没等我想明白，总部就发出调令让我回京。临走前一天，我去和共同奋斗了六十来天的同僚们道别，直觉告诉我，金达不会留我了。多少有点遗憾，我的面前刚展开一幅美丽蓝图，就要道别了。路过会议室时，透过大玻璃，我冲许家祺摆摆手，比划了个打电话的动作。正在和人说话的他愣了愣，绽放阳光般灿烂的笑容也冲我做了相同的动作。我知道他一定不明白，我不会回来了。不管怎么说，能认识这样一个优秀的年轻人，也是令人愉快的。

我在金达的日子随着实习期的结束而结束。没有意外。我的英语水平、拼命精神跟其他人确实有明显差距。不过，这段实习对我之后的求职倒很有积极意义。很快，我就在一家二流规模地位的律所留了下来，这一待就是好几年，直到现在。工作之后，生活变得真实很多，有时亲切，有时残酷。总之，跟当年和室友们卧谈时的担忧，酒桌上海阔天空的畅想都截然不同。2006年夏天，我和相恋四年的初恋女友走到尽头。当年，我从众多追求者中胜出，凭的是三寸不烂之舌，和坚持不懈给她们全宿舍买早饭长达一学期之久；当年，她为我放弃出国留学的机会，把到手的录取通知当着父母的面撕碎；因为她我学会了抽烟，也喜欢上了火锅；她为我宿醉几回，习惯了晚睡前在床头放杯水；我们无数次牵手走在校园的小路上，无数次承诺彼此要这样走到底……然而，分了也就分了。我没有想象中难过，照旧出差加班，照旧抽烟吃饭。她在提出分手大约一个月后的某个深夜打电话给我，泣不成声。我在电话这头低声温柔地安慰她，好像我们从不曾分离。她说的最后一句话是：也许放弃你是我这辈子最蠢的决定，但我绝不会回头。后半夜我失眠了，站在窗口抽烟，看着这个陌生又熟悉的城市，想起四年里很多被忘记的点滴。我没有说出口的最后一句话是：尽管留恋，我也不会回头，有回忆，就够了。

那一年夏天特别热，晒得白花花的柏油路，绿得油腻的柏树叶充斥着我的记忆。经过一年的实习期，我终于拿到了那本红色的律师执业证。因为期待太重，得到的瞬间已不再兴奋。同事们吵吵着说要庆祝，我笑着答应，心里也明白，无非是找个由头释放。周末下班后，我们一群年轻的小律师气焰嚣张地前往朝外钱柜，连吃带喝欢唱至深夜，从Beyond、赵传的老歌唱到《死了都要爱》……在冷空气里，我突然觉得喘不上气来，拎着瓶啤酒走到大厅，乌泱乌泱全是等位的人。我摇摇晃晃地从几个人中间穿过去，其间飘来一股淡淡的古龙水味道，我条件反射想看看什么男人这么讲究，这一回头，发现他也正看着我。

"Clinton！"我指着他大声喊，比下午拿到执业证那会儿还兴奋。更让我惊讶和感动的是，快一年没见，他竟一字不差地叫出了我的名字。我们站在前厅聊起来，我知道他离开了高盛，跳槽去了另一家排名也在世界前五的美国投行BGC，上个月刚被派到北京来开展国内业务。跟他一起的一男一女都是他同事，男的也是刚调来北京的香港人Stephen，女孩May是个在北京待了很多年的广州人，副总裁助理。我这才意识到，二十八岁的许家祺已经荣升副总裁了。在我热情的坚持下，他们没有继续等位，而是和我一同去了我们的大包间。一行人走进包厢时，大家都震住了，目光游离在May的普拉达限量版包包和Clinton英俊的脸上。交换名片后，李大帕（在事务所，大家都把合伙人partner简称为"大帕"）把我拉到一边低声说："行啊你小子，还认识这么高level（级别）的人哪，以后咱所的投行业务就靠你发掘了啊！"

从那天开始，我和许家祺渐渐熟稔起来。别说，我还真挺欣赏他：做事严谨，做人随和，虽然毫不张狂，却透着股与生俱来的傲气。他总是微笑着说随便都可以；但是他说NO的时候，谁也别想改变他。他在北京没什么朋友，除了同事，几乎找不到一起活动的人。于是，我，就成了他难得清闲的周末节假日的固定联络人。我带着他爬长城，游故宫，颐和园里散过步，北海公园泛过舟。一次我跟他说："家祺，不成啊，再这么下去，咱俩快成GAY（同性恋）了！""我又没讲不可以叫女生一起啦。"在北京待了半年，再加上定期去上国语课，他的普通话长进明显，只可惜，他们公司请的老师是台湾人，我听着家祺这普通话越说越不普通，却也无能为力。年底我过生日时，搞了个不小的聚会。这是和女朋友分手后的第一个生日，我不想过得凄凄惨惨切切。从幼儿园到研究生各个时期的同学、同事、投缘的客户，呼啦啦来了四五十人，一生一次二十七嘛，也借此告别收获与丧失的2006年。

我有个快十年没见的发小，老邻居又是老同学，当年天天被我欺负，现在出息了，在电影学院读导演系研究生。那天带着个花枝招展的小姑娘来赴宴，两人亲密无间却又不承认是男女朋友。没什么奇怪，这年月最流行的就是暧昧。小姑娘自称是"来自上海的丫丫，在表演系读书"，其他信息一概不详。这种女孩，每个局都常见，一听名字就知道是出来玩的，不能正经当盘菜，佐餐佳品。家祺那天下午有会，晚上快9点才西装革履地赶来，周末加班对他们来说是家常便饭。一进门就被我罚酒三杯，他从不躲酒，虽然未必能喝。三杯下肚，脸上明显泛起红晕，额角也渗出了汗。家祺摘掉爱马仕的领带，从提包里拿出个黑丝绒镶金线的小包装盒递给我，特别不显山不露水地说了句，生日快乐。打开的瞬间，凑在我旁边的几个脑袋一起尖叫起来，那是一副万宝龙的袖扣，缅玛瑙扣针，环以三道镀铂金圆环，高贵典雅。我心里的小激动和大感动没法用深情的语言表达，只好沿用一贯的调侃："家祺啊，太隆重了吧，我浑身上下的行头加起来估计都没它值钱，你让我拿什么配它啊！""那就好好奋斗啦！世界都会是我们的！"家祺又举起杯来，他明显喝出感觉了，否则绝不会把那卓尔不群的理想展现出来。

饭毕，黄的白的一样没少喝，却依然不尽兴。一多半人回家陪老婆了，剩下十来个摇摇晃晃转场去了唐会。在震耳欲聋的音乐里，在闪烁不定的灯光里，我拼命摇摆身体，周围的人也与我一样，在放纵里寻找释怀。离我不远的一对引来大家阵阵哄声，女孩穿着红色超短裙，白花花的大腿被时而扫过的灯柱照得摄人魂魄。她熟练地扭动腰肢，时上时下，纤细的手指游走在对面男人的大腿和臀部，无比挑逗。我咽了口唾沫，这男的艳福不浅，丫的白衬衣已经被汗水打湿，紧实的肌肉清晰可见，他嘴角挂着一丝不易察觉的调笑，一双桃花眼迷离深邃……天哪！这不是，许家祺嘛！我像触电了一样，一下停在舞池中央，那女的不是别人，正是我哥们带来的丫丫。看到我，他们也停下来，家祺脸上闪过一丝尴尬，丫丫倒是满不在乎拖着他的手朝我走来。"那谁呢？"为了避免质问的口气，我故意没提发小的名字。"他先回去啦！"丫丫说着，很自然地把家祺的左手放在自己腰上。看着我怀疑和略带不屑的眼神，她又娇滴滴地补充："都跟你讲了啦，他不是我男朋友啊！"我发现丫丫的口音已经颇有几分港台味。呵呵，我讪笑，除了讪笑，我不知道自己还应该有什么表情。家祺走过来，拍拍我肩膀说："刚才你去哪里了？找你半天。"我知道他是在给自己找台阶下，都是成年人了，谁有资格教育谁呢。"去了趟洗手间，你小子够快的啊！"家祺摇头说哪里，也不多解释。那天一直疯到早晨4点，在护送我们这帮醉汉上了出租车之后，我看到后视镜里的许家祺和丫丫紧紧搂着上了最后一辆车。

自那晚，许家祺在我心里真实了很多，不再是那个让人仰视却不敢妒嫉，天天拿奖状的三好学生，他和我一样，是有欲望有能量，有优势有弱点的男人。我有时会担心我那发小来找我质问，有时也担心某天家祺会郁郁寡欢地找我诉说搞不定小妖精……现在想来，我那时还真是淡吃萝卜闲操心，歌里唱：成人的世界背后总有残缺。残缺的必然结果就是，大家都知道自己要什么，也知道如何弥补。大约一个月后的一天，家祺打电话约我去国贸的苏浙吃饭，他看都不看菜单，熟练地点了醉鸡、龙井虾仁、蟹黄豆腐。我只管低头吃，听他说自己前一天刚从东京回来，吃完饭还得回办公室加班。我知道他们又接了家北京民企，准备在H股上市。2007年市场好，卖萝卜饭的民营企业都能上市，投行的青年才俊们没日没夜地加班，年底数钱数到手软。我试探着问，这次我们所是不是有机会掺和一把。家祺很认真地答："券商律师你们肯定不行，我只可以用Freshfields，Paulhastings①这样的外所，不过我可以介绍你和公司的老板认识，也许你可以争取一下公司律师。"我连连点头，非亲非故，吃饭还得靠人家买单，只因当你是个朋友，这么帮忙给面子，确实不能不令人感动。除去个人生活不评论，家祺对工作对朋友，确实是有一说一不掺假。说话间他电话响起，一个娇滴滴的声音从那边断续传来，不用问就知道是谁。等他挂了电话，我犹豫再三问道："你跟丫丫在一起啦?"家祺正专心致志吃一口鱼，待到把所有鱼刺都吐出来，他抬起头笑着回答："不知道，大家都寂寞吧。""你寂寞，她可不寂寞!你可别小瞧内地的女孩儿，揣着多少个心眼你都看不出来，尤其干她们那行的。你这么天天出差，你以为她能闲着啊。""那更好啊，大家都不要彼此约束，也不要彼此依赖。"看着家祺平静的笑容，我一时语塞。"你要玩玩也行啊，"我叹口气，"小心她缠住你，你这样有钱的主，人又帅，又有前途，她不会放过你的。"家祺哈哈笑："不至于啦，我有什么钱，不过是高级打工仔而已。"

　　人都是环境的动物。许家祺在我眼里已经是金领一族，可他每天接触的都是身家上亿的大老板，难怪他从不把自己当回事。说实话，在认识家祺前，我对投行还真没什么概念，不就是外企嘛，这就是我所有的理解。可随着与金融社会越来越多的接触，我发现还真是那么回事。"百度知道"上解释：投行是投资银行的简称，主要从事证券发行、承销、交易、企业重组、兼并与收购、投资分析、项目融资等业务的非银行金融机构，是资本市场上的主要金融中介。用我的话简单说，投行就是玩钱的!2004年名噪一时的凯雷集团收购徐州机械一案，让中国人第一次对投行有了印象。看过纪录片《华氏911》的人都知道，布什家族与凯雷集团的紧密联系。在老布什任美国总统期间，担任国务卿的贝克曾任凯雷高级顾问并是大股东之一，美国前国防部长卡路奇曾任其董事长，前白宫预算主任达尔曼也曾担任其顾问。此外，在凯雷集团的顾问名单上还有英国前首相梅杰、菲律宾前总统拉莫斯等等，难怪投资界戏称凯雷集团的顾问委员会是"总统俱乐部"。可见其实力与势力。除去凯雷不谈，美国投行界的前三甲高盛集团、摩根士丹利、美林证券，与美国甚至全世界的金融界、政界都有着不可分割的联系。他们是掌握巨大财力和权力的财团，影响全球政治经济变化，富可敌国。美国有句谚语：华尔街一头是天堂，另一头是坟墓。华尔街的风光与艰辛，如人饮水冷暖自知。尽管如此，每年夏天，哈佛、沃顿、斯隆、剑桥、牛津商学院里最优秀的毕业生们，削尖了脑袋也要挤进那条同时通往天堂和坟墓的华尔街。

---

① Freshfields，英国富而得律师事物所；Paulhastings，美国普衡律师事务所。

我曾问过家祺，你平均每周工作七八十个小时，做这么辛苦，为什么投行有这么大吸引力。他沉默很久，跟我讲起自己的经历：每个商学院的学生都将进入投行作为自己的最终目标。你还没来得及想为什么，就在这种浪潮中向着投行涌去，拿到投行的offer（录取函）是对自己能力和奋斗的肯定。投行每年为暑期实习生准备的欢迎宴会，永远选在纽约伦敦最奢华的五星级酒店，成功的banker（银行家）们穿着笔挺的西装侃侃而谈，手中的水晶杯盛着波尔多酒庄1982年的真酿。他们讲起自己参与的数十亿美元的并购案，像讲一道菜的做法一样轻松。他们说"We"，让你觉得亲切，和你分享许多被媒体反复猜测的交易细节，谁也不能控制自己向他们靠近，好像是靠近了藏在世界背后的规则制定者。我那年的欢迎会后，有位资深MD（董事总经理）邀请了几个年轻人去他的私人游艇做客。泰晤士河的晚风吹来时，我站在甲板上为眼前璀璨的夜景陶醉。那位MD拍着我的肩膀说：加油干，有一天你会拥有全世界。我从来没怀疑过这个选择，那一刻更坚定了。这就是我通往理想的路。从现实的角度看，投行每年给毕业生的年薪大约十五万美元，如果年景好，你所在的部门好，你也足够优秀，年底发相当于十二个月、二十四个月薪水的奖金也是常有的事。还有什么工作，能给一个二十二岁的年轻人这样的回报？我做analyst（分析师）那几年，常有一周工作九十小时的经历，即便是那么累的时候，也觉得值。

　　许家祺的话让我羡慕不已。我在他烁烁生辉的双眸中看到一种东西，叫做理想。同样，我羡慕他每天跟新浪财经中的主人公一起奋斗，做经济频道追着报道的大项目；羡慕他出差都是头等舱五星级酒店，他的奔驰，他的豪华公寓，甚至是女人们看见他就往上贴的热情。也就是21世纪这几年，外资投行的触角伸向了社会主义中国，输送了一批真正意义的青年才俊，搞得我们这些土鳖越发没有出路。

　　国贸的玻璃幕墙里，围着奢华绚烂的世界名牌中国旗舰店；飘着比利时巧克力，美国冰淇淋，以及各色佳肴混合的香甜；匆匆行走着衣着光鲜，自信自足的大亨美女，时不时有明星路过，都无人问津。一墙之隔的大北窑公交车站，永远挤满表情麻木排队等车的人，无论严寒酷暑；有偷偷摸摸卖烤玉米的大娘，沿街回收旧报纸的老大爷；有聚在国贸桥下抽烟等着拉活的出租车司机。他们像是两个世界的人，却在同一片天地里呼吸，晒一样的太阳，淋一样的雨。那天从苏浙出来，我站在车流滚滚的长安街边抽烟，看着鳞次栉比的摩天大楼，和身边匆匆经过的正在为国贸三期挖地基的民工，有点困惑，有点感慨。冬天就要过去了，风里已经有了春天的味道，2007年拉开了帷幕。

　　我们的故事，才刚刚开始。

第一部

风华绝代

1. 从哪里开始

今天是谷雨。

透过城铁挂着雨珠的车窗，城市天空上密布的乌云涤荡开来，像是压抑在胸口的恼气化作一声叹息。远处灰白色的西山像浸在水粉画的浓墨重彩里。京通快速的柏油路面被雨水晕染成深灰色，收起了正午阳光下刺眼的白。路边的隔离带泛着融融绿意，一簇簇灿黄的迎春探出头来，伴随着风雨摇曳。这就是2009年的春天了吧。来往车辆的雨刷有节奏地摆动，车窗里隐约看得到平静的、甜蜜的、急躁的、真实的表情。

是这个城市的表情。

雨雾中的北京城柔软起来。

许家祺看到车窗上倒映的自己，白T恤，休闲裤，慢跑鞋，像十年前校园里那个满怀自信与抱负的少年。脱下高档西装的自己看起来柔软了许多，与城铁里的任何一个年轻人没有两样。他想起今天《华尔街时报》的专题评论：美林公司的前任全球CEO约翰·赛恩被解职后依然每天早起，西装革履，系着领带，却不再有办公室可去。许家祺嘴角浮现一丝无奈的笑，经济危机，改变了多少人的生活。中国经济在短短六个月之后，明显有了复苏的迹象，股市开始从1600点向上攀升，新开盘的售楼处门口又排起了长队，今天一天就有两家猎头公司打来电话。这一切，都昭示着希望。

他突然想起她说过的话：再严酷的冬天，也挡不住春天的脚步。那么，是春天要来了吗？在送走了2008年最肃杀的秋冬之后，这是属于我们的春天吗？他没有答案。这个孤独回顾的季节，注定是他在北京的第一个春天。因为曾经的自己从不会留意季节的变迁。那时候，写字楼外，车窗外，机舱外的世界，与我无关。

靠车厢门站立的女孩穿着套装，正对着手机大声讲英文，带着浓重的口音，手臂下夹的书，隐约看得到书名——《野蛮生长》。她们，就如同这小说名字一般，野蛮、倔强而又充满力量地生长着，同时裹挟着沙尘和春的气息。本来约了许世斌吃晚饭，这家伙临时打电话说开会脱不开身，改晚上喝茶。许家祺也只好笑着答应。风水轮流转，以前的自己也经常这样爽别人的约。他开始尝试等待的滋味了，等别人赴约，等进站的地铁，等熟悉的声音从电话里传出，他居然开始有时间等待了，甚至开始享受等待的心情，竟是在三十一岁这一年。手机突然在口袋里震动起来，是待办事项的提示铃，上面写着：丫丫生日。许家祺的眉头略略紧了紧。这是两年前设下的。那时的他多匆忙啊，忙到记不得和自己同床共枕的女人的生日。

那的确是两年前，2007年初识丫丫的春天。

2. 初到北京

2007年的春天，从BGC香港办公室调来北京已经大半年，每天除了见客户，开拓市场，写分析报告，许家祺还在积极参与一件大事。这件事一年多前就被业界炒得沸沸扬扬，那时他还在老东家做高级经理。在投行混了五六年，他当然明白这件事如果成功的意义，这几乎就是他接受BGC高薪offer的根本原因，也是他被派来北京最重要的目的。

2001年12月，中国加入WTO时曾经承诺，允许外国证券公司设立合营公司，外资比例不超过1/3。合营公司可以从事A股的承销，B股、H股、政府和公司债券的承销与交易，并可以发起设立基金。这个消息让国际金融社会兴奋不已。中国的证券市场虽然起步晚，但它的发展速度和前景被全世界看好。这样的机会，熟悉资本市场运作规律的大投行们怎么能错失。从纽约到北京，从伦敦到上海，各家投行都在积极寻找国内可能成为合作目标的中资证券公司。BGC当然也不例外。这是一场没有硝烟的战争，比的是资源、资本、速度。BGC的全球高管，尤其是负责亚太地区业务的董事总经理Richard Choi（蔡庆杰）对这件事相当重视，平均每月来北京一趟督战。而这个项目冲在谈判最前沿的，就是他们重金请来的，公司里最年轻的副总裁Clinton Hsui（许家祺）。平心而论，蔡庆杰还是很器重这个不到三十岁的小伙子：有头脑，有胆识，吃得了苦，也敢冒风险。记得第一次面试他时，多少还是有些担心。他很清楚自己要找一个能谈下来合资项目的project leader（项目带头人），这个大男孩会不会年轻了点？一面下来，没什么可挑剔的，却也没什么特别深刻的印象。在之后的一个月里，蔡庆杰又陆续见了三四个候选人，各有特色，唯一的共同之处是：都比许家祺年长。他有点拿不定主意。正赶上复活节放假，常驻东京的蔡庆杰回香港和家人团聚。在回程的头等舱里，他突然发现一张熟悉的面孔，不是别人，正是出差返港的许家祺。小伙子主动向他问好，正好旁边的座位空着，他招呼他过来坐。两个人在三万英尺的高空，放下身份地位年龄的悬殊，朋友一样聊起天来。蔡庆杰本人是在美国接受的教育，长子已经十二岁，他正犹豫送他去哪里读书，因此对许家祺的英伦求学经历很有兴趣。许家祺有问必答，热心客观十分周到，态度也不亢不卑，没有丝毫献媚或是情绪化的表现。半小时过去，蔡庆杰在许家祺眼睛里看到自己微笑着点头，他突然发问：

"上次interview（面试）之后，怎么再没你消息？"

小伙子略微一怔，呵呵笑着答道："这个问题好像该由我来问。"

"哈，嗯，你不错，但是坦白讲，对我们来说你还有点年轻。"

"您说得对。年轻或许是我的劣势，但也是优势。相对于您的经验资历，我的确年轻。但我除了对您负责，更重要的是对我该做的事情负责，我认为我的经历可以handle（处理好）您需要我做的事。"

"哦？"蔡庆杰不动声色地笑笑，"你知道我要你过来做什么吗？"

"大概猜得到几分。除了常规业务，还有那三张牌吧？"

自从国内放开合资证券公司的审批之后，投行们都各显神通，奔走在证监会和内资券商之中。陆续有消息传出，第一批只会颁发三张合资牌照。谁能抢到这三分之一张牌，谁就能率先进入中国证券市场，三分天下得其一。攻下险滩，必有胜筹。

老辣的蔡庆杰从鼻子里哼了一声，未置可否，突然反转话题："听说你现在的公司也在和国内的券商谈？"

"这是公开信息。"

"嗯，你有参与吗？"

"不能说完全没有，但是完全不能说。您知道规矩的。"许家祺的笑容里有几分调侃。

蔡庆杰用左手食指摸摸下巴，没想到走出写字楼的小伙子敢用这样的语气和自己说话，跟一面时稳重踏实不出错的印象有了明显不同。

"那你想来我这边吗？"

"坦白说，还没想好。"

"为什么？担心package（待遇）不够好？"

"不是。Mr. Choi，我很珍惜现在的工作，走出校门第一天我就在这里，已经五年了。如果说我现在会点什么，全是这里教的。我现在的薪水是没BGC开得高，但是，我想我还不到应该在乎待遇的时候。如果我跟BGC最终能够互相选择，从我的角度，一定只有一个原因：BGC可以让我学到更多，给我更大的空间。"

"那你确定你会给我们带来价值吗？"

"我确定。我的经验和能力，一定能给BGC带来价值，但不是我所掌握的信息。"

蔡庆杰没有任何表情，只是凝视着这个年轻人的脸。他想起了十年前的自己。他其实很不喜欢那些靠着老东家信息吃饭的人，今天他肯这样做，明天离开你的时候，一定也会出卖你。更何况，没有一个人，一家公司，可以靠偷来的东西生存。他开始欣赏许家祺的坦率和原则，特别是勇气。去内地开拓市场，本来就是件有挑战的新鲜事，完全没有先鉴可以参照。那么，为什么不可以大胆启用新人呢？蔡庆杰问自己。从成本角度考虑，另外几个候选人的开价都比许家祺高，又都已经结婚生子，常驻北京肯定会有些不安心。而他们所谓的经验，在内地这个从未有人涉足的证券市场是否真的适用，其实也有待考证。还有一件令蔡庆杰心里隐隐不安的事，目前排名最靠前的候选人，是他的副手Co-head of Asian（亚洲联席主管）力荐的。蔡庆杰还没摸清他们的私交到底有多深，但无论如何，他也不希望自己的副手势力过于强大。人的心思有时候很奇怪，自我保护的潜意识告诉我们，很多时候的决定，不是为了争取多得到什么，而是为确保少失去一些。飞机降落在香港国际机场的时候，蔡庆杰心里已有定度，他用力握着许家祺的手说："你很不错。但我一个人的决定还不是决定，你知道，我们是个大机构……我会努力去说服大家，希望我们有机会合作。"许家祺在他的眼睛里看到了期待和肯定，他猜测一定有其他来自蔡庆杰以外的阻力。当然，他有所不知的是，对很有可能成为新同事的候选人先给予个人的肯定，是蔡庆杰惯用的伎俩，这样所有的新人都会在第一时间对他产生好感，不自觉地站在他一边，觉得自己之所以入职，与蔡总的认可密不可分。

　　三个月后，许家祺以BGC亚太区投行部最年轻的副总裁身份坐进了他们的香港办公室。又过三个月，在熟悉了新东家的政策与文化后，他搬进了BGC在中国内地的总部，位于北京CBD中心国贸大厦的办公室。同来的还有已经在BGC服务三年的二十九岁的资深经理Stephen Lam。就是2006年的夏天，就是重遇许世斌的夏天。

　　离开香港的时候，许家祺其实有个女友，虽谈不上国色天香，倒也耐看，配以脂粉金银，名牌服装，走在中环的写字楼里，也不乏男人追随的目光。那女孩是他大学同学的小学同学，一直在香港读书，毕业后进了仅次于四大的本地会计师事务所。典型的都市丽人，工作欣欣向荣，日子有滋有味，加之身边有英俊年轻的投行精英相伴，更是锦上添花。许家祺说不上自己有多爱她，翻来覆去都只有一个词：合适。的确合适，父母家相距不到三个街区；两间公司隔着马路便可遥望；讲广东话，讲英文，讲二十年前的香港记忆，讲今天恒生指数的跌宕起伏。许家祺也并不觉得生活少点什么，他旺盛的生命力九成都分给工作，即便是和女友住在一起，十天半月也想不起来一次。转战北京之前，女友情绪低落，可到底也没哭出一滴泪，只是在机场送行的时候用力拥抱了一下。相处三年，彼此都过了最激情的阶段，为爱情费的心，远不如为提职加薪费的多。

　　来到北京后，许家祺马不停蹄地联络公司已经接触了半年的两家国内证券公司，一个在东北，一个在华南，单程即要飞四个小时，好不辛苦。行政助理May每月拿去报销的登机牌，都能正反贴满四张A4纸。两家公司的融资意愿都很明确，外资持股比例上限33%也没有谈判的空间。核心问题集中在股东的分红机制，和公司董事及高管的任命上。中方外方都想尽可能掌握公司的控制权，从而更全面贯彻自己对证券公司的运营理念。办公室另外一位副总裁刘定坤（David Liu），是这个项目的主要负责人。他年长许家祺十岁，当年是南开数学系的高才生，拿政府奖学金留美完成了博士学位。五年前转行做了banker，一年前被BGC派回他阔别十多年的故乡。许家祺的到来，让刘定坤心里暗暗不爽。于公，他很怀疑这个一天国内经验没有，连普通话都说不利索的小伙子能不能弄明白中国市场这么复杂的事；于私，与一个比自己小十岁却同级别的同事共处曾经他一人说了算的办公室，总不是件舒服的事。刘定坤不吭不哈，默默观察着这个年轻人：总部是嫌我推动速度不够快，派他来帮忙？抑或是他们始终不信任我这样半路出家内地背景的人，所以培养他来接班？无论哪种可能，对自己都是不利的信号。BGC宣扬平等协作文化，无论你是哪个级别，大家都坐在开放的办公室里工作。刘定坤占着办公室光线景观都最好的一张大桌，许家祺来之前，May不动声色地问他，把许家祺安排在哪张桌啊？刘定坤环视四周，目光停留在他斜对面，背对着自己的一张空台上，"那其实挺好，光线不错，也不至于西晒……无所谓，他来了自己挑也行。"等许家祺来，May笑靥如花地说："Clinton，你就坐这里吧，桌子宽，光线好，离pantry（茶水间）也近，我已经安排IT部帮你把电脑和电话都set up（安装）好了。"许家祺笑着说多谢，他真的无所谓。很久以后他才意识到，自己那张22寸的电脑屏幕上显示什么，背后的眼睛都可以看得一清二楚。

北京，在许家祺心里是个陌生又有点亲切的地方。1995年第一次来的时候，他还是个不满十七岁的少年，作为香港中学生代表来参加港府和北京政府联办的青少年夏令营。他清楚地记得望不到边的天安门广场，巍峨绵延的长城，解放军战士笔直的裤线，圆润流畅的北京话，当然还有酥脆香糯的烤鸭。那一年，不少香港人迁居国外了，也有不少人选择留下来。谁也不清楚两年后会怎样，伴随着坊间担忧与希望的此消彼长，少年许家祺也开始在心里衡量北京与香港的距离。没想到的是，十年后，自己会再次踏上这片土地，铺展事业的宏伟蓝图。

嘀嘀——正在出租车里看着窗外发呆的许家祺被黑莓的响声拽回了现实。他熟练地滑动转轮，输入密码，一堆新邮件映入眼帘，最上面一封是May发的，需要他确认第二天去广州的机票。这已经是这个月第三次去广州了，前两次谈判都没什么进展。他皱皱眉，选了早晨8点10分国航的那班，这意味着他6点就得起床。没办法，即便没有进展，也不可以不勤奋。其实，BGC跟大连那家中资券商已经进入了深度谈判阶段，刘定坤不声不响就和对方的董事长建立了良好的私人交情。他不愧是有深厚内地背景的中年人，光是喝酒一样，就够许家祺佩服。还记得他第一次和刘定坤一起去大连，会开了两个小时，不温不火，距离感是明显的。吃饭时候，许家祺觉得气氛有了明显的变化，很多一言不发的人突然兴奋起来。没搞清楚东西南北，就被各种说辞灌下去三大杯啤酒。家祺觉得自己有点撑不住了，坐在旁边的刘定坤脸不变色心不跳地端起第四杯啤酒，开始起身给对方敬酒。作为一个团队的同事，他不能不站起来，只觉得本来就难懂的东北普通话，这会更是云里雾里。没想到又喝了三四杯之后，对方副总大手一挥，白酒上桌了。刘定坤开始打太极拳，为什么该喝谁该喝，说得一套一套。许家祺就没这本事，本来国语就不利索，更不知道那些推酒劝酒的词都从哪想出来的。结果是什么都还没吃，就喝得荤素不分了。这时，刘定坤用极其轻松的语气和对方谈起了生意，气氛明显放松很多，讨论的内容也逐步深刻。突然，刘转过头来问一个数据，家祺在脑海里反复搜索，却怎么也找不到。他皱着眉尴尬地摇摇头，桌上的东北大汉们哈哈笑起来。刘定坤不失时机地笑着解释："小许"刚从香港过来，让他慢慢适应。饭后，一行人勾肩搭背去了夜总会，走路都开始摇晃的许家祺只好一个人回了酒店。自那以后，许家祺发现自己成了局外人，插不上话，插上了也没什么效果。回北京后，刘定坤似是无意地和他聊天："Clinton，其实我觉得你适合去广州谈，那边你熟，语言上也没障碍。你不了解，在东北谈生意不喝酒是不行的。我们还是分头行动，这样比较有效率，你觉得呢？"乍一听是替家祺着想，但这其中的门道，大家心里都清楚。广州这家中资证券公司，要说资历和经验都比大连的强，可业内人士都知道，他们已经和日本一家知名投行深度接触了好几个月。拖着不签意向书还和别的投行接触，目的其实很简单：争取更好的合作条件，却未必真有心换张。

　　许家祺很头疼，大连，广州，他和刘定坤各管一边，胜出的几率是50%，胜出一方的功劳是100%。就算两边都能谈下来，BGC最终也只能签一家，因此，时间也至关重要。他其实不喜欢这样分工，他希望两个项目，两个人一齐上，胜败都一齐分担。但明显，这不是刘定坤的愿望。许家祺眉头紧锁，麻木地看着车窗外：正是下班高峰，每一条出城方向的马路都堵得水泄不通。到处是刹车声，鸣笛声，吵架声；挤满下班族的大公共，活像是插满碟片的CD夹，随着每一次停止和启动，车里的人们互相依偎，互相践踏，等着慢慢被粉碎，或是突然被上帝抽出去播放。有人被踩了脚，有人被揩了油，有人被摸了包，更多的人，表情麻木地看着窗外，看着他们永远熬不出头，却又永远不舍得丢弃的人生。出租车停在中国大饭店门口，穿戴整齐的服务生手脚利索地拉开车门，大堂里的钢琴声袅袅传出，大理石水晶转门把粗陋嘈杂的世界关在室外。门内，是镜子一样光滑的地板，是豪华的水晶灯，是四处飘散的香水气息，是彬彬有礼的问候和微笑，是另一个世界。

许家祺来这里见一个人，他剑桥的同班同学——陈子城。陈子城是广州人，父亲是当地数一数二的地产开发商，十二岁就被家人送去英国读书。当年在剑桥，他们是班里唯二的中国人，还都讲广东话，所以自见面的第一天就有种亲切感。读书时，他们一起做网站、做公司，一起赔钱，一起赚经验。如今，陈子城回国继承父业了。这次他来北京出差，专门抽时间约许家祺一起吃饭。

"您好，先生，请问有预订吗？"阿丽雅西餐厅高挑的迎宾美女打断了许家祺的回忆。

"有，陈先生订的。应该已经到了。"

"好的，请您跟我这边来。"

沿着旋转的木楼梯，许家祺来到阿丽雅位于二层的餐厅，远远就看到坐在角落的陈子城。他正心不在焉地翻菜单，和站在一边等着点菜的小姐逗闷子。

"靓女！"陈子城冲这边招手，这是当年在学校时他送给家祺的外号，因为他肤白唇红，清秀胜似女子。

"肥仔！"每当子城这样喊，家祺铁定把这个绰号还他。陈子城个子不高，有点发福，总是戴着副平光黑框眼镜，本来不算帅，但自信乐观精明的气质加分不少。

"你又来北京干嘛，上个月不是刚在广州见过！"跟子城在一起时，说不清为什么，家祺会放松很多，自己都觉得比平常贫嘴。

"我很准时的嘛，好朋友月月见啦！"

服务小姐在旁边抿着嘴乐，子城歪着脑袋看她："你听得懂广东话？男朋友广东的？"

"没有啦，瞎猜的。"小姐连连摆手。

"唉，可惜。"子城装模作样地摇头，还想继续逗她，被许家祺打断。

"那么多废话，我明天一早还要飞广州，快点菜！"

陈子城抱怨他没情趣，漫不经心地点了鹅肝两吃、无花果红菜头沙拉、澳洲小牛扒，搭配红酒，还有巧克力慕斯。

"唉，你这样吃下去，没人会跟你有情趣的。小姐你好，我要小米鸡胸肉、苦苣菜沙拉、水浸鳕鱼配芦笋，好了。"

许家祺靠在椅背上松了松领带，空气中弥漫着醇厚微甜的黄油香味，是桌上的餐前面包。楼下酒吧的客人逐渐多起来，慵懒的爵士乐幽幽飘出。彬彬有礼的服务生轻轻走在深栗色的木地板上，黄色的大理石墙壁，高高悬挂的水晶灯，映衬着深红色布满大花的厚绒地毯。

"怎么样，工作有进展吗？"陈子城收起嬉皮笑脸，关切地问道。

许家祺面无表情地摇摇头："我们拿不出比别人更好的条件，到现在还没见到大老板。"

"嘿嘿，要不说我是你的贵人。"子城歪嘴一乐，透着点坏，"周末被我老爸拖去打球，你猜同去的还有谁?"

"不会是王安青吧?"家祺眯着眼睛。王安青不是别人，正是BGC费尽九牛二虎之力想要接触的广东星宇证券董事长。

"哈，太没悬念了。没错，就是他!我爸跟他认识很久了，在谈上市的事情。怎么样，想认识吗?"

许家祺一下坐直了身子，疲倦的双眼又泛起了光:"不会吧，太好了!赶紧介绍给我!你什么时候回去?我明天先过去，在广州等你!他喜欢打高尔夫?他有多大年龄啊?"

"停!停!我还没说完，你别激动!他现在不在广州，在上海开什么经济论坛的会，下周这个代表团要去美国加拿大访问，可能要一个月后才回国。"

"一个月!"许家祺的眉头又皱了起来，"等他回来，大连那边可能都签下来了……不行，那我来北京干嘛，来BGC干嘛。不行，子城，这次你一定要帮我，我已经迈出这一步了，没可能再回香港去。"

陈子城看着许家祺闪烁着期待和焦灼的眼睛，摇头笑了笑，这种眼神让人无法拒绝，何况是相识十年的老友。他拿起手机拨通了王安青的电话。

陈子城和许家祺都很努力向上，有宏伟的世界观，更有一套成熟的方法论。在这个社会里，有梦想，并愿意为梦想奋斗的年轻人，不是稀缺资源。然而，像他们这样有背景，有实力，年轻有为，头顶光环的青年男子，绝对可以走遍天下无敌手。但两个人也有所不同。如果说家祺勇敢，子城就属于乐于冒险的一类;如果说子城善于创新，家祺就略显循规蹈矩;只重结果的那个是子城，同样看重过程的是家祺。

很短的一个电话，陈子城向王安青传递了一个在BGC的好朋友想跟他面谈的信息。许家祺两眼放光地盯着子城，频频点头，嘴唇紧闭。挂了电话，陈子城眯着眼睛说:"他说了，后天下午从上海飞香港，在香港住一晚，然后飞纽约。明天后天一直都有会，你去了也没时间见。你也听到了，我告诉他你随时都可以过去，但是他的日程好像很满。"

"那我也得去。去了没见到是天意，不去就是我的责任。"

"你这个家伙还真执著!我看你唯一的机会就是后天早晨，跟他一起吃早饭。他住在四季。"

许家祺若有所思地点点头，立刻拨通May的电话，让她取消第二天一早飞广州的机票，改订晚上去上海的航班。这是个show（演出）。家祺心里很清楚，表演时间只有半小时。能不能在这半小时抓住老道、心不在焉又赶时间的王安青，绝对是个挑战。他的脑海里迅速列出了所有需要准备的资料和数据，哪怕只有万分之一被用到的可能，也必须包括在内。同样，这些资料应该以什么样的方式准备，也很讲究。如果我是王安青，不会有兴趣在睡眼惺忪且时间仓促的早餐时间里，喝着咖啡看一大堆写满密密麻麻英文小字，布满各种复杂经济模型的纸质材料。同样，我也不会有兴趣和一个战战兢兢藏不住绝望，卖保险一样的小伙子对话。所以着装、语调，甚至从现在开始的每一次联系，都要花心思琢磨。

在实力相当的情况下，决定胜负的，往往是细节。许家祺想起在上一家公司培训时，学到过的真实案例：

> 七十年代，一家著名薯片公司的老板把公司卖掉，套了大额的现金。很多家投行的私人客户代表蜂拥而至。高盛出手稍微晚了点，等他们和这位老板约见的时候，另外一家投行已经基本锁定了这位大客户。但高盛的合伙人费佛还是去了，双方在海边烧烤，聊了一晚上哲学和家庭。一个月后，这位老板打电话给费佛，告诉她："我已经决定把这笔理财业务给你们了。"费佛当然惊喜，赶紧说谢谢。老板又问："你不想知道为什么吗？"费佛说："当然。"老板接着说："你也知道，在你们之前已经有很多家投行访问过我。你们这些人长得差不多，穿得差不多，谈得也差不多。但只有你在晚饭后站起来帮我们洗盘子洗碗。所以我觉得，你和他们不一样。"

许家祺的大脑在高速运转，以至于陈子城敲了敲他面前的桌子才回过神来。

"想什么呢？问了你三遍都不讲话。"

"什么？"家祺如梦初醒。

"你和Maggie怎么样？"

"哦，老样子咯，有时间就打电话。现在也没时间回去香港，她也没时间过来。"

"你一天到晚飞广州，回趟家有那么难吗？真以为自己是大禹治水啊！她也是，一个小会计，哪至于就忙成这样。"

"你觉得我们俩……"家祺停住了。他知道如果他说"合适吗"，子城一定会说当然；如果他说"很爱对方吗"，子城一定会嘲笑他没大脑，居然用这种问题问别人。"唉，隔这么远，总之也只能这样了。"家祺摇摇头，反问道："你怎么样？"

"我？你还不了解我吗？我对女人的兴趣真的没有对钱的兴趣大。没事做的时候再找女人，有事的时候女人靠后。看我老爸就知道啦，男人只要有钱有势，到多少岁都有女人围着转。哈哈！原本还以为你和Maggie很快会步入俗流呢，结婚礼物我都想好了，没想到你又跑北京来了！"子城正说得起劲，家祺的手机响了，他犹豫了一下接起来，一个娇滴滴的声音隐隐约约地传出。家祺讲回普通话，一边说一边冲着子城眨眨眼。

"我今天还要加班，不知道到几点，你先睡吧……真的啊，现在还在吃饭嘛，所以有音乐声啦！吃完就回办公室了……明天不行，晚上我要去上海……我出差怎么可能带你啊，别闹了……你们怎么又要交学费？上周不是刚交过吗？……好好好，明天走之前取给你。先不跟你讲了啊，我这边还有客户。"

撂下电话，许家祺有点尴尬地摇摇头。陈子城用食指指着他，眯缝着双眼，阴阳怪气地说："我说你不回香港呢，金屋藏娇了啊！都说香港人来内地第一件事就是包二奶，你还真是不辱使命诶。"

等子城戏耍够了，许家祺将他和丫丫相识的来龙去脉和盘托出。"我也不知道怎么搞的，她就自己搬到我那里了。你说一个女生，也不好赶人家是不是。本来也没真想跟她拍拖，现在好了，我自己都说不清了。唉，你以为我很enjoy（享受）啊。我很无奈的！我也不知道该怎么跟Maggie交代，你可千万别八卦啊！嗨，我算是见识到了，国内的80后，真是全世界最开放的。我跟她认识第一天跳舞，她就敢伸手摸我那里。"

陈子城侧过头有点不屑地说："大佬，我不知道你是花太多精力在工作上，所以感情就变白痴还是怎么回事。这样的女人你都搞不定啊！这种来路不明的美女太多啦，都搬去你家，你家是收容所啊？善良仁慈不是体现在这里的！你这样早晚要吃女人的亏。"

"也没你说那么严重。她一个二十岁的小女孩能怎样，也花不了多少钱。帮我打理家务，交水电费，送洗衣服，找清洁工，有时间还煲汤做饭，多少也能照顾我。比Maggie对我好多了。男女之间的事，只有当事人才明白。"许家祺不是在为自己辩护，他说的是实情，丫丫漂亮不说，更是温柔有加。她有时抱怨女朋友的"老公"给钱都比许家祺大方，更多的时候，她时刻沉浸在抢到包装精美的优质潜力股的虚荣和满足中。她很清楚家祺在香港还有个女友，但她丝毫不觉得这对自己是威胁。周围有不少二奶转正的成功案例，何况那个香港女人也不是大奶。

周瑜打黄盖，一个愿打一个愿挨。这句话用在许家祺和丫丫两个人身上都适用。

不管交往的初衷有多卑微多愚蠢多轻率，在不追求结果的前提下，恋爱本身依然可以是甜蜜的过程。这是许多人都不得不承认的恋爱规则，要不然哪儿来那么多纠结无果的错鸳鸯？

那天晚饭后，陈子城回酒店休息了，许家祺又回到国贸办公室，细心准备第二天要带去上海的材料。他把之前已经发给过星宇证券的四十八页的PPT材料精减成一份十六页的说明书，运用很少的文字加以大量一目了然的图表表示。他把篇幅重大的"BGC简介"修改成了"BGC优势"；剔除掉浓墨重彩的"合作模式"当中没有实质内容的条款；又特意加进去一个"日程安排"的表格。在这个安排里，BGC有信心在一个星期内通过内部审批，貌似一个月内就可以签订合作意向书。为了防止王安青英文不溜，许家祺连夜翻译出一个中文版。这可不是件轻松的活，要中英文一一对应，并且在幻灯片格式里和所有的图表说明同时配套，不能错页，这对中文能力也很有要求。全部改好后，许家祺精心打印出两套，每套都只有薄薄四张纸，从中间一钉，像一本16开的小人书，轻便小巧，任何一个提包里都塞得下。之后，他把其他的电子资料都拷在BGC专用的移动硬盘里。王安青在去美国的漫漫长路上不能查邮件接电话，却不妨碍开电脑看材料，这是个绝好的机会。一切妥当之后，天空已经泛起了鱼肚白，长安街上的车辆渐渐多了起来，北京又迎来了新的一天。

在回公寓的出租车里，许家祺用黑莓发了封邮件给May，同时抄送给了David，大致内容说他刚刚加完班，会晚点到办公室，另外请May确认当晚去上海的机票和酒店。这是公司的规矩，如果加班到凌晨，早晨可以晚到，但必须在下班的时候给行政发邮件，因为邮件上会记录你离开的时间，同时抄送你的上级老板。尽管刘定坤和许家祺同为副总裁，出于对他的尊重，这种时候许家祺也总是抄送给他，反过来，刘定坤加班之后，从来都只通知May。邮件发送时间显示2007年3月30日，5:38am。又是个不眠夜。

几个小时后，上午10点半，许家祺端着杯楼下星巴克的咖啡出现在办公室。靠近前台坐着的May正一板一眼地接电话："不好意思，刘总没有秘书，我是他的行政助理，您有什么事情，我也可以转达。"任何一个岗位，都有属于自己的称谓禁忌。比如秘书，她们永远都说自己是行政，深恶痛绝别人称其为某秘书，宁可说自己是助理；比如会计，尤其是四大、投行里有财务背景的"洋会计"，他们不讨厌accountant这个词，却厌恶被称作某会计，他们自我介绍的时候往往这样说：我是做财务工作的。事实上，一般人听到"行政人员"想到的第一个工种一定是秘书；而对于所谓"财务工作的"职业判断也多半是会计。

看到许家祺拖着箱子进来，正对着电脑搭财务模型的Stephen抬头问道："你要出差啊，下午还有个电话会哦。""我知道，晚上的飞机。"许家祺没精打采地回答。在投行，谁也不会因为加班至次日凌晨而获得肯定、同情、钦佩或者哪怕一句感叹，不论男女。因为这件事情就像吃饭一样稀松平常，甚至比吃饭还平常。否则一周九十个小时的工作时间是怎么累计起来的。除了配合许家祺争取广州星宇这件事，Stephen手上还接着两个准备在香港H股上市的项目，正没黑没白地研究公司财务报表，准备Prospectus（招股书）。他来北京，多少有点迫不得已，经理做到第三年，是个很关键的时候。香港办公室和他一样三年级的经理一共有三个，摆明了年底不可能一起提，而北京办公室只有两个经理，一个一年级，一个二年级，提副总裁的几率无论如何也比香港高。所以他来了，带着点无奈，来到了这个陌生且没有感觉的城市。来北京之后，他工作更努力了，反正下了班也没事可做。

连着两个电话会议，先跟客户讨论路演的行程安排，又带着券商律师和公司律师"吵架"。听不同立场的律师们开会，真是世界上最痛苦的事：他们永远不会承认对方正确，永远都是自己有理，口若悬河，引经据典，毫不示弱。不管是资深的合伙人，还是二三年级的小律师，自坐定立场的那一分钟起，就抱定信念真心相信自己是真理的使者。这种训练从法学院一年级就开始，坚定无比！不是很有功力的人，根本不可能打断他们，引导这种会议向着可行的方向发展。许家祺口干舌燥地抬起头时，已经下午2点半，他心里一紧，又开了一个半小时。BGC的常用律师是美国排第三的著名外所，合伙人每小时的平均费率都在八百美元。粗算一下，刚才这一个半小时，BGC已经花掉了两千美元。这样下去，项目做完怎么也都要上百万美元的律师费，又要超预算。许家祺"粗暴"地打断了律师们关于一个法律意见书是否能出的争论，匆匆结束了会议。他伸伸懒腰，尚不觉得饿，但无论如何也得吃点东西了。公司雇的北京阿姨不失时机地走来询问，家祺请她去楼下赛百味买份6寸火鸡三明治。"蜂蜜燕麦面包吧？"阿姨已经掌握了他的规律。"对，谢谢！""每天都这个点才吃饭哪行啊，年轻不觉得，时间长咯，身体受不了的。"家祺笑笑不应，这个道理他当然知道，可不趁着年轻奋斗，留着好身体，老来奔波苦吗？

许家祺摘下无绳电话耳机，半边脸都发烫。这个小玩意简直就是专为投行设计。因为每个人每天都有无数电话要打，一边打一边还要在电脑上改文件，双手都不能被占着。办公室又是开放空间，用免提，难免互相干扰。北京的办公条件算最好的，香港、东京办公室的人口密度差不多是北京的两倍，经常能看到大办公区里每个人都叽里呱啦地对着电脑说话，说到嗓子痛，也没能顾上和挨着坐的同事打声招呼。

每件事都刚忙了个开头，时间就指向了下午6点半，May款款地走过来提醒他该出发了，否则赶不上班机。许家祺一边收拾材料，一边皱着眉头跟Stephen交待几句，匆匆下了楼。去机场的路上，他犹豫再三，直接给广州星宇的王安青打了电话。本来想试试晚上有没有见面的可能，被对方委婉地拒绝了，语气倒很客气。是啊，不看僧面看佛面，就算没有陈家父子的关系，BGC的面子也不能不给，都在金融圈里混，说不定哪天有遇到的时候。看来一切希望，都在明早那半个小时。这样想着，许家祺在红眼飞机上迷糊过去，身上的毛毯滑落都全然不觉。

3. 柳暗花明

没有一个人可以真正对自己的命运做主，即便是通晓易经的大师们，也无法掌控未来。然而，这种无助和无奈背后，隐藏着让我们眷恋红尘的巨大力量。因为不知道明天的快乐和痛苦，我们孜孜不倦地求索，盲目而执著。

与王安青的早餐会进行得非常顺利，在四季酒店的西餐厅里，许家祺似乎很随意地穿着套黑色西装，没有打领带的白衬衫两颗扣子自然敞开，浆过的衣领衬托着他充满自信的脸。尽管只有半小时，他却没有直奔主题，反而很自然地先聊起和陈家的交情，聊起从剑桥到北京的经历与关系网。

"小伙子很优秀啊！你以前的校友和同事也都很厉害哪。"大约十分钟后，王安青调整了坐姿评价道。

"哪里，王总。我们都刚到内地来发展，很多都不懂，您要多提携。"许家祺以一个年轻人对前辈的姿态很真诚地表达。"关于合资的事"，他话锋一转接着说，"现在开放国内证券市场，的确是千载难逢的好机会。星宇证券的情况我大概也了解一些，BGC觉得您的公司将会是非常合适的合作伙伴。"

"哈哈，星宇不是我的公司，是公家的。小许啊，BGC的实力我当然清楚，但你应该也听说过，'日新'已经跟我们接触有一段时间了，现在掉头，大家不都浪费时间吗？"

"JV（合资企业）的合作期限至少都是二十年，如果多花点时间能换来更好的合作前景，我认为是绝对值得的。谈合资不是谈恋爱，有更合适的，就应该鼓励见异思迁，移情别恋。你说呢，王总。"

"哈哈，我看你们年轻人谈恋爱也是这个路数啊。"王安青有点沙哑的笑声在西餐厅回荡起来，他是真被眼前这个小伙子逗乐了。

许家祺低头一笑，内敛中透着镇定自若："中国企业在美国上市，现在刚刚开了个头，以后会有更多商机。您可能还不知道，我们BGC的全球CEO之前就是纽约证交所的副主席。这些资源都是'日新'没有的。这可是亚太到全球的提升。"

"嗯，接着说。"

"BGC在全球的影响力和经验，不用我多说，您一定都知道。这次到现在才跟您联系，坦白地说，主要是因为我们也和其他公司在谈，但还没有签意向书。就我所知，星宇和日新也还没有签意向书，所以大家都有选择的机会。"

"你们已经和我们公司的人接触过了吧，有材料吗？"

"和李副总见过，材料也都发过。这是我整理的一个概述，比较简单，您可以先看看。这个U盘里有其他材料。"

"呦，准备得真齐全！你心很细啊，小许。"

"应该的，王总。不耽误您太多时间了，有问题您随时和我联系。"

"好，最后一个问题。"

"您说。"

"星宇是BGC的backup（后备选择）还是？为什么你们同时谈两家，不浪费资源吗？"

"呵呵，王总这么直率，我也很坦诚地跟您说，最后肯定只能签一家。BGC这么安排是确保争取到更好的合作伙伴；而我的priority（首选），是星宇！我只能先说这些。所以您放心，我肯定会积极推进这件事。"

王安青若有所思地点点头，起身准备离开，他注意到许家祺拉回座椅，把掉在地上的餐巾拾起来放在椅背上。在上海到香港的飞机上，王安青仔细阅读了那份十六页的材料，实质内容没有太大的突破，谈不上比日新的好，但肯定也不比它差。他闭上眼睛思索日新和BGC的优劣。说心里话，他多少有点排斥日企的文化，但这肯定是拿不到桌面上的理由。另外，他有点纳闷，为什么李副总从没跟自己提过他见过BGC的事，只一味地推进与日新的合作。合资公司的董事长必须由中方股东委派，至于具体由谁担任，还没谈到这么深入的问题，李副总天天陪着日新的人转悠，难道是惦记这个？王安青哼了一声。得再跟BGC这个小伙子见见面，外国人能同时和几家谈，我们为什么不行，他心想。

飞机刚落地，王安青立刻打开手机给许家祺拨过去，他表达了自己的兴趣并提出有机会再面谈一次的想法。没想到，许家祺在电话那边哈哈笑起来："王总，好巧啊，我正准备飞香港，家里有点事。您一会有空的话，我可以去找您。"两个人约好了下午4点在酒店见。这边，正在出租车上往虹桥机场赶的许家祺挂了电话立刻打给May："帮我订最近一班上海到香港的飞机，把回北京的票取消了。"

投行有这样一种氛围，越紧张越兴奋。不论是低级别的交易员、分析师，还是高层的MD，在时间和难度的双重压迫下，必须要让自己兴奋起来，调动每个细胞去把不可能变成可能。抬手之间，上千万美元进出，这不是简单的逐利，那么多最优秀的年轻人进入这个行业，他们用青春的汗水和无限的创造力改变世界的规则。

许家祺就是这样一个典型，虽然连着一周每天的睡眠时间都不超过六小时，此刻的他完全感觉不到疲倦了，大脑迅速运转着，分析着即将面对的种种可能和应对措施。在候机厅打了几个电话，广播通知登机的时候，手机又响起来，蓝牙耳机已经开始低电报警，是丫丫。许家祺犹豫一下接起来。

"干嘛呢，一天都没消息，短信也不回。你几点到北京啊？晚上我约了米妮一起吃饭。去金钱豹好不好？"

"随便你。我今天不回北京了，我得回香港，马上登机了。"

"回香港？怎么回事啊，没听你说啊。你不回来，我们吃什么饭啊！为什么回香港？

是不是她叫你回去的！"

"工作上的事啦。你自己去玩吧，走之前不是刚给了你五千吗？我周一就回北京。"家祺有点不耐烦。

"许家祺！你把我当什么人啊！这么敷衍我！你不许去！回来给我说清楚了！"丫丫娇滴滴的声音变得尖利起来。

"丫丫，别闹了好吗，我有工作，你天天没事做，理解不了。我不能跟你说了，要起飞了。对了，你要是出去玩记得把门锁好，还有，这周末最好不要给我打电话，好吗？"许家祺压着性子，说完就挂了电话关了机。

这是他跟丫丫之间最大的矛盾，这个二十二岁的小无业游民，完全不懂工作是怎么一回事。所有的加班、开会、陪客户，在她看来都是借口，最终的目的就只是一件事：泡妞！而所谓事业理想，她就更无法相信。她的圈子里，大家都坚定地相信，男人拼命赚钱就是为了睡更多的女人。许家祺这样拼命地工作，又长这么帅，一定每天都有大批女人往上拥，他也一定不会只满足于一个女人。这就是丫丫的逻辑，是她全部的念头。丫丫的愤怒还没喊出声，电话里就传出了嘟嘟的声音，气得她眼泪不由分说流下来。

下午与王安青的会面非常顺利，谈到了许多早晨没有涉及的具体合作方案。许家祺隐隐地感觉到，王总心里的天平正在慢慢倾斜过来。他按捺着兴奋，认真又谨慎地演算股权比例等数据。王安青频频点头，欣赏地看着眼前这个积极又不失稳重的小伙子。两小时很快过去，王安青主动向家祺伸过手来，虽没有任何承诺，但那用力一握，让许家祺信心大增。

道别后，许家祺拨通了Maggie的电话。因为是临时返港，反倒不似平日里那样公务冗繁。Maggie在电话里并没表现出太多惊喜，在经历了许家祺离开最初几个月的不适后，她已逐渐习惯了男友的经常缺席和不定期出现。双方约好许家祺直接去Maggie住处等她。

香港是一座四季忙碌的城市，而春暖花开的香港，仿佛总比别处孕育着更多希望，连空气里都悬浮着美好和幻想。许家祺已记不清自己有多少年未曾如此闲散地走在香港的春天里，他想起小时候，坐着从中环始发的双层观光巴士，沿着皇后大道东转，驶上黄泥涌峡道，路旁新绿的枝杈敲打在车窗上，一边是绝壁峻岭，一边是碧海蓝天。

半小时后，许家祺来到了Maggie的住处，位于新界的伟景花园。Maggie工作后的第二年，为了能有独处的空间，租下了这间五十平的小两居。家祺走进电梯，转过身来，一眼便看到了电梯门上那道划痕，曾经无数次，他搂着Maggie，斜靠电梯壁，正对着这道略显突兀的划痕，静候电梯起降。屋子虽然有人定期打扫，但总显得缺少人气。许家祺走向落地窗，拉开窗帘，不远处就是青衣花园的人工湖。阳光照进屋子，一切变得熟悉起来，家祺打开冰箱取了罐饮料，靠坐在沙发上。电视里凤凰台正就国际油价大幅飙升做着背景分析；电视上方，挂着他们去尼泊尔旅游时买回来的"冥达拉"唐卡画。

Maggie很快到家，见到突然造访的家祺有点兴奋地问长问短，进门依然习惯地把手提包递给他，然后换鞋。许家祺看着Maggie，轻轻地把她搂进怀里，低头闻着发间那熟悉的味道，心里涌起几分歉疚之情。Maggie总体优雅大方，发嗲撒娇的频率略略偏少。只在吃饭时，挨着许家祺坐在餐桌的同一侧。Maggie不擅烹饪，很少为家祺下厨，唯独热衷于熬粥，虽然口味也未见得怎样，生火做饭，才有几分家的味道。比如今天。两人聚少离多，舍不得把短暂的温存时间分割，又在家里喝起了粥。许家祺喝完第二碗，侧头看Maggie一眼，正巧她一直托着头注视着他。饭后，许家祺先洗完澡，躺在床上等Maggie，听着卫生间里流水和吹风机的声音交替着响起和结束，直到女朋友舍近求远从自己这侧爬上床。Maggie把脚搁在许家祺身上，趴着，于是两人静静地摆成一个"T"字。对于家祺而言，和Maggie做爱，便如同整场恋爱一样，有一种"合适"的感觉。男人在熟悉的定式里呆久了，会渐渐习惯和接受，纵然心底仍然渴慕着不期而遇的别样体验，但身子依然会心甘情愿地周而复始下去。Maggie事毕很快睡着了，许家祺在黑暗中睁开眼睛，关于北京的一切重又浮现，竞购、谈判、会议，最后，丫丫一闪而过。

此时，北京，王府井东方新天地地下一层的山水居里，丫丫从下午开始，已经坐了整整五个小时，直到快9点时，闺蜜米妮过来陪她。这五小时里，丫丫无数次拿起手机，想给许家祺电话，每每在通讯录里翻到名字的那一刻，又生生放下。丫丫对许家祺的依恋是真实的，但也记得许家祺唯一一次对自己恶脸相向，便是有次许家祺去广州出差，生意遇挫，自己却不停"骚扰"，后来许家祺回京整整两天没同她说话。因此，尽管想着许家祺可能正和旧爱缠绵，心里五味杂陈，却终究没有勇气拨通电话。

米妮一落座就察觉丫丫情绪不佳，隐约猜出多半因为感情。米妮在学校住丫丫隔壁寝室，两人原来并无来往，因为一次在后海酒吧的偶遇，也就渐渐走近了。米妮是丫丫身边最早走入"被包一族"的，包她的是个姓刘的山西煤老板。刘老板在临汾老家有糟糠老妻，平时只要有进项，对男人在外面广开门户也就睁一眼闭一眼了。刘老板自从北京开了办事处，继而在东二环几个小区圈了几十套商品房，索性一年中也就两三个月回山西。刘老板在认识米妮前，在北京城东南西北养了四房姨太太，和米妮最初也就玩玩，不料米妮人虽80后，心机却着实不浅，几番手腕轻抖，竟成了刘老板的"独宠"。

女孩间，虽常有闺房密语，但大多不肯全盘托底。丫丫在米妮的询问下，先也半虚半实，架不住米妮连哄带劝，还陪着掉了几滴眼泪，最后断断续续把和许家祺的事儿说了个大概。米妮听完反倒笑了，说："还当多大事儿，不是姐姐我说你，平时你就没心没肺，一颗糖就能忘了痛。既然想要攥牢潜力股，不下点猛药怎么成？"丫丫听了心里一动，其实自己也不是没想过拆散许家祺和Maggie，看趋势许家祺这些年多半常住北京了，凭着自己夜夜相伴，徐图缓进，总不怕他飞了。经米妮一说，反倒觉着形势紧迫，于是就势请教起米妮当年的成功经验来。

北京的春夜，一场细雨正洗刷着白日的沙尘，尽管枝头点缀着绿意红蕾，却还没法脱尽冬衣。丫丫从东方新天地出来，若有所思地走在长安街上……

4. 小三转正

许家祺是在午饭前到达北京机场的。在从机场出来的出租车上，许家祺拨通了丫丫的电话："干嘛呢？"

丫丫："逛街……你回来了？"

许家祺："嗯，晚上我早点回来。给你带了礼物。"

丫丫："呵呵，难得你还有心。心虚了吧！"

许家祺："呵呵，先不说了，下午有个会，争取早点回去。"

丫丫钓上许家祺，除了脸蛋，也靠了体贴腻人的天性。虽然有时不免使性过度，但大多数时候，许家祺倒也颇享受这种小妹妹式的温柔纠缠。许家祺跨进家门的时候，菜已经上桌，荔枝腰花，干烧鸡翅，西芹百合，外加一个墨鱼牡蛎汤，看得出小丫头很是花了些工夫预备这顿饭。还没等许家祺把包放下，丫丫两条胳膊已经缠上了脖子，半嗔半嗲地问："回香港快活够了，终于记起来还有我呢。"许家祺笑着说："才两天，至于么。"丫丫狠狠在许家祺脸上亲了一口，说："不怕你飞了。"许家祺赶紧从包里掏出礼物，丫丫打开盒子见是一对施华洛世奇的水晶耳坠，亮闪闪的碎钻围出一对展翅飞翔的小天鹅，喜悦之情溢于言表。这是许家祺趁着上午飞机起飞延迟的当口在机场买的，当时想回北京丫丫免不了一通无理取闹，带个礼物没准能少些折腾，这会貌似还真发挥功效了。

此后的一个多星期，许家祺继续沉浸在星宇争夺战里。自从和王安青香港面谈之后，星宇方面对双方合作的热情明显有所提升，许家祺又飞了一次广州，王安青尚未回国，接待他的由先前的李副总换成了卓副总。

这天，原本Stephen在跟的项目临时生变。南京一家在H股上市的公司准备做一次定向增发，大股东主动找到BGC，一切都按部就班地进行。哪知早晨开市，公司突然发了个停牌公告，而与之联系密切的BGC却全然不知。更为意外的是，公司的财务总监电话一直关机，投融资总监则是始终不接。情急之下，Stephen找到许家祺，和香港总部蔡庆杰安排了一场紧急电话会。电话会议开到晚上10点40分，网上突然爆出消息，说这家公司的董事长，前一天晚上被警方从南京禄口机场带走调查，涉嫌"操纵市场"和当地一名政府官员的落马案。蔡庆杰立刻中断电话会议，要求所有与会人员对此事保持沉默，不得对媒体对外界发表任何评论，如果警方提出协助调查，须立即上报。

许家祺下楼买了杯咖啡，凝神望着对面同样灯火通明的建外SOHO，心绪却仍徜徉在千里之外的秦淮河畔。气氛前所未有的紧张，他刚才分明看到Stephen的汗水顺着额角渗出，内地公安的工作作风，早就有所耳闻，自己心里多少也有些忐忑。手机铃声响了半分钟，许家祺才下意识摁了应答键。

"干嘛呢？"是Maggie的声音。

"加班。"

"一个人在办公室？"

"很多人。"

"哦，别太辛苦了。"

"有事么？"

"没什么……有点想你。"

"哦，马上还有会，你早点休息吧。"

第二天是周五。下班后，许家祺难得陪丫丫去万达影城看了新上映的恶搞片。丫丫不停吃着爆米花傻呵呵地笑，许家祺觉得无聊透顶。这时口袋里的电话震动起来，是Maggie，他犹豫片刻，按了静音放回口袋。走出影院已近12点，家祺发现手机上已有五个未接，全是Maggie。家祺往地库走，一边给Maggie回电话，一边摆手示意丫丫别出声。

"怎么啦？有急事？"许家祺竭力让自己的声音显得若无其事。

"怎么不接电话？在哪里？不会又在办公室吧！"Maggie连珠炮似的一通，明显带着发难的口吻。

"哦，今天下班早，放松一下，刚看场电影。"许家祺对待女人，基本上不扯弥天大谎，对于需要隐瞒的情节，一般采用回避手法。

"和谁啊？从前可没见你一个人看过电影。"Maggie不依不饶。

"同事，好几个人呢……你连打五个电话，就为问我干嘛啊？"轻描淡写搪塞过去后，许家祺反客为主。

"嗯……家祺，最近不知怎么了，经常会莫名其妙地想你。早知会那么快派你去北京，真不该支持你去BGC。"Maggie的声音趋于平静，透着依恋和无助。

"傻瓜，我们认识那么久了，我都明白。没事啦，北京和香港那么近，呵呵，再说我们不是才见过么。"许家祺一边说，一边瞥了眼不远处的丫丫，她只是冲他笑笑，依然很配合地默不作声。

"好了，我到地库了，信号不好，你早点睡，别胡思乱想。挂了哦，晚安。"许家祺匆匆挂了电话，坐进他来京后买的银灰色的奔驰SLK，一路上丫丫倒也相安无事。

自打从香港回来后，丫丫似乎变了个人。很多次许家祺根据以往经验判断她必然发飙或是"寻衅滋事"的时候，丫丫却表现出异乎寻常的平静。从前，有关Maggie的任何线索都会成为发难的由头，这阵丫丫仿佛对有关Maggie的一切视而不见，甚至在许家祺接Maggie的电话时，总能无需提示便很配合地静音。

反倒是Maggie，开始了每天电话查岗，时间固定在晚上11点至12点之间。Maggie时而情绪波动，似乎急于探究什么；时而欲言又止，却传递着绵绵哀怨。刚开始，许家祺并没有太在意，两地分居的恋人如此也不为怪。遇上许家祺在加班，或是和丫丫在一起亲热的尴尬时刻，应付Maggie的来电不免成为棘手的问题。许家祺或是跑到阳台洗手间好言抚慰，或是事后回电推说在开会……总算也都对付过去。但许家祺明显感觉，Maggie越来越脆弱，对自己的怀疑也与日俱增，波澜不惊的表面下，暗潮汹涌。

一个星期后的周五下午，许家祺出乎意料地在白天接到了Maggie的电话。

"家祺，想见我么？"Maggie开门见山问道。

"当然想，只是最近实在太忙，得等下月才能回香港。"这也是实情。

"没关系，我可以周末来看你啊。"Maggie的回答出乎许家祺意料。

"别……"意识到不妥，他赶忙改口，"最近周末都加班，来北京我也不一定有时间陪你，而且你上班也累，周末这么奔波太辛苦啦……忙完这段，下月就回去陪你。"

"只要能见到你，辛苦算什么。除非你不方便。其实，我刚订了明早的航班，本想给你个惊喜的……"Maggie直接宣布了结果。

许家祺怔了几秒钟："那一会你把到达时间发我，我去接你。"

"好的！"Maggie迸发出久违的轻松语气。

"喂，丫丫么？"许家祺紧接着拨通了丫丫的电话。

"哎呀，睡得正香呢……"丫丫在家无聊，没事就睡。

"你赶紧起床收拾东西，先回宿舍住两天，Maggie明天过来。"许家祺没绕弯子直奔主题。

"怎么，要赶我走？"丫丫的语气也听不出太多情绪。

"不是，她就过个周末。我不想搞出太多麻烦，委屈你暂时回避几天。"许家祺解释道，"或者你出去玩玩？但东西得寄存在别处。"

"好吧，谁叫她是'大奶'呢。"丫丫很爽快地答应了，还不忘调侃一句。

"对了，让张姐一会再过来做下保洁。让她细致一点，额外算钱。"许家祺想起了什么，"你那些洗漱用品都别落下。"

"行，放心吧。"丫丫爽快地答应。

当晚，许家祺9点时就赶回住处，又给了丫丫五千块。送走她，许家祺里里外外检查一遍。对付"大奶"的突然袭击，丫丫似乎很有经验，不仅把床上的枕头收去了一只，餐桌上的花瓶都消失了。家祺心里松口气的同时，又有点隐隐不爽。

许家祺终究没能分身去机场接Maggie，因为星宇的卓副总突然来了北京。幸好把钥匙留给了保安，Maggie在许家祺的住处等到晚上8点才见他回来。两人外出吃了晚饭，回来的路上家祺还特意给Maggie指了国贸。这夜许家祺和Maggie因为小别重逢，自然缠绵一番。

周日早上，许家祺醒得很早。身旁Maggie仍在熟睡，长刘海斜盖在脸上，一只胳膊露在外面。想起自己和丫丫，许家祺心里泛起一丝愧疚。正出神的时候，手机响了。

"你啊……这么早，又出差北京？"许家祺踮着脚跑到客厅接电话，怕惊醒Maggie。

"呵呵，没打扰你的春梦吧，早起的鸟儿才有食吃嘛。"原来是陈子城，昨天来的北京，办完事想起找许家祺，顺便问问BGC和星宇进展如何。

"别废话了，Maggie昨天过来了，这会正睡觉呢。"

"啊，突然袭击，你没露出马脚吧……哈哈，你这点本事总还有的。不过呢，两人世界还是容易出故障啦，不如我请你们一块吃饭，帮你转移注意力，如何？"陈子城建议道。

"嗯，这样也好。你和Maggie也好久没见了，我一会同她讲。"许家祺正愁这一天怎么安排，陈子城这个主意妙极，省去自己不少心思。

"12点半西长安街盛祥饭庄，很有特色，香港很难吃到这种口味哦。"

"谁啊？"Maggie的声音从卧室里传来。

"子城，约我们一块吃饭。"

"肥仔啊，好啊，好久不见，没想到来北京还见上他。"Maggie对陈子城印象不错，毕竟子城是不多几个真正了解许家祺的人。

北京对于吃食的兼容并收，要远胜过其他。以粤菜为例，自打传入京城后，凭借丰厚底蕴和不断创新，形成了今天"独大"的局面。当然，陈子城之流可不会跑到北京来吃粤菜。这盛祥饭庄，主打苗家菜，尤以花江狗肉闻名。更难得的是，盛祥饭庄所在的小四合院，本是京剧大师马连良故居，环境清幽，很得闹中取静的真趣。爱吃的人来了北京，大多先从鸭子、涮肉这些大众名牌入手，用不了多久，便一个个嗅着味道钻进胡同深处。盛祥饭庄自然也逃不过陈子城这样水准的吃客。

Maggie对狗肉没表现出太大兴趣，却对店里的"苦丁密茶"情有独钟。陈子城和许家祺则一边大快朵颐，一边相互爆着当年留学时不为人知的糗事。一杯冰啤下肚，陈子城忽然转头对Maggie说："两地分居不好受吧？"

许家祺瞪了子城一眼。

Maggie苦笑，说："感情要修得正果，哪少得了磨砺。只要彼此有心，还是可以克服的。"陈子城意味深长地望着他们："我是真心盼你们早日珠联璧合。家祺么，我了解，事业为重的类型，好在Maggie通情达理，家祺你小子还是有福气，哈哈！"

许家祺接口说："还是多操心你自己吧。我和Maggie这么多年，早默契无间啦。"

Maggie订的是晚上8点的返港航班，从盛祥回来，许家祺陪着Maggie收拾行李。中间接到星宇卓副总的电话，希望他下周去趟广东。Maggie在这当口去了洗手间，洗手时发现纸巾刚好用完，看到洗手池下有一小柜，便顺手打开，里面果然有备用纸巾。Maggie抽出一卷，不小心把另一包什么东西带出来掉地上了，低头一看，是一包开了封的卫生巾……

"家祺，有个问题一直想问你。"Maggie回到客厅，许家祺正替她把行李箱拉上。

"什么？"他也没回头。

"一个人在北京寂寞么？"

"嗯，怎么突然问这个？"许家祺转过身来。

"其实，很多男人，都会在工作的地方找个女孩，也能理解，需要嘛。"Maggie像是替许家祺回答了自己的问题。

"呵呵，也许吧，你该了解我，再说平时那么忙，就算想也没时间啊。"许家祺笑着说。

"家祺，我不希望被骗，就算你因为一时寂寞有了别的女人，你告诉我，我也会原谅你的。"Maggie的神情突然严肃起来。

"你在说什么？行了，别胡思乱想，一会吃点东西再去机场。"许家祺一边说，一边伸出手，想把Maggie搂过来。

Maggie甩开许家祺的胳膊，从背后拿出那包开了封的卫生巾，"那你解释下这个？"

"这……怎么回事啊？"许家祺的确莫名其妙。

"洗手池下面柜子里的，你自己，总不会需要这个吧？"Maggie的语调有点急促。

"在我的洗手间？不可能啊！我……怎么会有这种东西？"许家祺汗水都渗了出来，难道是丫丫的？

"对，没准是保洁留下的吧，她一周要过来两次。"许家祺辩解道。

"做保洁的把卫生巾留在你的洗手间，听起来也太神奇了吧？"Maggie明显对这个解释表示怀疑。

"天哪，我真不知道……你怎么啦？以前你从不这样疑神疑鬼啊。"许家祺倒打一耙。

"家祺，如果有什么，我只希望你对我说实话，我们可以一起面对。"Maggie始终是受过良好教育、在写字间工作的克制女人，自己也知道一包卫生巾说明不了问题。

"哎呀，真的没什么啦，我不会骗你的。"许家祺有点不耐烦了。

Maggie嘴唇咬得发白，眼泪在眼眶打转，终于还是忍下委屈，终止了对卫生巾事件的纠缠。去机场的路上，许家祺想安慰她，又不知说些什么。机场告别时，Maggie突然说："家祺，我相信你，我希望我们之间什么事也不会有，一直好好的。"许家祺点了点头，不知如何作答，心里泛过一丝苦楚。

其实，Maggie这段时间的电话查岗和突袭，都不是心血来潮。许家祺离开香港的第二天，Maggie曾接到一个陌生男人的电话。

"Maggie小姐么？"

"是啊，你是？"

"我是谁不重要，我只想善意地给你提个醒，许家祺在北京，并没你想的那样忠诚。不信，你可以每天晚上给他打电话，晚一些吧，不用多久你就会明白的。"

"你是谁啊？我们认识么？喂，喂！"

对方匆匆挂了电话，Maggie后来几次再拨回去，都无人接听。她思前想后，终于按捺不住疑惑，开始了电话查岗。因为感觉许家祺在电话里说的不尽属实，后来又专门飞了趟北京。从北京回到香港，那包卫生巾总在Maggie的脑海里挥之不去。她想起陈子城在盛祥说的话，总觉得事情绝不像许家祺解释的那么简单。

许家祺周一匆匆去了趟广州，当星宇的卓副总把草拟的合作意向书摆在他面前时，许家祺激动得不敢相信。此外，王安青也结束了海外考察，提前回到广州，直截了当表达了和BGC合作的诚意。事情顺利得异乎寻常，许家祺心里计算着，照这个速度，自己拿下星宇的时候，刘定坤大约还泡在大连的酒缸里呢。

国企拿出的合作意向书，内容非常简单，几乎不涉及任何具体合作条款，旨在表达合作诚意和关系的确立。许家祺第一次见到这样的MOU（合作意向书），连排他和保密条款都简单得只有三四行。不管怎么说，总算有了初步进展。他费尽心思翻译成英文，发给BGC在香港的法律部门，又追过去四五个电话，解释"中国国情"。法律部的效率很高，当天下午就返回来修改后的Mark-up（标记）版本，考虑到意向书是Non-binding（无强制约束力）的，也没有提出太为难家祺的要求。许家祺及时反馈给卓副总，又耐心解释BGC的内部合规要求，几个回合下来，不土不洋、不中不英的合作意向书基本定稿，双方都明显看到了合作的美好前景。关于这些进展，许家祺挑了个合适的时候向亚太主席蔡庆杰全盘托出，大老板兴奋地立刻飞赴北京。刘定坤的出乎意料和措手不及，连May都看得出来。当许家祺拿着通过双方法律部审批确认的二十二页意向书给蔡庆杰时，刘定坤也匆匆和大连那边定了稿。蔡庆杰左右衡量一番，召集风险、税务等部门一起开了电话会，最终拍板和广东星宇合作！

之后的一个半月，许家祺带着律师、审计师、评估师和卓副总的团队天天泡在一起，调查广州星宇证券公司的公司情况，评估净资产，起草交易文件。他的工作热情和战斗力突显出来，谈判中的韧性和清晰的逻辑思维也令人佩服。家祺一天连续开六七个会，晚上11点，送走最后一拨人，又开始独自对着电脑读上百页的报告，在几十个财务模型上演算公司未来的现金流、收益率。一时之间，许家祺成了办公室的主位，几个分析师，还有后勤行政人员，都以他的需求为先。终于，合资公司的SPA（股权收购协议）、Shareholder Agreements（股东协议）等一系列交易文件都确定终稿，A股市场的丰沛资源，仿佛已经在向BGC招手。

2007年5月26日，许家祺永远都不会忘记，那天他做了件令他一生骄傲的大事。

BGC与日本日新抢购广东星宇的事，早就被外界传得沸沸扬扬，却一直没得到任何一方证实。5月26号这天，BGC和星宇在广州花园酒店十分高调地举行了合资签约仪式。日子是王安青请易经大师算过的，宴会厅里高朋满座，省市领导来了一圈，各大媒体就更不胜枚举。许家祺作为BGC代表上台斟满香槟塔时，台下闪光灯闪得他眼睛都睁不开。这是中国加入WTO后，外资进入中国证券市场的一大步，是星宇、BGC，甚至中国金融证券业都值得载入史册的里程碑。第二天，各大主流媒体都报道了此次盛宴，选用的照片不是王安青和蔡庆杰剪彩的那张，而是胸口别着鲜花、神采奕奕的许家祺。财经版的题目是：广东星宇BGC喜结连理；时尚版的标题则是：投行精英钟爱Hugo Boss（正是家祺身上西装的牌子）。许家祺提醒自己，越是这种时候越要小心行事，低调做人，但毕竟是个二十九岁的年轻人，兴奋和喜悦溢于言表。这些天他也常想起Maggie，不时打电话，多些关怀虽然无法根除芥蒂，但总是聊胜于无。

又过了快一月，这天恰巧蔡庆杰来京，大家照例招呼他出去吃晚饭，他却说还没给许家祺庆功，要他选地方。家祺推托不过，选了老板中意的大董烤鸭。席间推杯过盏，气氛融洽。年轻的许家祺没有辜负老板的器重，恰映了"春风得意马蹄疾，一夜看尽长安花"的痛快。酒过三巡回到家，丫丫刚洗完澡，正裹着浴袍打网游。许家祺回来，她立刻起身钻进他怀里撒娇，"又去哪喝花酒了啊，金屋藏娇都留不住你……"说着撅起小嘴，一双杏眼却是流波微转，藏着不尽的温柔。许家祺这几天心情大好，于是笑着冒出一个新学的词："小样儿。"顺势将丫丫拦腰抱起，径直向卧室里去。

许家祺把丫丫放到床上，刚用鼻尖抵着她开始亲昵时，丫丫的手机突然响了。"真讨厌……"她推开许家祺，用手摸索着摁了电话，然后凑到许家祺耳边轻声说，"亲爱的，你可以继续了。"许家祺趁着这春风得意的劲，抖擞起精神，着实享受了一番鱼水之欢。还有一处不同寻常的是，丫丫一直"老公"、"家祺"的喊个不停，许家祺只当小丫头情不自禁，倒也很受用这样的别出心裁。

千里之外的香港，Maggie听着手机里不堪入耳的呻吟喊叫，甚至不时迸发出的"家祺"两个字，只觉得自己浑身的血液都开始倒流，四肢越来越凉，脑袋却越来越涨痛。她挂断电话，颤抖着拨通了许家祺的号码。原来，Maggie接到的匿名电话，就是丫丫找人打的。这一切，都在她的计划中，按章继续。这天晚上，Maggie照例纠结着北京之行的种种可疑无法入睡，突然想何不再尝试拨下那个匿名号码。也是天公不做巧，偏偏两人正享受床笫之欢。丫丫骗许家祺说挂了，其实偷偷摁下了应答键……

家祺和丫丫正在高潮处，本不想接听，无奈电话一遍遍执著地响，他担心工作上有要紧的事，只得草草了事，无比扫兴地摸出电话。又是Maggie。家祺心里略略一沉，除了紧张还有不悦。

"喂，还没睡啊?"他清清嗓子。

"许家祺！你戏演得真好啊!!"Maggie带着哭腔喊出了这几个字，声音在发抖。

"又怎么啦?"许家祺预感到一丝不妙。

"怎么了? 你和别的女人上床，用不着瞒我，更不用让我听……真恶心! 许家祺，你太过分了! 你不是人!!"Maggie开始歇斯底里了。

"什么乱七八糟的，莫名其妙。"许家祺心里一惊，但又自信没什么差错。男人的直觉告诉他，这种时候越理直气壮，越有利于和原配的关系和谐发展。一旦承认，就万劫不复了。

"这个时候你还要装! 旁边那个贱人怎么闭嘴了，刚才叫得不是很起劲嘛!"Maggie没想到许家祺事到如此还在装无辜，不禁悲愤交加。

"……"许家祺一时间浑身冰凉，Maggie的失态是他们交往的三年中从未有过的，他意识到问题的严重，更有一连串没有头绪的疑问。他慌忙套了短裤下床，带上门走到客厅。

"Maggie你怎么了? 我都被你说糊涂了。你别发火，我们好好说行吗? 也许是你多疑了。"家祺小心试探。

"我真不理解，事情都到这个地步，你装傻还有什么意义？非要我捉奸在床你才认吗！138XXXXXXX，这个号码你不会陌生吧。拜托你们两个贱人下次不要在我用过的床单上搞，我嫌恶心！"她口不择言，用生平所知的最恶毒的话来攻击，仍不解恨。

许家祺心头的疑团更重了："Maggie，你查我电话？还监视我？"他下意识地看看四周。

"我！我……"Maggie不是遇事有静气的女人，这样的情况就更没经验。再加上也确有查岗突袭这些自己都觉得不太地道的行为，被许家祺如此一反问，反而面红耳赤，"我才没那么无聊！不做亏心事，不怕鬼敲门！自己去找狐狸精，有什么资格来质问我！"憋了半天，总算吐出一句。

黑暗的卧室里，丫丫赤裸着身子坐在飘窗上，拉开窗帘打开一扇窗，悠悠地点燃一支中南海。她有点兴奋有点紧张却并不害怕，静静等待着下一刻的暴风骤雨。她早料到会有这一幕，也想好了应对措施，一切都在她的掌控之中。丫丫掐灭烟头，起身拉开床头柜的抽屉，那把瑞士军刀还在原处，她深深吸了口气套上睡裙。许家祺做什么工作，丫丫一直都搞不明白，但自从看到他英俊潇洒的照片在网站上出现后，她就确定他不仅是个有钱的帅哥，更蕴藏着巨大的潜力，因此她必须要让自己成功"扶正"。为了这个理想，付出点血的代价也值得。

"Maggie，你听我解释。"客厅里，许家祺还在焦头烂额地安抚"正室"。"事情不像你想的那样，我承认是我不好，对不起，我错了。但我跟她真的只是玩玩，不是认真的。她连大学都没读过，我怎么可能娶她呢！她的出现对我们的感情根本不会有任何影响，你相信我好不好……"许家祺压低声音解释。

"到底还是有，对吗……"Maggie膨胀的愤怒，像被戳了一针的气球，突然就偃旗息鼓，化作了无声的眼泪和伤痛。

"Maggie……"许家祺越发不知道该如何回答了，想起这些年的过往，也黯然神伤。

"……我现在不想说了，头疼，明早还要上班。让我静一静。"Maggie擦干眼泪，深深叹了口气，无声地挂了电话。

许家祺在沙发上瘫坐片刻，突然想起什么，猛地起身回到卧室。丫丫像只受惊的小鹿一样不安地站在床边。

"你能不能给我解释一下，这到底都是怎么回事?!"

"……"

"Maggie为什么会有你的电话?!"

"我……家祺，我不知道，我真的不知道！"丫丫哇地哭出来，"你叫我搬走，叫我别打电话，我都照你说的做了。呜——我真的不知道她为什么会有我的电话。对了，也许她在你手机里找到的啊！"

"Maggie从来不动我电话。"许家祺的声音冷冷的，他开始怀疑这个学表演的女孩子眼泪的真假。

"那，那我怎么知道！"丫丫边哭边跺脚，"你应该去问她啊！你逼我干什么！"她一屁股坐在地上，放声痛哭。片刻，她啜泣着说："家祺，我知道我配不上你，你也从没正眼看过我，可我真的爱你……其实我能找到比你更有钱的，但我不愿意，你知道为什么吗？"丫丫侧过头来，眨着泪水婆娑的眼睛看着他，"因为只有你能给我希望！让我觉得我能改变自己的命运，不再过那种没有根基被人瞧不起的日子……家祺，我没对任何人讲过，我其实不是上海人，我在浙江一个小城市长大的。十岁那年爸妈离婚了，后来他们又各自有了家，都不要我。我有个表舅在上海做生意赚了点钱，他供我读完初中，我就去上海投奔他了……我什么苦都吃过，你知道没钱没希望的生活多可怕吗？我特别害怕被抛弃，特别害怕失去你！真的！呜……"这次丫丫说的都是真话，也难怪泪水那么无助和动人。

许家祺心里也难受起来，说到底他还是个好男人，见不得女人受委屈。他走过去想扶起丫丫，却被她一把抱住腿。她半跪半坐地仰着挂满眼泪的小脸看着他，家祺的心一下子软了。

"好了，别哭了。今天不说了，等明天大家都冷静了，我们再好好谈。"家祺把丫丫扶到床边坐下，双手顶在前额上深深叹了口气，"我脑子里一团乱，她怎么连我们俩做爱都知道，唉，Maggie今天一定崩溃了。"

"许家祺！"刚刚安静下来的丫丫突然歇斯底里地咆哮起来。"你还在怀疑我是不是！要怎样你才肯相信我！为什么你永远都只想着她，那我呢，我算什么？你有没有想过我的感受，啊！"

"丫丫，这种时候拜托你就别添乱了好不好！"

"我没有，家祺，我没有恶意！你不要离开我好吗？哪怕就这样偷偷摸摸的，我都无所谓，只要你别离开我。"她扑通一下又跪在他脚边。

许家祺的脑袋快要炸开了，他觉得丫丫真的有点神经质，时而暴怒，时而卑微。他起身去扶，她就是不起来，边哭边喊让他答应不会离开她。许家祺觉得自己也要疯了，他一把推开她，丫丫砰一声摔在床头柜上，张大了嘴看着他，喃喃自语道："你真的不要我吗？"她突然转身拉开抽屉，摸出那把殷红色的瑞士军刀，还没等家祺看仔细，一刀划在左手腕上……

第二天11点，正趴在丫丫病床边打盹的许家祺被手机吵醒。丫丫没事，那一刀划得不深，只割破了些毛细血管，没挨着动脉。医生打了镇定情绪的针，她才终于昏昏睡去。电话那头的男人喂了两声，家祺才听出来是王安青。他急忙定定神，让自己听起来兴奋点。

"小许啊，你还在睡觉吗？"

"没有，没有，王总，您说！"

"唉……你们在证监会有没有熟人啊？"

"证监会？没有哦，我们很少直接跟他们打交道，怎么了？"

"唉！"王安青叹了口气接着说，"我一个朋友早上打了个电话，说咱们那个合资申请，好像没有通过啊。"

"啊！为什么！我们又不是第一家？有什么理由不批呢？！"许家祺只觉得一个激灵，立刻清醒过来。

"说是现在政策有变，外资进国内证券市场的步子迈得快了一点，要收口。具体原因，我那朋友也不知道，本来还想看看你们能不能打听到呢。唉，算了，还是我自己想办法做工作吧。你们老外更弄不明白中国的事。你密切关注一下新闻吧，等一公开就都晚了……"

许家祺呆若木鸡地站在病房窗口，电话断了很久，他拿着手机的手依然停在耳边。这个世界是怎么了，昨天还是春风得意，今天就已焦头烂额。

许家祺没有冲澡没有换衣服（这在投行是不可接受的），穿着T恤直接冲向办公室，在路上又给保洁张姐打电话，让她立刻去医院照顾丫丫，付三倍工钱。许家祺不知道自己现在回到岗位上会有什么帮助，但总不能眼看着项目就这样流产。回到国贸，蔡庆杰改签了回香港的飞机，正在小会议室等他。显然，老板已经得到信息，两人互通了消息，分析了种种可能，就是没有对策。最后，蔡庆杰突然问："你今天不是请假了吗，家里有事？"

"呃……对，有点事。"

"年轻人，工余时间怎么玩我不管，但不要因为这些事情影响工作。当初选了你，也是考虑到你单身负担少，不要让你的优势变成劣势。今天这种情况，无论如何你作为项目负责人也不该请假的。一会可能有机会去拜访一个证监会的朋友，你这样怎么去呢？"

许家祺的脸憋得通红，没说出一个字。

一个小时后，许家祺换好正装和老板在金融街富凯大厦的咖啡厅汇合。两个人各自忙着回邮件、接电话，并没有太多交流。整整一下午，证监会的工作人员进进出出，老板的"神秘嘉宾"却始终没露面。其间保洁张姐打来电话，说丫丫醒了，问他什么时候回去。"不知道!"许家祺生硬地答完就挂了电话。

　　快6点时,万里晴空突然乌云密布,一场雷阵雨毫无征兆地落下来。正要下班的小白领们,举着电脑包文件袋挡雨,踩着水在街道上跑起来。许家祺独自来到大厦门口点燃一支烟,茫然地看着匆忙的人群,眉头紧锁。今天发生了许多不可思议的事:从小到大连架都没打过的自己,竟然对女人动了手;从小到大始终是老爸老师老板们的心头之好,竟然被蔡庆杰批了。家祺是个自尊心特别强的人,换做别人,蔡庆杰那番话可能也就是左耳进右耳出。可他却久久不能释怀,以至于整个下午和老板之间都有种说不清道不明的疏离感。

　　晚上9点,在打了无数个电话后,蔡庆杰无奈地摇摇头宣布撤退。两个人驱车回到国贸,一路无语。一进办公室,就看到刘定坤眉头紧锁地坐在电脑前,他招手示意他们过去。家祺近前一看,只觉得一阵眩晕,新浪财经上赫然登着:证监会审批不过 BGC星宇合资停摆!

　　晚上11点,许家祺实在没心情继续呆在办公室了,于是独自下楼,在长安街边点支烟,怔怔地望着街上人来人往,车去车还。合资的事已没有回旋余地,他突然想起后院的烂摊子。不知Maggie这一天是怎么过的,该给她打个电话了。许家祺其实不算"花心"男,尽管具备足够"花心"的条件。Maggie是个不错的伴儿,温柔贤惠,识大体,可许家祺总觉着缺了什么,因此虽然"合适",却迟迟没有结婚。至于如何处理这场危机,他心里没底,一方面不清楚Maggie的态度,另一方面,也不知道自己到底想要怎样的结果。

　　"喂,是我。"许家祺拨通了Maggie的电话。

　　"……"Maggie没作声。

　　"你还好吗?"

　　"……"依旧是沉默。

　　"那件事,我也不想多说了,是我不对。不过,真没你想的那么严重。没告诉你,是我想自己处理,不必要搞成这个样子。"许家祺尽量把关于工作的不良情绪搁在一边,心平气和地说。

　　"你在哪里?"Maggie突然问。

　　"……公司楼下。"许家祺没想到Maggie这样问。

　　"忙完赶紧回去吧,她还等着你呢。别在我这里浪费时间了。"Maggie的话虽然扎人,语气倒异常平静。

　　"Maggie,别这样好不好。相信我,会处理好的。"

　　"家祺,我们在一起三年了,我知道你能力强,有抱负。以前什么我都信你,都听你。这次，让我自己做个决定……你这辈子会遇到越来越多的女人，我早晚留不住你。你真的很棒，棒到女人个个都想要，可我没力气天天去和别人抢。我只想过平静的小日子，你给不了我要的幸福。"Maggie这次看来是下了决心。

"Maggie，不要这样说好不好！我们在一起三年，怎么能因为这一件事把之前都否定了呢！"许家祺故作的平静瞬间难以为继了。

"不是否定，是面对。如果我们真那样好，为什么不结婚呢？你一直在犹豫，一直不甘心对不对？"

"我……"这句话直截许家祺的软肋。

"别不承认。还有谁比我更了解你呢……今天一天我都不知道怎么过，二十七年里最不知所措最痛的一天。我也想过原谅你，我跟自己说，如果你中午12点之前打电话给我，我们就重新开始。"

"Maggie，我确实想过给你打电话的！但是，唉，怎么跟你说，我今天工作出了大问题，她昨晚还割腕，我都快疯了！"许家祺痛苦不堪。

"别跟我说她的事，我不想听！……我不怪你，但是没打就是没打，这是天意。"

"你，怎么可以这么轻率地作决定呢，你不是这样不理智的人啊！"

"你错了，这是很理智的决定。出了这么大的事，感情还是要给你的工作让位，我还要给另外一个女人让位，这说明什么？说明我，我们，在你心里都没那么重要，也许你自己都未必明白。这样的你，就算再完美，就算能给我一座香港城，也不是我要的。"

女人就是这样奇怪的动物，百分之九十九的时光里，她都犹豫不决，需要有人指引方向，可一旦她做一次决定，多半比男人还要理智、冷静、决绝。

"你什么意思？"许家祺有种被电击的感觉，毕竟是一段用心投入、时日不短的感情。

"不是我的意思，家祺，是我们共同的选择。就到这里吧！"Maggie一字一顿地说。

"你是说——分手？"许家祺艰难地吐出这个词。

"家祺，每天都有人牵手，每天都有人分手。我都能做到，你一个男人更没问题，成千上万的漂亮小姑娘等着你呢！"听得出，Maggie强忍着难过故作轻松。

"Maggie，别这样好不好，要分手，也等我回趟香港，我们面对面地说！"人在失去的时候，总是习惯性地挽留，不论是不是你真心珍惜过。

"何必呢。"Maggie很决绝，"不说了，再说又该难过了……过段时间，也许我们还能做朋友。"

"Maggie，我绝没想过因为她和你分手！"许家祺在车水马龙的国贸桥边，近乎绝望地朝着手机大喊。不知道Maggie是否在挂机前听到这句两人相恋这些年里许家祺最大分贝的吼声。

走在CBD里的匆忙人群，从来无暇顾及路边求爱的鲜花或者分手的眼泪。在恒生和沪深股市跳跃闪烁的大布景下，在国贸和银泰围成的钢筋混凝土舞台上，人们在行进间便完成了取舍；那些自以为活色生香的剧本，不过是每一秒都在重复的麻木故事。

May们在熟睡，Stephen们在摩天大楼亮着灯的小窗里拼搏，丫丫在忐忑地窃喜，Maggie瘫坐在曾经无比甜蜜的双人床上。

许家祺却不知道，此刻的自己该回办公室，回公寓，去医院，还是，消失……

5. 上市前奏

转眼又快半年。

大成集团要上市的事，在圈子里风传不是一两天，尽管如此，当陈子城一脸严肃地和许家祺谈起此事时，家祺还是一愣。大学里天天张罗"做事"的小兄弟，什么时候已经是江湖上叱咤风云的少东家了。陈子城雄心勃勃的样子，让他回想起当年那个满脸青春痘激情澎湃的少年，忍俊不禁。

"喂，大哥，这有什么好笑，我家一样付钱好吧！我可是看在咱俩多年交情的份上，照顾你生意噢！"

"哈哈，好，多谢多谢。说说看，你的想法？"

陈子城从电脑包里拿出一沓材料，有大成集团简介、合并的财务报表、项目概况等等。他喝一口咖啡润润嗓子，将自己先融资拉战投，再海外上市的两步走计划充满感情地娓娓道来，连时间表都已做了个大概。

"我的计划，一年准备期，2008年底，借着奥运的中国浪潮，在香港纽约同时上市！到时候，我爸就有可能是中国首富了！你觉得怎样？"

看着子城烁烁生辉的眼睛，许家祺也由衷地为他高兴："很好啊！你已经想得很深了，大成应该趁现在再多拿几个优势地块，加大土地储备量；做一两个品牌项目，提升资产价值。2008年没问题，我帮你联系战投，不用别人，BGC的直接投资部有一个分部专做商业地产投资，天天拿着钱找好项目。最喜欢你们这种Pre-IPO（上市前融资）的，等上市过了锁定期，战投就退出。这样，明天我就帮你约他们部门的中国首代，就在我们楼上，大家见面好好聊。"

子城兴奋地跳起来："好！说定了！我们一起往前推，等上市，少不了你的好处！"

"别说那些，你给我也不敢要。我们总算能一起做点大事了，但愿不要像当年那个失败的网站啊，呵呵。"

"怎么会！失败又不是成功他后妈！不许说丧气话！加油！"

陈子城伸出右手，和许家祺在空中响亮地击掌，如同一起经历的无数次篮球、棒球、足球比赛。这些默契，是在一次次虚拟战斗中建立起来的，是兄弟之间最宝贵的情谊。张爱玲有句话说得好：出名要趁早！两个不到三十岁的年轻人，要玩一票数十亿美元的大买卖，也许他们不够稳重深沉，但那种由内而外的激情和梦想的力量，可以点燃周围所有人。

再苦再难，也要拼搏。梦想是唯一的指引，奋斗是唯一的路。

许家祺说到做到，第二天，就安排了陈子城和BGC全球商业地产投资部（GREI）的中国首代——Eric程蔚见面。开会前，程蔚对他的助手童谣说："真是踏破铁鞋无觅处，得来全不费功夫。谁都想在大成地产那里掺和一下，没想到他们自己送上门了。"

三十六岁的Eric程回国快三年，已经做到了Managing Director（董事总经理）的位置。八十年代末的春夏之交，他决绝地告别清华前往美国时，从没想过有一天自己会回到这片土地，不问政治，不谈理想，只着力扮演好人生的另一个角色——银行家。四年前，三十二岁的程蔚还只是副总裁级别，他只身一人从香港回到北京，开展GREI中国区业务。事无巨细，全部亲历亲为：小到招聘秘书，租办公室，大到组建业务团队，争取市场。这个平台从无到有，从小到大，倾注着他多少汗水和心血。如今，GREI的中国区业务，已经排名亚太地区（不含日本）首位，累计投资达十亿美元，年均回报率25%。这样骄人的成绩，让程蔚连跳三级，刚刚三十六岁，已经升任了投行里的最高级别——MD。如今，在国内房地产金融圈里，程蔚已经是个能够呼风唤雨的大人物。在BGC内部，也同样具有传奇色彩。当年，程蔚还在香港的时候，太太生孩子，凌晨两点，医院打电话说太太难产有危险，他不紧不慢地离开办公室，临走，还不忘跟同事们交待第二天早上的周会。大家满心欢喜地打赌他第二天早上一定不会来。可谁也没想到，8点整，程蔚已经准时坐在办公室，用他桌上的八爪鱼电话跟各方连线……给他干活，是学习的难得机会，但绝对是件苦差事。He is a machine（他是个工作狂）。这是历任下属对他的评价，但这并不妨碍他平步青云。尽管他的履历很快就由已婚变成了离异，却丝毫不影响这个实力雄厚又充满魅力的男人对更多更漂亮更年轻的女人无法抵御的吸引力。

许家祺并不是第一次见程蔚，早在他刚刚调任BGC投行部（IBD）北京办公室时，就来此拜过山门。程蔚手中掌握着大量开发商资源，据说每天都有房地产大亨通过中介或者朋友找上门来洽谈融资事宜。这其中就算只有十分之一的企业做上市，也够投行部吃一年。会议安排在下午两点。吃过午饭，许家祺带着陈子城来到位于三十八层的GREI办公室。这个办公室只占楼层的四分之一，整体面积不如IBD大，人也没他们多，但却宽敞通透，设计和装修都十分典雅，低调中尽显奢华。据说，这也是程蔚亲自设计的，拿出了自己在美国多年设计师生涯的积淀。

四个人落座后，一一介绍。得知这所谓的"执行董事"陈子城，即是大成地产集团董事长陈大成的公子，程蔚心里暗喜，看来这事有谱。坐在他旁边的女孩，看上去二十四五岁，名片上的抬头是"分析师"，投行业务部门里级别最低的一层。但就是这样一个位不高权不重的女孩，总是让人忍不住多看两眼。因为她生得漂亮，有一种幽兰吐芬、梅竹清寒的美。她穿着石青色的雪纺套裙，乌黑的长发松散随意地挽在颈后，领口水纹的设计很有特色，更显得玲珑的锁骨暗地生香。她坐在一边安静记录，微笑倾听，流转的双眸温婉多情，犹如秋水含烟，又似潭水清澈。她几乎不施粉黛，皮肤透亮得吹弹可破，微笑的时候，整齐的牙齿和月白色的玉石耳环交相辉映，越发显得双唇红润娇俏。许家祺有点恍惚，不知她是哪国人，如此精致内敛的气质与国内的年轻女子大相径庭。直到她恭恭敬敬递上名片，用标准的普通话自我介绍，他才否定了判断。"你好，我是Elaine，童谣。"

许家祺双手接过名片。陈子城在一旁打趣："哎呀，想不到投行里也有如此美女啊！"程蔚哈哈大笑，透着自豪："投行人才济济，帅哥美女都不缺！不过绣花枕头我们可不要的。"

言归正传。陈子城铺开材料，讲起了大成集团的发家史。从1994年第一家公司成立，到现在拥有开发、建安、装修、广告，甚至家具制造的集团公司，只用了十三年时间。如今，房地产市场发展迅速，大成集团在全国各地的房地产项目已经不下二十个，公司上下正积极寻求一条国际化的资本运作道路。陈子城还特别提到了他们正在参与竞标的一个地块，位于广州市核心区域，占地面积2万平米的珠江新城13号地。

"如果最终能拍下这块地，我们要把它打造成一个地标性建筑，做商业、服务式公寓、写字楼加酒店的大型综合体。所以，除了在公司层面上，想请BGC做一个Pre-IPO的集团融资外，我也特别看重这块地，如果你们有兴趣，还可以针对13号地再做一个项目融资。"

程蔚不动声色地点点头："这个项目是有点意思，看你最后能多少钱拿下来吧。上个月珠江新城拍出去一块地，楼面价就过万了。有多少利润空间，还得仔细算算。Elaine，你去白板上画一下他们的公司结构。"

童谣马上起身，拿着白板专用笔描画起来。两三分钟的工夫，一幅清晰的组织架构图就呈现在白板上：十几家公司间的股权关系、持股比例、境内外分布、注册资本金、实收资本，全部罗列在上。子城心内一阵感慨，要知道这个图，大成集团许多老员工都未必看得明白，更别说做到心中有数。看来这个不声不响的小姑娘，把他刚才的每一句话都掰开揉碎，铭记在心。

"要是投公司怎么做结构？"程蔚抱着手臂，跷着二郎腿坐在长桌旁发问。

童谣看了看白板，大约十秒钟后回答："大成在香港有一个现成的SPV（特殊目的公司），用它做壳，把准备上市的资产都装在这下边，"她一边说，一边用红色的虚线连接，"审批顺利的话，重组大概两个月可以搞定。"

"这种重组审批要多久？"许家祺也好奇。

童谣看着他点点头："这需要到商务部在各地的分支机构审批，有些地方叫商务厅，广东叫外经委。通常的审批时间是二十个工作日，需要补充材料或是有问题，时间就比较难掌握了。而我们投资的前提条件，一定是完成审批和转让。"

"要是单投项目呢？"程蔚又问。

"不知道陈总打算用哪个公司去拍13号地？我建议单独新设项目公司，也做成境外结构，这样项目单独核算，不会和别的混在一起，财务状况都一目了然。"

"听起来不错，可时间来得及吗？境外结构做出来会很久吧？"陈子城没底。

"其实也不会。在香港随便找间律所，买个现成的SPV，两三天就能完成变更登记，也就是几千美元的事。用这个SPV到国内做一家WFOE（外商独资企业），再用这个WFOE对外设一个项目公司，顺利的话一个月就搞得定。"

童谣的一番话，让陈子城和许家祺暗地里赞叹不已。想不到这么年轻貌美的女孩子，居然还有这种本领。难怪程蔚会带着她直接面见客户，放心地看她从容应对。会开了一个小时，程蔚要参加另外一个电话会，提前离席。临走叮嘱童谣把情况都了解清楚，需要补充什么材料也尽快列个清单，好推进项目。

程蔚刚离开办公室，陈子城马上陪着个笑脸问童谣："程总刚才说IRR（内部回报率）20%是什么概念啊？"

"今天我借你一块钱，明年这时候你还我一块二，后年还我一块四，大后年还我一块七。"童谣抬眼看看他，不动声色地答。

"复利啊！这么贵，程总吓唬人呢吧？"子城眯起眼睛追问。

童谣笑了："都是这样的，还有更高的呢。其他投行现在开口都是25%了，您可以去问问。"

"这不是高利贷嘛！太狠了吧，最后不成开发商给你们资本家打工了！"陈子城故意虚张声势。

"陈总，今天我借给你一块钱，帮你买这块地，四年以后这地变成了楼，卖了五块钱，你盖楼花了五毛，我只要连本带利拿走两块，剩下的两块五都是你的。除掉税，你还有一块五。四年时间，我一块变两块；你五毛变一块五，你说谁更赚？还有，这一块五的税，是把什么都算齐了的总数，开发商最后到底交多少，你心里比我有数，省下的还不都是你的!"

"哈哈哈，"陈子城暗暗钦佩这女子账算得真快，但他还是不依不饶，"你这倒提醒我了！没错，干脆我自己花一块五去挣那五块钱好了。你光看到我花五毛钱盖楼了，你没看见我还要养活那么大一个公司，天天在各个政府部门看脸色，跟承包商喝酒打牌耗时间，还要承担各种风险。你们投完钱，拍屁股走人，四年后来收钱，哪有那么好的事。"

"我们不走啊，我们也会帮你管项目、融资，还要帮你上市。BGC是很大的无形资产，很多和我们合作的项目，因为这块牌子增值不少呢。你养活一个大公司，我当然看得到，可你那一大家子人，操的是全国二十多个项目的心，怎么能只算到这一个项目头上。至于你说，为什么不自己花一块五干，要不就是你现在没有那一块钱周转，要不就是你那一块钱留着有更赚钱的去处呢。开发商能拿出来合作的项目永远都不是最好的，当然也不能是最差的。这些都没错，我们也绝不眼红不该我们得的利。说到底，陈总，借不借钱是您说了算，您回去也得好好算笔账，如果利真的很薄，就没必要来找我们了。"

陈子城一时没了词，童谣依旧微笑地看着他，那种平静客观不带任何挑衅的眼神，让即便是无言以对的陈子城也不会气恼尴尬。

"那要是四年后，楼卖不到五块呢？"一直没吭气的许家祺突然发问。

"我们做直投（直接投资）的，和你们做上市的一样，都是买涨不买跌。这个风险肯定有，但如果大家都不看好后市的话，就不会坐在这里谈了。"

"呵呵，这都是程总教你的吗？你可真是他的好助理啊!"许家祺带着兄长一样的笑容对童谣说。

童谣黑亮的眼睛凝视他两秒，顶着浅浅的酒窝笑着答："哪里，Clinton，我们都是BGC的好员工。"语气中似有嗔怪，大概是暗地埋怨他不帮着自己说话，反倒向着客户去了。聪明的家祺听出了其中味道，一阵尴尬，脸竟然红了。童谣完全没想到身为副总裁的许家祺，居然像少年般敏感，她垂下浓密的睫毛，兀自笑了两声。

会开得很顺利。陈子城当然早就知道20%的故事，也早就关起门来算过账。童谣说得没错，刀没架在脖子上，伸手去借那么贵的钱，一定是有更大的利可图。现在万事俱备，只欠拿地。他一边赶回公司准备材料，全面进入上市筹备阶段；一边催促许家祺跟进与GREI签订LOI（合作意向书）和CA（保密协议），好尽快进入尽职调查阶段。家祺不敢怠慢，这不仅仅是哥们的事，更是关系到BGC两个部门的大买卖。程蔚这边效率非常高，当晚11点，童谣就发出了第一稿意向书和保密协议。陈子城像打了鸡血一样带着律师在广州连夜审稿，第二天上午11点，发出了修改意见。几个来回后，第三天下午4点，许家祺收到抄送给他的邮件：

陈总：

　　您好！附件为保密协议和合作意向书BGC签字页扫描件。原件已于今天（2007年10月16日）下午从北京发往广州。DHL编号为078-7621-230。烦请您在收到后，以邮件形式确认。我们会在收到贵司签字页原件后，予以书面确认。

　　如有任何问题，请随时与我联系！

　　顺颂商祺！

童谣

许家祺看着黑莓露出了笑容，生意场上女人不多，美女就更少见，脑子清楚干活麻利的简直是稀缺资源。难怪程蔚那么器重童谣，她大概就是传说中GREI的当家花旦吧。我这边也要加快进度，家祺心想，立刻拨通了律师朋友许世斌的电话。说到在国内房地产领域有资源有经验的内资所，许世斌毫不犹豫地回答："金达啊！他们房地产部很厉害。那个合伙人经常上中央台给大家普法。不光精通法律，生意上的事也懂，绝对不较真儿，特符合你们投行要求。"

"是吗？我可不要那种死搬条文，把生意都搅黄的律师啊。"

"明白，明白，你找他就对了，姓杜。我们所前阵在一个案子上跟他们碰过，挺厉害的。他手下有个姓李的女律师，更不是饶爷的孙子。一会我把杜律师电话发给你。"

"好啊！哥儿们你不赖哦，当年金达没要你，还能不计前嫌给他们介绍客户，呵呵！"在北京转眼已是一年多，许家祺已经可以学两句京腔，尤其在跟许世斌讲话的时候，总是情不自禁带出来。

"哥——儿——们，我什么时候赖过啊！哈哈！"

许家祺拨通了那个电话，说明来意。对方杜律师一听是BGC，很热情，简单问了下项目情况，报价二十万。杜律师说话很干脆，感觉得到人也灵活，有点生意人的意思。最后他说："许总，我现在在成都出差，下周才能回北京。你们要是着急，我可以让我们部门的李律师明天先去跟你们碰一面。我听你的意思，也就是个普通的尽职调查，李律师经验很丰富，没问题。"

李律师？家祺心想，这大概就是许世斌提过的很厉害的女律师，当下答应下来。无论如何尽职调查也不能拖到下个月，何况见识过童谣的精明干练之后，许家祺对内地的职业女性很有好感，信任度颇高。

6. 不靠谱女律师？

早上9点半，May桌上的门禁电话响起，有客人来了。

"你好！" May用免提接起来。

"你好。我们跟肯尼迪约好的。"一个无精打采的女声传来，用标准的普通话一字一句地念着英文名字。因为是免提，办公室的人目光都被吸引过来。

"肯尼迪？对不起，我们公司没有这个人。"这是哪来的农民，May很不客气地回答。

"嗯？哦，那是华盛顿吧！"那个女声丝毫没有不好意思，大大咧咧接着问，普通话里还带着点京腔。

这个时候，办公室的人都明白了，大家哈哈笑做一团，May决心逗逗她，就是不说正确答案，"我们这里也没有叫华盛顿的，小姐你到底找哪一位啊？"

"你是BGC吗？"大概是听到了屋里的笑声，那个声音有点不悦了。

"是的，小姐。我这里是BGC投行部，楼上是直接投资部，都没有叫华盛顿的。"

May听到来客问旁边同来的人："怎么回事，我记得是个美国总统的名字啊？"

"布什？"

"不对，三个字的。"

"克林顿？"

"对对对，克林顿，这个人总有吧！"

"这个有，你先进来在外间会议室等一下吧。" May忍着笑回答。

从茶水间走出来的许家祺看众人笑得前仰后合，听大家七嘴八舌讲了来龙去脉，看看表，9点半，正是和金达李律师约好的时间，难道是她？家祺拿着名片走到外间会议室，一个又瘦又高的女孩正指着窗外中央电视台的地基对身边的男人说："这个地方风水就是不好，将来一定要出一次大事才压得住。"她的超短裙短得不能再短了，七寸高的鞋跟显得两条长腿又细又直，上身的黑色蕾丝衬衫衬托得人越发瘦骨嶙峋，绝对模特身材。人不算十分漂亮，但很有特点：眼睛大，嘴巴大，说起话来表情丰富。

许家祺简直不敢相信自己的眼睛，可也只能硬着头皮招呼："李律师？"

那女孩转过头来，上下打量他一番，大大方方地伸出手："你就是克林顿吧。你好，我是李艾。你秘书反应好慢啊，一个办公室坐着都联想不到是你！这是我助理，大周。"

许家祺一时不知该说什么，只好和那个被唤作助理的穿着西装身材魁梧的男人握了握手。转眼间，李律师已经手脚麻利地打开了笔记本电脑，撅着屁股趴在会议桌的中间卡槽里插电源。

"刚才听李律师说，那边风水不好，这个你也懂？"为了活跃气氛，许家祺没话找话。

"略懂。"

"哦，干律师的也信这个？"

"不矛盾。"

李艾惜字如金，连眼睛都不抬一下。坐在一边的大周赶紧打圆场："李律师的父亲是人大国学专业的教授，对易经很有研究！"

"是吗？那你怎么干律师了呢？"这倒真让许家祺诧异。

"我妈是警察！"李艾把脑袋从电脑屏幕后边歪过来，盯着许家祺的脸掷地有声地答。

"啪！"还没等家祺反应过来，她一把摊开个粉红色Hello Kitty笔记本。"哪个公司要做尽调？说说情况吧。"

许家祺只觉得汗水顺着脖子流下去，这个律师，到底靠不靠谱啊？

一个人在正常的商业社会里，显得格格不入，却依旧可以滋润鲜活地生存下去，一定在其他方面有超常的过人之处来弥补，如此，人们才会宽容他，原谅他，尊重他，依赖他。李艾就是这样一个典型。她个性乖张，特立独行，大大咧咧，潇洒自得。但是除了她，没有一个律师可以将公司法房地产法倒背如流，对这三年里证监会、银监会、商务部、外管局、发改委的所有文件如数家珍。实务方面，李艾也是一把好手，从2003年开始在金达实习，工作四年多，李艾独立接的案子已经直逼所里的初级合伙人，气势了得。

当然这一切，在与客户的最初十分钟交谈中，是看不出来的。深入接触后，你就会被她彰显出的实力所折服，尤其是律师和律师短兵相接时，你一定会为雇了李艾而感到骄傲。那尖锐通透的分析判断，滔滔不绝的口才，说法论据的超强记忆力，咄咄逼人的气势，常常令对方律师溃不成军。那天的会议进行了十分钟，许家祺就有点体会了。李律师的推理能力特别强，常常是家祺还在讲背景，她就把结论说出来了。这样原本以为比较复杂的会，不到四十分钟就清清楚楚，省了不少时间。最后家祺问她："杜律师说一个星期出报告，你觉得呢？"

李艾咬着笔杆看看他："他跟你说的啊，那让他自己出吧。"

"呵呵，李律师你别开玩笑。他跟我说二十万一周出报告，但是还要等你看了材料后才能定下来，所以我想听听你的意见。"

"你肯定没跟他说有二十一家关联企业全部要做尽调！而且这其中有十三家都是在九十年代就成立的。仅仅大成地产这一家公司，就变更过三次名称，换过七次股东，增资四次，要把这其中的来龙去脉全查清楚，别说一个星期，一个月都未必够。二十万？你照着二百万准备吧。这不是一个房地产项目尽职调查，这整个就是一个上市尽调。我要和证券部的同事一起协作才能完成。"李艾的眼睛像照相机一样，材料都是过目不忘。

许家祺觉得她说得有道理，但是时间不等人啊，陈子城等着BGC下个月就先放八千万美元，把13号地拿下呢。

李艾的大眼睛忽闪两下，接着说："你们时间那么急，我建议就先做'佛山成地'吧。不是想用它来拿新地嘛，就目前的材料看，它成立时间不算长，比较干净。一个星期能出报告。"

许家祺手扶太阳穴，在心底默算时间，当即拍板："行，就这么定了。明天我们飞广州，我一会把机票和酒店信息发给你。"

"好，我让杜律师把Engagement Letter（聘用合同）尽快发给你。你们顾不上签也行，明天出发前给我用邮件确认一下报价，省得日后麻烦。如何？"

"没问题，应该的。"

"好，多谢，合作愉快！"

李艾昂首挺胸，大步流星地走出去，又高又壮的助理大周像只松狮一样唯唯诺诺跟在后边。一个星期内，见了两种完全不同的女人。看她们的样子，应该都是所谓的80后吧，许家祺心想，真是不可小觑。

在电梯口送走了李艾，许家祺爬楼梯来到三十八层的GREI办公室，迎面遇到正往外走的程蔚。

"Clinton早啊！"

"Hey，Eric。我正要来找你。刚才和律师已经碰过面了，明天尽调就可以开始。我想不如明天我们一起趟广州，去见见陈总，我跟他们谈谈上市的事，你们也可以聊聊融资的情况，我让子城安排。"

"好啊。正好周末我在香港有个会。也该去见见陈大成了，还是要老子点头才可靠。你问问童谣吧。会计师和评估师那边，她好像也在安排了，最好能一起去，省得以后一拨一拨的麻烦。我外边有个会，先出去一趟。"程蔚一边说一边去按下行电梯。

"行，我这就去问她。"

"她还没来呢，昨天好像弄到早上五六点了。你一会打个电话呗，省得跑了，这点事。"

"……"

"我先走了。时间定了后你给我个邮件。"

看着电梯门轻轻合上，许家祺竟突然被一阵不易察觉的失落偷袭。他并没有转身下楼，还是走进了GREI的办公室。开门的是满脸堆笑、热情有加的行政主管Amy。

"帅哥来啦！Eric刚出去。"Amy，仗着自己在GREI北京的工作时间和年龄都数一数二，没什么不敢说不敢做的，尤其喜欢拿年轻英俊的小伙子们开涮。

许家祺有点不好意思："我在门口碰到他了。童谣在吗？"

"她还没来。等着找她的帅哥排队呢，要不要我给你走个后门？"Amy挤眉弄眼地瞟一眼外间会议室。

许家祺想起来刚才路过时，确实看到个穿着休闲西装的男人正在打电话。

"呵，不用不用，我拿份材料给她，哪张是她的桌子啊？"

顺着Amy手指的方向，家祺看到靠窗户一个不起眼的位置，他快步走向童谣的书桌。桌上东西不少，都收拾得整整齐齐：黑白两色的文件夹在侧脊上用不同颜色的标签分门别类，黑色的大笔记本，绿色的便签纸，金色的SIGN HERE签字标，计算器，订书机，一个透明的圆盒子里放着大小不一的黑色书夹，还有五颜六色的回形针。这是一张看不出性别的书桌，没有盆栽植物，没有加湿器，没有零食，也没有护手霜。只在右上角，在一沓资料背后，藏着一个巴掌大的相框。最简单也最经典的铅灰色金属相框，四四方方，泛着幽幽的光泽，相框里的黑白照片上，两个二十出头的女孩子对着镜头笑得灿若夏花。其中一个是童谣，马尾扎得高高的，脸更圆，活力四射，和现在幽静的感觉很不同；旁边的女孩也高高束着马尾，眼睛很有风情，透着几分妩媚。

"那是她姐。"旁边桌上的女孩突然开口，吓了许家祺一跳。

"哦！是吗，呵呵，这么一说还真觉得像。你好，我是IBD的Clinton。"许家祺伸出手。

"呵呵，知道，你好，我是Vivian。童谣应该很快到，有什么要帮忙的吗？"这个面孔白净、身材瘦小的女孩子笑呵呵地回答，眼睛弯弯的。

"呃，帮我把这份材料给她吧。我一会儿打电话给她。"许家祺顺手把早上李律师留下的法律尽职调查材料清单递给她。

"好的，没问题。"

许家祺有点悻悻地下了楼。刚坐定，桌上的数字电话就响了起来。第一声，一个内部的四位号码先显示出来；第二声，名字也随即出现在屏幕下方：Elaine Tong。他一把伸向电话，又略略停顿一秒，方才接起来。电话里传出童谣有磁性的声音。

"早，Clinton，看到你的文件了。"

"呵呵，不早了！"家祺看到手表已经指向了11点。

"哦，我，昨晚加班，所以……不好意思。"童谣吭吭巴巴地说。

许家祺并没想要发难，他只是潜意识里觉得亲切才这样玩笑，却没想到童谣会因此尴尬。是啊，毕竟他们之间是上下级同事，不是简单的相差三四岁的青年男女。

"哦，没有，我不是这个意思。嗯，刚才我跟金达的律师见过了，我约他们明天去广州。你那边怎么样了？能一起吗？"

"没问题。PwC（普华永道国际会计公司）和CBRE（世邦魏理仕）都约好了，报价Treasury（财务部）也批了。我刚才看了你拿来的清单，很多材料三家都需要，一起去应该会省很多时间。"

"行，那就说定了。广州的行程我来安排，晚点我会让May把航班号和酒店发给大家。你建一个项目的Contact list（联络清单），尽快发给我。"

"是！"童谣回答得干脆利落。

又是紧张忙碌的一天。和星宇的合作失利后，许家祺越发努力谨慎了。刘定坤在办公室里的"大佬"地位更加稳固，家祺也无心去争，一心只想做好自己的事，尽快出点成绩，不要辜负了大老板的信任。好几次，对于刘定坤有意无意的挑衅他都绕道而过，比如，加班一起吃饭，大家嚷嚷着各种去处，让许家祺做个决定，他刚说必胜客，一直不开腔的刘定坤就会突然跟一句：吃了一天面包了，去金湖茶餐厅！语气坚定，不容质疑。May呢，表面上和谁都不是一派，私下里和谁都比对方亲；May会趁家祺不在办公室时，偷偷塞给刘定坤两张长安大戏院的VIP门票，还不忘跟一句：送你最合适，香港人看不懂，别浪费了；等刘定坤不在办公室时，又会大加赞扬许家祺对各种名牌的鉴赏力，还要戏谑地补充：这方面，刘总和我们有代沟！现在的职场，最聪明的人不是把自己牢牢拴在谁的裤腰带上，而是能左右逢源，四季常青，还落得正派磊落，不拉帮结派的好名声。

晚上9点，童谣把第二天广州之行的时间安排发给许家祺，同时抄送程蔚。

Clinton,

Please kindly review the attached schedule for tomorrow's meeting. If you don't have any further comments, I will send it to the Contact Group asap.

Thanks & Regards.

（请审阅所附关于明天会议的具体日程。如无任何修改意见，我将尽快发送至工作组成员。此致。）

Elaine

许家祺觉得没问题，很快作了肯定的回复。邮件发出后，又突然想起什么，犹豫片刻，拨通了童谣的电话。

"Hey，Elaine，我想我们还可以顺道去看看他们在佛山的项目，听说卖得非常好。几家中介不用去了，就你、我和Eric吧。"

"好。我稍后单发一封内部邮件，安排在第二天下午行吗？"

"行。不着急。吃晚饭了吗？"

"我吃过啦，你还饿着啊？"

"对啊，那我先去吃饭了，明早机场见。Good night!"

"明天见！"

针对工作以外任何来自异性的邀约，拒绝，几乎是童谣亘古不变的策略。比如此刻，她明明还饥肠辘辘，却不露痕迹地避开许家祺潜在的邀请。下班回家的路上，童谣瑟缩在出租车后座，陷入回忆。人都有趋利避害的天性，据此，那些不想回首的过去，如果它依然存在于现在的生活中，是否意味着，它还有些许的积极意义？窗外又下起了雨。一场秋雨一场凉。路灯下的人们举着伞，把手缩在袖筒子里。一个骑着三轮车卖煎饼的人，在泥泞的柏油路上冒着雨艰难前行。卖羊蝎子的生意又好起来了，滚烫的乳白色汤汁，正升腾着热气，再撒上把水灵青绿的香菜末，暖胃也暖心。车灯逆着雨水照出去，被水珠反射得很刺眼，合着尖利的鸣笛，童谣的心又开始紧，她皱着眉头闭上眼睛，戴上耳机。

早上在会议室见到杨阳时，足足三分钟，童谣没有讲出一句话。要不是公司的阿姨端进茶水，真不知要怎样开场。"你还是不喝咖啡？"杨阳的口气，和九年前初识时没有差别，和四年前最后一次见面时也没有差别，时光好像被封存了。像电影胶片，裁掉中间的片段，再一粘连，重新开始。可惜生活没有办法一键复原。"你怎么找到我的？""很巧，有个朋友在你们BGC纽约办公室，上个月我在他电脑上看到你们Orientation training（入职培训）的照片，竟然有你……"童谣说不清这一刻的感觉是尴尬、亲切、委屈、沮丧，还是什么。好像一个脱离部队的逃兵，又渴又饿地独自走了很久，躲着藏着，却不期然地遇到了组织。杨阳双手插在裤子口袋里，身上灰色暗格的休闲西装很洋气。他依然戴着条项链，从当年的佛珠，换做时下最流行的D&G钛钢吊坠，冷峻不羁。童谣反感男人戴项链，大概就是从杨阳开始的。杨阳也是倔，绝不为任何人改变，无论谁。不曾想这么多年看下来，童谣好像也看顺眼了。

中午，两人去南边的建外SOHO吃饭。在国贸桥下等待那个长长的红绿灯时，杨阳站在她身后，看着车流自言自语地说："你一直在躲着我们吧。"他特意将一般疑问句用陈述的口吻说出。童谣只当是没听见，灯变了，她快步朝前走。她不清楚他所说的"我们"包括谁，她甚至怀疑杨阳找到自己也并非那样"巧合"。杨阳那不到黄河不死心的执著和破坏力，她是领教过的。在一家位于二楼的精致的西餐厅里，两人相对而坐，点了海鲜焗饭和斜切意大利扁面。

"你知道吗，这些楼，盖它们的人叫潘石屹？"杨阳把菜单递给服务员说。

童谣从酒水单后抬起眼睛，等着他说完。

"他是甘肃人。"他斜着嘴角笑笑，薄薄的嘴唇很性感，像是发现了一个别人不知的秘密。

童谣垂下眼帘，面无表情地说："这楼不是他盖的，他只出钱。他是甘肃人，也不是什么秘密。帮我来杯百利甜，多加冰。谢谢！"酒水单递回到服务员手里。

"你还是没变：自负又自我！"等到服务员离开，杨阳满面阳光地笑着说，那两个词在他嘴里分明就是褒义词。

自负。自我。

出租车的窗子漏风吗？为何这样冷。童谣想起中午杨阳说过的话，眉头更紧了。那是多年前的评价，应该是说给另一个人，怎么会是自己。现在的她认真、隐忍、安静，努力为每个人着想，善意地对待所有人。然而皮囊和骨架里包裹的灵魂，永远不会被人看清，甚至自己。

童谣觉得她跟杨阳的午饭很有意思。明明是三个人的午餐，那个人就坐在附近什么地方，但是他俩都假装看不见。不锈钢的叉子卷起斜切面的时候，童谣突然期待杨阳把那个沉默的人唤醒到生活中来；喝下第一口百利甜的时候，她又打消了这个念头，担心他若真说起他该怎么办。后来果真应验了童谣的第二个期待，自始至终，杨阳也没有提到他。两人彼此问候现在的生活和工作。杨阳还在雷曼兄弟，做trader（交易员），已经在华尔街快节奏的生活里挣扎了三年，这次是休年假回国。童谣很好奇他们朝五晚四的交易员生活，他只是带着倦意，皱着眉不耐烦地摇摇头：什么wall street life（华尔街生活），就是两台电脑加无数杯咖啡。杨阳才真是自负又自我，难怪那时候他总说我们俩才相配，她心想。关于过去，他究竟了解多少？童谣不清楚，只觉得无所适从。下楼分手的时候，杨阳抬起右手像是要将起童谣额前的一缕碎发。童谣条件反射地躲开了，他的手在空中停顿了两秒，故意不算轻地落在童谣的头上，坚持拍打了两下，像长者一样说："傻丫头，照顾好自己吧，下回看到你，要胖一点。"童谣皱着眉点了点头，那表情同时写满嫌恶和难过。

还好，他很快要走了。童谣想，做好现在的自己都那么难，还有什么精力分神给过去？还是赶紧回去收拾行李吧，也不知广州明天天气如何，其实天气和行李也没有关系。她真的累了。

7. Onsite DD[①]

早晨7点半，许家祺赶到1号航站楼20号登机口时，童谣已经到了快半小时，正和程蔚在花漾咖啡厅吃早餐。三人道了早安，许家祺要了杯咖啡就听到广播登机，于是起身向登机口走去。路上有两个人跟童谣打招呼，介绍得知是PwC（普华永道）同去做财务尽职调查的会计师。许家祺他们三人都是头等舱，而这些服务机构就没那么好条件，除非混到合伙人或者特殊情况，一般都只能坐经济舱。头等舱，也是投行奢侈生活的标志之一，节俭从来都不是他们推崇的文化，不抽雪茄，不打高尔夫，不坐头等舱，不住五星级，谁会相信一个捉襟见肘的银行家呢？排队的时候，许家祺远远看到一个黑铁塔似的男人一边擦汗一边翘首看着安检口的方向，那不是金达李律师的助理大周吗？家祺走过去打招呼，大周被惊了一下，面露尴尬地说："许总，早！""早，李律师还没到？""到了到了，我刚给她打过电话，正过安检呢！"家祺看看表，距离起飞还有十几分钟。"行，我们先登机了，一会见。"说话间，一个拖着棕色新秀丽皮箱，身穿博柏利经典格子风衣的女孩风风火火地朝这边赶来。一头随风飞舞的乌黑长发，还有遮着三分之二面孔的墨镜，引来不少关注的目光。

"不好意思，许总，我迟到了！"李艾摘下墨镜。

"没事，赶得上飞机就行。"许家祺微笑问好。

"李律师……"

大周刚一张嘴就被李艾打断："你怎么搞的！叫你出门的时候给我打电话！"她怒目圆睁的样还真厉害。

"我，我打了……"一米八的大周低着头结结巴巴地说。

"你是出门的时候打的吗！你打的时候都上高速啦！"李艾的咆哮在候机厅回荡。

"没关系，没关系。"家祺赶紧打圆场，"李律师，去那边见见我同事吧，也该准备登机了。"

程蔚他们一帮人正看着这边的热闹，许家祺带着李艾和大周走过去。这时他看到，童谣微微侧过头，眯着眼睛看向这边，嘴巴越张越大。

---

① Onsite DD：现场尽职调查。

"啊——"

两声重叠在一起的尖叫,让方圆一百米开外的人都看过来。两个女孩从人群的两端冲到一起,双手紧握原地纵跳——那是李艾和童谣。

"你在金达啊!"

"你什么时候回国的?"

"毕业以后你一直在北京吗?"

"你怎么做投行了?"

……

两个女孩叽叽喳喳,有问不完的问题。最后还是童谣先冷静下来,拉着李艾对一头雾水的程蔚和许家祺说:我们是大学同学,真没想到会在这里遇到。登机之后,童谣跑去经济舱和李艾旁边的男人调座位。那人怎么都不相信会有人从头等舱换到经济舱,直到空姐出面协调,他才咧着大嘴乐颠颠地走了。

三万英尺的高空上,云海峰峦叠嶂,飞机驶离北京,以九百公里每小时的速度向着南中国前进。回忆以更快的速度飞向七年前。童谣还清楚地记得第一次和李艾说话的情景:那是大一那年的迎新晚会,时任学生会女生部小干事的李艾被派去给艺术团准备演出的女孩子们化妆,正好分的是童谣。那时已是深秋,学校没暖气,李艾冻得僵硬的手一抖,眼线笔不偏不斜正好扎到童谣眼睛里。童谣的左眼立刻红了,泪水条件反射地流下来,止都止不住。呼拉一下围上来一群人,手忙脚乱地咋呼。十八岁的李艾也有点犯傻,之前就有人私下跟她说,千万别分到童谣,那女生特拽。可让李艾万万没想到的是,童谣左手捂眼摆摆右手说:"没事,是我自己眨眼了,等会还得麻烦你再补一下这边,泪水把妆都冲花了。"等人群都散尽了,李艾帮童谣补妆,化着化着自己乐起来。

"笑什么?"童谣问。

"刚才把我吓坏了。"

"怕把我捅瞎了?"

"不是,怕你把我吃了。"

童谣微微睁开眼睛,嘴角一挑:"我才吃不了你呢,这么大块头,我怕硌牙。"

就这样,她们成了朋友。不是那种一起打饭上自习、形影不离的闺蜜,却能隔着人群惺惺相惜,相顾而笑。李艾读书时,不像童谣那样风云,却也足够特立独行。更难得的是,恋爱不断却成绩一流:四五百人的年级,次次考试出不了前五。她们彼此尊重,彼此欣赏,那些关于童谣的风言风语传到李艾耳朵里,她都颇不以为然。木秀于林,风必摧之。这就是李艾的逻辑,她相信转过身去,一定也有不少人议论自己。

自毕业后,四年过去了,童谣像人间蒸发了一样,没有任何消息。没想到,竟会在这里遇到。飞机上，两人恨不得把这几年的八卦一口气说完。结婚生子、升官发财都不算新闻，二婚的、被拘的也不是没有。"是吗？真的！"这样的字眼不断从童谣嘴里发出，她侧着头听李艾讲，脖子都酸了。

"我发现你真的是什么都不知道哎！"李艾特别强调了"什么"两个字。

"我出国了嘛，一毕业大家联系方式都换了，从来也没人找我。"

"那是因为没人知道你在哪！没关系，现在就算是找到组织了，我还是咱们年级北京校友会的会长呢，我们经常组织腐败活动，下次一定叫上你！"

"呵呵，这么热闹，真羡慕。咱们同学在北京的多吗？"

"不少，好多在律所。对了，你现在怎么在投行呢？做法务？"

"不是，分析师。跟法律财务什么的都沾边，我后来硕士念的是金融。"

"厉害啊！行，以后咱俩就是战略合作伙伴了！你们BGC的业务都交到我们金达来，我给你打折！"

说话间，童谣注意到李艾左手中指上一颗黄豆大小璀璨闪烁的钻戒。"你这是？"她挑了挑眉毛，乌黑的眼睛闪着光芒。

"哦，这个啊，呵呵，上个月刚订婚。我也是快要进围城的人啦。"李艾眯起眼睛笑呵呵地答，不胜温柔。

"真的！太好了，恭喜你啊，什么人？快说说！"童谣拉起她的手。

"以前是我爸的研究生，比我大四岁，现在在一个基金，跟你也算是同行吧！"

"我记得你爸不是教哲学的吗？"

"是啊，他本科是学金融的，喜欢中国的国学，研究生就读了这个。现在工作的那个基金，他们家也是LP（有限合伙人），所以，虽然硕士学了点不靠谱的，也不耽误他进去。"

"哦，明白了，富二代，不像你的风格哦！"童谣眨眨眼睛。

"我可不是冲这个！我们家也不缺钱，谁稀罕啊！"李艾一点就炸，逗得童谣直乐。

"那你说说看，你冲他什么？人才好，有文化？爱劳动，发家能致富？"

"滚！"李艾笑着去打童谣，"有感觉呗。你还不了解我吗！"

感觉。童谣心里微微一颤，感觉这个东西，有时像游丝，有时如磐石，难以把握。大概也只有像李艾这样纯粹勇敢又没有任何负担的女孩，才敢始终遵从"感觉"的召唤。

"感觉是什么？呵呵，以我对你的了解，帅吧！"童谣打断自己的思绪。

"嗯，不难看。不是那种浓眉大眼，我自己长成这样就够了。他是内双的眼睛，鼻子挺高的，身材很有型。嘿嘿。嗯，对了，他不是中国人，是……高丽棒子。"

"韩国人啊！"童谣睁大眼睛，"人家都是你未婚夫了，你还叫人家棒子，太不尊重了吧。"

"唉，我还不是怕你说我崇洋媚外啊！其实他要是中国人，我半年前就订婚了。他们家早催了。我多爱国呢，生挺了半年，斗争啊！到了也没个中国男人来解放我，只好便宜他啦。我跟你说吧，这事都不能深想，"李艾压低声音说，"我一个堂堂大汉女子，怎么能和高丽人睡呢？哎呀，一想起来就头疼。所以我现在特佩服那些嫁日本人的女孩，真不容易，那得克服多大的心理障碍啊！"

童谣手扶着前排座椅，笑得前仰后合。

"真的！"李艾一脸无辜，"你在英国的时候有没有找过老外？"

"没有，从来没有！"童谣使劲摆手。

"那你现在有男朋友吗？"

童谣又摇头。

"在学校时谈的那个呢？外地那个。"

童谣一愣，没想到李艾竟然还记得这件事。飞机一个颠簸，手中一次性塑料杯里的茶水洒了出来。她伸手擦了擦，把剩下的半杯一饮而尽。

"那个早分了，大四就分了。"

"也是。两地就够不容易了，何况两国。"

不是这样的。童谣把这句话堵在嗓子眼里，附和着点点头。飞机开始下降，她拉起遮光板，舷窗外透过薄纱般的云丝，依稀看得到广州城，还有蜿蜒的珠江。

陈子城在白云机场见到BGC这个大团队时，低头偷着乐。挨个握完手之后，他悄悄对家祺说：你们太拉风了吧，黑社会吗？男的都是黑西装，女的都是大墨镜。家祺瞥了他一眼：黑社会？旅游团！你再发给我一把小旗子就更像了。

秋风习习，天高云淡，广州难得的好天气。一辆白色的奔驰S350载着陈子城、许家祺、程蔚先行，后边跟着载着大部队的黑色奔驰商务车。很快，到了大成集团所在的金诚大厦。陈大成已经在1号会议室里恭候。会议室装修得金碧辉煌：红木椭圆形大型会议桌，猩红色的厚绒地毯，水纹大理石墙壁，水晶吊灯。陈大成个子不高，却是气宇轩昂，某种程度上比年轻的陈子城更有男人魅力。他和程蔚一见如故，很对脾气。两个人都喜好收藏名画，半小时后，已经开始勾肩搭背，称兄道弟。童谣看到许家祺和陈子城相视一笑，这个"战略投资伙伴"看来有戏。投行很神秘，内控很严格，但说到底，还是人与人之间的生意，所以合不合眼缘在很多层面都十分重要。

在集团自己的酒店里吃了午饭，大家开始分头工作。律师、会计师、评估师留在公司，跟办公室、财务部、工程部、前期部的人开会。大小陈总带着BGC的三位，绕着广州城看大成集团有代表性的项目：住宅、写字楼、商场、酒店，当然还有大成集团觊觎已久的13号地。路过荔湾区一个住宅项目时，正赶上开盘，售楼处乌泱乌泱全是排队买房的人。陈总心情大悦，邀请大家去样板间看看。两辆白色奔驰慢慢驶进楼盘，童谣看到车窗外穿着白色制服的保安们迅速列队，整齐地敬礼；身着黑色紧身套裙系着黄丝巾的售楼小姐手持步话机，足登高跟鞋跑动起来……一切都显得紧张有序，陈大成一直引以为豪的"严格有效的内部管理"，看来名不虚传。车子停在样板区时，通道已被临时戒严，人们看着奔驰车队里走下来五六个深色西装的男人，和一个身着白色套裙的年轻女子。一行人谈笑风生地走进样板间，没有穿鞋套，三四个顶级售楼员跟前跟后，礼貌谦恭地回答他们的各种问题，适才疲倦不耐烦的神情一扫而光。童谣在心里暗暗算账，根据陈子城介绍的情况，这个项目地块拿得早，楼面价不到两千元每平方米，建安装修成本大约二千五百元每平方米，现在的开盘价已经达到八千元每平方米，销售策略是每周上涨一个点，制造人追楼的热销局面。这样除去财务成本和税收，还是有很大的盈利空间。当然，她也注意到这个项目的配套特别多，中学，小学，幼儿园，还沿着珠江修了条长达两公里的路，不知道这些公建都摊到项目里会有多少。正想着，那边传出一片哄笑，童谣侧过头去听，原来是许家祺问这种房型主力消费群是什么人，陈子城开玩笑说，像你这样来内地包二奶的香港人咯。她看到许家祺的脸一下红了。认识不足一周，这已经是第二次看到许家祺脸红，童谣一乐，正好被侧过头的家祺看到，她忙转身看向窗外。楼脚下宽阔的珠江平静流淌，一艘江轮正缓缓驶过，阵阵江风吹来，把一下午的疲惫涤荡开去。童谣闭上眼睛，深深呼吸。

"晚上有安排吗？"一个很轻的男声在耳后响起，吓了她一跳。

足足愣了有五秒，童谣迟疑地问："……不吃饭吗，什么意思？"

"呵呵，relax（放轻松），"许家祺被童谣惊诧的表情逗乐了，"晚饭后，陈总要请大家去唱歌，你明白吧。你要一起去吗？"

"我还是不要去了吧！"童谣缓过劲，随即笑起来。

"我也觉得。是这样的，子城说要带我们去一个年轻人喜欢的地方，他要我问问你要不要一起。"

"这样啊，"童谣琢磨怎样拒绝，"谢谢他，不过我和李艾已经约好晚上一起活动。"

"没关系啊，叫她一起咯，她也蛮有意思的。"

正说着，大队人马从里间走出来，他们也赶紧跟上去。

大成总部办公室里，一屋子人吵吵嚷嚷，会开得没头绪。老板一走，各个职能部门都开始推托不配合，不是材料不齐，就是复印数目不够。几家事务所也暗中较劲，都想把自己需要的材料先提走。一直在旁边冷眼观察的李艾，皱着眉起身离开。十分钟后，她提着八杯星巴克摩卡回来，张罗着大家休息喝饮料，会议室里的人客套一下就蜂拥而至。趁着大家休息的时候，李艾走到PwC（普华永道）负责尽调的高级经理身边，很自来熟地拍拍他肩膀。那男人少说也比她大五六岁，看见美女这么热情，有点丈二和尚摸不着头脑。"嗨，把你们的材料清单给我看看呗。我瞧瞧有多少是重复材料。还有你们的！"李艾又朝CBRE的抛个媚眼。这么点小要求实在没理由拒绝。李艾拿着三家的单子，回到电脑旁边，噼里喀嚓，不到十分钟，这些材料被她整合成一份清单，后边标明需要的份数。她拍拍手，会议室的人都看过来。"我说，咱们这样吧：我把材料清单整理成一份了。麻烦公司就按这一张单子准备，有电子版的群发电子版，没有电子版的，一份hard copy（打印本）就行，多余的份数，晚上我回酒店复印好分配给大家……"李艾这样开场，不是请求也不是命令，不令人反感，又让人无法拒绝。她花自己的钱请大家喝咖啡，给大家复印材料；别人休息的时候，她费力做三家都不愿意做却需要做的工作，也给公司的人省了不少事。会计师大哥一直看着李艾讪讪地笑，主动把复印的活揽了过去。忙忙叨叨就到6点，老板客户们都不在，大家也就收拾东西准备散伙。在金诚大厦大堂，李艾谈笑风生地和各位同仁礼貌又客套地告别，一边握手一边掏出手机接电话：好的，我知道……半小时就到，你们先开始，别等我。会计师大哥动了动嘴唇，本想以讨论文件为名邀请李艾一起吃饭，听到这番，也只好作罢。

出租车上，大周好奇地问："李律师，晚上你有约啊？"

"没有！"李艾面无表情地看着窗外匆忙赶路的下班族，斩钉截铁地回答。

"咦？刚才不是有电话吗？"

"那是我编的，要不然还得和他们吃饭，多烦。"李艾侧过头瞟大周一眼，"一会回酒店，咱们俩分头看材料，你看公司部分，我看项目部分。甭想溜啊你！"

大周憨憨地笑起来："呵呵，你放心，我在这谁都不认识，往哪溜啊。李律师，你好厉害啊！一下就把那几个大老爷们搞定了。"

车子拐个弯，停在酒店门口，门童麻利地打开车门，李艾的高跟鞋"当当"落地："嘿嘿，我谈过的男人，比你见过的女人还多，什么样的男人我搞不定！"她风衣一甩进了大堂，留下满头大汗的大周和一脸诧异的司机。

这个世界上女人的种类太多，李艾觉得自己属于理智高于情感那类。她永远都知道自己要什么，能负担什么，什么是有益的，什么是有害的。李艾从高二就开始光明正大地谈恋爱，她向老师保证：第一、我绝对不会做对自己没好处的事；第二，我保证成绩不下滑。果然，平常考试她第五，那年考个第一。李艾就是这么长大的，高三毕业时她在校友录爱好一栏上写：谈恋爱。上了大学，这"爱好"更加变本加厉，用她自己的话说：爱好变特长了。她不是没心没肺，她也哭过闹过难受过，但总能迅速恢复体能，投入到下一场轰轰烈烈的恋爱运动中去。

爱上艾情——李艾MSN的电子签名，如此，才能感觉到生命鲜活的存在。

晚上8点，《嘻唰唰》无比喧闹的铃声在安静的房间炸开，正在看材料的李艾从床边拿起手机，是童谣。

"睡了吗？"

"你当我老太太啊，才8点好吗？"

"呵呵，干吗呢？"

"给你打工啊。在房间看材料。"

"哦，那我过去跟你一起看吧。"

"不用不用，老大你雇的我啊，想少给钱哪！"李艾听到童谣在那边笑起来，隐约还有男人的声音，"你打电话到底什么事啊？旁边是谁啊？别拐弯抹角的！"

"……没有，小陈总和Clinton在这边，想叫我们一起出去玩，你不是在忙嘛，我也不好意思让你一个人忙啊。所以我说要不就改天吧，我也回酒店看看材料。"

"别啊！"童谣话没说完就被李艾打断，"多好的巴结客户的机会啊！我还指着各位老板以后照顾我生意呢！别坏我好事，你们在哪呢？我马上过来！"

童谣哭笑不得，只得约好了二十分钟后在酒店门口见。

陈子城亲驾着那辆白色的保时捷在内环路上飞驰。副驾驶上坐着花枝招展的李艾，显然她出门之前精心收拾过一番，后视镜里隐约看得到总是看着窗外的童谣，和总是望向童谣的许家祺。嘿嘿，他暗自一乐，踩了脚油门。

番禺沙窖岛位于广州市南部，不是城市核心，却总能吸引有钱人络绎不绝地前往。下了车，晚风习习，有了些凉意。童谣紧紧上衣，跟着活蹦乱跳的李艾和故弄玄虚的陈子城走向被金色灯泡包围的码头。天幕像深蓝色的丝绒，空气中弥漫着海水淡淡的咸腥味。穿过码头的石板路，又踏上甲板木质的楼梯，眼前豁然开朗，一排大小不一的白色游艇安静地停泊在深蓝色的港湾。其中一艘亮着银色的灯，长十五六米，白色的船舷上用彩虹般转色的笔迹写着"卿城LOVE THE CITY"，两位白衫蓝裤的水手站在堤岸上望着他们微笑。李艾尖叫起来："啊！是这里吗？陈总，这是你的吗？"陈子城笑得连横肉都挤出来了，他学着迈克尔·杰克逊的太空步，伸着脖子咧着嘴率先登上游艇。许家祺也很惊讶，拍着甲板围栏用广东话问陈子城："你几时买的？""上个月！"陈子城清清嗓子，隆重介绍起他的卿城号。"卿城号分上下两层，上层是驾驶仪，下层是客厅、厨房、卧室，还有卡拉OK、吧台，我专门从澳洲收了几瓶上好的红酒，绝对正点。如果是白天呢，我推荐大家到南沙，穿过虎门大桥，到烟波浩渺的伶仃洋吹吹风；那今天呢，因为是晚上，带大家沿珠江航行，欣赏一河两岸美景，还可以顺便看一个我们大成的项目。工作休闲两不误哈！"

像梦境一般，游艇驶出了码头，驶向繁华都市，踩着江面的涟漪，奔向灯火辉煌的人间。

"没想到广州的夜这么美……"不知何时，许家祺站在了童谣身边，甲板上迎着江风的两个背影，登对美好。

童谣发自内心地微笑点头，两岸的琼楼玉宇倒映在她的双眸中，江风撩起她额前的碎发。

家祺微闭双眼，深深呼吸，再睁开时，星样的眼睛里多了几分深情。"上一次坐游艇还是在伦敦，好多年了，真快。我都想不起来泰晤士河是什么味道了。"他温柔地低语。

"很清凉很淡薄的味道，永远都冷冷的，就像没有生命，只有水，磅礴的水，和珠江不一样，珠江有人气，很温暖。"童谣看着迎面驶来的大型游船微笑着说，游船上的人们正叽叽喳喳兴奋地摆造型拍照片。

许家祺侧过半个身子，惊讶地看着童谣，他觉得自己握着船栏的双手更紧了："你在伦敦生活过？"

"两年，我也在那念过书，不过不如你母校那么厉害。"

"我母校？你知道我在哪里读书吗？"

"不是剑桥吗？"

家祺盯着她的眼睛，"噗嗤"一声笑出来。

"怎么，不是啊？"童谣被这一笑弄得莫名其妙。

"是！只是没想到……我以为你连我叫什么都不知道呢。"

这下轮到童谣脸红。

"怪不得呢！"家祺像是自言自语。

"什么？"

"第一次见到你就有种亲切感。"

"在伦敦读书的人多了。"

"能记得泰晤士河味道的可不多。"许家祺的笑容在两岸灿烂的霓虹里显得那样迷人。

童谣低下头回避他的眼神，动手紧紧上衣。忽然间，有一种熟悉又陌生的感觉在他们之间静静流淌。许家祺脱下西装，轻轻搭在童谣肩上。如果说前一分钟他还沉浸在窃喜的快乐中，当他双手触碰到她猛然收紧的肩头时，他的心也随着紧了，忽然乱了阵脚。两人都不再说话，只是凝望城市落在江面的倩影。背后隐隐传来李艾和陈子城在船舱里的笑声，听到子城问："你最喜欢这艘船哪里？""名字！"李艾不假思索地回答，"卿城，爱这城！"

其实，此次来广州，精明的李艾还藏着个小私心。她当年读书的大学，在中国法律界声名显赫，尤其在珠江三角洲，更是盘踞了公检法系统的要职高位，早就想来发掘点资源。半个月前，广州的同学打电话给她，说两周后的周六，广东校友会年会要隆重召开，叫她一定来。正当李艾发愁要不要请假自费来广州时，就捞着了这次出差的机会，时间凑巧，两全其美。忙活了两天，问题问了一堆，资料也收集得差不多了。周五下午，李艾把大周打发回北京，再次拨通了童谣的电话。

"你想好没？到底去不去啊？"

"还是算了吧，还要回去干活呢。"正在车上从佛山往回赶的童谣看看左边闭眼休息的程蔚和副驾驶上许家祺的背影，小声回答。

"明天不是周末嘛，你老板还让不让人活啊！"

李艾高喉咙大嗓门，童谣忙把电话从左耳换到右耳。"也不是。我去干嘛啊，也没几个认识的人。我又不像你，也不在法律圈子里混了，也不指望去认识谁。"

"别把我说那么庸俗好不好！我怎么觉得你现在像变了个人似的，跟上学那会一点都不一样，什么事都往后缩！"

童谣一下沉默了，许家祺在后视镜里刚好看到她瞬间的仓皇，"我过会打给你吧。"

她挂了电话，路边风景倒退，往事像无声电影般在眼前闪过。太阳照着白花花的水泥地，树影的斑驳躲在那扇铁门里。岗亭上的哨兵笔直的裤线，顺着大檐帽流出的汗水。那个决绝的背影停止奔跑，双手交叉在头顶，像绝望的困兽一样发出一声悲嚎，却没有回头……

"Elaine！"程蔚已经是第三遍叫她，许家祺也转过身来，童谣却呆呆地看向窗外，没有反应。程蔚拍拍她，童谣猛地转过头，眼里充满惊慌，额角渗出汗。

"没事吧，不舒服吗？"程蔚关切地问。

"……没事，走神了。"她喘了口气，尴尬地将了将头发。

"怪吓人的，灵魂出窍了。"程蔚微笑着说，"回去以后，抓紧把model（经济模型）搭了，看看IRR（内部回报率）能达到多少，memo（投资分析备忘录）也要开始写了，争取周五上会。"

"好。"童谣点点头。

"刚才是李艾电话?"程蔚接着问。

"哦,是。"

"她有事?"

"也没什么正事,我们大学明天在广州开校友会,她叫我一起去。"

"好事啊,多见见老同学挺好。你日子过得太单了,回北京不也是你一个人,我觉得你该去。别说明天是周末了,工作日我也要放你假。别绷得太紧,这么年轻的女孩子。是不是,Clinton?"程蔚笑着说。

许家祺干笑两声。前天晚上后,他觉得自己有点刻意回避童谣,目光却又情不自禁追随她的身影。在那种细微的感觉突然产生之后,他有点紧张,又有点期待,不确定自己到底是想要还是不想要。童谣不是Maggie或者丫丫,随便怎么胡闹都行。她是同事,是一起奋斗、一起拼搏的同事,尤其在投行,见同事的时间比见老妈老婆的时间还长,万一有点差错,以后如何共事?许家祺把工作看得比什么都重,他不希望被任何人,尤其是女人影响前途。

"而且,你们校友在广东势力不是很大嘛。咱们那么多生意都在广东,以后说不定有用得着的时候,与其到时候临时找人,不如现在多交点朋友。功夫在诗外。是不是?"程蔚充满磁性的声音又响起来。

老板既然都这样说了,童谣也只好应承下来。回到酒店,看到来时气势恢宏的大部队陆续check-out(退房)走人,她心里突然空落落的。许家祺拖着行李箱走过来和她握手,几分玩笑几分认真地道别。

"我们先回去了,周末好好玩,回北京见啦!"

"好,再见,你也是。"

许家祺拍拍站在一旁的陈子城:"把她交给你咯,好好招待,投不投我们还没想好哦!"

陈子城哈哈大笑:"不投就不让她回去了,现在我可有人质了!"

童谣也跟着笑,本不该是这样迎来送往的场面,从小到大,她骨子里其实都害怕这样的时刻,害怕面对宴席散尽的落寞。拒绝了子城晚餐热情的邀请,她一个人走回房间,威斯汀酒店的行政楼层安安静静,似有似无的音乐伴随着隐隐的芬芳回荡在空无一人的走廊。橡木门镶嵌在挂着油画的墙壁上,隔开了一个个不同的世界。

"呲——"电磁房卡刷开1803的房间门,童谣脱下高跟鞋,光脚走在铅灰色的羊绒地毯上。正是黄昏,夕阳透过落地窗,照着白色真皮沙发,她站在那束阳光里,静静地看着脚下无声又匆忙的广州城。黑莓"嘟嘟"响起来,点开一看,一封邮件,来自"Clinton Hsui"(许家祺)。

"Enjoy the moment. Love the city." （享受此刻，爱这城。）

8. 大约在冬季

李艾最爱热闹。爱凑热闹，也爱热闹后潜藏的机会。只是她不知道，有时候她自己就是最大的热闹。

星期六下午，广州迎宾馆热闹非凡。由84、85级学长承办的2007年XX政法大学双年会在宴会厅隆重召开。厅局级干部来了无数，副部级也有。现任的副校长、党委书记、校友办公室主任，都专程飞来广州。各级各界的校友从四面八方涌来，有白发苍苍的老人，也有还在读书的学生。满眼都是拥抱合影的人群，满耳都是幸福的尖叫和笑声。李艾和童谣被他们年级的同学团团围住："这两年怎么样""在哪工作啊""结婚了没"……李艾的名片已经发得所剩无几，她在手提包里翻啊翻，好不容易又摸出一沓，一边应付七嘴八舌的问题，一边发名片，交际花一样八面玲珑。接过她名片的同学愣了愣，凑过去看另外一个手中的名片，那个也皱着眉。"李艾，"他开口问，"你也改名啦？""许家祺。""陈子城。""这都谁啊？"大家哈哈笑，愣在当中的李艾这才反应过来，原来把这几日收的名片也一并发了出去。"哈哈，还以为李律师现在很成熟哪。原来不靠谱风格不变啊！"在同学们的哄笑中，李艾满头大汗地满场子追着要名片。

"李艾！"一个男声从背后传来，就在她转身的瞬间。那个声音多么熟悉，带着点淡淡的南方口音。这个声音拉着李艾倒退倒退，退到了七年前：冬夜的篮球场，在那个破旧的篮球架下，那个声音也是这样叫她，焦躁而愤怒。那个时候，她没有回头，怒气冲冲地离开了；这一刻，她愣了两秒，慢慢转过了身。

"伍迪——真的是你啊？"

他们相视而笑，笑容平静坦荡，回到了一切开始之前，像是在新生开学典礼初见时的样子。面前的男子模样清秀，还依稀有几分唇红齿白的少年容颜，微笑着的双眸，有浅浅细纹布在眼角，记录了时间的流逝，也平添了几许沧桑和男人味。他穿着淡青色的衬衣站在门口，周围喧嚷的人群似乎都安静下来。伍迪自毕业就回到广东，在东莞公安局已经干满三年。对李艾的近况他并不清楚，于是"小警察"和"大律师"就这样立在原地，问候彼此的生活，没有拥抱，没有握手，也都闭口不提过去。直到有人过来拉他们，两人才回到餐桌就座。不知是巧合还是刻意安排，伍迪挨着李艾坐下，低调又体贴地为她添茶夹菜。李艾并不说谢谢，也不再咋咋呼呼，只是轻轻地点头。伍迪有一种神奇的力量，在他的身边，她就能安静下来。

　　在李艾浩瀚的恋爱史中，伍迪算不上浓墨重彩的一笔，当年他们的故事甚至还没开始，就画上了不圆满的句号。当然，也正是因为这个"不曾开始"，才更显得与众不同。那时大一刚入学，活泼热情的李艾没少招惹男生的青睐，伍迪也是其中之一。在经过"激烈"的竞争后，伍迪以微弱优势胜出，开始频繁地出现在李艾的生活中。他们一起自习，一起逛街，在同学们的起哄声中，沿着学校后门那段废弃的铁轨散步。甚至有一次，当李艾好奇地要伍迪讲一句家乡话时，他鼓起勇气说了句：我中意你。那是在歌乐山下山的双人缆车上，清凉的山风扶过李艾挂着汗水的发梢，她被这样毫无征兆又朦胧的表白吓了一跳，低头盯着脚下的青山绿水，只听到少年紧张的呼吸。对于恋爱这件事，十八岁的伍迪完全没有经验，他不明白为什么开朗热情的李艾在自己面前就少言寡语，更猜不透她对自己的表白有怎样的反应。在跨过男女身体的鸿沟前，对方的世界总是充满神秘。伍迪不是善读女孩心思的花花公子，虽然顶着副翩翩少年的好皮囊，却终究不敢贸然牵起她的手。然而，在敢爱敢恨的李艾看来，这种怠慢无疑就是热情不足。一次、两次、三次，总不见得要我先表白吧，又不是没人追！李艾忿忿地琢磨。她的确不是没人追：每天以各种理由约吃饭的可以排到月底，寝室里的花瓶永远都插着不间断送来的玫瑰花。在伍迪的慢动作和繁荣轰炸之间，骄傲的李艾有点焦躁了。她开始赴别人的约，吃吃饭，贫贫嘴，偶然也你推我一把我拍你一下。这种时候，她总是四下观望，不是怕遇到伍迪，却偏偏是害怕遇不到伍迪。那种忐忑酸涩又沾沾自喜的少女心情，自己都琢磨不透。伍迪到底没有撞个正着，没有看明白李艾煞费苦心的激将法。风言风语却铺天盖地地传来，一帮哥们儿开始为此愤愤不平，每天都有人出于好心提醒他：李艾和某男谈笑风生地去吃饭，李艾和某男半夜11点从校外归来，李艾和某男……他的眉头越皱越紧。伍迪一贯优秀严肃，他年轻的骄傲岂容侵犯！于是，在那年冬天最冷的夜，他约了李艾在篮球场"谈判"。寒风里，李艾穿着火红的羽绒服一蹦一跳地走来，她以为他终于要有所表示，满心欢喜。不想他开口就是指责和质问，问她为什么脚踩几只船，到底打算跟谁好！"好"这个字终于被伍迪狠狠地说出来，却像是打了李艾一闷棍。一直期待和幻想的表白竟是以这样的方式被表达，李艾终于知道他到底还是有心的，却万万没想到，步子还没迈出去，就已到终点。长大后的伍迪回想起当年的一幕，只是笑自己幼稚青涩，否则为什么明明看到了她对自己的好，却读不懂她的心；长大后的李艾也怪过自己娇纵任性，他分明已经表露心迹，却非要怪人家用词不当方式不妥。那个冬夜，看到少年的焦灼时，李艾的心动了，可骄傲和自尊让她无法接受，开口便是：你凭什么这么说我！谁脚踩几只船了！你是我什么人，管得着吗！她愤愤地转身离开了，留下攥紧拳头的伍迪在寒风里发抖。不管怎么说，错过就是错过了。年轻的好处是可以不计成本，但不计成本的成长也让我们伤痕累累。之后的三年多，李艾和伍迪愣是没再讲过一句话，一个年级的同学，又都是学生干部，总不少碰面的场合，他们像陌生人一样忽视对方。不对，陌生的同学一起搞活动，也还要打声招呼，他们却可以视对方为透明。两个人沿着自己的轨迹生活，读书考试，牵手放手，一副老死不相往来的架势。大四毕业吃散伙饭那天，多少头破血流的恩仇都可以一笑而过，包场的火锅店里，到处是又哭又笑的年轻人。酒过三巡的伍迪端着满满一杯啤酒走到李艾身边，拍拍她肩膀，什么也没说，一仰脖喝了个底透。还没等李艾找到酒杯，他已经转身离开，剩下一脸落寞的李艾在喧嚷的人群中独自喝完了杯中酒。到底还是流泪了，不是为了谁，只感慨错过的青春；到底也都过去了，如今又是四年，不同的已不再是青春，还有整个世界。

　　李艾还沉浸在往事的回忆中，突然听到有人喊："李艾，手上的戒指怎么回事啊！"她愣了两秒，旋即伶牙俐齿地答回去："你都有孩子的人了，这还看不明白啊！"在一片哄笑声中，伍迪也侧过头来盯了两眼。那人接着问："什么时候办啊？""问这么详细，打算搭多少钱啊你！"李艾可真长了张干律师的好嘴。童谣在一边乐，看李艾有意无意地回避。"唉，伍迪，上次你问我房子的事，怎么样，后来买了吗？"又有人插话。"哦，买了。"伍迪正在盛汤，半晌，含含糊糊地答了一句。"哈哈，你也好事将近了吧……""今年肯定不会，也许明年吧。"他咽下一口汤，笑得堂皇。这之后，气氛变得有点微妙：李艾悄悄褪下了手上的戒指，不再满场子发名片拉关系；伍迪也总围在她左右，静静地看着她微笑。

　　整个下午过去了，校友会圆满结束，相熟的同学们又相约着一起去酒吧喝第二场。老同学见面分外亲切，那么多年少轻狂的往事，那么多抛之身后的"豪情壮志"，你自己都不记得，却总有朋友惦记着。酒桌比饭桌随意很多，七八个人挤在两张失去弹性的沙发上，茶几上的小蜡烛晃啊晃，映着大家绯红的脸庞，像极了多年前的少年容颜。两瓶轩尼诗下肚，气氛刚刚好，舞台上的乐队开始唱Beyond，是我们这一代从小听的歌，让我们相信善良真诚，让我们找到信仰理想。这之后，一首首全是老歌，80后们居然开始怀旧了，这倒恰恰应了同学会的景。李艾曾经是校园卡拉OK大赛中的高手，这会早坐不住了，更架不住一帮同学起哄，她从台侧溜到键盘手旁耳语几句。很快，一段轻盈纯粹的旋律响起，李艾慢慢走到话筒前，双手将过额前的碎发，台下已经有口哨声，在银色的追光里，她微闭着眼睛，两手扶着话筒，投入地唱起来：

　　　有多久没见你
　　　以为你在哪里

原来　就住在我的心底

陪伴着我的呼吸

怀念的勇气　拥抱的权利

好让你明白　我心动的痕迹

……

　　为什么会选这首歌，李艾说不清，整晚，她脑海里都是这首《心动》，不得不释放。她没有想过后果，也没想过听歌人的感受。她认认真真地快唱完整首，睁开双眸的时候，正好遇到伍迪的目光，忧郁深邃。李艾一下子忘了最后一句词，唱到"原来"就戛然而止，在一片掌声和叫好声中慌忙冲下台。路过隔壁桌那群老男人时，被他们一把拉住，非要请她喝一杯。李艾犹豫一下接过杯子一饮而尽。没想到，老男人们还不罢休，一边起哄一边又启开一瓶啤酒，连哄带拉地要她接着喝。李艾不乐意了，又不好翻脸。就在这时，一只手臂搭上她的肩膀，她一愣，转头看到伍迪伸手接过了那瓶啤酒，微笑着举了举，拒绝得不失礼貌。几个男人看这架势，以为是男朋友救场，也有点尴尬，连忙赔上笑脸。伍迪借着酒劲搂着李艾走进舞池，两人在灯光的阴影里相拥着慢慢起舞，静静的音乐响起，是《那些花儿》。没人讲话，似乎怕一开口惊醒一个七彩泡一样美丽又脆弱的梦。这样不知过了多久，伍迪贴着李艾的耳朵问："原来什么？""什么？""你刚才唱的。"李艾愣愣地看着伍迪的眼睛，喃喃地背起歌词："原来，你就住在我的身体，守护我的回忆……"他的唇深深吻下来，彩虹在黑夜里绽放，像有精灵在两人周围起舞。

　　童谣从洗手间出来时，酒吧外下起了大雨，同学们都喝高了，李艾也不知去向。她掏出手机准备给李艾打个电话，却猛然看到，酒吧门口两个熟悉的身影顶着同一件外衣，相拥着挤进一辆出租车……童谣愣了下，带着诧异的神情匆忙按掉了刚刚拨出去的电话。

　　午夜，秋雨绵绵。凌晨一点，童谣独自回到酒店，被浇了个半湿。她拿起电话想打给李艾，犹豫片刻还是挂断了。她有点后悔自己刚才没能拦住她，随即又觉得，大家都是成年人，谁能对谁负责，谁又需要呢。李艾的声音又在耳畔响起："你现在怎么像变了个人似的，跟上学时一点不一样，什么事都往后缩！"这个问题一直纠缠着童谣：我还敢勇敢吗，还能勇敢吗，像李艾一样不计代价？如果通往幸福的路，一定要有所牺牲，那怎样的牺牲可以无需计算，可以被原谅？李艾，迈出这步前你考虑过或有的伤害吗？童谣的心隐隐发痛，最怕这样的雨夜，往日不堪的记忆像硫酸一样蔓延，腐蚀着她的记忆。

转眼就到年底，12月永远是投行最重要的月份，忙碌的一年结束了，收获的季节到了。

星期五早晨，许家祺推开窗的时候愣了愣：小区的绿地、街道一夜之间被银白色的大雪覆盖，路边的车顶也堆满了积雪。银装素裹的北国风光，空气里弥漫着冰凉的味道。家祺其实很喜欢雪，还记得当年初到英国读书时，第一次见到下雪，兴奋地光着上身披件羽绒服就冲出宿舍，不想打雪仗时，被人攒了雪球从领口塞进后背，冰了个刻骨铭心。说起来是十年前的旧事，如今的自己正在当年认准的道路上稳步前行，前途无量。许家祺在梳妆镜前打领带，丫丫睡眼惺忪地凑过来，搭在他肩膀上，得意地看着镜子里年轻英俊充满自信的面孔。自打跟Maggie分手后，丫丫俨然是名正言顺的大奶范：指挥保安搬家具，三不五时招呼闺蜜来"家"里打麻将。对于这一切，家祺只当没看见。分手事件后，许家祺对丫丫的认识有了变化，他发现这个女人没他想得那么简单，她有野心也有手段。家祺不想贸然招惹她，主要是怕分散工作的注意力。另外，经过悉心观察，许家祺发现丫丫并不聪明，主要靠一帮狐朋狗友出谋划策，而她最大的"阴谋"，也无非就是长期套牢自己。那就是天方夜谭了。现代社会，谈恋爱同居算什么。孩子？舆论？一个男人要是横竖想走，哪个女人拖得住？许家祺心里一万个清醒，绝不会娶这样的女人为妻。且不说父母的态度，不说未来子女教育、家族传承，自己都不会动这样的心。现在已经这样了：他说什么她都不懂，她说的他一概没兴趣，再美好的容颜也有衰败的一天，何况早在衰败之前，就铁定审美疲劳了。以色侍君，安能长久？两千年前的女人都明白的道理，在如今这个更加多元的时代，居然还有女人不自知，以为美貌就能换来一切。两天前，许家祺跟陈子城吃晚饭的当口，丫丫打来电话，巧立名目要钱。许家祺板起面孔，态度生硬地堵了回去。陈子城嘿嘿一乐："年底了，快发奖金了，怎么钱上反倒这样计较？你打场球都够她要的数了。"家祺摇摇头不动声色地答："不能让她太舒服了，什么都如意将来更不好分。"

"哈哈！"陈子城大笑，"有你这样对女朋友的吗！"

"我什么时候跟你讲她是我女友？"家祺的笑容里有几分无奈，几分狡黠。

"没打算长远发展，干嘛要住在一起？"

"我撵她走要休年假的！丫丫没那么好说话，哪有时间。再说现在也不错啊，一个月一万块，有美女做饭做家务陪睡觉，还算公平吧。对了，我连保洁都辞了。"许家祺邪邪地笑笑，像极了电影里的坏男人。

这次倒轮到陈子城一时无语："那将来要分的时候，她缠着你怎么办？"

"呵，怎么缠？房子家具都是租的，我拎包就可以走。她能追到哪里去？过得了海关吗？"许家祺拿起餐巾，面无表情地擦擦嘴唇。

子城靠在沙发座里，微闭着双眼看着对面的男人："家祺，我觉得你变了，来内地之后，变化很大！"

"你想说什么？"许家祺端起茶杯，脸上又恢复了明媚的笑容。

子城啧啧嘴："你以前，正直、善良、有责任心、尊重女性。现在……"

"现在依然如此。"家祺打断他的话，"只是不那么盲目了。过去你不是常教育我，谈恋爱不是做慈善吗，尊重女性是一定的，但也得分人。"

五彩缤纷的北京城，曾经让许家祺找不到北，如今这座千年古都已在眼前铺展开了画卷：西边的金融街，东边的CBD，北边的奥体公园，南边淘宝的潘家园；唐宫的点心，工体的美女，东方大班的按摩，打高尔夫的华彬庄园；这个城市的工作节奏，生活方式，吃喝玩乐，休闲去处，许家祺都慢慢熟悉，生活也越发有滋味。今天，是一年中最重要的日子，不是因为这是圣诞前最后一个工作日，而是因为下午的年终会。

过去一周，大家都忙着做Year-end review（年底审阅），Cross-evaluation（交叉评估）。在BGC，每个员工在年初时，都被要求在电脑系统里完成全年计划。这可不像在学校里写学习计划那么轻松。全年计划一般包括四个部分：Strategic Thinking（战略性思考），Team Building（团队建设），Business conduct（商业表现），Personal improvement（个人完善）。每个人都有自己头疼的部分：理工科出身的Stephen不擅长"战略性思考"，他得皱着眉花好几个小时在Bloomberg（彭博资讯）的英文报告里找素材，才将就写得出对新一年经济市场的预测分析；学法律出身的童谣不怕这个，却害怕写"商业表现"，这个部分的要求是"可量化的指标"，新的一年要做多少项目，实现多少利润，这哪里是可以随便拍脑袋的；许家祺最讨厌的是"个人完善"，需要完善，必先承认自己有不足，到了副总裁的级别，有了不足，提拔发奖金都受影响，所以这绝对考验语言技巧。写完了年初计划，区域负责人要审批，签字之后方可执行；到每年7月份的时候，要Mid-year review（年中审阅），对着自己年初时写的东西，一条条过，哪些完成了，哪些没完成，没完成的在后半年打算怎么完成。到12月时，自己先做年底审阅，然后同事间匿名做交叉测评。交叉测评很诡异，三个同事是必选：你的直管上级，你的下级，你工作中最密切的联系人，另外七个人系统随即抽取。每项满分五分，二十多条标准，一项一项打分。当事人只能看到最后的平均分，四分以上就算高，三分多是常有的事，都是有竞争的同事，谁会心甘情愿给你打高分呢，何况还是匿名的。一切都结束后，区域负责人和全球人力资源部组成评审会评级。最高七级为Excellent（卓越）。达到第五级算完成了要求，四级压力就很大了，如果评出来是三级以下，聪明点就赶紧走人吧。头一天，许家祺收到邮件看到评审结果是五级时，很平静。他早知道自己今年不会被提升，如果跟广州星宇合作成功，兴许还能破格提拔，现在这种状况，作为一年级的副总裁，怎么也得再熬一两个年头。他的注意力都放在年终奖上。

本来是Casual Friday，可以穿便装的星期五，但鉴于有年会，通常还要录像合影，大家都穿得很正式。Richard蔡庆杰作为亚太区的负责人，每个地区挨个造访，今天是北京。中国大饭店的宴会厅，他本来花白的头发染得又黑又亮，西装笔挺，风采卓然！可视电话全部接通，其他区域的同事也可以通过卫星电话播进会议。Richard对即将结束的2007年作了不算简短的总结，特别感谢中国区对整个亚太区的利润贡献，作为最年轻的团队，超过韩国、印度、新加坡、香港、台湾，直逼日本。紧接着，他对即将到来的2008年充满信心地展望一番，尤其看好中国区，Eric程蔚和一班MD坐在前排，笑得低调又暗藏张力，这是他们的地盘，是他们创造价值、证明自己的舞台。年会第二项，是明星分析师的颁奖。许家祺听到Elaine Tong的时候，一袭黑色小礼服裙的童谣踩着厚绒地毯从他的座椅旁经过。她莞尔一笑，璀璨的钻石耳环映着雪白的牙齿，让人眩目。台上站着的三个人，她是唯一的女性，越发显得光彩夺目。蔡庆杰跟他们一一握手，颁发BGC标志的水晶六角星，据说都是选上好材质，在奥地利定做的。童谣对着镜头笑得专业且美丽，真是明星分析师的风采。没什么悬念，在第三项宣布promotion（晋升人员）名单时，童谣被提拔为经理。Stephen坐在许家祺旁边，整场都黑着脸。他本以为自己稳升副总裁，没想到IBD（投资银行部）今年一个副总裁都没提。这就意味着，他得去做第四年的经理，早知如此，又何必背井离乡来北京？在投行，三十岁的经理倒也常见，可这离Stephen的人生规划越来越远了。谁不想往前冲呢？宣布完中低层管理人员的晋升之后，蔡庆杰又隆重宣布新提拔的Director董事名单，竟然有刘定坤。许家祺心里一惊，有点出乎意料。没想到的不是刘定坤的提拔，而是同在一间办公室，自己竟全然没有察觉。平静下来想想，刘定坤坐副总裁已经三年，年长自己快十岁，提拔他也是必然。自己不在人力资源部门，一心都在工作上，听不到风吹草动也正常。想到这，家祺也就释然了，非常诚恳地走到刘定坤身边向他祝贺。

年会结束后，各个部门回到自己的办公室，由区域负责在小会议室单独谈话，每人大约十分钟。这是一年中最兴奋的一刻：发年终奖。程蔚走进小会议室，外面热闹起来，大家都在议论纷纷，隐讳地猜测可能得到的数额。按照BGC的公司纪律，员工间不可以讨论与薪酬相关的任何话题，福利待遇一律"背对背"，属于高级机密。但人群里，总有一两个好打听的，何况在亚洲，年龄和薪水几乎是最热门的话题，于是这样的规定，多少也有点虚无缥缈。李昂端着杯咖啡，从这桌转到那桌，停在童谣旁边。"怎么样，发了奖金打算怎么花？再换辆车吧！"童谣笑了笑没接话，坐在一旁的Vivian反问：

"李总有什么安排啊？看这样子你得换辆保时捷了吧！"李昂是资深经理，平时在分析师面前总喜欢拿个架子，大家在办公室都戏称他"李总"。李昂的小眼睛滴溜一转，左手一把拍在Vivian肩上，弓着背阴阳怪气地说："行啊，那你陪我挑去？嘿嘿！""讨厌！"Vivian猛一抖肩，甩开了他的手，一脸厌恶的表情，好像有虫子掉在背上。李昂咧着厚嘴大笑，索性拖把椅子坐在童谣旁边。"啧啧，童经理啦！"童谣并不看他，盯着电脑改一份报告。"别装了，这会老板也看不见！你今儿这头发盘得真漂亮！"李昂说着，伸手去拨弄童谣的发髻。童谣侧侧头，不动声色地问："Vivian，一会有时间吗？""不是要聚餐吗？""先陪我去剁两斤咸猪手。"周围几个人哈哈大笑，李昂有点无趣地起身走开了。

李昂在BGC也算朵奇葩，不是学历和工作背景，而是行为举止。大家都说他非常Local，这话往好里翻，是"土"；更深刻的理解，是说他身上有许多不规范、不制度化的小家子气。李昂不算年轻，十多年前刚毕业时，在国内一家大型房屋中介工作。大概是那时起沾染了"土、油、色"的工作作风。干了几年后，李昂去日本镀了个金，考了个评估师执照，回国先在DTZ（戴德梁行）混了两年，之后就加入了BGC。虽然他做人的风格与国际投行格格不入，做事倒也有两手绝活。李昂对持有型商业地产的直觉判断相当准确，什么地段租什么价，出租率能达到多少，如何商业定位……全国八大城市的任何一个区，他心里都有一本账。当年，有家不大的公司来BGC推荐青岛黄岛一片新建的商业街。程蔚去看了两次，还是拿不准整合后的出租率和出租价格能不能达到公司所说的情况。因为是新建区域，周边也没太多可比较的数据。面对着一片新区，程蔚想不明白，什么人会去黄岛的购物中心买东西呢，这家公司又有多少能量招来优秀的零售商？就在程蔚举棋不定时，李昂连夜赶去青岛考察。回来跳着脚满办公室追着程蔚让他投，说这个地段将来绝对赚钱，你就信我吧！投资很多时候是讲直觉的。经济模型里关于未来的数据都是虚拟的，成本也好，收入也好，都是尽可能符合逻辑的预测。但既然是预测就有不确定性，谁也不知道明天的市场到底会怎样。投资不是科学研究，再精密的财务模型，归根结底，也是对未来利润的赌博。程蔚架不住李昂天天叨叨，就投了两千万美元。后来这个项目被证明是BGC最成功的投资之一，年回报率达到35%，现金流稳定。这成了李昂骄傲的资本，不时拿出来说事，末了还补充一句：Eric当初要听了我的，投四千万，现在赚得更多了！

几个人正说得热闹，Amy从小会议室里出来，挥挥手喊：童谣，到你了，快！别说太久啊，争取五分钟搞定，大家还等着吃饭呢。童谣忙起身向小会议室走去。

程蔚穿着淡粉色定制衬衣坐在小会议桌的一侧，手边有几张纸和几个信封。他微笑着示意童谣坐下，万宝龙的银色袖扣映衬着袖口"EC"的银线缩写，看起来典雅精致。

两个人相视不语，沉默了片刻，程蔚先笑，童谣也跟着笑起来。

"先看看吧。"他递过来一个密封的白色信封，左上角印着BGC的标志六角星，封口处盖着鲜红色的保密章"CONFIDENTIAL"（机密）。

Dear Elaine,

　　Congratulations on your achievement at BGC International Group.

　　You will receive USD80,000 for performance year 2007. Performance bonuses acknowledge exceptional performance and are intended to attract and retain top talent for the Company.

　　（祝贺您在BGC国际集团所取得的成绩。为了肯定您2007年的优秀表现，您将获得八万美元奖金作为奖励。该奖金用来向所有卓越贡献表示致谢，并希望鼓舞您为公司持续贡献才能与智慧。）

Sincerely,

×　×　×　×

HR Manager Asia Pacific

童谣有点惊讶，这个数目是超出她的期待的。她的想象是相当于十二个月工资的奖金，也做好了十个月或者更低的心理准备。然而，这八万美元，是她十五个月工资的总和。

"怎么样，满意吗?"程蔚的话打断了童谣的思路。

她情不自禁地笑着点头。

程蔚哈哈笑，他喜欢童谣的率真，有时候觉得她还是个大孩子。"今年你表现不错，进步很快，明年要再接再厉！中国房地产市场和世界金融局势都欣欣向荣，明年是中国年，咱们要把握住机遇，再创造一次奇迹。另外，刚才已经宣布了，明天起就是经理了。以后思考问题要更全面，工作要更努力。"

童谣认真地点头。

"你有什么要问我的，或者想跟我谈的?"这是惯例。

"嗯……"她想了想，很轻声地问，"你期待的好经理应该是什么样的?"

程蔚看看窗外，天色已经暗下来，这的确是个值得考虑的问题。"我期待的……事无巨细都跟我汇报，肯定算不上优秀的经理；什么事都不说，最后出个大纰漏，这样的，更不行。优秀的下属，应该有能力把日常的事情都处理好，有实在解决不了的大问题，带着两三种可能的解决方案来找我，都各有什么利弊，让我看到，你是用过心思，动过脑子的。当然，还要打好提前量，不要让高管们措手不及。具体情况会很复杂，我也要慢慢总结，想到什么再告诉你。"

童谣感激地点头，程蔚对她的提点和帮助，确实令她受益匪浅。

该说的都说完了。童谣起身退场，程蔚让她把Vivian叫来，准备出发聚餐。她拿着信封走出会议室。Vivian已经等在走廊里。"怎么样？"她压低声音急切地问。"快进去吧，他等你呢。"童谣眨眨眼睛，不该说的自己当然不能表态。看着Vivian进去，童谣没回办公区，转身走向门外，她想把这个好消息第一时间告诉世界上最重要的人。电梯拉着她来到一楼，节日的气息扑面而来。

明天就是圣诞，国贸商城布置得华丽又温馨。一棵苍绿色的巨型圣诞树立在商场中间，挂满五颜六色的彩灯、贺卡、星星、礼物。临时搭建的积木一样的小房子里，穿着红白色圣诞服的售货员，满面笑容兜售着包装精美的糖果、巧克力、水晶、相框……"小姐，写张贺卡，许个愿望吧！"卖贺卡的小伙子热情地招呼她。童谣笑着摆摆手，走到了LV旗舰店前空旷的天井处。《Jingle Bells》的音乐轻轻飘荡在半空中，空气里弥漫着比利时巧克力和美国冰激凌的香甜。透明的玻璃幕墙外，白色雪片慢悠悠飘下来。裹挟着寒风冲进星巴克的男人，和老朋友击掌拥抱，摘下手套捧起飘香的热咖啡；几个亚洲少年经过，吵吵嚷嚷一口流利的美语，正兴奋地争抢哪个明星刚签过名的贺卡；穿着大衣短裙的女人提着大大小小的购物袋昂首走过，炫耀张扬着自己的快乐……每个人脸上都洋溢着收获和幸福的笑容，在这个飘雪的傍晚。童谣深深微笑，拨通了电话。

"妈妈！呵呵，干嘛呢？"童谣的父母都不在北京，每当她有进步和快乐的时候，总是第一分钟想起他们。"还没呢，一会就去吃，公司聚餐。今天下午开年会了，我评上了明星分析师，提拔经理的事也正式宣布了。"童谣笑得一脸幸福。"嗯，我知道，肯定会的，元旦回不去了，有个项目要赶在31号前交割……好。对了，奖金今天也发了，六十万，扣掉税，还有四十万吧，过几天给表姨汇些去……没事，放心，我自己会处理的……你跟爸好好过节，让他注意身体，春节我就回去。"

挂了电话，童谣看着富丽堂皇的世界，眼睛红了。妈妈说的最后一句话，一直在耳畔回响："孩子，你已经很尽力了，别给自己太大压力，要学会善待自己，我们心疼你……"

"Merry Christmas！"一个男声打断了童谣的思绪，是许家祺。他看到童谣噙满泪水的双眼时一愣，"你怎么了？"童谣万万没想到会在这个时候遇见他，尴尬之余努力让自己笑起来，一开口，声音还有点打颤：

"你怎么在这，没去吃饭？"

"正要去，下楼看到你在这边打电话，想过来打声招呼。怎么了？"

童谣擦掉眼泪笑起来："奖金发得太少了，伤心呢。"

家祺愣了两秒，明白她是在说笑，于是故作严肃地答："这好办，我的还有多，分你点好了。"这次她真的破涕为笑了。自从上次广州之行后，童谣和许家祺似乎亲近了些，但这种亲近只是心里的，甚至连心底里的那一点好感和亲切，都一直被两人小心掩藏。加入BGC第一天起，所有员工都要经过一系列培训，其中一项就是"同事间关系"。作为全球领先的投行集团，BGC当然不会明文禁止办公室恋情，以免染上不必要的官司，但"不支持、不鼓励"的态度是显而易见的，理由也很上得台面：避免给其他同事造成不方便和不公平的工作环境。当然，许家祺和童谣适用这一守则还为时过早。碍于工作和丫丫，家祺虽然明知自己对这个女孩的好感与日俱增，也只好以不作为的消极态度听凭发展；至于童谣为什么总在躲闪，他就更猜不透：是她对自己没有好感？还是，她有男朋友？许家祺在默默观察，希望能尽早揭开心中谜团。

"你今天是super star：明星分析师，提拔经理，奖金肯定也不会少，应该开心才对。"家祺靠在天井的玻璃围栏上，掰着手指一项项地算。

童谣点点头："是，我很知足。我总是很幸运，有很多人帮我，然后我来享受。"

家祺有点不解："也不能这么说。你很聪明，也很努力，这都是你该得的！"童谣垂下浓密的睫毛摇摇头。

许家祺顿了顿说道："知道吗，你很奇怪……有时很开朗，有时把自己包裹得很严。你看，我们认识也不算短了，可我对你的生活一无所知。"

"我的生活太简单了，没什么可说的。再说了，我对你的生活也一无所知啊。"童谣笑着眨眨眼。许家祺看着重新挂起职业笑容的她，刚打开一道缝的心门又轻轻关上了，突然有点落寞。

"因为你从来没兴趣了解我的生活。"他一字一句地说。

家祺眼睛里闪烁的光芒，让童谣有点不知所措。他是认真的吗？"马上2008年了，有什么新年愿望吗？"她急忙转移话题。

新年愿望？许家祺愣了愣，人生规划每年都在排，新年愿望却很多年没许过了。他抬眼看到楼下竖起的快两层楼高的巨型圣诞树，拉着童谣跑过去。笑容甜美的服务生双手递上两张贺卡，红色皱纹纸，一张画着拉雪橇的驯鹿，另一张是烟囱里塞满礼物的红砖房子，封面上都撒满了亮闪闪的金粉，像雪花一样洋洋洒洒。

"写吧，把你的新年愿望写下来，我们一起挂上去。"家祺指指圣诞树，递过来一支笔。童谣张大了嘴巴，睫毛忽闪，她被家祺这突然的举动吓住了，握着笔的手抖了半天，一个字也没写出来。家祺倒是很快就写好了，折起了贺卡，一脸幸福地等着她。

"我，我实在不知道写什么！"童谣不好意思地笑起来。

"怎么会，你没有愿望吗？谁会没有梦想呢？随便什么都行。"

童谣咬着嘴唇低头想了很久，把笔递给许家祺："我的愿望都实现不了，你随便帮我写一个好了。"她的眼神暗淡下去，方才闪烁的光芒消失殆尽。说完，童谣转身向人群走去。许家祺一把拉住她的手，他不想再放弃，至少，他要试试。

"Elaine，无所谓的，一个愿望而已，为什么不能活得轻松一点呢，未来会发生什么谁都不知道。就当陪我许个愿，好吗？"许家祺用他特别的港台版普通话讲完，感觉到来往的人群都把目光投向这里，他担心有同事经过，松开了手。"那个不能实现的愿望是什么？告诉我，我运气一向很好！"他尽量压低自己的声音。童谣定了定神，意识到自己刚才的失态，她将过耳边的碎发，笑着说："我希望时光倒流，有可能吗……"

许家祺并没太惊讶，他早想到这一定是个不同寻常的愿望。"时光倒流？后悔刚来北京时没及时买房？"童谣"扑哧"笑出声来。难怪公司有那么多许家祺的粉丝，这个俊朗精干的大男生，还有着成功男人少有的好脾气和幽默感。许家祺点点头，在童谣的卡片上认认真真写上：back to the past，犹豫片刻，又在上方加上：Let's。童谣侧过头看到自己那张贺卡上已经印上了隽秀的英文，心里突然被触动了一下。我们，你确定吗？是一时口舌之快，还是真有坚定执著的勇气？

Amy的电话打断了两人的谈话，GREI大队人马已经出发去吃团年饭了。看着童谣匆匆离去的背影，许家祺心里升起淡淡落寞。他希望她能留下来，希望没有同事，没有路人，只有他们两个，安安静静地说会儿话，或者在大雪里散散步，只有他们两个，没别人。然而，这只是自己这一瞬间的奢望吧，他不清楚她在想什么，甚至都不确定自己到底想要什么。

童谣去地库取车，绕到国贸1座门口接上Vivian。在这样的日子里开车，也是刻意的：一是雪天打车困难，最主要的原因是为了逃避喝酒。童谣害怕喝酒，在GREI里也是出了名的。雪越下越大，马路上堵得水泄不通，音乐台正一条条播放着祝福短信，Vivian跷着二郎腿，打开车窗伸手去接悠悠落下的雪花，跟着广播咿咿呀呀唱着节日里的歌。她到BGC刚满一年，这是第一次领年终奖，看样子超出了自己的期望，喜悦之情溢于言表。

"Elaine，你去过有璟阁吗？"寒风吹进来，Vivian按起车窗，紧紧衣领问道。

"没有，自己花钱吃饭，谁去那啊。"

"哈哈，说的是呢！那咱们部门去年在哪里吃的啊？"

"去年……"童谣眯起眼睛想了想，"去年在兰会所。"

"哦，我知道，那也是北京十大奢华餐饮会所！哎呀，咱们部门要是每年都选这样的地方，十年我就吃遍京城最豪华的餐厅啦，哈哈！"

"呵，你就这么点出息啊，何况哪至于要十年。"童谣被她孩子般简单的快乐感染，也跟着笑起来。

"姐姐！连着一百多天加班到12点，真的很痛啊！你看看这一年我的脸！"Vivian指着自己额头上深深浅浅的痘印，"青春期的时候都没泛滥成这样！"Vivian有点撒娇地摇摇头，脸上布满痛惜之情。

"今天觉得值了？"童谣笑着问。

"嘿嘿，也不能说值吧，青春哪里是几十万换得来的！但至少努力还算有回报！"

"是啊，青春横竖都要走的，不工作不拼命，也一样留不住。我们算幸运的，比起很多同龄人，平台要高很多，工作有前景，辛苦也有所回报，不错了。"

"嗯！Elaine，我觉得你特棒。"

"我？"童谣惊讶地转头看她一眼。

"对啊，漂亮，聪明，勤奋，性格还特好。你看你就比我大两岁，我觉得你比我成熟得多，一点都不80后。"

童谣抿着嘴笑了笑，沉默片刻，又"噗嗤"一下笑起来："好久没人这么隆重地表扬我了，有点不适应。谢谢你啊，这是今年最好的圣诞礼物。"

"哈，真的，我经常想，我要像你就好了！哎，你说什么样的男生才配得上你啊？"

"呵呵，别夸我了，干咱们这行的，可别觉得自己怎样，哪个男人要娶比他们还忙的女人？"

"那不一定，找同行呗，再说了，嫁人就回家当太太咯。哎，我觉得大成集团的小陈总对你挺好哦！你看他有钱又不土，难得，我觉得你们挺般配的。"

"别胡说哦，哪有的事，不敢拿客户开玩笑的。"

"很正常啊，好多男生都天天算计找客户的女儿呢。我们不比他们，女人哪有在投行干一辈子的，考虑一下后路太正常了！唉，我没你那么好看，像陈子城这样的富二代，我就不打主意了，能找个同事也不错，呵呵。"

"你倒是看上哪个同事了啊？我看你才不是给我操心呢。"

"我哪有啊！"Vivian拍着真皮座椅笑得小脸通红，"不过我觉得IBD那个许家祺，真帅，真有气质！每次一见到他，我就想到王力宏！知道投行里帅哥不少，没想到有这么优质的！可人家哪看得上我啊，听说他女朋友是中戏的，将来可是大明星。"

童谣微笑着没接话，她想起刚才许家祺说的话做的事，突然有点恍惚。

北京最具特色的十大奢华餐厅之一——有璟阁，坐落在工体东门。外表看是个包含徽派建筑特色的现代钢结构建筑，黛瓦白墙，十分干净；进得门内却是一个古色古香具有二百二十年历史的古老建筑。这座老房子原属于清朝景德镇一位师爷，有璟阁的主人出资购买后从千里之外的江西运回北京，将中国传统徽宅用现代建筑语言重新包装：挑高六米的主厅，被古老精湛的徽派木雕结构环绕，厅堂正上方的天井叫"四水归堂"，意为财源广进。大厅正中一尊名为"霸王别姬"的雕塑，是在法国艺术品拍卖会上购得的名品。整个堂内朴素简约，却深藏着繁复和奢华。学建筑出身的程蔚，对这家店颇有兴趣，于是让Amy把团年饭安排在这里。像他这样的大老板，吃什么都不再重要，重要的是内里的韵味和意境。

童谣和Vivian穿过独特又雅致的铁饰流苏，走进明黄色帷幔隔开的豪华包间，其他十几个人都已落座了。程蔚简单讲了几句，重点说了说对2008年的期待，大家都笑眯眯地听着，年景好，人人心情好，也都在心底里琢磨着明年升官发财的打算。被认可被尊重是人的基本需求，也是社会前进的基本动力，尽管经常会在名利追逐中流于形式。说话间，一盘盘精致独特的菜品陆续上桌：晶莹剔透的宫保虾球，赤红热烈的火焰海螺，酥滑绵软的榴莲酥，金黄水润的芒果沙拉……程蔚的讲话匆匆收了尾，带头拿起筷子，在一片欢声笑语中，大家举杯告别即将结束的一年，憧憬着无限美好的2008！

到底还是没跑了，因为提了经理，童谣实在推托不过，喝了两杯红酒，脸上也泛起了红光。按照惯例，程蔚、蔡庆杰这些大老板圣诞都要捐出些钱，再加上这一年里每人因为下班忘记关电脑关灯等等原因被"罚"的款，一共几万块，全部用作年底娱乐大奖的资金来源（BGC提倡节约能源，同事们不成文的约定，晚上加班后忘记关自己电脑罚五十元，最后离开的人忘记关办公室灯罚一百元）。谁也不知道奖品是什么，更不知道以什么样的方式"中奖"，都是Amy带着行政的同事设计的点子。今年很有趣，特等奖一个，一等奖两个，二等奖三个，剩下全是三等奖。先随机抽取，一人一个密封好的BGC专用信封，看了之后，谁都不能说奖品是什么，但必须说自己是什么级别的奖品。童谣打开信封，信纸上写着：二等奖，NokiaN95手机一台。

Amy清了清嗓子宣布规则：获得次一级奖品的人，可以向上一级奖品的持有人挑战，持有人必须接受挑战，但有权选择挑战方式；另外，不得越级挑战。挑战成功，两人交换奖品；失败维持现状。程蔚挥挥手补充道："加大一下群众参与性，不参与挑战的其他人，必须押注！一个酬一百，赌挑战者和被挑战者谁赢。干投行的，不敢挑战，不敢赌，就别想赚钱！"程蔚音刚落，Vivian就挥着手中的红信封跳起来："童谣，我是三等奖，我要挑战你！"

"好啊，不过说真的，我这个奖品你未必想要呢。"童谣看了眼Vivian手中的N95手机，笑着眨眨眼。

　　果然，Vivian脸上透出几分犹豫之色。"哎，开弓没有回头箭！说了要挑战不能退啊！"程蔚摆手。看看老板的脸色，Vivian一扬脖："挑战就挑战，玩呗！童谣，咱们别喝酒了，掰手腕吧。"

　　"行，不过得左手！"童谣狡黠地笑笑。

　　"啊，不行！大家都知道你左撇子！"Vivian跳起来。

　　"哈哈，被挑战者定规矩，是不是Amy？"

　　"没错！Vivian你行了啊，掰手腕都是你提的，还不让人家决定用哪只手啊。"Amy也跟在一旁起哄。

　　"剩下的人押注，我赌Vivian赢！童谣那小细胳臂，我看悬。"程蔚先拍下一张一百元。童谣看老板一眼，心下笑了笑。她明白老板是怕赌注全部倾斜到自己一边，Vivian难免尴尬，也不好玩。果然，在程蔚的带动下，有五个人押Vivian，七个押童谣。比赛很快结束，童谣虽然瘦，但毕竟是左撇子，没费什么力气就胜出。赌她赢的几个人，开心地拿着五百块分钱去了。

　　"哈哈！"程蔚虽然输了钱，却笑得开怀，"Elaine，不能就此歇了，你也要主动挑战别人啊！"

　　"我对这个二等奖挺满意的。"

　　"那不成，你挑战他那个一等奖！"程蔚指指正张着大嘴剔牙的李昂。

　　"嘿！她自己都没说呢，Eric你不能乱点将啊！"平时就格外算计的李昂马上跳起来反对。

　　"主要我这是个三等奖，不能越级，不然我就挑战你了。呵呵，Elaine，上不上？"

　　童谣意识到，老板并不是冲自己，相反，是信任自己。虽然，这只是酒桌上的游戏；虽然，外企上下级之间并不那么等级分明。但老板既然这样说了，还是不能不给面子。

　　"行！我挑战你李昂，你那是个什么好东西，我也拿来看看。"童谣不动声色地笑。

　　"嘿，小丫头口气还不小，你可别后悔！有本事咱们比喝酒！"李昂一脸坏笑，他知道童谣最怕喝酒。

　　"李昂，绅士点啊，知道人家不能喝！"有人看不下去。

　　"没关系，被挑战者定规矩嘛。愿赌服输。"童谣笑着答，"喝酒怎么比？"

　　"老规矩。一杯啤酒，谁快谁赢。"李昂挽起袖子，准备应战。

　　这是BGC各种娱乐比赛的常规手段：参赛选手双手平放在桌面上，中间摆一高脚杯倒满的啤酒，发令官发令后，伸手端杯子喝酒，先喝完并且将空杯子放回原来位置的人胜利。但酒不能洒出来，杯子放回桌面后不能摔碎。童谣看着大高脚杯里满溢的冰凉啤酒，皱了皱眉，深吸一口气。随着其他人押完赌注，只听程蔚一声令下，两人都迅速端起杯子，闭眼仰脖，拼命往里倒，两边是呐喊助威的同事们。几乎是同时，李昂和童谣将杯子放在了桌面上。但马上有人指着李昂的白衬衣说："看！李总胸口都湿了！你漏了有一半吧！"大家哄笑着去抢李昂手里的信封。"拿来吧！是Elaine的了！"童谣靠在椅背上，手抚在胸口喘粗气，小脸通红。

"行啊！老说自己酒精过敏，挺利索嘛，比那卖楼的还快！"在一片喧嚷中，程蔚压低声音侧过脸对童谣耳语。

"你发话了我才拼命的，看我都红成什么样了，整个一麻辣小龙虾！"童谣嗔怒道。最后半句被递信封过来的Vivian听到，于是在大家一片哄笑中，童谣得了个绰号：小龙虾！

她打开红色信封一看：一等奖　马尔代夫六日游。

童谣起身走到窗边，透透气。窗外的夜色很美，那片湖水结了冰，落了薄薄一层雪。鹅黄色的路灯下，雪花还在潇潇落下。呼出的气在玻璃窗上结成水雾，她伸出食指写下"2008"。在倒影里，看到正比赛做俯卧撑的男同事，喧闹的人群，跳跃的火红烛光，温暖的笑脸，还有程蔚深情的微笑，是对自己吗？她不敢回头。童谣从口袋里摸出手机，两个未接来电，都是李艾。她连忙回拨过去。

9. 身不由己

"喂，抱歉啊，刚才没听到。"

"没事。Merry Christmas！在哪庆祝呢？这么热闹。"李艾的声音听起来意兴阑珊。

"公司聚餐，在工体，你呢？"

"工体！哪儿啊，我也在这儿，在茉莉。"

"这么巧，呵呵，我就在你旁边，有璟阁。你们所聚餐吗？"

"我们所几千号人呢，来这吃不亏大了。家里人。你那边什么时候能完啊，快来救我吧！我郁闷死了！"

"怎么了啊？跟家里人吃饭郁闷什么？"

"你别问了，是朋友就来救我。我没求过你什么事吧，就这一次，好吗？"

童谣微微皱眉，李艾从不开口求人，看来麻烦一定不小，朋友在这种时候是最重要的，当然义不容辞。

"好，你等我一刻钟，我这边对付一下就过来，到茉莉门口给你电话。"

挂了机，童谣去跟程蔚打招呼，只说有个朋友出了点急事，必须马上过去。程蔚看她一脸诚恳，也没阻拦，还细心地问要不要派司机送，担心她喝了酒不能开车。童谣谢绝了，披上大衣准备离席。已经喝高的李昂端着杯红酒过来，拉拉扯扯地非不让童谣走，说要把他的一等奖赢回来。都是同事，童谣虽然反感，也不好表现什么。关键时刻，还是程蔚起身把李昂拉回了沙发，挥挥手，示意她快走。

走出有璟阁，一阵凉风迎面袭来，或许是酒精的作用，并不让人觉得格外寒冷。童谣还穿着白天的小礼服裙丝袜高跟鞋，一步个滑地走在雪地里，黑色羊绒大衣紧紧包裹着身体，露出光滑的小腿，发髻上的水晶簪子在路灯下闪闪发亮，映衬着嘴唇上鲜艳绽放的香奈儿红。很快，就到了茉莉门口，这也是京城有名的餐厅。没等童谣拨电话，就看到穿着高筒靴，格子短裤，黑色漆皮短款羽绒服的李艾出现在餐厅门口。旁边跟着个一身休闲打扮的小伙子：一米七八左右，身材很有型，胸肌撑着羊绒衫格外性感，细长的眼睛带着淡淡的忧郁，一条咖啡色的棒针围巾随意搭在颈上，气质格外优雅，一看就受过良好的教育。李艾淡淡地说："这是Jay，李君凡。这是Elaine，我跟你说过的那个大学同学。"

"你好。"年轻男子用标准的普通话一字一句地问候，还微微点了点头。童谣一下子反应过来，这应该就是李艾的未婚夫，韩国友人李君凡。

"嗨，你好。我们，公司，正巧在对面吃饭。"童谣一时不知该说什么。

"听说了，你们去忙吧，结束了给我打电话，我去接你们。今天，不好打车。"

"不用。你快回去吃饭吧，他们还等着呢。她开车了，今晚我去她那儿住，不用担心。"李艾斩钉截铁地回答。

"……"李君凡沉默了片刻，看着李艾严肃地说，"好吧，但是答应我，不要喝醉。"

李艾咬着下嘴唇点点头，拉着童谣走进飞雪里。

"去哪儿啊?"童谣差点被她拽个跟头。

"不知道。先走出他的视线再说。"李艾紧皱眉头看着前方。

童谣情不自禁回过头，果然，李君凡还站在茉莉门口，双手交叉抱在胸前，隔着片片飘落的雪花，看上去很美。她转回头咯咯笑起来。

"笑什么?"李艾瞪圆了眼睛问。

"不错嘛，比韩国那些电影明星还帅。"

"切，你喜欢给你!"

"呵呵，别扯了，人家喜欢的是你! 看那眼神多深情啊，我都被打动了。"

"唉，别说了……"

"你到底怎么了？"

"……我心烦。他爸妈来北京过圣诞，一起吃饭。可我就是提不起精神，坐在那儿那个难受。"

"天哪！老两口也在楼上啊？韩国人最讲礼数了你知不知道？你怎么逃出来的呀？"

"我知道。我说，我有个好朋友失恋了，我现在不去陪她，她估计一个人过不去圣诞节了。他们一家都是基督徒，觉得应该支持我做善事……"

"李艾！"童谣停在路中间，立起眉毛，"有你这样的吗？欺骗你未婚夫，欺骗你未来公婆，还拿我当借口！我可是来救你驾的啊。"

"哎呦，我知道我错了。可我不这么说怎么说啊？难道说我不想跟你儿子结婚了，不想跟你们吃饭了吗！"

她到底还是说了这句话，童谣心里咯噔一下。

"你这是婚前恐惧症，很正常。别太把自己的感觉当回事，有时候是错觉。"

"不是！你不知道！"李艾拼命摇头，"我也希望是错觉，我挣扎了一个月了，可是，没用。我还是控制不了自己……我可能是爱上别人了。"

童谣深深叹了口气："是伍迪吗？"

"你怎么知道？我没跟任何人说过啊！"李艾惊讶地看着她。

"唉，都怪我，我那天应该拦着你的……我看到你们俩上车了。"童谣摇摇头。

"你看到了？太好了，我一直想找个人说说，快憋死了。那你说我的感觉对不对？"

"我怎么知道你什么感觉啊！拜托你是律师好不好，怎么这么大人说这么不靠谱的话！感觉是什么东西啊？你这样会伤害多少人，知道吗？伍迪有女朋友的，他们房子都买了，也在准备结婚呢。那天难道你没听到！我看你是疯了！"

李艾紧闭着双唇，脸上的线条变得僵硬。她从包里摸出包中南海，走到墙角背风的角落，面对着石墙，一遍遍滑动打火机。童谣看到她双手在颤抖，不知是因为天太冷，还是风太大，火机就是不着。李艾一气之下，将打火机向着石墙重重砸去。

"走吧，李艾，找个地方坐会儿，这样吹风要生病的，我周末还得加班呢。"童谣拖起李艾冰凉的手，向着停车场走去。圣诞的工体真热闹，一点都不像是零下十度的北方冬天。光腿穿超短裙的小姑娘比比皆是，个个花枝招展，戴着红色的圣诞帽、会闪光的牛角发卡。轰隆作响的金属音乐从各个迪吧里传出，伴随着浓郁的酒精味。

两个人相互搀扶着，童谣拍拍她的手，"年轻真好，这么抗冻！我们不是二十岁的小姑娘了，不比她们。咱们也疯过也闹过，没什么留恋的，该收心了。"童谣挽着李艾的手，穿过熙攘的人群，"你看，还有多少事等着咱们操心呢：该孝敬爸妈了吧，都养我们二十多年了；眼前的活要干好吧，还要想着明天的发展；女人不比男人，我们的有效生命比他们短，三十岁的男人，人家说是小伙子，三十岁的女人都叫剩女了。一段好姻缘能成全你一辈子，遇到孽缘，就是浩劫。三年五载走不出来，八年十年也未必回得了正道。时代太大了，我们随波逐流，好辛苦啊……李艾，别折腾了，国家都讲和谐社会，和谐稳定才是大局，折腾也没用，一切都自有天意。"童谣看着熙攘的人群边走边说，是在劝李艾，更像是自言自语。

李艾高她半个头，看着她肩头落下的雪花，不知不觉眼泪就流了下来。"你是说我们老了，该认命了吗？我从来都不信什么天意。选择都是自己做的，路都是自己走的，老天爷哪管得过来那么多事。一个人，连为自己负责的勇气都没有，能有什么大出息。"

"你是在为自己负责吗？你有没有想过也许这是歧途呢？在十字路口的时候，谁看得清哪条路通向哪里？你不是上帝，你的智慧没那么高。"

"你说得对，我是看不清，"李艾点着头回答，"可我知道，如果我现在不去尝试，我会一辈子惦记这个未知的可能性。在每一个不开心的时候，我都会想，如果那时候我跟伍迪在一起了，会怎么样，会不会更好？这很危险，我还没嫁呢就开始怀疑了。我不知道跟伍迪会不会幸福，但我确定，有了这件事，有了这些想法，我和李君凡已经不可能圆满了。"

"这世界上根本就没有圆满的事。如果半年后你发现自己错了呢？"童谣见她执迷不悟，有点着急。

"错了我认了，对了我赚了！"李艾狠狠地说。

看着她坚定的目光，童谣有种预感，这件事怕是拦不住了，李艾下决心的事，凭谁说也没用。

"伍迪知道你这些想法吗？从广州回来之后你们还有联系吗？"

"当然有。给你看他发给我的短信。"

这可能是我们人生中最重大的决定，我们都要理智冷静，要想清楚。我也很难受，不知该怎么面对她，更不知该怎么选择。不要责怪重逢，重逢没有错，也许这都是天意。

"他在犹豫啊，没说要跟你在一起啊！"童谣皱着眉头问。

"还有呢，你接着看。"

你一定要给我力量，给我勇气，拉住我。太难了，我必须要天天面对她，还有领导和同事的压力。你能在我身边就好了。

"跟他们领导什么关系？她女朋友……"

"是他一个处的同事，以前是他们处长介绍的。"

"李艾啊李艾，你真是疯了！哪有小三儿隔着十万八千里挤走同一间办公室的原配的！你要真成了，可以载入小三扶正史的史册了！"童谣哭笑不得。

"得了吧！他也是小三啊！把我从李君凡那儿撬走了。"李艾脸上终于有了一丝笑容。

"唉，韩国友人啊，我对不起你啊。都怪我，没把李艾看住，可我也没想到，公安干警也这么经不住诱惑哪！"童谣苦着脸开玩笑。李艾推了她一把，在泪水中微笑的眼睛，像夜空的星星。

"好吧，严肃点，"童谣收起笑容，凝视着李艾的眼睛说，"问你几个问题，不用回答我，想清楚了，在心里告诉自己。首先，你了解伍迪吗？除了这种瞬间迸发的激情，你们之间有感情基础吗，有共同话题吗？其次，他在东莞当警察，你在北京当律师，这些现实的问题怎么解决，你考虑过吗？他考虑过吗？还有，可能面对的压力和伤害，为此要付出的代价，你想过吗？承受得了吗？最后也是最重要的，你看得清自己的心吗？是不是因为得不到伍迪就觉得他是真爱，李君凡守在身边反倒觉得不珍贵？无论如何，你要先确定自己的感受，不要盲目，也别怕承认自己是一时冲动，对你自己负责，才能对其他人负责。"

"亲爱的，"夜风里，李艾含着眼泪拉起童谣的双手，和她紧紧拥抱在一起，"这种时候我只能跟你说说，谢谢你！"

雪停在凌晨的钟声里，在欢呼的人群中，两个女孩子在流转的霓虹里相视而笑。我们这代人没有兄弟姐妹，朋友就是最大的支撑。平时，她像是一棵树，一个蘑菇，当你需要的时候，她就会立刻变成天使。

2007年的最后一天，童谣依然在办公室忙碌。

大成集团的投资项目开展得很顺利，当然与程蔚和许家祺的力推有直接关系。按照惯例，每个项目都要有个看不出拟投资地点、投资企业信息的名称，这次，程蔚亲自给大成集团的项目取了代号——Rocket I（火箭一号），足见他对这个项目的重视和期望值。月初上BGC内部的Internal Investment Committee（内部投资委员会）时，全部人马齐上阵，二十页的投资备忘录是童谣三易其稿的结果。这个IIC制度很有讲究：当各国的项目团队完成尽职调查、经济分析，并设计出投资和退出机制，最终认为有利可图，值得一投时，就要上报全部材料到IIC，完成内部最后一道审批。IIC每周只开一次，定在北京时间周三晚上7点，由全球共七人组成。这七个人被大家戏称为七大金刚，分别由一名财务部门代表、一名法务部门代表、一名税务部门代表、一名评估部门代表、一名风险控制部门代表、一名区域主管和一名行业主管组成。这七个人遍布全球各地，有一个常设秘书在香港。通常，准备上会的项目要提前五天预约，项目材料也就是投资备忘录要提前至少两天发给常设秘书。开会的时候，这七个人会有各种各样角度刁钻令人应接不暇的问题。项目吸引人，BU（Business Unit项目团队）准备得充分，就能一次通过，这七个人要在会后分别以邮件形式确认，少一个确认都不能投；如果他们的问题你解答不了，或者答案不令其满意，七大金刚倒也不至于立刻否决，通常会再给一次机会，隔周再上会，如果两次都没有通过，就会被枪毙。之前花费的费用和消耗的精力，就全部浪费了。

火箭一号的准备工作很充分，周三晚上7点，大家准时守在自己的办公桌前拨入电话会议。程蔚主讲，许家祺补充。这种会议，像童谣这样级别的人是没资格讲话的，但她也必须参会，随时准备补充材料，在会后根据要求做相应修改。拨进电话会后，童谣马上按下"静音键"，然后一边啃中午剩下的面包，一边盯着电脑屏幕上的投资备忘录。程蔚跷着二郎腿，端着杯咖啡坐在他的大办公桌前介绍项目情况，偶尔传出许家祺的声音，童谣知道，此刻他也在楼下IBD的办公室里。程蔚纯正的美音和许家祺标准的伦敦音形成鲜明对比，听着十分有趣。项目设计得很完美：八千万美元以债的形式借给开曼岛成立的SPV（特殊目的公司），即大成集团子公司佛山成地的新股东，年息15%。佛山成地完成股权转让，拿到外商投资企业批准证书为放款的前提条件，这八千万美元中的50%以股权转让款形式支付给佛山成地的原股东大成集团，剩下50%以增资款形式进入佛山成地，用来拿13号地。大成集团再以关联方借款的形式将那四千万美元原打回佛山成地，作为开发资金。境外八千万的债权以SPV的全部股权作为抵押，贷款期限一年，可以展期，但不可以提前还款。同时，BGC还要求了可转换债的权利，在项目拿到开工证后，BGC可以选择将债权转成股权，从而分享未来高于15%的股东权益。这样，既规避了项目开发初期的诸多不确定风险，也创造了更大盈利空间的可能。交易结构可谓万无一失，对BGC的保护也固若金汤。难怪在谈判时，陈子城一直抱怨帝国主义资本家太狠，自己上了许家祺的当！

听了程蔚的介绍，七大金刚问了些常规问题，比如周边具有参考性住宅的售价、债权转为股权之后的退出机制、项目开发周期及成本测算等等。许家祺都一一作答。电话那端短暂的沉默，似乎没其他问题了。"OK. Sounds a nice deal."（听起来是个不错的项目。）全球地产投资的头儿先发话，亚太区负责人Richard蔡庆杰也表示没问题了。说到底，他们只是做宏观的判断和把关，毕竟，各地市场的状况，只有当地团队最了解。所谓"用人不疑，疑人不用"。大家略松了口气，程蔚问其他五位还有问题吗？Risk Control（风险控制部门）的日本大叔突然发问："我想知道广州有多少人口？人均年收入大概是多少？"童谣差点没一口茶喷在电脑上，风险控制部门从来都有一些类似于火星撞地球该怎么办的问题，这次看来依然不能免俗。二十多页的投资分析报告里，介绍了广州市2006年的房地产成交量价、开发量和竣工量，以及全年的固定资产投资，唯独没涉及人均年收入。她立刻在google上搜索，一百多万条查询结果跳出来，童谣迅速地浏览相关网页，终于找到了答案。许家祺正在电话里故作镇定地对付，说广州是广东省的省会，是中国四大城市之一，南部的核心，距离香港很近……童谣赶紧直起身子冲程蔚比划，程蔚微皱着眉，伸伸手示意她直接说。童谣定了定情绪，点开Mute键，等许家祺停顿的空当，补充道：到2007年11月，广州市常住人口大约一千零五万；人均年收入约两万两千人民币，居全国第四，排在上海、深圳、东莞之后，北京之前。"北京之前？"日本老头有点惊讶，但对这个答案显然是满意的。随着中国市场投资规模的扩大，他们对北京上海已经日渐熟悉，而且充满信心，一听广州比北京还有钱，那高端公寓和写字楼估计还是有市场的。

正当童谣舒口气的时候，法律部门的资深女律师发话了："我想知道一个细节的处理，大成集团收到四千万股权转让款后，以什么方式再付给佛山成地？""……公司借款。"程蔚沉默一下，简略地回答。"据我所知，在中国，公司间的资金拆借是不受法律保护的，是这样吗？"这个常驻香港的美国女人对中国法律的了解可不是一知半解，童谣相信她肯定知道答案，否则她就不会问。但为了防止将来万一在这一环节上出问题，以规避法律部当初签字同意投资的责任，她才把这个问题抛出来，要BU的人自己回答。要知道，IIC的所有电话会议都有会议纪要并且全程录音，因此，每个人说话时都很谨慎。电话内外一片安静，程蔚按下静音键，抬头问童谣："你能回答吗？""……我只能说我知道的。""Go ahead！"（说吧！）程蔚大手一挥，童谣赶紧按起静音键答："根据中国最高人民法院的司法解释，企业间资金拆借不受法律保护，如果发现，本金返还出借方，所产生的利息收缴。"她看看程蔚，接着说："在实际操作中，企业间拆借，尤其是关联方拆借，非常普遍，并没有哪个部门主动实施监察管理。往往是双方产生债权债务纠纷，诉诸法院的时候，才会采取相应的处理。就我们这个案例而言，大成集团将四千万美元打回佛山成地，采用无息形式，不存在利息部分损失的潜在风险；另外，我们的退出完全在境外实现，投资收益主要依靠项目公司售楼款和租金收入，这个细节对BGC影响不大。"童谣讲得很慢，她一直看着程蔚的眼睛，他表情上一丝一毫的变化，都影响着童谣说话的方向。

等她全部说完了，程蔚点点头，接着说道："火箭一号，只是这次合作的第一部分。

之所以我们没有苛求20%甚至更高的回报率，是因为我们要和大成集团建立战略合作伙伴关系。目前已经开始跟他们接洽整个集团融资上市的合作。大成是南中国非常有影响力的地产商，各个投行都在争取成为他们这次上市的战略投资人和券商。火箭一号的成功，会使我们有更多优势，这对IBD来讲也是一次很好的机会。"

"是这样的。据我们了解，高盛、瑞信都已经在和大成积极联系，如果能争取到这次券商机会，对投行部2008年的业绩无疑是一个巨大提升，也会是我们在中国市场树立品牌形象的一次绝好机会！"许家祺也借势补充。

"不记得我是不是有提过，"程蔚笑着说，"我们能和大成取得联系，还要感谢Clinton。因为大成集团老板的儿子，公司的执行董事，是他在剑桥的同班同学！"

"噢，是吗！Clinton，你有时间应该来哈佛再读个MBA，会有更多更有价值的机会，哈哈。"全球地产投资的头儿开起玩笑，气氛变得轻松起来。"好了，这个项目谈得够久的了，我的清单上还有一个印度的项目、一个韩国的项目在排队。为什么我们不争取在12月31号之前完成投资呢，这样2007年第四季度的财务报表会非常好看。"

"没问题，我可以在12月完成所有的交易文件，但你们得把钱准备好。"程蔚拍胸脯了。

"嗨，老兄，我随时都有钱，八千万美元不是什么大数。"Treasury（资金部）的美国大叔也嘻哈起来。于是，在轻松的氛围中，火箭一号通过了。会后，童谣陆续收到七大金刚发来的邮件确认，仔细地把它们一一备份。

于是，整个12月，童谣，陈子城，带领两边的律师团没日没夜地谈判改合同。程蔚和许家祺有时也来参加，但合同的繁复和纠结，常常令他们半途而退。在经历了若干个通宵达旦之后，圣诞前夕，全套法律文件终于准备妥当：借款合同，股权转让合同，抵押合同，担保合同，债转股合同，回购合同……整整四大箱文件，少说也有七八十斤重。公司聚餐的第二天是周六，童谣睡了个小懒觉，早上10点半送走李艾后，她直接回到办公室，满世界追着BGC的授权签字人签署文件。BGC的高管都已经开始了难得的圣诞假期，被童谣的邮件和电话折磨得不胜其烦。可新加坡资金部放款的前提条件是，所有法律文件妥善签署，法律部和区域负责人同时邮件确认才可以。就这样，一直折腾到31号下午，童谣已经连着两天没怎么正经吃饭，看着时间一分分过去，紧张得手心冒汗。最后只差BGC一个大老板的签字，他正在夏威夷的海滩晒太阳，身边没有打印机，没办法打印邮件所附的签字页。于是童谣索性把几十张签字页直接传真到他住的酒店，又打电话委婉地催促他回去签字。裹着浴巾的美国老板在电话里哭笑不得：

"Elaine，is it the New year gift you give to me？"（Elaine，这是你送我的新年

礼物吗？）

"More than that. 15% IRR for USD80MM." （不止这个，还有八千万美元15%的年回报。）

"Haha. Anyone else is still working today, except you?" （哈哈，今天除了你还有人在工作吗？）

"Yes, sir. And you." （是的，先生。还有你。）

"Hahah. Good girl! Any expectation for the new year?" （哈哈哈，好女孩！新年有什么期待吗？）

"Your signature, sir." （您的签字，先生！）

半小时后，童谣收到他的邮件：

> I have signed. Originals will be delivered to you soon.
>
> Happy New Year!　Good job!
>
> （我签了，原件很快会快递给你。新年快乐！干得漂亮！）

童谣顾不上回信，抓起电话打到新加坡办公室。"嗨，我拿到所有签字了！"新加坡Treasury（资金部）一个女孩被童谣"拖累"得不能休假，一直守在办公室。"上帝呀，我都以为你赶不及了，还有四十分钟银行就下班!"

"呵呵，毕竟我们还有四十分钟!"

"童谣，别怪我，不是我为难你，你知道我必须看到所有签字才能操作付款。"

"当然！怎么会怪你，感谢还来不及呢。没有你，我们都做不到!"

"Congrats!（祝贺你！）剩下的事交给我了，你去吃点东西吧，一会我会把付款凭证扫描发给大家。"

"Thank you so much! Happy new year!"

童谣起身倒了一杯热水，不敢离开电脑半步。直到资金部发出八千万美元已经汇出的付款凭证扫描件，她才深深舒了口气，瘫坐在椅子上。不一会，程蔚的邮件发了出来，群发给项目的所有参与人，感谢大家的辛劳和配合。特别着重感谢童谣在圣诞节以及新年前夜始终坚守在办公室，直到项目顺利交割!

看到邮件，童谣疲惫地笑了。做一个负责任的、有担当的80后，虽然很累，却十分值得，这种感觉，让人踏实。夜色已经笼罩着北京城，下了几天的雪停了，马路上依然有白雪覆盖。CBD的摩天大楼霓虹灯闪烁，长安街车流滚滚，远远望去，像一条流淌着的金色的河。新加坡正下着缠绵的雨，夏威夷又有怎样的阳光灿烂？站在三十八层高楼，依然看不清北京，站在哪里，才看得清世界？童谣想起那晚她对李艾说过的话："世界好大，我们随波逐流，好辛苦。"

再见，2007年。

陷入沉思的童谣被手机短信声拉回现实：r u still in office？（你还在办公室吗？）发件人：许家祺。手机在手中握出了温度，她仍然没有回复。这几天，她经常会想起他：在难得的空闲瞬间，在黑莓发出"嘟嘟"的新邮件提示音时，在每一次经过楼下的圣诞树时……连着五天，许家祺没有任何消息。他一直在"火箭一号"的邮件列表上，有时也会发邮件讨论和项目有关的内容。甚至有一次，他发邮件给童谣，询问大成方面的签字页有没有齐全，抄送清单上排着十来个人名，两人公事公办地来去几封邮件，滴水不漏。就在她让自己相信一切真的只是误会一场时，家祺突然传来这样一条讯息，不是通过黑莓，而是手机。童谣用了四十分钟犹豫该怎样回复，却还是没有行动。黑莓又震动起来，还是许家祺，同样的内容，但这次只发给自己。童谣思绪很乱，她想不清楚，她跟他，以男人女人的身份该怎样继续对话；那么换个角度考虑吧：同事之间，应该是有距离的尊重，或许他真是有什么公事。童谣于是拿起黑莓回复邮件：Yes, uploading transaction docs.（是的，在上传交易文件。）邮件发出后，家祺那边也没有后文了，童谣多少有点悻悻。她一个人在空旷的办公室里整理交易卷宗，备份所有邮件，处理交割的后续工作，不知不觉到了11点半。祝福短信铺天盖地地涌来，还有半个小时就是新年了。三里屯的酒吧，工体的迪厅，就连中国大饭店的宴会厅，现在一定都热闹非凡。不知道同事和朋友们此刻都分别在世界的哪个角落，是守在温暖的家里和亲人享受天伦之乐？还是握着恋人的手一同等待新年的到来？

童谣想起大二那年，和一班同学聚在重庆解放碑的大钟下等待新年！每年的12月31日，重庆都会有十几万人挤在那里，手握着各种充气棒，一同高喊着倒数计时。敲钟的一刻，人群沸腾起来，小伙们看到漂亮姑娘就挥起充气棒乱"打"一通，管他认不认识。那晚，童谣的发卡都被打断了，可是人挤人，连"抱头逃窜"的机会都没有。那可真是一座热情的城市，旧年仿佛是被打走的，新年在欢呼声中就来了。那一刻，她才二十岁。六年过去了，发生了很多事，生活有了很多改变，还有可能像那时那么单纯快乐吗？她没有答案，心里又隐隐触痛。电话响起来，是妈妈。爸妈轮流和童谣说话，督促她早点回家，注意安全，别太劳累，注意身体。正说着，手机嘟嘟作响，提示有电话拨进来，是许家祺！"妈，我有个同事的电话进来，明天再给你打，你们先睡吧！"童谣匆匆收线，接起了家祺的电话。

"还不走，准备在办公室迎接新年吗？"

"呵呵，基本弄完了，总好过在出租上听钟声吧。"

"楼下没有出租，你今晚打不到车的。"

童谣微微一愣："楼下没有出租？你在哪里啊？"

"……你下来就看到我啦。"

童谣冲到窗边向下看，太远太黑了，什么都看不到。她拎起大衣，匆匆关了灯，向电梯跑去。

当童谣的身影终于出现在国贸1座写字楼的旋转门时，马路对面的许家祺笑了。寒夜的风吹得她长发飞舞，大衣还没来得及扣，白毛衣牛仔裤映衬着不施粉黛的脸，那么单纯美好。她用右手将过风吹乱的头发，紧了紧大衣，带着迟疑的微笑走过来。许家祺注意到，自她看到自己的那刻起，就刻意放慢了匆匆的脚步。

"你，怎么在这啊？"

"来监督你加班，呵呵。"

"……来了多久了？"

许家祺看看表："两个小时吧……没事，我一开始在哈根达斯，但是他们，他们后来关门了。"家祺指指身后，变得语无伦次起来。

"那你干嘛不上来呢？外边多冷啊！"看着他冻得发白的嘴唇，童谣心里泛起内疚。

"你在工作，也不好打扰你，何况，那是你们办公室，我去不太好吧。"

"你可以回自己办公室啊！没带门卡吗？"

"不知道你什么时候走，怕回去办公室等，再下来，三十八层的灯就灭了……"

童谣心中涌过一阵暖流，嘴唇歙合几次，竟说不出一个字。风似乎小了些，忽明忽暗的霓虹映在家祺脸上，是那样一张年轻英俊真诚的脸庞。有那么一个瞬间，她真想伸手温暖这张被寒冷冻得苍白的脸，但是她没有，她当然没有。这时，四周远远响起此起彼伏的鞭炮声，午夜12点了，夜空中绽放开绚烂的礼花，照亮了他们望着天空的眼眸。许家祺看着童谣笑起来，她含笑的眼睛，像最明亮的星星闪烁。这个场景似曾相识，在梦里吗？在新年到来的一刻，在昭示着希望的一刻，能与你在一起，夫复何求？家祺一字一句地对她说："新年快乐！"

"新年快乐！"童谣梨涡浅笑，同样把最真诚的祝福给他。

"恭喜发财！"家祺又接一句。

"财源广进！"童谣也不"示弱"。

"身体健康！"

"事业有成！"

"春风得意！"

"龙马精神！"

"福如东海!"

"寿比南山!"

"心想事成!"

"万事如意!"

"……年年有今日!"

"……岁岁有今朝!"

两人面对面站在城市夜空下,站在鳞次栉比的高楼大厦间,没有牵手,没有拥抱,只是相顾而笑,心,却从未像此刻这样贴近。因为打不到车,家祺陪着童谣慢慢往家走,恨不得那条路永远没有终点,寒冷也全然感觉不到了。童谣第一次说起自己的父母、家乡、大学,还有在伦敦的岁月。许家祺一直微笑着倾听,不时有一些在童谣看来"好傻"的问题,比如:你为什么有那么多室友呢?中国的大学多少人一间宿舍啊?其实,很多时候,男人最幸福的时刻,就是安静地倾听意中人幸福的诉说。

两个人慢悠悠走了快一小时,终于来到童谣居住的小区。许家祺送童谣来到单元楼下,又停在路边说话,似乎都舍不得分开。

"对了,你今天还没吃晚饭吧?"

"在办公室吃了点饼干。"

"哎,这样身体怎么吃得消。去吃点夜宵吧,我也饿了。"

"嗯,好吧,顺便暖暖身子。呵呵,好冷啊。"

许家祺看看童谣冻得发红的鼻尖,二话没说脱下大衣披在她肩上。

"这怎么行!你穿这么少肯定要冻病的!"童谣的声音里有几分心疼。她踮起脚尖把大衣又披在许家祺的肩膀。她胸口的热气就停在他的胸前,看着她忽闪的睫毛,他多想握住她的手。可转念想起,那夜在广州的游艇上,当他把西装披在童谣肩上时,她的僵硬和躲闪,家祺放弃了这样的念头。两个月过去了,他们的关系总算前进了一小步。两人走遍了小区的里里外外,竟然没一家营业的餐馆。也难怪,2008年1月1日凌晨1点,谁会在这时候开门待客呢。

"要不然,去我家坐会?家里还有方便面,可以喝杯热水。"迟疑很久,童谣终于发出了邀请。

许家祺低着头狡猾地笑起来:"呵呵,就等你这句话呢,我已经在外面冻了四个小时了,真得暖和一下。"

童谣的脸红了,笑着向楼门口走去。

房间里真温暖啊!童谣一个人住着个小两居,白紫相间的内饰显得清爽素雅。空气里飘散着隐隐清香,家祺注意到屋角的花瓶里,插着两支白色的马蹄莲。童谣脱下大衣，立刻系上围裙，熟练地烧水、打鸡蛋、包紫菜、切葱花。

"你在准备什么好东西啊？"

"居然有这个！"她挥挥手中的塑料袋，像孩子一样开心。

"那是什么？"

"嗯，北京叫馄饨，重庆叫抄手，你们香港……"

"叫云吞！"许家祺马上接过话，两人都笑起来。

"看不出你还会做饭！"

"呵呵，也没什么稀奇。在英国的时候，想吃点好的，都得自己动手。天天吃中餐馆哪吃得起！跟你们香港留学生可不能比。帮我拿剪刀，在客厅茶几上。"

"哦，好！"许家祺放下手中的热水杯，立刻奔向客厅。

这就是幸福吧，很简单，也很难得。两人都在悉心品味，不敢有一丝一毫的怠慢和轻薄。某个瞬间，家祺有点恍惚，仿佛又回到了香港的"家"，在厨房忙碌的不是童谣，而是Maggie。但是很快，他就拉回了自己的思绪，他明白，是这种久违的安定气息，让他觉得似曾相识，觉得亲切。如果这是我和童谣共同的家，会不会很幸福？我内心里一直在等待的不就是这样一个女人吗！漂亮，聪明，温柔，可爱，受过良好的教育，有一份可以安身立命的工作。她甚至远远超出了我的期待，她有种独特的气质，让我总有冲动做二十岁少年才会做的"傻事"，无法拒绝，又无法割舍，这是爱吗？最难得的是，她拥有那么多，却似乎浑然不自知，不骄傲，不任性。在工作中，生活中，永远承担，宽容，谦让，心存感激。

"吃饭了，想什么呢？"童谣端着两碗香气四溢的馄饨走出来，烫得直搓手。许家祺半天才回过神。真是又累又饿，这馄饨似乎格外好吃，家祺端起碗，三两口就吃个精光，抬头才发现童谣一直看着他笑。"你不够吧？我还没动呢，再分你几个。""不用不用，你没吃晚饭，我吃过的。""嫌弃我呀！"童谣的大眼睛撒娇般眨了眨，家祺一下就不知说什么好。还没反应过来，她又盛了四五个过来，自己碗里也所剩不多了，但脸上洋溢着的分明是幸福的光泽。

两人有说有笑，一直吃到凌晨两点半。童谣起身洗碗，家祺要帮忙，被她从厨房里"推"出来。他于是沿着房间转悠，在主卧门口，家祺远远看到床头柜上摆着张童谣和另一个女孩的合影，跟她办公桌上的照片是同一人。

"那是你姐姐吧。"

"什么？"童谣从厨房走出来，边脱围裙边问。

"你姐姐跟你长得真像！"家祺指指照片。

童谣愣了愣，有点突兀的紧张："你怎么知道她是我姐？"

"哦，上次去你们办公室，看到你桌上的照片，Vivian告诉我的。"

"哦……是挺像的，很多人都这么说，但是她比我漂亮。"童谣看着照片，神色逐渐黯然起来。

"是吗？我怎么觉得还是你好看呢，至少看照片不觉得。"家祺想逗逗她，却发觉童谣已经没了精神。

"……一会你开我车走吧，这个点肯定打不到车了。"

许家祺听出来这是逐客令，也没法再多说什么，他不知道自己哪一步错了，气氛突然就变了。客观上，他也只能走了，早已被他调成振动的手机，已经在口袋里振了二十多次，不用看都知道，肯定是丫丫。昨天大吵一架，她不是去米妮那住了吗，难道半夜又杀了回去？

许家祺当然不能开童谣的车，走到哪都不好解释。童谣大概也是考虑到这点，没再强求，但她坚持要送家祺到楼下。电梯里，两人都沉默不语，刚才温馨融洽的气氛，仿如幻境。

"童谣，刚才我说错什么了吗？"出了电梯站在前厅，心有不甘的许家祺主动打破了沉默。

"没有！你别乱想，跟你没关系。我只是……有点累了。"童谣乌黑的眼睛在暗夜里看起来非常疲倦。

"……好吧。我也不知道该怎么说，只是希望你能够开心，至少在我面前，不要那么紧张，不要委屈，有不愉快的事，不想说，打我也可以啊！"

童谣微笑着点点头。许家祺接着说："今天是2008年的第一天，不许不开心。我有种预感，今年会和以往的任何一年都不同，会有很多奇迹，你一定会幸福的，相信我。"

她抬起眼帘看着他，似乎有话要说，他诚恳地看着她，等着她开口。就在这时，手机在许家祺的口袋里不合时宜地振动起来，周围太安静了，那蜂鸣声像电钻一样钻人的心。

童谣愣了愣："有电话？你不接吗？"

"……没什么重要的事。"家祺在心里暗暗骂人，手伸进口袋压断了电话，后悔万分刚才没有关机。他从来不擅长撒谎，也实在找不出理由搪塞。

童谣突然想起公司聚餐那天，Vivian在路上说过的有关许家祺女友的事，她心头一紧，仓皇道别，转身走进电梯。电梯门合上的瞬间，家祺眼里深深的不舍和无奈，同样刮伤自己心中的纠结和挣扎。这就是新年第一天的警钟吧！没什么奇迹，每个人都要走自己必须要走的路，承担该承担的一切。

10. 对不起，我爱你

黄昏时分，波音747徐徐降落在广州新白云机场，李艾冲在最前边，第一个走出舱门。一股潮湿温暖的气息迎面扑来，与北京的干燥寒冷大不相同，搭着羽绒服的左手不一会就渗出了汗。她熟练地在到达大厅买了最近一班去东莞的长途车票，快步穿过拥挤人群，向着心中的幸福奔去。

自10月同学会重逢，这两个多月里，李艾已经是第三次来到东莞。客车停在东莞市长途汽车站时，天色完全黑了。透过车窗，她远远看到一脸疲惫的伍迪，正在路边默默抽烟。昏黄的路灯把身影拉得颀长，领章上的四角星花闪着银光。这还是李艾第一次见他穿警服，平添几分飒爽。是哪一刻的眼神交会，哪一次举手投足，他深深打动了她，在她最无防备的时候，在他们最不该相逢的时刻。爱情让人身不由己，现实又令人无能为力，他们之间的距离，岂止是半个中国。一路的奔波急切，此刻却突然不知所措。看着路灯下，那个少年一样疲惫无助的男人，李艾头靠着车窗，眼泪毫无征兆流了下来。直等到司机催促，她才擦干泪水，拎起唯一的背包走下车。

伍迪的注意力全然不在来往的车辆和人群上，仿佛他并不是来接人的，只是静静地看着落叶追着晚风打转。这是多么纠结痛苦的七十七天啊！他不敢告诉李艾，有时候自己真的后悔那次重逢，他多希望时光倒退，什么都不要发生。如果那天他没参加校友会，或者李艾没去广州出差，他现在应该正和相恋两年的女友平静地准备明年的婚礼。有多少事要操心呢：新买的房子刚刚交楼，要装修买家具，办席的酒店也要预订，女朋友已经开始有计划地减肥，准备开春就去拍婚纱照。女友家中在当地还算小有势力，所以个性骄纵任性，伍迪总忍让她。矛盾是有的。有那么一阵，女友死活吵着要分手，她父母也并不很中意这个未来女婿，可伍迪不想认输，已经在准备结婚的路上走，突然停下来，谁甘心呢。所以，现在这样的平静，外人看来少几分甜蜜，却是伍迪多少隐忍、努力、争取才换来的局面。万万没想到的是，这一切在二十四小时内发生了变化。伍迪虽然长了副清秀皮囊，却不是轻浮之辈。他自己都不明白为什么突然间对李艾有了那么强烈的感觉，是延续少年时期的青睐和遗憾？还是真爱来袭？没有答案。这七十多天，他们从一开始的压抑、克制、保持距离，到现在被一种强大的力量牵引着，想要在一起；从一开始在短信里还强调"友谊万岁"，到现在拿起电话就恨不能飞跃半个中国……

伍迪不止一次在心中衡量两段感情，两个女人：李艾的漂亮、聪明、才华和能力，是女友所不能及的，李艾的付出、牺牲与执著也让自己十分感动；维持现在这段感情，可以清楚地看到十年甚至二十年后的生活；和李艾在一起，她会启开一个全新的世界，带来很多未知的可能；可现在这段感情，是自己千辛万苦争取来的，是自己实实在在拥有的；而李艾，远在两千公里外的北京，在摩天大楼里，在机舱里，在星级酒店里……到底该如何选择，伍迪被这个问题困扰到失眠，他痛恨自己，恨自己的脆弱和优柔寡断。骨子里他是很传统的男人，两个女人他都想负责，不想伤害，结果却都在亏欠。

一个星期前，在女友又一次乱发脾气后，他咬牙提出了分手。女友并不知道李艾的存在，万万没想到"分手"这个词竟然会从伍迪口中说出，盛怒之下，梗着脖子走了。这一周，伍迪陆续把自己的东西从女友宿舍拿走，她故意视而不见；每次在办公室走廊相遇的时候，伍迪都不敢抬头正视她的眼睛；同事们也觉察出了异样，有人关心，有人八卦；当初撮合他们的处长，更是不止一次找他谈话，明示暗示：奴隶变将军，现在你让着她，婚后就翻过来啦，两年都过了，还闹什么啊！进入春运期间，工作上的压力也格外重，东莞外来人员多，社会治安差，安保工作是重中之重。本来周末还可以回家躲躲，赶上加班，又得跟"前"女友在办公室朝夕相处。伍迪呆呆地看着办公桌上的台历，他多希望一页页快点翻，多希望这一切早点过去，自己身心都疲惫不堪了。

当伍迪在电话里对李艾说，我跟她分开了，李艾心中比感动和欣喜更多的，是重重的责任。在此之前，伍迪就问过她：如果我们在一起，这些现实的问题怎么解决？我是警察，很难调动，也不可能辞职，父母也都在东莞……我走不了，你能跟他分开吗？你有可能过来吗？放弃北京的工作、朋友，离开父母，到广东来？还有，我跟她是同事，即便分手了，也必须天天面对，如果你决定要来，我希望越快越好，我需要你在身边，给我力量，压力真的太大了。我能！这是李艾当初给伍迪的答案，现在是兑现承诺，承担责任的时候了。李艾是个理智的人，从来不做对自己不利的事，但是这一次，她说服自己下决心冲动一回，付出一回。人这一辈子不能总是感情用事，可如果一次都没有，才是最大的遗憾。在感情中永远都是赢家，虽然不受伤害，却也难体会忘情忘我的境界。

"这一次，我什么心机都不用，什么后路都不留，认准了，就闭着眼跳下去。就让我用整个宇宙换一颗红豆，不计代价，不问结局。"二十六岁的李艾在心里对自己承诺。

星期五中午，李艾匆匆处理完手头工作，去杜律师那告假，只说家里有点事。杜律师白她一眼，没好气地说："你们家最近怎么那么多事啊？"

"快过年了嘛！再说我年假还有五六天没休呢，春节一过不就作废了！"仗着杜律师一贯器重自己，李艾跟他讲话也比较随便。

"行啊，反正你好自为之吧！你能力强没错，但是在中国，工作态度有时候更重要。

我可提醒你，马上年会了，今年我是准备报合伙人大会，破格提你进入低点合伙人考察期的。你不要这个时候给我掉链子啊！"看着李艾一脸郁闷的表情，杜律师起身关上办公室的门接着说："你最近到底忙什么呢，看你那眼圈青的，是不是天天晚上泡夜场啊？"

"哪有！我多少年不蹦迪了。"李艾心虚，想起每晚跟伍迪打电话，都到凌晨一两点。

"反正最近很多人跟我反映，你心思不在工作上。咱们这么大强度的工作量，谁心不在焉，一眼就看出来了。上午我在电梯里碰到汪律师，他说周一给你交代了个活，你答应最晚周三给他，结果到现在还没信呢。我认识的李艾不是这样的，金达要破格提拔的合伙人更不能是这样！"

"哦，对哦！"李艾倒吸一口凉气，"天哪，我怎么把汪律师那活忘干净了。"

"你下午要是没什么紧要三关的事，就别请假了，赶紧给人家把活干了。汪律师可是咱所的创始合伙人啊，我把你材料报上去，人家一票就能给你否了！"

"……不行。"李艾皱着眉，为难但是坚定地摇摇头，"我在飞机上写吧，保证今晚给他发过去。"

"飞机上？你要去哪啊？"

"杜律师你别问了，我对不起您的栽培！"李艾咬着牙说完，转身走出办公室，留下一脸错愕的老板。

这一刻，在经过三个小时的航程，一个小时的车程；在飞跃半个中国，经历无数颠簸后；在反反复复地独自流泪又自我解脱后；在看到伍迪疲倦但是舒心的笑容时，李艾觉得，一切都值得！她伸开双臂跑过去，却被伍迪一把挡了下来："别，我穿着制服呢，被认识的人看到不好。"李艾咬着嘴唇，懂事地点了点头，却还是难掩失落。"……对不起。以后慢慢都会好的！相信我！"眼泪到底还是流了出来，无论有多难，我都会坚持，只为了你这句话，我相信你。

两人隔着半米的距离走在南方冬季的城市里，星星布满夜空，却难有浪漫心情。伍迪抢过李艾手中的咖色大提包，那是上次去首尔时，李君凡买给她的限量版路易威登。

"冷吗？"他关切地问。

李艾强打精神，笑着摇摇头。

"热吗？"看着她额角渗出的汗，伍迪又说。

"有你这样问话的吗！还学法律的呢，没逻辑！"李艾被他逗乐了，咯咯笑起来。

"你终于笑了！"伍迪看着她，眼中充满深情，情不自禁伸手去擦她额角的汗珠。

"李艾，我一直想问你，你喜欢我什么呀？我有什么值得你放弃那么多？"

这倒真问住李艾了，这几个月她也在反复问自己这个问题。"我想过，可是想不出来……那你知道你喜欢我什么吗？"

"知道啊。喜欢你漂亮，聪明，对我又好，肯为我牺牲那么多！"

听到这样的答案，李艾心里并不舒服，她敏感地意识到，自己的感情比伍迪要深，人只有爱得没有理由的时候，才是最致命的。他是站在自我的立场上，做理智的选择，因为他看得到她具备的优势；而自己，完全是听凭内心的召唤，根本没拿他和谁比较，更不存在选择。那么这注定是一条艰辛坎坷的路吧，可我不要逃跑，能不计回报地为一个人付出，才是最大的幸福，就让我赌一次，哪怕头破血流。

"伍迪，"李艾突然停在路中间，"不管是什么原因，你选择和我在一起，我都感激，会用一生去珍惜；我不是小女孩了，我会为自己说出口的话负责，答应你的，我都会做到；我知道你很难，压力很大，我想说的是，以后你会明白，我值得！希望你坚持，为了我们，坚持。给我三个月，春天的时候，我就会永远陪在你身边。"平静地说完这番话，李艾笑了。她觉得自己突然长大了，二十六年从未像此刻这般坚定理智，像最美好的女人那样，懂得付出、包容和担当，懂得欣赏这种隐忍却有张力的生命力量。李艾想象着自己说这话时的姿态，心酸却有点陶醉。

伍迪看着她，内心翻江倒海。他知道这是值得男人一辈子珍惜的女人，他欣赏她的执著，甚至佩服她平静的外表下蕴藏着的强大力量。在那一刻，他确定自己要和她在一起，永远在一起。伍迪将李艾揽入怀中，周围的一切都不存在了，只有为了幸福为了爱，艰辛承担和付出的一对。

短暂的周末匆匆而过，星期天下午，伍迪送李艾到国航设在东莞的候机楼，两人依依惜别。李艾心里清楚，回北京之后，等待自己的将会是暴风骤雨，而这些压力，她不打算让伍迪分担，自己一个人承受就好了。所以，当伍迪问道，你跟他怎么办时，她只是轻描淡写地回了句：我已经跟他说了，回去处理一下就好，别担心。机场大巴驶出东莞，李艾看着窗外发呆，和伍迪相处两个多月了，他从没对自己说过那个字，自己也从来没勇气问，即便是刚才那么不舍的时刻，两个人依然回避这个恋人间最常见的问题。正想着，伍迪发来条短信：

给我点时间，小艾，我以很认真负责的态度对待我们的感情，我希望是调整好自己的状态之后，才好好爱你。

伍迪啊伍迪，希望你是对的人，能让我一直渴望，又总不会失望；希望你能懂我，真正地懂我，就算听不到看不到摸不到，也感觉得到。是你吗？是你吗？是你吗？我走过那么多地方，路过那么多人，是为了遇见谁，成全谁，为了怎样的幸福？我想要爱情的触角就此枯萎掉，低头生活，踏实工作，全心全意支持你，成全你，爱你，只为了你！

在飞机上，李艾昏昏欲睡，头天晚上枕着伍迪的手臂说话到早晨4点，一觉醒来，发现两人依然十指相扣，从不曾分开。女人是感性的动物，这些细节让李艾更坚定了自己的选择。飞机落地后，她深呼吸一下打开手机，还好，除了一条伍迪询问她是否安全抵达的短信，就只有一个家中座机的来电提醒。"爸，我刚下飞机，一会就到家。"李艾立刻打了回去。"好，刚才小凡来过了，问你几点到，他可能去机场接你了。"李艾心里咯噔一下，几乎是同时，她在出口接机的人群里看到那个穿着米色外衣的身影。李君凡看她一眼，什么都没说，双手插在裤子口袋，转身向地下停车场走去。

"Jay，我打车回去！"李艾在背后对他大声说。

李君凡背对着她站在原地，歪了歪脖子，李艾猜他一定紧咬着牙，在口袋里攥紧了拳头。还没等李艾反应过来，他转身走来，一把拽起她的手腕，不由分说拉着她往前走。

"干嘛！轻点，捏疼我啦！"凭李艾怎样挣扎，李君凡就是不放手。好不容易别别扭扭地走到那辆香槟色的宝马7系旁，李君凡打开车门，把李艾扔了进去。

车子驶出机场，开上了高速路，两人谁都不再讲话。路边的白杨树叶子掉光了，干枯的枝桠在夜色里更显苍凉，远处的城市灯光闪烁，残雪映照着天空。

北京，我就要离开你了。

"广州好玩吗？"李君凡车开得飞快，突然开口问了句。

李艾别过脸看着窗外，不回答他的问题。

"还好老师知道你的行程，否则我就报警了。"

李艾最近的异常，李君凡其实早有察觉，他拼命压抑自己，故意视而不见。他明白，有些话一旦说出口，就没有挽回的余地了。多少个失眠的夜里，李君凡想起曾经的甜蜜和如今的冷漠，心里像刀绞一样痛。多少次，他想怒斥李艾到底在跟谁发短信，跟谁打电话。可是一次次，他都忍了，因为，他还不想分手，还不能没有她。他怕他所担心的一切，被李艾残忍地亲口证明，他怕即便自己可以原谅，她也不会再回头。所以，他选择逃避，选择隐忍。

"昨晚发的短信，你看到了吗？"正当李君凡紧皱眉头思索时，李艾突然开口问，他心里一紧，最担心的还是来了。

"你什么意思？"

"……就是那个意思，我们，分手吧。"

"……为什么?"

"我，爱上别人了。"

李君凡一脚刹车，即便是系着安全带，李艾的头还是撞上了挡风玻璃。

"啊! 你疯了!"车胎在地上划出长长的黑线，还好是晚上，高速路上几乎没什么车。李君凡一把打开安全带，左手像钳子一样卡住李艾的脖子，眼睛布满了血丝:

"你听着，我可以原谅你，你刚才说的话，还有昨晚发的短信，我就当没听到，没看到。但我警告你，不要再开这种危险的玩笑!"他咬着牙一字一句地说。

"晚了! 我不能原谅自己!"李艾看着他的眼睛，大声喊出来! 那曾经是一双多么温柔的眼睛，是她相信的幸福，"我已经跟他在一起了! 我们，不可能了。"颤抖着喊出这句话，李艾的身体也不可抑制地发抖。她当然知道这句话的杀伤力，但她下决心不给自己留后路。

李君凡的手松了，眼中充满了困惑、愤怒、痛苦。他瘫坐在椅子上，双手颤抖着扶着方向盘。很久，他低声说了句韩语。

"什么?"李艾听不懂。

"Get out from my car! Right now!"（从我车里滚出去! 立刻! ）李君凡从牙缝里挤出这句话。

李艾自知无法再呆下去，拉开车门走下了车。宝马轰鸣着飞奔而去，不到一分钟，又倒退回来。李君凡下车，打开后排车门，拎出李艾的提包，像扔垃圾一样扔在她面前。用力摔上车门，一脚油门，消失在越来越沉的夜色中。

李艾拾起包，独自沿着漆黑的高速路往前走，她没有哭，只觉得好冷好冷，和李君凡之间的过往，像黑白默片一样，一幕幕在眼前闪过: 在济州岛时，她发高烧，小凡坐在床边，不停给她倒水擦身，整夜都没合眼; 在英国时，他带她去自己读书的中学，去看十六岁时亲手栽下的树。就在那棵苹果树下，小凡从背后搂着她说: 我实现了自己的诺言，带最爱的人来这里。最难忘的是巴黎，为了买咖啡的事和小凡吵了架，她掉头就走，一个人沿着香榭丽舍大道溜达，不想买冰淇淋时被人偷了钱包和手机，她才发现自己连酒店的名字都记不住，因为这些事都有他操心。她走啊走，第一次觉得害怕，在陌生的国度，语言不通，没有钱，无法联系……两小时后，她终于找回埃菲尔铁塔下，他们吵架分开的咖啡店，远远地，她看到他高高站在高脚凳上，指着手机里的照片大声用英文对路人说: 如果看到这个女孩，请告诉她，我在这里等她! 过往的路人看着他笑，看着这个帅气的亚洲大男孩，把自己弄那么高，那么傻。那一刻，李艾哭了，她明白，他是为了让自己能看得到他才这样做，她想象他软磨硬泡从咖啡店老板那借来凳子，想象他不停打电话，一条街一条街地寻觅。"李君凡——"隔着人群，李艾用中文喊出这三个字，像喊出了一生的幸福，小凡转身看到她，一下子跳下高脚凳，奔跑着穿过人群，紧紧抱住她。在对方的耳畔，两人同时说出的话是：

对不起，我爱你。

哗——停电了，黑白默片播不下去了，这一切，都不复存在了。

陈子城最不喜欢北京的冬天：狂风凛冽，干燥寒冷，表情粗陋的男男女女，瑟缩在布满了灰尘的棉猴里，大妈和妙龄少女，乍一看也并无分别。尽管如此，这个冬天，他还是义无反顾不厌其烦地飞往北京：一次、两次、三次、五次。三小时的航程，此刻似乎幻化成通往成功的希望之路。终于，在他的直接领导下，大成集团融到了至关重要的八千万美元项目融资，集团融资的四亿美元也排上了日程。这是公司第一次和世界级投行正式合作，脚下的路更宽广了，伸向美好的未来。他要证明给父亲看，证明给世人看，我陈子城不仅是陈大成的儿子，我会比他干得更漂亮！我要把大成集团推向中国的顶峰，推向世界的顶峰！

自从BGC的投资到账，大成集团在地产金融圈就名声大噪。越来越多的机构投资者络绎不绝地和他联系，有的甚至开出比BGC更优惠的合作条件，因为他们都相信BGC的选择。陈子城马不停蹄地穿梭于香港、新加坡、北京、上海。常常是一上飞机就睡，直到空姐笑容甜美地端来热毛巾，礼貌地叫醒他飞机已准备降落。陈子城忘了是在哪里看过这样一句话：奔波这个词本身，就孕育着一种成功的力量。于是他更加乐此不疲。这次来京，除了和德意志银行的人开会，他还特别想见见自己的老朋友——许家祺。

"Clinton，here！"合上手边的《21世纪金融报道》，陈子城抬头看到了走进大堂的许家祺。

家祺露出他招牌似的微笑，挥挥手走来："你怎么又来了！这次是见哪家啊？"

"嘿嘿，没有你这个债权人批准，我见谁还不都是闲聊！"子城笑的时候，眼睛眯缝在一起，憨厚里带着点狡诈。"老规矩，饭桌上不谈工作，赶紧点菜！我等你半个多小时了，恨不得从旁边桌拿东西吃了！"

"子城，我跟你认真讲啊，你真的不能背着我们再借钱。合同上都写得清清楚楚，出了事，BGC要是翻脸告你，我一点办法都没有。"

"知道了！大佬！我成绩没你棒，但好歹也是剑桥的，合同我读过，这点规矩还用你教！跟你吃顿饭怎么那么啰嗦，你这个人真是没情趣！"

家祺有点不好意思，主动把话题岔开："怎么想起来大董？馋烤鸭？这个热量可不低，你不是据说在减肥吗？"

"你没觉得跟你们谈了两个月，我都瘦了一大圈吗！哈哈，我今天要放开吃，把这几个月亏的，全都吃回来！"

许家祺摇摇头，和子城商量着，三五分钟点好了菜。他扫了眼桌上的报纸，头版头条赫然写着《大成融资成功，力争今年上市》。"这些媒体消息够快的啊！"

"这已经是转载了。我昨天批的宣传部的新闻，改了好几稿呢……你干吗这么看着我，发新闻也要你们批啊！"

"原则上你得之前告诉我们。我不知道里面写些什么啊，最好别让我知道。"

"服务员！快把桌上的报纸收走！"陈子城夸张地大声吆喝，"我们这里有个Mr. Principle（原则先生）。"

许家祺被他弄得哭笑不得，正欲辩驳，看见子城递过来一个烫金的红色信封。"这是什么？"

"新年啦，派力士。"

"力士？你比我还小，哪轮得到你派给我。"

"我代我爸的，行不行！喂，我这样举着很尴尬，好像你是官员一样，拜托你拿过去好不好！"

许家祺疑惑着接过薄薄的信封，不用打开，就摸得出是张银行卡。他没有拆封，直接推了回去。"我就知道有名堂！有什么事情你就说，我们的规矩你也知道，这不是逼我犯错误吗？"家祺学着内地公务员的口吻说。

"真没什么事情啊！就是想感谢你，帮我们引荐了大投行，给我们融了钱！救我们于水火之中，是大成的再生父母！"陈子城一贫起来就没头。

"行了行了！我是给BGC赚钱呢！还从来没遇到过你这样的，钱都到你们账户了，事后给我好处，傻啊你！"

"哦……原来你比较看重前戏！明白！下次一定注意。"

许家祺无奈地紧闭嘴唇，看了看走过来的服务员，脸都红了。

"不跟你胡扯，这是原则问题，你再提一次，我站起来就走，你信不信？"

"我信我信，你是原则先生嘛！什么都有原则。你看北京我又没你熟，从来跑得也没你快，你站起来走，我就真没办法咯。除非小妹帮我拦着你，可是小妹怎么会帮我呢，我长得又没你帅！"服务员咯咯笑着走出了隔断。陈子城当然不傻，他不是"事后"感激，他是看准了许家祺在BGC必定前途无量，而大成和他们的合作也绝不止这八千万美元，与其临时掘井，还不如早早铺渠。另外一面，毕竟是多年的朋友，钱给别人打水漂，还不如自家兄弟用着踏实。有钱一起赚，有难一起担。这也是多年前他们许下的诺言。"合作"和"交易"有多少分别；梦想的实现是否一定逃得出庸俗套路？陈子城没时间去想，更没那心思，他只知道成功，不可能一蹴而就，他要小心谨慎、步步为营。

酒过三巡，聊过了升官发财，照例谈起女人。陈子城正和一个新航的空姐打得火热，垂涎三尺地描述马来西亚小姐丰满诱人的身材。

"你啊，我早发现，你的审美就只有一个标准——Alphabet（字母表）！"许家祺不屑地笑他。

"错！脸我也很重视啊！"

"还有别的吗？"家祺摊开双手反问。

"嘿！你还有资格嘲笑我，你那个丫丫，除了脸，恐怕连A都没有吧！"

"……"家祺被他说得一时语塞，顿了顿答道："我跟她是合作关系，与审美无关。"

"哈，好！那你说说你喜欢什么样的？"

"聪明的，漂亮的，性格要好，受过良好的教育，有修养有内涵，有受人尊重的职业。"许家祺张口就来，这个答案在他心里很久了。

"呵呵，你是在说童谣吧！"陈子城冲他挤了挤眼睛。

"……不是。但是她的确可以满足我对女人的这些幻想。"

"嗯，童谣……"子城欲言又止。

"什么意思？你觉得我跟她不合适？"

"也没什么不合适。这么说吧，女人可以分等打分的话，我给她打九分；男人要是也可以打分的话，我只给你八分。你明白为什么？不是你不如她，差的那一分，是时间积淀的智慧和成功。年龄会增加男人的魅力值，你基础非常好，可你还得再历练几年，才能更有味道。童谣呢，现在就是她最好的年龄，她没有时间等你达到自己最好的状态，你们俩的峰值来的时间不统一。"子城两个食指在空中比划一下，"我老爸原来说过一句话，很经典：同一时代的女人，不属于同一时代的男人。就是这个道理。"

许家祺手扶在下巴上，眯着眼睛说道："也不尽然吧。成熟会增加男人的魅力值没错，但岁月也会让男人失去激情，何况成熟、成功还单身的男人比例太低，哪有那么全面的。"

"没有？你们BGC就有啊！而且他离童谣恐怕比你近得多。"

"你是说……Eric?！"家祺皱了皱眉。

"你没看出来？连我这个外人都看出来了，你可真是两耳不闻窗外事，一心只读圣贤书。程总可是钻石王老五，不过我猜他并不想结婚，好不容易解套了，才不会这么快又跳进去。从这个角度来看，或许你还有机会，哈哈！"陈子城只顾图自己嘴上快活，全然没注意到许家祺越皱越紧的眉头。

回家的路上，许家祺反复思忖着陈子城的话，他大笑的表情和略带轻薄的语气令自己浑身不舒服。他努力回忆着童谣的笑脸和他们在一起的点滴，然而，一些不该想起的细节却逐渐浮现在脑海：童谣看着程蔚时崇敬爱戴的表情；程蔚俯在她耳边柔声低语；谈判桌上两人默契的对视；甚至是程蔚最爱吃的菜肴，她都了如指掌……家祺皱皱眉，掏出手机调出童谣的号码，盯了许久，又收起来。有什么理由去问她呢，他们之间，除了同事还有什么关系？何况，似乎一直都是自己主动，而她一直在闪躲。原来，问题出在这里！许家祺的情绪跌到谷底，突然有一种被愚弄的挫败感。想起曾对她说过的话，想起自己对新年的憧憬，竟像是笑话一般，不合时宜，更无关风情。新年来了，冬天却没有变远。她会不会跟他讲起这些，他会不会报以轻蔑，用他那礼貌温暖实则不可一世的微笑否定一切？家祺摇了摇头，还好，马上就是春节，就要回香港了。只祈祷，不要在剩下的几十个小时里，在办公室遇到他们。

国贸写字楼里撤下了挂满贺卡的圣诞树、绿色松枝花环；换上了一簇簇春桃，水粉嫩绿的甚是好看，春联挂起来了，喜帖也贴满街，金色的倒福和红色鞭炮都映入眼帘，春天的脚步越来越近了。

上午9点半，许家祺刚走进星巴克，一眼就看到了围着银红色围巾的童谣。他脚步顿了顿，还是走了过去："摩卡，大杯。"站在出货台前等咖啡的童谣循声望去，脸颊微红地冲这边微笑。自元旦那夜，快两周没见到家祺了，虽然不时有他的短信问候，偶遇的片刻，还是有点不知所措。要说不思念，那是假的，可童谣并没和他主动联系，且别说尚不知英俊少年是一时兴起还是真情所至，对自己的感情和状态，童谣都全无把握。她端着饮料等在门口，家祺随后跟来，并不说话，只是微笑，露出浅浅的酒窝，有点尴尬，还是童谣先开了口："最近忙吗？"

"还好。我明天要回香港了。"

"哦，回去过春节？"

"对，去年的年假几乎都还没休，月底要作废了。家里也有点事。"两人说着走向电梯间。

童谣隐隐觉得许家祺和之前的态度不太一样了，似乎在刻意地保持距离："是啊，你也很久没回去了吧？好好休息下。"

"嗯，有没有什么要从香港带的？"

"哦，没什么，谢谢。"

"也是，你也经常去，Eric每个月都要去吧？"

"差不多……"

这样不咸不淡的对话让气氛很尴尬，元旦那夜像幻境一般不真实，童谣不再主动说话了，她跟不上许家祺变化的速度，生怕哪句泄漏了心事。两人沉默地站在电梯里，看着红色的楼层数字一点点升高，指尖摩擦着星巴克咖啡的隔热套，平静的表面下暗潮涌动。很快，三十六层到了，电梯门徐徐打开，一直低头不语的许家祺，紧闭着嘴唇点点头，侧身走了出去。童谣报以微笑，觉得两腮的肌肉僵硬。五秒钟，电梯门轻轻关上。

"Elaine!"没有走开的许家祺突然唤她的名字，童谣一把按住开门键，看着他的眼睛，"……新年见。"

新年见。再普通不过的结语。究竟发生什么，她不懂。想起那夜在绽放的礼花下，两人相顾而笑，一切恍如隔世。她倏地觉得受了冷落，黯然之时，庆幸自己从未表露什么；又忽觉委屈，真是风流倜傥自负轻薄的投行男，大概是和女友和好了，或者突然醒悟兔子不食窝边草，而自己，也没选择地成那三叶草了。都市里行走的女子，升职加薪都只是武装，是不可他为的替代，心底最柔软的地方，只有情谊可温暖，却每每被冷落。三年五载，若还不能粗糙坚硬，只得独自守着繁华背后的冷清。想到这里，童谣惊觉眼眶有点潮湿，深深吸口气，探身走进办公室。

这边，许家祺有点疑惑她不经意中露出的盼望和失望，更清楚听到心内的矛盾纠结，可是又如何，眼前闪过程薇的身影，摇摇头，活着已经够累，何必自寻烦恼。家祺走进办公室，生活里还有很多棘手的问题要解决。比如丫丫。半个月前和丫丫第一次严肃地提分手，很大程度是因为童谣。现在看来，童谣虽已不足以成为动因，分手的事还是要坚持下去，无论如何也不能把这段关系拖到新年。丫丫又哭又闹半个月，许家祺既不跟她吵架，也不松口。相处这么久，他多少掌握了她的套路，所以既不刺激她，也不给她希望。丫丫爆发力很强，耐力却一般，折腾半天没效果，自己也累了。更巧的是，丫丫竟然接了部电视剧的片约，女四号，要跟组进片场。机会来得再合适不过，许家祺很平静地跟她说：我要回香港过春节，你去好好拍戏，也冷静一下，我不希望我们像仇人一样，除非连朋友都不想做。丫丫想想，点头答应，也象征性地收拾了自己的东西，还了钥匙。就这样，总算赶在出发前搞定一切。许家祺端着咖啡站在办公室窗前，看着拔地而起的国贸三期，想起在北京这一年，心中无限感慨。

11. 千里共婵娟

虽然曾经极力反对，但当李艾拖着疲倦的声音告诉童谣，我从家里搬出来了，你来暖房吧。童谣还是叹了口气，端着盆青葱嫩绿的水仙，第一时间赶到了李艾新租的公寓。开间大一居，一张双人床摆在空旷的房子中间，开放厨房的灶台上搁着电热水壶，两三个大小不一的箱子靠墙放着。李艾笑着把童谣迎进去，戴着橡皮手套，系着围裙。

"你干嘛呢？"

"做清洁啊，现在可不得自食其力了。"

"好啊，叫我来暖房，是缺帮工吧！"童谣脱下大衣，挽起袖子帮李艾干活。两个女孩边聊边干，像回到了大学住宿舍的年代。

"干嘛要从家里搬出来？"

"还不是因为分手，和爸妈闹翻了。我妈说我干出这么浑蛋的事，不想再看见我。那我就搬出来呗，省得我们俩相看生厌。"李艾麻利地往柜子里挂衣服，似是一脸无所谓。

正擦床头柜的童谣停了停，蹲在地板上问："你妈知道你搬到这儿了吗？你不会是离家出走的吧？"

李艾挂衣服的手越来越重，半天，撇着嘴摇摇头。

"那你可真够浑的，这个世上最不该伤害的就是父母。他们不年轻了，你这样做，他们心里得多苦。跟爸妈是没气可生的，跟他们赌气，折磨的还是自己。"

"……我知道我做得不对。从小到大，我一直是他们的骄傲，这确实是最出格的一次。你不知道，我妈跟我拍桌子，把她那双象牙筷子都拍断了。"李艾似笑非笑，声音有点发抖。

"哎，赶紧先跟你爸说一声，他们不知道怎么担心呢。"

李艾想了想，掏出手机发短信，盘腿坐在飘窗上，点燃一根烟。冬天的日子总是很短，刚刚5点半，天色已暗淡，窗外华灯初上，忽明忽暗闪烁不停，映衬着靛青色的天空。童谣看不清她的脸，却听到轻轻的啜泣声。

"我真的不想跟他们吵。我爸高血压，前天晚上跟我生气，血压一下子就升到了一百九十。我妈二话不说，冲着我劈头盖脸一顿打。二十多年了，这是她第一次打我。老太太还老说这疼那疼，打人的时候绝对不失中国女警风范。你看，李律师在家还挨打呢。"李艾挂着眼泪笑起来。

童谣也被她逗乐了："其实你跟你妈的个性一模一样，都那么要强，有主意，脾气暴。你想想，你要是有这么个女儿，得气成什么样子。"

李艾抬头吸口气，摇摇头说："真可怕，我要有这么个女儿，非把她腿打断，然后五花大绑嫁过去！"

童谣靠着墙大笑起来，"看来阿姨手腕还是不够狠！李艾，难道你就一点都不想Jay吗？"

"当然想啊。想他现在干嘛呢，怎么跟父母交待的，吃饭了没？如果没分手，他这时候一定会打电话，告诉我有应酬，或者问去哪里接我。有时候觉得人与人之间挺奇怪的，曾经那么亲密的两个人，说分开也就分开了，城市还是城市，圈子还是圈子，只是你的轨迹里不再有他。跟伍迪也一样，四年全无联系，也未见得想念，突然就又熟络起来，轨迹从此改变。这本身就是一件离谱的事情。"

"这话听着还有点像你说的，知道离谱你还干？"

"呵呵，就当我醉生梦死吧！"李艾冲童谣眨眨眼，笑得一脸无邪。

"你跟伍迪怎么样了？"

"每天都打电话，有时间就视频。昨天他说春节过后要买车，连车牌号都想好了，粤SA614D。"

"什么意思？"

"我的生日，还有艾和迪的开头字母。"

看着李艾一脸幸福的模样，童谣心中总算有几分安慰。

"平时都还好，就怕他们领导找谈话。伍迪是个特别容易受人影响的人，他中学同学说我好，这一天情绪就高；他们同事劝他和那女孩复合，他就一整天都郁郁寡欢。有时候真的觉得好累，我这边的压力、牺牲都没法讲，还要三天两头开导他，给他勇气。真是他那里叹口气，我这里狂风大作。你说他们处长也是闲得没事干，那么多大案要案不抓，竟管别人谈恋爱！伍迪跟我下最后通牒了，希望我三月份就过去，他说压力太大了，有时候觉得特别不真实，像跟空气谈恋爱一样，要我尽快去他身边。"

"李艾，恋爱从来都是两个人的事，怎么感觉只有你一个人在使劲呢？他有没有为你想过，你这样匆忙地过去，工作怎么办，家里怎么办？"

"……不知道。说实话，我早就有这种感觉了，所以很累。我也问自己，这么辛苦的坚持，到底是好胜心作祟，还是真爱无敌？"李艾茫然地看着窗外，似乎在寻找答案。

"结论呢？"童谣紧锁着眉头追问。

"下雪的时候，会希望他在身边，因为他说从没见过雪；新上映的电影有人请也舍不得去看，总想着月底去广东和他一起看；买衣服的时候，情不自禁地想，他会不会喜欢；莫名其妙地就想换彩铃，想把每一天的心情都唱给他听……这些感受，你也有过吧。这算不算爱呢？"

看着李艾的长发如瀑布般倾泻在肩头，暮色里的剪影很美，童谣没有回答。她当然也有过这样的感受，每个女孩都会有，与贫富无关，与美丑无关，是最甜蜜的记忆，也是最辛酸的浪漫。

"不说我了，你怎么样？怎么一直都不见你谈恋爱呢？"

"我？我们太忙了，哪有时间谈恋爱。"

"借口！女人就是为爱而生的，再忙也占不了恋爱的时间。再不然，就是你不想跟我说！"李艾佯装生气。

"真没有，有了肯定告诉你，你看哪有人追我啊，也没人给我介绍。"

"也是，你这样的其实也挺冤，谁会相信你没男朋友啊！上次一起吃饭汇丰那男的，记得吗，后来每次见我都问你。我跟他说，喜欢人家你直接约去啊，老问我干吗。你猜他怎么说？"童谣摇摇头。"他说，你看我长得没她好，挣钱没她多，学历也没人家高，我要是她，都不会选我，还是不要自讨没趣了。"

童谣抿嘴一乐，"看来我注定要成剩女啦。"

"那倒不至于，不过你也得抓紧，一年年过起来很快的。其实我觉得你那同事，许家祺，对你挺有意思的，你俩看着也般配，没考虑他？"

童谣使劲摆手："同事太难处了，抬头不见低头见，最后成不成都尴尬。"

"重要的是人！如果真是Mr. Right，是和你共度余生的人，面子、工作，这些都值得牺牲。难道你是除了事业什么都无所谓的女魔头？"童谣摇头，李艾接着说："我一直有种奇怪的感觉，你和八年前我认识的那个女孩太不一样了。这几年你到底怎么过的？谈个恋爱都前怕狼后怕虎，一点不像你的风格。"

童谣收起了笑容，沉默片刻抬头问道："你觉得以前的我是什么风格？"

"超级敢做敢当！不在乎别人怎么说怎么看，甚至有时候不太顾及别人的感受。骨子里挺叛逆的。像一团火，没人敢靠你太近，怕变成灰，可又忍不住想和你接近，因为温暖又明亮。"

"呵呵，总结得还挺诗意，只是听起来不太好啊。"

"怎么不好！人应该有自己鲜明的个性。我记得大一那年，有次下晚自习遇到你，我们边聊边往宿舍走，我还记得你说：人这一生，被人嫉恨不可怕，可怕的是没人记得！哇，当时我觉得这女生太酷了，才十九岁哎！那时候我就认定你不会是平庸的人。后来你在校刊上写书评的专栏，我几乎每期都看，写叔本华、村上春树、辜鸿铭……几乎是你写什么我就去读什么，有些我挺喜欢，有些我觉得枯燥。我就琢磨，这个大美女，今天演出，明天选美，居然还有心思读这些书，有意思！对了，我还记得那年冬天，在学校碰到你和当时那个男朋友。嗯，十分养眼，大家都说怪不得你在学校心如磐石，看到你俩在一起的感觉，就发现别人根本都不配用金童玉女这四个字。"

"是啊，还是读书的时候好。我的好日子可能那时候都用完了。"童谣的笑容有几分落寞。

"是不是那段感情对你伤害很大啊？你上次说出国以后你们就分了？"

"……难受肯定有过，伤害倒也谈不上吧。我跟他谈了三年，在一起的时间其实不超过三个月，所以分手也是注定的。"

"那我就不明白了，为什么你性格变化那么大？是在国外经历了什么吗？"

"现在这样不好吗？我以前太张扬了，你说得对，不考虑别人的感受，还以为是个性呢，其实是自私。我一定不能再像以前那样，个性是一把剑，熠熠生辉的时候，也会带来伤害。"

"听起来有理，其实是在偷换概念。生辉的剑永远都是好东西，关键看仗剑的人如何用它。不能因为会有伤害，就索性把剑收起来，就甘愿平庸。把闪烁着智慧、勇气的灵光遮挡起来，是一种浪费。你知道多少人羡慕你这把剑，羡慕你这种与生俱来的光芒？"

童谣沉默了。房间没有开灯，窗外五彩斑斓的霓虹在木地板上化作流动的光影，像是少年时，第一次随父母登上海轮，甲板上的流光溢彩；也像是雾都的嘉陵江面，留下残损斑驳的灯影。她又何尝不怀念那个自己，在每一次压抑最自然的反应后，在每一次强迫自己忽略感受时。然而岁月，终究不给人选择的机会，你只能不停歇地往前走，等待生活的馈赠，或是惩罚。

2008年1月25日，鼠年倒数第十二天，是金达的年会，适逢律所成立十五周年，场面空前盛大。下午3点半，十二辆大轿车载着浩浩荡荡的三四百人驶向帝景温泉度假村。上海、天津、杭州、成都、广州、西安、长春、香港，甚至纽约、东京分所都派了代表前往。男士们一早就西装领带的穿戴整齐，女士们则拎着大包小包准备到会场更换礼服。出发前，李艾接到上午就在度假村参加管理合伙人大会的杜律师电话，笑得神秘兮兮，说晚上有好消息告诉她。什么内容，她多少猜得出几分，可此时此刻却一点也兴奋不起来。满车欢声笑语，辛苦了整整一年，这是律师们最放松的时刻。大周正和几个新入职的小姑娘瞎贫，问她们准备了什么节目，晚会的时候可不能给房地产部丢脸。这边又有人接话，说代表西安分所表演的女孩，就是前阵子"梦想中国"西安赛区的前十强，大家帮着投了许多票，总算要看看庐山真面目了。"李律师，你今晚不表演吗？"坐在李艾后排的知识产权部的男生问。

"我都这么大岁数了，还演什么啊！"李艾没精打采地自嘲。

"你这话说得我们怎么活啊，其实你比我还小吧，只是你资历比较老嘛！"

"哎呀，李律师当年的风采你们是没见过，2004年年会的时候，那一段舞跳得多少人终生难忘哪！"大周拍着椅背大声嚷嚷。

"什么舞啊？什么舞？"几个小女生马上叽叽喳喳地问。

"Pole dance.（钢管舞）"李艾面无表情地回答。前几排不太相熟的男律师脸上都划过不易察觉的笑。小女生们不懂得这个单词的意思，私下嘀咕几句，大概受人点拨，突然又捂着嘴"啊"起来！

　　很快，车子陆续到达了帝景温泉度假村。停车场已经停了不少奔驰、宝马、雷克萨斯，都是上午来开合伙人会议的大帕们的坐骑。生活在金达这样的大所，永远都不缺少奋斗的动力，尤其每年年会时，这种荣誉感和紧迫感更加深刻！晚宴7点钟正式开场，创始合伙人刘律师照例代表十二位管理合伙人向大家致意，并对刚刚过去的2007年作精彩总结。这一年，金达被亚洲法律事务组织评为年度中国最佳律师事务所，被中国法律与实践机构评为年度最佳地区律师事务所，被国际金融法律评论评为年度中国律师事务所，被Chambers Global（钱伯斯环球）评为亚洲律师事务所前三甲。实现利润近亿元。个人荣誉和奖项就更是不胜枚举：有人荣获ALB中国法律大奖授予的"亚洲年度最佳律师"，有人成功当选全国政协委员，有人荣幸担任了律协副主席，还有人因为在法律援助方面作出卓越贡献，被评为市十大杰出青年……在一浪接一浪的掌声中，坐在台下的人，有的盘算着晚宴上的五头鲍，有的在心中埋下希望的种子。

　　李艾抿一口高脚杯里的香槟，使劲为领奖台上优秀的前辈们鼓掌，她一袭火红色的露背低胸晚装，造过型的卷发盘在颈后，银色镶钻的高跟鞋在水晶灯下闪闪发光。激情的庆典音乐响起，刘律师大声说：各位同仁，让我们举起酒杯，告别灿烂的2007，迎接更加辉煌的2008；胜利，属于所有志存高远，而又意志坚定的人们；胜利，属于我们！每个圆桌都高声欢呼、热烈碰杯。刘律师在一片喧闹中将杯中的香槟一饮而尽，带着狡黠的笑容接着说："伏尔泰有句名言，真正的天才可以犯错而不受责难，这是他们的特权。所以，今晚，尽情地喝，尽情地跳，尽情地犯错吧！因为你们，都是天才！"说完，他振臂一挥，将手中的高脚杯远远抛了出去。现场沸腾了，几个年轻律师也学着老板的样子把酒杯抛出去，伴随着"噼噼啪啪"清脆的声音，《我的未来不是梦》前奏响起，一个淳厚又充满爆发力的女声从后台传出，正是西安分所那个多才多艺的女律师。台下，圆桌之间的人们开始走动：拥抱，握手，碰杯，合影！女律师各个衣着华贵，男律师们更是精神抖擞。舞台两侧的LED电子屏连续播放着这一年的精彩照片：颁奖大会，拓展训练，校园巡讲，希望小学爱心救助……最轰动的要属IT部的同事在一年中偷拍抓拍的工作瞬间：有律师们在会议室激情辩论，有秘书们在茶水间煮咖啡，前台小姑娘对着反光的窗户补妆，助理们撅着屁股在打印室装订山一样的文件。人群中爆发出一阵阵笑声，照片的主角们都捂着嘴看着被自己遗忘的瞬间。画面定格在最后一张照片上，一个女孩趴在桌上嘟着嘴睡着了，额角有细密的汗珠渗出，脸被挤压得变了形，桌上堆满文件，有一杯见底的咖啡，女孩右手还握着笔，拍摄时间显示：4:48am, Aug.2,2007。大家辨认了两三秒，都指着李艾笑起来。照片上打出一行字：

感谢你所付出的一切，2007，因为有你更精彩！

生命不止，奋斗不息！！！

　　李艾看着照片笑了，笑出了眼泪，她和全所的同事们一起随着音乐鼓掌，高唱着：我知道，我的未来不是梦！杜律师端着酒杯穿过人群，来到李艾身边耳语几句，脸上布满喜悦。李艾侧过头，复杂的表情与年轻的面庞极不相称。她拽着杜律师的袖口，走到宴会厅门外，小心翼翼地从香奈儿手包里掏出一只白色信封。

　　"什么啊？"杜律师皱起眉头问。

　　"你看吧。"李艾转身靠在墙壁上，望着远处热闹的舞台。

　　杜律师满脸疑惑地展开，一眼就看到了最上面的三个字：辞职信！他甚至没看第二行，抬头问："你搞什么名堂？"

　　"没搞什么，真的不能干了。"李艾尽量平静地回答，不敢看他的眼睛。

　　杜律师又重新展开信，认真看了遍，发现都是些没有实际意义的套话。"到底为什么？找到新地了？"

　　"绝对没有！我，我要离开北京了。"她深深叹口气。

　　"去哪？"

　　"东莞。"

　　"东莞！跑那干什么去？出什么事了？我早就觉得你最近状态不对，一直想跟你谈谈，也没抽出时间。"杜律师顿了顿，看到李艾紧咬嘴唇，泪水在眼眶里打转。"有什么事你跟我说。是因为待遇问题吗？我刚才不是跟你说了嘛，管委会下午已经初步同意破格提拔你当合伙人。因为你执业还不到五年，所以先不挂牌，但是内部都按初级合伙人待遇走，明年一到时间，就去律协给你登记。"

　　"不是的，杜律师，你们对我已经够好的了……是我自己的原因，感情上的事。"李艾的眼泪到底还是落了下来。

　　"感情上的事？"杜律师看李艾抹眼泪，皱着眉说："唉，你的私事我也不想问，李艾。但是你要好好想清楚！你干律师干得很不错，很有潜力！你看你在北京已经有不少稳定的客户，所里也要提拔你。这么年轻，当金达的合伙人！多少人做梦都不敢梦的事！有时候年轻人是这样的，成功来得太快就不珍惜，以为机会满街都是，你出去试试看，我打赌你这辈子都不会再遇到这样的机会！别觉得自己是根葱，干什么都没问题。平台多重要啊！歌厅里的小妹，比你精明能干年轻漂亮的，有的是！你要去那儿跟她们竞争，肯定不是对手！"杜律师尽量压低声音，他也有点激动了，"不明白你瞎折腾什么！这80后看来还真是不靠谱，什么感情的事，不就谈个恋爱嘛！我看你们今天跟这个

110

要死不活，明天跟那个非他不嫁，有区别吗？你去东莞能干嘛？陪法官喝花酒，让人家赏你点离婚官司？嗨，我还高看你了，婚姻法你懂吗？自己这么点感情的事都弄不明白，给谁打官司去！我真是白带了你这么多年。"

"杜律师你别说了！"李艾的眼睛都哭花了，抽泣着说，"我当然明白这个机会有多难得，我有多舍不得您知道吗！昨晚加完班一个人在办公室写辞职信，哭得写不下去，想起来好多好多事。怎么做法律检索，怎么写合同，怎么谈判，怎么跟客户相处，您教我的我全都记得。2003年秋天来所里实习的时候，别人都是研三的，只有我一个大四的小屁孩。大家都在背后说我是走后门进来的，没错，是我妈跟刘律师打了招呼，谁让金达只要研究生呢！我那时候特不服，实习第一周的总结会，行政的贺大姐让我们那批四十个实习生谈谈这周的感想，我第一个举手发言，只说了一句话：我一定会留下来，留在金达，做中国最棒的律师，最牛的合伙人！从那天开始，我在所里的邮箱、开机密码，都是合伙人的全拼，四年多，从来没变过！多少次在所里看日出，饿着肚子加班；跟客户淋着暴雨看项目，顶着大太阳上工地，我从来没有抱怨过一句吧，我全都觉得值，因为金达给我的一切，让我看到的世界，是在其他任何地方都见不到的！我很感激，从心底里感激，现在要离开了，才知道有多疼，多舍不得……我不想走，可是我答应别人了，就必须兑现自己的承诺。我不是不靠谱，是想靠谱，既然做了选择，就要负起责任，一诺千金，我要做君子，做有担当的人。要怪，就怪自己开始得太轻率，但既然迈出了第一步，无论对错，都得走到头。别人已经付出了代价，这个时候不能我喊停。杜律师，您一直都说，先学做人，再学做事，我事做得还行，让我补做人这一课吧。"

杜律师听得糊里糊涂，但也明白了七八分，看来她还真不是一时冲动，"我不知道你所谓的这个'他'付出了什么代价，你自己的代价也太大了吧，要是事后发现错了呢？"

"那我只能认了，用后三十年认这个错！"

"后三十年！说得真轻松，你真是太年轻了。"杜律师气得摇头，"好吧，我只能说，第一、但愿你明白自己现在在干什么；第二、但愿你遇到的是个顶天立地的男人，值得你这样做；第三、希望你以后不后悔！"他手指在空中比划了三下，拍拍李艾的肩膀走回宴会厅。

李艾呆呆看着他的背影，宴会厅里觥筹交错，歌舞升平，她明白，这是她在金达的最后一次年会了。一千多个日夜，金达见证了她的青春、奋斗、成长和辉煌。天意吧，想起刚才的照片，那个趴在桌上打盹的自己，不会想到半年后亲手放弃了四年来朝思夜想为之拼搏的梦。再过半年，不知自己会身在何方，会为今晚的决定感到欣慰，还是后悔不迭。李艾，没有答案。只能勇敢地走下去，等待头破血流，或是收获幸福。

转眼就到春节。

童谣提前一周休了假，回杭州陪父母过节。虽然人不在办公室，工作还是一分钟不敢耽搁。陪妈妈在超市买菜，时不时还得靠着货柜用黑莓回邮件；在厨房做饭，忙活一半，又匆匆去开电话会。父母感慨，休假都这样，真不知你们上班时什么状态。童谣也只能无奈地摇摇头，工作不等人啊。自BGC的八千万美元到达香港公司账户，大成集团马不停蹄地开展转股和增资的相关手续。一月底，已经将全部资金以增资款和关联借款的形式打入佛山成地公司。去年年底拍下13号地的土地出让金最后交付时间马上要到，陈子城一分钟不敢耽误，带着支票去国土局办手续，赶在春节前办出了土地证，还凭着过硬的当地关系，抢先批出了土地规划证，容积率也由7调高至了9，凭空多出的几万平米，让投资人和开发商都兴奋不已。作为GREI火箭1号项目的负责人，童谣被BGC委派至佛山成地公司担任董事和财务控制人，参与日常经营管理；同时，根据双方在合同中的约定，每一笔超过人民币五百万元的开支，都必须由童谣在内部支付申请单上签字。财务部付款，申请部门负责人、审核部门负责人、总经理、童谣和法人代表陈大成，五个签字缺一不可。这样一来，广州几乎成了童谣的第二工作地。房地产公司有五百万的开支再频繁不过，童谣三天两头飞广州，大成集团还为她专门开了间办公室，就挨着陈子城在总部的那间。站在二十二层的会议室里，正好能看到位于珠江新城的13号地，蓝色的临建工棚已经搭起来了，童谣也期待着它尽快破土动工，带着大家的希望直插云霄！

大年二十九，陈子城给童谣电话，提出春节后召开BGC入股佛山成地后的第一次董事会，问她何时方便。童谣算了算，年会抽到的大奖马尔代夫六日游，从初二到初七，去程要经过香港，初七后随时听任安排。在香港过春节的陈子城一听她初二路过，顿时来了精神，力邀其共进午餐。"我们现在是同事啦！要多交流增进感情，不可以拒绝我哦，这是工作！"电话这边的童谣呵呵笑着不知该如何作答，转念想想，一个人在香港晃一天，也是挺无聊，正好还可以和子城谈谈下个月工程预算的事，于是欣然答应。伴随着牛年的礼炮声，又一个生肖轮回开始了。妈妈懒懒地陷在大沙发里，爸爸照例坐在旁边的单人沙发上打瞌睡，电视里还是难忘今宵的旋律，童谣起身走上阳台，窗外绽放的礼花照亮了整个夜空。每年这个时候，她都会在心底默默许愿：祈祷父母亲人平安健康；祈祷所有爱我的和我爱的人快乐幸福；祈祷世界少点灾难怨恨，多些理解关爱。她从不许和自己有关的愿望，总觉得一己私利是不会得到上天护佑的。转头看到起身去洗手间的父亲，竟有了些蹒跚之态，童谣心里一阵难过，一年一年，我们还没来得及变强大，父母却日渐衰老了。想起年少不更事时，为他们带来的烦恼和伤害，恨不能穿越时空，好好教训自己一通。然而岁月从不留后悔的余地，只能好好工作，好好生活，努力让爸妈骄傲且安心。

初一晚上，妈妈坐在床边看着童谣收拾行李，情绪有几分落寞。"早说不去嘛，送给表姨让她去玩玩就对了。"童谣看出端倪，起身挨着她坐下。

"哎，去，去！老陪着我们俩干嘛。你也应该出去放松放松，上班那么辛苦。"母亲摆摆手接着说，"表姨不懂英语，一个人去也很无聊的。"

"一共就这么几天假，这一走，回来就上班，又不能陪你们了。"

"我们不用你陪。现在这么方便，想你随时就去北京了。关键是你要照顾好自己。晚上回家一定要注意安全；吃饭按时按顿，胃最近疼过吗？"

"很久没疼了。我现在很少吃辣，也不喝酒，很注意的。"

"嗯，要知道保养自己……在北京，和以前的同学有联系吗？"

"基本没有。对了，今年碰到一个大学同学，在北京当律师，办公楼离我们很近，倒是经常见。"

"哦，重庆的同学啊。她知道你……"

"不知道！"童谣打断妈妈，"我怎么会跟她们说那些。"脸上有几分不悦。

"看你，反应还这么激烈。我也没说什么啊。过了就过了，要是自己背包袱，全世界都不对。"母亲看看童谣没有表情的脸，叹口气接着说，"不爱听我也要说，四年了吧。这件事的影响一直都会在，你只有去面对，不能逃避。"

"我有逃避吗？我不是一直都在负责任吗！"童谣有点激动。

"这恰恰是我想跟你说的，你一直在努力承担责任，做得很好。可你心里从来没坦荡坦然地面对。没有一个人可以一辈子不犯错。犯了错去改正，去弥补，生活还是要继续，否则就失去了改错的意义。不能因为害怕再犯错，就此停在原地。你改错的意义，除了补偿损失，更重要的，是让自己有能力避开错误，过得更幸福！明白吗，孩子？"

童谣闭着眼睛，沉默良久，看着床头灯轻声说："妈，你说，我还能有幸福吗？"

"你上中学的时候，拉着我看《天堂电影院》，每次都一边哭一边笑。你跟我说，最喜欢这种可以流着眼泪微笑的感觉。在经过那么多伤害、挫折甚至苦难之后，还能用平静的微笑面对世界，这是你最钦佩最向往的人生，也只有心灵像钻石一样透明、纯粹、坚定的人才做得到。孩子，生活给了你一些挫折，你都要视之为生命的财富，它会让你的人生更丰富。我不能说，以后不会有更大的困难，但是我相信，只要你足够勇敢、坚强、乐观，无论什么事，什么人，都无法剥夺你的幸福。你有这种能量，相信我。"

母亲的话深深印在童谣心里：那个勇敢乐观的女孩哪去了？为什么像懦夫一样，龟缩在错误的伤害里？难道快乐就意味着背叛，责任只能痛苦地承担？她说得对，我的确从未坦荡地面对过去，低下头背上枷锁，拒绝感动拒绝爱，以为这样的姿态足以赎罪，却恰恰是愚蠢的自我封闭和逃避。讽刺的是，旧年里，我也开始怀疑，开始渴望，时间真的让过去变得不再刺痛，然而自己，竟没有除去枷锁的勇气。不敢面对内心的悸动，又开始害怕没有希望的人生。这样的矛盾还要持续多久？如果我笑了，爱了，走了，你会责怪，愤恨，不平吗？或者，会微笑地祝福吗？站在候机厅落地窗前的童谣，看着户外的人群，都穿红戴绿，洋溢着笑容。一过春节，风似乎裹挟着暖意，大地不再那样僵硬，水流也轻快了许多。谁数得清，这片土地经历多少苦难，却依旧生机勃勃，昭示着希望，在2008年春天到来的时候。

陈子城一早打电话给许家祺，他还在睡觉。子城照例卖关子，只说中午要宴请一位贵客，你必有兴趣同往。家祺还没睡醒，无心与他兜转，子城只好扫兴地讲出实情。这头，许家祺愣了两秒，旋即清醒过来。

"她？是她让你叫我的？"

"做你的春秋大梦！我好心给你制造机会，不领情也就罢了，还自作多情！"

"嘿，你不是苦口婆心教育我跟她不般配吗？怎么这会又反向操作？"家祺苦笑一下，"何况我也听出来了，人家是来跟你促进感情谈工作的，哪有我的地方。"

"哈哈！"子城大笑起来，"哎呀，她在你心里果然不一般啊，人还没见，你这边就酸甜苦辣五味杂陈啦！上次的话，我也就是随口说说，你要真有意思，也容我调查调查，别我一通猜测，搅了不该搅的局。"

许家祺被他说得不好意思，心底里又的确想见童谣，于是说："好啦，也没你说得那么夸张！你要真是怕不熟悉没话讲，我今天倒也没其他安排，订好位子告诉我一声。"

无奈陈子城哪里是不逞口舌之快的人，马上接话："嗨，我陈家的男人，什么时候见到女人会没话讲，何况是大美女！嘿嘿，咱俩认识十年啦，你心里想什么，我不明白？快起来好好打扮吧，贵客12点半就到噢！"

幸亏不是当面，不然他的大红脸又要遭子城嘲笑。回来这几日，除了会会尚在香港的一班旧友，也并无其他新鲜事。一闲下来，越发频繁地想起童谣。尤其那日聚会，连Maggie都拖着新任男友的手来问候他，家祺更有种孤家寡人的凄凉。海风吹起的时候，想起元旦那晚的云吞汤，周身都觉得温暖。他有点后悔不该轻易就撤了热情，至少要弄清楚再做决定，何况这热情也不是说撤就撤得下来。转念又想起临走那天，和童谣在星巴克偶遇，自己一番生硬的转变，一定让本来就内敛谨慎的她，更不知所措。唉，几个月的煎熬等待，悉心关怀，全被自己的意气用事毁于一旦。怪就怪陈子城，专拣些别人不爱听的话来说，还不知有没有谱。可是，如果，真的有谱？许家祺拎着衬衣的手在空中停了停，算了，无论如何，人都到了香港，即使只是同事，也没有不见的道理。何况试过一次放弃，才发现自己根本放不下，那就再走走看，也许有新的契机。

接上童谣，一行三人驱车来到位于尖沙咀的RICE PAPER餐厅。这家店面积不大，装修谈不上豪华精致，倒也简单干净，越南菜十分地道。难得的是，站在露台上吹吹海风，还能一览对面港岛的景色。悠闲地点杯青柠苏打，来份柚子沙拉，再来一客陈子城力荐的软壳蟹，一顿午餐倒也吃得舒心爽胃。刚端上桌的荷香小龙虾海鲜饭，包饭的手法很精美，看上去恰是小荷才露尖尖角，童谣用餐刀十字破开，浓浓的海鲜咖喱汁缓缓溢出，闻着融融暖香，让人颇有食欲。"来这儿就对了，幸亏没去洲际。"童谣抿一口黑松茸汤，笑容里透着放松和满足。本来，子城要请大家去同在尖沙咀的洲际酒店餐厅，那里的菜式、服务、景观都更上一层楼，可刚一开口，立刻遭到童谣否决，只说出差应酬从来都是酒店餐厅，贵且乏味，不如去香港年轻人日常去的地方，有生活气息。子城和家祺左思右想，异口同声地说，RICE PAPER。

"呵呵，还不是怕招待童总不周！这样的小店，担心你不适应啊！"子城讪讪地笑。

"怎么会，太奢侈了，才是受用不起。"她笑笑，转个话题，"年前，工程部把上半年的工程量报上来了，你看了吗？"

"没仔细看，怎么了？"

"春节过后，要开始打桩了。可是，施工证不是还没拿到吗？这样会不会有问题？"

"咳，没问题！家家都这么干。老老实实地等施工证，工程速度就要往后拖，我们倒没所谓，盖得慢，卖得晚，升值空间更大，关键是你们急啊，最多三年就要退出，房子不卖个七八成，哪里有钱分？"陈子城这话有点噎人，他猜童谣会无话可说。

"陈总刚还说是同事呢，这会'你们''我们'倒分得清！我还不是担心罚了款，大家都难说又难看。"不想童谣马上带着佯怒的神情嗔怪，"退一步说，罚款也不怕，将来都找得回来。关键是咱们合同里写得清楚，所有行政处罚、诉讼，都是借款人的违约事件，这一违约，就是罚息，可不是行政罚款那么点数目了，你不是两头交钱，吃哑巴亏！"童谣一番话，反说得陈子城无言以对，她的话有道理，也不全是站在BGC的角度考虑。

"呵呵，放心啦，这样的小事还搞不定，就不要在广州城混了！真要被罚款，将来从大成这边的分红里扣！何况，你管这个项目，旁人谁还来操心，还不是你说了算。"

童谣摆摆手，推心置腹地说："子城，我们是机构，不是私人公司，谁都只是打工仔。今天我管Rocket 1，可以装不知道，不为难你，明天我不干了，换个人来管，你不又得费一番口舌？三年后分红的时候，律师一拍桌子说大成违约了，你以为那个时候谁敢站出来说这事我知道？”

“……那你的意思？”

“签一份Waive Letter（豁免函），我同意你提前动工，由此可能产生的行政罚款，按你说的，将来从大成的分红里折抵，你搞得定，就什么问题都没有，真搞不定被罚了，跟BGC也有交待。白纸黑字的东西，过多少年也没人能说你违约。”

陈子城眼睛滴溜转一圈，点点头：“好啊，你们法律部能同意签这个东西吗？”

“我回去争取。”

“嘿嘿，”子城低头一乐，看看一言不发的许家祺，用胳膊肘碰碰童谣：“你干嘛帮我？”

“我帮BGC，帮自己！以后每个月都要和你做邻居，你不开心，公司谁还敢跟我说话？合作嘛，是不是！”童谣挤挤眼睛，露出二十六岁女孩的笑容。

坐在一旁的许家祺，一直默默观察两人的对话。中午见面的时候，看到他，童谣明显惊了片刻，还不知所措地冲他伸出右手，在陈子城的哄笑中，又红着脸收了回去。整个午餐，她都有意无意回避他的目光，很少主动与他说话。直到陈子城说起两人当年读书的糗事，童谣才情不自禁地看着他乐起来。年轻人在一起，总有聊不完的话题，三人有说有笑，与周围出出进进的男女毫无分别。离开办公室，离开上亿美元的生意场，无非也都是二十嘟当岁的姑娘小伙，生活也就是这样平静简单。气氛正浓，陈子城突然起身接电话，许家祺和童谣笑笑，随即安静下来。似乎过了很久，子城才匆匆赶回来，一本正经地说有急事要先走，一边不住地跟童谣道歉，一边拍着家祺的肩膀说：“拜托你了，这可是我的贵客，陪好哦！”坐着的两人本来都有点莫名其妙，已经走到卡座门口的陈子城又一脸严肃地强调：“真的，真的！”搞得两人更加尴尬，哭笑不得。

午后海风正浓，冬日暖阳映着海面波光粼粼，维多利亚港湾环抱着蓝色海景，到处是游人的欢声笑语。童谣的飞机尚早，她主动提出散散步，家祺当然欣然陪同。两人沿着堤岸溜达，家祺情不自禁偷偷看她：灰色UGG雪地靴，黑色打底裤越发显得双腿修长，上身一件宽松的银灰色羊绒衫，特别设计的领口延伸出一块长披肩，随意搭在颈上。长发松散地挽起，一支银簪斜斜插在发髻上，海风吹起，很有几分凌乱的美感。许家祺低头微笑，童谣不解地看他。

“你应该戴副墨镜，别人肯定以为是明星！”

“在说你自己啊？”童谣打趣他，“真没想到会在香港见到你。”

“呵呵，那看到我是惊喜还是惊吓呢？

童谣抿着嘴笑：“我反射弧好长的，你容我好好想想再答复你哈。”

“好，我等着。”家祺双手插在口袋里，竖领的黑色毛衣衬得面庞清秀白净。

"喜欢香港吗？"他看着对岸的高楼大厦，忽然发问。

"之前来真谈不上喜欢不喜欢，每次都是公差，从没像今天这么悠闲。今天的香港很不同。"她笑着点头，之前的矜持和不自然都烟消云散。

"呵呵，是啊，我记得你说过：一座城，因为有人，才有它的血液；因为有有情人，才有它的灵魂；爱一座城，爱它的灵魂，就值得为钢筋水泥去付出，为滚滚红尘去赴汤蹈火。所以……"他看看她，停下来。

"……所以？"童谣也看着他，有点不可置信，他居然将她几个月前无意中说过的话，记得分毫不差。

"所以，这座城市今天的不同，会不会因为这个人的存在？"家祺一手揣在口袋里，一手指自己，潇洒的笑容格外迷人。童谣哪里知道，他故作轻松的表面下，也有着不易察觉的忐忑。

童谣看他许久，噗地笑出声来："这个问题，太直接了吧。"

"再兜兜转转的，怕是要错过。"

"错过？什么意思？你要离开北京？"

"如果是呢。"

"如果是，那就更无所谓错过了。"她别过脸，轻松的笑容不见了。

"哈哈，不说这个了，总是那么严肃，逗你，也不上套！跟男朋友在一起也这样吗？"

童谣看看他，很平静地回答："我单身，没有男朋友。"

许家祺心里暗自得意，故作惊讶地接着问："不会吧，你这样的女孩怎么可能单身。肯定是你so picky（太挑剔）。"

"我？哪有。主要是太忙，天天加班，哪有时间约会呢。"

"嗯，也是，要不然圈子里那么多人都找同事，我其实很理解。"

童谣低着头，脸上微微泛起红晕。

"你以前男朋友做哪行的？"

"他，是军人。"犹豫了好一会，童谣抬头回答。

"军人！是解放军吗？"家祺的眼睛瞪得很大，手在头顶比划着大盖帽。

看他滑稽的样子，童谣咯咯笑起来："不是解放军，还是国军啊！"

"Wow，好酷！可是，我不明白，我们这个圈子里怎么会有军人呢？"

"首先呢，我跟你，不完全是一个圈子的，尽管我们有很多交集；其次呢，也没你想得那么酷，我们以前是同学，只是后来他从事了军人这份职业。"她一板一眼地说。

"Okay，"许家祺做了个投降的动作，"我没有你逻辑严密，那可不可以跟我讲讲这段，'没有我想象得那么酷'的传奇感情？"

童谣趴在围栏上笑，侧脸看看他，用左手食指顶在太阳穴上，许久，终于开口："你真想听？我从来没跟人说过这些，很无聊的。"

"呵呵，随便聊啦，怎么会无聊，你说什么我都喜欢听。"

"嗯，他呢，上学的时候还挺优秀的，人也帅。那个时候，很多女孩子喜欢他。我主动追他的，很容易就追到了。呵，看不出来吧？"童谣眨眨眼睛。

"看不出来，"家祺摇头，"有点嫉妒了！"

童谣抿着嘴笑，几只白色海鸥飞过，一对情侣在不远处拦路人帮忙拍照。"我跟他在一起的时间，很长也很短。因为三年都不在同一座城市，从写信到写邮件，从打宿舍电话到打手机，见证了中国互联网、通讯事业的飞速发展。相隔两地的恋人很辛苦，一年见不了几次，所以格外珍惜在一起的日子。那时候的我们，比现在的人简单得多，守着个遥远的约定，也能很幸福，很充实。整个大学，我所有关于恋爱的记忆，几乎就是熄灯后，蹲在宿舍门口的走廊里小声打电话。"

家祺看着陷入回忆的童谣，有点不敢相信面前这个时尚摩登的投行女，竟有这样简单纯粹的初恋。"后来呢？为什么会分开？"

"后来……有一些客观的原因吧，总之，就那样分开了。分手的时候，我很难过，潜意识里，没觉得那就是终点，总以为还会遇到。转身的瞬间，我就在幻想重逢的时候要跟他说什么。后来证明，书上说得对：初恋的时候，我们不懂爱情，以为相爱的人总会在某个路口重逢，现实的情况是，终其一生，也不会有再见的可能。"童谣说的很平静，眼神里带着淡淡忧郁。

"很少有初恋可以走到底。到这个年龄，没为感情流过泪的人是凤毛麟角。再后来呢，第二个男朋友是做什么的？"

童谣看着暮色笼罩的大海，耸耸肩："没了。"

"没了！"这下轮到许家祺诧异，按照规律，不管实际有几个，到这个年纪一般人都至少会说三个：一个爱我的，一个我爱的，还有一个彼此相爱却没缘分的。他正掰着手指准备往下听，她却说没了。"怎么可能？你骗我！"家祺眯着眼睛看童谣。

"有必要骗你吗？后来我就出国了，忙着读书、打工，再后来就进了BGC，从伦敦到北京，更没时间没心情了。我可不像你们那么精力旺盛，好不容易有点自己的时间，觉都补不够，还谈恋爱呢。"

许家祺依旧不可置信地看着她，心底里琢磨，她说"可不像你们"是什么意思。

"你呢？"童谣突然反问他。

"我？这个，还是不要说我了吧，本来很简单的历史，和你一对比，显得那么不清白！"

童谣哈哈笑起来，看着眼前这个男人透着可爱的小狡诈，"你这个家伙，没想到还有这么贫的一面！"

"虽然我不穿七匹狼，但我也是男人。"许家祺故作严肃。

童谣想起电视里常放的那句广告：追逐人生，男人不止一面！禁不住又乐起来。海风掠起她额前的碎发，浓密的睫毛下，乌黑的眼睛弯成一道弯，像潭水一样沉静。许家祺情不自禁抬起手，指尖轻轻划过她的脸颊，拂过肩头，停在白皙纤细的手腕处。周遭一下变得寂静，天色暗下来，落霞染红海水，金色灯泡突然点亮海港。童谣努力控制自己，不要慌张，不要闪躲，却只觉得大脑一片空白，他手指碰过的皮肤都灼热起来。"Clinton，我不知道……我想，可能现在还……"

在她的语无伦次里，家祺渐渐醒过来，他觉得自己有点唐突，也担心她说出"现在还不合适"这样让场面无可挽回的话。正想着怎么打断她，远处传来钟声，七点整，还有一个半小时童谣的飞机就要起飞。家祺灵机一动，顺势托起她的手："我，你，现在都不重要，重要的是，你要赶不上飞机了！快跑！"他拉着她向的士站飞奔，十指相扣的瞬间，有种温暖的感觉在周身流淌。

到了机场，陪童谣取出寄存的行李，两人在安检口依依惜别。许家祺礼貌地张开双臂，在将童谣拥入怀中的瞬间，他用力拍了拍她的背："什么都别想，好好休息，我等你回来！"

等你回来。童谣边走边回头，看着人群里笑容温暖的许家祺，脑海里反复回想着这句话。终于通过安检，走出了他的目光，童谣匆匆跑向登机口，好容易及时赶到，她舒口气，摸出手机，一条未读短信：

> 有很多话想对你说，当面的时候，总被你的大眼睛看得没勇气……照顾好自己，别玩得太疯，我会担心的。北京见！

童谣看着短信笑起来，眼睛弯成一道月牙儿。她起身走向落地窗，紧紧握着电话的手抚在胸口，窗外一架飞机正启航，在跑道上拉出长长的线。2008年，是不是真的会有所不同？命运的转机在哪个路口？已不再少年般担心是否天长地久，更不怕失落或错过。沉默了四年，是为了怎样的苏醒？妈妈说得对，改错的意义，在于找到正确所在，所以即便被误会、被损害，又如何，只要启程，还是会害怕的人吗？在最后一次准备起飞的广播响起时，童谣按下了发送键：

我也有话想对你说：不求天长地久，不贪朝朝暮暮，只盼微笑相顾，真诚相待。新春快乐！

　　七小时昏昏沉沉的飞行，终于到了传说中的马尔代夫。Banyan Tree Hotel（悦榕酒店）的工作人员已经等了快一小时，办完手续，黑小弟把童谣的行李放上水上飞机，向着岛屿中的酒店前进。夜色中的大海沉寂深邃，有一种独到的美。半小时后，到了酒店大堂，笑容可掬的服务生双手递上带着柠檬清香的饮料和热毛巾。跟随着他们，穿过镶嵌在清澈海水中的长长栈桥，就到了别具一格的沙滩别墅。推开大门，小院内有冲掉脚上沙子的水缸，透过右边的花墙，可以隐约看到后院露天的按摩浴缸。左手就是房间了，扇形沙发对着阳台，推开窗就是墨色的大海，门外有个小走廊，通往搭在海水里的海心亭。童谣冲了个热水澡，把自己扔进松软的大床里，全然不再去考虑现实世界的是是非非。

12. 恋爱假期

　　一觉睡到了天大亮。童谣陷在雪白的枕头垛里伸懒腰，感觉过去了好几个世纪。拉开厚厚的遮光窗帘，灿烂的阳光像瀑布一样倾泻而入，窗外望不到边际的碧蓝色大海映入眼帘。真美啊！海水轻拍着银色沙滩，像绽开了一朵朵滚着白边的雪浪花。沙滩上随意摆着两三只茅草伞，阴凉里藏着蓝白相间的躺椅。世界静得出奇，一眼望去，竟没有人。猛地想起电话响不停的办公室，永远拥堵的长安街，国贸总在排队的一茶一座……她深呼吸，换上前年在泰国买的金黄色太阳菊长裙，戴上古驰新出的白色宽边太阳镜，悠闲地出发了。

　　带薪年假——是很多外企白领日夜兼程奋斗不息的精神动力之一。不少公司有强制休假的规定，比如BGC，每个员工，无论地位高低，一年当中必须有连续五天离开工作岗位，由其他同事代职。说起来是一项员工福利，其实，公司更多是从内部风险控制的角度出发，这样任何一个人不管什么原因突然离职，也不会对公司的日常运营造成损失。无论如何，悠长假期总是生活中难得的乐事，何况童谣这次，机票酒店都是抽奖所得，实在没理由不开心。只是一晃两天过去，新鲜感渐退，一个人的马尔代夫虽然美丽，多少有点寂寞。

　　第三天，童谣睁开眼已是下午1点，头天晚上躺在床上看《追风筝的人》，直到蔚蓝的海平面被初升的太阳染红。她倚在窗边，看着难得的海上日出，泪水几次模糊了眼眶，那句"为你，千千万万遍"不时在脑海浮现。醒来时，头疼欲裂，童谣对着天花板发愣，努力回忆头天的梦魇：似乎是火车相撞，电光石火，天崩地裂。许多年不曾想起的老友，毫无征兆地出现，时空变换，错觉萌生。似乎谁在梦里说：有一种沧海桑田不可预言！那些暂时离开和永远离开的人们，像接到请柬一般齐刷刷出现在梦里。还是那个老校园，那片长满沙枣树的操场。少年时期的自己，左顾右盼地尾随小媚翻窗而出，还是少年时的容颜和青涩的胆怯。后来突然种种，自己坐在司机车厢里，眼看着乘坐的火车高速向前一辆撞去。司机猛拉手闸，金属摩擦的刺耳声音，惊天动地。车身已然倾斜，周遭血肉模糊，满脸灰尘，满眼沧桑。车身还在慢慢倾斜，有少年跳窗离去，看不清是不是要找的那个人。周围是一望无际的沙漠，阳光刺眼。火车上几个女孩弹着吉他，轻声唱一首歌……那是什么歌？童谣紧锁眉头，却想不起。

随便在酒店吃了点东西，又处理了若干封邮件，整个下午都郁郁寡欢。好容易到黄昏，童谣披了件夏凉衫，穿过栈桥，去海边散步。那个梦一直挥之不去，它到底意味着什么，那段旋律又是什么？何谓缘分？是人群里多看的那一眼，还是上辈子就浸透在血液里的执著？那么，是可以抗拒的吗？是可以放弃的吗？是可以选择的吗？好久不敢回头想这件事。你，在哪里？过怎样的生活，有怎样的喜怒哀乐。还会想起我吗？在每一次耳廓发烫的时候，是与新爱人的心心相印，还是依旧如我们约定的那样——只属于彼此的召唤？如果此刻就是生命终点，我还想，再见你一面。不问你之后的岁月是否快乐，只想听你亲口说一句：对不起……

童谣的双脚像灌了铅，陷在沙滩里，无法挪动。这个念头吓了自己一跳。为什么还会有这样的想法，为什么还是执著地不肯原谅？难道这就是素世的缘分吗？这一页，要如何才翻得过去？人与人之间很奇怪，在某个阶段的某个时刻，这个人就是你的全部世界，他的喜怒哀乐，一颦一笑，都系着你最敏感的神经；然而时过境迁，彼此的生活中竟再也不会有对方的痕迹，音讯全无，干净到你怀疑他是否真的出现过。天色暗下来，海滩上拖着手的恋人也渐渐多起来。各种肤色、年龄，都带着同样的笑容，同样的甜蜜。若干年后，牵手的还是彼此吗？还会记得今晚吗？童谣叹口气，戴上耳机，正好是《遇见》，简单的钢琴前奏让世界安静下来，海浪也变得温柔。谁没在情爱里受过伤，就如同谁不曾在爱里汲取过幸福。世界上也许不存在Mr. Right，可总会有人陪你走到终点，无非深深浅浅不同的缘。那么，许家祺呢？他是兜兜转转该遇见的人，还是生命中的另一个过客？

童谣想起他的笑容，酒窝的线条，像个记号擦不掉。修长的手指，走路时昂首挺胸、意气风发的样子。他就这样来了，穿着白色T恤，蓝色短裤，少年一样闯进生活，带着真诚、不羁，还有点羞涩。还是对他动心了吧，藏不了，压不住。

"嗨！"

他说嗨。童谣有点恍惚，就在她伸手摘下耳机时，年轻男子已经带着星般灿烂的笑容朝自己走来，暮色里海浪追逐着他的脚步。

"见到我这么平静？"

"……你？"童谣不敢相信自己的眼睛，恍惚中以为是幻觉。

"等不到回北京了，你走之后，那条短信我看了很多遍，有些话，必须现在就跟你讲，不可以等了！"

"可是，你怎么知道我在这?!"童谣还没回过神来。

"呵呵，"许家祺又展开他迷人的笑容，"这有什么难，你的行程都是秘书帮忙订的，想知道很容易啊。"

"我是说，你怎么知道，我在这里！"她指指脚下的沙滩。

"这就是缘分，遇到你，是注定的！难道，还要和命运抗衡吗？"

他的眼睛写满真诚的期待，迫切又略带紧张的样子，像等待宣布考试成绩的孩子。童谣笑了，也许这就是遇见，是一千多个日夜后，等在生命转角的那个人。她想起昨夜的梦，是否预示着一段生活的真正结束。大多数的女人都是这样，需要一个仪式性的断点来划分生命的阶段。潮湿微咸的海风吹起她额前的碎发，这一次，她想要选择不逃。

"好吧，什么话这么紧急？说说看。"她笑着问，这笑容，在家祺看来便是种鼓励和肯定。

他并没有急于回答，而是伸出手握住了她的手，那双柔软冰凉的手，"Elaine，在感情方面，可能我并不是那么细心，那么会经营，有时候不知道怎样处理才好，但我的确很认真地想和你在一起。我不是那种花花公子，我想要安定。过去这一年，工作生活压力都很大，也不太顺利，希望2008年，能够好转。我希望从2008年开始，你能一直陪在我身边，好吗？我们一起努力。"

耳机里的音乐还在隐约传出，好像是《红豆》：有时候，有时候，我会相信一切有尽头……可是我，有时候，宁愿选择留恋不放手，等到风景都看透，也许你会陪我看细水长流。这是我们十年前听的歌，那时候跟着卡带大声唱，眉头紧锁，声音清亮，却不懂其中真谛。什么是细水长流，何日风景才看得透，也许今天的我们同样不解。红尘这段路，让人赴汤蹈火，让人欲罢不能，走不完，又跳不出，这就是我们的路。

在牛年的第三天，在这个崭新的轮回中，童谣选择接受。她不清楚自己是被眼前人所感动，还是太渴望新的开始。尽管，她深知，幸福不会来得那么容易。她甚至来不及想那些具体的问题：比如他们该如何平衡同事和恋人的关系；在家祺确定地声明自己是单身的背后，那些传闻里的女孩，又扮演怎样的角色？她只是突然意识到，自己真是太久没谈恋爱了，都忘记了恋爱中的两个人该怎样独处。她觉得自己的身体变得很僵硬，语言也变得贫乏。但无论如何，生活毕竟不同了：晨曦笼罩下的早餐桌，有人为你斟满浓香咖啡；黄昏暖辉里的海岸线，有人拖手一起散步；机场有人帮忙提行李，还会适时地递来矿泉水……

那就试试吧，为什么不呢？

几天的假期很快结束，从机场回市区的路上，许家祺紧紧握着童谣的手，两人都沉默地看着窗外，不知是疲倦，还是各有心事。

"明天在办公室遇到，你会不会不理我？"许久，家祺开口问。

"不会啊，怎么能不说话呢。"童谣嘴角轻轻扬起，她小心翼翼地回答，猜测着问题的初衷。

"如果Eric问起，你会告诉他吗？"许家祺直了直身子，松开手。

童谣心头掠过一丝黯然，如果他觉得这不是问题，就不会把这当个问题来说，更不会搬出程蔚，似乎还是为自己着想。"你打算怎么说？"

"我无所谓，如果你觉得低调一点好，我也没意见。"家祺心里其实也暗暗不爽，他不清楚这个问题到底"解脱"了童谣，还是"释放"了自己。

爱情里纯粹的甜蜜，何其短暂，大概只存在于邀约与承诺的瞬间，之后，都谓之为生活。都市里的爱情规则，要斗智斗勇，还要斗忍。谁都等着对方先卸下盔甲，谁都害怕自己先陷入爱河。男人和女人的语汇不同，猜测和试探里通通变味。爱情是美好的，规则却是繁复的。如果你真是愿意为爱放弃一切的人，先问问对方，敢不敢要。童谣闭着眼靠在出租车椅背上，家祺的手不知何时又握了过来，她脑海里却是昨晚收到的李艾的邮件：

马尔代夫好吗？海蓝吗？

只是想问候一声，代替电话、短信，代替一切不能安静表达的手段。我发现自己每天都在说话，其实没几句是说自己的心。想要告诉你的是，我和伍迪，到底还是到头了。

就在你离开北京前，他告诉我，自己压力太大，实在撑不住，让我给他安静的两个星期，让他好好考虑。然而，我还是没能做到，没那么冷静，太想要赢。那个电话没打完，我就哭了，眼泪没干，我已经站在了首都机场。到东莞的时候，是夜里12点。伍迪在出警，没能来接我。我拎着上班时背的小包，蹬着高跟鞋，像个十六岁的高中生。一个人流浪在陌生的子夜长街，想买包卫生巾，买瓶隐形眼镜护理液。

那天，是小年。

去了也没用。伍迪见我的第一句话是："你真不该来。"于是第二天，就踏上回程。走的时候，在东莞候机楼，我又哭了。他到底还是拥抱了我，但我能感觉到，那意味着什么。我转身走了一百米，再回头，他已经不在那里了。

两周的期限到底过了，即便其实早已不必等待。城里的月光依旧，在看到那样的月亮时，我控制不了自己会想他。回顾，总还是有美好的片段。流过眼泪，多少也恨过，现在慢慢疗伤，慢慢站起来。可以励志说要忘记，可以压抑自己决绝的转身，然而，瞒天过海，却无法自欺。即使不觉得那么痛，爱和思念，依然在。他，依然在。

建外SOHO灿烂的灯箱瞬间启明，就在夕阳落下西山的那一刻。黄昏里的北京城温柔起来，像富力中心脚下被华灯点燃的珠江。双城记。住在不同的心城，看不同的风景。

空荡的办公室只有我，和安静流淌的情歌。今天是春节长假之后的第一天，我有点迫不及待见到同事们，好像掉队的战士，急于找到组织。不投入的两个月，欠下许多工作，要一一补齐。下午，邮递员送来了之前飞广州的行程单，我立马随手扔进垃圾箱。抬头看到镜中的自己，眼睛又红了，可我终究还是来了，没有休假，没有趴下。漂漂亮亮地上班，心甘情愿地加班。像你说过的：总还得穿着高跟鞋赶路呢。

我不会再说爱的委屈和无奈，到此结束。只是想对你说几句。回到北京，不要问我，不要劝我，不要安慰我，给我一个紧紧的拥抱，理解的微笑，就足够了。等我痊愈，依旧要出门混江湖的，依旧是风驰电掣的小妖精，受得了伤，丢不起人。如果这是报应，不经过这番磨难，怕也渡不到幸福的岸。我认了。

今天是情人节，刚才加班的间隙，独自去国贸阿丽雅小坐。踏进门廊的瞬间，一个略带倦意的男声正唱着《爱很简单》，伴随着微醺的啤酒花清香，缓缓围来。彬彬有礼的法国经理，低声讲英语的服务生，看得见月亮和城市灯光的露台，各色三流小明星穿梭其中。突然很想感谢命运赐予的一切，快乐甚至痛苦。我如此平凡，却总有幸运相伴，贵人相助，让我小小年纪见大大世面，经历那么美好的大时代。我珍惜这一切，却真的可以不迷恋。

在2008年的第一个工作日，我开始认真想生活这件事。

我不相信，长大了，就不可以听从心灵的召唤，那是怯懦的人给自己放弃的借口，对爱情，对事业，对生活，我都会热情饱满地坚持；

等披着婚纱那天，在镜中看到自己的一刻，我不要心里有一丝一毫的遗憾或疼痛，如果微笑中有泪，也只能是因为幸福和爱；

我开始戒烟，尽量少喝酒，收敛急躁，改掉任性，不挥霍健康，不拿身体开玩笑，不为谁，只为了未来；

我会坚持等属于我的爱，不妥协，不放弃，不要游戏人生，不要仅仅是"合适"的婚姻，不要周而复始将就的日子，不拖累爱我、我却不爱的人，更不辜负爱我、我也爱的人；

我会认真对待工作，对待赚钱这件事，它是我的事业，是我在茫茫人海的立身之本，再若轻言放弃，让老天惩罚我；

但是下一次，若遇到值得爱也可以彼此相爱的人，此时此刻，我向自己保证，我可以放弃，可以牺牲，可以不要阿玛尼，不要蒂芙尼，可以踏实地挤地铁，泼辣地讨价还价，平静充实地老去。曾经灿烂过，就足够了。而这一切，不求回报，甚至不必说，爱我。我依旧可以，一整个宇宙，换一颗红豆。

虽然流了泪，却终于欣慰地懂得，我可以飞速奔驰，亦可以稳稳停住。剩下的，我想，就该是幸福了……

新年好！

李艾于财富中心四十二层

2008年2月14日

　

童谣呆呆地看着车窗外的城市，这座城，叫做北京。《骆驼祥子》里的人力拉车早就不在；烟柳红墙的王府大院也变作人潮熙攘的旅游圣地；琼楼玉宇，车水马龙，全都似这个时代的大布景。每天，都有人走进这座城寻找生活，比如自己；每天，也都有生长在这里的人想要离开，去别处寻觅，比如李艾。那些匆忙的身影，告别熟悉的故乡，告别最初的爱情，想要征服脚下的城市，却原来，等着被吞没，被磨蚀，被改变。在大时代这个绚烂的舞台上，我们在哪里，找寻属于自己的幸福、成功、尊严或是温暖……

第二部

花儿与少年

13. 北京故事

三月的北京，杨絮纷飞。

这一年不同往日，从1月开始，一场持续一个月的雨雪冰冻天气袭击了南方十九个省市，范围之广，造成灾害之重历史罕见。受其影响，中国南方大部分地区交通中断，电力、供水设施遭受重创，春运受阻。时值春运高峰，南北交通大动脉京珠高速被冰雪覆盖断路，积压了大批车辆，受困者长达十几天；广州、杭州火车站大批旅客滞留，许多人不得不留在当地过年。电视、广播、网站，到处都是灾区的报道，那么多饥寒交迫的打工者，坐在雨雪袭击的站前广场瑟瑟发抖的画面，刺痛了很多人的心，留在很多人的记忆里。

这样一个春节，给2008年开了个不好的头。

与南方相反，北京这个冬天干燥温暖，春天来得分外早。三月底，四环路的匝道边，星星点点的嫩绿鹅黄早早就点缀在枯枝头，等到邱媚踏上北京的土地，几乎是姹紫嫣红一片。这就是北京了，她想，那个曾经令人无限憧憬的地方。

夜里12点，正是工体最热闹的时候。各色衣着光鲜诡异的年轻人在充满酒精甜香，又裹挟着秽物腐味的夜店间穿梭。低音炮传出震耳欲聋的节奏，伴随着人心跳的频率，给男女之间那点事做足了噱头。邱媚看看手机上的时间，无论如何也得走了。她在吧台签了字，穿过疯狂摇摆的人群，钻进挤满人的厕所。浓妆艳抹的女人们抽烟、打电话、补妆，用漠然的眼神看着邱媚在角落里脱下印着闪光啤酒品牌LOGO的绿色短裙，仔细叠好已经挂脱丝的劣质丝袜。颀长光滑的双腿麻利地套上磨毛了边的牛仔裤，小跑着冲出门去。

这是邱媚到北京后的第一份工作，是她北漂生活的第一站。

早春时，兰州的天空被灰蒙蒙的沙尘覆盖，即使是走在东方红广场，依然看不清皋兰山上的三台阁。这一段黄河已经很多个冬天不结冰，湍急的河水向东流，裹挟着自上游冲带下来的泥土和尚未融尽的残冰。北山上稀疏的人工林，每个冬天都会倒下些，大片大片的黄土又肆无忌惮地裸露出来。最怕起风。小说电影里美好的春季风，在这里，没有丝毫浪漫可言。它带着风沙，带着绝望，带着千年不变的声音呼啸而来，肆意嘲笑每一份对春天的向往。于是黄沙漫天，直刮进人心里。

邱媚缩缩脖子，把那截白皙的皮肤使劲往围巾里藏。耳机里反复放着《一生所爱》。《大话西游》片尾孙悟空在血色残阳里回头看大漠的苍凉心情，少年邱媚无法领悟，倒是这首歌，让她小小的心脏有种透不过气的压抑。她无法控制自己反复回味这种揪心的空洞，在每一个寒冷干燥的冬天，黄沙弥漫的春天。说起来，是十几年前的事了，那时的生活平静简单，不似现在密不透风。就是这座城，这座离开了又回来的城市，竟有那么多抹不去的记忆……

14. 那些年

邱媚，降生在明媚阳光里的女孩子，随了妈妈邱丽珍的姓，似乎没有比这更容易的名字了。甘肃是少数民族聚集地。回族、藏族、维吾尔族、东乡族……数不胜数。兰州街头，常有戴着白帽，裹着头纱，别着砍刀，穿着藏袍的人经过。人们对这样的景象习以为常。邱媚的父亲，维族青年阿迪利亚，当年与少年宫老师邱丽珍演绎过一场充满小资情调与离经叛道的爱情故事。可惜婚后生活，并不像邱丽珍所想象，阿迪利亚没有正式职业，又嗜酒如命，邱丽珍那点工资，摊给入不敷出的丈夫和嗷嗷待哺的孩子，日子艰难。这一切，让不到三十岁的邱丽珍变得怨恨、唠叨、仇恨。小两口的关系日渐紧张，从吵架到打架，到阿迪利亚干脆不回家，也就是三四年的工夫。几年后，离了婚的邱丽珍攥着一堆证明，狼狈不堪地挤在派出所改户口，感慨万千起了邱媚这个名字，没别的乞求，只希望她的人生会比自己的明媚。

在这个美好愿望里，邱媚明媚地长大了。

对邱媚而言，六岁那年发生了很多事，经常抱着她跳舞的爸爸不再回家了；妈妈终于允许自己去少年宫学舞蹈；吃到人生第一块大白兔奶糖。送大白兔的人，是舞蹈班里同样长着一双大眼睛的小朋友——童依兰。

邱媚和童依兰的关系一直很微妙。从小一起练功，一起演出，寒暑假也会去对方家里住，之后又一起考到一中，还分在同一班，算得上超级闺蜜。可是，邱媚会因为依兰比她的升学成绩高愤愤不平；依兰也会因为少年宫汇报演出由邱媚领舞耿耿于怀。她们似乎总在较劲，为一点小事就吵得不可开交，可谁有了好吃的、好玩的，第一个想到要分享的，也一定是对方。全世界的女孩在成长中都有这样一个伴儿，你不能容许自己比她差，可你更见不得她伤心吃亏受委屈。

长大是这个世界上最不经意的巨变。似乎还在上一个暑假的笑声里回味，我们就长大了。

人与人的命运是不同的，这种不同，自出生的一刻已经注定。1997年夏天来临时，童依兰和邱媚，这对相识快十年的小姊妹，一起经历了人生的第一次挫折——中考落榜。邱媚没考上一中，完全在邱丽珍的预料之中；童依兰的失利，却让童家无比诧异。在学校，邱媚和童依兰是两种人：依兰成绩好，家世好，从来头扬得高高的，是老师心中的天之骄女；邱媚上初中时，已经初见叛逆，整天和一帮成绩不好的男生混在一起，成绩也一般。班主任有次跟依兰妈妈说："大概是从小就认识的原因吧，不然真不明白她俩有什么共同语言。"其实依兰和邱媚一直有说不完的话，因为骨子里，她们是一样的人。就像邱媚悄悄跟别人说的，别看依兰平时不吭不哈，她是个牙大豆，叛逆着呢，胆子比我大！初三第二学期，童依兰成绩波动很大，老师和家长都纳闷，只有邱媚明白原因。

在我们成长的过程中，每所中学都有一两个这样的男生：不仅学习好，他们张扬着个性，散发着领袖气质，把所有事做到极致，赢得荣誉，赢得尊重，赢得爱。长大后我经常在想，那些曾经活跃在校园里的少年都去了哪里？像男人一样继续在这个纷繁的社会里隐忍、坚持、担当？还是就此灰暗了下去？没有答案。那年校运会，童依兰认识了一个这样的人，高一年级的项北辰。他像校园里的一道光，走到哪灿烂到哪。那一年，童依兰看着项北辰的名字写上市三好生的红榜；看着他带领校足球队力克对手，为学校争得第一届冠军；看着他当选学生会主席……心里有了些不易察觉的悸动。这就是所谓暗恋吧，骄傲的童依兰不知该如何排解这种哀愁，只能远远地看着他。"一二九"汇演那天，依兰跳完独舞走下台，眼泪毫无征兆地流下来，邱媚顺着她的目光望去，观众席上项北辰正和坐他旁边的女生交头接耳，很多人说他们是一对。不至于吧，邱媚心想。礼堂外开始静静地落雪，雪花在校园昏暗路灯的光影里翩翩起舞。依兰披着件白色羽绒服，雪地上擦过没有换下的红色喇叭裤的痕迹。

童依兰落榜后，家里到处找门路，总算赶在发榜前，把女儿以择校生的名义送了进去。发榜那天，童依兰低着头绕开看榜的人群，懊恼、愧疚又无奈地走出校门。在那个酷热的夏天，童依兰第一次面对人生的失败。在这个失败里她悟出一个道理：如果自己不够强大、不够优秀，永远无法赢得尊重和爱。不知这是不是真理，之后的几年，童依兰一直将它奉若警句。

那年夏天，同样面对失败的邱媚，却通向了截然不同的未来。

　　发榜前，依兰妈妈专门去了趟少年宫找邱丽珍："邱老师，老童已经跟学校说好了，可以多争取一个择校生名额。毕竟是孩子一辈子的事，上一中，半只脚就跨进大学了。"邱丽珍皱着眉不说话，她当然明白这道理，心里也感谢非亲非故的童家，这个时候还惦记着邱媚。可是，她去哪里找那上万块的"赞助费"呢？依兰妈妈似乎洞察到了她这份忧虑，"你要周转不开，我先借你，等邱媚将来出息了再还不迟。两个孩子有缘分，小媚这孩子性格好，比依兰粘人，招人喜欢。我是真想她们继续当同学。"邱丽珍把一大杯茶水灌进肚里，有点动心了。哪个母亲不希望子女好呢。"我晚上跟邱媚说说，"她一字一句地说，"真是谢谢你了！邱媚虽然没爸爸，还是福气好，让你们跟着操心。"

　　晚上下班回家时，邱媚正在院子里跟家属区的孩子们跳皮筋。邱丽珍气不打一处来，高中都没考上，还有心玩！回家！她冲着邱媚厉声喝道。邱媚瘦弱的肩膀一哆嗦，担心她一巴掌拍过来。对于这个暴躁的妈妈，她是害怕的，她打心里喜欢依兰妈妈总是微笑的样子。差不多岁数的女人，差别咋那么大呢！邱丽珍边走边骂："你怎么这么没羞没臊！就怕别人不知道你落榜了是不是？不在家呆着，出来丢什么人？你看看童依兰，她妈叫她出去取报纸，她都不去！人家怎么就比你要脸呢！"邱媚皱眉跟在身后，烦躁和羞愤的情绪压过了胆怯。她不是七八岁的小孩了，是个亭亭玉立十六岁的少女。她是有尊严的，不比任何人卑微。这种尊严不容侵犯，哪怕是母亲。一进家门，邱丽珍一巴掌落在她后脖梗上。"干嘛呀！"邱媚十分对抗地一甩头。"嘿，出息啦！屁本事没有，连个学都考不上，倒学会顶嘴了！"邱丽珍暴跳如雷。邱媚紧咬下唇，狠狠盯着母亲，眼泪在眼睛里打转。"我告诉你，今天下午，童依兰她妈来找我了。你别以为你俩还一样混呢，人家已经把关系走好了。等开学，童依兰大大方方还上一中！你打算到哪混哪！"邱媚有点懵，怎么回事，没听依兰说啊。邱丽珍压压怒气："邱媚你给我听着，咱家没钱也没本事，但是你运气好，童依兰她妈准备借钱走后门送你上一中！你面前现在两条路：要不，自己随便找个破学校混去，将来考不上大学，找不上工作都活该；要不，收下人家的钱，记着人家的情，发奋读书！别像我，一辈子窝囊！"

　　邱媚觉得天旋地转，像有块大石头压在胸口，喘不上气。她看着母亲掩饰不住的无奈和卑微，这让她幼小的自尊心受到莫大创伤。哪怕邱丽珍打她骂她，都比这样恨恨地流泪强。邱媚夺门而出。天空乌云密布，有豆大的雨点落下。她流着泪在汹涌的人群中奔跑，半小时后，来到依兰楼下。那扇再熟悉不过的窗户，透出鹅黄的灯光。雨已经下大了，邱媚的衣服紧紧贴在身上。她没有上楼，走向门房的IP电话。很快，披散着头发的童依兰穿着睡裙趿着拖鞋，撑着把伞跑出来。"你怎么了？下这么大雨，伞都不打就出来！什么事啊？"依兰把伞伸向邱媚头顶。

邱媚觉得泪水混着雨水流下来，她突然不知该说什么，一路上想的，一句也讲不出。她展开紧握的拳头，一把推向依兰。完全没防备的童依兰一个趔趄坐在地上，手里的雨伞也甩向一边。

"你疯了吗！"依兰一蹦子跳起来，向邱媚搡过去。

邱媚倒退几步，放声痛哭，边哭边说："我不需要你家可怜！你自己上一中好了，我早就不想读书了，读书有个屁用！不就是个重点中学吗，有什么了不起，我不信将来会比你差。咱们走着瞧！"

童依兰懵了，邱媚看着她茫然的眼睛，意识到她可能并不知情。

"你还不知道？好，我告诉你。你不用担心了，你可以继续在一中读书。你家已经交钱搞定了。我们家没关系，没钱，也不要借你家的钱。我不想这样被人指着后脊梁上学！我讨厌你家居高临下的样子，不用装慈悲，我不需要！你记着，将来你再有本事，在我面前也别想趾高气扬，我知道你是怎么混进去的，有什么了不起！"

两个纤细的女孩在大雨里面对面站着，都被浇透了。一把雨伞翻在旁边的水泥地上。依兰也哭了，被邱媚的话刺得生疼。这是她们认识十年里，最严重的一次吵架。

"邱媚，你也给我听好了。你这么说我，不识好歹，将来一定会遭报应！我就是走后门怎么了，全天下人知道我都不怕。我一定要在一中混出个样子，谁也别想在背后说我，说也别想瞧不起我！我一定会比你强！咱们走着瞧！"

那个暑假在无数混沌的眼泪中结束，拒绝了帮助的邱媚，最终选择了省艺校，令所有人诧异。在这场失败中，她悟到了和童依兰完全一样的真理：自己不够强大，就永远无法赢得尊重赢得爱。迫切想要独立强大的邱媚，每天都只琢磨一件事：出人头地！那时每期的《时代歌坛》邱媚都会买，她不崇拜任何艺人，只关心她们如何出道，希望自己有一天也可以脱颖而出，名利双收。

在艺校舞蹈队，邱媚绝对是佼佼者，什么出风头的事都少不了她。那段日子是她人生中最光辉的岁月。第一学期汇报演出由她领舞，那个作品还获了省级金奖，学校奖励她一个砖头似的随身听。每天早晨6点，邱媚准时起床练功，雷打不动。无论是下大雪的冬天，还是烈日炎炎的夏季，邱媚努力着，奔波着，随身听里永远放着成龙的《壮志在我胸》。一个人时，她经常会想起童依兰。想起她们手挽手回家，背靠背练功，分享同一碗牛肉面，躺在一个被窝里说心里话。时间越长她就越后悔说出那些伤人的话，她知道依兰一直把她看作亲姐妹，而她那么没道理地伤害了她。在艺校的日子，邱媚从不尝试和同学们沟通，她独来独往，固执地认为，只有用孤独惩罚自己，才能赎清对依兰的伤害。

走进高中的童依兰，比初中时沉默了。她在日记里写道：不要顾影自怜，不要风花雪月，不要华而不实，只要实力，只要成功！依兰比任何时候都更努力，不浪费每一分钟。她的成绩也一步步赶上来。还是不断有男生写情书给童依兰，她比初中时还绝，总是看也不看就撕掉。有天放学后，一个骑山地车的男生在回家必经的小巷里截住了她，"刺啦——"，转弯停车时车闸磨得车胎山响。他不说话，很酷地歪着脑袋看依兰，依兰往左，他也往左；依兰往右，他也往右。

"干嘛？"童依兰眯起眼睛，不耐烦地问。这个男生她见过，比自己高一级，和项北辰同班。眉眼挺帅气，嘴巴很薄，笑起来嘴角歪着，透着股坏坏的劲。

"问个问题就走。"

"说。"这种场面，依兰不是第一次遇到，她并不紧张。

"我追你有戏吗？"男孩狡黠地笑。

依兰的脸一下红到耳根。以前追他的男生不是借书就是借钱，这么直接的还是头一个。

"不说话就是有戏了？"男生追问。

"做梦！"依兰恼羞成怒，跨上自行车要走，突然觉得车子被什么绊住，回头，男生正死死拉着她后座，他看着依兰的眼睛，一字一句地说：

"我从来不做白日梦，咱们走着瞧！"

那天后，男生每天都等在童依兰上学的必经之路，骑着变速单车绕着她忽左忽右。起先，依兰并没当回事，料他追个十天半月，就该放弃了。可事情并不像她想象的那样，整整一个月过去，他仍然在坚持，不急不恼。正是春夏之交，每天清晨，穿着蓝白相间校服裙的依兰蹬上单车，总能在出家属院的一刻，看到同样穿着蓝白校服T恤的他坐在变速单车上，有时狼吞虎咽地吃早点，有时故作潇洒地抽烟。清晨的风拂在脸上，有淡淡的甜。依兰从不和他讲话，两人在沉默中竟也培养起些许默契。依兰记得他和自己并排骑车时，嘴角上扬的样子；记得他有时突然加快车速，双手撒把像鸟儿一样的背影；还有他突然从身后骑来，一巴掌拍在自己书包上的巨响；有时他会等在下一个路口，往依兰的车把上插一串冰糖葫芦……

这样过了快两月，童依兰依然不清楚他的名字，班里却开始有闲话说依兰在"谈恋爱"。这天早晨，依兰出门时没在家属院门口看到他，有点纳闷。一整天，她情不自禁在校园里搜索他的身影，也没结果。晚上在家写作业时还忍不住琢磨：他是病了吗？还是出了什么事？正想着，妈妈在客厅叫听电话。自从邱媚离校，依兰的注意力全部都放在学习上，几乎没人会在这时候打电话来。她有点诧异地走进客厅。

"喂？"

"你昨天跟人借数学《课课练》？"

"是啊，你是？"

"到楼下来取吧。"

"你是谁啊？"

"听不出来吗，杨阳啊。"

杨阳？童依兰在脑海里反复搜索这个名字，仍是一片空白。注意到这头的沉默，电话那边接着说："你不会到现在还不知道我名字吧，白陪你走了两个月啊。"童依兰恍然大悟，原来是他。电话里的声音礼貌温和，和第一次拦住自己时的嚣张气焰完全不同。她犹豫着走下楼，杨阳依旧像每天早上一样趴在单车上等在家属院门口，不同的是，今天的他没穿校服。依兰有点尴尬，虽然这人已经在眼前晃了快两个月，却从没像现在这样以朋友的语气说过话。

"你今天没去学校？"话一出口，她就开始后悔，果然对方呵呵笑起来。

"你挺注意观察我的嘛，好容易生回病，刚请了一天假，你就发现了。"

"臭美！谁关心啊。"

"呵呵，呐，给你书！"

童依兰接过《课课练》，暗自惊讶，书上的字体刚劲有力，笔记虽不整齐，但几乎所有习题都几步就得出答案，很少修改。"你从哪抄的答案，对过吗？"

"抄？切，太小瞧我了吧，这么没难度的题，还用得着花时间去抄答案！"杨阳一脸不屑。

依兰上下打量这个一直被她看作"小混混"的少年：追女孩，戴项链，抽烟，校服的扣子故意不系好，还偷摸在头发上打啫喱……这样的形象，无论如何也和好学生联系不起来。"这书给我也没用，我要看题是怎么解出来的，光有答案有什么用。"她把书一合，又递回去。

杨阳没有接，一脸坏笑："你那么笨啊，三步还推不出答案？那你到高二，数学还能及格吗？哈哈！"他兀自笑得前仰后合，却没等到预期中的粉拳或是娇嗔的嗔怪。对面这个看似文静的小姑娘，冷冷盯着自己，看不出情绪起伏，却让那笑声显得单薄、无趣。

"我要回家了，谢谢你的书。"童依兰把书扔在杨阳怀里，转身离开。

"哎，真不要啦？我专门从医院溜出来给你送书，这么开不起玩笑！"他在背后喊起来。

童依兰转身问："你怎么了，生什么病了？"

杨阳得意地笑，仿佛这场病是蓄谋已久的阴谋："我啊，白血病！你内疚了吧，对一个身患绝症还想着帮你的人这种态度！"

依兰白他一眼，认真打量面前的少年。他真是好学生吗？童依兰从不羡慕那些只是成绩好的乖孩子，却佩服敢于离经叛道，还能玩转环境规则的人。如果，这个叫杨阳的男孩，是这样的人呢？

转眼就是秋天。童依兰升到高二，杨阳他们也开始备战高考。

暑假时，杨阳经常约依兰去市图书馆自习。每天清早，依兰到市图时，杨阳早给她占好座位，还会递来牛奶面包。慢慢的，依兰了解到，杨阳成绩果然很好，一直名列前茅。杨阳学习时非常专注，常常一坐两三小时，什么电闪雷鸣的事都不会分散他的注意力。等他完成了自己的学习计划，就开始满屋子"骚扰"别人：一会指着依兰的卷子说，笨死了，这题用得着这么复杂嘛；一会又跑到他们班同学集中的地方去聊天。中午时，两人会一起去街对面的牛肉面馆解决午餐，多半是杨阳付钱，有时候实在抢不过，也给依兰一点机会。饭后，两人溜达回市图，沿途不少一男一女早恋的学生，有的牵着手，更有胆大的躲在背人的角落拥吻。每次看到这些，杨阳都会问依兰："有何感想？""不务正业。"每次，她都面无表情地回答。"嘿嘿，你倒是务正业，也没见你成绩好到哪去啊！"杨阳就是这样，傲慢又锋芒外露的个性让他说话时对谁都不留面子，哪怕是自己正拼命追求的女生。好在童依兰也不小气，她总是不急不恼地说："现在一般，不代表高考时一般；在学校时成绩好，不代表进了社会也混得好。有本事，咱俩比到老。""比到老！哈哈，老了就比谁死得晚，就你这小身体，哪是我的对手！"

漫长的暑假在一天天自习和一个个玩笑里走远了。杨阳不再是童依兰生命中的陌生人。开学前一天，晚上从市图回家，杨阳说他车胎没气了，让依兰陪他走走。两人推着车走了很远，路过农民巷口，穿过平凉路，南副商场的小王烤鸡飘出阵阵香味。杨阳的嘴巴出奇地平和，不损人也不骂人，气氛其乐融融。走着走着，杨阳说，把你的手给我看看。

"干嘛？"

"有用。"

依兰狐疑地看他，"看手相啊，太老套了吧。"

"谁看手相，你伸过来我看看。"看他一脸严肃，依兰迟疑地伸出左手。杨阳用两个指尖拖着她的手背端详，自言自语地说："书上说小妖精都没掌纹，也不一定啊。"依兰刚要抬手打他，却被他一把握住。她像触电一般，用力甩开。杨阳并没有生气，只是眯着眼睛问："你不喜欢我吗？"

喜欢。第一次有男生亲口说出这个词，依兰觉得自己心跳加速，一句也说不出来。"你知道吗，"杨阳反复拨动车把上的变速器，"高一第一学期，你在"一二九"晚会上跳舞，我印象太深了。上学期，我和几个哥们打赌，说一个月内追到你。否则，请他们吃一个月冰淇淋。现在好了，我很后悔打这个赌，倒不是心疼那些冰淇淋，"他顿了顿，看着依兰低垂的眼睛说，"我觉得，我把自己给陷进来了……"

沉默很久，依兰叹口气："杨阳，我没你想得那么好，你不是也经常说我笨吗？我和你不一样。告诉你一个秘密，我不是考进一中的，是交钱进的。再不好好学习，不把成绩搞好，就得一直生活在失败的阴影里，那还不如去死了。我真的没心思。"

"有那么严重吗？"杨阳问。

依兰抬头看看天边的夕阳，肯定地点点头。

"这是拒绝我的借口吗？"

"不是。"

"那你，喜欢我吗？"

"我，不讨厌你。"

就这样，暑假结束了。高二一开学，班上同学都在为文理分科发愁，有男生为了女朋友弃理从文，遭到家长和班主任全面攻击。幼稚！依兰心想，放弃自我，就会赢得爱？一个人没实力，父母都会对他冷淡；一个人没本事，老婆都会瞧不起他。她毫不犹豫地在报名表上写下：文科。抬头的瞬间，想起好几天没见到杨阳了，自打开学，他就没再出现在家门口。第三天下午，童依兰站在校园里红白相间的小卖部前买饮料，有个男生气喘吁吁地跑来，重重靠在铁皮亭子上，手里抱着篮球。是杨阳。他望着依兰笑，喘着粗气，发梢的汗珠折射出太阳的光芒。

"体育课？"为了打破尴尬，依兰先开口。

"语文课。"杨阳答得不以为然，学着明星的样子，鼓起下唇吹起额前挂着汗珠的头发，"不请我喝瓶水？"

童依兰无奈地笑笑，递过去一瓶可乐。红白色的小卖部掩映在油绿色的树荫里，挨着铁栅栏围成的自行车棚。杨阳随便拣了辆单车的后座坐下，指着依兰手里一沓薰衣草色的信纸问道："给谁写情书？这么漂亮的信纸。"依兰立刻局促起来，和别的女孩子不同，紧张羞涩时不会面孔绯红、语无伦次，相反，她会立刻板起脸，像受到攻击竖起毛的小猫，一副不可侵犯的样子。她白了杨阳一眼，不再说话。"嘿，脾气比我还大！好好好，说个正经事。你们班是不是有个叫王静的女生？"

"是啊，"依兰歪着脑袋点点头，"怎么了？"

"你跟她熟吗？能不能给带个话，叫她别老去军区大院堵项北辰了，人家对她没意思，她老这样，北辰他爸妈脸上挂不住。"

童依兰心里咯噔一下，努力让自己显得平静："胆子这么大的女生，怎么可能跟我熟。没看出来，你这人还挺爱管闲事。"

"嘿嘿，"杨阳走到依兰对面，"项北辰是我最好的哥们，怎么叫管闲事，再说，是他让我帮忙问你的，你们不是一个班的嘛。"

"他让你问我？他怎么知道我们认识！"依兰诧异地睁大眼睛。

"哈，他当然知道，他从我打赌逗你时就知道。你明白哥们是什么吗？就是：同吃同住同劳动，同喝同玩同泡妞！哈哈……"

"滚！"童依兰苍白的小脸拉得老长，用力把手中的信纸向杨阳砸去，淡紫色的纸片纷扰着飘落下来，立刻沾满泥土。

"没事吧你！"杨阳完全没想到，一个玩笑，她竟然这么大反应，"你别太大大小姐了，这样以后谁还对你好！"

"有没有人对我好用不着你管，管好你自己吧！以后你也别去我家门口堵我了，我爸妈脸上也挂不住！"童依兰愤愤地转身离去，却和不知何时站在身后的项北辰撞了个满怀。一脸尴尬的项北辰不知说什么："对不起，我……"

"你道什么歉！"童依兰几乎喊起来，拔腿跑开了。

"操！"杨阳也在身后骂，一脚狠狠踹下去，那排自行车多米诺骨牌一样倒下去了，稀里哗啦一片响声。

晚上回家，童依兰对着摊了一桌的黄冈试题发呆。她蹑手蹑脚打开桌上的收音机，缓缓流出当月主打《爱情多瑙河》：我扬起万千风帆，告诉你我好孤单，在幽幽蓝蓝多烦恼多瑙河……爱情是什么？童依兰没想过。表面安静的她其实讨厌乖乖女形象，她只是太需要一次成功来证明自己。很明显，忧伤焦灼的"爱情"，不能带来成功，只会徒增烦恼。所以，她不要。不知从何时起，依兰变得顽强、坚忍、孤注一掷，甚至有点不达目的誓不罢休。暑假时，之所以不拒绝杨阳上自习的邀请，有一半原因是几乎所有学习上的疑问他都会有问必答。还有一半是她自己都不敢仔细思忖的情愫：每当她看到杨阳和项北辰一起踢球打水取自行车，心底里都会升起股虚无缥缈的温暖，似乎自己和北辰的距离也因此接近了……

1999年，邱媚生命里最辉煌的一年。

年初时，艺校领导重金请来敦煌歌舞团副团长高凌云，精心打造了精品节目——《敦煌观音》。担任领舞的不是别人，正是邱媚。六月，高老师带学生们去广州参加全国桃花杯舞蹈大赛，凭借《敦煌观音》，女孩们轻松拿到群舞组二等奖。这是艺校十几年取得的最好成绩，全校欢腾。紧接着，"七一"、"十一"，电视台几乎所有晚会都邀请《敦煌观音》。邱丽珍欣喜万分地在电视上不断看到女儿的身影，乐得嘴都合不上。她开始频繁地去艺校看望邱媚，前所未有关注她的学习生活，再不说女儿上艺校是"虚荣愚蠢"。这种热情，让邱媚一时难以适应。邱丽珍还专程去感谢女儿的伯乐高凌云，在排练厅外的走廊上，高老师优雅的姿态，谈吐间流露出的艺术气质，让邱丽珍也情不自禁挺胸收腹，仿佛回到了二十年前。高老师谦虚地尊称她邱老师，还诚恳地表示，如果邱媚愿意，毕业后想吸收她去敦煌歌舞团。邱丽珍在左手背上狠狠擦了把右手心渗出的汗，一把拉住高凌云的手：高老师，你是小媚的贵人，她以后就拜托你啦！

高凌云没有辜负邱丽珍的殷切希望。这一整年，她都在策划一件更大的事。

敦煌，是甘肃省最重要的旅游资源，以其深厚的文化内涵，瑰丽苍凉的大漠风光举世闻名。1979年甘肃省歌舞团公演了经典舞剧《丝路花雨》，在全国引起了巨大反响。高凌云就是早期英娘（女主角）的扮演者之一，是《丝路花雨》成就了今天的她。丝路记载了她最美好的青春岁月，成为她心中永远的情结。如今，二十年过去，当年一起跳舞的姐妹，多半都离开了甘肃，只有自己还留在这片丝路，继续寻觅，寻找那个魂牵梦萦的理想。在结束了自己第十九次敦煌采风之旅后，高凌云向市委宣传部双手呈上了一部舞剧剧本——《大漠敦煌》。听完了她的报告，领导当下表示：各部门全力配合，财政积极支持，邀请全国最优秀的音乐人、编导一起创作，不惜代价在2000年给全国献礼！会议结束后，高凌云溜进女厕所，眼泪不可抑制地流下来。那些逝去的青春岁月，那再也无法重逢的爱人，瞬间涌现在脑海，多年之后，自己依然孑然一身，只有艺术为伴。她仿佛看到月牙女主角慢慢从地上站起来，舒展腰身，翩翩起舞。人生如梦，岁月如歌。

第二天上午，高凌云组织全团开会，正式宣布了开排《大漠敦煌》。团里一直不景气，很多演员都在外找活路，私下大家都玩笑说：跳的不如唱的，唱的不如吹的，吹的不如说的，啥都不如长得好。高副团一番动员，舞蹈团里几个主力开始暗自琢磨，谁演莫高？谁演月牙？这戏要真排出来，男女主角肯定能火。下午试场时，排练厅大门突然被推开了，门口站着个男人，身后跟着个纤细的小姑娘，眼神像穿过森林的阳光。有人认出来，那男人是省艺校的教导主任。"给大家介绍一下，"高凌云拉着小女孩的手进来，"这是省艺校毕业班的邱媚，《敦煌观音》的领舞。从今天起，她跟咱们一起排练。"短短几句话，盯着"月牙"的女演员都像打足了气的皮球，恶狠狠地看着邱媚。这样的眼神，邱媚从不陌生，更不畏惧。吓唬谁啊，她心想，我比你们年轻，比你们漂亮，比你们跳得好，咱们走着瞧。邱媚大大方方走到最前边，拉开架势跳起来。旁边的女孩嫌她动作太大，嘴里发出奇怪的声音，邱媚像没听见一样，陶醉在自己的舞姿里。

经过半年紧锣密鼓的排练，《大漠敦煌》终于要搬上舞台了，邱媚和歌舞团台柱子华叶都是"月牙"的后备演员。华叶今年二十三，演出经验丰富，为人精明，在团里混了两年，好不容易赶上这么个机会，眼看要被一个"编外"人员抢走，华叶恨得牙痒痒。论刻苦和灵性，她不是邱媚的对手，但关系和经验，却远远在邱媚之上。两三月的工夫，华叶已经和赞助商老板打得火热，出入都有车接送，不仅A角已经明确，恋爱也谈得活色生香。

看着华叶得意的模样，邱媚有点黯然。她当然不服，可她也清楚，谁说话都没有出钱的人说话有用。怎么办，忍呗。反正我比她小五岁，比她跳得好，总有轮到我上A角的时候，上去我就不下来！邱媚这样安慰自己，慢慢也就释然了。年轻，也是一种底气，是比钓到金龟婿还强劲的底气，它代表着各种各样的可能，好姻缘也只是其中一种。日子在没日没夜的排练中度过，身上的练功服湿了，干了，又湿了。夜深人静时，邱媚一个人坐在排练厅的木地板上发呆，耳朵里塞着艺校奖励的随身听，放着的正是《大漠敦煌》的音乐。那段凄婉的小提琴，流淌在关了灯的排练厅，流过地板上洒满的月光。敦煌，熟悉又陌生的地方。在兰州城生活了十八年，唯一一次远行就是去广州参加桃花杯。而那些从北京、上海、西安来指导他们排练的艺术大师们，说到敦煌，崇敬又向往的神情，十八岁的邱媚并不能理解。她心里惦记着的，是这个沙漠绿洲之外的大世界。

故乡是什么？就像初恋一样。你明知陪不到终点，却始终无法释怀；你急于想摆脱，却永远也不曾真正走出来；你拒绝回头看，但你清楚，它一直都在身后。

1999年12月，《大漠敦煌》进入了最后彩排，排期基本确定：2000年1月10日，黄河剧院首演！还有半年，邱媚就要从艺校毕业了，分配去敦煌舞剧院几乎没有悬念。相比起其他为了前景担忧的同学，邱媚多了几分潇洒。生活平静快乐，只有一件事，随着临近千年的钟声越来越近，在她心里就越来越沉。

圣诞节前的星期三，邱媚照例去买《兰州晚报》，等着看副刊里的"校园"专栏。这个习惯，她已经保持了两年。她就等着看那几个字：特邀校园记者——童依兰。她喜欢看依兰的文字，其实就是想知道她的近况。有时候她想，那个死丫头还在记恨我吧，十几年的交情说不要就不要，真够小心眼的；有时候她又担心，唉，人家是省重点里的优等生，大概早不稀得和艺校的中专生为伍了……所以，两年了，尽管时时惦记，邱媚却没有勇气找依兰。如今，人人都急着算20世纪的旧账，电台片花都是"别把遗憾带进新千年"，邱媚的心也开始蠢蠢欲动。

这一期的校园专版，是甘肃省参加全国新概念作文大赛的获奖作品。这个比赛在当时的中学校园风靡一时，邱媚果然第一眼就看到了童依兰的名字，她嘴角浮现一丝笑意，找了间没人的教室，认认真真地读——《红》。

......

明天，金城放晴，长安大雪。我从不知，我们相隔如此遥远。不在同一片乌云下，也不会有同一段心情。未来不必期待，过去不必留恋，终归是各走各的路，没有交集。圣诞就要到了，旧世纪里最后一个节庆。大街小巷都开始妆点门窗，也不要苍郁，也不要素白，全部是热闹的红色，绽开了的大片的红，红得那么突兀。像你再没穿过的红秋衫，像我再没拾起的红舞鞋。很快，我就要离开这座城了。故乡，如果你真是一叶兰舟，就载我去最远的地方，不要停留，不要回航，一直漂泊着，一路向北，向北！

　　邱媚趴在课桌上，侧脸看着窗外，黄昏时分飘起了白雪，隐约能听到楼下操场传来的嬉笑打闹，还有篮球撞击在篮板上的声音，咚——咚。她想起1997年的夏天，想起童依兰满脸泪水在大雨里冲她喊：谁也别想瞧不起我！我一定会比你强！邱媚心里堵堵的，半年之后，等她真考上大学，离开兰州，我们还有机会再见吗？她想起她们分享同一块大白兔，分享同一碗牛肉面，分享同一本书、同一块奖牌。邱媚突然意识到，依兰不只是从小长大的好朋友，她是亲姐妹，看着她文字里的不快乐，自己会难过。邱媚擦掉眼泪，提起书包跑下楼，冲上了校门口的6路车。

　　杨阳他们毕业后，童依兰就很少骑车上学，她情愿把那些往事也一并封存在落满灰尘的自行车棚。自那次吵架，杨阳没再和她讲过一句话，直到高考结束，他托人带了张纸条给她，直接明了，很有杨阳的风格：我考上清华了，我不是小混混，8月27号下午5点的火车，去北京。走了，就不再回来，我终于，要离开你了。保重！这么简单的几句话，依兰都没想到，自己读到的瞬间竟然红了眼睛。27号下午，童依兰倒了两趟车去火车站，终于还是迟到了。黄昏时的铁轨，像两条金色的丝带伸向远方。空旷的站台上站着几个送行的少年，其中一个穿着火红的运动服，是项北辰。"他刚走……"这是继三年前那句"你好"，一年前那句"对不起"之后，两人之间的第三句话。依兰晃了晃消瘦的肩膀，算是听见了。"北辰，你神算子啊，怎么那么肯定她会来？"一个女声从北辰身后传来，不用抬头，就知道是他的绯闻女友张晓丹。"她不来，我也会跟杨阳说，火车刚走她就到了。"项北辰有点尴尬地笑着回答。"还是你有心。你说你真的，干嘛不和我们去北京！这样咱们还可以经常在一起，非要去西安上军校……"童依兰像个局外人一样尾随着他们往出站口走，听到这句，她抬眼看看项北辰的背影。"我有军人情结嘛。"北辰温和地答，"现在西安到北京也很方便啊，放假的时候，咱们随时可以聚！"北辰用手肘碰碰张晓丹，她嘴唇一撇，竟然哭起来了。项北辰邀请依兰和他们一起去吃"散伙饭"，她谢绝后，他送她上公交车，和另外三四个同学消失在站前广场的人海里。这就是最后一面了吧，依兰看着他的背影，久久无法回头。

　　再见，北辰。

随着元旦临近，高三第一学期要结束了。这天放学，天空飘起了小雪，依兰疲惫的身心又蒙上一层灰。走到校门口，隔壁班一个初中同学向她招手："童依兰快来！看谁来了！"依兰开始有点近视了，她眯起眼，黄昏的暮色里站着个一头黑发的高挑美女，没穿校服，紧身牛仔裤，白色羽绒服，斜跨个时尚的小书包。天哪，她瞬间哑然。那个初中同学，并不知道那年暑假发生的事，只知道她们是初中时最好的朋友。她拖着邱媚走来，不停地八卦各种消息。邱媚一边应付，一边看向依兰：她似乎比初中时更沉默了，个子长高了，乌黑的双眸，还是那么好看。

"你怎么来了，不抓紧排练，《大漠敦煌》快公演了吧？"依兰突然说话，语气平静得好像昨天两人才共进晚餐。

这下轮到邱媚哑然，"今天，不排练。你怎么知道的？"

"上个月去少年宫办特长生证明，你妈跟我说的。"

邱媚在心底里怪罪妈妈，也不说一声。"喏，你的《红》！"她像突然想起什么，从包里翻出当期晚报。

"你还看啊。"依兰浅笑着接过去。

"每期都看，我宿舍墙上都贴着你的文章。行啊，当班长了，明年，你是真要走了吧？"邱媚眼睛红了。

依兰露出小酒窝："还行吧，反正没人敢瞧不起我，嘿嘿。"

"切！还提这些！"邱媚接过她递来的餐巾纸，擦干眼泪和鼻涕，从头到脚打量依兰一番，心满意足地笑着说，"嗯，个子还是没长过我！"

"还好意思说，长这么大个，有男的能跟你跳吗？一举，还不得趴下。"依兰的调皮劲也上来了。

"哈哈，是啊，所以我只能跳B角嘛，能跟我配的男的少啊！"

"怎么是B角，你妈跟我说是A角啊？"

"唉，世道瞬息万变，她哪清楚。我都不爱跟她说这些事，她才势利眼。当初说我上艺校是脑袋让门夹了，现在又到处跟人吹这些没谱的事。不说我了，你怎么样，准备考哪啊？"

"北京吧，还能去哪啊，一路向北嘛！"依兰指指报纸上的文章。

"嘿嘿，一路向北，项北辰吧！"

"去你的！"

两人打闹着走出校门，一如当年。少年时，所谓怨恨，其实并不深刻，邱媚向来没心没肺，童依兰虽然心重，也在邱媚的眼泪中看到了真诚的歉意与怀念，何况曾是那么要好的朋友，早在心里释怀，只是没个合适的台阶。人海茫茫，能遇到个可以敞开了说话的人，不容易。难得知心的朋友，与我患难，陪我成长。

元旦长假，邱媚在家睡懒觉，迷迷糊糊中，舞台的镁光灯大亮，音乐响起，眼看大幕要拉开，她却遍寻不到自己的舞鞋！来来往往都是人，却没人关心她找什么。这时，听到妈妈的声音从远处传来，一遍遍叫自己的名字："邱媚，邱媚！"她猛地惊醒。

"你怎么了？魇住了吗？"妈妈拍拍她的脸。

邱媚从喉咙深处哼了一声。

"快起来，高老师电话，有急事！"邱丽珍没耐心哄她，一把掀开被子，要拍她屁股。

邱媚不耐烦地躲开了，一边揉眼睛，一边向客厅的电话机跑去。邱丽珍看着穿着短裤背心的背影，心里突生感慨，女儿真是长大了：两条腿又直又长，肩膀也宽了些，越显得腰细。她拿起件外衣走进客厅，却见小媚已经挂了电话，一边拢头发，一边往厕所跑。

"怎么啦？什么事啊？"

"没说，让我马上到团里谈。"

"呀，看来事不小啊，还得当面说。"厕所里传来冲水的声音，"我跟你一起去吧！"

"不用不用！"邱媚连忙拒绝，一开门和贴在门上的妈妈撞个正着。"还不知道什么事呢，你就在家等着吧，好事我给你打电话，坏事你也不用琢磨了，反正咱家，基本也没遇上过什么好事。"

其实邱媚心里也很忐忑，高老师的声音很平静，听不出任何情绪。元旦前，高老师说团里准备过完节就把录用函发到学校，难道是这个事出了状况？歌舞团从来都不好进，难道又有人顶包？公共车上很空旷，邱媚坐在椅子上叹气，玻璃窗蒙上水雾。车窗外天气晴好，马路上的积雪开始消融，这是2000年的第二天。

邱媚轻轻推门走进高凌云办公室，她正在打电话："对，宣传册来不及就算了，节目单必须换……我知道时间紧，所以得抓紧啊，不说了，这边还有很多事要处理，大家都赶赶吧。"

"来了。"高凌云挂了电话，对靠门站着的邱媚说，"11点了还睡呢，你一放假，可真就放羊了啊。"

"嘿嘿，"邱媚憨憨地笑，"昨天一早被我妈拉去烧香了，就睡了这一天。"

高凌云靠在椅背上，凝视着眼前这个大孩子，半晌没说话。邱媚紧张起来，站直了身子，不知把手脚往哪搁。

"邱媚，《大漠敦煌》，让你在首演上跳A角，你敢吗？"

"啊！"邱媚有点没反应过来，"什么意思啊，高老师？"

"台下坐的都是大领导、大记者，五六台摄像机架着，两个小时，不管出什么状况，只要胳臂没断，腿没折，就必须坚持。鞋找不到光脚上，衣服开线了也不能分心，几千双眼睛看着你。和晚会上跳个七八分钟的舞太不一样了。你行吗？"

邱媚呆若木鸡地站在那，浑身上下的汗毛都立起来了。我敢！她在心里说了一千遍，却没敢说出口。"华叶呢？"

"她怀孕了。"高凌云把眼神移向窗外，"刘总三十八了，有个孩子挺难得，想留下。"

"啊！"这下轮到邱媚咋舌，她想起华叶每天跟她比着练功，"华叶愿意放弃啊？"

"当然不愿意，她才多大啊，在家闹呢。但是她也扭不过刘总。而且我们也不能让她上了，刚怀一个月，万一出点事，谁负得了这个责。"

有那么一瞬，邱媚觉得天旋地转，等平静下来，发现是窗外的冬日暖阳明媚得让人睁不开眼。她突然笑起来，尽管她知道这笑很不合时宜，怎么也要装着沉痛一下，可她就是忍不住。

"你笑什么！"高凌云本想说她两句，却被她不加掩饰的孩子气逗乐了，"别在这傻乐了！赶紧练去，笑！当心上了台哭！"

"是！"邱媚一蹦子跳起来，连跑带跳冲出办公室。她像鸟儿一样展开双臂，阳光照在空荡的走廊，温柔地追随她的背影，十八年的天空从没像此刻这样明媚！

2000年1月10号，斥资六百万，全明星制作的大型舞剧《大漠敦煌》在黄河剧院首演。十八岁的邱媚作为唯一女主角，让"月牙"活在了舞台上。谢幕时，全场起立，掌声经久不息。邱媚在晃眼的镁光灯下，向台下深深鞠躬，泪水布满了脸颊。一把把鲜花送上来，有歌舞团的新同事，艺校的老同学，更多的是不认识的人。邱媚将鲜花一捧捧献给导演、编剧、高凌云；然后她走下舞台，把怀里的最后一把花，双手献给坐在第一排的妈妈。台下有点小骚动，邱丽珍拥抱女儿，满面泪痕。第四幕的音乐还在回放，男女合声的配乐将整个舞台抬升，大气恢弘，干冰的白烟还未散尽，邱媚站在舞台中央，突然有种幻觉，觉得自己就是月牙。那个为爱付出生命的少女，一直在和自己隔空交流，我们有相同的血液，生长在同一片土地，汲取同一种力量。她向台下的观众挥手，无数双手举起来回应她。眼泪再次湿润了眼眶。很多年后，在梦中，邱媚还时常温习这个场景，尽管浮华散尽，辉煌不在，人生，怒放过这一次，足矣。

为期三天的演出结束，邱媚成了小明星，剧院里摆着她的巨幅剧照，报纸上也登出了她的生活照。你给我签个名吧，以后没准能卖大价钱呢！童依兰总打趣她。自和好之后，她们又成了形影不离的好友。三场演出，依兰一直在台侧看着邱媚，邱媚脚上有伤，每次跨跳，依兰都能看到她脸上肌肉微微抽搐。总算三次演出都圆满结束。在和一大堆合作方聚餐后，邱媚不过瘾，嚷嚷着要去歌舞厅。"还没跳够啊你！"高老师也喜笑颜开。"没！再跳三场都不够！"一片笑声中，邱媚、童依兰，还有她艺校的同学刘昭，溜进了兰州市当时颇有名气的歌舞厅黑光。童依兰和邱媚都是第一次来这种地方，歌厅里人山人海，音乐声震耳欲聋，好容易挤到个没人的小圆桌旁，刘昭挥手叫来侍者，要了半打黄河啤酒。啪！她在口袋里摸索半天，在桌上拍下半包棕"兰州"，故作潇洒地点上烟，有点挑衅地看着剩下的两个。童依兰弹弹烟盒，一支香烟跳出来，她熟练地点火，嘴唇开合之际，一个烟圈就冒了出来。"靠！可以啊！邱媚你这同学是一中的吗？"刘昭大声吵吵。邱媚看着依兰的样子也惊呆了："你什么时候开始抽烟的？烟圈都会吐啦！""吐个烟圈这么简单的事都学不会，还考什么大学啊。"依兰心情也颇不错，言语间流露出狂放不羁。玩笑间，几个人很快喝光了半打啤酒。邱媚演出成功，心情大好，一抬手又要了半打。隔壁四五桌男人盯着她们看，小姑娘们却浑然不觉。

正热闹，调音师的声音传来：接下来有请九号桌童小姐为大家演唱《雨蝶》。刚喝下一口酒的童依兰差点没喷出来，抬头看到邱媚捂着嘴笑。2000年，还没有流行小隔间的练歌房，通常是舞池边上竖着两个小电视，后边悬一块大投影屏幕，要唱什么歌，写个纸条给服务员，然后等着调音师叫。"是不是你！"她一巴掌拍在邱媚背上。"哈哈，怕什么！快去，我给你伴舞。"眼见着前奏响起来，不上是要被人笑话的，"必须跳啊！否则跟你绝交！"依兰边说边往台上跑，几乎在前奏结束的最后一秒钟抓住了话筒：

爱到心破碎也别去怪谁
只因为相遇太美
就算流干泪伤到底心成灰也无所谓
……

第一小节唱完，掌声雷动。空旷的舞池走下一个人，她两拍一步地拖着步伐，慢慢走到舞池中心。客人们正纳闷，邱媚随着高潮猛起，一个倒踢紫金冠，借着微醺的酒意，肆意跳起来。身体里那个火热的灵魂透过精湛的舞艺，点燃了场内的每个人。整个酒吧沸腾了，人们打着口哨，鼓着掌，站起来看着舞池。童依兰也唱得更投入，成了百人大合唱。在无数叫好声中，一曲终了，依兰和邱媚牵起手，微笑着向观众行礼。这就是青春，可以疯狂投入，可以肆意妄为，可以孤芳自赏，可以滚烫世界。

雨蝶，也许这就是前兆。邱媚不知道，那一夜，命中注定，她要遇到一个人。

大约凌晨3点半，酒吧打烊了，女孩们也倦了。隔壁桌请她们喝了不少酒，吃了爆米花果盘，走出酒吧，四个男人并没走的意思，缠着她们再去吃夜宵。刘昭想去，邱媚无所谓，童依兰坚定地摇头。"你们去吧，我后天还要考试呢。"

"那我也不去了，累了，这几天都没睡好。"邱媚接着说。

"别啊，她不去算了，你不能当跟屁虫啊！"为首的男人拉住邱媚的手臂不让她走。邱媚不高兴，甩开他的手，"什么跟屁虫啊，跟你吃饭才是跟屁虫呢！"

那男的被她说的有点恼："哎，小姑娘这么大脾气，刚才喝我们酒的时候，嘴比现在甜多了！"这话就难听了。

"喝几杯酒还好意思说，不嫌寒碜！也不看看自己，谁占谁便宜啊！"童依兰看邱媚气鼓鼓地说不出话，立刻冲上前。

"说，你要多少钱吧！算我倒霉！"邱媚把书包往地上一摔。

几个人拉扯起来。

"人家不愿意就算了，强迫有什么意思。"身后传来个声音，众人回头看，一个面孔白皙的少年，黑色皮夹克，牛仔裤磨毛了边。尽管夜色深沉，路灯昏暗，邱媚还是立刻注意到，这个"英雄"，清秀中带着不羁，剑眉凤眼，鼻梁纤细而挺拔，唇薄且线条分明，皮肤白净细腻，活脱脱漫画男主角。小"英雄"旁边，还站着个少年，胡乱穿着件黑色的警服，没有扣好的风纪扣里露出米色的高领毛衣。

几个男人让邱媚她们顶得下不来台，正愁无处发泄，这会有送上门的出气筒，可不热闹。没吵几句，就混战成一团。邱媚和刘昭吓呆了，童依兰冲到大路去叫执勤的110。警灯刚闪现在小路口，几个人立刻住手。小英雄他们虽然人少，但也没吃多大亏，小伙子打架不要命；那几个少说三十出头，并不像他们那么豁得出去。看见警车，捂着鼻子堵鼻血的小英雄和同伴对视一眼，迅速向小路深处跑去。

"哎，等等！"邱媚追着背影跑去，可哪里追得上，只听到穿黑色警服的男生冲着那个人喊："小锋，分头跑，分头！"

小锋。邱媚双手撑着膝盖喘粗气，眼前是空无一人的子夜长街，身后是刺眼的警车灯。

之后好几天，邱媚满脑子都是这个"小锋"。不知他鼻子好了没？不知还会不会再相逢？"你说，他看见警车跑什么呢？他是见义勇为啊！"晚上和童依兰打电话时，邱媚憋不住问。

"我说你是真傻！警察要是去学校调查，给处分怎么办。"

"你是说，他是学生？"

"没看见和他一起那男的，穿着警服吗？"

"是啊，那怎么是学生呢？"

"没看见他警号前有个'学'字吗？"

"啊，明白了，你是说他们是警校的学生！怕通报到学校会记处分！"

"嗯，只是可能啊，也没准是小混混，搞了套警校的衣服出来吓唬人，看到真警察就跑了……"童依兰接下来的话，邱媚全没听见，有了这些线索，她美滋滋地睡觉去了。

第二天下午，邱媚出现在警校大门口，正好是周五离校时间。她去得早，铁门还紧锁着。

"大爷，跟您打听个人？"邱媚趴在收发室窗口问。里头看报纸的老头抬眼看着她，算是听她说话了。"请问你们学校有没有一个叫小锋，或者什么小锋，或者什么锋的人？"

大爷垂下眼睛继续看报，似乎没听到。

"大爷，您听到了吗？"邱媚着急地敲窗户。

"你怎么不问我们学校有没有男的呢？"大爷很有幽默感。

邱媚撇撇嘴，走到铁门对面等。约摸半小时，大门开了，陆续有身穿黑色警服，或者便装的年轻人走出来。警校帅哥不少，穿着制服，看起来都有几分相像。邱媚后悔没写个大牌子来。转念又为自己这种疯狂的举动感到可笑。找他干什么呢？说声感谢？还是就想知道他是谁？或者，难道，真有一见钟情这一说？这些想法不停地冒出来，邱媚觉得头都要炸了，转眼两个小时过去，天色全黑了。她越来越不安，这是寒假前的最后一周，如果今天找不到他，一个半月以后，也许一切都不存在了。

"你是在等我吗？"正当邱媚胡思乱想时，一个穿警服的男生停在面前，鼻子上贴着块大大的白纱布。

寒风里的邱媚突然有种说不清的委屈，她点点头，眼泪和鼻涕一起掉下来，冻了两个小时，这一刻，终于感到了些许温暖。

男孩也笑了，"我身上没餐巾纸，拿袖子擦吧。"他抬起左手对邱媚说。这就是缘分吧，不用客套，不用寒暄，不用问为什么。转山转水转来世，就注定在此生相逢。四目相对的瞬间，两人都有种似曾相识的感觉，仿佛世界都不存在了，只有对方。

十九岁的白小锋，夏天就要从警校毕业了。因为儿时学过武术，又长了一副绝好的皮囊，在警校，也算得上是风云人物。正因此，他很有几分桀骜不驯，素来独来独往，除了与一个家属院长大的郭琦相熟，谈不上和谁特别要好。从小到大，追他的女生不少，他对谁也没感觉，一度让人怀疑是同性恋。他的父亲白永国，是城关区一个派出所所长，官不大，但管着主城区最繁华的地段，实权还是有些。那晚打架后，白小锋挺拔的鼻骨错位，邱媚心里说不出的难受。尽管才见过两面，她对他有种奇怪的感觉，就像上辈子失散的亲人，他的疼痛，便是自己的疼痛。两人沿着滨河路走了好远，下起小雪也浑然不觉，一直送到邱媚家楼下，又站在昏暗的路灯下聊天。白小锋的BP机响了无数遍，全是家里的电话。

"你不回啊？"邱媚轻声问。

白小锋关了机，"将在外，君令有所不受。"

"回去他们不说你吗？"

"说就说呗，因为打架的事，已经没少说了。"白小锋指指自己的鼻子。

"还疼吗？"邱媚皱起眉，心疼地问。

"没事，好多了。给你看看！"白小锋边说边去撕纱布上的胶带，兴奋地好像要给邱媚看条毛毛虫。

"能拆吗？小心啊！"邱媚踮起脚尖凑过去看：鼻梁上还有乌黑的淤青，缝针的地方还看得到肉楞，邱媚鼻子一酸，毛茸茸的眼睛泛起泪光。这时，她突然意识到，自己离小锋那么近，几乎就在他怀里，而他也正凝视着自己，屏住了呼吸。这样对视了几秒钟，白小锋伏下头来，邱媚没有躲闪，她轻轻触碰白小锋的手，十指相扣的瞬间，小锋的嘴唇停留在她花瓣一样的双唇上……第一次和男人如此接近，邱媚觉得身体变轻了，周身都潮湿起来。这是她的初吻，也是白小锋的。

成年后，人们回忆起自己的初吻会有很多版本。根据不同的需要，篡改时间，篡改方式，甚至对象，但在心底深处，谁都不会忘记那一刻的感觉。那种血液沸腾，飘飘欲仙。你第一次知道，原来吻，可以调动你身体的各个器官，让你的身体跃跃欲试，想要和对方更亲近。

然后，你开始，向往爱情。

15. 为爱而战

白小锋和邱媚的初恋并不顺利。根据警服这条线索找到小锋的，不止邱媚，还有那晚被打断手臂的男人——张奋强。他带人闹到警校，一口咬定白小锋和邱媚串通一气，以卖淫为诱饵实施诈骗，连警服都当道具穿来了。因为自己警惕性高，没上当。他们见阴谋败露，就动手打人。这个故事传到白永国耳朵，他怒不可遏，抄起警棍打了儿子，闹得鸡飞狗跳。整个春节，家里气氛沉重，白永国动用各种关系，总算赶在开学前搞定了警校教导主任，儿子的事定了性，就是打架，等开学，口头批评一下也就算了。年轻气盛的白小锋虽然面上不再谈论，心里却恨得牙痒，暗暗发誓，张奋强你别让我再遇到，否则有你好看！

又是一季春来到。白小锋脱下厚实的棒针毛衣，换上羊毛衫。这是在警校的最后一学期，等到夏天，白小锋就会成为一名真正的人民警察，拥有一个只属于自己的警号。镜子里的少年嘴角滑过一丝得意的笑，意气风发略显轻狂。他别好传呼机，揣上钱包，小心翼翼地收起红色的瑞士军刀，那还是邱媚送他的第一份礼物，白色的十字标志嵌在红色刀把上熠熠生辉。今天，是邱媚和白小锋相识一百天的纪念日。晚饭后，白小锋拖着邱媚漫无目地走在初春的夜风里，路灯将两个人的身影拉得忽长忽短。向来叽叽喳喳的邱媚，突然变得很安静，她双手挽住小锋的右臂，头轻轻靠在他的肩膀上。

"小锋，你说我们会分开吗？"

"不会！"

"你凭什么那么肯定？"邱媚扬起小脸，目不转睛地看着他。

"两个人在一起很难吗？你没嫁，我没娶，咱俩没搞破鞋，又不是近亲，只要我们愿意，还有什么难的吗？除非是你不想跟我在一起了。"

"可是，古今中外，那么多故事不都是有缘无分，两个人相知相爱，最后不能相守的多了……"

"那都是小说里的！我问你，你买彩票中过奖吗？"

"中过一个肥皂盒。"

"哈哈，那行了，你放心吧，咱不会有事的，没有横财就没有横祸。那种生离死别、轰轰烈烈的事找不着咱们，我就只想和你在一起，没什么难的，相信我。"

白小锋用力握了握邱媚的小手，小媚看着他，在路灯下郑重点头，泪水充盈了双眼。

"小锋，你是我第一个男朋友，是我的初恋。别人都说初恋成功的不多，我要你答应我，不管将来有多难，都不要离开我，去天涯海角，都要带着我！你答应我，我们就这么走到底，好吗？"

白小锋鼻子发酸，平时就不善言辞的他，这一刻心中翻江倒海，却说不出一个字。他把邱媚紧紧搂在怀中，紧到她快要不能呼吸。"我答应你，不管发生什么事，都不放手。"

初恋是什么？初恋的时候，每个人都会不停地问很傻的问题，有各种各样的承诺和约定。有些人，说了，过了，也就忘了；有些人，却记了一辈子。邱媚说这话的时候，并不清楚将来会付出怎样的代价，白小锋也无法预料未来到底要承担怎样的责任。

世界太大了，未来太远了。

邱媚在小锋怀里哭累了，两个少年在子夜寒风中紧紧依偎着前行，不知不觉，走到了黑光歌舞厅门口。这是他们缘分开始的地方，两人相视一笑，没多考虑拖着手进去。酒吧里灯光昏暗，音乐声震耳欲聋，邱媚跺跺脚，冻得僵硬的身体渐渐柔软过来。小锋拉着她穿过拥挤人群，走向吧台。"两瓶黄河。"他冲吧台里的小伙子喊。

"请美女喝啤酒，有点没档次吧？"一个声音从邱媚身后传来，白小锋温柔的双眸瞬间燃起两团怒火。邱媚刚想回头，被白小锋一把揽进怀里，"你要干嘛？"小锋冷冷的声音从她耳侧传出。

"咱俩还有些事没完吧？"

小锋没说话，搂着邱媚的左手更紧了，右手紧紧攥起了拳头。这样僵持了几分钟，白小锋咬了咬牙："我今天还有别的事，没工夫理你，明天下午4点，黄河北木材厂，谁不去谁是娘子养的。"说完，他拉着邱媚朝门口走去。无奈人太多，怎么也走不快。张奋强一伙追到门口，一把扯住邱媚的外套。

"别跑啊，你不是横得很嘛！这就怂了？我看今天就挺合适，准备跟这个小婊子上哪happy去啊？"

邱媚气得牙痒痒，她当然清楚白小锋是为了自己才咬牙忍下来，也只好咬紧双唇不作声。

"别太过分，告诉你我今天不方便，有种明天你来。"

"哈哈！"张奋强肆无忌惮的笑声在黑光外的停车场上空回荡，"不方便！你每个月都哪几天不方便啊！"跟他一起的另外两个男人也狂笑起来。"少他妈废话，老子就等着收拾你呢！"话音未落，张奋强狠狠一拳捣在白小锋脸上，他长好不久的鼻子立刻鲜血直流。他咬着牙，擦掉脸上的鼻血，一把将邱媚护在身后。"行了吧！人你也打了，仇你也报了，让我们走，别把我逼急了。"邱媚被眼前的一幕吓蒙了，手脚冰凉，身体控制不住地哆嗦起来，刚才的愤怒全被恐惧占据。

"报仇！我他妈打了三个月石膏，你这就想溜，想得也太美了吧！日你妈的！"张奋强朝着白小锋的下身连续踹去。小锋条件反射地用手去挡，可这几脚实在来势凶猛，一下将他踹倒在地。白小锋侧躺在地上，紧紧皱眉，牙齿都快要咬碎。这时，一幕让当晚所有人都意想不到的事发生了。

看着躺在地上站不起来的白小锋，看着他因为剧痛而变形的脸，邱媚哇的一声大哭起来，哭得撕心裂肺，她蹲在小锋身边，双手颤抖着在书包里摸索。所有人都以为她在找纸巾，邱媚却以迅雷不及掩耳之势，抄起个黑乎乎的东西，下死力地朝张奋强头砸去。只听张奋强一声嚎叫，双手去捂脑门，鲜血顺着指缝流了满脸。那个艺校奖励给邱媚的随身听，像碎饼干一样散落一地。邱媚的哭声瞬间止住了，她被自己吓坏了，呆呆地站在那，手颤抖着倒抽凉气。白小锋也呆了，他看到被激怒的张奋强嚎叫着冲向邱媚，用沾满鲜血的双手一把卡住她白皙的脖子，把她推倒在地，嘴里不停地谩骂。十几秒钟的工夫，邱媚腿不动了，一旁观战的两人也害怕了，他们互相看看，转身消失在夜色里。"小媚——"夜空中回荡着白小锋撕心裂肺的喊声，他一蹦子跳起来，手里攥着邱媚送他的瑞士军刀，朝着跪在地上掐邱媚脖子的张奋强后背连刺两刀。张奋强挣扎几下，转身倒在地上，蜷缩着抽搐。

回过神来的白小锋想抽出扎在张奋强后背的刀，却发现刀被吸得紧紧的，他颤抖的手无论如何也使不上劲。躺在地上的邱媚一动不动，面色灰白。白小锋双手抱起她，跌跌撞撞地朝停车场外跑去。寒冷的夜风中，汗水打湿了全身，白小锋脑海里突然闪过了许多画面：邱媚甜美的笑，舞动的腰肢，热哄的吻，那些耳边的呢喃细语，自己身着警服骄傲的授衔，妈妈在厨房忙碌的身影，白色的炊烟，青椒倒进油锅嗤啦的响声，爸爸呷一口刚烫好的白酒，指着电视里正播放的足球赛对自己说：我赌中国队赢，你信不信……然后，这一切像突然断电的影院，黑了。寒夜中，只有他吃力地抱着邱媚冰凉的身体，自己身上的剧痛已顾不上考虑，他只想找一辆车去医院，可是，空旷寒冷的滨河路上，什么都没有，连一只飞鸟都没有。

白小锋吭哧地哭起来，似哭又不是哭，因为没有眼泪。他快要绝望了，邱媚还活着吗？他跪在地上，把邱媚紧紧抱在自己怀里，想用身体温暖她。邱媚的脖子上有瘀青，那个柔软年轻的小身体靠着自己，却没有声音。白小锋的眼泪终于夺眶而出。这个世界那么大，为什么就容不下两个相爱的少年，从何时开始，它变得如此残酷。身边的黄河已经解冻，在乍暖还寒的夜风里缓缓流淌。春天要来了，我们却等不到。这是该给我们温暖和幸福的故乡吗？为什么，要在今夜击碎我所有骄傲和梦想，为什么要让这一切在最美的刹那凋落。寂静的远山，沉默的大河，请你回答我！把我的爱人还给我！白小锋的眼泪像决堤的洪水，十九年的泪水似乎都攒到了这一天。他大脑一片混乱。只有一点很清楚，自己充满理想的人生——完了。

白小锋颤抖着低下头，一边抽泣，一边不停亲吻邱媚。黄河水就在不远处流淌，白小锋整整被扯乱的警服，扣好每一颗银色纽扣，又替邱媚拢了拢头发。他注意到邱媚白皙脖子上的血印，那是张奋强留下的，这让人很不舒服，他抱起邱媚来到河边，用袖子沾了点黄河水，真是冰凉刺骨，直冷到人心里。小锋却不再害怕，他一边为邱媚擦拭血印，一边深深叹气。这就是我们的命吧，结束在最美的瞬间，何尝不是一种天长地久。与其在纷繁俗世中堕落、挣扎、痛苦、麻木，还不如就此了结，陪着自己最初的爱，最深的爱，最终的爱——永恒。

佛曰：生又何欢，死又何哀？其始而本无生，非徒无生也；而本无形，非徒无形也……

邱媚做了个梦，在梦里，白小锋站在红地毯那头，穿着笔挺的白西装，她看到自己裙角飞扬，雪白的蕾丝手袖上镶着金线，在阳光下闪闪发光，一张张亲人的笑脸闪过，妈妈一边笑一边哭。自己的右手挽着个男人的手臂向小锋走去，他是谁？邱媚转过头，看到一张年轻的面孔，竟比白小锋还要英俊几分。爸爸！那是爸爸，还是照片里二十多岁的样子。她迫不及待地掀起头纱，向小锋跑去。白小锋抱着她旋转，皓齿明眸，笑得那么幸福明媚。不知地上突然哪来一股水，越来越澎湃，像是要淹没礼堂，邱媚不敢松开小锋的脖子，渐渐地觉得双脚湿了，小腿也湿了，冰凉冰凉。梦里，小锋贴着她的脸颊说：我们永远不分开，永远也不会分开了……

"小锋……"半个身子都走进黄河的白小锋，被怀里传出的这一声虚弱的呼唤惊呆了！"小锋，你要带我去哪？"邱媚的双脚都没入了冰冷刺骨的河水，晕厥过去的她，被折腾醒了。

"小媚！你没有死，你没有死啊！"白小锋猛地止住脚步，差点一个跟跄跌入河中。"啊——！"他抬头对着夜空一声长啸，紧紧抱着邱媚转头朝岸上跑，却哪里跑得动，不断有碎冰碴冲自己涌来，越心急越躲不开。他的裤子被刺破了，双腿早冻得没了知觉，可是此刻，他的心热了，邱媚还活着！只要活着，就有希望！白小锋抱着邱媚上了岸，脱下外套裹住她，小心翼翼地把她平放在干燥的河滩上。然后转身面向夜色里的黄河和北山，深深叩首，长跪不起：不管多苦多难，哪怕到天涯海角，我都要带着你活下去，爱你一辈子！苍天作证，我这辈子就只剩了最后一个念想，为了你的幸福活下去。

邱媚渐渐清醒，听小锋断断续续告诉她之后发生的一切。"他死了吗？"

"不知道。但愿没有，要是他真死了，怎么也得判二十年吧。"白小锋紧皱眉头，努力回忆刑法课上老师说的量刑标准。

邱媚一个激灵，二十年！她不能让白小锋去坐牢，两天都不行，别说二十年。"小锋，我们不能回去，我们得离开兰州，我不能没有你！"

"离开兰州……去哪儿啊，我们怎么走啊，我身上只有两百块钱，能带你去哪呢？"白小锋深深叹气。他怀里抱着邱媚冻得冰凉的双脚，"不行，得找个地方让你先暖和过来，这样会得病的。"

2000年3月4号这天中午，童依兰刚参加完甘肃省第一次高考模拟考试。升入高三的童依兰，成绩稳定，几次大小考试，没出过前五名。班主任经常跟依兰妈妈感慨："都说女生越到高年级劲越不足，我看童依兰这一点不像女生，很有潜力！"她哪里知道，童依兰的好成绩，除了凭借高智商和有效的学习方法外，还依赖于一般少年少有的孤注一掷的狠劲。考完试的依兰刚走出校门，牛奶亭后突然蹿出个人，是邱媚，一脸惊慌憔悴。

"你怎么啦？"依兰被吓了一跳，一眼就看出不对。

邱媚皱着眉使劲摇头，半天憋出一句话，"我和小锋，我们好像，我们可能……杀人了！"

"啊！"这下轮到童依兰咋舌，"到底怎么回事，你别急，慢慢说！"

邱媚用颤抖的声音把前一天晚上发生的一切和盘托出："依兰，我真是走投无路了，只有你能帮我！我不敢回家，他更不敢回家，我们必须得赶紧离开兰州，可是我们身上只有二百多块钱，你得帮我想办法！"邱媚猛摇童依兰的双手，甩得她身体都跟着晃悠。

"离开兰州，你们去哪？怎么生活？你妈怎么办？你的工作呢？"童依兰努力平静下自己的情绪。

"工作，就只有不要了，我不能丢下小锋一个人，我必须跟他一起走！去外地，我可以跳舞赚钱，他也可以打工。我妈，我妈只能拜托你了，你帮我给她带个话，叫她别担心，等风声过了，我们一定会回来的。"邱媚紧张得声音发颤。

一向沉着冷静的童依兰，此刻也觉得眩晕，她抬头看看正午的太阳，有点刺眼。依兰眯着眼睛想了很久，突然问："我帮你们俩逃跑，也是犯罪吧？"

邱媚一个哆嗦，猛地松开童依兰的手，过了两秒，又一把拉起她的手，撒着哭腔说："依兰，我求求你了，你要是不帮我，我就走投无路了……"

"哎，别说了，走投无路的是白小锋，是他捅的人，又不是你！你跟他跑了，才是自掘坟墓！我真不知道，我要是帮你，是救你还是害你！你将来会不会怪我！"

邱媚一把抱住她，泣不成声，"依兰，我知道你一直对我好，我这辈子都忘不了你，有句话，这几年，我一直想跟你说，对不起，三年前的夏天，我不该那么说你！这次，算我再欠你一次，将来我们要是还能见面，我一定报答你，用我剩下的命报答你……你说得没错，这事我没多少责任，可小锋是为了我才捅的人，换了你，你会放弃他吗？"

童依兰深深叹气，"你回去等着吧，别再出来晃悠了，给我点时间，我想想办法。"

快3点的时候，白小锋和邱媚藏身的招待所房间突然有细碎的敲门声传来，邱媚一蹦子跳起来，透过猫眼，神色慌张的童依兰提着个旅行袋站在门外。邱媚打开门，一把将她拉进屋。依兰蹲在地上拉开旅行包，手有点抖。黑色的旅行包里有洗漱包，几件女士衣裤，还有男士外套和毛衣。依兰从侧面抽出个牛皮纸信封，擦了擦额前的汗水，双手递给邱媚。

"这里有五千多块钱，都是我剩的稿费，和我存的年钱。邱媚这几件衣服都是我的，你快去换！我家实在找不到合适的男装，这件小锋穿着可能大，但好歹得把警服先换下来，将就穿吧！"

白小锋心里惭愧，"依兰，你把衣服拿给我们，家人发现了怎么办，真是太欠你情了。"

"没事，你们不用担心我，赶紧安排自己的事吧，何况我也不是冲你，我是冲她，"童依兰看邱媚一眼，接着说，"出去后，多照顾她，别让她受委屈！"

三个人一口气冲到火车站，商量半天，买了去广州的硬座票。广州，是除了兰州，邱媚唯一去过的城市。童依兰也觉得广东外来人口多，打工机会多，好生存。童依兰将二人送上火车，邱媚拉着她的手不放。火车晃动一下，邱媚害怕起来，真的就这样走了吗？就这样告别生活了十八年的故乡，甚至没来得及和妈妈说声再见。童依兰必须下车了，她从脖子上摘下条项链，塞在邱媚手心里。"这是我爸给我求的玉观音，保平安的，要是实在困难了，把它当了，还能换些钱。好好戴着，别丢了！小锋，小媚就托付给你了，有什么困难，你们随时在网上联系我，天涯海角，我都去！"邱媚早就泣不成声，这其中的感情太复杂了，昨天这个时候，还和白小锋幸福地庆祝百天纪念，二十四小时后，竟然要背井离乡，亡命天涯。究竟会有怎样的未来等着自己，邱媚不知道，就像昨天的自己看不到今天的命运。

火车缓缓开动，童依兰追着火车不住奔跑。她在心底反复问自己，我这样做，到底对不对？她不知何时才能再见到邱媚，她甚至不确定，她们到底还能不能再见。她只知道，从此，邱媚的命运真的和自己联系在一起了，如果将来邱媚幸福，她还可以为今天的行为庆幸；如果邱媚不幸，她的良心必须要为今天的决定，承担责任。

2000年春天来得晚，眼看三月底，童依兰终于换下毛裤，脱掉夹衣。这是在兰州的最后一个春天了，每天早晨，走路经过广场健身的人群，童依兰都忍不住这么想。明年此刻，我应该正在北京，在一片红墙掩映的绿柳中漫步，没有校服，没有束缚，读遍天下书，走遍天下路，她坚信自己很快会离开这个地方，这片生养自己的土地，这片急于脱离关系的土地。十八岁的春天，对未来我们有太多期许，明天一定是美好的，这是信念。

走过下一个路口就到家了，童依兰的思绪还沉浸在对大学生活的幻想中。进了单元楼，刚掏出钥匙，发现门口的鞋架上有双陌生的女鞋。来客人了？依兰打开门，脚还没迈进去，就听见妈妈招呼："兰兰，回来了？"声音带几分焦躁。童依兰一边换鞋一边答应，妈妈已经走到了门厅。

"怎么才回来？"

"在学校看了会书，怎么了？"

"邱媚妈妈来了，有事找你，快去客厅！"

童依兰拿着书包的手，猛地停在半空中，半晌，磨磨唧唧走进客厅。

"邱老师来了！"依兰笑着打招呼，坐在面对着邱丽珍的单人沙发上。

邱丽珍身体向前移了移，眉头紧锁满面焦虑，"依兰，你上次见邱媚是什么时候？"

"嗯，好像是春节后吧。"

"那之后呢？三月初的时候，你们见过吗？她给你打过电话没有？"邱丽珍的双眸里闪烁着一丝希望的光。

依兰低头想了半天，摇摇头，"没，开学之后就没联系了。"

邱丽珍身子一软，瘫坐在沙发上，眉头皱得更紧了，她闭着眼睛，不一会，有浑浊的眼泪从眼角渗出。

看到邱丽珍的眼泪，童依兰心中也一紧，到底该不该说呢，一旦开口，之前所有的谎言都会被拆穿，还有，尚不知张奋强死活，如果真的要承担刑事责任呢？她觉得自己手心出汗，连忙起身去冰箱拿瓶饮料，手里握着个东西，好歹踏实点了。

"邱媚，怎么了？"童依兰润了润喉咙。

江雁卿看看邱丽珍依旧紧闭的双眼，尽量轻描淡写地替她回答："最近没回家。"

"哦，阿姨您别急，没准是去她男朋友那了呢。"童依兰实在不忍心一点信息都不透露，没准顺着白小锋这条线索，邱丽珍也能联系到邱媚，这样，就不是自己出卖朋友了。果然，话音刚落，邱丽珍瘫软的身体一下又直了，她瞪着布满血丝的双眼，用颤抖的声音发问："你知道她有男朋友！你见过那个男孩吗？"

童依兰着实被她过激的反应吓了一跳，"我，我们一起吃过饭。他是警校的，叫白小锋。"

"那最近他联系过你吗？有没有跟你借过钱？"

童依兰心里咯噔一下，她为什么这么问，是已经知道了什么吗？转念一想不应该，邱丽珍不是个有策略的人，应该只是顺嘴一句，"没，我都不知道他联系方式，都是邱媚叫大家一起出去时才见过。"

"邱老师，你没有联系那个男孩的家长？"江雁卿看着邱丽珍的眼神再次黯然下去，试探着问。

"唉，能没问嘛，他们家我都去了七八次。他妈还问我要儿子！见过这么不讲理的吗？我们现在一见就吵，没法说，他爸也在找。你说他家毕竟是小子，出不了多大事，咱们养的是姑娘啊，这以后怎么办？简直拿刀子割人的心啊！"邱丽珍左手狠狠地捶打胸口，"他们家好歹还有人商量，我一个人带着邱媚，从小就不省心，好容易长大了，有工作了，眼看要有点出息了，现在人是死是活都不知道……我怎么活啊，真是上辈子欠她的啊!"邱丽珍泣不成声,江雁卿在一旁紧着劝,眼泪也流了下来。

童依兰胸口堵得慌,她完全没想到眼前这一幕。在她和他们的"完美计划"中,想到了自己、朋友、爱人,想到了社会甚至法律,却独独地忘了亲人。大概亲人太近了,近到让你感觉不到他们的存在。可是,事到如今,已经没有回头路可走。晚上一个人在房间,面对一大堆作业,童依兰全然无心理会。邱媚他们到底怎么样了?半个多月过去了,怎么一点消息都没有?QQ上留言,也没人回复,无论如何,邱媚也应该和我联系啊。白小锋他爸不是警察吗?怎么会找不到呢……他们不会真出事了吧!童依兰在这个念头这刹住了车,不能再这么胡思乱想,否则他们没事,自己该疯了。童依兰翻出抽屉里的影集,成长里的每个阶段都有邱媚的影子:小学四年级夏天,全市"六一"文艺汇演,两人一起跳《担鲜藕》;初一那年,江雁卿医院组织去甘南,两个女孩骑在同一匹马上,傻乎乎地伸出两个"V"对着镜头乐;初中毕业照,邱媚还是挨着童依兰,那时的她已经比童依兰高出半个头,站在一起像亭亭玉立的并蒂莲……

在这样紧张的情绪里过了半月,童依兰越来越沉不住气,频繁出入网吧,不断给邱媚留言。可惜,那个叫"夜辰"的小鸟,一点动静都没有。眼看四月初,二模到了。童依兰憋着口气,总成绩全班第三。父母脸上洋溢着喜悦,邱丽珍家中变故的阴霾似乎也淡出了视线。的确,此时此刻的童依兰,也是较劲的时候。高考,可以改变一个人的命运。中央二台反复播着一条公益广告:农村兄弟俩一起考上大学,家里没钱只能供一个,老父亲布满皱纹和老茧的手中藏好了不一样长的两根稻草,随着稻草被抽出,命运发生天翻地覆的变化。每当看到这个广告,童依兰心中就五味杂陈,她隐隐预感到,会有完全不同的未来等待着她和邱媚,可是自己,无能为力。

4月12号上午,预填志愿,班里热闹非凡。班主任带着几个优等生搞内部平衡,让大家不要"窝里斗"。他建议童依兰放弃北大,改报人大,"你进入高三以来,成绩确实不错,但之前就不是很稳定。我看过你在理科班的成绩,包括中考成绩,论底子你还是没他们扎实,这样拼北大,有闪失最后连学都没得上,岂不可惜?"依兰不服气,可一听到"中考",立刻心虚泄了气。她正郁闷,接到父亲的传呼:速赶到市医院,邱丽珍住院!童依兰请了假,忐忑不安地冲出校门。童依兰到医院时,父亲正在走廊上焦急踱步,看到女儿,急忙挥手示意她过去。

"邱老师怎么了?"依兰气喘吁吁地问。

"找不到邱媚,吃了安眠药。孩子,你不要慌,现在已经抢救过来了,一会你进去,陪她说说话,不要刺激她,她醒过来之后提出想见你。邱媚的事,还没有定论,谁也没理由放弃。"

童依兰的嘴都合不上了,她几次想说话,却发现自己竟发不出声音,"……邱媚怎么了？"

"唉，警察调查找到一些目击证人，邱媚失踪那个晚上，有人看到一个十八九岁的男孩抱着个女孩在河边哭，女孩一动不动，好像死了，男孩穿着警服。现在只是调查，别哭孩子，知道为什么你晚点回家我们那么担心吗？儿女的命连着父母的心啊。行了，快进去吧。记住我跟你说的，平静！"父亲拍拍童依兰的肩膀，将吓呆了的女儿送进病房。

病房里一股消毒水混合着方便面的馊气，深绿色的墙裙上一滩滩焦黄殷红的印记，窗台下墙皮脱落了一大块，斑驳处写着莫名其妙的字。邱丽珍躺在靠窗的病床上，面如菜色，被子下伸出好几根粗粗细细的管子。童依兰迟疑地向病床走去，只觉得手脚冰冷，胃隐隐作痛。

"……兰兰。"邱丽珍抬了抬手，呜咽着叫出她的名字，嘴角渗出唾液。

"阿姨！"依兰一步奔过去，双手握住邱丽珍的手。

邱丽珍不说话，浑浊的双眼盯着天花板，过了好几分钟，突然从胸腔深处发出一声哀嚎，呜呜地颤抖着，摄人心魄，被依兰握住的手抽搐起来。"造孽啊！生了这么个女儿，为了个小混蛋把我给撇下了啊，我活着还有啥意思。"在场的人无一不动容，床边几个女人都别过脸抹眼泪。

"阿姨！求您别哭了，邱媚没有死，我知道她在哪！"一直紧咬下唇流泪的童依兰，突然爆发出一声，这一声，让周围的一切瞬间静止。所有人都愣住了，母亲呆呆地看着童依兰，父亲一把抓起依兰，粗壮的大手捏得她纤细的手臂生疼。

"你刚说什么？怎么回事？"

"邱媚没死，她和白小锋去广州了。他们没自杀！他们是在黄河边待过，但是他们没自杀！"依兰哇哇地哭起来，边哭边断断续续地说，这两个月，这些话压在她胸口，太沉了。"那天邱媚来找我，说白小锋为了她把张奋强捅了，他们必须得马上离开兰州。邱媚让我帮她弄点钱买火车票。我就凑了五千块钱给他们，他们当天下午就坐火车去广州了……"

依兰还在往下说，没有意识到周遭气氛的变化，随着一个个谎言被自己亲手拆穿，世界仿佛都停转了，等她突然停下，父亲怒不可遏地扬起手，重重地落在女儿娇嫩的小脸上。依兰僵住了，这是那个对自己百依百顺、宠爱有加的父亲吗？妈妈就站在旁边，却没有拦着爸爸，她用那样的眼神看着自己，依兰读不懂。依兰抬手捂住脸，火辣辣的疼，还有点痒，刚才哗哗的眼泪，突然就止住了。

成年后的童依兰，经常会想起十八岁那个春天。命运在那里转了弯，或许是早就注定，注定要通向另外一条路，通向另一个更深的囹圄。那个原本明媚的春天，被医院、网吧、派出所拆分得七零八落。白小锋的父亲带着弟兄去了广州，半个月后一无所获地回来了。他们开始监视童依兰的QQ，让她不断地给邱媚留言，希望能有所收获。张奋强没死，受了重伤。白永国取出家里所有积蓄，到处打点，一方面帮儿子洗脱罪名，一方面寻找下落；白的母亲一气之下住进了医院，正是邱丽珍住的那家。两个妈妈在病房里就咒骂起来，一个说白小锋是小混蛋，一个说邱媚是狐狸精。除了他们，童家也被牵扯进来。依兰长这么大，从没见过父亲抽烟，那天在派出所等她录笔录时，她看到父亲靠在铁门口，眉头紧蹙，不停地抽烟，正好一辆警车驶进院子，刺眼的车灯扫过他的脸，那仿佛一夜之间就布满皱纹的脸。

不知道别人的十八岁是怎样度过的，有那么几次，童依兰真想买一张车票逃走。她受不了家里压抑的气氛、邱丽珍绝望的眼神，也快要扛不住白永国审犯人一样的询问。最可怕的折磨，来自于邱媚那个永远沉默的QQ头像，为什么一点消息都没有呢？她不挂念家乡的亲人和朋友吗？不想知道离开后都发生了什么吗？天气渐渐暖和起来，春末夏初，是这个西北城市最美好的季节。校园里的泡桐开花了，合欢上淡淡的红色也晕染开，童依兰走在这座自己生活了六年的校园，有种说不清的感受。新盖的这片教学楼，把原属于高一年级的四合院占了，可依兰每次路过墙角的那棵大柳树，都仿佛又看到杨阳项北辰他们一班男生在树下嬉笑打闹，冲着自己大声唱：怎么会爱上你，我的灰姑娘……操场边几棵高大的沙枣树上，隐约有刀刻的名字，不知名字的主人都散落在哪里，邱媚好像又挥着斑斓的彩带在沥青跑道上翩翩起舞，九月的暖阳定格在她身上、脸上，是浓得散不去的青春。如今，他们都离开了，离开了这座生活了十八年的城市，去远方寻找爱情，或者梦想。

快带我走吧，随便去哪里，走了，就永远不要再回来。

2000年7月7日晴，高考如期举行。那个夏日的早晨，中国有一千零二十万年轻人在9点整走进遍布在全国各地的考试。想来是多么壮观的一幕，多少人的命运线在那一刻改变了方向。童依兰三模总成绩班上排第十，下滑明显。高考前一周学校放假，学生们统一回家自习。周二那天，童依兰看完了书，热得没睡意，去楼下溜达。因为心里惦记着邱媚的事，顺便去了路边的小网吧。依兰没抱任何希望，登录QQ成了种习惯。可是，那一天，当小企鹅扭啊扭爬上线后，耳机里竟然传来了"嘀嘀"声，闪烁的头像不是别人，正是夜辰！

"依兰，下周就要高考了吧！我是专门来给你打气的，加油！之前的留言
我刚看到，我和小锋都还好，只是广东太乱了，我们已经到了青海，这很美，
有机会你要来看我。我妈好些了吗？你悄悄帮我带个话给她，等风声小一点我

会回去看她的。姓张的没死就好。有情况你给我留言，我们刚安顿下来，以后上网的时间会多一些。我很想你，想妈妈，想念兰州。"

　　童依兰呆住了，五分钟后她跳起来向网吧门口冲去，站得太猛，扯断了耳机线。接下来的三四天，白永国利用工作之便，查找到邱媚登录QQ的IP地址——青海省乐都县，童依兰像犯人一样，严格按照白警官的要求给邱媚留了言。等白永国开着警车和两个同事驶上奔赴青海的高速公路时，已经是7月6日下午1点。临近高考，江雁卿很不乐意此刻把女儿牵扯进来，可也没办法，整件事，童依兰确实有不可推卸的责任。

　　两天半的高考很快结束，从六岁坐进教室的那天起，似乎就只为了这一件事而努力。监考老师收走英语试卷时，顶着两个黑眼圈的童依兰随着口令起立，离开教室。女生们七嘴八舌讨论试题答案，有男生夸张地把教材从四楼的窗户上往下扔，校园里有种压抑不住的躁动和兴奋。依兰穿过人群，一言不发地走向操场，经过那颗大柳树时，眼泪刷刷流下来。硕大的操场空无一人，知了烦躁的叫声像头顶的烈日让人眩晕，依兰再也压抑不住，跪倒在跑道上，哇一声大哭起来。她多希望时光可以倒流，停在一模那个中午，多希望邱媚没在那一刻把命运的命题交给她……然而，生活永远不给当事人选择的权利。

16. 大学

　　两个月之后，在兰州开往重庆的列车上，多了一个年轻的准大学生，童依兰。

　　重庆是个怎样的城市呢？她不止一次地问自己。中国有句话：不到北京不知道官小，不到上海不知道钱少，不到重庆不知道结婚太早。这个年轻的直辖市，女人是它最耀眼的名片。都说重庆的女人很美，其实，重庆女人的智慧更值得颂扬。她们相信幸福，勇敢地追求幸福，并且最终能成功地把握幸福。这座两江汇合的山城，有匪气，有霸气，有灵气，有豪气！城市是僵硬的，因为有人才有它的血液，因为有有情人才有它的精神，于此，它才在你的记忆里长存。若干年后，当童依兰再次踏上重庆这片土地，走在那些熟悉又陌生的石阶上，天空还像当年一样阴霾苍劲，路边的黄角树还是那样遮天蔽日，朝天门码头两江汇合处，少了些奔腾的野性，沉寂的江水冷冷看着新建广场上熙攘的游客。在闻到江水那独特气息的瞬间，一种说不清的疼痛涌上心头。

　　第一次见到白谣谣，是校艺术团的迎新晚会筹备会，那一天，好热好热。

离开兰州前一天，依兰去剪了个只比板寸长一点的短发，发誓一切从头开始。那个暑假，家里气氛不好，高考失利，又惹出那么大的事，江雁卿第一次对女儿有点失望担心，母女间的关系也变得小心翼翼，被曾以自己为傲的亲人质疑，十八岁的依兰并不能很好地排解这些情绪，她一心想着快点离开。出发那天，火车晃动的瞬间，头戴棒球帽身穿白衬衣牛仔裤的童依兰，望着站台上红了双眼的父母，轻轻叹了口气。

故乡，我走了，再也不要回来，不要想起你。

四十八小时后，童依兰一个人摇到了重庆菜园坝火车站，她抻着脖子，拖着两个大箱子，好不容易折腾到站前广场的新生接待处，汗水已经湿透了衬衫。"很热吧！"问话的男生从桌后递过一包餐巾纸。依兰抬头打量他：苍绿色T恤，白色长裤，脖子上黑色酥油短绳挂着颗绿松石。旁边戴眼镜的男生指着童依兰对他说，冉路，帮这个师弟把行李搬上车，该收班了。戴绿松石的男生笑了，用手肘捣捣那个学生干部模样的男生说："女孩！看清楚！"

大巴车在拥堵又杂乱无章的街道上疯狂穿梭，一会上坡一会下坡，一会加速一会急刹，新生们对大学的憧憬已经被炎热和晕车磨蚀殆尽。高年级男生帮大家把行李搬下车，又挨个送女生上楼。童依兰的宿舍在六楼，这绝对是个体力活，冉路拎着她的两个大箱子走到寝室门口时，已是大汗淋漓。依兰用刚领的钥匙打开门，一阵穿堂风吹来，总算凉爽了几分。她叉着腰看着地上的行李，不说话也不动弹。"是不是对学校有点失望？"冉路靠在门口喝水，笑嘻嘻地问。依兰有点惊讶，"你怎么知道？""哈，全中国的学生大一时都想退学，过了这段就好了。收拾东西吧，好歹要对得起我给你扛上来啊！"冉路准备走了，依兰说了句谢谢，还不习惯叫"师兄"。都走出去几步了，他好像忘记东西似的站了会儿，转过身来，"对了，我叫冉路，刑侦99级的。""哦，我知道，"她又渴又累，反应速度有点慢，呆了两秒又恍然大悟一样说："哦，我叫童依兰。"冉路哈哈笑："我也知道，好好休息吧，有事找我们。"

整整一天什么都没吃，炎热让人毫无食欲。童依兰收拾停当，换了身衣服走出宿舍，小心翼翼地伸出触角，熟悉这里的一切。学校不大，根据山城的地势层层分布。站在操场看山顶的办公楼，像是仰望布达拉宫；从宿舍走到食堂，要翻越两个陡坡，还要穿过上上下下若干石阶。天黑了，气温却没下降，这就是南方和北方的区别。走过图书馆，混杂在刚下晚自习的人群中，一盏明亮的灯箱映入眼帘："今日我以母校为荣，明日母校以我为荣！"童依兰身体里的血液激荡了两秒钟，我真的是大学生了，冲破一切管束和压抑！再也不用穿校服，不用每天按时回家，不用偷摸喝啤酒，不用面对邱丽珍和白永国。我的大学，我来了！

开学头两周，一切都新鲜得让人应接不暇。第一次在食堂窗口排长队打饭，第一次自己购置生活用品，第一次独立去开银行账户，第一次在夜谈会上公然被问到有没有男朋友。童依兰开始在这片土地上呼吸行走，开始了无拘无束的大学生活。比上课更引人注目的，要数迎新晚会的筹备。参加艺术团，本不在童依兰自由散漫的大学生活规划中，无奈被辅导员发现了她档案里的艺术考级证，几次三番谈话动员，最终也只好妥协。十月的夜，天气依然炎热，晚饭后，童依兰慢悠悠走进了102教室，参加艺术团迎新晚会的筹备会。

一进教室，她溜边走到最后一排，刚落座，前排三个女生就频频回头看，窃窃私语，不时传出笑声。依兰有点尴尬，她不喜欢引人瞩目，特别是，她明白，她们的关注，多半是因为把她当作了"小帅哥"，开学以来，这样的误会已经好几次。台上的团委书记正在介绍艺术团的历史发展、辉煌成就，他说完之后，邀请艺术团副团长给大家介绍迎新晚会的筹备情况。在热烈的掌声中，一个男生走上台。这不是冉路吗！童依兰一愣，台下有点小骚动，刚才还偷瞄自己的女生，都立刻挺直了脊梁。冉路上台后，先用调侃的语气说了些套话，然后轻轻吐出三个字——音乐剧。台下鸦雀无声，大家看到冉路像变魔术似的从书包里掏出个打印的册子，是剧本！原来他早就胸有成竹，他把艺术团成员按照舞蹈、声乐、器乐分了三组。童依兰听着也有点兴奋，这种演出经历自己从来没有过，而且依兰喜欢这个音乐剧的名字——《离家的孩子》。

10点20分预熄灯。大家正说得起劲，一下子全黑了，过半分钟灯又亮了，这是提醒上自习的同学，教学区还有十分钟就熄灯了，会议只好结束。同学们围着冉路不愿散去，依兰发现自己没被编进任何一组，的确，这还是第一次参加艺术团活动，其他人勾肩搭背看样子很熟悉了，她有点无趣地往外走，刚到门口，有人叫自己的名字，是冉路。

"你们老师找你谈话了？"冉路背着书包走过来，后边跟着一堆人。

"原来是你找的她！"依兰指着他。

"哈，我哪有那么大面子。你早该来艺术团报道，我们都活动两次了。"冉路的表情又像是忘了词，停顿几秒，他扬扬手上的花名册，"这上头还没你名字，你的档案我看过，你——"冉路上下打量她一番，"进舞蹈组吧，舞蹈缺人。"

舞蹈缺人？刚才就属舞蹈组人多，不明白冉路什么意思。一想起别人睡懒觉看小说的时候，自己还得在四十度的高温里练功，依兰心里就犯愁。"我头发太短了，现在不适合跳舞，辫子都接不了。"

"谁让你接辫子了，我又不排大秧歌。"冉路笑着说，人群里也跟着爆发出一阵笑声。

依兰纳闷，冉路凝神看着她，胸有成竹地说："你来跳'小召'吧，男一号。"反串！团员们发出惊叹，依兰也愕然。

正热闹，挤过来一个白净娇美的女孩，她走到依兰面前，乌黑的眼睛睁得溜圆。"你叫童依兰？"

依兰认出这就是刚才前排的三个女生之一。她点点头想，现在你该看出我是女的了吧？

"你是从兰州考来的？"她一把抓住依兰的手。

依兰也诧异地点头。

"你妈妈姓江吧！哎呀，我是白谣谣啊，是你表姐！"这个自称白谣谣的女孩原地跳起来。

童依兰恍然大悟，走之前妈妈提过，重庆表姨的女儿今年也考到了她们学校，在外语系。依兰只知道那女孩姓白，小名谣谣。开学一个多月，新生住的是新宿舍楼，电话还没接通，和家里的联系很有限，这件事就抛在脑后了。没想到，会在这碰到！白谣谣说她一直在托人打听，但法学院的人太多，特别不好找。童依兰努力在脑海里回忆关于这个"表姐"的所有记忆。据说她们五岁那年，在兰州见过一面，依兰完全没印象了。之后就是每年春节拜年时，妈妈会跟表姨通话，有时叫依兰也来跟谣谣说句话。等依兰长大自我意识萌发后，就拒绝打这种没话找话的电话，于是这个概念里的表姐，更抽象了。眼前的白谣谣是个美女，皮肤好得吹弹可破，个子不高，身材却玲珑有致，胸前一对刚发育的胸脯，波涛汹涌。白谣谣热情开朗，心地单纯。她紧紧拉着依兰的手，俨然已经是姐姐的模样。

那一刻，童依兰不知这女孩会在她生命中扮演怎样的角色。她被白谣谣的热情所感染，听她讲重庆的种种，她要带着依兰吃喝玩乐的计划已经排到了下月末。"真没想到你是我妹妹！她们都说你好帅哦！不对，好乖哦！哎呀，我真是太自豪了！"白谣谣的普通话带着浓浓的重庆口音，声音有点沙哑。在这个陌生的城市突然多个亲人，想想也是件不错的事。依兰也握紧了白谣谣的手。

校艺术团将在今年元旦推出音乐剧以庆祝2000级新生入校和新千年到来，这个消息在校园里不胫而走。同学们都兴奋地猜测并期待着：那些学生们自己作词作曲的原创音乐会是什么样？艺术团的帅哥美女谁会担纲主演？会不会有新的校花校草在新鲜的面孔里诞生？这一个个疑问的答案，被艺术团成员雪藏起来。大家商量好了，要到公演当晚给全校一个惊喜！随着演出时间逼近，排练强度越来越大。原来一周两到三次，现在几乎每天都有。重庆的十一月依旧艳阳高照，团员们穿着学校发的白T恤，每次排练衣服都湿了又干好几回。学校的场地排不过来，团委租了沙坪坝区文化馆。下午刚打下课铃，白谣谣拖着依兰一路狂奔到校门口的校车。通常，冉路他们早就在车上等了。那时候依兰纳闷，大二的课怎么这么少。后来才明白，他们都是自行放的假。陆陆续续等人来齐之后，车子出发了。一路上欢声笑语，叽喳一片。学生会的师兄们，一边给演员们发矿泉水面包，一边教育大家要学会有选择地上课。"像什么思修、毛概，根本用不着去！你们这帮丫头还是胆小，我上大一那会，这些课从来不去，考试照样拿奖学金。"有师兄说。车里马上炸开了锅，丫头们拍着扶手椅背，群起而攻之。谣谣从书包里掏出两个费列罗巧克力，递给依兰一个，"吃这个，有热量！"后排男生起来要抢，她马上扯着沙哑的大嗓门用重庆话大骂格老子里妈买皮！依兰低着头边吃边笑，一个月接触下来，她对谣谣已经十分了解：善良、热情、单纯、泼辣，有时候没大脑，除了课本什么书都不看，课本上那点简单的东西也经常让她头疼无比。以致于依兰经常怀疑，她不会是走后门上的大学吧，讲个复杂点的笑话都听不懂。反之，谣谣对依兰的了解就非常有限，她只能在衣食住行上热情十足地扮演姐姐的角色，而这个妹妹的脑袋里想什么，是不是从心底里也把她当姐姐，她都没概念。

晚上9点，文化馆练功房依然灯火通明。今天排的是依兰反串的男主人公小召和白谣谣饰演的女二号在食堂第一次相遇的情景。道具就是平常打饭用的白色搪瓷缸和筷子。小召和一帮男生企图插队，被充满正义感的女二号当场抓出来，继而发生冲突、和解、相识、相知的过程。当然，这一切都要用舞蹈表达。第一个和白谣谣背台的对肩，她突然低声在依兰耳边说："冉路喜欢你！"还没等依兰回过神，就跟着大家莲步回转绕到了台前。起跳、侧踢、斗舞，依兰像个男孩子一样帅气十足，还带着点挑逗的痞气。等到第二个背台的对肩，白谣谣低手、抬眼、美目流盼，突然又小声说："冉路盯着你看！"依兰有点愣，她转过身时专门看了眼站在排练厅一角的冉路。他果然正看着自己，却在对视的一瞬间，垂下眼帘。依兰和一个伴舞的男生撞在一起，一下子忘记了后边的动作。音乐还没停，大家都站在场地中间喘着粗气。深夜，排练告一段落，回校的大巴车上，团员们东倒西歪地睡去，与来时热闹情景全然不同。白谣谣靠在童依兰肩上睡着了，依兰却没困意，耳朵里塞着耳机，凝视窗外的夜色。开过高架桥时，一阵清爽的夜风灌进闷热的轿子车，远处城市灯火若隐若现，空气里隐约流淌着嘉陵江凉爽甘甜的气息。这就是重庆了，还有一千多个这样的夜晚等着我，依兰的心微微悸动。突然，车身晃动停了下来，司机嘟囔着脏话，重重拉起手刹。睡着的同学们都醒了，伸着脖子看窗外，前边出了交通事故，高架桥上排起长长车队，堵得纹丝不动。这么下去，到宿舍肯定熄灯了，又得摸黑冲澡。大家埋怨起来。车后排有个男生最近狂迷吉他，起早贪黑辛苦练习，不放过任何一个求教的机会。趁着堵车，他又拉着冉路问东问西，时不时有几声飘过来。前排女生起哄说难听死了，也不知谁吼了一嗓：冉路给我们弹一首吧！大家都跟着起哄。冉路正无聊，没怎么推辞就把吉他接过去。随着他指尖跳跃，美丽的旋律在车厢里荡漾，静谧轻柔，沉寂的夜色也变得多情，钢筋水泥在音乐的滋润下，生动得犹如舞台背景。一曲弹罢，沉醉在音乐里的少年们热情地鼓掌。有人问，什么名字啊，真好听。冉路转头问那个刻苦学艺的男生，你知道吗？他呵呵笑着摇头，前排传来一个不大的声音：绿袖子。是童依兰。这样的情景让她有些恍惚，让她猛地想起另外一个人，在中学参加的最后一次"一二九"文艺汇演，项北辰，弹奏的正是这首曲子。在思念突然来袭的瞬间，所有记忆都涌现，排山倒海。他在哪里呢？曾经，他就站在身后，和我一起候场；就跑在前方，和我一起晨练。而今，我们之间隔着几千公里，他还好吗？在我终于走出故乡的这一天，却没有去那座城，那座有着他气息的城市。

依兰的思绪被冉路的问话打断，你怎么还知道这个？碰巧，她淡淡一笑，夜色里看不清眼睛。在同学们的强烈要求下，冉路答应给大家伴奏，有人提议，女生们一起唱《相逢是首歌》吧！那一年，《红十字方阵》正在热播，这首歌也变得很流行。

> 你曾对我说　相逢是首歌
> 眼睛是春天的海　青春是绿色的河
> 你曾对我说　相逢是首歌
> 分别是明天的路　思念是生命的火
> 相逢是首歌　同行是你和我
> 心儿是年轻的太阳　真诚也活泼
> 相逢是首歌　歌手是你和我
> 心儿是永远的琴弦　坚定也执著

夜色里，歌声轻轻蔓延，女孩子们或坐或站，随着音乐边唱边摇摆。唱到高潮部分，男生也轻轻跟着唱，整个世界都静止了。依兰看着车窗上倒映着谣谣深情的眼，投入的表情，还有那一张张青春的脸，有点感动。声音在夜空里悠悠回转，带着淡淡哀愁，是对明天的遐思，还是对往日的追忆？在我们年轻生命中难得的静默里，此刻，你在想些什么？十年后，这一车人会四散在什么地方，在为生活奔波的艰辛里，还惦记这个单纯美好的夜晚吗？

17. 离家的孩子

2000年12月15日，距离音乐剧首演整整一周。童依兰这段时间忙得不可开交：白天上课，晚上排节目，周末还要"应酬"。依兰稍微收敛一下个性的锋芒，就有一群拥趸排队请吃饭、送花，甚至是帮全寝室提开水，送早餐。对于闲言碎语，依兰满没在乎，在各种流言蜚语中，比出演音乐剧男一号更令人关注的，要数和冉路的交往了。

似乎每所大学都有些特别阳光的男生，成绩好，体育好，人缘好，又多才多艺。冉路，在这所以帅哥著称的学校里，绝对是佼佼者。音乐剧排练紧锣密鼓地进行，依兰看得出来，艺术团有不少女生暗恋他，就连白谣谣也不能免俗。2000年，QQ开始普及，周末晚上，白谣谣和童依兰在校门口的网吧上网，她问依兰要QQ号，几秒钟后，一个小松鼠头像在电脑右下方闪烁，依兰点开后，差点一口水喷在屏幕上，头像下方赫然一个"路"字，签名档更肉麻：世界上最远的距离，不是生死相隔，而是我就在你旁边，你却不知道我喜欢你。

"姐姐，你这是写给谁的啊？"依兰哈哈大笑在满是CS游戏叫嚷声的网吧里大声问。

白谣谣白她一眼，"晓得你还问！"

"真的假的？看你平时跟冉路说话很淡定嘛，不像心里有鬼啊。"

"那是我心态好！反正他也不可能和我怎样，能每天见面就挺好的。咱们学校好多女生暗恋他，说句话都得酝酿两个月，我算不错的了。"

"嗨，你怎么知道不会怎样。你长得好看，人又热情。不试怎么知道？"依兰故意逗她。

"据说人家有喜欢的人，哪里看得上我。唉，我看冉路挺关心你嘛。"

"呵呵，他那是关心音乐剧，怕我把他的原型演砸了。"

白谣谣说得没错，随着演出临近，依兰与冉路的接触越来越多。她不同于其他女生，会为冉路买水、递餐巾纸，可也正因为这份矜持与孤傲，让她显得卓尔不群。每次，依兰在音乐中翩翩起舞时，分明能感觉到那道一直追随着自己的目光，可是，每当音乐停止，那双眼睛会立刻转向别处，似乎刻意回避。渐渐地，不止依兰自己，艺术团好些人都有所察觉，有事没事起哄，童依兰心底的小虚荣与小得意甚至超过了这目光本身带来的悸动。

原创音乐剧《离家的孩子》在20世纪最后一天拉开帷幕。这一天，重庆湿冷的冬季里难得云开雾散，太阳暖暖地洒下来，楼顶上，阳台上，宿舍楼前的单双杠，都晾满了棉被。宣传墙上音乐剧海报挂了三天，大家议论纷纷，谁是女主角，才华横溢的编剧兼导演，在剧中饰演谁。晚上7点整，大幕徐徐拉开，一束追光打下来，照着个水色长裙的女孩，她悠悠地拉奏一段小提琴《柔声倾诉》，整个剧场安静了，年轻热烈的灵魂在这样的音乐里湿润起来。四幕舞台剧风趣幽默，有舞蹈有演唱，每一幕交替用不同的器乐表现主题。同学们就像在看自己的故事：异乡的寂寞，少年的孤独，失恋的酸楚，友谊的慰藉。谢幕时，全场观众热烈鼓掌，童依兰反串的男主角最后一个登场，剧场里几百人一起有节奏地高呼："小召、小召！"依兰接过话筒："小召在那里，谢谢你。"她手指向调音台正在放最后一段钢琴曲的冉路。演员们冲过去，把终于放松的小导演抬出来，在所有观众"冉路、冉路"的喊声中，将他抛向天空。窗外夜色已深，却无人舍得告别20世纪的最后一天，背景音乐依旧很清淡，干净的钢琴曲，没有修饰，没有喧嚣，真实得一如生活本身。

演出大获成功，冉路是第一功臣，被成功的喜悦点燃的艺术团少年们，挤上中巴车，一路唱着歌去三峡广场迎接新年。三峡广场人山人海，学生们不一会就被冲散，有的去电影院看通宵电影，《人骨拼图》和《夏日么么茶》的搭配十分抢眼；有的去百货商场抢购打折商品；剩下的打算去光怪陆离的迪吧开眼。等所有人都闹哄哄离去，童依兰突然意识到，汹涌的人潮中竟只剩下一张熟悉的面孔。

"你去哪?"冉路笑呵呵地问。

"我？我哪儿知道。还有什么好玩的地方吗，人少点的?"童依兰来重庆不到半年，这个城市她几乎是陌生的。

"不怕走路吧?"冉路看看她脚上的球鞋，"跟我走，带你去个好玩的地方！"

童依兰跟在冉路身后，看他步履轻盈地穿过人潮，走向夜幕深处的立交桥。桥依山势蜿蜒而上，喧闹的人潮和狂躁的音乐渐渐甩在身后，冉路的脚步也慢了下来。立交桥上车很少，偶然有一两辆飞速经过，桥身越来越高，横亘在山脊之间，前面转过一个急弯。哇！童依兰情不自禁喊出来。他们刚刚离开的那片喧闹广场，汇聚着五彩射灯，在脚下的夜色里闪光。

"怎么样，美吧?"冉路笑着问。

依兰点点头，黑色的眸子泛起光泽。她从没从这个角度看过那个绚烂的世界，远处传来新年音乐的重低音炮响，灯光似乎也随着节奏跳跃，方才，他们还站在那喧闹的核心，几十分钟后，已置身世外。

"一会还有更美的！"冉路的声音在夜色笼罩下温柔了许多，他翻出一米高的护栏，双脚朝外坐下来。

"太危险了，进来吧！"依兰伸手去拉他的手臂，却被冉路一把握住了手。这是第二次有男生这样拉她的手，第一次是两年前的暑假，杨阳。

"出来，陪我坐会。"冉路歪歪脑袋，玩世不恭的笑容藏不住忐忑。

童依兰觉得自己喉头发紧，心跳加速，这一步跨出去会怎么样?

"害怕?"冉路眯起眼睛，淡淡的双眼皮，像森林里的小野兽。

童依兰扬扬下巴，拉着他的手一步跨了出去，挨着他坐下。山风习习，月色朗朗，远处山洼里的广场灯火辉煌。冉路握住她的手，好凉，好软。依兰心里有种说不出的激动，浑身的细胞似乎都沸腾起来。夜色里的冉路特别好看，依兰想起那首歌，甜蜜蜜，你笑得甜蜜蜜……她心里也好甜蜜，顺势靠在冉路肩头。冉路伸手揽住她，手臂有点发抖。依兰笑起来，仿佛一起来到从未到达的无人之境。

"你喜欢我吗？"冉路在她耳边轻声问。

童谣想了想，点点头。"你呢？"

"这不废话嘛！"冉路不好意思地笑起来，依兰哪里知道，这也是他第一次跟女生表白，第一次和女生靠这么近，自己都有点不习惯。

这算是初恋吗？依兰想，可就在这时，她心底又再次想起了那个难以释怀的名字——项北辰。不知此刻他在哪里，在干嘛，身边是不是也有这样一个女孩，陪他迎接新千年的到来。正想着，夜空下一声炸雷似的闷响，几乎是同时，广场上空炸开一朵巨大的烟花。没等依兰反应过来，接二连三又开放两三朵，整个夜空都被照亮了，依稀听得到人群欢呼。

"哇！"童依兰坐直身子，被这突如其来的绚烂惊得合不拢嘴，白皙的小脸被映照得多彩，璀璨的烟花开在夜空，开在她的双眸，也开在冉路心里。

"12点了，快许愿！一千年都有效的愿望哦！"冉路先闭上了眼。

依兰也赶紧闭眼，双手合十。许什么愿呢？她大脑一片空白，偷瞄冉路一下，他倒是一脸虔诚。好吧，希望这次英语四级考试顺利过关！不行，这个愿望太简单，新千年许这么个愿望，亏了。那，希望爸妈身体健康，还有……

"还没许完啊，这么贪心，马上要过12点了！"冉路的声音在耳边响起。

"别吵，我还没许好呢！"依兰闭着眼睛使劲想，还有什么要许的愿望：能有一份自己热爱的事业，遇到一个心心相印的人，过不后悔的一生！刚在心底许完，她突然觉得一阵潮热的呼吸迎面而来，未来得及睁眼，冉路温暖的双唇轻轻贴过来，依兰觉得浑身都变得温润，呼吸不能自已……

晚上，两人牵手回学校的路上，童依兰缠着冉路问他到底许什么愿望，冉路打死不招。

"好歹透露一点嘛！"依兰还是好奇。

"反正，和你有关！"冉路温柔地笑，"你呢？"

这下依兰哑巴了，她突然发现，自己许的那些乱七八糟的愿望，竟没一个和冉路相关。为什么会这样？她有点黯然，更不好意思说出口，只好搪塞过去。晚上，依兰回到宿舍已熄灯，在应急灯微弱的光线下，她从抽屉深处掏出个心形笔记本，书脊已松动，有一两页滑落下来，里边记录着她对项北辰的所有思念。她从第一张看起，一直到最后一页，之后，她提起笔，写下一行字：今天，是新千年的第一天，我的生命也迎来了一个新的男生，我要开始新生活。

再见了，北辰。

还没从元旦假期中缓过劲来，大学里第一场期末考试就铺天盖地地来了。宿舍楼通宵供电，疯玩了一学期的同学们，守着簇新的教材，恨不得吃喝拉撒都在床上。焦头烂额对付完所有考试，没来得及喘口气，就兴奋地踏上回家的旅途。活了十八年，第一次离家这么久，此刻，学校的一切似乎都不真实，只有千里之外那个温暖的家，才是心里的慰藉。

为了和同学们保持一致，童依兰拒绝了父亲给她订机票的主意，和几个老乡一起坐火车回兰州。离校那天，童依兰被春运期间火车站逃难一样的景象惊呆了，她咬着牙挤上硬座车厢，一路上倒也热闹，聊天打牌，到后半夜，大家都蔫了，随着火车晃动东倒西歪地昏昏睡去。下午两点，火车到达宝鸡站，坐了一夜的小老乡们东摇西晃走下站台，拖着行李在站前广场调整状态。回兰州的火车晚上9点才开，几个人在车站存好行李，沿着站前大街溜达，不知不觉天色就暗了。回到车站，各个筋疲力尽，琢磨着上车换张卧铺，一觉醒来就到家了。等挤上火车才傻眼了，不但硬座车厢座无虚席，就连走廊、厕所里都挤满了人。童依兰心里有点懊恼，后悔不听爸爸的话，非要来凑这份热闹，坐了一夜硬座，又逛了一下午，这会儿腿酸胀难耐。依兰挨着个硬座靠背站着，旁边有人起身溜达，就赶紧蹭着坐会儿，人家回来再让开。这么熬到半夜，实在又困又累，几乎站不住。看看表，凌晨3点，还有四小时到兰州。她伸伸懒腰，决定四处走走。

童依兰顺着绿皮车厢往前挤，每一节都像是腐坏膨胀的罐头，酒味、臭味、方便面味，吵架声、打牌声、小孩子的哭声；有人脸上写满疲惫烦躁，有人难掩回家过年的兴奋期待……原来我的祖国是这个样，依兰在心底里琢磨。离家这半年，她知道了很多自己从不知道的事，世界像是打开了一扇大门通向更广阔的未知世界。再往前走，硬座车厢仿佛变得整齐一些，映入眼帘的是整车厢的绿军装，走廊里虽然也散布着一些从别的车厢"流窜"而来的散客，但在这种氛围的震慑下，似乎也有序了很多。依兰在两节"绿军装"车厢的接口处停下来，她靠车门站在黑暗里，疲惫不堪地看着窗外，顾不得整理散乱的头发，伸手摸出包朝天门。

咣当当，咣当当。窗外漆黑一片，呼吸在冰冷的车窗上结下水雾，窗外的灯光不时扫过依兰苍白的小脸。童依兰不是第一次抽烟，这一刻，她特别能体会香烟的好处，疲劳寒冷，似乎随着那一熄一灭的小红点，变得不那么真切。对面的黑暗里站着两个聊天的青年男子。依兰隐隐感觉他们在注意自己，管不了许多，哪怕他们认定自己是个不正经的女人，也无他处可去。就在依兰伸手点燃第二支烟时，其中一人犹豫地向她走来。

"童依兰，是你吗?"

依兰吓得一个激灵，窗外又有路灯经过，白花花的光照在问话的青年男子身上，他一身苍绿的呢子军装，红色的学员肩章……童依兰蒙了，面前站着的不是别人，正是自己曾朝思暮想的项北辰。

"真的是你! 你怎么会在这?"项北辰确定了自己的判断，声音充满惊讶。

"我，寒假回家。"依兰大脑还处在发蒙的状态，说完这句后，她连忙掐灭了手里的香烟。

"你不是在重庆吗? 怎么坐这趟车?"

"重庆到兰州没直达车，我在宝鸡转车上来的……你怎么知道我在重庆?"

"哦，我听杨阳说的。真巧，你在几号车厢?"项北辰恢复了平静，语气也变得客气起来。

"我，行李在七号，转车签票的没座位，从上车站到现在，实在太累了，才溜达到这儿的。"依兰本来想说才抽根烟的，话到嘴边又觉得太刻意，咽了下去。

项北辰皱了皱眉，"这趟车是西安始发的，春运期间在西安买票都很难，你们半路上车很难补到票。走，去我那坐会，老站在风口要感冒。"

童依兰跟他客气了几句，架不住实在疲惫不堪，跟着他们走进车厢。项北辰看来很有人缘，刚张罗了两句，马上有好几个穿着军装的小伙子起身让座，依兰稳稳当当坐在硬座上时，有种瘫软的感觉。原来一个座位，可以给人那么强烈的幸福感。她顾不得回味和北辰久别重逢的激动心情，昏昏沉沉地睡去了。不知过了多久，依兰被轻轻的呼唤声叫醒，是项北辰:

"还有半小时到站了，你的行李在哪? 我去提过来。"

童依兰还没从梦里回过味来，她努力睁开眼，发现自己正靠在北辰的肩上，梦里流下的口水洇湿了他的绿军装。"没关系，不用，我自己过去就行，真是麻烦你了!"依兰迅速站起来，满脸通红地答。

项北辰顿了顿，也没和她争，起身从行李架上拿下一个黑色的双肩包，"走吧，我跟你过去。下车的时候最乱，你没休息好，提不动的。"

话音未落，他已朝着七号车厢走去，依兰不知再说些什么，只得跟着。经过"军列"，环境变得不友好起来，穿过一截走廊，得从无数行李和人身上迈过，项北辰向身后的依兰伸出手，没有一点暧昧或不自然，依兰犹豫了片刻，把手递了过去。

早晨7点，火车到达兰州站。在泛着寒气的站前广场，依兰才终于有机会在初升的朝阳下仔细看项北辰: 真是长大了，身板结实很多，俨然是小伙子模样。北辰把行李交给前来接站的童家父母，转头笑呵呵地对依兰说: "等杨阳回来，找时间聚聚吧，好久没见了！"他背着阳光站着，童依兰有点看不清他的脸，只瞧见天上红色的云霞，那是北方冬天里特有的温暖。

小年那天，在外漂泊大半年的邱媚和白小锋悄悄回到兰州，两人不敢回家，找了个旅店住下。当晚，白小锋溜到自家楼下，看到房间亮着灯，他紧紧衣领，用路边的IC电话拨通了家里电话。大约五分钟后，白永国出现在眼前，快一年没见，他苍老了许多，头发白了，背也驼了。还没等白小锋喊出一声爸，白永国一个嘴巴子抡上来，打完之后，自己在寒夜里筛糠一样发抖。小锋半边脸炙热的疼，耳朵也嗡嗡作响，他紧紧咬着下唇，苍白的脸上爬满泪水。白永国没让他进家门，第二天和爱人前后脚来到小锋留宿的旅店。小锋妈妈从进门一直哭到出门，从撕心裂肺的嚎啕到暗自垂泪。白小锋把十个月前他们逃离那天的情景跟父亲详细描述一番。白永国紧皱眉头，眼神中带着职业性的怀疑和威严。缓过劲来的张奋强一直没有罢休。白永国想，既然邱媚和儿子也都受了伤，这事就是打架斗殴，要是按张家说的"故意伤害"，儿子这辈子别想回来了。他迅速在脑海里盘算如何摆平这件事，当然，钱也省不下。白永国叹口气，儿子出事后，升官发财他都再无心过问，帮儿子洗脱罪名，是他现在唯一的心愿。

同样的年纪，同样是第一次离开家乡，邱媚和白小锋回兰后的待遇，远没有童依兰、项北辰他们好。没钱去享用那些朝思暮想的家乡小吃，没可能去参加没完没了的同学聚会，甚至，连家都不能光明正大地回。腊月二十四那天夜里，在童依兰的陪伴下，邱媚用大围巾包头，忐忑不安地回到那个生长了十多年的小家。头一天接到依兰电话，邱丽珍诧异不已。自从那次在医院得知邱媚是在依兰的帮助下才"私奔"成功，依兰在她心目中已不再是聪明懂事学习好的形象。童依兰上大学前，专程去看望邱丽珍，正在家里调养的丽珍，并没给她好脸色。接下来寂寞难耐的几个月，邱丽珍有点后悔，说到底还是邱媚受了白小锋的蛊惑，童依兰毕竟才十八岁，考虑不周也是有的。对她客气些，万一女儿有消息联系她，她才会第一时间告诉自己。所以，春节前，在接到童依兰那个忐忑的电话时，邱丽珍的语气温和了很多，她自己也没想到的是，依兰果然没让她失望，不仅带来了消息，还带回了女儿。

晚上7点，童依兰轻轻地叩响邱媚家的门，一阵急促的脚步声从屋内传来。邱丽珍打开门，看到满脸忐忑的童依兰，还有躲在她身后，一脸慌张的邱媚。小媚瘦了。这是邱丽珍的第一印象，虽然楼道里的灯常年失修，黑咕隆咚根本看不清什么，可做母亲的直觉告诉她，女儿这半年吃了很多苦。此刻，她像一只受伤的小猫一样蜷在家门口却不敢进来，邱丽珍觉得万箭穿心。她双眼噙满了泪水，嘴唇翕合几下，说不出一句话。邱丽珍扬手做了个进屋的动作，转身向客厅走去。邱媚紧紧拽着依兰的胳膊，眼泪无声地流下来。客厅中央摆着那把斑驳的老折叠桌，自从邱媚走后，这桌子有快一年没撑起。

桌上摆着黄焖羊肉、糖汁百合、酿皮、炸油糕……都是邱媚从小最爱吃的，有些是邱丽珍头一天就亲手准备的；有些是邱丽珍在一夜未眠后赶早去各家老字号排队买的。这一刻，邱丽珍低着头默默摆碗筷，依兰分明看到有眼泪滴落在餐桌上。身旁的邱媚，也默默啜泣，胸脯上下起伏。依兰握了握她的手，趁邱丽珍进厨房盛饭的工夫，悄悄溜出门去。

童依兰站在漆黑的走廊，眼泪止不住流下来，她听到屋内传出了哭声，两个女人的哭声此起彼伏，那么伤痛无助，撕心裂肺。门外的童依兰也抽泣起来，她突然明白了那句老话：人生没有回头路。从来不低头认错的依兰，在门外的漆黑里深深鞠躬，流着眼泪自语："阿姨，对不起。"说完，胡乱擦把泪水，转身跑进年关前的寒夜里。

那个寒假在一片混乱中结束。邱媚和白小锋还得出去避风头，选来选去定了西安——西北最发达的城市，离家不远，工作机会也多。这一次，得到了白永国的默许。还没等他们启程，童依兰就踏上了回重庆的旅途。出发前，接到了冉路的电话，提前返校的他要去江北机场接她，依兰在电话里反复推辞，最后拗不过他，只得一脸不快地上了路。假期里发生了太多事，除了邱媚回来，依兰还参加了一次杨阳组织的聚会，项北辰自然也在场。自那天起，大学里的一切包括冉路，在依兰心里都愈加遥远不真实。童依兰情绪的起伏，冉路在每次与她通话中都有所觉察，那个年代手机还不普及，电话只能打到家里，有时，他明明听到电话那头童依兰的声音，最终接电话的依兰妈妈还是很客气地说她在洗澡，不方便接。

回重庆那天，正好是情人节。冉路捧着束火红的玫瑰站在到达出口，童依兰瞧见的瞬间，嫌恶和慌乱的神情写满一脸，要不是冉路也看到了自己，她恨不得从别的出口溜走。回学校的出租车上，童依兰沉默不语，花都不肯接到手上。冉路的脸颊由红变白，年轻的自尊遭到了巨大打击。下车后，他拎着她的行李送上女生宿舍，途中遇到几个同学，都艳羡地起哄。他俩可笑不出来。推开寝室门，一阵风吹来，一切和半年前新生入校时的情景何其相似，然而人心，却何其不同？冉路再次把花递给她，依兰顺手搁在室友桌上；冉路试探着摸摸她的头，却被她躲开了。窗外传来校园广播站的音乐——《最美》：Baby，这次动了情，彷徨失措我不后悔。冉路把心口的憋气生生憋了回去。

"你休息会，晚点儿我叫你吃饭。"说完准备离去，不想，被童依兰从身后唤住。

"我不饿，晚上你不用来找我吃饭了。"

"依兰，到底怎么了！寒假发生什么了？走的时候还好好的！"冉路额角的青筋都鼓起来，终于忍无可忍。

童依兰也受不了这样压抑的氛围，恨不得早点解脱，"冉路，我觉得我们开始得太快了，其实你并不了解我，回家后我想了很多，我现在还不想谈恋爱，没做好准备。"

"你觉得！你想！你有没有考虑过我怎么想！依兰，到底怎么了？为什么像变了个人？你回家见什么人了吗？是不是有什么事瞒着我？"

"你胡思乱想什么啊！就是觉得不合适嘛，你条件那么好，什么样的找不到，干嘛非找我呢？"童依兰也烦躁起来，分手都分得十分潦草。

冉路的脸憋得通红，青筋暴跳几下，一把将桌上的玫瑰扫下去，红色的花瓣散落一地，像点点滴滴的鲜血。几年以后童依兰回想，罪恶，在那一刻就埋下了种子吧。

和冉路的短暂恋情就这样匆匆结束，学校里许多本来跟她还过得去的朋友，因为这件事对童依兰都颇有微词。艺术团里的女生将她孤立起来，除了白谣谣，几乎没人和她说话。那时的依兰很倔强，她根本不在乎舆论，也不稀罕有没有人在校园路上跟她问好。日子过得清淡平静，与第一学期的繁荣胜景形成鲜明对比。她每天独来独往，独自上课，独自吃饭，独自去图书馆。5月份，学校照例要举办毕业生晚会。冉路自打和依兰分手，神形都颓废很多，逃课、喝酒、抽烟，晚会的事也无心张罗。眼看时间逼近，焦头烂额的团委老师只好包产到户，摊派下去。领到任务的童依兰心想，好几个月不练功，就随便唱首歌吧，最简单。彩排那天，冉路也去了。他带着自己的乐队上台，唱了自己写的《重庆森林》。曲调很压抑，童依兰隐隐地听到许多重庆的地名，她突然意识到，那些都是冉路曾带她去过的地方，心里一惊。一曲终了，台下候场的演员和工作人员都热情地鼓掌。坐在后排的依兰也跟着鼓掌，马上就有不友善的目光射过来。不一会，轮到依兰上场，她拿着话筒刚唱了两句，就被调音台的冉路叫停，说她节奏慢了。依兰的脸憋得通红，只好重新开始。礼堂里突然多了很多方才还在外边排练的演员，俨然都是来看热闹的。好容易唱完了，台下也没几个人敢鼓掌。不一会，调音台又传出冉路的声音："太单了，形式太单调，前边已经有三个独唱了，又不是卡拉OK大赛。"台下的人窃窃私语，还没等他说完，就听到晾在台上的童依兰拿着话筒说："没错，一场晚会同类节目太多是不好，就把我这个刷了吧，无所谓。"说完，她跳下舞台，背起书包独自走出礼堂，身后嘘声一片。走出去二三十米，白谣谣追了上来。

"依兰，别走呀，冉路心里不舒服，你让他发泄一下嘛！"

童依兰一听这话还了得，她停下脚步立起眉毛，"我凭什么让他发泄一下？我欠他的了！工作是工作，感情是感情，是他太小家子气，我走，是给他面子！"

白谣谣撇撇嘴，"他那么说你是不太礼貌，但是他说得也没错，你从客观的角度去听就是了嘛。这样闹开了多不好，做不了情人，也不见得就一定要做仇人啊？何况，"谣谣扫了依兰一眼，"毕竟是你对不起人家在先。"

"我怎么对不起他了？我又没移情别恋，更没做什么伤天害理的事，十九岁的恋爱，谁走得到底？早晚不是他甩了我，就是我甩了他，没别的可能。是不是你们都觉得，我就应该等着被他甩才对！"童依兰气得脸发白，一甩头走了，留下一脸无奈的白谣谣。

送别97级的毕业生晚会，童依兰到底没上，老师动员了几次都没用，她甚至都没去看一眼，独自窝在寝室抱着本《艺伎回忆录》。随着那本书合上最后一页，平静的大一生活结束了。童依兰毫不费力地对付完期末考试，背上行囊，踏上了去北京的火车。两个月前，她就报了暑期新东方六级辅导班的名，学习是假，去那个向往多年的城市看看才是真。出发前，杨阳打电话说去接站，依兰欣然答应。

7月13号早晨，经过二十多个小时的颠簸，火车终于停在了北京西客站。童依兰看到站台上的杨阳时一阵诧异，寒假里他几乎齐肩的长发，此刻已换做了光头。"天，你还有什么干不成的吧！"依兰笑着摇头。"追上你！"杨阳眯起眼睛答，像夏天的阳光一样灿烂直接。经过寒假的一场聚会，依兰与杨阳间的罅隙全消，俨然是知己模样。晚上，杨阳拉着张晓丹给童依兰接风，三个人吃完老北京炸酱面，溜达到天安门广场。广场人山人海，还有举着各大学校旗的方阵，一小时后，萨马兰奇将在莫斯科宣布2008年奥运会举办城市。好多人穿着红黄色T恤，还有些在脸上彩绘了五星红旗。杨阳带她们来到清华学生扎堆儿的地方，本来疲惫不堪的童依兰也兴奋起来。晚上9点半，广场上拿着随身听的学生戴上耳机，背街胡同里，电视都摆上了街道。气氛变得紧张起来，都害怕会像八年前那样空欢喜一场。英语专业的张晓丹眼睛瞪得圆圆的，不放过耳机里断断续续传出的每一个信号。很快，她告诉大家第一轮投票结束，大阪出局，第二轮投票开始，气氛空前紧张，方才喧闹的广场安静下来。又过了几分钟，旁边不断有人轻声问，怎么样？怎么样？突然，晓丹一把扯下耳机，尖叫着跳起来。是北京吗？是北京吗？周围的人紧张地问。张晓丹捂住嘴，使劲点头，眼泪唰唰地往下流。

天安门广场沸腾了！长安街沸腾了！世纪坛沸腾了！北京沸腾了！中国沸腾了！

七年，对于一个时代何其短暂，对于一个人却何其漫长。二十岁的童依兰跟着欢呼的人群游行，陌生的北京城像点燃了一样，释放着压抑了太久的热情。七年后，2008年奥运会在这座城市举办时，我会在哪里？做什么？和谁在一起？

一直闹到天蒙蒙发亮，兴奋的人群才渐渐散去。张晓丹带依兰去她们宿舍蹭床。北二外的宿舍比较老旧，童依兰还是第一次睡上下铺，张晓丹在上铺每一次翻身，她都能清晰地感觉到。宿舍里其他人都走光了，有点狼藉。半晌，上铺传来晓丹轻微的声音："依兰，睡着了吗？"

"没。"依兰使劲睁睁眼皮。

"聊会天呗？"

"……好啊。"

"你毕业后，打算干嘛啊？"

"没仔细想过，考公务员或者做律师吧。"

"那还是当律师吧！公务员多没意思，朝九晚五，挣点死工资，工作一年和一辈子也没区别。"

"呵呵。那你呢？"

"我准备出国，正准备考托福呢。"

"出国？"童依兰倒是有个表哥在美国读书，但她却没想过出国和自己有什么关系。"你出国，北辰怎么办？"依兰笑呵呵地逗她，尽量掩饰自己心中的紧张。

"北辰？他要是留我，我还真不走了。"张晓丹的声音忧郁起来，"告诉你件事，'五一'时，我去了趟西安，跟他表白。但是，他说和我太熟了，没那种感觉了，还是做朋友比较好。"

童依兰一下清醒了，她有点没听明白，表白？这么说，他俩根本不是男女朋友。她还没开腔，张晓丹的声音又传过来。

"北辰这个人吧，有很多优点，就是太优柔寡断，太，怎么说呢，磨叽！他一直对我很好，大家都开我们俩玩笑，弄得我也觉得就是那么回事了。耗了这么久，我一直以为他是怕被我拒绝才不捅破那层纸，哪想到，其实人家真没什么想法。"

"怎么会？北辰是这样的人吗？平时觉得他挺开朗的啊。"童依兰有一搭没一搭地应付，心已然飘去了千里之外的西安。

"这就是巨蟹座男人的特点。玩暧昧是他们最擅长的，看起来你好我好，一派和谐，岂不知这样才最伤人。"

"不过，我还是挺佩服你的，能有勇气去跟他挑明。"依兰说的是实话。

"唉，人这一辈子，总意气用事不行，可是一次意气用事都没有才叫可悲。年轻时不做点疯狂的事，老了更没资本。总不能等到我三十岁要嫁人那天，还琢磨当初跟北辰到底有没有可能，试过了，起码没什么后悔的……"

聊着聊着，张晓丹睡着了，童依兰却越来越清醒。一直到天大亮，她还在想晓丹的那句话：试过了，起码没什么后悔的。

18. 世界上最远的距离

项北辰，这个当年在一中如雷贯耳的名字，在他就读的陆军学院也一样熠熠生辉。

有些人，生来就是为了赢得荣誉和肯定，就是为了让人羡慕，让人妒嫉，让人心甘情愿地承认：他和我们是不同的。项北辰出生在部队家庭，父亲是军区高干，前途无量；母亲曾是歌舞团一级舞蹈演员，无数战士的梦中情人。北辰从小聪颖伶俐，倔强好胜，集中了父母身上的所有优点，上中学时俨然已是玉树临风的翩翩少年。成绩拔尖，体育全优，弹吉他，画油画……所有琼瑶小说里男主人公拥有的优秀品质他几乎占尽，他倔强又忧郁的眼神，谦和又孤傲的笑容，具有无与伦比的杀伤力。

从火车站回到宿舍的项北辰坐在下铺静静看窗外：正值黄昏时分，天空的湛蓝渐渐退去，嫣红色的火烧云晕染开来。广播站播放着2001年9月22日的新闻摘要，全是关于"9·11"的评论；战友们敲着饭盆冲向食堂，楼道里充斥着大力关门的声音，开怀大笑的声音，招呼吃饭的声音，很快被《打靶归来》的歌声淹没，这一切，都不是他在意的，此刻，他只想听到一种声音。

上午，项北辰接到一个本地座机电话，居然是童依兰，来西安参加什么大学生联谊活动，问北辰有没有时间一起吃午饭。项北辰有点发蒙，愣了几秒，赶紧让自己平静下来。正好是周末，他换上便装冲出学校。项北辰接到依兰，带她去吃有名的甲三包子，又出去买了涮牛肚、甜粽，全部摆在她面前。依兰不怎么吃，心事重重的样子。两人从小吃聊到城市，从老同学聊到新生活，只字不提私生活。吃完饭，项北辰陪童依兰去大雁塔，北方夏末秋初的风很清爽，两人并肩走，陷入沉默。很快就到了要出发的时间，项北辰去超市买了一大袋西安特色小吃，送童依兰去火车站。看着她苍白的小脸在茫茫人海中眉头紧蹙，北辰有点不舍，拍拍她的背："照顾好自己，我们都很牵挂你。"依兰抬起头，潭水一样清澈的眸子写满忧郁。她欲言又止，双手紧紧抓着胸前的背包带，最终沉默地转身走上火车。项北辰心里同样很复杂，他在站台上一直没有离去，直到火车开动的刹那，依兰突然从座位上站起来，两手扒着空调车的车窗，嘴唇翕合说着什么。北辰呆呆看着车里的她，然后还魂一般追着火车跑出去："什么？你说什么？我听不到！"

我听不到。项北辰坐在床边，双手撑着床沿，这个姿势很不舒服，可他不想把战友整理好的床铺坐乱。她到底在说什么，忘记带走什么，还是忘记留下什么？北辰就这么呆呆地看着窗外，脑海闪过无数过去的片段……

天色暗了下来。

张元打着饱嗝回到宿舍时，北辰已经不在了。这小子今天不对劲！张元一边掏牙一边琢磨。他是北辰在这所"文明监狱"里最铁的哥们，至少，张元自己这么认为。这个从北京考来的大男生，从入学第一天就知道自己来错了地方。在这个"训练异常艰苦，纪律异常严明，作风异常端正，思想异常进取"的学校，张元格格不入。他晚上10点一定睡不着觉，早上6点一定起不来床，跑五公里一定掉队，站军姿一定第一个倒下。这些都还没触及他忍耐力的极限。和所有二十岁的男生一样，晚上熄灯后，室友们也会在卧谈会上聊女人：家乡的女朋友，某个女明星，高中初恋的回忆。每当这时，张元的愤恨就会达到顶点，"哥儿几个，你们竟聊这些八杆子打不着的有意思吗？咱们学校，除了食堂卖饭的大妈和母蚊子，还有点雌性气息？咱们的青春，算是他妈的彻底耽误了！"

　　刚入校时，张元就感到项北辰的不同之处，因为他玉树临风，气质非凡，还背着把吉他。之后的日子，张元渐渐发现北辰还真不赖：热情、义气、勇敢、大方。时不三五请大伙吃饭，尤其是农村考来的室友；不管是不是他值日，有时间就打开水整理内务，不计较得失；谁违纪犯规，身为区队长的他多大事都敢自己扛。项北辰的拼劲也很让张元佩服。大一时，北辰这个城市里长大的孩子体能也不算好。于是他每晚下了自习去操场锻炼。某晚，张元看着背心都被汗水湿透的项北辰咬牙切齿地做引体向上时，心里断定：他不是家门不幸，就是从小挨打长大的，自虐倾向明显！再后来，张元无意中听别人说起项北辰的家庭背景，心里更纳闷了。不过管它呢，在军校，他太需要这样一棵大树好乘凉了。

　　日子一晃就是两年，这个精明的小伙子还真和北辰成了朋友。

　　暑假时，学校组织这批学员给地方大学搞军训，今年轮到音乐学院。任务一下达，全队都私下乐歪了嘴。用张元的话说："憋两年了，总算见荤腥了，而且上来就是鱼翅鲍鱼，消受不起啊，哈哈。"音乐学院，众所周知美女云集的地方。部队入校那天，大家都憋足了劲，正步踢得笔直，手臂整齐划一，橄榄绿的军装配着火红的领章，映衬着小伙子们青春的脸，各个英气逼人。张元前所未有的正经，今天找这个谈话，明天跟那个单练，晚上回宿舍还破天荒写起了工作日记。战友们都笑岔了气，一致认为，张元这次任务的完成情况绝对是全队无以争锋的第一。

　　比张元还火的，当然是项北辰。

　　无论他走到哪里，总有美女围着，活脱脱彩云追月。项北辰示范正步敬礼，方阵里尖叫声一片；项北辰站成小八字背手训话，手机拍照声此起彼伏；他带学生们画黑板报，旁边递水的，送板擦的，络绎不绝；最绝的要属那晚的联谊会。当晚皓月当空，学校在操场主席台上因地制宜搭起个简陋的舞台，音乐学院的学生们大展才华后，强烈要求教官们也出个节目。战友们傻了眼，这一跳一唱，好容易在学生心目中塑造起来的光辉形象岂不瞬间坍塌，太不专业啊！眼看学生们的呼声越来越大，训练场上威风十足的教官，这会都缩着脖装狗熊，等着被笑话。张元猛然想起项北辰开学时还背来把吉他，尽管后来就不知去向，毕竟可做垂死挣扎。

　　"北辰，这种时候不能跌分！你到底会不会啊，别跟个大闺女似的，急死人！弹不好没关系，咱比的是气势，不是专业！你倒是说话啊？"张元和一帮兄弟一起撺掇，项北辰推辞了几句，架不住战友的呼声已经传出来，他松了松风纪扣，挂着略显羞涩的笑容站起来。刚一起身，学生阵营就爆发出尖叫声。他走到一个刚表演完节目的男生旁边，从他手里借过吉他，很随意地坐在舞台边，开始调弦，上百人的操场瞬间安静下来，静得连呼吸声都可以听到。北辰用他纤长的手指拨动琴弦，也同时拨动了多少少年心弦。伴着琴声，他轻轻唱了起来：

Try to remember

The kind of September

When life was slow

And though so mellow

……

夜空的圆月映照着少年俊秀的脸，那脸上有思念，有甜蜜，有忧郁，有向往，没人知道他在想什么，没人舍得告别这个九月的夜晚，没人会忘记项北辰在那一刻带给他们有关青春永不退色的记忆。台下的女生们跟着轻声哼唱起来，是几百人的大合唱，却那么静谧整齐，直唱到人心里。Try to remember, the kind of September……秋夜微凉的风，拂过那些因为激动而通红的脸庞，那些闪烁着梦幻般光芒的眼睛。项北辰的手指拨完最后一个音符，台下还似睡梦般安静。这个梦孕育着爆发的力量。果然，几秒钟后，学生们炸了，沸腾了，他们欢呼雀跃尖叫着冲向北辰，把他抛向深蓝色的夜空。张元也被震撼了，他坐在原地发愣，看着远处的北辰在欢呼的人群中被高高抛起，有种说不清的感觉，不是自豪，不是羡慕，是，遥远。这个像天使一样几近完美的男人，在人浪中突然显得那么无力。是不是完美的都是脆弱的，张元不知道。

一个月的军训生活很快结束。汇报表演后，项北辰代表所有军训教官发言，主席台下的学生哭成一片。演讲的最后，北辰祝大家学业有成，青春无悔！看着绿色海洋里闪动着的年轻的泪水，北辰的心也涌起无限感慨：请原谅我们所有无心的打扰，尽快忘记我们吧。

张元可不这么想。他就怕这帮孩子转天就把自己忘了。等他们回到军校，雪片般的信件也追随而至。张元重点挑了三四封回信，利用周末约见了两个，最终很快跟其中一个确定了恋爱关系。写给北辰的信，简直成了中队的大麻烦。大家都争先恐后地拆，分享着被关怀被崇拜的快乐。北辰很无奈，他想尽可能表现得真诚一些，因为他明白每封信背后都有颗真诚的心。那时候，用电子邮件的人还很少，那时候，年轻人还会拿起笔，耐着性子，一笔一划写自己的心。张元自己的事搞定后，就开始积极地给北辰张罗。周末，张元连哄带骗把项北辰拖到钟楼的肯德基，对面坐着他女友和音乐学院的院花姗姗，她们在那里已经恭候多时。北辰没给他跌分，热情洋溢毫不吝啬地请大家饱餐一顿，和姗姗从音乐到文学，从美术到历史，一通神侃。张元再次被震撼，这小子脑袋里怎么有那么多东西，他什么时候看了这么些书？回校的车上，北辰看着窗外繁华的世界，一言不发。

"我发现你小子跟熟人话不多，出去还真能侃，哈哈，怎么样，姗姗够棒吧？"

北辰似乎没听他说话，过了很久才回一句："我对她有点印象，联谊那天拉小提琴那个吧？"

"人家高中就十级了！又是校花，多少人的梦中情人啊！"

"嘿嘿，你别吃着碗里的看着锅里的，你那个也不错啦。"

"嘿，哪跟哪啊，你小子装什么傻！"北辰笑了笑，又把头扭向车窗外。张元没再多说，他知道，再说下去这位公子就该烦了。

可是这周末，项北辰诡秘的行踪很反常。难道他跟姗姗单线联系了？张元琢磨。

晚上8点半，天彻底黑下来，项北辰还没回来，打手机也不接，不对劲。张元决定去找他。不在图书馆，不在自习室，这巴掌大的学校就只剩一个地方了：操场。远远的，张元就看到双杠旁边的台阶上坐着个人。

"干嘛呢？黑灯瞎火的，一个人跟这儿待着。"

"歇会。"

"锻炼？哟！还抽上烟了！"这简直太反常了，项北辰只有在喝了很多酒后才会想到抽烟，平日里谁让他都不沾。

"你丫不对啊！"张元拍了他一下，"下午干嘛去了，老实交待！"

"出去办了点事。"

"得了吧，背着我跟姗姗约会去了吧！"张元的声音透着兴奋。

"切，"北辰斜他一眼，"至于吗？"

"那你到底哪去了？别婆婆妈妈的，快说！"

沉默。红色的烟头在黑暗中一闪一闪。抽完了半支烟，北辰终于开口了。

"来了个中学同学，今天走，我去车站送她了。"

"男的女的？"张元迫不及待地问。

"女的，我一哥们儿的女朋友，来西安参加活动，顺便就跟我见了一面。"

"朋友的女朋友啊，我跟你说，朋友妻，不可欺！这绝对是真理，咱不能干这样的事。"

北辰叹口气，又点燃一根烟，"其实，也不算女朋友吧，是我那个哥们追了她好多年。"

"追着了吗？"

"怎么算呢？我看他们也挺好，有说有笑的。"

"什么叫有说有笑啊。有说有笑的人多了！上过床吗？"

"胡扯八道什么！"北辰明显不高兴起来。

"靠！你连人家两个什么关系都看不出来，还铁哥们呢！"张元也不示弱。

北辰深吸一口烟，一字一句地说："不是吧。"

"嗨，这不结了！你这个人哪，就是喜欢把简单的问题复杂化。跟我说说吧，怎么样，漂亮吗？跟姗姗比呢？"

"漂亮，比姗姗漂亮。"北辰的眼睛泛起了光芒。

情人眼里出西施，比姗姗漂亮的人可以当亚姐了，张元心想，可他没敢说，免得把北辰好不容易调动起的话头堵回去。

"她跟她们不一样。她很聪明，让人很舒服。尤其她看你的眼神，好像可以看到你心里。她文笔很好，我有时候想，能收到她情书的人该多幸福，如果她也写的话。"北辰的脸上划过一丝温柔，一丝甜蜜。

"我说哥们，你挑女朋友还是女博士啊？弗洛伊德说过，真正的爱情都是源自于原始的性冲动。当你看到这个女人，被她的气味吸引，被她的身体吸引，被她散发出来的荷尔蒙吸引，想要占领她，从她的身体到她的灵魂，这才是爱情！"

项北辰看着张元的脸，乐了起来："你小子还知道弗洛伊德，他说过这话？别唬我了。"

"你甭管是谁说的，你对她有这种感觉吗？"张元给自己打圆场。

北辰抬头看着夜空，他的眼前浮现出依兰在晚会上跳舞的样子，想起那次在自行车棚撞个满怀，想起寒假在回兰的火车上，他第一次牵起她的手，那么柔若无骨的一双手……

"哎，想什么呢？怎么又不说话了！"张元拍拍他。

北辰被他从天马行空的幻想中拉回现实，刚才的想法让自己很不舒服，憋闷，又似乎罪恶。"唉，有没有感觉又怎样，"北辰叹口气，"她跟我又没关系。"

"没关系可以有关系啊！"

"什么意思？让我去追她？"

"对啊，很难吗？难才有意思啊。"

"怎么可能！"北辰摇摇头。

"拜托！你能不能把你那傲慢收一收啊！"

"张元你不懂，不是傲慢的问题。我哥们儿追了她快五年，他那时候写给她的情书都是我帮着改的。我是他最铁的哥们儿，我怎么可能，你明白吗？"

张元没话说了，他可以理解项北辰，要是自己摊上这样的事估计也难办。年轻时，真的把友谊看得比爱情还重，甚至觉得为友谊牺牲爱情是理所应当而且高尚的事。

"如果是这样，你还是赶快忘了她吧。其实册册很不错啦，先谈着试试嘛！否则，就只有期待奇迹出现。比如你那哥们突然得白血病over了。不过北辰，说真的，我还挺高兴，哈哈，我原来还担心你不会是同性恋吧，怎么对女人不感兴趣呢，别是对我有意思啊，哈哈，这下我放心了……"

"滚！"北辰打断他。

忘记她。忘记她真那么容易吗？北辰想起第一次看到依兰的笑容，那么纯真的笑容，在故乡那个明媚的秋天里。高一那年运动会，是北辰来到这所中学的第一次集体活动。整个高一年级刚从军训的部队拉回来，包裹在臃肿的作训服里，晒得黑红。初三年级进场时，人群中有点骚动，一个穿着蓝色海魂衫，白色短裙的女孩打着引导牌走在最前面。她蹬着白色网球鞋，马尾辫一甩一甩，脸上洋溢着灿烂的笑，像极了那个季节的阳光，明媚、温暖。十七岁的项北辰心头微微一颤。等到那年第一场雪飘下来，北辰已经熟知了这个女孩的名字——依兰。"一二九"汇演时，童依兰舞着红绸扇，俏皮地跳当年红极一时的《中华民谣》，也走进了北辰的心里：朝花夕拾杯中酒，寂寞的人在风雨之后，醉人的笑容你有没有，大雁飞过菊花插满头。她乌黑的头发在脑后紧紧盘成髻，眼睛慢慢从红绸扇后探出来，看到人心里。依兰谢幕时，台下的杨阳坚定无比地自语："我决定了，就是她，我一定要追到她，追不上请你们吃一个月冰淇淋！"十七岁的杨阳同样意气风发，踌躇满志。坐在他右边的项北辰心里咯噔一下，像是被人发现了秘密。他瞄了眼杨阳英俊又不羁的面孔，手心里渗出了汗。

在那个寂寞的冬天，项北辰仔细藏好了青春萌动，真心祝福杨阳心想事成，他向来不爱与人争抢，也并没把十七岁的悸动太当回事。然而，他没想到，那个冬天他藏起的情愫竟然一直陪伴着他，温暖着他又折磨着他，快要四年。

项北辰还在等童依兰的消息，她没手机，回重庆后，怎么也该给自己打电话报平安吧，可是，没有。北辰没勇气主动打给她，他不知自己怕什么，怕伤害杨阳？怕被依兰拒绝？说不清，就是种没来由的矜持和逃避。晚上下了自习，北辰拨通了杨阳的电话，他正在宿舍上网，听到老同学的声音很开心。两人聊了聊各自的近况，又说到老同学。

"最近见张晓丹了吗？"

"有阵儿没见了，暑假时童依兰来北京上新东方，住在晓丹那，我们还聚过几次。"

"是吗！那还挺好，早知道我也去。"北辰有点遗憾。

"好什么，见一次郁闷一次，不断地强化我的失败感。"杨阳拿自己打趣。

"呵呵，别逗了，她不是有男朋友了吗，你还不死心。"

"已经分了，大一还不是瞎谈，我早有预料。"

"哦？这么说你又有希望咯，你们现在到底怎么样啊？"

"嗨，能怎么样，追她已经快变成我的生活方式了。我估计她也习惯了。怎么想起她了，你们最近有联系吗？"

"哦，她这周来西安参加一个活动，前天我请她吃了顿饭，就想起来了。"

项北辰的声音听起来有点紧张，杨阳没接话，他心里一直隐隐地有个猜测，难道是真的？他打算问问童依兰。晚上上网时，正好依兰QQ在线，杨阳发过去一个龇牙咧嘴的笑脸。不一会对方也回了个笑脸：

> 去西安了？
>
> 北辰告诉你的吧。
>
> 对啊，什么活动这么好，还公费旅游？
>
> 说了你也不知道。
>
> 依兰，有个问题请教。
>
> 说。
>
> 你说，重庆离北京近，还是离西安近？
>
> 什么意思？
>
> 呵呵，没什么意思。你说当年，如果追你的人是项北辰而不是我，他有没有可能胜出？
>
> 杨阳，你到底什么意思？
>
> 你还打算瞒到什么时候呢？他不明白，我可明白。每次你跟我在一起都会兜着圈子问他的情况，每次见到他时你的眼神，你以为我真的什么都没看到吗！
>
> 好，你希望我说什么。
>
> 那好，我再问你一句，我们俩还有可能吗？
>
> 没可能！你别闹了！

杨阳的心又拧起来，和当年在一中自行车棚前，他亲眼看到依兰对项北辰不正常的反应时的感觉一样。杨阳盯着电脑屏幕发呆，半晌，他狠狠敲下一段话：那你就趁着还没人老色衰，做点对得起自己的事吧。以前我们之间的一切，我明天就统统忘了，你也不用记得。自己保重！

　　还没等依兰回话，杨阳就下线了，不到一分钟，他的头像从依兰的QQ列表中消失。真是个疯子！更让所有人没想到的是，第三天下午，他就站在了西安，项北辰所在军校的大门口。

　　"北辰，出来！"杨阳拨通北辰的电话。

　　"出来？你喝多了吧？"

　　"快点，别废话！我就在你们学校门口，哨兵不让进。"

　　"靠！出什么事了。今天不是愚人节啊，你别是疯了吧，你等着，我马上出来！"

　　项北辰一边往外跑，一边笑，这是什么情况，西安现在这么火？不到半年，来了三拨人。杨阳也是，前天打电话也没说要来啊，他是抽什么风了？

　　暮色里的杨阳，摆着个很酷的姿势在门口抽烟，看到项北辰跑过来，他扔了烟蒂，还没等北辰看清楚，一拳挥过去。

　　"你疯啦！"北辰的右手刚攥起拳头，身后的哨兵就嚷嚷起来。"嘿，干什么呢！这儿是打架的地方吗？哪个队的？"

　　项北辰擦了擦嘴角，狠狠地瞪杨阳一眼，转身向背街巷走去，杨阳甩甩手，也跟着他走。等走出了哨兵的视线，项北辰猛然转过身，一把提起杨阳的领子，手在空中挥了挥，到底没落下来。"你刚什么意思？"

　　杨阳流里流气地晃脑袋，把项北辰提着他衣领的手推开，"请我吃饭。"

　　"什么？！"

　　"请我吃饭，给你带好消息来了！"他瞪了瞪眼睛，项北辰还是一脸茫然。杨阳叹了口气，"去追依兰吧，她喜欢的是你。"

　　　　世界上最遥远的距离，不是生和死的距离，是我就站在你面前，你却不知道我爱你

　　　　世界上最遥远的距离，不是我站在你面前，你不知道我爱你，而是爱到痴迷，却不能说我爱你

　　　　世界上最遥远的距离，不是我不能说我爱你，而是想你痛彻心脾，却只能深埋心底

　　　　世界上最遥远的距离，不是我不能说我想你，而是彼此相爱，却不能够在一起

　　　　　　　　　　　　　　　　　　　　　　　——泰戈尔《飞鸟集》

杨阳走了之后，项北辰连着几天辗转反侧，夜不能寐，原来这世上真有失眠这回事。他反复回味着杨阳的话，难道依兰也喜欢我？不过不管怎么说，杨阳倒是明确表态："你不必考虑我的问题，如果你们真能成，也算是肥水不流外人田。"如此说来，其实杨阳早看出了自己的心思，北辰觉得脸上发烧。那么接下来，该怎么办呢？

　　眼见着"十一"大假，白谣谣动员童依兰和艺术团一帮人去游三峡，已经张罗了好几个星期。据说2003年大坝建成后，许多绝世风景都不在了，想想就让人心头发颤，依兰决定跟他们去，就当冉路不存在。原定10月2号出发。10月1日早上8点，寝室尚未苏醒，一阵电话声响起。依兰睡眼朦胧地从床上爬下来，没好气地哼了声。电话里传出个有点陌生的男声，她一个激灵醒了。没错，那正是项北辰。

　　"打扰你们休息了吧？"

　　"哦，没事没事，也该醒了。"

　　"嗯，'十一'不出去玩？"

　　"想去趟三峡，明天才走呢。"

　　"明天就走啊？"

　　"嗯，你呢？回兰州吗？"

　　"我，"北辰尴尬地笑笑，"我在重庆呢。"

　　"你在重庆！"依兰不敢相信自己的耳朵，她大脑都快不转了。

　　"对啊，呵呵，我就在你们宿舍楼下。"北辰的声音掩饰不住地紧张和激动。

　　电话这头的童依兰，握着听筒的手渗出了汗，她轻轻笑起来，一边笑，一边流下了眼泪。这是真的吗？自己曾经幻想过无数次的场景，就这样来了吗？

　　几分钟后，穿着白色连衣裙，塑料凉鞋的童依兰跑下楼，项北辰果然就站在宿舍楼门口：白T恤，牛仔裤，单肩背着个大书包，除了头发短点，身上的肌肉更紧实些，和地方大学的男生没任何区别。两人站在早晨明媚的阳光下相对而笑，却不敢直视对方的眼睛。童依兰心脏直跳，她双手紧张地环抱手臂，晨风吹起了额前的碎发："你怎么来了？"依兰不知所措地问。项北辰低头笑，两只手不知往哪搁，顺势插进牛仔裤口袋："我来，看看你。"原来这一切都是真的，曾经那些忐忑，那些小心翼翼的猜测，那些隐隐约约的感觉，都是真的。四年了，竟差一点在茫茫人海中错肩，错过最爱。周围经过的学生，不自觉地投来眼神，两个翩翩少年相对而立，甜蜜幸福的气息在清风中弥漫，晨光仿佛给他们染上了层淡淡的金色光晕。

　　前生五百次的回眸，换今生一次擦肩而过；此刻能牵起你的手，经过了多少百转千回的蹉跎。

　　项北辰和童依兰在一起的消息，迅速传遍了大江南北。北京，张晓丹找杨阳吃了顿饭，感慨唏嘘了一番。大三伊始，杨阳一头扎进图书馆，开始为他的American Dream（美国梦）奋斗。那年"十一"，童依兰带项北辰游遍了重庆，入夜，两人在宾馆和衣而眠，整宿聊天不睡觉，却不曾越雷池半步。有天晚上，在解放碑回沙坪坝的公交车上，项北辰靠着依兰睡着了，街灯透过车窗映照着他清秀的少年面孔，鬓角有点卷曲的头发，和长长的睫毛。依兰凝视着他，心里突然莫名地难过，她隐隐担忧：在这么年轻的岁月就和你在一起，未来会有多少风雨考验，如果有一天，我们真的走散了呢？

大学时的恋情，根本就是用来分别和怀念的。随着国民经济爆发式的增长，中国社会迎来了规模空前的迁徙大潮。离开故乡，去外地打工、读书、找机会，成了整整一代人的集体记忆。每年春节，一亿多人口流动在九百六十万平方公里的土地上，相当于英国、加拿大、澳大利亚三个国家人口整体迁移。浩浩荡荡的漂泊大军，为中国航空、铁路、通讯、邮政事业作着巨大贡献，他们或疲倦或亢奋的表情下，隐藏着多少辛酸、惜别、依依不舍。童依兰和项北辰在2001年秋天，加入了这支队伍。

童依兰和项北辰谈恋爱，对喜欢收集卡片的室友来说，是个重大利好。那年代手机通讯费不菲，学生们的手机主要用来发短信，要打长长的传情电话，还得靠宿舍里那台红色的老话机。从IC卡，到201卡，学校里小卖部的卡样，童依兰基本都买过了。为了不占用宿舍的公用电话太长时间，依兰跟北辰说好，每晚11点熄灯后再打。于是，不论酷暑严寒，晚上熄灯后，总能看到拉着电话机蹲在漆黑走廊轻声打电话的童依兰。异地恋人的辛酸旁人无从体会，反之，正因为不是想见就见得到，想听就听得到，只能靠想象和思念，当爱情在这些约束与桎梏里反复磨练时，也显得更加珍贵深刻。依兰和北辰稳定地谈起了异地恋，最受刺激的要数冉路。本来"十一"去三峡玩，冉路还暗自琢磨是不是有复合的可能，没想到临出发杀出个童依兰的"高中同学"，结果她干脆没去成，让精心策划的旅行变得没有意义。一路上，白谣谣对他照顾有加，冉路当然明白她的心意，可他心里，还是放不下那个人。

自从和项北辰在一起，依兰对学校的各种活动通通无心过问，每天除了上课泡图书馆，就是打电话。大学里的功课很好对付，她轻松就过了六级，开始辅修英语学位。大学生活晃晃悠悠地就快过半，童依兰在电话里和项北辰商量好，寒假先去西安汇合，玩几天再一起回兰州。童依兰坐火车到了西安站，因为尚未放假，项北辰无法从管理严格的军校溜出来接站，依兰按照他发来的路线图，很快就坐上了通往军校的公交车。西安的气候和重庆大不相同，冷得很凛冽，枯枝上点缀着尚未消融的残雪，路边有卖豆浆油条豆腐脑的小摊，食客们戴着棉手套吹碗，白色的水蒸气腾起，看起来很惬意。依兰背着行李住进学校附近的招待所，房间很大，老式的木地板、沙发椅，阳光照进来，干燥温暖。这样的冬日暖阳重庆是见不到的，她幸福地憧憬着一会见到项北辰的情景，可漫长的下午该怎么打发呢。依兰猛然想起，邱媚和白小锋不也在西安嘛，赶紧联系！

19. 今生不再

邱媚和白小锋来西安已有一年，两人在同一家酒店找到了工作，一个做前台，一个做保安。酒店管吃管住，男生宿舍就在女生宿舍楼下，六人间的房子拥挤杂乱。个别时候，邱媚会发呆，这就是自己曾用生命去追求的生活吗？回头看看同样辛苦还比自己挣得少的白小锋，也就没什么可埋怨。两人攒了好几个月钱，给邱媚换了部新手机，却很少有电话，除了邱丽珍，就是白永国，家长们对他俩也是睁一只眼闭一只眼，生活渐渐平静下来。

这天，调休的邱媚正拿着手机玩贪吃蛇，突然显示童依兰来电。依兰竟然在西安！两人在电话里兴奋地又喊又叫，约在鼓楼见面。整整一年没见，久别重逢的朋友拉手跳着笑，顾不得冷风吹得流鼻涕。邱媚听依兰讲了她跟项北辰的事，欣慰地感慨："太好了！有情人终成眷属！我也告诉你一件大事。"

"什么？"依兰睁大眼睛。

"我和小锋上个星期刚从兰州回来。我们，领证啦！"

"真的！"童依兰不敢相信自己的耳朵，"家里都同意了？"

"没问他们，我们自己把户口本偷出来领的，呵呵，反正他们也都知道我们在一起，算是默认了吧！"

童依兰心中一阵感慨，眼圈湿了，"天，真好！小媚你知道吗，我一直特别内疚，为你们的事，现在你们也算是修成正果了，我真的特别特别为你们高兴！"

两个小姐妹在刮着寒风的街头紧紧相拥，经过那么多曲折，生活总算平静落地了。

晚上，项北辰和白小锋也加入了她们的聚会。两对年轻人，生活环境截然不同，却同样沉浸在爱情的甜蜜中。四个人在北辰学校附近热热闹闹吃了顿火锅，喝了不少开怀的酒。饭吃得晚了，项北辰在招待所又开了个房间，让邱媚和白小锋好好享受洞房花烛夜。这个提议不错，童依兰拉着项北辰跑了好几个商店，还真让她买到了红双喜和红蜡烛。依兰把喜字贴在邱媚房间的床头，又把四对红烛小心翼翼地点燃，关了灯，烛火莹莹跳动，还真有新婚之夜的温馨与浪漫。邱媚紧紧攥着白小锋的手，眼泪在眼眶里打转。

入夜，童依兰和项北辰回到自己的房间，因为第二天就正式放寒假了，北辰终于不用赶回学校晚点名。依兰靠在他怀里，讲起两年前邱媚私奔时的情景，感慨万千。爱情是什么，在二十来岁的年纪，爱情是一种可能性。跟什么样的人相爱，不仅仅决定着爱情本身，还影响着你未来的路。黑暗中，依兰仰着小脸对北辰说："毕业后，你要带我去卡萨布兰卡，我一直都向往的地方。"

"呵呵，去不了咯！"项北辰轻抚着她的头发。

"为什么？"

北辰用嘴努努挂在椅背上的军装，"穿上这一身，除了中国，哪都去不了了。"

童依兰这才反应过来，她忽略了北辰的职业身份，"啊，这样啊，那我们度蜜月的时候去哪呢？"语气里充满遗憾。

项北辰温柔地看着她，"度蜜月，那你是答应嫁给我了？"

"我们以后一定会结婚吧？"依兰有点脸红。

"当然！只要我们想，谁能把我们分开！"

依兰噙着泪笑了，似乎看到了身披白纱的自己。北辰俯下身，深深亲吻她，依兰握住他的手，去解胸前的扣子，却被北辰制止了。

"你不想要吗？"她不解。

"想啊，等我们洞房花烛夜那天，再等两年，我等得起。"

童依兰扑进他怀里，不知道这世上，还有多少这样认真专情的男人，她确信自己的选择没有错。其实每个男孩小时候都有个愿望，要像童话里的英雄一样，做个顶天立地的好男儿：走一条路，爱一个人，唱一首歌，过一辈子。可是现实的生活太多曲折，又有谁能把那么清澈的愿望带一生？

春去秋来，整个大三过得平静安然，童依兰已经习惯了大学的一切：上课，上自习，泡图书馆，听讲座，烈士墓的夜市，磁器口的小吃，沙坪坝的KTV，解放碑的商场……曾经的种种不满都烟消云散，她开始体恤感怀周围的一切，在听到大一新生尖利地批判学校时，作为迎新的学姐她也会微笑着劝慰。冉路和自己的关系有所缓和，主要是不想白谣谣尴尬。自三峡旅游归来，冉路也逐渐接受了白谣谣热情似火的关怀，赶在冉路毕业前夕，两人终于走到了一起。没心没肺又爱热闹的白谣谣，丝毫不介意冉路和童依兰之前的过往，逢年过节做生日，总要叫上一大帮人聚会，从来都不刻意回避谁。次数多了，童依兰和冉路间的芥蒂也慢慢化解，见面打招呼，吃饭遇到也会聊几句。只是依兰有时隐隐觉得，冉路酒过三巡后的眼神有些不同，不知是不是自己多心。

大三第二学期，学校搞了个和伦敦大学为期一年的交换计划，学分互认，还有奖学金。机会难得，一直辅修英语的童依兰抱着试试的心态参加了考试，顺利入选。依兰很向往外边的世界，父母也相当支持，这个机会她不想放弃。接到学校通知的依兰急忙给项北辰发短信。大四的项北辰正在陕甘蒙进行毕业综合拉练：在昼夜温差二十度的毛乌素沙漠急行，捧着铁盆在茫茫戈壁吃饭，一半米粒一半沙。拉练期间学员们不可以打电话，项北辰只能晚上休息时才打开看有没有依兰的短信。这天，部队扎下帐篷，项北辰在背人处偷偷打开手机，依兰入选交换生的短信一下跃入眼帘。他很支持她，鼓励她出去闯闯，反正未来一年自己要下连队，两人依然只能打电话，打重庆和打伦敦，也没什么区别。

　　一切按部就班地进行，童依兰想到自己的大四生活要在古老神秘的英格兰度过，激动不已。项北辰的工作也基本落实，根据他自己的意愿，去甘肃陇南最艰苦的基层部队。父亲很支持儿子这个选择，在部队，没有基层经验，走仕途也是块硬伤，很多学员不愿意去，是担心一辈子留在基层，永无出头之日。项家没这层担心，下去待一年再调回军区，也就是项父一个眼神的事。

　　童依兰赶到西安是7月1日中午，项北辰正在军校开毕业典礼，她轻车熟路找了去。童依兰在对面的招待所放好了行李，不一会听见门外吵吵嚷嚷，打开房门，和项北辰撞了个满怀，北辰有点不好意思，指指身后五六个同样穿着簇新绿军装的青年男子："我战友，行李在这儿搁一下，晚上我们都得走了。"

　　"晚上就走！那么着急？"北辰虽给依兰打过预防针，叫她别来西安，但也没想到这么快。

　　"陕西省的，明天就得报到，新疆西藏的，七天内报到。没办法，这就是部队！"几个战友七嘴八舌。看着他们背上的巨大背囊，依兰心里发酸，却也无可奈何。下午，北辰和依兰陪着几个家在农村的同学去骡马市买衣服，张元忙前忙后地张罗，他到底也没分回北京，去了河北沧州。依兰看着那些朴实的农村战友连砍价都不会，感慨油然而生："北辰你看，都是同龄人，谁也不比谁聪明，生活差别那么大。"

　　"是啊，以后的轨迹会更不同……其实，如果我们不是中学同学，也是两个世界的人。你在老牌资本主义的繁华世界，我在甘肃寸草不生的穷乡僻壤，一辈子都没机会遇到。"

　　"我们怎么能这么比！咱们的起点是一样的，终点是可控的。你不可能一辈子待在基层，我念完这一年就会回来，咱不都说好了嘛。环境是会影响事物的发展方向，但那毕竟是外因，起决定作用的还是内因，关键看我们自己怎么想。"

　　项北辰揪揪她的鼻子笑起来，"你这三年法律没白学啊，说话一套一套的！行，信念这么坚定，我就不担心你到花花世界不要我了！"

　　晚上，战友们去吃二十元一位的自助火锅，大家噙着离愁，借着酒劲，在烟雾缭绕的大厅抱头痛哭。和所有毕业生一样，对未来充满畏惧，对过去充满留恋。但又有不同，他们一起经历汗水泪水的洗礼，又一起面对被动选择的未来，命运的无力感更强烈，不舍之情也更深刻。8点多钟，战友们开始动身前往火车站。年轻的军官们要出发了。西安的军校好像特别多，火车站站台上到处是橄榄绿。清一色的背囊，清一色的硬座，清一色西去的火车。早晨他们才刚刚授衔，现在就要启程了。尽管军校有不让谈恋爱的规定，还是有不少大胆的违规者。花枝招展的女孩子们趴在金色的肩章上哭得梨花带雨，挥动着纤细的手臂追着火车跑，像极了《魂断蓝桥》的经典画面，似乎有一场生死诀别的战争在眼前。这场战争就在心里，不知会有怎样的未来等着他们。

再见了，我的爱人！

送走了项北辰，童依兰去看望邱媚，又是一年，他们已经从员工宿舍搬进了出租屋，房间狭小拥挤，只有邱媚一人在家，似乎刚吵过架，凌乱不堪。邱媚红着眼跟依兰抱怨："小锋现在特别多疑，酒店客人跟我多说句话，他都不依不饶！我要是贪图物质的人，哪会跟他过现在这样的生活。"桌上的手机大概是吵架时摔过，屏幕裂了缝。童依兰不知该如何安慰她，两人的生活环境渐远，不像以前那么有得聊，再加上邱媚情绪不佳，依兰也刚告别恋人，略坐一会，就起身告辞了。

一个月后，童依兰登上飞往大洋彼岸的飞机，那个大西洋上的岛国，在千里之外等着自己。

异国恋与异地恋有什么不同？刚到英国的童依兰感受并不深刻，她被周围一切所吸引：草坪上的小松鼠见人不跑！超市里的牛奶鸡蛋比国内还便宜！打电话签合同就可以送手机！随便推开一家餐厅的门就找得到工作！依兰漫步在泰晤士河边，嗅着空气中潮湿平静的气息，回味着电影《Love Actually》（真爱至上）的情景，有种说不出的轻松快乐。学校条件不错，单人宿舍，共用厨房盥洗室。学校没有封闭校园，学院散布在城市各个角落，几个交换生被安排在法学院，离宿舍不远，在9月潮湿的清晨步行去教室，很惬意。童依兰英语基础不错，生活没什么不便，学业倒真让人头疼。LLM（法学硕士）课程的专业深度对已在国内学习三年法律课程的学生尚可接受，关键是语言和学习方式，挑战很大。每次教授开出的书单，光在图书馆借齐，都要花些精力，更别说读完。大量的全英文法学书籍，读到焦头烂额还是不知所云。最怕写论文。在国内写论文就是一大抄。网上随便搜五六篇文章，认真点的去图书馆抱两三本书，一篇论文拼凑一番就搞定了。英国可截然不同。教授们反复强调，论文要有自己的观点，直接引用的语言或论点不得超过全文10%，且必须注明出处，否则一概以"plagiarism"（剽窃）论处。每年，都有中国学生因为犯了这一天条被取消学籍，连申诉的机会都没有。开学两个月后，"公司法"教授布置了第一篇中期论文，童依兰整天泡在图书馆，废寝忘食，脸上长满痘痘，头发也大把地掉。什么叫自己的观点？在国内念了十五年书，就学会了一件事——统一思想，依兰吭哧吭哧看完了两本英文论著，还是不知道一个二十一岁的中国女孩对英国公司法该有什么观点。她身心俱疲地望着图书馆天花板发呆，这栋有着百年历史的建筑，不知目睹过多少人的眼泪和辛酸。正痛苦着，项北辰的短信传来：吃完早饭了。这意味着，依兰可以给他打电话了，国内打国际长途贵，每次都是北辰方便时发个信息，依兰再给他拨过去。项北辰到新单位已经五个月，当地条件很艰苦，北辰在连队做指导员，每天清晨6点就要带着战士们出操，晚上还要组织学习开会，生活被占得很满。两人算着时差，见缝插针地打电话；等到周末，报仇似的打电话，把一周没说的话都说了，最长一次打了十小时。

11月的伦敦已经很冷，童依兰在图书馆的自助咖啡机买杯热巧，端着加厚纸杯走到门外，戴起耳机给项北辰拨了过去。

"又在图书馆呢?"北辰温柔又略带疲倦的声音在耳畔响起。

依兰哼了一声。

"这么晚了，赶紧回宿舍吧，不安全。"

"不回去了。这周五就是deadline（最后期限），今天得在图书馆熬通宵。"

前两天，依兰和北辰总吵架，打着国际长途吵架，说起来都是鸡毛蒜皮的小事，却不知为什么总搞得不愉快。后来北辰给依兰发了封邮件，言辞恳切地表达了自己的思念，又轻描淡写地提了件让童依兰震惊的事：军区一个大校因为油库的重大责任事故被问责，却带出许多经济问题，北辰的父亲也受到牵连。项北辰在邮件里不便多说，但能感到事情不小，他的情绪更加低落。依兰一下明白为何他最近总是无精打采，想安慰，又不知从何说起。

"你家里的事儿，怎么样了?"

"现在还不好说，唉，电话里不说这个。"项北辰担心有监听。

两人陷入沉默。

"前几天我对你态度不好，你惩罚我吧!"北辰换了种尽量轻松的语气打破沉默。

依兰望着清冷的街道淡淡苦笑，"那，你给我唱首歌吧!"

"现在? 我在外边呢。"

童依兰听见远处传来了汽车喇叭声，小贩操着甘肃口音卖酥饼的叫卖声，眼前是尖顶的哥特式建筑，半层楼高的英文广告，"不，就要现在。"她决定任性一把。

几秒钟的沉默后，电话里传来深深叹息，一个男声伴着风声柔声清唱："我眼睛看不见你的需要，你的耳朵听不到我的祈祷，如果说天气都难以预料，爱情的痕迹往哪里找……"

依兰起身走到铺满雪的街道上，看着夜幕下的伦敦城，电话里的陇南醒了，越来越热闹，这里却越来越沉寂。不知什么时候，泪水已爬上了脸庞。

在经过了无数个夜以继日的奋战后，前两门课的中期论文顺利结束。因为熬夜时间太长，依兰眼睛发炎，红得像个兔子。学校医院不给含激素的药，开了一瓶眼药，点了很久也不见好。父母在视频里看到女儿的模样，急得不得了，怕时间久了影响视力，连夜从国内寄药。没过几天，邮局通知包裹在香港被没收了。就在一筹莫展的时候，从美国回国内休假的杨阳传来消息，过完圣诞假期要来伦敦交流学习，问有什么要带的。童依兰连忙安排母亲和杨阳见面，除了眼药又带了些其他物品。江雁卿对杨阳印象不错，说他精明懂事，嘴还甜。嘴甜？依兰颇不以为然，那无非是他的伪装罢了。

厚厚的积雪积在大本钟塔顶，新年来了，学校放假了。还有一个星期，杨阳就要来伦敦，童依兰却为另一件事急成了热锅上的蚂蚁。已经三四天联系不到项北辰，电话永远不通，邮件也不回。最后一次通话，他情绪十分低落，只说家里很不好，他得请假回一趟兰州，电话里也不方便讲，之后就再无消息。依兰情急之下给杨阳打电话，让他出发前务必去北辰家看看。杨阳一听这情况，挂了电话就拨通了项北辰手机，依然是"无法接通"。两三小时过去，没什么变化，杨阳披上大衣，直奔军区大院，凭着中学时的记忆，硬是找到了项北辰家。可门都快敲破了，也没人开。杨阳不甘心，坐在楼梯上等，过了半个小时，北辰家对面的门开了，一个中年妇女眉头紧皱地问："你找谁？"

"阿姨您好，我找项北辰，我是他中学同学，我叫杨阳。"他连忙从地上站起来。

"他家没人。"那女人还是一脸紧张的神色。

"是，刚才敲门吵到您了，真不好意思，阿姨您知道他们几点回来吗？"杨阳赶紧发挥他嘴甜的特长。

中年妇女摇摇头，神色似乎放松了些，"你找北辰有什么事？"

北辰，杨阳心想，既然她这么称呼，一定与项家有些交情，"是这样阿姨，我是他一中的同学，我们关系特好，我现在在美国麻省理工读研究生，现在学校放圣诞假，北辰让我给他从美国带了些东西，可我回来后打他电话，136XXXXXXX，一直不通，这周末我就要回去了，挺担心的，也不知道怎么能找到他。"杨阳故意说出了校名，他知道，中年妇女对于名校大学生都有天然的好感，他也刻意说出了项北辰的手机号，表明自己不是诈骗。

果然，阿姨看了他半天，让他等等，转身进屋了。很快，她拿着张小纸条出来，上面用铅笔写着个号码，133开头的。

"你打这个试试吧。"

133看来是部队的号，原来北辰不止一个手机，可他为什么连童依兰都不告诉呢，杨阳不解。

刚到楼下，杨阳立刻拨出去，果然是通的！响了很久没人接，他接二连三地打，始终没人。他想了想，发了条短信：

我是杨阳，就在你家楼下，有要命的事，速与我联系！

又过约摸半小时，就在杨阳快要放弃时，电话响起来，正是那个号码。

"喂！北辰吗？"杨阳几乎是喊起来了。

"真的是你？你怎么回来了，你在哪？"项北辰的声音听起来不像他，沙哑低沉，仿佛一下老了好几岁。

"就在你家楼下的篮球场！你那个电话怎么总也打不通，到底出什么事了？"

电话那边是无声的沉默。

杨阳接着咆哮："你到底怎么了，说话行吗，这样要急死人啊！你怎么也不跟童依兰联系，她都快跳泰晤士河了！我把她让给你，你他妈就这样对她啊！"

"依兰跟你联系了？"

"对啊！她都要急疯了，我周末就飞伦敦，下学期在帝国理工交流三个月，她让我无论如何找到你再走。"

"……一会你有时间吗，我们见见？"

杨阳急得跳脚，"废什么话啊！我在你家都等了两小时了，还能没时间见你嘛！"

"那半小时后，农民巷以前常去的烤肉店见。"

这家大漠烤肉，开在这里快十年了。高中时，大家穿着清一色的校服来；大学的假期里，项北辰穿着军装，杨阳趿拉着拖鞋来；这一次，杨阳看到北辰推门进来时，心里咯噔一下。他穿着磨得发白的牛仔裤和灰色羽绒服，脸上胡子拉碴，眼窝深陷，与一贯清秀干净的形象反差太大。因为不是吃饭时间，店里客人很少，北辰阴沉着脸走过来。

"到底出什么事了？"杨阳迫不及待地问。

北辰坐下不说话，微闭双眼，两手交叉顶在额前。

"你倒是说话啊！"

"……我们家出事了。"北辰抬眼看天，眼睛有点潮湿，"我爸让检察院带走了。"

杨阳眼珠滴溜溜转，不用问，肯定是经济问题，北辰虽没有一点奢侈荒淫的少爷作风，但他家经济条件很好，相识这么多年，大家也是清楚的。"多长时间了？"

"快两周了……"

"我大姑父在省检，要不要让他托人打听打听？"杨阳一向觉得哥们义气比"大是大非"重要。

北辰皱着眉摇头，"没用，部队和地方不是一个系统。"

也是，部队的事归军事检察院，地方确实插不上手。"你爸在位的时候，认识那么多人，就没人能帮上忙？"

"能求的都求过了，架不住人家专门要整你，找谁都没用。"

杨阳看着神色有些恍惚的项北辰，心里涌起难过，这么清高自傲的小伙子，这一段不知受了多少委屈，"你妈怎么样啊？"

他不问这句还好，北辰一下子难以自抑，他端起杨阳面前的啤酒，灌下半瓶，咳嗽几声低着头，眼圈红了，"她不好，前天晚上吃了安眠药，昨天抢救过来了，但还在医院躺着……"

杨阳认识项北辰快十年，从没见他这样，自己也慌了神，不知所措。"你一个大老爷们，哭什么啊！"他一拳打在北辰肩头，"别哭了！你这样，你爹你妈指望谁去！"

杨阳说得没错，北辰也觉得自己有些失态，他扯过桌上沾满灰尘和油腻的卷纸擤鼻涕，努力控制情绪，"你说你周末要去伦敦？"

杨阳这才想起来的初衷，"对，去交流三个月。你怎么不跟依兰联系呢，她都快疯了。"

"那个手机摔坏了，没顾上修，这个号是军线，打国外不方便，就没告诉她。"

"是，我理解。但你们平时天天联系，这样突然消失，她肯定慌啊，好歹跟人家说一声嘛。"

项北辰眉头紧蹙，沉默良久终于开口，"杨阳，这段时间，我一直在想一件事，你说，我跟依兰这样下去，现实吗？"

杨阳嘴张开一半，完全没想到他这么说，"你什么意思？"

"我们的生活差得太远了，而且会越来越远，很多人都劝我早点放手，这样下去，只能是相互耽误。"

"不是，你到底什么意思？"杨阳觉得自己大脑发热，心跳也变快了。

"难道你不觉得？我在甘肃的大山沟里，乡下，她在伦敦，泰晤士河边上！以前还有希望，觉得将来可以一起去北京，现在，北京？调回兰州都没可能了！发生这么多事，有什么是我可以控制的？"

"你这什么逻辑啊，人家还没嫌弃你呢，要分，也得她先提啊！"杨阳不以为然地摇摇头。

"童依兰是什么样的人，你不是不清楚，倔得不得了，我要是不提，估计她会一直耗下去。"

"那你们就一起执著下去啊！依兰对你的感情没有变，她对物质环境没那么在乎。

你老实跟我说，是不是你自己觉得累了？"

项北辰看看杨阳，眼神有些躲闪，"从我们开始谈恋爱到现在，两年多了，我从来都不知道两人一起做做饭，吃完了散散步，想念的时候随时能见到，有话随时能在耳边说是什么感觉。现在家里出了这么大的事，我心里多苦多难，没人听我说，更别说分担，远得特别不真实。"

杨阳"啪"一声拍在桌上，"你有没有人性！对她来说还不是一样！她需要你时，你不是也不在身边，人家女孩还没抱怨呢，少拿你爸的事说你俩的事！你嫌她远，是不是现在有近的做对比啊？"

项北辰一听他提到父亲的事，心里也蹿起无名火，"我知道你对她余情未了，我说什么你听着都刺耳。我也不想瞒你，现在是有个女孩追我，他爸是我们军分区的领导，我家出了事，人家不避嫌，还帮忙托关系，之前没受过我爸任何恩惠，全冲着我！要不你以为我凭什么能请假回兰州，坐在这儿跟你扯这些没用的。就凭这一条，我就觉得感动！"

杨阳一听这话哪还受得了，他一蹦子跳起来，提起项北辰的领子一拳挥上去，"你这个没良心的陈世美！我他妈瞎了眼了，把依兰让给你，没想到你小子竟然先变了！"

项北辰也一拳还过去，当了几年兵，力道不小，杨阳的鼻血立刻流了出来，"我欠依兰的，但不欠你的！这是你第二次动手了，你以为我不敢打你吗！"

两人正在撕扯，小店的伙计不干了，上来几个戴白帽的，两三下就把他们分开推出了门。街上寒风凛冽，天空阴霾。两人一前一后走着，谁也不说话。到十字路口时，项北辰在后边叫住杨阳，"我该去医院了。我知道你现在恨我，觉得我自私，但你其实也明白，这么做，也是放了依兰。她的前途很美好，没有义务被我拖着，跟我一起熬没有希望的日子。"项北辰的声音在干燥凛冽的西北风里颤抖，"我会跟她说清楚的……到了伦敦，替我照顾好她。"他吞下眼泪，转身走进黄昏的暮色。看着项北辰渐渐消失的背影，杨阳也不知道自己是怎么了，蹲在人来人往的十字路口，嚎啕大哭起来。

那些青春岁月，一去不复返了。

一个星期后，杨阳到达伦敦，童依兰去希斯罗机场接他。与其说是接他，倒不如说是去围追堵截项北辰的消息。杨阳在候机大厅看到依兰翘首期盼的身影，不知该怎么面对，他原地转了两圈，硬着头皮迎上去。果然，依兰压抑着内心的焦虑，虚情假意地问候几句，立马绕到了项北辰。其实杨阳见北辰当晚，就接到了童依兰的电话，他只说北辰家出事了，父亲被抓，母亲住院，实在不方便接你电话，别担心。其他的，杨阳说不出口，也没资格说。他知道项北辰早晚会跟她摊牌，只是不知是什么时候。

童依兰一脸企盼地盯着杨阳，对于那天的情形已经问了三遍，还是不甘心，"那他没说什么时候和我联系吗？"杨阳摇头，别过脸，透过黑色出租车窗，外边残雪消融，风和日丽，"那是国会大厦？"依兰像泄了气的皮球，强打精神点点头。杨阳想起几天前兰州那片灰蒙蒙的天空，脚下沾满了油渍和泥土的洋灰地，心里堵堵的。

第二天一早，童依兰收到项北辰的邮件，寥寥几句，说了些不着三五的话，中心意思是：我们算了吧。依兰晨起还没刷牙，呆呆坐在电脑前半小时，一动不动。这是那个一个月前还在电话里为她唱歌的男人吗？是那个曾经将自己视若生命的男人吗？是那个她迷恋了七年的男人吗？依兰不敢相信。那个温文尔雅，还透着少年气息的男人，他怎么会这样？怎么会连分手都分得如此潦草？一定是杨阳见他时说了什么！想到这一点，童依兰蹭一下跳起来，抄起电话打给杨阳。"杨阳，我问你，那天在兰州见到北辰，你们到底说什么了？快告诉我！"

杨阳还没睡醒，迷迷糊糊地遮掩，"都告诉你了啊，怎么了？"

"那为什么……不对，一定有什么没告诉我！他给我发邮件了，说要……"依兰发现自己说不出"分手"两个字，她的声音在抖，手也在抖。

杨阳倏地醒了，他明白一定是项北辰算准了自己已到伦敦，可以看着童依兰，就立刻行动了。妈的，多等一天能急死啊！杨阳在心底骂了句。他还没开口，就听到依兰在电话那头吭吭哭起来。"依兰，你别哭啊！我马上来！"

半小时后，杨阳出现在依兰宿舍，她穿着睡衣睡裤，蓬头垢面戴着眼镜，脸上是深深浅浅的痘印，一点都不漂亮了。杨阳一进门，立刻被她拉到电脑前，依兰指着屏幕上的邮件问："这是什么意思？"

杨阳皱着眉看了五六遍那一小段话，使劲挠挠头，"你给他打电话了吗？"

"打了，还是不通！"

杨阳想起，童依兰还不知道项北辰的那个手机号，他犹豫再三，觉得北辰虽不是东西，但自己不能不仗义，何况，以依兰现在的状况，电话打通了估计更糟。

"其实吧，在兰州的时候，我也觉得他状态不对，"杨阳看着依兰的脸色，断断续续地说，"我没敢告诉你，他妈住院不是生病，是吃了安眠药了。你说，谁碰上这样的事不乱啊。你要理解他。"杨阳的汗都下来了，原来劝人也是一门技术活。

"我理解他啊，可是他为什么要跟我分手呢？这两件事没关系啊？"依兰瞪着大眼睛。

"唉，人在这种状态下容易钻牛角尖嘛！他爸一出事，以后调回兰州都难，跟你的差距越来越大，还不是，怕耽误你嘛！"杨阳不敢正视依兰的眼睛。

依兰似乎有点开窍了，一屁股坐在床上自言自语："他为什么会这么想？肯定是太久没见到我了，我回去看看他就会没事的！对，我现在就订票，周末就回去。"

杨阳一听这话，又是一身冷汗，"你疯啦！下周不就开学了嘛，你这么贸然回去又不解决问题，不是添乱吗！"

　　童依兰的眼泪毫无征兆地流下来，"那我怎么办！就这样放手吗？"

　　杨阳从没见人这么哭过，他有点明白小学课本里写的：泪水像断了线的珠子。他起身蹲在依兰对面，琢磨着该怎么打消她杀回国的念头。"哎呦，小公主，别哭了！你再哭我也要哭了。你那么善解人意的姑娘，怎么不明白北辰现在的心情呢？你这样回去，只会让他更有压力，一下出了这么多事，你应该给他些空间，等他熬过这一段，心情恢复平静，就能比较积极地看待你们的未来了，那时候你再回去也不迟，是不是？"杨阳用故作调侃的语气掩饰着内心的巨大悲恸和忐忑，他明白，这无非是哄哄她，拖延战术而已。一个男人，当他眼里已经有另外一个女人时，你的眼泪或努力，对他，都不会再有意义。

　　都说恋爱中的女人傻，失恋的女人更傻，要她心甘情愿地明白自己就是被撂半路上了，真不是件容易的事。

　　晚上，杨阳拨通了项北辰133的手机，一遍不接，两遍不接，三遍不接，他有点理解童依兰崩溃的心情了。一个人选择逃避，另一个就只能发疯。他给北辰发了条短信，警告他再不接电话，就把这个号告诉依兰。这招果然好使，过会再打，北辰终于接了。杨阳强压着心头火开了口：

　　"童依兰收到你邮件了，她准备马上回国找你。"

　　电话里沉默片刻，传来项北辰沙哑的声音："我不会见她的，你怎么不拦着她？"

　　"她的脾气你最了解，我怎么可能拦得住。我没有跟她说那个女人的事，我觉得没必要让她知道。"

　　"这我同意。本来和那个人关系也不大。"

　　"但是北辰，你那封邮件写得也太潦草了吧。你们用了五年才走到一起，分手的时候花五十分钟跟人家讲清楚，这个要求不过分吧。"

　　"你怎么知道我没写，你走后，我一直在写这封信，可我不能发给她，否则她更放不下。"北辰说的是实话，过去一周，他几乎夜夜失眠，睡不着时就起来给依兰写这封漫长的分手信，从七年前第一次见面、第一次对话，到两人说过的承诺、幻想的未来……每次写到天蒙蒙亮，北辰就哭得写不下去了。他觉得自己写的这一万多字的东西不是分手信，是回忆录，纪念他最初的爱情，曾经美好的青春，和已经被无情撕烂的梦想。当年的他，无论如何没想过会是这样的结局。

　　"北辰，这样好不好，你先别那么决绝地跟她提分手，不然她肯定冲回去。"杨阳的话打断了项北辰的回忆，"就当是好朋友，让你们俩都有个过渡期，好歹等她把下学期的课对付过去，分手也需要适应嘛。"

北辰陷入沉默，他能想象依兰此刻的状态，他的确下不了手，不仅是对依兰，也是对自己。

"你赶紧把那个手机修好，没事跟她打个电话，聊聊工作学习。否则，她把我逼急了，我保不齐把你这个号供出来。"

项北辰很矛盾，他觉得这分明是给童依兰抽大麻，可是不这样，还能怎样呢？"依兰，现在怎么样？"

"不好，又瘦了，脸上长了好多痘，她们学习压力挺大，你俩就别互相添乱了。"

"那你多去看看她，多照顾她。"

"这是肯定的，趁着这三四个月我在伦敦，能看着她点。香港回归还有个过渡期呢，分得太猛，容易出事。"

项北辰没说话，如果杨阳和依兰最终能走到一起，那应该是最好的结局，可他心里，为什么那么酸楚。

项北辰最终接受了杨阳的建议，认真给童依兰回了封信，闭口不谈感情的问题，只说了家里的情况，和自己必须要面对的职业规划的调整。这样，总算稳住了童依兰。又过半月，项北辰回到部队，父亲的问题已经定性，等着上法庭。他的生活完全改变了，将军之子一下成了罪人之后，不少势利小人开始为难他。北辰笑自己当初幼稚，以为取得的成绩全赖自己努力，从没觉得父亲的权位对自己有何庇佑。如今他才明白，那个曾经声名显赫的家庭，对自己意味着什么。

除了前途，还有一件天翻地覆的事，就是钱。项北辰不抽烟不喝酒，没什么不良嗜好，从来也不觉得钱是个问题。母亲定期会往他卡里打万八千，单位每月三千块的工资，几乎不动。自打父亲出事，账户全被冻结，为了救爹，北辰把所有能变现的东西都换了钱退赔，还到处送礼托人，工资卡里的两万块扔出去还不如个水漂，响都没响。他觉得自己突然变得算计了，请人吃饭、打长途电话全得计算着来。项北辰回想起读大学时，今天飞重庆，明天飞西安，酒店餐食，节庆礼物……原来浪漫的爱情，真不是人人都能享受。这样几个月过去，项北辰似乎适应了。童依兰来电话，方便时他就接，随便聊聊，听得出来，依兰总是小心翼翼回避敏感话题。北辰自欺欺人地想，就当她是远在天边的红颜知己吧。军分区副政委的女儿刘丹丹，已经带自己和家人吃过饭，基本上也认可了这层关系。项北辰感动的同时常纳闷，丹丹看上我什么了？军校大学生？长得帅？家庭背景？似乎都不可能。刘丹丹远不如童依兰身材气质好，五官倒也耐看，人很灵活，就是念不成书。高中毕业让她爸安排当了兵，后来又想办法送去一所三流地方大学念了个委培，总算混到大专毕业。刘丹丹对项北辰倒是没的说，天天去宿舍看他，今天提自家做的红烧肉，明天送自己打的围脖。可是，体贴入微不见得就是温柔小白兔，刘丹丹脾气不小，毕竟在这小地方也算得上官二代。两人刚处了一个月，有天晚上她在北辰宿舍，正赶上童依兰打电话，项北辰没敢接，直接挂断。刘丹丹的脸拉了下来，不依不饶非让他打回去骂"前女友"一顿，否则就要向父亲告状。项北辰好说歹说，一会借口没显示号码，一会又说话费太贵，总算对付过去。在这种状态下，没几个月，就被刘丹丹拿得稳稳当当。项北辰越来越认可眼前的一切：体贴剽悍的女友，庇护自己的未来岳父，白天训练晚上开会的生活，陇南的气息与日出日落。个别时候，北辰独自躺在宿舍僵硬的单人床上睡不着觉，满脑子是过去支离破碎的画面，他把自己蒙在棉被里放声痛哭，第二天像什么都没发生过，在清晨的雾霭里扯着嗓子喊：团结就是力量！

那些青春岁月、爱情梦想，统统被锁进心底里最不堪回首的地方。

远在英国的童依兰，明白自己和北辰的关系不同往日，却痴情地以为只是家庭变故和距离才导致现状。她拿出一直带在身边的墨绿色笔记本，一遍遍翻看。那是北辰和她共度第一个情人节时，亲手送她的礼物。扉页上，北辰隽秀的字体写着：

> 依兰，关于情人节的礼物，我想了很久，不想随便买点什么就送给你，因为这是我们的第一个情人节。终于，我想到了这本简易的自制"写真集"。它从一个方面体现了我二十年的成长，包含了我美好的回忆。希望你能与我共同分享，不仅拥有我的未来，也走进我的过去。

> 辰
>
> 2002.2.14

笔记本里贴着二十六张老照片，从满月、小学、初中、高中到大学，每一张都有北辰精心设计的"版式"和配图文字，俨然一部成长史。英国阴冷漫长的雨季来了，童依兰窝在床上反复地看，一会哭，一会笑。她仿佛看到北辰在台灯下把照片错落有致地贴上去，趴在书桌上工工整整地写字……每当她怀疑、动摇、痛苦，又得不到北辰回应的时候，依兰靠这本册子安慰自己：这世界上有多少男人会如此用心，他一定是爱我的，为了这份爱，无论多难，我都要坚守下去。

春天在没完没了的考试论文中过去。一起交流的同学都说童依兰太自闭，每天窝在宿舍除了学习就是写信，也不趁着春光出去走走。童依兰日渐憔悴，她一肚子的委屈想诉说，却不敢在越来越稀少、越来越短促的越洋电话里透露丝毫，生怕自己的情绪给这段本来已岌岌可危的关系带来负面影响。于是，她开始在那本"写真集"里给北辰写信，记录生活的点滴，情绪的起伏，内心最痛苦最脆弱的爱恋。不知不觉已写满一本。

她期盼着回国见到北辰的那一天，亲手将这本日记交给他，等他明白她的心，他们又可以像从前那样彼此尊重、彼此相爱、彼此珍惜。

夏天到来时，童依兰的心情像伦敦的天气一般，逐渐明快起来，快放假了，快回国了！杨阳马上要结束一学期的交流，准备回美国去。刚来英国时，对于未来与童依兰的可能性，杨阳多少还抱点希望。几个月下来，杨阳惊讶于童依兰的执著，她对北辰的想念和爱，丝毫没受影响，似乎更深刻了。久而久之，连杨阳都被感染，隐隐觉得，也没准等依兰回国时，他们一见面就又好了，不是有句老话吗：有志者，事竟成。

回美国前，童依兰给杨阳送行，去中国城吃火锅。两人吃着不过瘾，又叫了半打百威。等白汽腾起来，热汤滚起来，离愁在心头涌动，酒劲也有些上头了。杨阳回想起七年前，第一次骑车在放学路上拦住依兰的情景。那时她还是个单薄凌厉的小女孩，马尾一甩，骄傲无比的样子。如今，面前这个憔悴的女孩，正努力拾起光辉，为回国与恋人的重逢做准备，爱情在她眼里，留下化不开的忧郁。杨阳鼻子发酸，有点不忍。

"依兰，你回去见到北辰，如果发现感觉还是不对呢？"

"不会的，就是因为太久没见，感觉不真实才疏远了。我有时也有这样的感觉，完全能理解他。"童依兰双手捧着杯冰桔茶，眼神笃定。

"依兰，你就真没想过，你们俩可能不太合适？"

"怎么不合适？"

"他一个军人，在穷山僻壤里带部队，回兰州的可能性都很小；你呢，已经走出来了，将来无论是否回国，你俩的环境都会很不同，共同语言可能会越来越少。"

"这些都是外在的，只要心不变，没什么能成为阻碍。"

"那要是心变了呢？"杨阳有点急，他觉得童依兰这么冰雪聪明的女孩，在项北辰的问题上怎么如此迟钝迂腐。

"北辰不会变的，他是个内心坚定的人，不像你。"依兰垂下眼帘不看他。

喝了酒的杨阳怒发冲冠，好端端把自己扯进来了，"你现在真是智商等于零！我内心不坚定？你仔细看看现在是谁陪在你身边！你以为项北辰会像你想的那么坚定执著？暑假你自己回去看吧，哼！"

"北辰不是那样的人！上周打电话的时候，他还给我唱歌呢，他就是有时候太忙太累，思想负担太重。"

"他还给你唱歌！？"杨阳气得眼睛都凸起来了。这么多年的哥们，他最了解北辰，就是一个善良不懂拒绝，有时自己都不知道自己想要什么的浆糊人。是不是巨蟹座的男人就这样？杨阳不懂星座，但北辰这么做，无疑是给依兰非常不好的假象和希望。等依兰回去发现真相时，怎么受得了。"这家伙到底怎么想的！本来让他跟你联系，是不想你们分得太激烈，现在这是哪一出啊？"

"让他跟我联系？什么意思，是你让他跟我分手的？"依兰一直觉得杨阳并没将他跟北辰见面的事和盘托出，这下更怀疑了。

杨阳冷笑一声，"我哪有那么大本事，他能听我的？我只是奉劝你别太钻牛角尖，免得受伤，事情可能没你想得那么简单。"

童依兰不傻，有时她给北辰打电话，对方直接压断，再打就关机，这种时候，依兰会气得浑身发抖，可她压抑着不敢发作，怕一发作，项北辰就会像几个月前一样，断然消失。她想过，就算北辰身边有一个半个暧昧的女孩，她也可以原谅，只要不分手就好。

晚上回到宿舍，童依兰心有余悸，她抄起电话给项北辰拨了过去。国内正好是早上7点，又赶上周末，北辰应该还在睡觉。电话响了三四声接通了，却没人说话，依兰喂一声，就听到那边一阵窸窣的慌乱，隐约传来北辰的声音："你怎么接我电话！"然后，就断了。童依兰呆若木鸡，浑身冰凉，她又打过去，响了无数声，北辰终于接了。依兰追问他刚才怎么回事，他不说话，依兰哭了，北辰还是不说话，依兰实在压抑不住，哭着喊起来，把憋了四个月的情绪释放出来："北辰你怎么了，为什么不说话?!"项北辰一字一顿地说："全世界，我最不想听到的就是你的声音，请你不要再打扰我的生活了。"

唰的一下，整个世界黑暗了。

童依兰疯了一样打开电脑，订最近一班回国的机票。之前，依兰一直在学联论坛上卖台灯这些零碎东西，虽然按照父母的意愿提交了读研申请，心底里她并没打算留在伦敦。本来准备七月回去，现在必须要提前行动了。整整十一个小时，从伦敦到北京，童依兰不吃不喝，一分钟都没合眼。她所有的梦想，所有的坚持，似乎一夜之间都毫无意义。曾经说出过那么多温柔耳语的嘴巴，竟然也说得出那么伤人绝情的话。她想不通，无论如何也想不通，从十六岁起，这个男人就驻留在她心里，他们的爱，曾经像钻石一样璀璨坚定，为什么现在像玻璃一般不堪一击。她顾不上感受离别快一年的祖国，顾不上调时差，没出北京机场，直接换上了回兰州的飞机。两个半小时后，童依兰回到了日思夜想的故乡，邱媚正在候机厅焦急地等待。两人把行李偷偷运回家。童依兰出国这一年，父母都迁居杭州了。童依兰提前回国的事没告诉他们，只偷偷溜回兰州的老房子。邱媚和白小锋的关系也越来越不稳定，每天一小吵，三天一大吵，小锋变得多疑暴虐，说到底，是越来越不自信。邱媚不想跟他正面冲突，正好母亲做胆结石手术，邱媚辞职独自回了兰州。

晚上邱媚住在依兰家，陪她流眼泪。依兰精神状况很不好，头晕恶心，却怎么也睡不着。依兰让邱媚给北辰打电话，别提她回来，只问近况。邱媚打通电话后，寒暄几句话题一转，问北辰最近和依兰联系没。北辰含糊地说已经分开了。

"啊！怎么都没听她说呢？什么时候的事啊？"邱媚故作惊讶。

"三四个月了吧。"

"为什么呀，还一直觉得你们挺好的呢。"

"唉，世事变迁，我们的路越来越不同，分开是早晚的事。"

"可我听依兰说她要回国的，是不是她回来，你们就还能在一起啊？"这句是童依兰写在纸上举着让邱媚问的。

电话那头的项北辰沉默片刻，"不是那么简单，我已经有女朋友了。"

手机开着公放，童依兰的眼睛瞬间灰暗下去……

第二天清晨6点，依兰坐上了去陇南的大巴车，经过八小时颠簸，车子终于停在汽车站，她凭着一年前项北辰告诉她的邮寄地址，终于找到了那个位于郊县的兵营。下午3点，7月骄阳似火，烤着炙热的柏油地。门口站岗的战士不让她进去，一天没吃东西的童依兰站在大院门前的阳光地里，拨通了项北辰的电话。大铁门内，一条笔直的林荫大道，两边的白杨遮天蔽日，远远看得到远处的操场，另一边挂着红五角星的三层办公楼，安静肃穆。

依兰被阳光照得睁不开眼，双脚像踩在棉花上，许久，一个迟疑的男声传出，童依兰竟说不出话。"是我。"十几秒后，依兰才带着哭腔说出一句。

"你，回来了？"项北辰的声音听起来疲惫不堪，却并不惊讶。

"我就在你们部队门口。"

"你来干嘛？"半晌，项北辰冒出一句话，透着有几分厌烦。

"我，来找你啊！你到底什么意思，出来当着面说清楚！我连夜赶了几万公里，不是来跟你打电话的!"童依兰想起自己这几个月来的付出和隐忍，想起北辰的逃避和隐瞒，还有头天晚上他亲口说的有女友，压抑许久的心境再难以平复。

听她吼起来，项北辰反倒不知如何，只得眉头紧锁地往大院门口走，沿途碰到人和他打招呼，都浑然不觉。

门外，口干舌燥的童依兰有点晕，白花花的阳光晃着水泥地，岗亭上的哨兵裤线笔直，汗水顺着大檐帽流下来浸湿领口。好一会，终于看到个穿军装的男人往这边走来，纵然他耷拉着脑袋，脚步迟疑，再不像当年熠熠生辉，童依兰还是一眼就认了出来。

项北辰出来后一言不发，甚至都不正视她，童依兰还是第一次看到这样复杂的表情：慌乱、紧张、无助、烦躁、内疚……原来爱可以变得如此面目可憎。她捂着嘴啜泣，面前这个男人变得好陌生，他还有这样一面！他怎么可以这样对我！童依兰百思不得其解。还是项北辰先沉不住气："不是都跟你说了吗，又跑到这干嘛!"

童依兰放声大哭，她要把一切都说清楚，不想再为了留住他的爱而压抑自己，自打看到项北辰的眼睛，她就明白，这份爱真的死了。"我问你，昨天你跟邱媚说有女朋友是怎么回事？"

项北辰一愣，旋即明白自己头天中了圈套，"你竟然套我的话！"这是他的第一反应，依兰怎么成了这样，河东狮吼不算，还使心机手段。这样想着，心里的内疚也少了几分，"女朋友？到底你还是关心这个啊！到现在，你问过我一句吗？问过我家里一句吗？这半年发生了这么多事，我差点家破人亡！这些，都没有你的爱情重要，是不是！"北辰也把压抑许久和谁都不敢讲的痛楚发泄出来，"我以后的人生，都在这扇门里，随便一个人就可以决定我后五十年的生活！我不像你，可以满世界飞，可以自由地选择生活，可以把爱情看得高过一切！如果你对我还有一点点感情，求你，别给我添乱好吗！"

"项北辰，你说这话对得起自己的良心吗？我没关心过你吗？没关心过你家的事吗？可你给我这样的机会吗？不接电话，不回邮件，好，我现在回来了，就站在这儿关心你，你说我添乱！你爱我的时候，我做什么都对，不爱了，做什么都是错……背叛就是背叛，你要还是个男人，就别给自己变心找借口！"

"你——！"项北辰脸憋得通红无言以对，正在这时，手机响起来，是刘丹丹。他犹豫不想接，那边却执著不挂。这边，童依兰瞪着充满怨恨的双眼盯着他，"为什么不接，接啊！"北辰快要被撕裂了，他无奈地接起来。

"你在哪呢？"刘丹丹大声嚷嚷。

"在办公室，有点事，一会打给你。"

"不对吧，人家都看见你在门口吵架了！是英国那个回来了吧？叫她在门口等着，我来跟她说清楚！"刘丹丹的战斗状态很饱满。

北辰心里暗骂，没办法，这个院里刘丹丹的眼线太多。"丹丹，你就别跟我闹了，我一会回去跟你解释好不好？"

"项北辰！你不要欺人太甚！"没等刘丹丹回答，忍无可忍的童依兰声嘶力竭地喊起来。

电话那端的刘丹丹也不干了，"嘿！闹到我家门口，她还牛上了，让那个贱人等着！哼！"

项北辰崩溃了，他谁都不想管，恨不得天崩地裂，自己也解脱了。

撒泼耍蛮，童依兰当然不是刘丹丹的对手，她听到电话里传出不干不净的骂声，也无可奈何，只是当她亲眼看着项北辰的表现，心像撕碎了一样痛。项北辰哭了！童依兰看到他双眼发红，声音也变了，用攥紧拳头的手臂一遍遍捶击自己的前额，"依兰，我对不起你，这辈子我最对不起的人就是你。不管你信不信，我也是为了你好。有一天你会明白的。我求你了，从我的生活里消失吧，让彼此都留点美好的回忆好吗？你以后肯定会有更幸福的生活，我却不会了，我想把你留在2004年以前的生活里，有那些美好的记忆，以后的日子不管多操蛋，我心里总算还有点温暖：那时候，我是将军的儿子，在最得意的军校，怀揣着改变中国的梦，人人羡慕，人人尊重，还有一份守护了七年的爱情，我们彼此相爱，心心相印……"北辰泣不成声，"求你了，别破坏这些回忆好吗，我需要它过后五十年，求你了依兰！"

童依兰的心碎了，她伸手去拥抱项北辰，却被他推开了。

"我回去了，你也快走吧，赶5点的车回兰州，再不要来这个地方，把我忘了吧……"北辰一把擦去眼泪，转身朝门内跑去。不远处，那条笔直的林荫道上，一个穿军装的女孩正怒气冲冲地往外跑，依兰没有力气去生气或者妒忌了，北辰的那些话，像刀一样割她的心，她只觉得一阵眩晕，林荫道上斑驳的树影，一虚一实。

门内，项北辰一把抱住正要冲出来的刘丹丹，她不依不饶，在北辰怀里跳着要跟那个"贱货"说清楚！一百米不到的大门外，童依兰像被抽了骨头一样瘫倒在地，被旁边站岗的战士眼疾手快提住了一只肩膀，瞬间，北辰觉得依兰像死了一般，他绝望地大喊："依兰——！"

刘丹丹也愣了几秒，等看到童依兰的身体慢慢又硬了，撑着地坐起来，她才想起刚才项北辰那声喊，像狼一样凄厉，分明带着爱和绝望，刺心地疼，好像用手指划过粉笔。她恼羞成怒，转身对北辰又踢又打，骂他没良心，骂他不是人……

多年以后，每当童依兰回想起那天下午的情景，总是不寒而栗，她记不起自己是怎样跌跌撞撞地回到兰州，怎样糊里糊涂地过完夏天。整个青春的记忆，似乎都结束在那里。爱情来过，又走了，像是脊柱里的骨髓被抽空了，你每天依旧吃喝拉撒睡，却时常觉得从身后传来透心的凉意。童依兰不知道，一个月后，还有更大的灾难等着自己。

从陇南回去后，童依兰独自在家躺了两天，不吃不喝，要不是邱媚去，或许她真就死在二十二岁的青春年华里。邱媚背她去医院输液。醒来后，她不说不笑也不哭，直勾勾地看着天花板，十分吓人。邱媚为了劝解依兰，把她和白小锋之间最不想说的伤心事也摊出来讲，原来他们也并不幸福，代价太大，期望就会特别高，可惜生活不是拍电影。如果说张爱玲的名言生动：生活是一袭华美的袍，上面爬满了虱子。他们的日子就连那华丽的织锦缎都不曾见过，只剩下让人糟心的虱子。邱媚说，白小锋和她父亲当年一样，也开始酗酒、夜不归宿，动不动发脾气。年轻漂亮的女人活在这世上，比同龄的男人容易些。做保安的白小锋就没这么幸运，工资低也没外快，除去家用，抽烟喝酒都得向邱媚伸手，于是这日子过得更加别扭。有一回两人为了半夜有客人给邱媚发短信争吵，吵急了，白小锋动手推了邱媚，她重重地撞在墙角，手臂都青了。因为这个导火索，才一气之下回了兰州。

童依兰出院后，情绪依旧不好，给杭州的父母打电话说回国了，先去重庆办毕业手续。父母以为她从北京飞重庆，也没多问，嘱咐她注意安全。7月的重庆，遍地流火。同年级的同学已经毕业离校。童依兰赶在老师放假前盖最后几个章，虽然不曾参加毕业典礼，不曾在散伙饭上喝得天昏地暗，大学四年的生活，毕竟结束了，不由你不舍。宿舍住不了了，童依兰本想找个便宜的招待所，却被白谣谣拦了下来："去我那儿住！"白谣谣刚在一家外航找到份空姐工作，在解放碑租了间小公寓，洋气又方便，离冉路办公室也近。对于即将到来的新生活，她脸上写满幸福。外航空姐工作风光，收入也可观；已经在消防局上班一年的冉路，虽比不了那些有外快的同学，工资待遇毕竟不错，又是公务员，深得家长欢心。两人相处快两年，感情稳定，只等着冉路分房子，结婚是顺理成章的事。

童依兰刚到那几天，白谣谣还在放假，热情地陪她回学校办毕业手续，又拉她逛街买衣服。粗枝大叶的白谣谣并没发现童依兰刚经历过一场分手浩劫，对于这个有点神秘有点傲气的表妹，她其实不了解。要强的童依兰宁可自己在深夜舔舐伤口，也不在外人面前表露脆弱。比白谣谣心细的是冉路。自打去江北机场接到依兰，就从她潭水般的眼眸里感到了浓浓伤感。冉路刚买了辆吉普车，路上，童依兰望着长江沉默不语，他在后视镜里看到隐隐难过。感情的事，瞒天过海，无法自欺。童依兰恋爱后，冉路渐渐从旧伤中走出来。放不下的爱，最后都主动被动地变成祝福，她幸福快乐，也是种安慰。选择白谣谣，因为她热情体贴，视自己为全世界，潜意识里，冉路也说不清白谣谣与依兰的远亲关系，是不是左右过这个决定，他不敢细想。但是，那个炙热的夏天，当他看到依兰消瘦的身影，看到她双眸里的不快乐，冉路一潭死水般的心，再次为她起了涟漪。

童依兰到重庆第三天，白谣谣就接到了外航公司集体培训的通知。她把备用钥匙交给依兰，又叮嘱她需要用车随时招呼冉路，开开心心地出发了。谣谣走后，依兰并不主动联系冉路，冉路倒是每天下班后都来看她，有时带晚饭，有时拎点零食。这是白谣谣和冉路的"家"，童依兰也没道理不让人家来。有时，他们还一起给谣谣打电话，问她培训的情况。这样安稳的日子过了几天，就到了项北辰的生日。这像是依兰心里的定时炸弹，终于炸了。刚出国时，依兰经常和北辰在电话里说，等你过生日我就回去了，我们一定要一起庆祝这个生日。没想到，自己回来了，人家却不需要你陪在身边。7月4号那天，童依兰一直很恍惚，去学校取了毕业证，一个人顶着烈日沿长江走了好远的路。黄昏时分，她走进解放碑一家小酒吧，把酒单上有着奇怪名字的调酒都点了一遍：玛格丽特，大都会，日出……五颜六色的的杯子摆在眼前，依兰空腹喝下五六杯，瞬间就天旋地转。手边，冉路的电话已经第三遍响起。她迷迷糊糊接起来，刚说了酒吧的名字，就趴倒在桌上。冉路赶到时，依兰吐了一地，几个服务员围着半昏迷的她，不知所措。

冉路结了账，背着她回公寓，一路上，依兰吐了一身。放到床上时，她似乎有些意识了，一会哭一会笑，说些听不懂的醉话。冉路把自己的T恤和依兰的裙子都洗了，当他的手碰到她滚烫的身体时，心不可抑制地跳动。没一会儿，童依兰沉沉睡去。冉路关上灯，坐在对面的沙发上抽烟，眼神舍不得从她身上移开半寸。他想起2000年的许多往事，想起那个新年夜，想起他们的初吻。这个让自己第一次懂得爱情的美好和伤痛的女孩，此刻，像孩子似的躺在窗外透进的霓虹里，蹙着眉头，像有许多话要对自己说。

不知过了多久，冉路在沙发里睡着了。梦里，依兰牵着他的手，穿梭在金色的麦田，麦芒扫在手臂上，痒痒的，依兰说太阳好大啊，真渴。冉路猛地醒了，依兰正坐在床上看自己，长发垂在胸前。他迷迷糊糊去冰箱拿矿泉水，依兰从他手中接过时，在清亮的夜色里流泪了。冉路把她揽入怀中，轻轻抚摸她的背，吻她脸上的泪痕，两人沉默着彼此亲昵，无言以对。

那一夜，冉路和童依兰在一起了。冉路没想到，几年前幻想的一幕，竟然真的实现；更令他惊讶的是，童依兰竟是第一次。事后，童依兰拉起被子遮住身体，两眼无神地看着窗外一轮皓月，沉默不语。冉路明白她有心事，自己所能做的，唯有珍惜她，爱护她，重新捂热她的心。

生活就是这么离奇，爱就是这么无理，上一秒，你还是无辜的受害者，下一秒，你就是残忍的破坏者。

善良单纯的谣谣并没意识到一些变化：冉路和依兰给自己打电话的频率越来越低，而且再没有两人一起打过；冉路总说自己忙，短信都很少回；依兰也总有事，似乎什么时候接电话都不方便。冉路和童依兰的想法，也不尽相同。冉路开始认真计划和依兰的未来，并在为尽可能减少对白谣谣的伤害而绞尽脑汁；依兰呢，似乎有点贪恋冉路温暖的怀抱，其实是害怕清醒地面对伤口，关于未来，她很清楚他们之间没有未来，早晚有一天，她会离开的，这一天，不会太远。三周后，一个突发事件打乱了所有人的计划：童依兰意外怀孕。依兰害怕了，失恋的痛苦在这件事面前，似乎都不再那么明显。该怎么办，她完全没经验，在听到冉路说"我们结婚吧"之后，她好像突然从梦里醒过来，原来，这不只是一场游戏。还在英国时，依兰就收到了金融学研究生的录取通知书，起先她没打算念，从兰州回来后，她开始犹豫。这一刻，依兰明白，这是自己逃离眼前这个烂摊子的唯一机会，可以走得彻彻底底，干干净净。签证尚在有效期，她所需要的，只是一张机票，和一个没有负担的身体。

冉路丝毫不知道童依兰的这些想法，怀孕的事，让他更坚定了自己的选择。为了给依兰一个交代，要尽快和白谣谣分手了。冉路写了封简短含混的邮件给谣谣，只表明了一个态度，就是分手。收到邮件的白谣谣简直不敢相信自己的眼睛，第二天就从培训基地跑回重庆，她要当面问问冉路，到底为什么。晚上十点多，白谣谣走进家门时，童依兰躺在床上睡得很沉，叫她都浑然不觉。一路上，谣谣一直在想，分手这事会不会和依兰有关。一进屋看到她像婴儿一样安睡，又不忍怀疑。桌上放着童依兰的提包，露出病例一角。白谣谣有点纳闷，蹑手蹑脚地抽出来，跟着掉出来的，还有一堆缴费刷卡的小票。白谣谣借着月色一张张拾起来看，天！竟然是人流手术的缴费单！白谣谣捂住自己的嘴，有一种不祥的预感。怪不得依兰睡得很沉，八成是手术后还没恢复。那么，这个流掉的孩子是谁的呢？她拿起床头依兰的手机，有一条未读短信，点开：

> 谣谣一会就回来，我已经跟她提分手了，但没提你……孩子的事，你一定
> 不要擅作主张，相信我，很快就会过去了，我们会在一起的，一切都会变好。
>
> 冉路21:55

白谣谣疯了一样冲出家门，外边正下着雨，仲夏夜里的倾盆大雨……

那个疯狂的夏天快要结束的时候，童依兰带着对自己的厌恶和怀疑，独自踏上了飞往伦敦的飞机，她恨不得永远都不要再回到这片土地，永远都不要再触碰爱情。

20. 再见，我的爱人

2007年春节前夕，白小锋回到了阔别两年的故乡兰州。

半年前，大漠敦煌剧组巡演到西安，白小锋借钱买了两张对他们来说无比昂贵的演出票，这是他唯一能为邱媚的梦想所作的贡献。然而不凑巧，他还没来得及给邱媚展示惊喜，两人又为了鸡毛蒜皮的小事吵起来。压抑了太久的邱媚像真正的泼妇一般歇斯底里地咆哮，朝白小锋扔东西。在一片稀里哗啦的破碎声中，白小锋第二次动手打了邱媚，然后摔门离开了那个狭小的出租屋，再也没有回去。邱媚等了整整一个星期，不见白小锋的踪影，第七天，小锋发来条短信：我走了，离开西安了，你自己多保重。邱媚当晚独自喝下了一斤白酒，出租屋里大声放着《雨蝶》，邱媚在歌声里哭得荡气回肠，第二天酒醒后，她变卖了不值钱的家具和电器，收拾自己的衣服，踏上了回兰州的火车。从1999年5月，两个人坐火车离开，到2006年7月，一个人坐火车回来，七年仿佛画了一个圈，又回到原点。

腊月二十八下午，邱丽珍了无生气的家中铃声大作。邱媚不在家，自打半年前她回

来，几乎天天不着家。这对坎坷的母女，在生活轨迹上惊人的相似，却活脱脱是冤家聚头。邱丽珍看着已经二十五岁的女儿，书没念成，也没个像样工作，还落得不清不楚的婚姻关系，心里气不打一处来。从早晨起床开始，她会不停数落邱媚的各种不是：去厨房洗手还要开灯，洗完脸不知道把水攒着冲厕所，我一个五十岁的老太太，还要养你个大姑娘，脸上不臊得慌嘛！这是邱丽珍的口头禅，邱媚已经不像少年时那样叛逆，在外漂泊几年，她长大不少，也学会了忍耐。白天尽可能不在家呆，一是避免矛盾，二来出去找点零工，好歹有点进项。那天下午白小锋打电话时，她正帮一个开饭店的朋友上货，认认真真地在纸上列清单，再满头大汗地把整箱啤酒从库房搬到大堂，报酬是五十块钱外加两顿饭。

邱丽珍没好气地接起电话，那边迟疑地叫了声妈。一瞬间她愣住了，随即反应过来，对方正是失踪半年的女婿——白小锋。"谁是你妈！你还有脸叫我妈！"她歇斯底里地咆哮起来，几乎没给他任何说话的机会，从当年就反对他们谈恋爱说起，把这几年的积怨统统捎上，恨不能把对阿迪利亚的怨恨也一并算上。"你们两个，没头没尾的算怎么回事？邱媚十七岁就被你勾搭不学好，你还想祸害她到什么时候！"白小锋并不争辩，安静地听丈母娘发泄完后，很平静说了句："阿姨，我这次回来，就是想和邱媚好好商量商量，以前有对不住的地方，您多担待。晚上我再打来，麻烦您让邱媚在家等着。"邱丽珍张大的嘴巴突然僵住了，她觉得自己上了白小锋的套。家里又恢复了安静，空气仿佛都凝固了。邱媚回家后，被母亲劈头盖脸一通骂，在明白原委之后，她坐在离电话最近的沙发上，目光呆滞地盯着电视里没完没了的广告发呆。这不是第一次被他折磨了，邱媚心想，随便吧，看你还要怎么玩下去。

一整夜，家里的电话没响一声，邱媚哪都不敢去，邱丽珍也刻意收敛了絮絮叨叨的谩骂。10点晚间新闻刚报时，电话响了，正是白小锋。听到那声"喂"，邱媚心里突然踏实了，还是那样低沉，略带沙哑。"还没睡吧？"小锋轻轻地问，就好像他们刚刚在楼下道别一样。"没，等你电话呢。回来了？"邱媚也被自己的平静吓一跳，这个电话，她等了快半年，说出口时，却还没有初恋时等半小时激动。

"……明天上午你有空吗？"小锋咳嗽一声，"我爸走了，肺癌，明天上山。"轰的一下，邱媚蒙了。她不知道该怎样去思考这件事，更不知该如何安慰白小锋。死亡这件事离她太遥远了，充其量也就是能明白"上山"是指去火化。蒙了的邱媚发现自己竟没一件黑色的衣服，更可怕的是，甚至没有流下眼泪。这个突如其来的死亡，让邱媚忘了她原本要问小锋的问题："这半年，你去了哪里？我们以后怎么办？"

躺在床上，邱媚失眠了。她撩开窗帘一角，窗外的路灯昏暗无光。多少次，就是在那盏路灯下，她和小锋拥抱亲吻，许下一生的承诺，要为爱情奋不顾身的誓言。这一切，在时光的冲刷下痕迹渐浅，又在这样的夜晚，像镌刻在石碑上的经文一样，一一浮现。那个时候，妈妈，小锋的父母都还那么强壮有力，似乎一巴掌就可以摧毁他们年轻的爱情。这个世界仿佛都被大人们控制着，容不下这对相爱的少年。可不到十年的工夫，那些誓言承诺都不知丢在了哪个角落，我们没来得及变强壮，父辈却加速老去了，老到这个世界都容不下他的喘息。这样想着，邱媚流下眼泪。不知是为了小锋父亲，还是自己不堪回首的初恋。还有两天就是春节，一定要去送送小锋的爸爸，这个一巴掌打歪儿子鼻梁的派出所所长，这个不惜动用警力寻找孩子的父亲，这个唯一承认过他们婚姻的长辈。

白小锋的父亲走在狗年大年二十九，还不满五十岁。追悼会安排在大年三十，除了亲戚，几乎没什么人来。邱媚一早赶到华林山公墓区，山上很冷，张嘴就哈得出白气，乌鸦在天空盘旋，衬着荒山秃岭越发苍凉。白小锋扛着棺材的左前角，刺骨的寒风呼啸着，撕扯着，笑我们的渺小、软弱和无奈。追悼会按期举行，还不到二十六岁的白小锋是这个仪式里活人的主角。邱媚呆呆坐着，眼神追随着小锋的身影，来往的亲朋，有人叫她小邱，有人准确无误地叫她名字。邱媚心想，当年她和小锋私奔时，不知有多少人对自己的名字咒骂过，怨恨过，嘲笑过。如今，这个名字已经和白家融在一起了，爱恨情仇，分也分不开。一切忙完已到中午，那口木棺材变成了一个小盒子，一个人的身体就这样从世界上消失了，不知还留下什么。白小锋招呼大家下山吃饭。因为是年三十儿，很多人都着急回家，不到一小时，就陆续散尽，到最后，只剩下邱媚、白小锋，还有那个他警校的同学郭琦。小锋一杯接一杯地闷头喝酒，谁劝也不停。眼看第二瓶也快见底，邱媚去夺酒瓶，被白小锋狠狠攥住手腕，痛得她松了手。抢回酒，小锋反倒不喝了，趴在桌上啜泣起来。邱媚也在一旁呜咽。小锋趴在手臂上，歪过头露出一只流泪的眼睛看着邱媚。一片狼藉的餐桌旁，一对年轻人相对无语。这样不知过了多久，白小锋起身把邱媚揽在怀里，很久，在她耳边轻声说了句："小媚，我们离婚吧。"

离婚手续办得简单迅速，没有挣扎，没有纠缠，比起相守的痛苦，分离甚至都没有痛苦。

结束的不只是爱情，还有整个青春岁月。

邱媚不知道自己还爱不爱白小锋，不确定这个结果是不是如她所愿。拿到离婚证当晚，白小锋带邱媚回了家，回到他从小长大的两室一厅。看着墙上挂着的全家福，邱媚心想，我终于能来这过夜了，却是在离婚后。入夜，白小锋在邱媚怀里哭得犹如筛糠一般，她突然领悟到，其实他们之间有着比爱情更深沉的联系。仿佛是第一次睁眼看世界，就看到了对方干净的脸庞和纯净的双眼。就这样，两个少年倔强地牵着手，固执地走在世界背面。邱媚发现自己完全不懂该如何独自在这个社会里生存。没有人再替她决定去青海，去西安，还是回故乡；没有人再给她的生活带来惊喜或惊吓；她不需要再和任何人联系在一起，她甚至都不懂得该怎样和别的男人谈情说爱。这一切使得她无所适从。她突然明白自己在回到兰州的半年里，之所以没像母亲说的那样"认认真真找个工作"，是因为潜意识里，她仍然在等待！等待着与白小锋的重逢给她的生活一个新方向，而这种等待，在岁月的磨蚀中，已不再是少年般的向往，只是习惯。

白小锋的状况其实并不比邱媚好。过去七年里，他的喜怒哀乐都只和一个女人有关，因为爱她而快乐，因为有她爱而幸福，因为不能给她幸福而自卑内疚。白小锋不止一次地幻想，有一天他发达了，要开着法拉利去接邱媚，买最昂贵的珠宝首饰送给她，带着她周游世界，让她相信自己没有跟错人。他甚至情不自禁地在镜前演练那时的笑容和语言，仿佛能看到在那些奢侈品的烘托下，他们呈现出的比任何偶像剧都更加英俊美丽的画面！然而，生活太慢，白日梦太快，艰涩太多，出路太少，等不到努力去改变……

在那些告别爱人的日子，四季的变迁都不再明显。戈壁滩上的风沙依然不住，寒冷冰封了痛苦。歌里唱：我的眼泪啊，能冲平帕米尔高原。那是多深的痛啊，滋养着源源不绝的泪水，能感天动地。大街小巷的音像店用劈音的大音箱放着比别的城市慢一两年的流行歌曲；酒吧依然有层出不穷的地下乐队，原创歌曲多了很多本土的西域元素。一个人在车水马龙的路边吃烤肉，或是一群人在震耳欲聋的迪吧狂饮，其实并无区别，无非是找个地方发愣或者怀念。如果不说，一年比一天还快。在沉沉睡去的清晨，在每个呓语的午夜，来不及体会风由硬变软，日子由长变短。

在无比平静的2007年，在毫无建树的这一年，邱媚觉得自己突然老了很多，笑的时候眼角开始有细纹，头发比以前掉得多，二十五岁真是女人青春的分水岭，不服不行。对于离婚这件事，家中另外一个离婚女人——邱丽珍其实是支持的，但她还是习惯用刻薄的方式表达："看你这个样子，跟死人有啥区别，每天掉个脸给谁看！我早看白小锋不是好东西，离了正好！不知道你有啥舍不得！"在邱媚看来，邱丽珍这一年老去的速度比自己还快。她腰疼的老毛病越来越厉害，最后不得已去医院检查，已经是严重的椎间盘突出，需要手术。邱丽珍躺在医院的病床上，忍着痛告诉邱媚存折分别藏在阳台活动的地砖下和碗柜的夹层，密码是邱媚的生日。邱媚早就知道妈妈把存折藏得十分隐秘，还定期换地方。可当她找到那几个揉旧的小红本时，还是有点惊讶，邱丽珍视为珍宝的折子全部加起来竟然只有七万多存款。邱媚已经麻木的心有点难受，在她的记忆里，邱丽珍一辈子勤俭节约，从没潇洒地吃过一顿饭或是不算计地买一件衣服。唯一一次旅游，是少年宫艺术团去北京参加汇演，单位照顾邱丽珍让她带队。回家后，邱丽珍不无得意地跟女儿说，一路上吃住行，她一共花了两百块。"北京东西太贵了，啥都不能买！不过我给你带了个好吃的，我看小孩们都排队买。"说着，邱丽珍从整齐的旅行包里掏出一个精心包裹的塑料袋，里面是个四方的小纸盒，小邱媚迫不及待地打开：两块黄色的面包夹着炸鸡，还有生菜西红柿，乳白色的酱汁。邱媚小心翼翼地一层一层吃，已经变冷变硬的鸡块其实并不那么香，却给了邱媚少年时期最美好的记忆。邱丽珍满足地看着女儿，用食指拈起掉在纸盒里的芝麻、炸鸡屑放进嘴里，两人脸上都洋溢着幸福，还有对未来的憧憬。很多年后，邱媚才知道，那个夹心面包，叫肯德基汉堡。

飘雪的时候，邱丽珍出院了。邱媚每天6点起床，给妈妈做饭按摩，打扫卫生，洗衣服。一夜之间，母亲过去所呈现的刻薄、尖酸、小气、算计，她全都明白了。她第一次体会到她的不易，意识到自己给她带来的巨大伤害。好几次，看着妈妈翻身时痛苦地呻吟，邱媚的眼泪情不自禁往下掉，她恨自己不够强大，保护不了母亲，无法为她分担痛苦，还要令她担心。白天，邱媚奔走于少年宫和家，想方设法给母亲报销医疗费，少一分都不干。有空时就去逛超市，凡是贴黄签的减价商品，不管多少人排队，邱媚都坚持等。一边等，一边看报纸上的招聘信息。生活的重压让邱媚顾不上悲伤，顾不上感慨，让她忘了白小锋，忘了天空的颜色，忘了爱情，忘了回忆，忘了二十六岁。2008年春节前，在兰大对面的家世界超市，邱媚和一个中年妇女同时抓起最后一袋特价排骨，一心想着回家给妈妈熬骨汤补身体的邱媚，顾不得脸面和胖女人撕扯起来。比起那个又高又壮的女人，邱媚并不占优势，但她爆发出来的泼劲着实让周围拉架的售货员都愕然。那个胖女人最终被邱媚疯子一样的撕扯和满嘴不堪入耳的咒骂吓退了。邱媚捋了捋被抓散的头发，面无表情地拿起排骨，扒开围观的人群走出来。就在这个瞬间，她突然僵住了，脚像是灌了铅，一步也迈不动，空气凝固了，世界好像都停转。在她五米开外的地方，同样站着个雕塑一样一动不动的年轻女子。她穿着卡其色的鹿皮短大衣，黑色的毛绒翻领泛着深紫色光芒，袖口镶嵌的扣子上印着FENDI，左手拎着漆皮葡萄色的LV小皮包。她微微皱眉，丰润的嘴唇紧紧闭着，皮肤白皙光滑。是的，是她，三年没有音讯，却永远也不会忘记的——童依兰。

邱媚转过脸，眼泪无声地流下来。如果这世界上还有一个人能带给她希望和美好回忆，能让她流泪或是开心，值得她拿着劲、撑着面子去改变，那就是依兰。她最不希望让她看到自己的不堪和窘迫，却偏偏让她看了个正着。上天弄人，安排的重逢，从来不是我们想象的模样。2004年夏天一别，邱媚再没见过童依兰，两人发过几封邮件，邱媚知道依兰在英国念完了研究生，找到了工作，后来好像又去了香港。她一直没她的电话，依兰的QQ也好多年都没上过线，时代变了，习惯也变了。童依兰一家如今都迁去杭州，用她自己的话说：兰州除了空着的老房子，没有任何牵挂和回忆。这次回来，一是给爷爷奶奶扫墓，二来就是想见见你。比起2004年夏天，看得出来，依兰已经恢复了，尽管眼神里依然不时有忧郁。两人互相询问这些年的状况，平静的语气带着丝丝倦意。都是有故事的人，相逢何必雀跃或是感伤。对于邱媚离婚的事，童依兰并不很惊讶，只感慨了一句："唉，都过去了，又回到十年前了，又只剩我们两个了。"她看着邱媚的眼睛，经过了那么多艰难困苦依然生机勃勃的眼睛，笑了。

童依兰买了一大堆补品去看邱丽珍。如果说邱丽珍的病是邱媚气出来的，童依兰明白，这其中也有自己的"贡献"。曾经的自己，太自我，太自负。看着靠在床上憔悴消瘦的邱丽珍，依兰心里很不是滋味。少年时，我们不断挑战折磨着父母的忍耐力，终于有一天，把他们打倒了，我们却没有因此变得快乐。邱丽珍拉着依兰的手，浑浊的泪水渗出来，自生病后，她的革命斗志脆弱了很多。"兰兰啊，看你现在多出息！你跟邱媚从小就是好姐妹，你多帮帮她。她这个文化程度，工作没啥指望了，你在大城市，认识的人多，周围要是有合适的，多给邱媚操个心。孩子虽然结过一次婚，毕竟才二十六，还漂亮着呢，是吧？"依兰噙着泪使劲点头。"妈！行了！什么嫁不嫁的。人家在北京呢，给我找个对象你咋办！"邱媚心烦意乱地打断她。"要是有好人家，你嫁到月球去我都高兴，我用不着你管！"邱丽珍强撑着反驳。

邱媚伺候母亲吃过饭，又扶她去厕所，天色已经全黑了。依兰挽着袖子在冰冷刺骨的凉水里洗碗，越发体会到邱媚的不易。邱丽珍不想耽误女孩们说话，非撺她们出去转转。雪越下越大，两人互相搀扶着，小心翼翼往前走。路过体育馆那家砂锅店，两人相视一笑。快十年了，除了店面桌椅更破败，这里竟没有任何变化。和十年前一样，依兰要牛肉，邱媚要丸子，依兰仍然是"财大气粗"，邱媚仍然是"捉襟见肘"，似乎什么都没有改变，付出了青春和心碎，一切还是没有变。广场上盖了层白雪，几个少年夸张地嬉笑打闹，一个攒起雪球，趁另一个不备，揪起衣领扔进后背，那个像触电一样浑身抖动。邱媚和依兰看着直乐。还有几天就是2008年的春节，围着广场，有写对联的，卖灯笼的，热闹非凡。雪下得再大，也不影响街边的烤羊肉、麻辣烫、臭豆腐，还有喜气洋洋、呵着气跺着脚等待春天的人们。喝着热滚滚的浓汤，身上也暖了过来。小店里的收音机传出电台情歌，十年金曲回放，正唱着的是《雨蝶》：爱到心破碎，也别去怪谁，只因为相遇太美，就算流干泪伤到底心成灰也无所谓，我破茧成蝶愿和你双飞，最怕你会一去不回，虽然爱过我给过我想过我就是安慰……一切都像歌里唱的一样，比歌里唱的还美，还痛，还无奈。小店只剩她们一桌，两人喝着白酒，随着音乐哼唱起来。依兰好像已经走出了那时的伤害，走出了生离和死别，像电影里的成功人士一样，精致美满。邱媚也应该还完了年少轻狂时欠下的债，用坚忍扛着一次次艰难的打击，等着轮盘赌转运时，重燃自己的希望。2008年是那么值得期待，似乎跨过这个寒冷的冬夜，我们就能和幸福重逢在灿烂的季节。

不知不觉，已快午夜，邱媚担心母亲一人在家不方便，准备回去。童依兰拦下辆出租车，从钱包里抽出张一百，硬塞给邱媚，出租车奔驰在滨河路时，邱媚吐了，恨不得把肠胃都吐干净。黄河在静谧的夜里流淌，像母亲沉睡时平静的呼吸，依稀听得到上游冰面断裂的声音，在邱媚心里，那像是花开的声音。在寒风里她抬起头，想起依兰的话：这城市对我来说像座死城，没有朝夕相处的亲人，没有青梅竹马的恋人，它认不出我，也不再是我记忆里的样子。邱媚突然发现自己在这城里也找不到任何希望，留下来的唯一理由就是母亲。路过白小锋家楼下时，她特意看了看五楼那扇窗，太晚了，都黑着灯，不知小锋有没有回家过年，不知他此刻睡在哪里，不知他是否也会想起自己。

夜里依然很冷，邱媚却隐隐觉得风似乎柔软起来。

春天，就快要来了。

21. 启程

春天，是这个世界最珍贵也最廉价的馈赠。不管你是否付出，是否富有，不管你寄居在哪个角落，该来时她就会来，该走的时候，也从不为谁停留。2008年的春天其实平淡无奇。依然有风沙，依然有毛茸茸的烟柳在风沙中摇曳。黄河水裹着上游的残冰和泥土呼啸而下。站在中山桥上，隐约看得到白塔山泛起点点新绿，天空高远湛蓝起来，一如姑娘们脸上透出的明媚。鹅黄色的是北方最常见的迎春，在尚未退去寒意的风中摇曳。透过公交车窗，邱媚看到不少人在东方红广场放风筝，五颜六色，真好看。上一次放风筝是什么时候呢？她记不清了。只隐约记得童依兰举着风筝倒退着跑，额角有汗，脸上泛着红晕，马尾辫一甩一甩，带着笑意大口喘气……她在说什么？邱媚听不清。

自从春节见到依兰，离开的念头在邱媚心里蠢蠢欲动。每晚7点半，妈妈看天气预报时，她会不自觉看一眼北京，想象依兰要脱掉那件一万块的大衣了吧，要换上漂亮的春装了吧，出门得带上伞吧，该是怎样美丽的一把伞？一定鹅黄嫩绿，青翠欲滴，能开出一朵灿烂的花！邱媚发现自己越来越好奇依兰的生活，像好奇自己的另一种可能。那个城市是什么样？它是我们的首都，是熟读千百遍，却从未到达的地方。那个城市似乎每天都有奇迹发生：有贫民窟里走出的亿万富翁；有一夜成名的电影明星；有世界上最大的广场；有人类历史上最伟大的城墙；有气派雄伟的建筑；有历史悠久的大学；人们生活的所有规则在那里制定，国家首脑在那里聚集，还有，奥运会就要在那里开幕……那儿的春天一定姹紫嫣红，传递着希望和美好。到那的距离有多远呢？坐火车，二十四个小时；坐飞机，两小时十分钟；对有些人来说，很近；对有些人来说，是一辈子的距离。

春天，春天！春天最美的地方就在于，她带给你希望，带给你许多可能。

母亲的身体逐渐好转，邱媚发现，她也在翻看人才求职报，看的时候戴着花镜，还不时拿笔勾画。收拾报纸时，邱媚看到那些家政公司招工的广告下都有红色蓝色的道，她心里发酸。母亲已经五十三岁，没有学历也没专长，体力活技术活都干不了，除了家政还能干什么呢。可一想到妈妈要去给四乡八县涌进兰州城的人当保姆，邱媚还是很难受。要知道当年在少年宫，有不懂规矩的人叫她一声"邱师傅"，都免不了遭她白眼。生活这东西很奇怪，它可以给你奇迹，给你辉煌，也能逼你放下尊严，忘记规矩。钱！这是除了希望，邱媚更迫切的东西。她偷偷买过彩票，去夜总会找过以前的同学，不是生活不给她机会，就是她不给自己机会。艺校同学刘昭对她说："像我们这种要文化没文化，要能力没能力，除了脸蛋，就只会蹦跶几下的人，说白了还不如农民，想来钱快，最好傍大款，否则就只剩一条路！傍大款你还得抓紧，过几年奔三了，连乡镇企业家都不要！"

邱媚浑浑噩噩地过完正月，找工作的事还是没起色，楼下老张却上邱家来做媒，介绍了个做百合的"企业家"，三十八岁，离异带孩子。邱媚为了不驳面子，草草见过一面，那男人操着充满羊肉味的普通话，酱紫色的酒糟鼻，鼻毛翻翘出来，牙齿暗黄。邱媚知道他就是个农民，高级卖菜的，一年能卖二三十万，还不到童依兰年薪的一半。即便是这种货色，第一次见面就呼三喝四，看着邱媚色迷迷地说：咱俩都是二茬，也别说那些虚的，问问你妈，要多少聘礼，跟着我你吃不了亏……

惊蛰前夜下了今年的第一场春雨，雨水像是流进邱媚心里，月白色的窗帘透进曙色时，邱媚做了个决定：我要离开这个巷子，离开这个城市，要赶在这些斑驳的砖墙瓦解我之前，先抛弃它！下定了离开的决心，砖墙，小巷，妈妈不舍的眼神，这一切都不再是阻碍。前路漫漫不知处，我心索然向前冲。晚饭后，邱媚陪着妈妈出去散步。她真的老了，大把的白发藏也藏不住，挽着邱媚的手臂越来越沉，步子也越来越慢。现在的冷饮摊没有卖冰砖的，那种蓝白相间的纸盒包着的奶油冰砖，一块五一个，是邱媚儿时最爱的奢侈品。有一年过生日，妈妈专门买给她，邱媚撕开纸盒，舍不得吃，用舌尖轻轻舔，结果口子撕得太开，冰砖整块掉在地上。妈妈的手抡过来噼啪拍在背上，邱媚蹲在路边哇哇哭，看着乳白色的冰砖在灼热的太阳底下化成混着污浊的一滩泥。委屈、心疼、路人的眼神、妈妈的责骂，还有背上的疼痛，这一切，在邱媚心里留下个结，一个想起来就揪心的结。不知为什么，如今，头顶那蛋青色的天空，眼前浑浊的黄河水，身边母亲絮叨又不安的神情，都让邱媚重温那种揪心，在每一次呼吸里，压抑着她不能自拔。

当心头的美好，一瞬间坍塌，你无法珍惜，又无力挽回，像坐在火车上，看着倒退的风景，伸手，却留不住。

三月底是邱媚二十七岁的生日，她在家给自己张罗了一桌生日宴，有鱼有肉，还请来了少有联络的大舅一家。母亲知道她去意已定，低头红着眼睛吃了碗邱媚双手端上的长寿面。饭毕，邱媚起身，对着舅舅深深鞠躬，求他在以后的日子里多照顾母亲；然后，她转身对着母亲跪下来："妈，二十七年前的今天，你就开始为我操心，这二十七年，我一点长进都没有，我对不起你……妈，你别哭了，放心让我走吧，我一定混出个样来，让你过上好日子。妈妈，现在你就是我活下去唯一的动力，你一定要保重身体，别舍不得吃，舍不得穿，等我奋斗出来，咱娘俩相依为命，谁也不嫌弃谁，再也不分开。"

就这样出发吧，不必留恋，亦不必回头。这个给我血液给我灵魂的城市，这个让我爱恨交织的城市，如果你真是一叶兰舟，为何无法载我去梦里的地方，为何让我遇到了又失散，拥有了又偿还。邱媚前额贴着冰凉的地面流眼泪，她突然特别想念陌生的父亲，想趴在他怀里大哭一场，似乎自那一场离散起，自己的人生就再没有圆满的可能。然而生活就是这样，你可以跌倒了流眼泪，却必须自己擦干眼泪站起来。好在北京，是让邱媚充满想象和希望的地方，她急于离开，急于告别这窘迫不堪的一切。

童依兰一直很支持邱媚的决定，隔三差五打电话来，又自作主张给邱媚买了人生中第一张机票。有了这个小姐妹，邱家母女心里都踏实许多。妈妈常说：依兰啥也不缺，你去了能帮她洗衣服做饭什么的，就多干点，你欠人家情。走的那天是周六，日子也是童依兰定的，为的是能去机场接邱媚。妈妈和邱媚第一次坐上开往机场的大巴。从雁滩开出兰州城，一路都是苍凉的戈壁滩，水泥岩壁生硬地糊在没有绿色的黄土坡上。邱媚想起第一次和小锋坐火车离开兰州的情景，她对自己说，没什么不同，只是这一次，我一个人上路。办好登机手续后，妈妈拉着邱媚在候机厅再三叮咛都说了几十次的嘱托。

"把你手机给我。"妈妈说。

"干吗？"邱媚疑惑地问。

"给依兰打个电话，我跟她说几句。"

"哎呦妈，你干吗呀，都是大人了，这可是长途，不怕浪费钱啊！"

邱丽珍皱着眉摆手，看着母亲不容分说的表情，邱媚想算了，反正都要走了，就依她吧。电话接通了。依兰还在睡觉，邱媚说我到了，没说完，就听到电话那边"哐当"一响，依兰惊愕的声音传来："已经到了！不是12点半吗？现在几点了？我上闹钟了啊！"

"你急啥啊，听我说完嘛，我到中川机场了。刚才什么声音，你摔着了吗？"

"哦，这样啊。没事。你手续都办好了吧？放心，一会出来的时候就看到我了。"

"嗯，知道。我妈送我来了，她想跟你说几句。"邱媚说着把电话递给母亲。

邱丽珍双手接过去，邱媚诧异地发现，她的手竟然有点抖。"依兰，还睡呢吧，不好意思打扰你啊……呵呵，邱媚到北京你要多帮助她，她有点不着调，没你懂事，她有做得不对的地方，你就要说她，她不听话你就给阿姨打电话……唉，她要有你说得那么精明，我就不担心了……就是就是，你们从小一起长大，阿姨就拜托你啦！"

邱媚撇撇嘴，"行了吧妈，省着点钱，一会到了我还得给她打电话呢。"邱丽珍颤巍巍地点头，眼里噙着泪。

终于要走了。那么漫长的告别，似乎二十七年都只为了这一刻。空旷的候机厅没什么人，邱媚一步三回头，看着妈妈有点佝偻的身影背着阳光冲她挥手，看不清她的表情，邱媚隐约觉得心里淌血。伴随着剧烈的颤抖，飞机起飞了。大片大片黄色的土地从残雪中裸露出来，荒芜、贫瘠。兰州城像一叶孤舟在沙海里挣扎。在这个初夏的早晨，在这个突然长大的早晨，邱媚告别了故乡。她发誓要混出个人样，不要贫穷，不要没有尊严的生活，要让妈妈过上好日子！

飞机降落在了首都国际机场，就在邱媚低头捡滑落在地的手机时。她的脑袋重重地磕在前排座椅后背上，抬头的一瞬间，邱媚看到舷窗外宽阔的跑道，气派的候机楼，画着福娃的硕大飞机，信号灯闪烁不停的天空。这就是北京了，梦中的北京。

首都机场比中川机场大几十倍，到处是熙攘的人群，抵达和晚到的广播声此起彼伏，各种肤色各种语言的人们行色匆匆：接吻的恋人，紧紧相拥的家人，双手紧握的伙伴，举着小旗东张西望的旅行团……仿佛每人脸上都写满快乐、甜蜜与幸福。邱媚目不暇接地注视着一切，不忍心错过任何风景，直到一张属于自己的笑脸映入眼帘。出口处，童依兰穿着修身的白色运动服，如瀑的黑发披散在肩头，她面带微笑安静地站在汹涌的人潮中，像一朵马蹄莲带着暗香悄然开放。邱媚张开双手跑过去，他们紧紧拥抱。"北京欢迎你！"依兰在她耳边一字一句地说，这句显示在电子屏幕上，印在机场指示牌上，写在奥运歌曲里，北京时下最流行的话，像启明星一样照亮了邱媚心中的天空。

两个女孩推着箱子走进地下停车场，直到依兰发动车子，邱媚依然无法相信眼前这辆白色的奥迪属于从小和自己一起练功劈叉，在路边摊分享牛肉面的童依兰。周末的北京城在正午的阳光中神采飞扬，白色奥迪像一只快乐的雨燕在马路上飞驰。童依兰趁周末不加班，载着邱媚绕远道，沿路指点着窗外的风景：建设中的鸟巢、水立方；人头攒动的西单；小学课本里经常出现的天安门广场……到国贸桥时，邱媚指着窗外问："电视上好像老拍这一片，这是哪啊？"

"这就是CBD，中央商务区。那栋棕色的高楼是国贸1座，我办公室就在那。"

"哇，依兰，你太牛了！你可真是我的骄傲！"邱媚说着扑过去拥抱她，车子晃动一下，左边车道上的司机摇下窗户骂骂咧咧。"还首都人民呢，"邱媚翻翻眼睛，"一点都不文明！"

依兰并不生气，微笑着继续开。车子向南行，从一个正在修建的路口拐进去。路两边一家挨一家，不是餐厅就是房屋中介。"到了，就这个小区。"邱媚顺着依兰手指的方向看去，小区里遍布草地、人工湖、喷泉，突然怀念起黄河的气势磅礴。

童依兰的两居室布置得别具一格。白色橡木餐桌的正中，铺着条镶满碎花的亚麻镂空桌垫，桌面上金属本色的长方形花槽里，插满白色雏菊，带着水珠的绿叶，折射着橡木暖暖的光泽。宽大的飘窗上斜倚着一对红蓝色格子的大圆垫，据说是依兰从英国带回来的纪念。客厅没有茶几，白色的真皮沙发前铺着块波斯风格的羊毛织毯，紫金相间的丝线，绣满了新月和星星，清真寺的圆顶，流淌着的河流与鲜花。主卧的床是邱媚最喜欢的。那是一架圆形的床，挑花的乳白色床盖一直垂到地板，深紫色的丝绒窗帘，淡紫色的透明纱帘，呼应着床上一对蓬松带流苏的紫色枕头，高贵又神秘。依旧是白色橡木的衣柜和梳妆台，台子上摆满各种形状的瓶瓶罐罐，粉色的乳液，金色的香水，海藻一样的绿泥，果冻一样的蓝啫喱……椭圆的银色梳妆镜框，镶着藤蔓，邱媚情不自禁走进去，坐在白色雕绒的脚凳上，光脚踩着地板上那块毛绒绒的羊皮毯，阳光照着手臂，像儿时的童话一样温暖明媚。

"那间卧室我都收拾好了，被褥都是新买的，跟我睡也行，这床宽。"依兰递过来一瓶红茶，坐在飘窗上说。

邱媚有点不好意思，"我就住一段时间，找到合适的房子就搬出去，时间长了，影响你生活。"

"呵呵，小时候睡一个被窝，也没见你这么客气。你踏实住着吧，我每天早上9点上班，中午不回来，晚上什么时候下班也没谱。你该睡睡，该忙忙，不用将就我。"

"依兰，有你这么个朋友真好。白小锋走了之后，我都不知道该去哪，该干什么，要不是又遇到你……"说到那段婚姻，被邱媚深埋起来的苦楚又隐隐痉挛，像一条毒蔓，顺着血液流进心脏。

依兰拉住她的手："都会过去的。时间既然能制造出那么多麻烦和痛苦，就一定能抚平所有仇恨和创伤。有多少当时觉得过不去的坎儿，现在回头看，还不是都过去了。不说那些了，说说你怎么打算的?"

邱媚喝口水，长长舒口气："找工作吧。我想去酒店餐厅之类的，别的也没干过，不知道这边什么行情。总之先找个能糊口的活，再想其他办法。"

工作并没有想象的好找。北京和西安不一样，二十七岁的邱媚和当年也不一样。去了几家大酒店，不是嫌她没学历，就是担心外语不行。最可恶的一家，一听年龄，简历都没看一眼就打发出来。邱媚在洗手间镜子里看着自己，还有身边穿着黑色套装的服务员，心里一阵黯然。她降低了标准，又跑了几家餐厅。有一家对邱媚还算满意，一听没有暂住证和卫生证，只好请她走人。邱媚像没头苍蝇一样，顶着烈日走在马路上，白花花的太阳照得她眼冒金星双脚发软。她从背包里掏出瓶盛着白开水的"茉莉清茶"喝水擦汗。明天就是周末了，该怎么跟依兰说找不到工作呢。这一周依兰没在家吃一顿饭，每天都加班到凌晨一二点才回来。邱媚坚持等她，趁她冲澡吹头发的时候靠在卫生间门口说话。依兰很关心找工作的进展，还帮她分析状况出主意。但实在太累了，常常是邱媚还在兴致勃勃地说白天的见闻，依兰已经睡着了。早晨更像打仗。每天，邱媚都在依兰手忙脚乱的洗脸、热牛奶、关门声中苏醒过来。然后趴在窗上，看着她小跑着冲出楼门。唉，有工作没工作的都不容易，活着就是煎熬。邱媚漫无目的地溜达到一条街，装修独特的西餐店和酒吧越来越多地出现在眼前。坐在红白相间的遮阳伞下喝啤酒的老外们很悠闲地看着路人。邱媚注意到缩在两家店中间的家属院铁门上贴满了XX啤酒的宣传广告，旁边粗粝的墙壁上贴着张白纸：推销员面试102室。

在这个充满竞争的世界，你比别人多会一点都是能耐，没准哪天，就能帮到你：多考一个证书，多说一种语言，多一项技能，哪怕是，能多喝一口酒。二十年前，邱媚还在襁褓里，嗜酒的阿迪利亚就经常用筷子蘸了白酒喂女儿。脸蛋粉嫩的小邱媚咂吧咂吧嘴，睁着灰蓝色的大眼睛傻呵呵地冲着爸爸乐。几年后，上小学的邱媚就敢把葡萄酒当饮料喝了。等到上艺校，邱媚的酒量已经小有名气，经常有人慕名请她喝酒吃饭。和白小锋的相识，不也缘自酒吧的一场闹剧嘛。那个炙热的下午，邱媚终于找到了自己在北京的第一份工作，啤酒推销员，俗称"啤酒妹"。在同事眼里，邱媚工作特别执著，为了卖出去一瓶酒，厚着脸皮不停说，也不管人家爱不爱听，直到对方掏钱为止。除此之外，她还特别能喝，遇到有客人非要陪几杯，邱媚从不推脱，一仰脖就是一杯，西北妹子相当豪爽。这样没多久，邱媚的业绩就名列前茅。她有点明白为什么那么多人来大城市找机会，只要努力，赚钱的确比小地方容易。童依兰对邱媚这份工作并不满意：首先不安全，其次不健康，第三不稳定。她没把话说得太白，考虑到邱媚的实际情况，找份合适的工作也确实不易。但很明显，啤酒妹不是长久之计，邱丽珍要是知道，一定要找自己问罪。童依兰打算亲自出马，调动关系帮邱媚找工作。

每天，都有成千上万怀揣梦想的年轻人走进这座城。他们有人来接受知识的洗礼；有人追求财富与权力；有人渴望出人头地光宗耀祖；有人期待爱情；有人寻找奇迹。那深入云霄的摩天大楼，飞驰而过的法拉利跑车，璀璨夺目的珠宝名表，西装革履的男人展现出的自信笑容，女人摇曳的腰肢上包裹着的古驰香奈儿……这一切，让梦想显得合理有可能，让奋斗、忍耐和不择手段变得同样重要。王石在金街的大屏幕上坚定地说："我相信，我能。"屏幕下有多少痴痴的面孔因此变得神采奕奕，多少悄悄握紧的拳头，多少闪烁着希望的眼睛。他们不会看到，每一天，同样有成千上万的人离开这座城，带着失败的痛苦，背叛的伤害，被抛弃的无奈，和失掉希望的落寞。这些他们看不到也不会相信的故事，同样日日发生。这里就像个大赌场，进场时，谁也不会认真思量自己有多少可以输掉的资本；当你输光金钱、青春、健康、再输掉原则、信仰和希望的时候，你突然发现那个闪烁光芒的水晶球依然在头顶旋转，像个完美的骗局。你开始后悔，计较丢掉了多少，只是一切，都是身后之事了。

那一年的春天，邱媚第一次走进这座金碧辉煌的城市时，她的梦想是：活下去。

第三部

卿　城

第三章

22. 春天的诱惑

凌晨1点，财富中心还透出星星点点的灯光，东三环终于流畅起来，像血脉打通的身体，状态正佳。夜色里，大部分人在安睡，小部分人在莺歌燕舞，还有些人，在工作。

李艾摘了隐形眼镜，紧紧闭会儿眼，在电脑屏幕上打开《第二顺位抵押合同》，黑白色的WORD文档被红蓝灰各种颜色标注得乱七八糟，她不耐烦地摇摇头，左右分栏，和原合同对比着看，越看越气。手边杯子里咖啡也没了，一阵烦躁涌上心头：妈的，改完也不看一眼，让本小姐跟着擦屁股，都A3（三年级）了，还犯这么低级的错误！想都没想，她抄起电话。"你不曾发觉，你总是用右手牵着我，但是心却跳动在左边……"李艾鼻子里哼一声，这是什么男人啊，用这样的彩铃。歌唱了很久，没人接听，李艾抬眼看看电脑右下角的时间，01:25，竟然这么晚了，她犹豫片刻，正要挂断电话，那边传来一声十分遥远的"喂"……

"睡啦，林老师?"李艾戏谑地问道。

"谁啊?"明显不耐烦。

"我李艾，睡得挺早嘛！别睡了，我正看你发的那个二押合同呢。你怎么搞的啊，发之前自己都没看一遍吗？十二条中间丢了一大段，后面的序号全是错的，'抵押人'和'抵押权人'从第七条开始就反了，我这刚看了一半就一堆错，想帮你改都改不了！"李艾竹筒倒豆子一般，对方半天没一点反应。"喂，你在听吗!"

"啊……"电话里传出一声长长的哈欠，"不会吧，我写完还看了一遍呢，你是不是看的旧版啊。不然你戴上眼镜再看看，呵呵。"

李艾发飙了。在工作中，她最受不了两件事：1、别人在非常简单的问题上质疑她；2、没做好自己的本职工作，还试图推卸责任。这两件，林松杉在五秒钟内都犯了。

"林松杉同学，请你清醒一点！我在跟你谈工作，没跟你调情。今天早晨开会的时候，你亲口承诺下午6点前把二押合同最终版发给我，结果你11点才发来，还是这么个东西，请问你打算如何处理！”

林松杉没答话，他一手握电话，一手在太阳穴上按压，眉头紧锁。已经连着两晚，每天都两点睡觉，今天好不容易赶在12点到家，本以为可以多睡会，没想到出现这样的事。哪里出错了呢？他知道李艾是不会错的，那个像仪器一样精确的灭绝师太从来没错过。问题肯定在自己这边。

“林松杉！我在等你的回答！”李艾步步紧逼。

他叹口气，“我明天一早去办公室行吗？我确实改好了的，也许是太着急，附件版本粘错了。”

“你知不知道你着急回家，就得有人天亮才回家！明早再发？就是说我还得8点到办公室再看一遍！”

林松杉一时不知说什么好，李艾的风格他很清楚，事必躬亲，不亲自看一遍绝不会发给客户，何况自己刚出了这样的状况，人家不信任也在情理中。李艾也在愁，答应了BGC今天下班前把最终版合同发过去，眼看过了零点还没发出，明天早晨9点再发性质就变了，虽然死不了人也坏不了事，但是reputation（声誉）——律所最重要的财富就打折了。正想着，msn上有人跳出来说话，不用看就知道是童谣。每天能在msn上陪李艾说再见的，只有她：

亲爱的，合同什么时候给我？

李律师心里一阵绝望，她向来不拒绝客户，何况是闺蜜客户。她歪着头夹住电话，迅速在键盘上敲字：实在对不起，出了点小差错，不然你先回去休息吧，我保证你明早到办公室就能看到，保证！

呵呵，好吧。我八点到办公室，时间已经很紧了，担心看不完呢。

我出的活你放心！今天耽误的时间，明天一定给你补回来！实在对不住，周末请你吃饭！

李艾清楚，这也就是闺蜜待遇。在律所这几年，她亲历好几回，二三十岁的客户训四十岁的大帕们。尤其是投行客户，都很年轻，很敬业，很挑剔，很傲慢，都很不是人。

“林松杉，你别讲条件了，明早肯定不成，我答应客户今天给合同的，人家现在还等着呢。你看你是现在就过来，还是怎么办？”

电话那边长长的沉默，然后是一声叹息，“我半小时后到。”

林松杉匆忙套上牛仔裤羽绒服，三月的北京春寒料峭，尤其是夜里。出租车正放着《异乡人》，师傅摇下窗吐痰，一阵寒风钻进来，清醒了很多。来北京一个月了，除了办公室和租住的房子，哪都没去，大学同学三天两头打电话，到底也没抽出时间聚。车子在三环上飞驰，此刻的北京多可爱：大气、淡定、丰满。车子驶过夜色里林立的群楼，钢筋森林中晃着温暖路灯。林松杉脑海中闪过几个画面：加州灿烂的阳光，淮海路上遮天的梧桐，最终停在杨絮飘飞的北大校园。离开北京四年了，去了那么多地方，最难忘的还是这里。忘不了一座城，是因为这里的人，还是因为这里的风景？或者，只是为了自己留在这座城的青春与记忆？他没有答案。要不要停在这里？他也没有答案。

此时的李艾正在茶水间满头大汗捣腾咖啡机，秘书们都回家了，只好亲自上阵。没想到这个东西这么难搞。今天真是诸事不顺。杜律师也不知怎么想的，从上海分所secondment（借调）这么个人来，做事不严谨，做人不认真，除了花边新闻，似乎没有过人之处。她想起下午在洗手间偶然听到两个秘书谈论林松杉，说和上海分所一个实习生谈恋爱，不到半年又分手，那个女孩留在了金达上海，他就申请来了北京。私底下，大家都戏谑地叫他林老师，恋爱教主，窝边草都不放过。李艾自己并不是保守的人，她不反对办公室恋情，应该说什么样的恋情她都没有偏见，可是，八尺男儿为了逃避一段感情换工作，足见其不成熟。今天的事，更让她坚定了自己的判断。也就是看在新同事的分上，要是大周，早劈头盖脸地骂了。正想着，员工专用的小门传来嘀一声，有人刷门卡进来，李艾探身看，迎面对上一身寒气的林松杉。

"呦，挺快的嘛。"

"那是，李律师召唤，敢不利索嘛。"林松杉舌头一颤，差点说成李师太，"你这是，洗咖啡机？"

李艾不知他是故意气自己，还是真没看出来，"你觉得我无聊到半夜2点洗办公室咖啡机的地步了吗？"

"那你，哎，拿来，拿来。"林松杉拿过李艾手里的咖啡豆，放回壁橱，又从旁边的柜子拿出磨好的咖啡粉，熟练地操作起来。

李艾有点不好意思，想给自己找个台阶，"我找了半天也没找到咖啡粉，不知道阿姨放那了。"

"那你也不能直接把咖啡豆倒进去啊，咱这咖啡机可没那么高级。"

切，不就会煮个咖啡嘛，大男人工作的事不上心，都在琢磨什么啊。李艾心里不屑一顾。

唉，这是什么女人啊，白长一副好皮囊，将来谁娶了她真可怕。林松杉轻轻摇了摇头。

不一会，两杯咖啡做好了，两个疲倦的人，沉默地端着杯子走进李艾办公室。

林松杉趴在李艾电脑前飞速移动鼠标，李艾跷着的二郎腿在他余光里晃来晃去。

"嗯，确实是传附件时错了，还有一个版本，就在我电脑里，你等下，我过去发给你。"

李艾点点头算是听到。

"别愁眉苦脸了，版本错了是好消息啊，要真就这个效果，还不得改到后半夜去。"好歹是同事，林松杉试图安慰她一下。

"是啊，对你来说是好消息，发出来就可以回去睡了，我还有一堆要看呢，怎么都得到后半夜了。"李艾面无表情回答。

林松杉犹豫片刻没说话，如果是别人，他肯定会立马站出来拔刀相助，在工作上，他的确有着同事间少见的仗义和坦荡。但是今天，还是算了。倒不是害怕劳累，主要是刚犯了这么低级的错误，实在没自信在这个tough（强悍）的女人面前扮演英雄。

五分钟后，林松杉发出了正确的版本，顺便在邮件上对李艾表达了歉意。

Pls see the attachment. Very sorry about the mistake. Anything else I can help?（请见附件，这个错误真的很抱歉，还有什么能帮忙的吗？）

No, thanks. Night.（没有了，谢谢，晚安。）

不到一分钟，就收到了李艾的回信，他意识到自己还没她的MSN。林松杉是个热情人，来北京总部一个月，公司部的同事认识了七七八八，可同属于地产部（地产部、外商投资部等都隶属于公司部）的李艾，却几乎没有交情。李艾在金达，也算得上知名人物。早在上海分所时，林松杉就听过她的大名。他和李艾本科同级，但林在美国念完硕士回国时，李艾算上实习期已经干了快三年，现在的级别更在林松杉之上。今年年会时，坊间盛传李艾放弃即将到手的合伙人待遇，休掉家财万贯的韩国富二代，只身投奔爱情。当时林松杉心里很是敬佩，一改之前对灭绝师太的印象。春节后，等他借调到北京总部，灭绝师太就稳稳当当坐在他隔壁，丝毫没有离去的意思。共事了四周，林松杉坚定地认为"投奔爱情"这个浪漫故事纯属坊间传闻，绝没可能发生在师太身上。她严谨、理智、苛刻、霸气，有时候不近人情。这样的女人要是投奔爱情，也得有男人敢要啊！关了电脑屏幕，林松杉打着呵欠起身离开。路过李艾办公室时，看到她消瘦的身体像个大虾米一样佝偻在桌前，有点过意不去。他轻轻走进去，拿起李艾空了的杯子，又去茶水间做了杯咖啡端来。这一系列动作，投入工作的李艾丝毫没察觉。林松杉也正好轻轻退出去，免得开口说再见让自己内疚，好像抛下同志独自去偷欢似的。

又是匆忙的一天。日复一日，年复一年。北京城睡了，又醒来。青春，就快过去了。

除了工作，李艾不知还有什么可做。她迫切地需要醒着的时光被填满，让自己没有精力胡思乱想。于是她拼命工作，吃饭时、上厕所时都带着合同。可是，总有那么些时间是无法工作的，比如洗澡时，比如深夜里回家的出租车上。这些时候，关于伍迪的记忆会不可抑制地涌来。她删了他的电话号码，所有短信邮件，不去听他们在一起听过的歌，不去想那些让人刺痛的日子。在梦里，伍迪从没出现过，李君凡却不断来缭绕。那么真切清晰，仿佛闭上眼睛，小凡还在身后抱着自己。两年半的时光，一千多个日夜，哪里是轻易就能擦掉痕迹。双脚会无意识走进小凡常带自己去的烤肉店，双手会无意识地在超市里拿起小凡常买的韩国饮料。坐下，又起身；拿起，又放下。然后任回忆撕扯心脏，压抑得快要窒息。有几次，李艾盯着手机，想要拨通李君凡的电话，最终还是放弃了。到了这一步，还想怎么样？也许是性格所致，李艾倒是没有后悔，至少，她还有勇气对自己说不后悔。李艾闭上眼，想着过去的种种，好多年，没过这种单着的日子了，似乎很新鲜，又似乎很绝望。走进那间租住的小公寓，她很少开灯，任凭对面写字楼的霓虹照亮地板。原来，心真的会疼。那种生理的绞痛，在每一次袭来时，让人不敢大口呼吸，只能紧皱眉头，慢慢体会这种煎熬。回到家已经凌晨5点，李艾歪在床上，连洗澡的力气都没有了。生活还在继续，没有死掉，就只能活过来。

李艾入睡两小时后，童谣已经出现在国贸1座办公室。打开电脑，五封未读邮件：美国总部发的新闻简报，亚太区新主席任职通知，新加坡发的有关报销制度的更新，仲量联行发的3月份亚洲地产市场分析，最后一封是金达律师事务所李艾发出的附带所有交易文件的邮件。童谣的脸上浮现一丝笑意。优秀是一种基因。这种基因的源动力之一就是永远不想别人对自己失望。童谣打开附件，快速又仔细地阅读，顺手翻开桌上的笔记本，把每个问题和想法随时记下来，还有很多业务上的心得。她还是更喜欢用笔写字，在BGC三年，这已经是第七个笔记本了。Vivian没事喜欢翻那些旧本子，每次都感慨地说，Elaine啊，你把这些整理下可以出本书了，就叫中国房地产投资实务指南！童谣从没觉得自己懂得多，可是几年用心做下来，咨询各种问题的还真是络绎不绝。她每次都耐心讲解，还经常利用宝贵的休息时间帮人看项目，作分析，且向来分文不取。一方面，碍于在BGC任职的员工每年都要签署不在外从事任何盈利性工作的承诺函；说到根上，童谣并没看中那些个三万、五万。她经常告诫自己，三十岁前不赚钱，攒人品，多学东西，多交朋友，比人民币重要。

正看得投入，手机突然震了一下，进来条短信：到办公室了吗？我在楼下星巴克，要不要来吃早餐？许家祺。刚好九点整。童谣想了想，起身走向电梯。自马尔代夫之行，两人算是正式在一起了，说来正处于热恋期，可是，不知什么地方出了问题，就是有点不对劲。童谣把一切归结为自己太久没谈恋爱，生疏了；许家祺则在暗自琢磨，办公室恋情碍于同事关系，大概都如此。这样想着，也就都时而积极，时而怠惰地处着，希望那一份生疏和距离能慢慢散去，却并没有谁主动尝试沟通。

不能否认，每次看到童谣时，许家祺还是能感到自己心跳的变化。她化着淡妆，长发松散却一丝不苟地挽在脑后。她微笑着走来，小心翼翼地藏着几分兴奋。家祺把事先买好的热巧和松饼递过去，眼里藏满深情。

"你怎么知道我已经到了？"

"感觉啊。"他与众不同的普通话和充满磁性的声音平添了几分温文尔雅。"干嘛来这么早？我看你1点多还发邮件呢，不能太拼，有人要心疼的。"

"大成的事啊，不是要第二轮融资了吗，时间表好紧啊。要是有人心疼，不如放我回去睡觉吧，嗯？"童谣故意逗他。

"唉，你要是我们部门的，真就放你去睡觉，可是你不归我管，我说了也没用啊。"

"呵呵，幸亏我不是你们IBD的！"

"什么意思？"

"要不许总这话怎么收的回去？我睡觉去，你干活吗？我都没听说投行还有这么仁慈的人。"

许家祺只好笑而不答。童谣说得没错。即便她真是他下级，充其量陪她加班买夜宵，其他的什么也做不了。职场就是战场，谁也没资格没力量保护别人。撑不住了败下阵来，你还是我倾心呵护的爱人；并肩作战的时候，原谅我无能为力。

两人正说着，突然一个熟悉的声音和童谣打招呼，许家祺转过身，迎面对上程蔚略带怀疑的目光，一瞬间，家祺的笑容也有几分不自然。

"你们俩这是，一起来的？"程蔚故作轻松的玩笑，的确，这个时间两人举止亲密地共进早餐是有点奇怪。

"哦，没有，我7点半就到了，刚下来的。"童谣毕竟是直接下属，紧张之情溢于言表。

这句话倒让许家祺不舒服起来，他又想起陈子城曾暗指童谣和程蔚关系暧昧，此刻，她这样急于掩饰，到底是出于怎样的心理呢？

"来那么早，又是大成的事吧？"程蔚不动声色，回想起最近一段的种种细节，他更觉得眼前两人的关系暧昧。

"是啊，搞得我很guilty（内疚），所以请Elaine吃早餐啦。"许家祺也不清楚自己为什么会这样说，说了，心里的愠气未必就发泄出来，却分明感到童谣的眼睛迅速扫过他的脸庞。

"哈哈，那你是应该，大成能那么快拿到八千万，可多亏了我们童谣，早饭太便宜了，得请大餐！我先上去了，童谣一会你早点上来，我9点半约了个会，你也来参加。"

我们童谣！程蔚走了，许家祺盯着咖啡不讲话，童谣看他两眼，见他并没有打破僵局的意思，也沉默下去。恰好，家祺的黑莓不失时机震动起来，点开一看，是陈子城，回复头天有关公司估值的邮件，还在信里透露，他下午到北京。许家祺手指跳动，三两句回复后，才意识到童谣已经从座位上站了起来。

"我先上去了，9点20了。"她指指电梯的方向。

家祺本想起身跟她一起走，看她并没这个意思，大概不想表现得太亲密吧。

"好啊，我回个邮件再走。"

童谣点点头，拿着手机和黑莓向电梯走去。等电梯的人不少，大厅旋转门折射清晨的光，保安在落地窗外手持话机指挥交通，又是匆忙的一天开始了。这是2008年的春天。

从BGC全球地产投资部三十八层的窗户望出去，拥堵的长安街，围着钢架的鸟巢，远处的西山，半个北京城一览无余。程蔚坐在独立办公室拆看邮件，朝阳穿过窗户，将光晕投在那半杯咖啡上。银行对账单，MIT的校友通讯，博鳌论坛的邀请函，地产杂志专访的样刊，还有一封来自北京市地税局。又来了。他眉头一皱，沿着封口处启开，地税局鲜红的公章印，还有局长签名的原子印映入眼帘。2007年光景不错，程蔚再度荣获北京市"杰出纳税人"称号。能得到这个称号的，都是像潘石屹、李开复这样的知名企业家，人均年度纳税额在两千万。Shit！他在心底骂了句，被税务局盯上可不是好事，他把信装回信封，随手丢进抽屉。这间办公室是玻璃墙围成的，里外有什么动静互相都看得清，他转过头，大开间里Amy正和Vivian呛呛。

Vivian着急给香港发快递，DHL的信封用光了，Amy正在招商银行的网银上买理财，看她级别低，也没当回事，让她自己打电话问DHL要。Vivian脸垮下来，Amy仗着自己年龄大，资历久，偷着炒股票干私活，还喜欢"管"业务组的年轻同事。她人不坏，但一贯掐尖要强，牙尖嘴利又有心计，一般人不是对手，更何况外企这些中国饭都没吃透的小孩。Vivian刚红着脸说了句："信封应该随时备好的啊，这不是行政的工作嘛！"立马点着了Amy。她站在走廊义正词严地教育Vivian，大致意思如下：首先，行政工作异常繁忙，业务组八个人，就只有两个行政人员，工作量太大，难免顾不到；其次，同事间应该互相体谅、互相支持，不管该谁干，目的都是把工作做好，说这种泾渭分明的话就是破坏团结；最后，作为缺少中华文化良好传承的80后，Vivian应该加强自身修养，独生子女都太斤斤计较，对团队氛围的破坏程度相当高！Vivian站在文件柜前瞠目结舌，一句话也没插进去。本来自己有理的事，最后成了80后批判会。这时童谣进来了，一进门就听到Amy正在批判80后的性格缺陷，振振有词，头头是道。她这是冲谁呢？童谣没接话，走到座位上听了会，才明白原委。等Amy说累了，Vivian气鼓鼓地回到座位，把要发的文件重重拍在桌面上。童谣微笑着拍拍她肩膀，拨通了DHL的电话。Vivian冲她撇撇嘴，一口气才算是喘匀了。

　　这一切，都被里间的程蔚看在眼里，他内心深处某个柔软的地方轻轻动了动。对于这个年轻自己十来岁的女孩儿，他很清楚，是有些多于同事的好感。还记得三年前，第一次在BGC香港办公室见童谣。那时，她还有几分掩饰不住的学生气，拘谨地穿着白衬衣西装裙，黑发清汤挂面般垂在双肩，刚刚在纽约接受完为期三个月的新人培训，有着所有新人都有的朝气，对BGC的崇敬，对前辈的谦恭，可是她，眼睛里还有点不一样的东西。那时的程蔚，正在跟前妻闹离婚，其实没闹，双方都很理智，只是财产分割的问题谈了很久。确实有很多要处理，他们在北京上海新加坡香港都有房产，有些必须先出售才好算账，加上国籍问题、外汇问题，离婚变得像项目退出一样复杂。这么折腾一次，程蔚完全没了再婚的欲望，甚至对谈恋爱也提不起精神，一来确实忙，二来不缺女人。就是在这样的情绪里，他遇到了童谣，谈不上特别惊艳，更谈不上一见钟情，只是喜欢耐心地教她很多事，喜欢加班时抬眼望出去她也在，喜欢出差时听她在开发商饭后安排的歌厅活动唱两首歌。有一次去上海的飞机上，他主动问了句有没有男友。她微笑着摇头，自然淡定得好像这是个没必要的问题。之后他沉默了半路，回想自己当领导的这许多年，好像还从没关心过哪个下属的私生活。于是到此为止，他不想在她面前露怯，因为并不确定自己想要什么。几年下来，童谣已经成长为工作中不可缺少的得力助手，特别是内心深处那种不为他人所感知的默契，有一种不可替代的感觉。算起来，这几年里接触最多的女人就是她了。本来工作就忙，大部分时间都和同事在一起；再加上受他影响，喜欢艺术的童谣也开始学着投资艺术品，于是好容易有个周末，两人又时常一起看画展，参加拍卖会。有那么一次，在拍卖会上遇到影视界的朋友，邀请程蔚参加电影首映式，童谣自然也被邀请了。生活的交集从紧张的办公室，过渡到华丽的宴会厅，过渡到熄灭灯的电影院。首映之后的酒会安排了走红毯环节，前后的男女嘉宾都手挽手，程蔚于是也牵起她的手，那是双很软的手，让人瞬间想起"柔若无骨"这个词，让人觉得温暖。童谣依旧淡定自然地微笑，好像他们已经这样牵手无数次，没有紧张，没有兴奋，没有羞涩，也没有更多期待。在那双潭水一样深邃的眼睛里，程蔚又看到了初见时那种说不清的光芒。

　　男人有时候很简单，要么不动妄念，动了妄念又不能征服时，就会误以为是爱情。程蔚那天似乎动了点念想，但很快打消了这样的念头。他早过了冲动的年纪，很清楚爱情的规律，一旦在一起也就那么回事了。何况，童谣眼中的那种光，让人看不清她的心，程蔚不允许自己陷入被动，所以到此为止。然后，真的也就到此为止。两个人依然互相支持，工作上，精神上，没觉得有什么不妥，都习惯了。程蔚依然有满满的作息表，依然偶然喝花酒；童谣依然专注地落实他的时间表，依然微笑着注视他。可是，今天上午在星巴克的偶遇，让程蔚心里有种说不清的不安，不安不是因为她和哪个男同事喝咖啡，而是他在她脸上看到了紧张，她眼里的光在闪烁，是几年中从未有过的。

原来，她会离开我。或者，她从不曾走近？

下午5点半，陈子城走进BGC三十六层的办公区。自春节后，他还没休息过一天，为了大成集团上市的事东奔西走，干劲十足。这一次来京，除了公事，还有点私事要找许家祺商量。大多数所谓富二代的生活，其实并没有外界想象的那般活色生香，尤其是那些依旧怀有职业理想的年轻人。改革开放后的中国，造就了一批"先富起来的人"，也重塑了那些富一代的生活轨迹，尤其是婚姻结构。复杂的婚史及多子女家庭的现状，让很多富二代深感压抑。陈子城有个关系很好的姐们儿邹莹，父亲是北方某省首屈一指的开发商，邹莹父亲有四房太太，领证的只有原配，其他三个却也明媒正娶，先后生下十一个子女，邹莹是二太太的大女儿。当年子城听她讲家世，就像看民国时期电视剧，无法想象这样的事发生在当代中国。邹莹颇不以为然，她曾跟子城说："我们兄弟姐妹感情都很好，遍布世界各地，互相都有照应，春节回家时，麻将摆四桌，吃喝玩乐，别提有多热闹，哪是你这样支离破碎的家庭可以体会。"陈子城的父亲陈大成在儿子九岁那年和原配离异，没过几年，子城被送去英国，父亲女朋友不断，直到子城毕业那年才又娶了比子城只大四岁的"后妈"。后妈过门后一刻没闲，六年不到，为老陈总添了两儿一女。陈子城看着一堆比自己小二十岁的弟妹，不知该做什么表情。

两个月前，子城在北京见到邹莹，两人天南海北的聊了很多。邹莹此次回国，因为父亲病重，把分散在世界各地的子女都召回，还专门请律师到场，公布遗嘱。邹莹跟子城说："我爸一辈子精明，什么事都想得周到，趁着现在还清醒把财产都分配好了，免得后辈们折腾，尽管如此，我大哥和小妈他们还闹呢，唉，家大业大也麻烦。"这件事对子城触动不小。他想自己这几年为父亲为集团鞍前马后地奔走，加班应酬，喝酒受气，年纪轻轻就得了痛风，这个公司于情于理都该是自己的，可后边偏偏就还有那么多等着分的。母亲早就移民去了加拿大，成了虔诚的基督徒，国内的事概不过问。过年过节时，看着年逾五十的父亲在年轻"后妈"的陪伴下，逗着三个弟妹玩，子城经常觉得自己是这个家多余的。这几年，父亲确实放权让他做一些事，可在重大问题和财务管控上，依然不让他染指。最近一段，子城想了很多，父亲身体还不错，再干十年问题不大，以父亲的个性，不到身体撑不住那天，绝不会交给自己。父亲肯定也在心里反复衡量四个儿女，对他来说，亲情是一样的，子城比那三个大得多，有一天他走了，大概也担心小的们会受制于这个大哥。此外，除了这一家子人，当年跟父亲一起下海的几个元老，也都虎视眈眈地盯着公司，虽说他们的知识结构和个人能力在如今这个商业社会中，已经几乎没有用武之地，但他们心里有浓重的功臣思想，从不觉得这是陈家的公司，分明是大家一起干出来的，凭什么让这个一天罪没受过的毛头小子接班？就说这次上市的高管期权安排，子城争取很久，得到的也就是副总级别待遇。虽然明白父亲是为了搞平衡，却着实灰心了一把。他想，如果没有我陈子城，去哪认识BGC，那么多家战投，不都是我日夜不眠争取来的，哪怕是给别家打工，我也当得起这个投融资总监，凭什么在期权问题上不肯定反打压呢！子城一直想和父亲认真谈谈，可这么多年分开生活，已经不像一般父子间亲密无间，面对强势的父亲就觉得别扭，总也谈不透彻。久而久之，也就不想说了。

连续几天夜不能寐，陈子城想明白一个道理：这就是个弱肉强食的社会，自己若不能迅速变强大，早晚被吃掉。安于在父亲麾下做事，十年后必有一场纷争，何况中途父亲有个三长两短，对内对外免不了几场恶战。在集团里做事这几年，确实积攒了不少人脉资源，为什么不能发挥主观能动性，把资源变现呢？如果自己闯出番天地，一来能增强实力，更有主动性；二来也让能父亲刮目相看，信任自己。何乐而不为？正巧，前次在北京见邹莹，她拜托自己一件事：邹家父亲病重前，经朋友介绍，接手了重庆一块地。这块地位置不错，是重庆市中心区所剩不多的空地，可惜土地性质是文教用地，本来规划建博物馆。原来的开发商关系不够硬，不知当年凭什么招数便宜拿到了地，却始终没打通"土地变性"的出路。那家企业规模小，折腾了两道，资金链绷不住了，于是经朋友介绍便宜卖给了邹莹父亲。股权转让合同刚签字一周，邹父心脏病突发，现在这块地成了烫山芋。一直在邹家企业做事的大哥，当初就不赞同父亲拿这块地，觉得自己家在重庆也叫天天不应，叫地地不灵，其他弟兄管着其他产业，甚至独自在国外发展，对房地产既不明白，也无兴趣。邹莹的大哥不想付六千万的股权转让款，想找理由撤销合同，发愁时和邹莹诉苦。邹莹向来与大哥要好，想到陈子城也在房地产界混，兴许有路子，于是向他咨询。子城初听此事时并未多想，托李艾介绍了金达一个厉害的诉讼律师给邹莹。然而，在他辗转不能寐，想着出路的那几夜，一个念头突然从心底冒出来。这念头像流星划破夜空。不！那分明是绚烂的极地光，斑斓的光芒照亮暗夜。他一个激灵从床上坐起，打开卫星地图搜索那块地，把这几年在地产界摸爬滚打的经验都调动起来，大脑如一台高速运转的计算机，根据有限的信息，迅速计算这块地的潜在价值。他不能控制自己幻想赚得第一桶金时的场景，跑车洋房，他都不在乎，他在乎的是：父亲下一次骄傲地讲起自己的发家史，再不会用遗憾又苛责的语气总结儿子是"守业有功，开疆无用"；那些倚老卖老的副董们也不会斜睨着自己，张口闭口"留洋的年轻人，多半是秀才练兵"。在那样的夜里，陈子城点燃了自己，但他清楚，一个好汉三个帮，他不可能独自完成这项事业，最有可能帮自己，也是最值得信赖的，就是——许家祺。

中国国内早期成功的地产商，大抵分为两类人：有着特殊背景资源的和胆特别大的。房地产业是资金密集型行业，在中国，房地产业对于人才、知识、经验的准入要求其实都不高，只要你有钱有关系，能便宜拿到地，基本上你就已经成功了。陈子城认识太多地产老板，他们在成功的光环下，在金钱的包装下，穿着名牌打着高尔夫，也熟练地右手拿刀左手拿叉，可依旧分不清崔莺莺和苏小小，误以为阿基米德是汽车品牌，不清楚达·芬奇除了鸡蛋还画过什么，听都没听过"纳许均衡"。然而，这并不影响他们成为成功的地产商，梳着大背头参加博鳌论坛，笑容可掬地接受电视台采访。财富可以增加一个人的魅力，甚至可以改写他的过去。然而圈子里，流传着各种大佬们如何赚得第一桶金的段子，无外乎"很黄很暴力"，听者错愕不已，大呼过瘾，陈子城脑子里只反复闪现一个问题：他们的成功是否可以复制？自己不论个人能力，综合素质，起点平台，都在当年的他们之上，有什么成功不了的道理吗？

陈子城顶着黑眼圈出现在许家祺办公室时，神采奕奕的精神状态与身体泄漏的健康状况几成反比。整个一下午，子城那个清华经管MBA毕业的助理，把三十多页的model（模型）翻来覆去地捣腾，像个高明的杂技演员自信地扔着七八个球，不紧张，反而享受。许家祺带着Stephen盯着跳来跳去的数字，还有长达两三行的公式，不敢有一丝马虎。每当Stephen皱着眉用别扭的普通话发问，往往问题还没说清楚，那个身材矮小的湖南籍助理就语速超快地给出答案，微笑的眉宇间洋溢着一个词——easy（简单）！到后来，家祺和Stephen都沉默了，虽然总觉得哪里不对，也不再发问，实在是害怕在那不屑的眼神中露怯，智商和自尊心都受到极大摧残。快散会时，许家祺转头问Stephen还有没有要补充的。Stephen皱着眉直勾勾地盯着屏幕半晌，狠狠挤下眼，低头用广东话回答家祺："晚上我自己再run（看）一遍，现在……没有问题了。"一直沉默不语的陈子城低头偷笑，用手肘碰碰家祺："怎么样，晚上没什么安排一起吃饭吧！还有点事跟你说。"家祺看他一眼，无精打采地点点头。

陈子城给助理放了假，Stephen啃着赛百味的面包加班去了。陈许二人走进电梯，轿厢塞满了下班的白领，环顾四周，没有BGC的人，家祺轻声说："Elaine也在，要不要叫她一起？"子城回头看他，兀自笑起来，"以什么身份？我公司的jon board director？Or your girlfriend？（董事还是你女朋友？）"许家祺本来情绪不佳，瞥了眼得意洋洋的陈子城不再说话。7点半的国贸，人潮汹涌。来往的人群，各个套装领带，人手一个电脑包。有人表情麻木地排在等待出租车的长队中；有人行色匆匆地冲向地铁站。有那么一瞬，许家祺想起了香港。哪都是人，两人溜达到冰场旁边的牛扒工坊，随便找了个沙发坐下。

"你那个助理，真是蛮厉害！"家祺一边翻菜单，一边自语。

"嘿嘿，开玩笑！我一百万请来的，对付你们这帮banker（银行家），小\case（案子）！"

家祺看他春风得意的样子，无奈地笑笑，"那要你是干嘛的？你爹的钱，真是花着不心疼。"

子城哈哈大笑，横肉又露出来。"我负责管他啊，再说了，我也有自己的事忙，是不是？"他挑挑眉毛。

"你？又看上哪个空姐了？"

"切！"这下轮到子城不以为然，"在你眼里，我就那么没出息？跟你讲，我今天来可是有正事和你商量！"他啪一下合上菜单。

家祺看他严肃的表情不像玩笑，直起身子，换了个认真的姿态。

"你记得我跟你提过，邹莹她家在重庆拿地的事？"

许家祺点点头。

"前几天听邹莹说，律师看过合同，没什么漏洞，解除的可能性不大，如果真想毁约，就只有付违约金了。我这几天做了些调研，其实那块地位置很不错。他们现在合同上签的转让价也相当合适，看来邹莹他爸当初是费了不少心思才谈下来。所以我想……"子城眯着小眼睛，不再说下去。

"你想'大成'收过来？"

"嗯，也对，也不对。是想收过来，但不是'大成'收，是我，子城收！"陈子城用拇指指指自己。大成是个双关语，既指大成集团，又指父亲陈大成。

"你收？什么意思？你跟你爸的钱还分开算？"家祺有些迷惑。

陈子城眼睛一挑，一道光闪过，"当然分开算！连你刚才不都说我花老爹的钱不心疼嘛！谁不明白啊，大成集团的钱是陈大成的，将来姓字名谁还不知道呢。那个Eric，每次我来北京他都不露面，只派童谣招呼。为什么？知道我说了不算，少东家的名是虚的！也就你还把我当回事，是因为咱们是朋友，你也了解我！我是那种什么都不懂的富二代吗？我剑桥的文凭是买的吗？我最讨厌别人一听我是董事长的儿子，那种谦恭讨好的笑，背后全是不屑！"

许家祺看陈子城越说越激动，有点想笑，"哪有，你想太多啦！"

"哪有？太有了！就我那个助理，刚来时，拽得跟什么似的，要不是我到底还能问出些专业问题，他能服我管？结果你看，好嘛，不熟悉的人觉得我没本事，凭关系坐到这个位置；熟悉的人知道我没实权，买个车都得老子批，傀儡一个，还不如你们靠自己本事挣钱的人自由。"

"呵呵，各有各的不易，人活在这世上，谁没欺负过人？所以也都有被人欺负的时候，我们算不错的了，你别太敏感。"

"唉，真不是我敏感，我得做出点事情来，才能让他们看得起我！"陈子城叹口气，推推眼镜接着说，"说远了，重庆那块地，我打算自己做。把项目公司收过来，重庆我倒是有关系，以前大成在那边做过项目。只要变了土地性质，那个位置，就等着数钱吧！家祺，这是我们发家致富的机会啊！我今天是很认真地来跟你商量，怎么样，跟我一起干吧！"

许家祺完全没想到这个宏伟蓝图也有自己一份。"我？这个，先别说跟不跟你干，怎么干呢？收项目公司，得不少钱吧！"

"六千万。"陈子城按捺不住内心的激动，这些问题，家祺当然会问，他心里早有答案。

"是啊，去哪搞六千万，你有吗？再说，项目公司只是壳，谁去具体操盘？房地产开发我不懂，你别指望我。还有，大成上市这么关键的时候，我们俩去做自己的事，不太合适吧？"

"哈！你还真是很高尚，还能想到大成上市，哈哈，难怪我老爸那么赞赏你！先不说怎么做，我就问你，单纯看这个项目，楼面价几百块，周围卖到七八千，开发周期两年，住宅加配套商业，这样的项目，你们投吗？"

"我们不投！我们部门不干这个，你去问问童谣他们吧，哈哈。"许家祺故意逗她。

"你这个家伙，没跟你开玩笑！好好说，从财务指标看，是不是稳赚不亏的买卖？"

许家祺双手交叉在胸前，开始认真梳理整个项目。"楼面价几百。你怎么算的，不是还没变性吗？"

"我算过了，最乐观的情况，全部变成住宅加商业，容积率批到1.5以下，做联排和花园洋房，品质好，价格也高，施工简单，周期快。一年半就有回款了。差一点的情况，保留原来的博物馆，但是面积缩小，住宅变成文教用地配套，容积率争取3.5以上，做两三个高层，博物馆也是个卖点，公寓便宜点，也好销。这两种情况，净利润率都在30%以上。你要是能融点钱，就更好了！"

许家祺没说话，他发现陈子城确实认真琢磨过。投行的人有个不好的习惯，对利润有种天然的敏感和兴趣，何况做了无数百亿计的项目后，钱在眼里就不是钱了，只是数字。一瞬间，家祺也觉得这个项目听起来还不错，六千万似乎也不是难以逾越的障碍。"那谁操盘呢？"

"开发最简单不过！招三五个懂行的监管，剩下的都包出去，让他们垫资先干着，有钱再付。这你不用担心，我这几年也不是白混的，别人还是要卖我个面子，何况是赚钱的买卖。实在不行，包给大成的建筑公司做，让他们打到最低折！当然这是实在不行的办法，免得以后我爸又有说法。"

许家祺左手撑下颌，认真思考陈子城的话，"说了半天，这不是空手套白狼吗？我们既不出钱，也不出人，就等着分钱？"

陈子城很高兴从家祺嘴里听到"我们"，这说明他已经在考虑这件事的可行性。"哈哈，算你说对了！第一桶金是怎么赚的？你不会相信李嘉诚霍英东都是靠工资发家的吧？我们不偷不抢，不做违法的事，靠自己的资源和能力挣钱，有什么问题！机会就在眼前，这是天意！做完这一单，我们就身价上亿了。"

许家祺有点心动。自从BGC在国内合资券商失败，IBD业务前景令人堪忧。这样下去，提拔成董事遥遥无期，即便当上董事，依然只是高级打工仔，总有上级管着，机构越大越不自由，谈恋爱还得偷偷摸摸。人都是有私心的，守规矩不是因为没欲望，而是因为没机会。但是，许家祺一贯理智严谨，他深知自己和陈子城身份不同，一旦失败，子城到底是有退路的，而自己，难保不会舍了夫人又折兵。"我想想吧，我毕竟是有工作的人，处理不好会很难办。"

"我明白你的顾虑。我都想好了，不用你辞职，大成上市这边也离不开我。我们只需要找个可靠又有能力的人去重庆盯着，再给他拉个小团队，咱们当股东董事就好。你也不用觉得有违诚实信用，"陈子城压低声音说，"告诉你个秘密，千万别跟童谣讲啊！我听说，Eric和我爸，还有几个朋友，私下融了个地产基金，都半年了，真正赚钱的项目，你以为他会介绍给BGC？人家都MD了，一刻没闲弄自己的生意呢，你别太把那个VP头衔当回事！"

"是吗！"许家祺确实惊讶，完全没想到传说中的工作机器也有私活！何况，他位高权重，每年千万赚着还不甘心！看来规矩真是给小人物定的，而当老板，是任何人都无法抗拒的诱惑。

春天，是个撩人的季节。草长莺飞，万物升腾，给人莫名的兴奋与希望。在每一个春天里，我们都暗自发狠要绝弃之前那个不够优秀、被屡屡伤害的自己；在每一个春天，我们都在小心翼翼期许着之后那个奋发图强，运气恒通的自己。等一个个春天过去，命运并没有太大改变，倒是生活改变了我们。不记得是哪一天，国贸门前被残雪打湿的红地毯，换了新的颜色；春节才摆上的粉嫩的桃花、灿烂的金桔，都不见去向；保安脱掉了大衣，通往地铁口的小门，又有了卖花女的身影。

23. Friends With Benefits

春天来了。春天里最令人兴奋的事，就是公司组织的outing（度假游）。

作为一项员工福利，金达每年都会组织outing，以部门为单位，通常三到四天。在气候最宜人的三四月，各部门轮番出动。今年，地产部决定去韩国济州岛，还带着IT部门两个工程师，算上合伙人、律师、助理、翻译、秘书、实习生，一辆大巴车塞得满满当当。往年，outing从策划到选址，李艾都是大拿。一是她见多识广，吃喝玩乐样样精通；二来，她是杜律师门下最得宠的干将，这些不太重要的事，她定了就算。唯独今年，李艾一点没掺和。秘书第一次来找她商量时，她只推说没工夫，其实是没心情；后来，也不知谁出的主意去韩国，李艾一听，彻底不想掺和了，不仅如此，她也打定主意不参加这次outing，回家补觉。

韩国，七十年代后崛起的亚洲新秀，在21世纪到来时，依赖强大的文化输出战略，在全亚洲的年轻人中，刮起一阵飓风。李艾还记得第一次见李君凡的情景：爸爸邀请门下几个学生来家吃饭。父亲收留学生还是第一次，向来喜欢凑热闹的李艾一听有个韩国小伙来学中国的孔孟庄老，很是好奇。生活中的韩国青年，会像韩剧里那般温柔浪漫吗？那个周末，李艾没有像往年那样在父亲的"师门家宴"玩失踪，专门挑了件清雅亮丽的黄裙子，老老实实在家等候。那场等待，并不枉费，差点等来了生命中的另一半。下午5点，随着门铃响起，鱼贯而入五六个青年男女，跟在最后的，是个眉目清秀的单眼皮男生，熨过的蓝衬衣穿得很正式，完全不同于前几位的T恤牛仔裤。男生规规矩矩站在最后，不怎么说话，只是微笑。李艾注意到一个细节，他换上拖鞋后，重新弯下腰，提起自己的皮鞋，整齐地摆在门口的鞋架上。大概这就是那位韩国友人了！李艾心想。想从哲学专业的学生中挑出帅哥美女，着实不是件容易的事，这就是李艾从不参加父亲各种师门宴的真正原因。也正因为此，李君凡坐在那么一群人中，实在是太玉树临风。整个客厅仿佛一下子黯淡下来，水晶灯只照着两个人，沙发这头的李君凡，和沙发那头的李艾。李艾从不否认自己对李君凡一见倾心，与此同时，她也承认，和小凡开始恋爱时，并没想过白头偕老，更多的是掺杂虚荣的快乐。李艾回想一下自己浩瀚的恋爱史，还真没涉足过异国恋。李君凡英俊挺拔，温柔体贴，真是机会难得。可是，李艾自己都没想到的是，跟小凡几年接触下来，他无微不至的关怀，不离不弃的呵护，甚至是对李艾蛮不讲理的坏脾气，时而爆发的偏激的民族主义，都给予了绝对的理解与包容。这一切，让李艾总怀疑，他上辈子一定欠了我很多，不然，凭什么呢？

恋爱的几年，小凡带着李艾去了欧洲，去了夏威夷，韩国就更没少去。所以，当得知今年outing要去韩国，李艾一阵心悸。别说今时之境与往日不同，抛却个人情感不谈，那个小国家，实在让人提不起兴趣再去一回。这样盘算着，李艾跟秘书打了个招呼，只说家里有事，不便去了。转天下午一上班，杜律师招呼她去办公室。杜律师的办公室布置得肃静清雅：花梨木的博古架，错落地摆放着各色精致釉瓷。杜律师好瓷器，在圈子里也有名，逢人就喜欢介绍，什么是"金丝铁线"，什么是"雨过天晴云破处"。李艾跟他混了几年，没少听他说，也算懂得个一知半解。每当有人恭维杜律师有雅兴，李艾就私下笑他是附庸风雅，办公室除了那盆白兰花，没一件是真的，就连那花，也定期由花工更换，每周看到的其实都不同。

杜律师招她去，原是说案子的事，刚聊到一半，秘书拿着outing的行程安排来报。杜律师接过单子放在一边，顺嘴问李艾："你都看过了吧，怎么样?"李艾只好硬着头皮回答："哦，我爸下周末过生日，这次去不了了。"杜律师犀利的眼光从眼镜后射出，挥挥手示意秘书出去。"年年咱们都这时候出去，以前你爸怎么没过生日? 还是上次那事吧?"杜律师起身给龙泉绿瓷杯里添水，顺手把办公室门带上。李艾垮着脸不接话，他兀自说下去："我一直想找你聊聊。跟广东那个，分了?"

"分什么啊，压根就不算好。"李艾心里一阵委屈，别过脸看窗外快要封顶的新央视大楼。

"那你有啥可愁啊，你没啥损失啊，辞职信我给你按下了啊。"杜律师夸张地坐在桌子上。

"谁说没损失，我和李君凡分手了啊!"在杜律师面前，李艾是没有秘密的。不仅如此，她会比独自一人时更强大，因为，在这个精明圆滑世故却又坦诚热情仗义的中年人眼前，一切都是浮云。他瞧不起自怨自艾，看不惯矫揉造作，不相信爱情永恒；你千万别在他面前流着眼泪说"舍不得、放不下、忘不了"之类，他不同情，还会心生反感。之所以一直看好李艾，是因为在她身上，他看到一般女子少有的倔强坚忍，对什么都有点混不吝，谁也吓唬不住，谁也打不垮。杜律师经常当着众人玩笑李艾："你表面上是个美女，掰开了看，纯爷们儿一个!"每当这时，李艾就会面不改色心不跳地反问："我是人妖吗?"所以，心里再难过，当着杜律师的面也别这么说，免得他满地掉鹅皮疙瘩。想要跟他在同一频道沟通，还是说说自己有没有"损失"吧。

"那算啥损失呢? 你一开始不也没想和他结婚吗? 纠结那么久，这就说明天意如此。你俩在一起这几年，彼此真心相待，度过了不少快乐时光，互不亏欠。人嘛，谁不是独自生，独自死，分开是早晚的事。要我说你还占便宜了呢，一刻不闲又整了回爱情，可不耽误青春! 你自己不也总说，人这辈子重要的是经历嘛!"

李艾有点想笑，哪有这样安慰人的，可心里也明白，杜律师说得一点没错。"那我心里憋得慌啊! 最后一个也没落着!"

"我请问你，"杜律师半坐在桌沿上面对李艾，"敢问他俩哪个是金不换的香饽饽? 不就是两名青年男子吗? 长得帅点，有点小钱。这能算是稀缺资源? 哎呀李艾，我觉得你应该最看重自己啊！你不该是那种想着嫁人就一劳永逸的女人吧。"

"我当然没有！可就算养个宠物，几年也是有感情的啊；还有，要是你伸手跟别人抢案子没抢着，心里气不气？"

"李艾我跟你讲两个道理，第一，我从来不相信一见钟情这种事。一见有点感觉，想跟他发生点什么，这种几率太高了，我这岁数一年还有两三回呢，别说你们。那顶多算是一见倾心，离钟情远着呢。这样的人你随便挑一个处几年，分开肯定不舒服，那是时间的价值，不是他的价值，换谁都一样。第二，我从来不跟别人抢东西，案子也好人也好。你一抢，自己必然站不稳，必然暴露弱点，必然冲动不计代价。非常不理性的一件事，我从来不给别人羞辱我的机会，所以我从来不抢。"

李艾明白，杜律师说的是肺腑之言，在这样藏好悲伤，装大尾巴狼的状态里，她似乎也真能豪爽点，洒脱点了。"也是，怪我自己，太心急太好胜。其实也就那么回事，你要是遇到什么青年才俊，给我留着啊！"

杜律师哈哈笑，"对嘛，百折不挠，屡败屡战！何况这才哪到哪，之前都是你甩人，还不兴人家甩你一回了？记住人品守恒定律！"

"啊！那我这债得还到啥时候啊！"李艾脑海里迅速闪过一张张在她说分手后，或悲伤或愤怒的脸，心里一阵恐慌。

"这次outing你还是一块去吧，跟大家一起闹闹，散散心。另外，人家还给我介绍了几家首尔的客户，你跟我一起去拜访拜访。"

杜律师话都说到这份了，不去实在不合适，怎么说人家也是老板。老板是谁？衣食父母。哪有不给衣食父母面子的，何况还是把自己当朋友的衣食父母，李艾琢磨着，也不再坚持。

作为一名典型的80后独生女，李艾在生活上一贯衣来伸手，饭来张口，水果若不是老爹或者男友洗干净、削了皮、切成块、再放在玻璃碗里扎上牙签端到眼前，她都不知道怎么吃。在生活能力这一点上，李艾相当佩服童谣，几年的海外生活，把童谣训练成了一名厨艺及家政能手。看着童谣变魔术一样把白花花的面粉变成烙饼面条饺子，李艾都在钦佩中恍惚不已，实在无法把厨房里忙碌的身影和会议室冷静睿智的OL形象统一起来。但是钦佩归钦佩，李艾自己的三观也相当坚定，她向来反对盲从，从不轻易改变自己：你是你、我是我，我们有不同的人生，不同的优劣势，不同的精彩。也的确是，李艾虽然在家务上不用心，却把从家务劳动中节省出的时间大把用在工作、读书、人际交往。年纪轻轻，事业干得欣欣向荣，还和金达另两位大牛一起出版了本专业书，业内好评如潮；除此之外，李艾那张"见人说人话、见鬼说鬼话"的巧嘴，和一个千杯不倒的好胃，让她社会关系颇广，大到福布斯排行榜上数得着的富商巨贾，小到房地产交易中心大厅的办事员，洋到国际大投行的中国首代，土到京郊某乡某村的拆迁主任，谁想找谁说句话，谁想找谁做点生意，李艾总能搭上关系，用杜律师的话说，你将来奔着京城地产界专业名媛的路子去就对了！工作上，李艾绝对不含糊，到首尔当天下午，就跟杜律师去拜访客户。金达团队一丝不苟的专业精神得到了韩国客户一致赞许。6点半，大部队转移去芳荑洞的"百济排骨"就餐。百济排骨是韩国有名的牛肉料理店，据说选用韩国最好的雪花牛肉，一碗冷面就卖到一万韩元。商务车在首尔街头穿梭，看着熟悉的街景，李艾心中一阵感慨。那些似曾相识的人与物，都恍如隔世。在百济包间落座后，对方老总起身致辞，同去的朝鲜族助理神情紧张地翻译。李艾看着店内一成不变的布置，想起两年前和李君凡一家来这吃饭的情景，如今，物是人非了。正陷在回忆里，金助理略带东北口音的普通话把李艾唤回现实中，"李律师，郑总说职场里您这样年轻有为的女士很令人钦佩，特别敬您一杯！""哦。"李艾答应一声，看到对面的总裁正手执酒杯。韩国人很讲究礼仪，李艾忙坐直身子，双手拿起酒杯，恭恭敬敬举到面前，然后左手掩嘴，侧身一饮而尽。郑总和一票同事齐刷刷发出赞叹之声，无非是夸赞酒量之类。郑总又转过去和杜律师说话，金助理忙撅着屁股翻译，"郑总说您和这样美丽的女士一起工作，一定非常愉快！"杜律师哈哈笑着和他碰杯。李艾心里恶作剧的细胞又开始蠢蠢欲动，她学着韩国女人的样子，弯着眼睛笑得羞涩甜美，却用字正腔圆的普通话对杜律师说，"再过三句就要到男女关系了，今晚一定是KTV美女招待，老大您就请好吧！"金助理目瞪口呆看着杜律师，李艾马上欠欠身，"我说郑总过奖了，韩国美女才多，他的工作一定更愉快！"

歌转玉堂春，舞随金莲步。在一片觥筹交错间，李艾突然想起这句话。想要开心不难，理想的代价似乎也可以不计成本，她不清楚自己喝的是第几杯，欢声笑语中似有融融暖意。果然，晚饭过后，杜律师打发李艾自己回酒店，带着金助理和郑总喝花酒去了。出租车上，春日晚风拂过街景，灌入李艾发热的身体。2008年的春天来了，却不再有既定的婚约，李艾盯着没有戒指的手笑了，一种莫名的自由和舒畅涌来。车子停在酒店前，几个熟悉的身影正在门口排队等车。

"这么晚了，准备上哪high啊？"李艾啪一声关上车门，着实把他们吓一跳。

"咦，你们开完会了啊！杜律师没跟你一起回来？"老实的大周第一个发问。

"该问的问，不该问的别问，人家都是办大事的！"还没等李艾回答，林松杉拍着大周肉乎乎的后背玩笑道。

李艾凝神一看，除了大周和林松杉，还有IT部一起来的高波，正在实习的研二女生许晗。"呦！带我们小美女去哪啊？首尔熟不熟啊？别把咱小姑娘拐丢了呦！"又找实习生下手！李艾猛地想起林松杉在上海分所的战绩，心里一阵反感。许晗有点怕她，看了林一眼，紧紧攥着提包不敢乱接话。

"首尔肯定没李律师熟啊，要不您给我们当个向导？"林松杉一句玩笑，李艾听来格外刺耳。

"就是，就是，李律师你领我们出去转转吧，我们想找个酒吧坐会，也不知道去哪，刚才问门口那个服务生，他那英语没人懂。"大周虽然常被李艾欺负，但经常一起加班，一起出差，了解李艾是个仗义又重感情的人，交情还是挺深的。

没等李艾回答，林松杉又抢着说："没看见李律师已经喝多了嘛！别为难人家了，赶紧让人家回去休息！你丫就是不懂事！"

"嘿，林老师，您这是准备干什么去啊？我就这么碍你们事？"李艾本来就是直性子，借着酒劲，说话更直接。

一直没说话的高波看着冲突要升级，连忙赔笑："哪有！松杉逗你呢，一块去吧，反正现在还早，回去也睡不着。走吧，难得出来一次。"

李艾斜睨着林松杉，他还是一如既往似笑非笑的表情，"好啊！我得去保护我们小美眉！"李艾一把揽过许晗肩膀。

坐在汉江上那家游轮改造的酒吧里，李艾有点恍惚，夜色下的江水缓缓流淌，泛着银色月光。River City，是的，他曾经说，这叫"河之城"。小凡刚学会用"之乎者也"时，给李艾的邮件署名都是"你之我"，逗得她乐不可支。李艾打开手机，盯着通讯录里李君凡的名字发愣。她很清楚，一切都已经结束，无法挽回，自己那么锋利、残忍地伤害了那个男人的自尊和心，如今，活该自己形单影只，活该自己连回忆都无法与他分享。

I'm in Seoul. Sorry about everything...（我在首尔，过去的事，对不起。）

李艾发出短信的瞬间就开始后悔，她想小凡大概不会回复，自己何苦讨这个没趣呢。爵士风的酒吧并不喧嚷，小舞台上站着三四个马来模样的乐手，悠悠的萨克斯吹出耳熟能详的曲子，一切都慵懒随意。大周去甲板上给女友打电话了，高波他们正围着吧台聊天。自己像个多余的人，想要伸手去抓已经消散的过去。嘀嘀，手机在音乐中传出微弱的声音，李艾忙打开屏幕，一阵没来由的紧张让手心渗出汗。

Having meeting in LA. Take care of yourself. I am still your friend.（我在洛杉矶开会，照顾好自己，我们还是朋友。）

手机灯光熄灭的瞬间，李艾的心也沉下来。小凡的宽容让自己更加愧疚，而他用英文发出的简短讯息，也清晰地传达一切都已结束，自己不过是国际友人之一，不再是唯一。舞台灯光下，乐手们正深情演奏的是什么歌曲，那么忧伤。窗外波光粼粼的河水倒映着城市的孤寂与疏离。世上最悲伤的事，是时光永远不能倒流；比这还让人心痛的，是即便时光倒流，你依然不知该如何抉择。啪！李艾点燃一根烟，过去几个月，像过山车般的体验。我到底要什么？到底怕失去什么？香烟缭绕在面前，李艾任凭它熏红双眼，她多么希望能流下几滴眼泪，然后，比悲伤还难过的，是空无一物。

　　"李艾姐，过去跟我们喝酒吧，坐这多无聊啊？"许晗不知何时站在了桌旁，热情洋溢的笑容后隐藏着小心翼翼。李艾抬头看看远处吧台上的同事，他们正挥手朝这边笑。

　　"好，走吧！"她抄起手机扔进提包，起身跟许晗走去。

　　影影绰绰的灯光下，平日里生硬的同事们似乎多了些温情，从左到右并排坐着林松杉、高波、大周，一个比一个大一号。

　　"一个人坐那想什么心事呢？"高波依旧是满面温和，和工作时一样，谁有IT上的问题，他都会耐心又详细地解答。

　　"没有，发了封邮件。你们不行啊，这半天才喝了这么点！"

　　"等着你呢啊！"说话间，林松杉已经倒满一杯啤酒，带着点挑衅的笑容推到李艾面前。

　　"呵呵，林老师，这么照顾我！你说你怎么能和高波这样的好同志是朋友呢？"李艾岂是饶人的主。

　　"我们俩向来有默契，惺惺相惜，休戚与共！"

　　从林松杉嘴里听到休戚与共这么雅的词，差点让李艾把嘴里的啤酒喷出来。

　　"我跟松杉上大学那会就天天一起混，交情久了。松杉这人虽说表面上玩世不恭，其实相当好人，绝对的性情中人。"高波做旁证。

　　李艾突然想起他俩都是北大毕业，一个法律系，一个计算机系。"是哦，这么说来你俩得喝一杯，都是PKU的青年才俊！"

　　"嘿嘿李律师，我发现你很敢于挑战权威嘛！"林松杉这么说，却并不躲，接过李艾递来的杯子一饮而尽。

　　几杯啤酒下肚，几个笑话暖场，气氛逐渐热烈起来。不知谁提议，大家开始玩"水果园、蔬菜园、动物园"的酒令，挨着李艾坐的许晗总是输。这边李艾刚讲个笑话：曾经有次和客户玩这个游戏，有人说蔬菜园，第一人答白菜，第二个人条件反射就跟着说豆腐。大家笑声未尽时，李艾突然发令：蔬菜园！已经连输两把的许晗，紧张得一个激灵，脱口而出：豆腐！惹得大家捧腹不已。李艾给许晗倒满一大杯啤酒，不依不饶地非要她喝。

"李艾算了，别让她喝了，小孩儿还没毕业呢！拿来我喝！"林松杉伸手挡酒。

李艾哼一声，才不卖他面子，"什么小孩啊！都研二了，我上本科那会儿都没让男人代过酒！"

"话不能这么说！您是谁啊！侠女，师太级的人物啊！"林松杉一脸坏笑地调侃。

李艾一听这话，心生反感，她知道所里有人给自己起外号——灭绝师太，牙尖嘴利的她岂能放过林松杉，"哎呦，林老师这会开始英雄救美了。林老师，我一直有个问题想请教您，身为恋爱教主，为什么处理不好和同事前女友的关系呢？人家都能把你当朋友，你怎么那么没气量，非得换个地儿呢？"

林松杉一愣，兀自点头，端起酒杯啜摸一口，分不清是故作严肃，还是故作洒脱，"是啊……好事啊，能做朋友，至少说明受伤的不是她，我还是很欣慰嘛。"他抿着嘴，笑得意味深长。

看到他的表情，李艾知道自己这话重了，可也收不回来。

"我说你俩在所里没这么掐啊，到这儿是水土不服吗？呵呵，其实松杉还经常跟我说你呢！"高波忙着打圆场。

"说我？肯定是说灭绝师太惨绝人寰吧！"李艾为了让林松杉释怀，拿自己开涮。

"哈哈，没有！说你特敬业，做事特认真，对自己挺狠的，对同事挺仗义，很聪明，还特善良，每天在地铁通道老头那儿买一块钱的报纸，也不看，出了地道就塞给回收报纸的老太太。"

李艾有点发蒙，她想起来，是有那么几次，下地铁时遇到林松杉，两人一起走去办公室，但他从来也没问过什么。

"他没跟你说，我这人有一个特大的缺点，嘴太毒？"李艾为自己揭人疮疤的行为感到内疚。

"没有，他倒是跟我说过一个你的缺点——不会用咖啡机！"

李艾噗嗤笑起来，想起那天半夜加班的情景。她给自己斟满酒，端起杯子碰碰林松杉的酒杯，"来，我干了，你随意！"转身又对许晗说，"其实，林老师这人挺好的，我早就知道他很有才华，咱们金达的内刊自他主编后，看的人起码多了一倍。又是咱足球队的主力，虽说把小女生忽悠得五迷三道的，其实人很专情的！"李艾说得起劲，却觉得许晗脸上有种似笑非笑的表情。

"亏我还老夸你聪明，笨起来也不是盖的！"林松杉用手肘碰碰李艾，看着许晗，又看看高波。

李艾恍然大悟，本来不小的嘴张得更大了。既然已经说开了，许晗也不再避讳什么，起身坐到高波身边。

"李艾，工作上有些事，谢谢你！"林松杉端起酒杯。

"干嘛，搞得跟真的似的。"

"是真的，我前阵子有点心不在焉，我知道好多事你帮我顶着，谢谢！"

"嗨，不存在，现在，也就只有工作让我有点自信，有点，怎么说，成就感，真的不存在。"

"李艾，你大可不必这么说，你知道我最佩服你什么吗？人家给你起个灭绝师太的外号，我觉得不太贴切，其实坦克更适合你。"

"坦克？"

"嗯，什么坎都能勇往直前地压过去！你那种勇气，还有果断，好多男人比不了。真的，我不知道在咱们这行一直混下去，你以后会成为什么样的人，但我希望你不要变，要像现在这样有热情，有张力！保持那种，特别强大的生命力。"

突然之间，李艾干涸已久的眼眶有点湿润，的确如此，没有什么过不去的坎儿，我李艾是谁啊，谁也别想打垮我！

"来，不说了，干了！为了永无休止的加班，为了凭谁也打不垮的执著！"

"为了我们选择的职业。"

不知不觉时间过了好久，觥筹交错间别人都陆续散去，最后就只剩了林松杉和自己。李艾有点恍惚，只记得松杉拖着她在汉江边唱歌、奔跑、欢笑；夜里的风有些凉，他的怀抱是那么温暖；波光粼粼的河面，城市灯光渐渐熄灭；他好像说过我喜欢你，又仿佛是幻觉……

第二天，李艾在酒店大床上醒来时，已经快要中午。她努力回忆自己是如何回到这里，却惊讶地发现，最后的记忆停留在林松杉从身后搂着自己，为自己捂手，之后，就什么都不记得了。李艾靠着枕头呆坐了五分钟，有点哭笑不得。以前，她经常羡慕别人"喝断片"，从未体会过的自己猜想那是怎样一种释放的状态，没想到，一切来得那么突然：喝断片+办公室暧昧。

从韩国回来已快一周。周二林松杉去成都出差，他还没回来，周四李艾又去了上海。周五下午电话例会时，正在虹桥机场等飞机的李艾，在电话中听到北京办公室依稀传出林松杉的声音，突然觉得喉咙发痒。"咳！"她清清嗓子说，"下午绿都和莫根已经把合同签了，等莫根在境外把股权转让款付给他们，就可以结咱们这边的尾款了。BGC之前那个尽调的钱已经到账了，现在做境外股权重组，有点慢，上午我跟证券部的汪律师和他们开过一个电话会，陈大成在境外注册公司的时候用的是澳大利亚身份，法律意

"见书目前还出不了，估计得下个月了。"

"嗯，行，这个你盯着点。成都的案子怎么样了？"

李艾等了等，没听到林松杉说话，估计林以为杜律师在问自己，"我没去成都，松杉去的。"

"哦！"电话里的林松杉也清清嗓子，"兰光这边基本确定了定向增发给国宏的方案，具体金额还没定，我先帮他们起草文件吧，顺利的话，下个月初就能签。"

"嗯，国宏请的律师是谁？"杜律师很关心金达的潜在竞争对手。

"还是中伦。"

"好，李艾，绿都的案子基本结了，成都这个项目你以后多操点心，松杉，一会我再给你说个境外收购的事。"

"好。"北京办公室的林松杉和上海机场的李艾同时回答。之后的世界，一片寂静。

李艾并没有做好准备开始一场办公室恋情，宿醉后的乱性行为让自己懊恼不已。事后这一周林松杉的沉默更令李艾坐立不安。"我觉得他要是在办公室跟我提这件事呢，我肯定浑身掉鹅皮疙瘩；可他这么长时间一个字也不提，好像跟我怎么着让他很难堪似的，这让我更不爽！怎么想都觉得别扭！"候机厅里，李艾在电话里跟童谣抱怨。

"哈哈，"童谣开怀大笑，"你怎么那么难伺候，人家怎么都不对，难道你希望他变成第二个伍迪？"

李艾不说话了。伍迪，很久没提这个名字了，说起来还是隐隐作痛。她非常清楚伍迪和林松杉的区别：一个是在她毫无防备时刺了自己一刀；一个是在自己满身戒备时不小心擦了点火。飞机徐徐降落在北京机场时，已经6点半，天色渐暗。一开机，就收到爸爸叫她回去吃晚饭的短信。和伍迪分手后，同家里的主要矛盾不存在了，气氛有所缓和。说到底，就这一个女儿，哪有父母不原谅子女的呢？李艾也自觉有愧，虽然依旧在外租房，却尽量抽时间多陪陪爸妈，周末更是如此。刚上出租，就接到杜律师电话，要她周末赶一份合同出来，李艾满口答应，挂了电话才意识到，相关的资料都在办公室，她赶紧对出租车司机喊："师傅，先不去西直门了，去东三环。"

周五7点的北京城，要多堵有多堵，车子塞在三元桥上纹丝不动。窗外喇叭声、吵架声、急刹车声不绝于耳，好多司机叼着烟，从窗户里伸出半个身子向前探望，看完不忘骂一句脏话再吐口痰。李艾想起之前出差去印度，交通状况得过之而无不及。什么是发达国家，什么是发展中国家，堵车时表现最为明显。李艾这辆车的司机骂骂咧咧半天了，一边抱怨交通，一边还不忘呲儿李艾几句。到手的西直门的活，突然变成了呼家楼，钱少了一半不说，还是巨堵的点儿。李艾本来就心情不畅，这会实在听不下去，掷地有声地回一句："您干这一行的，还不明白这道理，天天都是机场到八宝山的活，也得看看自己有没有那命啊！"司机一看，这小姐挺冲，"您说这话我就不爱听了。"还没等司机说完，李艾马上回嘴："您刚才唠唠叨叨一个小时，以为有半句是我爱听的？"这下好，两个人觥（戗）戗起来。司机边吵边开，李艾边吵边看街景，都是北京城里混大的主儿，谁怕谁啊。有了吵架分散注意力，道路似乎不那么拥挤了，等开到财富大厦前厅，李艾不下车，拿起手机要投诉。保安拉着车门站一边，插话也不是，沉默也不是。这时，车子后视镜露出个脑袋，李艾立马挂了电话走下车，脸上狠狠发烧，恨不得有地缝可以钻。那张脸不是别人，正是林松杉。

"您是从上海一路打回来的，还是进城才开炮的？"

李艾白他一眼不说话，径直向电梯走去。

"哈哈，"林松杉爽朗的笑声在身后响起，"李律师，我每次见你都觉得人生特有激情，永远那么有干劲，与人斗其乐无穷！"

"我说你怎么那么讨厌呢！"李艾甩下一句，突然觉得有点酸，貌似有撒娇之嫌。

"哎呦，你这么说话我真不适应，"林松杉立刻揪住辫子，"大周末的不回家，都快8点了，还来办公室，不会是想见我吧？"

李艾看他跟着自己又进了电梯，眉毛一挑，"您这走了又回来，是坐电梯锻炼身体啊，还是舍不得我啊？"

"哈，这个状态就对了。我发现你这个人性格真多变，喝完酒之后完全另外一个人！"林松杉仗着电梯里没别人，故意逗她。

李艾眯起眼睛看着他，压低声音说，"别觉着那天喝多了和你ONS，我就是你众多暧昧小女友之一了。你啊，能不能算哥们，还得继续考验！"

林松杉愣了片刻，旋即低头笑起来，刚要说话，电梯停在四十楼，门一开，一大帮熟悉的面孔涌进来，将两人冲散开。看着李艾蹬着红色高跟鞋，拉着灰色小皮箱，步伐铿锵有力地消失在走廊尽头，林松杉徘徊在电梯口，最终还是没追上去，转身进了电梯轿厢。

李艾忙忙叨叨地拷资料、整文件，周五的办公室里依然有不少坚守在电脑前的同事们，不知道谁点了楼下的牛肉米线，又香又辣的味道飘出来，勾得人饥饿难耐。李艾看看手机，不知不觉快要8点半，突然一条短信跳出来：下雨了。你今天甭想打车了，我在楼下咖啡厅，弄完快点下来，送你回去。林松杉

李艾嘴角浮现一丝笑意，旋即收了回去，她下意识看看四周的同事，工作的还在工作，吃饭的还在吃饭，并没人注意自己。李艾脚步轻快地走到窗边往下看，三环上依旧堵得水泄不通，天色几乎全黑了，拢起手掌仔细瞧，玻璃上的确挂满了细密的水珠。他说得没错，周末，雨天，晚高峰，这几样凑在一起，打着车的几率比中大奖还低。

林老师客气。我这儿还没点呢,怎么好意思劳您大驾。

按下了发送键,李艾依旧美滋滋地站在窗口,她很好奇林松杉会怎样回这条短信,这是一场有趣的游戏,好戏才刚刚开始。

给你个台阶就快点下来吧,过时不候啊,门口一大群丝袜美女都梨花带雨呢。

李艾扑哧一声笑出来。要说这个林松杉,平常就贫嘴没正经,但也正是这么点小坏,让他在正襟危坐的律师群里显得卓尔不群。

不是,我主要是好奇,您打算用腿送我呢?还是用地铁送我呢?

别贫了,我看你活也干完了,十分钟后西门见。看见一青年才俊开一辆新崭崭的白色CRV,你就别犹豫,赶紧追!

李艾收拾好东西,满面春风地去按电梯,她也说不清自己为什么会有些兴奋,还来不及细想,2008年的第一场春雨就落在了头顶。那天,李艾没有回爸妈那,和林松杉在湿漉漉的北京城吃热腾腾的小火锅。男女之间有多少种关系?这个命题几百年里人们一直在寻找答案,身体力行地验证真理,或者打着验证真理的旗号走向那个唯一的答案。英语里有句时髦的说法:FRIENDS WITH BENEFITS。有着特殊好处的友谊。这个"特殊好处",除了性,是否还可以有情感?李艾和林松杉喝着二锅头,吃着老北京炭火锅,争论得不亦乐乎。

"到底是男人先hold(把持)不住,还是女人先hold不住?男女初次见面,先想到上床的一定是男人。女人呢?绝大部分女人的心是跟着身体走的。这就是为什么,在性关系开始前,女人往往处于有利地位,性关系开始后,女人地位的主动性就开始消失。女性的攻击性天生低,男人不主动往情感关系上引,我大部分情况是不为所动,所以绝不会hold不住。"李艾纤长的手指指着自己。

"你?"林松杉挑起眉毛笑着问。

"Sorry sir. 我,此时是泛指。"

"那你呢?"

"我?我攻击性较高,看到好看的男生我会主动制造机会接近,如果他不够有意思,也很容易就没继续接触的兴趣了。"

"哈哈,"林松杉大笑起来,他佩服李艾的坦诚,"有个问题我一直很好奇,可以问吗?"

"Go ahead.(问吧。)"

"年前,我还在上海时,有传闻说你放弃了初级合伙人的机会,准备去……?"

"是真的,不是传闻。"林松杉话没说完,李艾直接接上。

"And then?(然后呢?)"林松杉看着她摊开双手。

"我当时准备为了一个男人辞职去广东，后来他又回到前女友身边了，我也就不用辞职了，当然合伙人的机会肯定也没了，没关系，明年再说吧。"

"为什么呢？"

"什么为什么？"

"为什么你这样的人，会为了一个男人那么冲动。这与你刚才说的自己不矛盾吗？还是他特别优秀？"

"不矛盾啊，男人也会为女人冲动啊，这跟对象其实没太大关系。取决于你出击时的心态和时机。我在没有任何思想准备的时候和他上床了，这本来没什么，关键是他有女朋友，在这种三角关系中，人特别容易失去平衡，角力的过程中，'得到他'变成了一种潜意识，一种，好像是验证自己魅力的测试。回过头看，当时其实并没想明白他到底有多重要，就牵扯进去了。尤其像我这样好胜的人，更容易在这种问题上犯错误。但凡有人抢，臭狗屎也变成香饽饽嘛。"

"如此说来，你现在觉得那是一段错误咯？"

李艾扬起小脸，斜上角四十五度看着窗外闪烁的霓虹，雨珠顺着窗户流下来，灯影变了形。"很复杂，时间太短，我还没办法想透彻……"

一直在认真聆听的林松杉，双手交叉支撑下巴，用清新又磁性的声音淡淡地唱："就让这首歌，今夜一直重复/我们都没错只是看清楚，原来不懂的事/没有什么好说，现在先不要说/就让我们沉默，最后的拥抱爱情的终点……"

李艾眯着眼微笑，穿过黄铜锅上缭绕的热气，目光抵达林松杉的双眸，"是分手的时候就让我们自由。"她跟着轻唱。小店外依旧下着雨，湿漉漉的窗棂在灯光轻抚下绽放奇妙的时代感。

为什么不可以呢？在这个乍暖还寒的早春之夜，找个温暖的怀抱，呵护我们寒冷的身体，还有无处安放的青春。

林松杉送李艾走进公寓电梯时，松开她的手，故作严肃地问："你确定吗？今天没喝醉吧？"

李艾哈哈笑，"确定什么啊？我很确定我不需要和你谈恋爱，当然，我知道，你也不要。"

"师太，能不那么直接嘛。我是说，你确定跟我……你明白？"他挑起眉毛，眼神同时流露出淘气和紧张。

"林老师，装什么啊！搞的跟第一次似的！"李艾双手交叉在胸前，穿着高跟鞋的左脚蹬在电梯壁上，歪着脑袋逗他。

林松杉转身面壁，头磕得电梯壁咚咚响，他十分无辜地喊："冤枉啊！我真没对你干过什么，我怎么会对醉得不省人事的女人下手呢，就算我是禽兽，也是衣冠禽兽啊！"

"啊？"李艾有点纳闷，她大脑飞快运转，奋力搜索在首尔那夜的点点滴滴，仔细一想，好像还真是，那天早上醒来时，贴身的衣裤都在，有哪个男人会在做完"运动"之后，帮女人穿衣服呢？

"再说了，那天你吐得我满身都是，就算你要废我武功，我也实在没那个情趣啊！"

李艾恍然大悟，电梯"叮"一声停在十六楼，林松杉转过身来问："你确定吗？"这一次，他严肃很多。

李艾笑了，揪起他的衣领，微闭着双眼迎上去……

24. 南方有佳人

周五晚上的机场热闹非凡，挤满了匆忙赶路的身影。中国改革开放三十年，走完了许多国家一百年走过的路。到达大厅里神色自如的人们，大部分的童年时光只在电视中见过飞机，甚至，连电视都没见过。如今，他们武装着各种名牌，手持全世界最先进的通讯设备，把坐飞机叫"打飞的"，在高楼林立的城市中穿越。九百六十万平方公里土地前所未有的接近，人心，却前所未有的远。许家祺面无表情地看着迎面走来的人群，心中充满疑问：这些和我有着一样体貌特征，一样文化背景，一样生活习惯的人们，我们的内心到底有多大差别？在北京生活快两年，他还是没把握。这种茫然不仅来自于工作：职场的文化氛围和工作习惯让许家祺深感不及香港如鱼得水；这茫然更来自于所谓最亲近的人——童谣。和这任女友交往已三月，如同所有的恋人，他们也一起吃饭，一起看电影，一起购物，可是，说不上哪里不对，家祺总有种莫名其妙的疏离感。大部分时候，他不知她到底在想什么；而她，似乎也懒得表达。许家祺不知这是他和她的问题，还是香港男人和内地女人的问题。有时，他会想起丫丫——那个始终都得不到他承认的"前女友"。丫丫的确简单得多，她要的，和她能给的，都让人一目了然。要按照招股书的标准，童谣那份就写得很烂，她有什么，能给什么，需要什么，家祺到现在还是看不懂。童谣平时话不多，个别心情好的时候，冷不丁说几句机敏幽默一语双关的话，家祺的普通话没那么好，一两次跟不上，童谣哈哈一阵也就错过了言语逗乐的那个劲。男女之间感动最多的时候，是在要好没好那个阶段，一旦关系确立，大部分看有没有话说，能不能玩在一起。许家祺深知二人欠点火候，思想上交流不够，那就多制造点感动吧。周五下午，童谣随程蔚出差回京，家祺千载难逢不加班，赶紧飙车从国贸赶来机场，想给童谣一个惊喜。家祺在地库停车时发短信给童谣，嘱咐她一下飞机给自己电话。在出口站了十分钟，还没有消息。投行万人宠爱的男青年，哪有这样等过人，许家祺情绪郁郁起来，他打电话过去，果然已经通了。响了好多声，就在家祺快放弃时，终于接了起来。

"你已经落地了啊?"

"嗯，刚到一会，怎么了?"

"不是叫你一下飞机就打给我嘛，你在哪?"

"我正准备上车，好多人，一会给你发短信!"童谣那边听起来很嘈杂，旁边不断有人说话。

"那……算了吧。"家祺像泄了气的皮球，连话都懒得说。

"喂? 你在哪? 怎么了啊?"

"在机场!"

"啊，你在，怎么不早告诉我呢?"

"想给你个惊喜啊，你现在在哪，别坐他们车了，来找我吧，今天难得不加班!"家祺听出她声音里的喜悦，情绪好转了些。

"哎呀不行，你不早说呢，大老板从香港跟过来了，现在怎么走得脱。"

"Richard? 他来做什么?"

"具体不清楚，好像有会。你不知道?"

许家祺有点郁闷，以前蔡庆杰来京一定会先和自己联系，毕竟是他亲自招进BGC又派来北京的，随着在国内挂牌的事黄掉，蔡庆杰对自己的关注明显不及以前。职场就是这么现实，老板每天都装作不是为了从你身上榨取剩余价值，是器重你才与你为伍; 员工每天都装作不是为了自身利益，是钦佩老板的才华想与之共谋未来才与你共事，时间长了，都有装不住的时候。"今天是周末，他来他的，难道晚上还要你们加班?"许家祺避开童谣的问题追问。

"那倒不应该，可是，我现在已经在停车场了，还在说事呢，这样贸然走掉，不好……"童谣压低声音。

许家祺心中其实已经十分不悦，但良好的教育背景和内敛的性格使得他不习惯于爆发。童谣很看重工作，这他早就清楚。"随便你吧，我了解，老板对你的印象好不好最重要。等你有空再打给我吧。"这话说得有点绝情，童谣顿了顿不知怎么答，听许家祺真的挂了电话，程蔚还在催她上车，本来一场精心策划的惊喜，就这样付诸东流。

许家祺驾车疾驰在机场高速，远处的城市亮起灯光，他不时瞥一眼副驾驶上的手机，自始至终没有短讯或电话传来。车子驶上四环时，手机突然蜂鸣，家祺一把抓起来，竟然是丫丫。春节后，许家祺回京的第一件事就是换房，不惜付出两个月房租赔偿给原房东，搬到了离办公室更近的新城国际。这不是丫丫第一次和他联系，以前他基本不接。慢慢的，丫丫"骚扰"的次数也少了，可这一次，许家祺犹豫着接起电话，他自己也没想清楚要干嘛。

"为什么一直躲着我啊？"丫丫的口气一点没变，好像他们的关系如常，娇嗲的嗔怪这一刻听来似乎还有些顺耳。

"哪有，朋友嘛，有什么好躲的，我又不欠你钱。"家祺似是玩笑，把关系定位说得干干脆脆。

"朋友？什么时候变朋友的，你是我老公啊！"丫丫并不是童谣那类识趣自尊的主儿，没有不好意思做的，更没有不好意思说的。

这反倒也简单，"说吧，什么事。我们之间早结束了，你别装傻。"

"结束不是一个人说了算的，呵呵，"丫丫虽然嘴上这么说，也未生气，都过了小半年，她也丝毫没闲着。"你不会又在加班吧，好久没见了，吃个饭不行吗？

许家祺哼一声，"行啊，想吃什么，去世贸天阶吧，你挑个地方。"

半小时后，许家祺走进世贸天阶的八鸟。他猜丫丫一定要喝酒，事先去新城国际放下车。丫丫还是老样子，没什么变化，不打扮成小明星的样子绝不出门：假睫毛，高跟鞋，手包，墨镜，复杂的发型，一样不能少。她笑容灿烂地迎向家祺，看不出恨过或者爱过。两人寒暄几句，丫丫大手笔地点了一桌子菜，她自然不会买单。两人也并没太多可聊，八卦完丫丫那几个以前凑一起打牌逛街的朋友，也就没什么共同感兴趣的话题。丫丫不笨，她兴致盎然地说着米妮最终被她干爹那几个婆娘揪着头发赶出公寓时，敏锐地发现许家祺不停地看手机，瞬间就刹住了闸。

"没开车吧？"她忽然转换话题。

"没。"家祺被这个突兀的问题问得有点蒙。

"那就多喝点酒吧！这么久没见，好歹我还为你挨过一刀。"她晃晃左手。

家祺无奈地干笑，"别提那件事，想喝什么就点吧。"

丫丫得意洋洋地翻酒单，似是无意地自言自语："新城国际的租金贵吗？"

本来有点心不在焉的许家祺愣了片刻，"什么意思？"

"没什么意思，好奇呗，问问。"她抬起头，古灵精怪的表情。

"你怎么知道的？"家祺很诧异。

"不告诉你！北京就这么大，谁不认识谁啊？"丫丫得意得腰肢摇曳。

看着她纤细的小腰，家祺突然想起昔日与她的床第之欢，时间把那些头疼的记忆冲淡，想起来似乎也不算太糟，"那你怎么没来找我？"语气里有几分挑逗。

"怕打扰你啊！你不是说都结束了嘛！像朋友这样坐坐，挺好的。"

许家祺释然地笑了，起身去洗手间。看着他的背影，丫丫嘴角也浮现一丝笑容。这几个月，她进步很快，为了上五秒钟的广告，使出各种招数。家祺当然不会知道，现在就连米妮也要让她三分，因为丫丫已然是她干爹的新宠。其实丫丫并不清楚许家祺住哪，但天天琢磨男人的她练就了侦探一般的好功夫，家祺适才接电话时说从机场回市里正开车，他主动挑了世贸天阶，这会又说自己没开车，一定是就住在附近，先把车停回去了。这一片，外来人士最扎堆的高档社区，就是新城国际。丫丫似是无意的一诈，已经放松警惕的许家祺立刻自投罗网。回想起半年前的自己，丫丫觉得那时的她很傻，不懂怎样抓住男人，空有一张好皮囊。现在她不会再允许自己犯这种低级错误：你说我是朋友，是陌生人，随便是什么都没关系，只要保持联系，一步步来。心急吃不了热豆腐，男人最怕压力。许家祺既然能接自己电话，说明他还是有再联系的需求，哪怕只是潜意识。再说，现在自己的想法也变了，以前是真的想傍定家祺和他结婚，经过这半年的拼杀，丫丫当明星的渴望越来越强烈，她不想结婚了，无论是谁她都不稀罕。男人是不可少的，否则哪来的垫脚石，出钱出力出资源把自己推上去？

家祺从洗手间回来时，依旧没等到童谣的短信，只看到丫丫熟练地摇晃醒酒器，第二瓶红酒已透出幽幽光泽，她笑得纯洁灿烂，白皙滑嫩的手臂分明充满了挑逗和诱惑……

周六上午，许家祺醒来时，丫丫已经走了，什么都没带走，什么都没留下，甚至没有一条短讯。看来她真是释然了，许家祺觉得前所未有的轻松，手机上只有一个未接来电一条短信，都是童谣。他心里有愧，立刻打回去。童谣态度很好，虽没为昨天的事道歉，也并不追问他为何不接电话，只解释说住在家的女朋友昨晚喝多了身体不适，照顾她到半夜，就没顾上跟他联系。家祺因为内疚格外温柔，两人都不再提头天不愉快的"惊喜"，约好一起晚饭。自打半月前童谣家住进个老家来的姐妹，许家祺和童谣本来就不多的见面机会变得更为稀缺，不加班的周末是两人难得的甜蜜时光。

下午5点，许家祺接上童谣，随她的指点，停在团结湖净心莲门口。家祺还是第一次来，在汉庭酒店蓝红相间的灯箱下，站着个身着五彩锦袍的男子，他小跑步带领车子往文联大院里开，黄昏中，又一个同样装扮的男孩等在前边，手执一只莲花灯。向右拐进一条小巷，杏黄朱红的墙壁上嵌着佛龛，许家祺随着童谣走进镶着金佛手的乌木大门，恍惚间走进了另一个世界：烛光袅娜，潭水潋滟，梵音绕梁，百合径自开放。家祺看童谣熟练地摊开双手，手执净壶的服务员轻轻洒上几点，一阵檀香弥漫开来。

"这是什么？"家祺有点紧张。

"檀香精油，帮您洗去尘埃俗念。"彩衣宽袖的女侍者回答。

童谣在一旁微笑，家祺内心有愧回避开她的注视，脸又红了。两人随侍者来到二楼，幽暗灯影下，三五桌客人散布，都低声进餐，似是怕破坏这分清净。家祺坐定后，被桌上丈把宽的装帧菜谱难住了：一指禅、金刚萨、荷塘月色、理性与感性……家祺不自在地笑笑：你来吧，我搞不定。童谣莞尔一笑，对侍者轻声几句，那女孩就微笑着退了下去。然后餐具摆台，家祺心底有几分惊讶：餐盘是大蚌壳，筷架是小贝壳，吐碟别出新意地用芭蕉叶代替。随着菜品陆续上桌，这惊讶放大成赞叹：青花瓷人偶手捧"一指禅"，白玉镂刻的双耳盅摆着碧绿青菜和粉色莲瓣，整片荷叶包裹着"荷塘月色"，马蹄状的黄杨木盒盛上腾云驾雾的果盘……家祺边吃边感叹，素斋做得既有吃头又有看头，不容易。想起当年在伦敦曾坚持一周吃素食的经历，真是不堪回首。三言两语，童谣也咯咯笑起来："其实我很佩服国外那些vegetarian（素食者），一点肉都没有，挺不容易坚持的。咱们的素斋虽然好吃，但说句玩笑话，多少有点自欺欺人，明明是豆腐偏要做出肉味，到底是想戒还是不想戒呢？"

"心是向善的，行动上又难彻底约束，妥协的结果。"家祺咽下一片口味与鱼肉无异的豆腐，突然觉得这话别扭，有点不安地看童谣两眼。

好在童谣并未多想，她伸手捋了捋额前的碎发，抬头诚恳地看着家祺，"昨天下午的事，对不起。后来想想，是我处理得欠妥。如果是我满心欢喜地赶到机场送你惊喜，没接到人一定很失落。其实我不是那么看重工作，我只是，害怕既定的事情突然改变。有时我，反应有点慢，像老太太，呵呵。"

家祺内心的愧疚翻江倒海，他知道童谣不是轻易低头的人，她能道歉，说明她真的在反思，而且看重自己。其实，这顿晚餐该道歉的人是自己，他突然想起陈子城当年的评价：你骨子里就是个不安分的冒险家，否则你不会那么投入现在的工作，不会在拉斯维加斯怡然自得，你的家庭和你所受的教育让你内心的两个自己常常打架，彼消此长。许家祺想起昨夜丫丫在怀中的活色生香，其实也就那么回事，只希望这一篇能平静翻过，他当然还没傻到会跟童谣坦白一切。

"别道歉，你没错，是我考虑不周。我昨天态度不好，该道歉的是我。"这句话终于说出来，虽然偷梁换柱，家祺心里毕竟释然了几分，"对了，昨天Richard来是什么事？"他迅速调整话题。

"我也不太清楚，他说有个大型房企想在香港IPO，他要来拜访对方老总。"

"房企？不是大成吗？"

"不是，好像是个国企，新项目。"童谣看着许家祺眉头渐紧，当然明白他的郁闷，这么重大的项目没叫上他，一定是刻意的。"听他意思，还是preliminary stage（准备阶段），可能等靠谱的时候才跟你们说吧。"

家祺也不想在这个恼人的问题上继续纠结，想起一直想和童谣商量的正事，"对，还有件事，月初子城来北京找我，推荐了一个重庆的项目，想拉我一起做。想听听你的意见。"

童谣有点不解，"拉你一起，就你们两个人?"

"对。当然，我们没那么多钱，肯定要融资，这个倒不用太担心，大家都在圈子里，找点钱不难，就看什么成本了。"

"嗯……那项目什么情况呢?"

许家祺把项目的来龙去脉和童谣解释一遍，童谣是房地产投资的老手，很多情况不说自明。"怎么样，有什么想法?"家祺不自觉有点兴奋。

童谣左手撑住下颌，半天终于开口:"我，不知道……"

不知道!家祺没想到童谣会这么说，他看过她分析项目，机遇挑战都理得明明白白。这个项目不复杂，凭童谣的经验，她说不知道，只有一种可能:不想说。

"你觉得不乐观，又不想打击我对吗?"

"也不能这么说。单纯看项目，我觉得有机会，土地很便宜，规划调整也走了大半。如果BGC收，我觉得OK。可是——"童谣顿了顿，"个人投不一样，六千万对机构是小数目，亏得起，对你就不一样。何况，你们工作已经满负荷了，哪有精力管呢，项目没人盯，怎么运作。"

家祺哈哈大笑，这才是他预计的场景，"这才像你，谨慎有余，勇气不足。你知道子城第一次跟我说这事时，我的反应和你一样，但现在我的想法有变化。我不会永远给别人打工，创业呢，就一定要冒险，古往今来都一样，高风险才有高回报。你也说了，这项目本身是有机会的，为什么不能搏一把呢。"

童谣抿了抿嘴，眉头蹙起来，她紧张时就这样，"你刚才说，你初听项目也觉得不行，那是什么让你改变了态度呢? 项目本身有了重大利好变化，还是你这边有了新的优势资源?"

家祺一下无言以对，童谣一句话直指要害，的确，客观环境没任何变化，这样说来，自己主观判断的大转折就显得有点缺少根据。家祺必须面对一个选择，承认某一个阶段的判断是错误的，之前，或者现在?

"对未来的预期变了吧，当时高估了项目的难度，低估了可能创造的价值。"

童谣笑起来，"其实，我的意见并不会影响你做决定，况且我的意见也未必对。我倒不担心你改变预期，我觉得最重要的，是做好承受任何结果的心理准备。有一点我赞同，我们这个年龄还输得起，一个项目，不至于有太大的代价，无非是财务损失和职业生涯的影响。我相信你的能力，我只是希望你和子城要留有余地，也要有承受力。"

童谣的这番回应，让许家祺意外。她的淡定睿智是一贯的，只是没想到，还如此大气通透，一个不到二十七岁的女孩，到底是什么样的经历磨砺出如此个性呢？身后两米多高的水榭有流水缓缓淌下，灯影在水面上摇曳。

"再帮我多想想项目吧，重庆你应该很熟悉，那个城市怎么样？"

童谣凝视着家祺并不作声，似乎灵魂出窍，直到手机响起才回过神来，"喂？……嗯，还没吃完呢……对，没错，就是我，你先帮我签收了……名字早就改了，回去再跟你说……行，你不用等我，工作的事我再问问，你别急……好，再见。"

挂了电话，童谣笑着解释，"邱媚，就是住我家的那个女孩，小时候我们是最好的朋友，她这次来北京找工作不太顺利，暂时在一间酒吧做，我实在不想她继续干，可目前也没找到什么合适的机会。"

"酒吧！她做什么的啊？"许家祺听着奇怪，童谣还有这样的朋友。

"哦，你别误会，她现在做啤酒推销，没有其他的。"

"啊，明白了，那个工作很辛苦的。她学什么的，为什么做这一行？"

童谣眼中闪过一丝为难，"她，没什么学历，以前是艺术学校的，我也没想好该帮她找什么样的工作。"

"学艺术的？好啊，我有个朋友开了间设计工作室，她愿意去吗？"

"不是，不是设计，她以前是学舞蹈的。我想，如果有艺术幼儿园之类的招聘老师，可能会比较合适。"

"幼儿园可真没有门路。跳舞的应该是美女啊，可以去大成做销售嘛！"

"卖房子？"童谣有点迟疑。

"对啊，你别小瞧售楼小姐，大盘的金牌销售，挣得不比我们少。"

"不是瞧不起，我是觉得，这和她以前学的没什么关系吧，而且那个行业，有没有潜规则啊？"

"哈哈，你太可爱了。现在有多少人在做大学里学的专业啊！何况她学的那个，到哪去找工作！要说潜规则，哪行没有，野心别太大，一步步来，又有我们这些关系，谁能欺负她？"

"这倒是，子城能帮这个忙吗？我这回欠他一份人情，下月去广州，哪还好意思跟他黑是黑白是白的。"

"这算什么人情，房子卖得好，大成集团最开心啊。放心吧，回去问问你那个朋友，她要是OK，我给子城发个短信就搞定，又不是给大成集团招CEO，销售而已。你呀，什么事情都想得太严重，relax（放松）！"

童谣笑起来，的确是自己活得太紧张了。这个世界或许并没那么复杂，你对了，你的世界才能对。

天气渐暖，国贸大厦进出的时髦男女都换上了单衣短裙。楼下商区调整了部分租客，搬进几家新店铺。地下一层比利时巧克力对面新来美国冰淇淋，红白相间的色块把小店装饰得很喜庆。刚开业，为了招揽生意，免费赠送冰淇淋，只有一个条件，让店家拍张客人吃冰淇淋的照片。这买卖听起来划算，Jack提着一袋冰淇淋，带着店家的摄影师乐颠颠上了三十八层——BGC全球商业地产投资部的办公室。

Jack是GREI新招来的分析师。他七岁那年随父母迁居美国，十六年后重返北京，看什么都新鲜。Jack英文挺溜，中文就不敢恭维，因为父母都是沈阳人，不怎么流利的中文还有股大碴子味，很是可爱。他能来BGC，除了得益于在加州伯克利大学专攻金融工程，后台也够硬：父亲在90年代初靠股票发家，成为中国先富起来的一部分人群，时至今日，生意虽没当年显赫，毕竟还有几个上市公司在手，瘦死的骆驼比马大。在人才济济的投行，Jack算不上特别优秀，但他有个明显的优点：单纯善良。办公室里，Jack是大家的开心果：打电话时，他问人家要会（Hui）计报表；开会时，没大没小地说对方老总是"哪锅不开开哪锅"；程蔚严肃地提醒他上班要穿高档西装，再坐三蹦子来国贸就罚款。他特别无辜地搂着程蔚肩膀："你是'吃饱的不知没吃饱的饿'！我才领了一个月薪水，刚够付房租和押金，哪有钱买AMARNI（阿玛尼）！再说三蹦子，我住富力城，早上根本打不到车，就算打到了，也肯定堵在三环上，这种距离坐三蹦子最方便，还很环保。"大家笑做一团，程蔚也被他搞得哭笑不得。后来双方妥协的结果是，Jack不坐三蹦子改滑旱冰了，国贸门口的保安拦他脱鞋再进楼，他戴着大耳机，嘴里含糊不清地说"Morning（早上好）"就冲进电梯。赶上下雨天，国贸1座门口的奔驰宝马车队里，总有辆穿梭自如，破喇叭摁得震天响的三蹦子驶入，驾车的大爷劲头十足，因为后厢里西装革履的年轻人每次都多给他两块钱。这俨然成了2008年国贸故事的一道风景线。

Jack走进办公室，从前台挨个给大家发冰淇淋，很是得意。跟在他身后的摄影师满脸赔笑，请大家边吃边照张相。一听要照相，有人不干了。Amy立起眉毛质问对方："你这些照片要登在哪里？有什么用途？这涉及我们每个人的肖像权，另外，在BGC办公室拍照必须得到纽约总部的批准，谁允许你这么做！"跷着二郎腿坐在一旁的李昂，冰淇淋塞得满嘴都是，正准备把没人吃的那份也据为己有，一边大声吵吵："拍照可以，给点酬劳，没现金给几张冰淇淋券也行。"Jack和摄影师都很下不来台，正尴尬，Vivian跳出来："非得在我们公司拍吗？要没讲究，我跟你们去走廊拍，去你们店里也行！"

"不用背景，一张吃冰淇淋微笑的大头照就行，谢谢您啊！"摄影师赶紧答。Jack眼中充满感激。

Vivian随Jack下了楼，几分钟后，童谣和另外几名同事也走进冰淇淋店。Jack失落的情绪瞬间得到了鼓舞。为了感谢，他又自己掏钱为大家买了冷饮。Vivian和Jack俩摸着小勺上的华夫渣，趴在玻璃橱窗上看五颜六色的口味。

"小时候刚到美国上寄宿学校那会，我爸每月给我二百美元零花钱，二百美元不少了，但我不懂，我以为很少。每天去学校门口的小商店，盯着人家橱窗里的铅笔盒看。我从来没问过多少钱，那时候英文也不行，我就觉得那个东西老漂亮了，自己肯定买不起。看了能有两三个星期，有一天我又去，刚蹲那，老板出来了，一个老头儿，他打开橱窗，把铅笔盒送给我，老感动了。后来大点了，发现我原来挺有钱的，就经常去那家店买东西，他们家有个冰淇淋机，我一次能买七八份，自己吃不了就给同学吃，一直到小学毕业。"

Vivian拍他后背一巴掌，"要说你当年也是有钱的主儿，现在怎么混那么惨呢，连打车的钱都没有，一到月底就得我接济你！"

Jack憨憨地笑，"你还不知道我嘛，工资一到账，就立刻被银行扣了还上个月信用卡，咱那点工资太少了，还钱都不够。"

"那请问你信用卡都刷哪去了呢？"

"请大家吃饭、玩，买衣服、买鞋，Eric一天到晚说我穿得有损BGC形象，都是为了公司啊，嘿嘿。"

"那我多冤啊，你有钱的时候就请狐朋狗友吃喝玩乐，没钱的时候就找我救济！我怎么那么无私呢！"

"嘿嘿，要不说他们是外人，你是内人呢！再说，我哪次请人家玩没叫你，每次不都是你挑日子，挑地方，最后你又放我鸽子。"

"说得好听，现在干活的基层人员就咱俩，您老跑出去玩了，我哪还跑得掉？Eric不得把我吃了！"

两人正聊得热闹，听到童谣召唤："上楼了，上楼了，下来时间不短了。"

往办公室走的路上，Jack指着个广告牌大声问："拆资什么意思？"

众人扭头看，是一个电影广告，写着"斥资千万倾情打造"，众人大笑，童谣耐心地给Jack解释："那个字念'chi'，比'拆'少个提手旁，花费资金的意思。"

"那为什么不直接说'花钱千万'？有区别吗？"

Vivian笑得前仰后合，"Elaine，你别跟他说了，能烦死你。他基础太差，我已经放弃了。他不是中文的问题，是这儿的问题"，Vivian指指脑袋，"太二了！上个月我们在香港business conduct training（商业准则培训），你们记得Admin（行政部）那个美籍韩裔的tough lady（厉害女人）？她在台上讲Blackberry要二十四小时开机，与你有关的邮件必须在十分钟内回复，结果，这哥们在台下那么大声说，'How about if I'm just fucking with someone?'（如果我正跟人上床呢？）"同事们在电梯里笑得不亦乐乎，有人问，后来呢，那女的没发飙啊？Vivian接着说："那女的也真不是吃素的，她特别淡定地回答'But your hands are free.'（你手不是闲着嘛）"笑声在电梯里炸开，连不相识的人也跟着乐。

自上次"一夜情"后，丫丫真的没了后文。开始许家祺还有些忐忑，安静了一两个星期，他也坦然了。真应了许世斌的话：婊子无情，戏子无义。在部门里，刘定坤已经全面确立了领导地位，本来有几个游移不定的，在看到蔡庆杰来京不再单独召见许家祺后，也不再纠结，纷纷"投靠"刘定坤麾下。许家祺不是剑拔弩张的个性，但心底里的失落与不满也显而易见。毕竟还不到三十岁，之前又顺风顺水，没受过这种冷遇，他心思逐渐从工作上转移开，除了大成上市的案子，别的项目多少有点对付了事。他开始规律地健身，抽空读专业书籍，虽然才刚5月，家祺对年终奖基本不抱希望，他的注意力逐渐集中在"自己的事"上。上次陈子城来京，两人将重庆项目的情况理了个明白。子城已将邹家的股权协议转到了自己新成立的壳公司名下，家祺也赎回了做理财的几笔钱，投进公司。眼下着急的两件事：第一，紧急融到五千万；第二，找到一个能干可靠的CEO。这一天，子城又到京，他上飞机前给许家祺电话，兴奋地说找到个合适人选，晚上一起见见。眼看重大难点解决了一半，许家祺也迫不及待等待下班。

晚上7点，按照事先的约定，许家祺来到国贸西楼的俏江南。走进包厢时，已有两人等在其中，一个是陈子城，另一个，想必就是他找到的合适人选——吴清明。子城起身，满面红光地介绍，许家祺在生人面前话不多，握手落座后，坐在一边静静观察这个三十四岁的男人：憨厚稳健，肩宽颈短，手小掌厚。香港人都讲究面相，这双手在相书上看，倒是抓金的样子。许家祺和陈子城虽比他年轻几岁，气场却丝毫不逊于他。吴清明很谦虚，不知是因为明白二人有可能是日后老板，还是天性如此。酒菜上齐后，气氛也逐渐放松，尽管如此，每当陈许二人谈及工作时，吴清明就会放下筷子，双手撑在膝上，嘴唇紧闭，认真聆听。言谈中，许家祺对他的经历大概有了些了解：早年间毕业于重庆一所重点大学的建筑系，毕业后分配在建委，后来又转投政府旗下的一级开发公司，项目倒做过一些，可惜官运不通，久久没起色。当年大成集团进入重庆时，和吴清明所在的公司有过合作，陈子城就这样认识了他。看得出来，吴清明很重视这次"下海"的机会，这或许是他离发家致富最近的时刻。酒过三巡，许家祺对这个人大体上还算满意，只是不清楚他的预期。这并不是一个典型的面试，有些问题比如薪金待遇，很难开口。家祺也不清楚子城之前跟他谈到多深，不好贸然发问。正在思忖，陈子城突然转头说："家祺，你们公司每做一个项目，不都有一个代号吗？都是怎么起的？我们给这个项目也起个名字吧？"

许家祺抬头想了想，"我们啊，有些是球队的名字，有些是行星的。这个项目叫什么好呢？还真得认真想想。"

"哈哈，想什么，我看手到擒来，你觉得这个名字怎样？"陈子城指着桌上的牙签套，上面英文赫然印着"South Beauty"。

"South Beauty？老吴觉得呢？"许家祺把皮球抛给吴清明，想多看看他的表现。

"South Beauty，好！南方有佳人，绝世而独立，一顾倾人城，再顾倾人国。宁不知倾城与倾国？佳人难再得！"吴清明一字一顿地答。

"哇！好棒哎！这不会是你现写的吧？"陈子城大声赞叹。

"没有，没有，是《汉书》里的，我就是想起来，觉得贴切。"

"那也厉害！没看出来，老吴你还很文艺！哈哈，我看就用它了，天意如此！"陈子城鼓掌通过。

许家祺也没想到，吴清明宽扁鼻子下的厚嘴唇，还能引经据典，赞许地点头。

子城频频举杯，大呼过瘾，仿佛已看到项目拔地而起，"家祺啊，人的事我搞定了，钱的事，你要抓紧哦！"

许家祺点头，他在北京也没闲着，过去两周陆续见了四五家投地产的基金，都是圈里的朋友，对他的经历背景都有所了解，一听他看好的项目，先就肯定了三五分。再加上许家祺准备的十分专业的融资报告，基金的分析师们都偷偷收藏视为模板，同行交流起来不费力，没碰几次，多家都表态，借钱不成问题，就看是什么样的对赌条件。行业里的玩法许家祺烂熟于心：有借钱锁定高利率的，得押上股权、土地和身家；有看好未来的，初期利率不高，在日后的销售利润和物业分成上做文章；他大致锁定两家，只等这次陈子城来京，一起合计。

送走了吴清明，许陈二人边聊边往中国大饭店溜达，北京的初夏夜，没有浮躁，没有喧嚣，无比惬意。陈子城喝了酒正兴奋，夜色里他大声讲着广东话让许家祺多少有点尴尬。

"老大，有没有搞错！未来销售均价在一万以上，净利润80%归他们？那个位置，旁边恒大的项目现在就卖九千了，何况一年后！我跟你讲，明年房地产市场必火，现在到处都在炒中国概念，等奥运会开完，你信我吧，一定有新高潮！不行不行，这家的钱绝对不能要，不然我们辛苦半天，最后又成给别人打工。"

"那一家就比较简单，通过委托贷款给我们钱，年息18%，股权和土地押给人家，最狠的是，还要做个人资产抵押。"

"18%？真贵！"陈子城虚张声势地哆嗦一下，小眼珠在黑框眼镜后转得飞快，"国内能做个人资产抵押吗？"

"因为我们两个实际控制人都有香港身份，他们要求在香港做个人资产抵押。"

"Fuck!"子城骂道，"干你们这行的，都是把肉吃光了，骨头还要嚼一遍！"

"呵呵，肉和骨头还不是也有我一份。与行业无关，童谣不是早教育过你：要是心里没把握赚更多的钱，哪里会借这么贵的银子？"

"唉，让我好好想想，你名下没什么东西，破产了也没所谓，我老爸香港两处房产都在我名下，真有什么事，老头子非把我腿打断，然后还得扫地出门，最后我混得连苏乞儿还不如！"

许家祺无奈地摇头："说话真难听。"

"嘿嘿，那说点好听的呗？"陈子城掏出一支烟，在许家祺面前晃晃，"说说你跟童谣怎么样了？"

"挺好的。怎么了？"家祺摆手拒绝。

"那么紧张干吗，我就是八卦一下。"子城猛吸一口，"前几天我在香港见到Maggie了，她快要结婚了。"

"这么快？"

"也不快啦，你们分手也有一年了吧，她好像是奉子成婚，高兴得不得了。"

许家祺没说话，双手插在西裤口袋，别过脸吸一口没被烟味污染的空气。这样的夜色真令人陶醉。

"那时候我觉得你俩铁定要结婚的，好了那么多年。没想到你一到内地来，哗！世界都改变了。哎呀，当代中国，真是片神奇的土地。哈哈！那个女孩，叫什么依依呀呀的，你们现在还有联系吗？"

"丫丫……很少联系，怎么想起她了。"

"Maggie好像很讨厌她哦！"子城用肩膀顶顶家祺，一脸恶作剧的表情，"这次见面，Maggie说起来还咬牙切齿，用她的话说，对你呢，已经都过去了，毕竟好过一场，也了解你是什么样的为人；对那个女人，一辈子都会诅咒她！哈哈，女人仇恨起来很可怕的。不过说起来，那个丫丫手段也真够狠，还主动找人给Maggie打电话，了不得啊！"

"给Maggie打电话？什么意思？"这下轮到许家祺不解。

"你不知道？不会哦，Maggie没同你讲？"

许家祺茫然地摇摇头，"她发现丫丫的事我们就分手了，之后很久都不接我电话，也不同我联系，春节见她时，都有男朋友了，哪里还会说这些。"

"哇，那你错过最精彩的！据Maggie讲呢，她原本从没怀疑过你，但是有次接到个国内电话，一个男人很神秘，说你男友许家祺在北京有了新女人，你要当心。起初Maggie也不信，但那个男人对你的情况很了解，连你住哪个小区都知道，Maggie才开始怀疑，她问那人是谁，对方就是不说，只说不信的话，你晚上10点以后多打打电话就会明白。"

许家祺的思绪被带回一年前，没错，Maggie确实是突然间查岗电话频繁起来了。

"你记得有次Maggie搞突袭来北京，你还叫我一起吃饭，也就是这个缘故。"

许家祺当然不会忘，他清楚地记得，Maggie临走前发现卫生间柜子里被丫丫"忘记"拿走的卫生巾。

这样说来，直接导致分手的那通电话，也是丫丫在床上趁自己不注意，故意接通的！

许家祺不敢相信，那个性感多情的美女竟如此险恶。"可是，丫丫怎么会有Maggie的电话？打电话的不是男人吗？怎么能肯定和丫丫有关？"

"除了丫丫，谁还能搞到Maggie的电话？她那时天天和你住一起，看眼你手机就知道咯！找个男的打电话还不容易，她的同学，哥们，别的男友也有可能啊。总之呢，我当初就叫你多留神，这种女人不好碰，手段太下流，防不胜防。说实话，Maggie跟我说这些，我一点不意外。我们不是警察，不需要找人证物证，你好好想想，其实你心里也明白的。"

陈子城说得没错，许家祺当初之所以毅然决然和丫丫分手，就是越来越明显地感觉到她美丽的外表下有着不为人知的险恶。只是没想到，她其实早就对自己下手，时隔数月，家祺竟然淡忘了这种阴暗的杀伤力。他想起半月前与丫丫的那一夜情，不免一阵寒意涌上心头。

晚上回到住处，许家祺照例给童谣打电话道晚安，两人在电话里聊天，很是甜蜜。许家祺十分珍惜这种平静安全的感觉，他心里忐忑，不知未来会不会有爆发的一刻。童谣知道家祺晚上和陈子城一起吃饭，不免问起他对吴清明的印象。

"还不错，北方男人，蛮憨厚的，我就是担心太老实，不知道能不能撑起这个台。"

"慢慢看吧，你们这种情况，新公司，还没有建章建制，两个股东又都不在重庆，请个人宁可木讷点，好过太精明。"

"嗯，是。他应该还有些底蕴，我们聊到项目的名字，子城说叫South Beauty，他现场就背了整首'南国有佳人，绝世而独立'。我虽然也不知道是谁写的，但我不会乱讲话；子城很丢人，激动地问他是不是当场创作，吴清明才说是出自《汉书》，你不知道当时有多搞笑！"家祺说着，又忍不住笑起来。

电话那头，童谣也跟着乐，笑毕，她语气温柔地说，"这个人，也未必像你们看的那般木讷，应该还是有些心机的。"

"嗯，怎么讲？人你都没见过呢。"家祺不解。

"这首诗的原词是'北方有佳人，绝世而独立'，他大概是为了迎合你们这个名字，才故意说成是'南方有佳人'吧。"

"这个……或许是他记错了呢？"

"不太可能，他能背出整首，还能准确地说出自《汉书》，可见很熟悉。这是汉武帝的宫廷乐师李延年写的歌词，为自己的妹妹量身打造，也就是汉武帝的宠妃李夫人。那时候北为贵，很少说到南方什么事，无论如何不该把'北方'记成'南方'，犯这种入门级的错误。我觉得，他是在故意迎合你们。这倒也没什么不好，你刚才不还担心他太过木讷吗？慢慢来吧，真正了解一个人，一定是很漫长的过程。"

许家祺心底里对童谣佩服得五体投地，又不好意思明言，于是玩笑道："是啊，我什么时候能完全了解你呢？"

"呵呵，等你真正想了解的时候。"童谣回答得无可挑剔，却让家祺更看不清这个美丽优雅智慧的女子。

入夜，许家祺噩梦连连：Maggie满脸泪水地扑向自己，他一闪身，她跌下了几十层高的大厦，街上车水马龙，像极了中环；再到楼下去看，翻过布满血污的脸，竟然是童谣！不到6点，许家祺惊醒了再也睡不着，他起身打开电视，财经早报都还没开始。百般无聊，家祺去泡热水澡，在水蒸气的缭绕下，才又迷糊过去，再一睁眼，已过8点，水都凉了。家祺匆匆起身，梳洗整理，步行去国贸上班。今天是5月4日，北京竟然要给青年们放假半天，昨晚电话里听童谣说，凡是二十八岁以下的人员都可享受。许家祺暗自叫亏，早两年施行他也赶上了。他倒不稀罕休息，只是今晚安排了和一家地产基金吃工作餐，商议昨天与陈子城讨论的几个问题。如果BGC也放假，年轻人都走光了，他就更难准点赴约。

25. 谁是投行男？

5月和9月，是这座北方城市最好的季节，温度湿度都恰如其分，距离奥运开幕还有三个月，北京的各项城市治理工作逐见成效，天空越来越蓝，地铁越修越多，人心也越来越激昂，满街洋溢着民族自豪感，坊间盛传，过不久还要实行机动车单双号限行政策。许家祺的住所离办公室很近，他不会受影响，如果空气质量和交通状况有明显改观，那的确是件大快人心的事。这样想着，情绪渐渐从昨夜的噩梦中释放出来，许家祺照例在星巴克买了咖啡面包，刚进电梯，裤兜里的手机震动起来。等他在拥挤的电梯间腾出手，电话已经不震了，打开一看，家祺一阵烦躁，原来是丫丫。他眉头紧蹙地走进办公室，连前台问好都没听到。丫丫打电话会是什么事？继续约会？自己无论如何也不能答应。又提出新的要求？那就更想都不要想。许家祺心烦意乱，手机在手心都搓出了汗，他不打算给她回，希望自己冷淡的态度能让丫丫知难而退。可他心里也明白，这一招未必奏效，反倒有可能激怒那个神经质的女人。怎么办？许家祺决定先不去想，一忙起来，时间不知不觉过去了。

到午休时，丫丫已经连续打了九次电话，发了十二条短信，语气从客气挑逗变得烦躁急迫，最后一条短信这样写：我有重要的事情要和你谈，中午1点前你再不接电话，我就去办公室找你。许家祺气愤不已，他找刘定坤要了支烟，独自去电梯间喘息，一没留神，烟灰落在他锃亮的菲拉格慕皮鞋上，家祺气得直跺脚。他不想妥协，可是很无奈，和这样的女人过招，他经验不足。要是童谣知道，一定能不动声色地想出好办法，可是，这一切怎么可能让童谣知道！唉，想来想去，家祺决定有条件地妥协，不能让丫丫牵着鼻子走。约摸1点半，家祺给丫丫回了条短信：

13:28：上午一直在开会，有事？

13:29：开会连回个短信的时间都没有吗？我有重要的事找你，晚上一起吃饭吧！

13:45：今晚不行，我约了人。

13:45：骗人！那我晚上去你那？

13:50：晚上真的有安排，不知道几点能完。有事电话里说吧。

13:51：好事！大事！电话里不能说，我已经到国贸了，你晚上要没时间，我现在上来找你，就一会！

许家祺一阵眩晕，对自己放纵的行为懊悔不已。他清楚丫丫是什么样的人，她说到就真的敢做到。坚决不能让她上来，且不说同事们会怎样看，万一传到童谣耳朵里，岂不彻底砸锅。许家祺气得牙根痒，也没有办法，他忍了又忍，咬牙给丫丫发了条短信：你去滑冰场那边等我，有个咖啡吧，半小时后见。

半小时后，许家祺出现在国贸冰场旁，他故意将地方约得远点，就怕遇见同事。冰场旁那半围合的小咖啡吧，棕红色的沙发随意摆放，远远的，两条白花花的大腿夺人眼光。

"穿这么少，不怕冷？"家祺挤出个笑容，来都来了，他不想刺激丫丫。

丫丫并不起身，跷起二郎腿在许家祺眼前晃，看得出来，她不太高兴："冷不冷的反正你也不心疼，见你一面好不容易啊！"

"我工作有多忙，你也不是不知道，又不像你没事做。"男人都很讨厌被强迫被威胁的感觉，许家祺当然不例外。

"哼！好吧，不说那些，我也不是来跟你谈工作的，说说正事吧！"

你有什么正事！家祺心想，却没说出口。他点点头，示意她继续。

丫丫放下二郎腿，突然换了种小女孩一样兴奋可爱的表情，"呵呵，告诉你一个好消息！要不，你先猜猜？"

许家祺面带微笑地摇摇头，心里全是反感，"你说吧，我没什么想象力。"

"也是，你每天心思都在工作上，不为难你了。告诉你吧，呵呵，你要当爸爸了！"

家祺不动声色，笑容依旧停在脸上，心里却把生平所知不分语种的各种脏话都骂遍。这个"好消息"他不是没想过，独自抽烟时，他把所有可能都想了个遍，这是最可怕的一种，看来丫丫也急了，没有点缓冲，直接就使出了杀手锏。

"你去过医院了？"家祺平静地发问。

"去啦，昨天去的！你看，这是检查证明。"丫丫从背包里掏出各种单据，红红白白，"可贵了，我以为就查个尿，结果又抽血又拍片子，半天不到花了快三千。"

许家祺并不伸手去碰那些单据，他余光注意到咖啡店小妹正目不转睛地注视他们，他在心底发誓，以后再也不来这里谈事，但此刻，也顾不上那么多。

"丫丫，我这么说你别生气。你看，我们好久没在一起了，这期间大家什么情况，彼此都不了解，那天，虽然我们过了夜，但我记得很清楚，我没有……射在里面。"家祺尽量压低声音。

"我问过医生了，医生说体外射精的避孕成功概率相当低，还不到50%，很多精子在射精前就已经出来了，不信的话，你也可以去医院问问。"丫丫不等家祺说完，就打断了他。

许家祺很佩服丫丫可以在公共场所大声大气地说出这些"专业名词"而不脸红，他自己则快要无地自容了。

"……好吧。这么说吧丫丫，就算你说的可能性成立，我怎么知道不会是其他人的？而且，我觉得这种概率也不低。"

许家祺这话不好听，好在丫丫的思想准备很充分，自己这样被质问也不是头一回了，"家祺，你这样说，我现在可以不生你气。我很负责地告诉你，我已经好几个月没跟别人在一起了，你要是不相信我说的话，那也没关系，等孩子生出来做亲子鉴定就知道了！"

许家祺又一阵眩晕：她什么意思，为什么那么笃定，等孩子生出来？难道真是我的？原来这个上午不是恶梦的结束，只是恶梦的开始。

"丫丫，你到底想怎么办，有什么想法能开诚布公地说吗？"许家祺快要爆炸了。

"我没想怎么办！我也没想到那天那么轻易就会怀孕，可已经这样了，我就想把孩子留下来。你这么优秀的基因，把这个孩子做掉我真的舍不得，你以后不和我结婚也行，只要你认这个孩子！哪怕你连这个孩子也不认，我也要把他生下来，把他养大，我就是舍不得……"丫丫呜呜地哭起来，眼泪晕花了眼妆。

对于她的眼泪，许家祺早就无动于衷，他此刻心烦意乱，只觉得该哭的人是自己。那个天杀的许世斌，当初为什么要介绍她和自己认识呢！许家祺面无表情地注视着哭得梨花带雨的丫丫。你到底想要什么？足足五分钟，丫丫的泪水丝毫没有减弱的趋势，家祺无奈，欠欠身拿起桌上的餐巾纸递给她。

"丫丫，你不要冲动，你这么年轻，条件这么好，事业刚刚开始。你这一行，一旦有了孩子，机会要少很多，这样做是不是有点草率？我觉得你并没有做好当妈妈的准备，每个女人都会有孩子，可如果孩子来得不是时候，对我们每个人的生活事业都是有负作用的，你明白吗？"

许家祺一番话没说完，丫丫哭得更伤心了，一边哭一边呜咽，说自己刚接了两个广告，本来都跟人谈好了，下半年就要进一部戏，女三号！这下全完了！

"对啊对啊！"许家祺赶紧接着她的话说，"我一直希望你能大红大紫，这样以后我也可以跟别人吹牛，瞧，那个女明星是我前女友！你这样放弃了，连我都觉得可惜。还有丫丫，那天晚上我们吃饭的时候，喝了很多酒，这样对胎儿很不好的！我不反对要孩子，要就一定要一个健康的宝宝，对不对？"许家祺使出浑身解数，思维紧张程度不亚于参加联交所聆讯。丫丫似乎听进去一些，哭声渐渐有所收敛。家祺不敢松懈，乘胜追击，"丫丫，过几天我陪你去医院做检查，看有没有什么问题，再做决定不迟。这几天我们都好好想想，这毕竟不是小事，冷静下来做的选择才正确，你说是不是？你看，其实我们互相了解也很有限，到现在我都不知道你真名叫什么，这种情况一起抚养孩子，是不是有点草率？"

丫丫擦干眼泪，一字一句地说："王雅雯。"

"什么？"家祺有点纳闷。

"我说，我叫王雅雯。"

这场谈判无比艰辛，是许家祺执业八年来最硬的一仗。原因有二：他既不清楚对手想要达到的目的；也不摸对手出牌的路数。最后的战局是，丫丫说："你让我好好想一想。"许家祺不知她要想什么，只好温柔有加地送客，然后咬牙切齿地回去工作。一进办公室，May敏锐地看出他脸色不对，似是关怀地来寒暄，无非也是八卦心理作祟。一般情况，她和家祺讲广东话，就是套近乎的表现，Stephen有时也会凑过来聊几句。

"怎么了？没事吧！看你愁眉苦脸的。"May端着茶杯斜倚在家祺的办公桌旁。

家祺抬头看她一眼，故作平静地摇头，"没事，有个朋友路过，在楼下喝杯咖啡。"

"哇，厉害，你在这里还有朋友！"Stephen盯着电脑上的盈利预测模型，面无表情地插话。

许家祺突然有点恍惚，过去两年，Stephen似乎一直是这个造型，他的国语还是一如既往地烂，几乎没有任何进步；除了和May、自己，几乎不同任何人讲话；一有假期就回香港，没假的日子，就一直安静地坐在那，没人注意他每天什么时候来，什么时候走；他活生生地把自己变成了一株植物。

"Stephen，你现在还住在service apartment（服务式公寓）?"家祺觉得自己应该多关心他，毕竟，他们二人当年一同北上，讲一样的语言，经历一样的变革。

"是啦，那边的Oakwood。"Stephen扬手一指，也不知是哪个方向，对于北京的方位，他依旧搞不清楚，好在他的生活半径也就只有CBD，或者更确切地说，国贸。

"你没买房子吗？北京楼市涨得很厉害哦！"May睁大眼睛问。

"有没有搞错！我又不准备在这里过一辈子，空气那么差，交通那么烂，东西也难吃！为什么要在这里买房子！我讨厌这里。"Stephen瓮声瓮气地说，也不怕旁边能听懂广东话的北京同事介意。

"哎呀，投资嘛！又不一定非要自己住！"May赶紧插话，她可不想卷入"京港大战"里。

"投资也不要投在这里，万一哪天时局乱了，跑都来不及！哎，Clinton，当初让我们来北京时，不是说等这边team（团队）搭建好，就随时可以回去吗？为什么现在没人提这件事了？"Stephen侧过身。

许家祺无奈地笑一声，心想我自己还一脑门子官司呢，"谁同你讲的你去问谁咯！我还想回去呢！"他伸伸手臂转身面对电脑，不打算再聊下去。眼看大成集团在港交所聆讯的日子就到了，过去两个年度的审计报告、关联交易陈述、账目调整表等等，这些都还没做好。

"哇，别这么说嘛！少了你们两个大帅哥，我们北京office多没意思啊！"May一听连许家祺都带情绪，赶紧把自己从这组对话中摘出来，大声用"我们北京"表态。

晚上，和地产基金的人吃完饭，许家祺开车去丽晶大班接童谣。BGC虽没严格按国家政策给青年们放假，但免去了加班已是很给面子。童谣千载难逢5点半下班，赶忙约上李艾去大班做按摩。许家祺将车停在大班门口，又检查一遍手机是否在静音状态，他怕丫丫突然打电话来。等了约摸五六分钟，三个女孩说说笑笑地走出门来。打头的是童谣，最后瘦高的是李艾，中间有个和童谣身高接近的女孩，长发散在肩上，一身普通运动服，大眼睛深陷，夜色里显得楚楚可怜。童谣拉开后车门，招呼她们两人上车，自己才坐进副驾驶。一股玫瑰精油的香氛飘入车内。

"大帅哥，好久不见呀！"李艾大大咧咧地打招呼。

"介绍一下，这是邱媚，就是住我那儿的老乡，刚来北京不久。邱媚，这是许家祺。"

"哦，你好！还麻烦你来接！"

这个叫邱媚的女孩很客气，小心翼翼的，许家祺从后视镜里看到双明亮的眼睛好奇地打量车内装置。她话很少，带点西北口音，穿着打扮言谈举止，都与童谣李艾很不相同。

"这有什么好客气！让他接是给他机会，想接我们童大美女的人多着呢！"李艾是典型的北京女孩，活泼大方，气质豪爽，多少有点自以为是。

童谣抿嘴笑着不说话，这是她的经典表情，在她紧张、没把握或者懒得说话时都这样。

"Yeah，it's my pleasure.（没错，是我的荣幸。）"家祺赶紧表态，李大小姐的一张利嘴，一般人不是对手。

邱媚有点茫然，似乎没听懂，尴尬地跟着大家笑。

"对了，昨天我见到子城，跟他说了工作的事，他说没问题，安排好直接去他们北京公司销售中心报到就行！"家祺边开车边说。

"是吗，他没问是谁的朋友？"童谣问。

"他那么三八，怎么会不问，我说是你的好朋友，他才说那没问题的。"

"哈哈，"李艾大笑起来，"人家好歹也是个总，你说人家三八，下次见面我一定告诉他！"

"李律师，看我送你回家的份上，给我点面子好不好？做人要厚道！"

一车人都乐，包括邱媚，许家祺终于明白她哪里不对劲：看起来有点像外国人。

"李律师最近怎么样？有没有拍拖？"

"没啊，没时间。"

"怎么会，气色那么好！一看就有人滋润！"家祺故意逗她，和李艾贫嘴也是件有趣的事。

"非得拍拖才可以滋润嘛？要我说啊，你们就是缺少创新性，思维太窄。走进旅馆，一看没床，就说，哎，这怎么睡觉呢？其实人家是榻榻米；走进餐厅一看没勺，又说，哎，这怎么吃饭呢？其实人家是印度手抓；我写个LOI（合作意向书），标题和内容分了两栏，拿起来一看又不对了，说这合同怎么长这样，小姑娘有没有写过合同啊？切，我都不稀得得理，我写合同的时候，他们连中国有没有宪法都弄不清楚呢！不知道这种分栏写法，是国际流行趋势啊，一点创意没有！"

众人在李艾机关枪一样的讲述中哈哈大笑，"李律师，哪个客户招惹你了？两小时按摩都没把气理顺啊？"童谣打趣道。

"傻逼客户，说他影响内分泌！哎大帅哥，问你个问题呗，你们投行男是不是自我感觉都特良好啊？"

许家祺刚在这片笑声中放松精神，立刻又紧张起来，"啊？怎么又把我牵扯进来，我投降。"众人被他逗得直乐。

"跟你们说一特搞笑的事。前两天人家给我介绍一渣打男，我本来不想见，但是介绍人是杜律师他老婆。老板娘平时对我就诸多猜疑，我要硬不去，她就得认定我跟杜律师有一腿。你说我冤不冤，没当婊子呢，自己把牌坊给砸啦！得了，去吧！上周末，该男驱车接上我又问去哪，我以为他客气呢，就做淑女状说都行，我没什么讲究。"李艾伸出兰花指，声音拔高八度，"你知道人家哥们说什么？那男的，开一破宝马，得得瑟瑟地说，女人嘛，不能太没讲究，要活得精致一点。然后就开始跟我白活，说他吃饭只去中国大、夏宫、阿丽雅还凑合；逛街只去国贸，东西齐全不耽误时间；打球只去CBD，环境将就离办公室近；泡吧只去兰会所，雪茄美女质量都将就……我最后实在没忍住，那请问，您洗脚都去哪啊？这哥们竟然没听出来我什么意思，还一本正经地说，洗脚我推荐大班，别地儿的手法都不行！"

李艾眉飞色舞的描述，让童谣笑得喘不上气；邱媚明显跟不上，所有的地名对她来说都很陌生；最尴尬的要数家祺，这些地方正是他的生活半径，几乎一样不差。可恨李艾还没完，"吃饭的时候，估计我夸他几句来了精神，得意洋洋地跟我说：以前我找对象只有一条标准，二十四岁以下，这两年觉得也不用完全卡死，像你这样虽然超标但看不太出来的也可以考虑。我一琢磨，二十四岁以下是唯一标准，合着男的也行？原来这哥们是个Bi（双性恋）啊！"

这下连许家祺也笑得岔气。

"你知道吗，最可笑的还在后边。吃完饭，他说我下午约了教练练球，要不一起，我们可以share（分担）学费。打完球去我的小豪宅坐坐，我刚装了个水疗浴盆，很刺激的……我顿时疯了，谱摆了那么大，还要我share学费！还赤裸裸的性骚扰！"

"哈哈，人家都这么说了，你居然饶了他？"童谣捂着胸口笑。

"那不能，我特客气地跟他说，我是新手呀，占用教练的时间可能要多一些，你要不要搭个model算算怎样你可以不吃亏？另外，你家那个水疗浴盆怎么收费啊？汉拿山的标准还是8号温泉啊？相关服务都有没有呀？"

在众人的笑声中，李艾自己也乐起来，"Clinton，我不是针对你啊，但是，为什么好多投行男都那么招人烦呢？其实除了工作和钱，什么情趣都没有，还挺事事的，以为自己是万人迷。智商高、学历高、赚钱多，就是不尊重人、不尊重规则、不尊重底线的资本吗？是谁给他们这份不知天高地厚的自信呢？"

许家祺语塞。他知道这个社会很多人反感投行人，以前他把这归为不了解不平衡，今天听李艾这么说，突然有了点异样的感觉。自己骨子里是不是也有这样的优越感，也这般以自我为中心？不然怎么会特别厌烦不被重视，厌烦他人不按自己的思路出牌，对很多规则并不真的看重。否则又怎么会有这一出出令人头疼的麻烦？他偷偷瞥一眼手机，屏幕显示有一条未读短信，他很想看看是不是丫丫的最后通牒，终于还是忍住了。

车子驶进团结湖，李艾先到家。她刚进单元门，林松杉的电话就如期而至。

"林老师有何指教？"李艾边换拖鞋边逗他。

"问候一下师太嘛，好几个小时没见啦！"贫嘴也是两人的乐趣之一。

"哈哈，我看你是别有用心吧！今天不行，刚做了SPA，只适合睡美容觉。"

"庸俗！你什么时候能改掉用下半身思考的坏毛病呢？"

李艾哈哈大笑，也就林松杉，思维运转速度能跟得上自己，常有"针锋相对"的快感，"那你说说吧，这么晚打电话，不会是要谈理想吧？"

"嘿嘿，还真是！我刚转了篇文章在博客上，你一会去看看，很想和师太探讨一下读后感。"

"什么文章啊？"李艾用肩膀夹住电话，剪开一袋牛奶倒进玻璃杯。

"《野百合花》，王实味1942年在《解放日报》上发表的，听说过吗？"

"呵呵，你还对这种文章感兴趣，我以为你只知道'杨柳岸晓风残月'呢！我看它的时候，你还不知道在哪打游戏呢，王实味，你校友，两篇文章搭上一条命。"

"哎呀，师太，我就知道打给你就对了，绝对能交流！快说说读后感？"林松杉有点兴奋。

"好几年前看的了，我一会去给你留言。"

林松杉心满意足地挂了电话。李艾捧着牛奶歪在床上，打开笔记本，荧荧蓝光映着她的脸，李艾想起大一时"饥饿的女儿"一般，没日没夜泡在图书馆的日子。她认真读了林松杉的评论，心有戚戚焉，然后指尖跳动，留下痕迹："王实味实在是个艺术家，而非革命家。一个提前把人性从政治从理论中解放出来的理想主义者。可惜，任何一种真理都有局限。加谬说：'真正反叛的行动只是为了限制暴力的制度，而不是为了使反叛的行动成体系才同意武装自己。一场革命只有当它立场保证取消死刑的情况下才值得人们为它而死。只有当它事先拒绝进行无限期的惩罚的情况下才值得人们为它去坐牢。'

从现实的角度看，所有这些先贤似乎都是不成熟的，孩子气的。看不清，或者不愿看清，人性在环境中不可避免地扭曲：制度也好，革命也好，本身都具备杀伤力，驾御在扭曲的人性下，就决不会有单纯的黑与白；而从理想的角度看，这些声音，正是拉着人类社会这驾辕没有最终坠入黑暗的野马，尽管所有声音的发出者，最后都难逃悲剧结果。他们就像烟花，照亮暗夜，却永等不到白日。"

写完这段话，李艾又在林松杉的博客上转悠半天，的确是个有才情有思想的人，看得她阵阵激动。想想不过瘾，拿起手机，发短信给林松杉："上高中时办板报，我写：拒绝矫情，拒绝自私，拒绝肤浅，拒绝虚伪。时至今日，依然在努力践行。以前我不惯社会上的傻叉们给80后扣帽子，说我们是垮掉的一代，如今，平静很多，我深知不盯着年代说事的人，才更爱戴自己，更珍惜当下。有你这样的朋友，身心都很温暖，谢谢。"

不一会，手机在黑暗中闪烁，林松杉回短信：

我们的躯体生来就是为了游戏和享乐，我们的心灵生来就是为了学习和爱。

要坚持学习，相信爱，然后再游戏和享乐。因为，我们不是偶尔进行灵魂旅行的人间躯体，我们是有不同人间经历的灵魂化身。

亲爱的，晚安。

城市的另外一角，富力城温馨的两居室内，邱媚正聚精会神地听童谣讲地产公司销售人员的主要工作内容。童谣边说边在电脑上搜索"大成集团，售楼小姐，待遇"。一条新闻蹦出来：金牌售楼小姐，月入五万。

"一个月五万！天哪！"邱媚惊讶地捂住嘴，这是她想都没想过的数字。

"这肯定是销冠，"童谣怕她抱太大期望后又失望，"做得很好的，赚这么多不是没可能，但毕竟是个别。这行底薪一般都不会太高，主要靠提成。不知道大成提几个点，一般是千分之一左右。"

"什么的千分之一？"邱媚的胃隐隐作痛，她激动时就这样。

"销售额。比如你卖了一套房子，成交价四百万，你就可以拿四千块提成。现在市场不错，像大成主打中高端产品，随便一套都要几百万，机会还是不错的。"

"天！这钱也太好赚了，一个月怎么还卖不出去一套房！随便卖卖，月收入就上万啊！比卖啤酒强多了！我去我去，快帮我问问什么时候能上班！"

童谣很久没见邱媚这样激动了，她呵呵笑起来："你也别太乐观！也有不少人几个月卖不出一套呢！干这行，热心、细心、态度积极外，还要了解些地产基础知识，不然人家问你容积率多少，绿化率多少，银行贷款怎么做？你都说不清，那就砸了。"

"热心、积极，这些我都能做到，可你说的那些专业名词我都不懂，怎么办哪？"

"别担心，一般新员工入职都有培训，没人上来就懂，你只要用心，肯定没问题。再说还有我嘛，有什么不懂的，你随时问我。"

"太好了！依兰，我就靠你了！你一定帮我督促这事啊，好歹给我个面试机会！"

"放心，我觉得问题不大，大成不合适，还可以找别家。你要真想做这个还是容易的，毕竟我们都在这个圈子里。之前主要我一直没往这方面想，老琢磨给你找个艺术幼儿园呢。"

"别提艺术了，我再不要做这一行，当年要是没上艺校，也不会有后边那些事，好歹比现在强！"邱媚叹了口气，"对了，今天那个许家祺，他叫你什么来着？"

"哦，Elaine，我的英文名字，在公司互相都叫英文名。"

"我说呢，听着像依兰，又不是普通话。他知道你以前叫童依兰吗？"

"不知道，我认识他的时候早就改了。"

"你是出国以后改的吗？为什么要改啊？那天送快递的说找童谣，我还真以为找错人了呢。"

"差不多大学毕业的时候吧，改个名字转运气嘛，呵呵。"

"你找人算过吗？谣字有什么讲究啊？"

"丫头你今天怎么这么精神！快12点了还不睡觉，我明天一早还有会呢！这几天你先上网查查地产销售方面的知识，好歹做点功课，那边一有消息，咱马上就去！"童谣从转椅上起来，伸伸懒腰，推邱媚去洗手间。

窗外，城市灯火闪闪烁烁，梦想已经不多，生和爱的怨念窸窸窣窣缠绻在初夏夜里。

丫丫到底亮出了底牌：孩子打掉也可以，支付二十万精神和身体损伤费。许家祺虽然还在心里反复拼写F-U-C-K，到底松了口气，能用钱解决的问题都不是大问题。当然，作为一名资深投行精英，这样轻易就让对方牵着鼻子走，也不是许家祺的风格。他想了又想，丫丫要挟他的资本就是孩子，但这件事有两个不确定因素：1、到底有没有怀孕；2、孩子是谁的。综上所述，许家祺被牵扯的概率还不到25%。就凭这25%，想让我付二十万，这生意未免也太好做了。许家祺先不动声色地答应了丫丫的要求，并出于"关爱"提出陪她去医院检查。丫丫答应得也挺痛快。两人约好周六在一家私立医院门口汇合。

上午9点，许家祺走进医院大厅时，立刻看到人群中两名戴着遮住半张脸黑超的女孩，都穿着铅笔裤，陌生女孩穿着白色卫衣，头戴粉色棒球帽，丫丫一身明黄色紧身低胸长袖T恤，外边松垮垮地套件墨绿风衣。三人碰头后，丫丫简单介绍说是她朋友，那女孩并不怎么跟许家祺说话，走哪都搀扶着丫丫，一副心疼死党的模样。私立医院服务好，不用等就到。大夫和颜悦色地问了问常规问题，丫丫面无表情地对答如流，医生说先去查个尿吧。丫丫淡定地起身，在女友的搀扶下往洗手间走，临出门甩给许家祺一句："好歹好过一场，没想到会变成这样，我知道你不信我，没关系，等我把孩子生出来你就信了。可怜我当初，还做了那么久嫁给你的梦。"许家祺看着她纤细的背影，心里像起雾了一般。天下那么多版本的"早知今日，何必当初"，没想到自己还赶上这么不寻常的一出。

没过多久，淡蓝色衣服的小护士拿着单子乐呵呵来了，"王小姐，您的结果出来了，是阳性，是怀孕了。"丫丫接过单子，看也不看就递给许家祺，"没怀就怪了，上个星期刚查过。"

"王小姐，尿检的准确性不是那么高，我建议您再抽个血，确定一下。"

"没听见我上星期刚查过啊，血也抽了，尿也查了，还要干嘛啊，你们是骗着人花钱哪！"

小护士满面笑容凝固在嘴角，悻悻地看着许家祺，不知该说什么。

"你还有什么问题吗？血我不要抽，疼死了；B超我也不做，这孩子我准备要呢，反复做B超对胎儿不好！"丫丫斜睨着许家祺。

许家祺盯着化验单久久不作声，医院是他自己选的，就怕丫丫捣鬼，这下亲眼看到结果，那50%的怀疑可以排除了。可他就是不甘心，为什么非要赖上我呢！他在心里无声地咆哮。

看着许家祺的身影消失在出租车后视镜里，丫丫得意地从钱包里取出五百块递给身边的女孩，"多亏你了，这一怀，帮我们搞定多少事！嘿嘿，我看你等俩月再打，问问周围还有谁要帮忙，这样到你做手术时，起码赚出个LV！"

那女孩叼起一根烟，扬着手里的五百元说，"得了吧，我就是帮你，这点儿还不够我吃顿饭呢，我有地方挣钱，谁指这个啊！"

"那是，咱宝贝是谁啊！"丫丫夸张地在她脸上亲一口，引得司机阵阵侧目。

窗外，四环匝道上姹紫嫣红：红的、粉的、白的、黄的，各色蔷薇迎着阳光怒放，比出租车里花枝招展的人儿还要鲜嫩欲滴。

夏天，悄悄地来了。

26. "卿城"启动

周六下午，打发走丫丫的许家祺只身一人飞去重庆和陈子城、吴清明汇合。他本想叫童谣一起，无奈童谣又加班，而且，她似乎不太赞成这事，表现得不怎么积极。飞机上，家祺头疼欲裂，丫丫的事确实让人分心，他不甘心就这样认栽破财，心底里又交替上演不安和内疚。5点半，飞机降落在重庆江北机场，一出到达口就看到那个宽厚健壮的身影，吴清明热情地招手，弯腰去接许家祺随身携带的手提包。家祺谢绝后，两人向停车场走去。

5月份的重庆已经闷热难耐，离开航站楼没走几步，汗水就顺着额角流下。许家祺透过车窗观察这座城，延绵不绝郁郁葱葱的盘山路，破败不堪的老房子夹在比肩直立的摩天大楼中，或巍峨或秀丽的大桥架在宽阔的江面上，江水湍急浑浊。

"许总，你看我们重庆是不是有点像香港？"正在驾车的吴清明不无自豪地问。

许家祺睁大眼睛注视每一条街道、每一段阶梯，无数花枝招展、风骚亮丽的女人穿梭其中，哪里像香港呢？他在心底纳闷，出于礼貌，还是客气地回应，"确实有点感觉。老吴，我记得你不是本地人吧？"

"哈，我应该算是新重庆人，十七岁读书来这里，一待又是十七年了。"

"这几年重庆变化很大吧？"其实许家祺是第一次来，但近几年的内地工作经验教会他，这是和内地人交流的好话题，放之四海而皆准。中国这几年，哪座城市变化不大呢？

"呦，变化太大了！我来读书那会儿，什么都没有，就像个大镇子。1997年直辖后，有了质的飞跃，到2003、2004年，变化越来越快了，现在已经完全是大都市的感觉了。以前到别的城市出差，回来觉得落差大，重庆还不如长沙武汉，现在不会了。重庆有一点好，消费不高，生活很舒服，包容性也强，在这里不会有异乡感，很宜居。许总经常来重庆吗？"

"我？没有，不过，我女朋友以前在重庆读书，她有时会提起来。"

"是啊，一般人，对自己年轻时待过的地方都会有很深的感情，重庆的磁性好像更强，我很多朋友都对这儿恋恋不忘。许总你这次来时间太短了，以后慢慢感受吧。对了，能吃辣椒吗？"

"呃……"家祺有点尴尬，"我比较一般吧，但是可以尝试一下，特色嘛！"

还好，吴清明是个很细心人，没有贸然带两个香港客去钻巷子吃老火锅，载着他们到重庆南滨路的渝信川菜接风。明星产品毛血旺水煮鱼没有太受青睐，反倒是黑椒牛仔骨很受二位认可。三人坐在露台上，品着冰啤，遥望北岸夜景，细听江水喘息，不亦乐乎。吴清明从提包里掏出最新拿到的红头文件，借着点酒劲汇报工作：这一周，他找设计院的老同学，花很少钱细化了项目的规划方案，同时又利用自己多年在建委规委建立的人脉，将新方案报批，争取政府控制性规划就按他们的方案走。

听他有条理地讲工作，气魄也渐渐彰显出来，许家祺想起童谣的话，看来他的确并不木讷。前期这些事，多亏了吴清明在当地各个衙门的关系网，没他光有钱，也是玩不转的。陈子城问老吴办公室怎么样了？吴清明答，这周看了十几个写字楼，真是好货不便宜，便宜没好货，要不把原来开发商那间二百平的办公室接下来？陈子城使劲摇头，他们生意都做黄了，不可以接那的风水。吴清明笑着称是，说他初步选了三个地方，明天上午一起去看看，现场就可以敲定。

周日，三人高效率地搞定了办公室，签完了所有工商登记文件，还面试了四个人，都是吴清明之前筛过一遍挑出来的。临去机场前，大家驱车去项目地块。长江边上一块空地，缓步深入江中，距离规划中的大剧院咫尺之遥，野草坡泛着蒙蒙青色，对面解放碑群楼林立。

"真是块好地！临水靠山，站在这里就觉得通透开阔，对面已经饱和了，这里要不了几年必火！"陈子城展开双臂大声感叹。

"陈总好眼力！不出十年，这里一定是重庆新的核心区。对了，设计院改方案时要把原来的案名也改掉，他们给了个临时意见——江岸。陈总许总有没有想法啊？"

"别叫江岸，这绵延几公里都是江岸，没特色。你觉得'卿城'怎样？"陈子城脱口而出。

"卿城？听起来好耳熟，不是你们大成的系列吧？"许家祺纳闷。

"哈哈，怎么可能用大成的名字，一定要和那些财大气粗的名字区别开来，什么金啊，御啊，府啊，庭啊。卿城！把你的爱意和深情都留在这座城里。怎么样，听起来是不是很让人遐想连篇！和South Beauty有异曲同工之妙！"

"哎，别说，这样一解释确实很有味道。卿城，不错，优雅也大气！不错！"吴清明皱眉品品，豁然开朗。

"我就是觉得在哪见过，还是先查查，别已经有人用过了。"家祺的困惑依旧没解开。

"哈哈，你别担心啦！我告诉你在哪里见过，广州番禺，沙窖岛，记起来了吗？我那艘游艇？"

"对对，'卿城'号，Love the City，哦，原来你蓄谋已久啊！"许家祺恍然大悟。

陈子城满面红光，似乎已经看到群楼拔地而起，许家祺有点懂他了，这不仅是他证明自己的项目，更是他实现多年梦想的契机。

吴清明送二人到江北机场后，立即折返回市区，约了规委的副主任吃晚饭，临别感慨："少不了一顿大酒，下次见领导啊，你们两位老板无论如何派个代表，显出诚意。"陈子城和许家祺连连称是，心底对吴清明的工作很满意。安检排队时，家祺问子城，吴清明的待遇怎么安排？陈子城胸有成竹地答，月工资两万，开销都在公司走，另外，我让他拿五十万出来，给他5%的股份，你就出四百五十好了，这样都绑在一条船上，他也有动力。家祺点点头，他正好不想当大股东，多留点现金在身边也好，还得留着对付丫丫。

陈子城是靠谱的主儿，回广州立即给北京公司的销售总监打电话，说有朋友的亲戚找销售工作，具体情况，让那个朋友直接联系你，工资待遇按正常的走就是。撂下电话，陈子城又给童谣拨过去，把对方的电话邮箱都一一告知，童谣很感谢，直说过几天去广州再面谢！子城玩笑："你是我老板，又是我大嫂，好容易有个献殷勤的机会，求之不得啊！"童谣当天上午把邱媚的简历发过去，之后打电话询问，三两句，邱媚的面试就安排妥当，约定第二天下午去办公室"走个程序"。尽管如此，晚上，邱媚依然忐忑地拉着童谣反复模拟面试，第二天早晨5点就惊醒，面对着童谣挑给她的套装自言自语："我搞不定怎么办？"童谣陪她坐在飘窗上，天边微微发红，"邱媚，你记得那年《大漠敦煌》首演？你上台前，我紧张得手脚冰凉，气都不敢喘。可你反倒镇定，一上台就投入进去。那么大的场面你都没问题，区区一个面试怎么会搞不定？要对自己有信心！"

邱媚的思绪被带到了九年前，那好像是自己的前生，和现在的生活不搭边，那时候的人、景、情、爱，通通都被阻隔在那座西北小城里，连和自己一起长大的童依兰也摇身一变成了童谣，一个成功多金、神秘矜持的都市金领。若不是她主动提起这些，邱媚真怕她早已将一切忘记。邱媚突然觉得难过，握住童谣的手许久说不出话，天空的墨色一寸寸褪去，两个女孩的脸颊一点点明亮起来，就像少年时那些分享秘密彻夜不眠的暑假，两人又一起迎来了新的黎明。

下午的面试很顺利，在这个关系网铺就的社会，小老板打过招呼，销售总监督办，邱媚只要不是哑巴，就肯定没问题。况且，当面试官看到邱媚的瞬间，立即被她惊艳的面庞、挺拔的身姿所折服。这样的条件还用打招呼？无论如何，这个顺手人情做得心安理得，好好培养，没准真是块材料。面试官当场宣布邱媚被录用，试用期工资一千二百元，转正后一千八百元，千分之一提成。邱媚惴惴不敢相信，没人关心学历，没人要暂住证，甚至不问她会不会英语，这么漂亮正规的办公室，有人引荐竟然比面试啤酒促销都容易！这一切也太快了！不到5点，万事搞定，只等着下周一报到上班。邱媚有点恍惚地走出大成集团北京公司大门，回头看看，还是无法相信自己真的要在这挺拔洋气的写字楼里上班了。她兴奋得不想回家，直接冲去国贸等童谣下班。

来北京有阵子了，邱媚还是第一次走进这座地标式建筑。她怯怯地推开星巴克旁的玻璃门，一股浓郁的咖啡味迎面扑来。邱媚站在星巴克门口给童谣发短信，童谣尚在开会，让她在星巴克等她。邱媚回头看，一个女孩正坐在高高的吧椅上看自己，她面前放着个印着绿色环形美人鱼标志的白瓷杯子。该点什么呢？墙壁上的英文目录让人摸不着头脑，邱媚一阵紧张，下意识地抻了抻身上黑色的套装。还好，有这件衣服做伪装，应该不会有人看出自己并不属于这里。她转身离开星巴克，快步朝那个五彩缤纷的世界深处走去。大约半小时后，童谣出现在星巴克，邱媚并不在里面，她拨通电话，邱媚兴奋地说她在看滑冰，马上来。这个世界对于邱媚是崭新的，对于曾经的自己何尝不是？她想起大三那年，第一次在西安吃必胜客，那些兴奋又不知所措的回忆通通涌上心头。童谣给邱媚要了杯摩卡，照例为自己叫了瓶装果汁。不一会，邱媚悄无声息地出现在取餐台旁，小脸因为疾走和兴奋红扑扑的。

"什么时候到的？吓我一跳！"童谣转头对她说。

"这什么呀？"邱媚用鼻尖指指餐台上放着的瓷杯，压低声音问。

"摩卡。不知道你喝什么，就随便点了。"

"哦，摩卡。呵呵。"她端起杯子紧随童谣走向靠角落的沙发，"你喝的什么？"

"橙汁。我不喝咖啡，容易失眠。"

"哈，那我晚上会不会也失眠！"邱媚虽这么说，依旧乐呵呵地喝下一大口，烫得直吐舌头。

童谣递给她餐巾纸，"怎么样，面试很顺利吧！"

"嘿嘿，你看！"邱媚从背包里掏出个文件袋，里面平平整整夹着劳动合同。

"呦，挺快的嘛！什么时候开始上班？"童谣一边翻看一边问。

"下周一，先在公司培训，培训合格后分到项目去。"

"好啊，你争取分到金悦府吧，我正好有同事想买那的房，到时候介绍给你，第一单就有了。"

"太好了！依兰，真不知道该怎么感谢你！哎呀，你看我老是改不过口。"邱媚吐吐舌头。

"呵呵，别虚伪了，叫我什么都行。工作的事跟你妈说了吗？"

"还没顾上呢，我特别想让你先知道，一面试完就赶过来了。"

"快去给她打个电话吧，阿姨肯定特高兴。给，拿我手机打。"童谣把手机递给邱媚，看她一蹦一跳走到楼外，黄昏的风扬起，邱媚额前的碎发随风飞舞。

那些顶着沙尘在广场上放风筝的岁月；那些逃课去黄河边听小混混们弹《灰姑娘》的岁月；那些较劲吵架不服气又彼此帮衬的岁月；那些浑说誓言，却也敢说誓言的岁月，恍然间都涌了回来。在邱媚兴冲冲地走进这个灯红酒绿的新世界时，童谣却想起了自己还叫做童依兰的日子。有些人，有些事，都封存在某一年的夏天。她厌恶回头看，厌恶和那时有一点关联的信息出现，然后，最终无力地发现，记忆并不随主观愿望转移，就像儿时读过的童话故事：沾了血迹的白布，越洗越清晰。一阵风钻入，邱媚推门进来了。

"打完了！我妈比我还兴奋！哈哈，居然开始畅想等我以后买房子接她来北京养老呢！"

"那也是指日可待的！外边冷，喝口热的。"

"嗯，晚上还是有点凉。你看，解放军也来星巴克！你说奇怪不，我一看到军人就想起项北辰。也许是因为我就认识他一个军人吧，没别人可联想。你们现在还有联系吗？"

项北辰，这是童谣最不想提起，恨不得和童依兰一起埋葬的三个字。没想到，在5月8日这么平常的黄昏，这样不经意地冒出来。黄昏中，一个背着黑书包的军人正推门出去，结实的双肩撑得军装笔直，右手不协调地端着杯咖啡，墨绿色的大盖帽混杂在西装革履中，那么格格不入。童谣纤长的手指拨弄着果汁瓶盖，并不作声。邱媚敏感地意识到她大概不想碰这个话题，吐吐舌头，赶紧说起刚在国贸商城看到的各种新鲜玩意。邱媚心底里觉得两人的关系在发生微妙的变化，当年的童依兰就是"牙大豆"，闷着厉害不吭气；现在的童谣气场更是大得了得。此刻的自己，事事处处求着人家，玩笑打闹都不免小心翼翼。笑谈中，童谣最后一次抬眼看窗外，那个军人的身影已经消失在茫茫人海里。曾经，这种橄榄绿，布满了整个火车站台，铺天盖地，反复出现在她梦中；如今，那一抹绿色竟然单薄无助，瞬间被人潮吞没，童谣心中一阵酸涩，抬头，西天着火了一般，翻卷着云边，汹涌而来。

2008年5月，取消"五一"长假的第一年，已经连休了十来年长假的人们，心理先于身体崩溃了。12号是星期一，年轻的白领们，在地铁站、电梯口、早餐摊、停车场匆匆赶路，一边愤愤不平地抱怨着没指望的生活，一边索然无味地被生活奴役。大周一走进金达办公室就阴沉着脸，黑眼圈比眼睛还大。李艾端着咖啡过去，站在他桌旁布置工作："赶紧查一下，外资收购房地产企业股权在商务部报备的情况，只是备案，还是也审查；审查的话，是形式审查，还是实质审查；实质的话，重点关注哪些因素；另外，查一下报备周期和报备通过率。"

大周低头拿笔记录，等李艾说完闷闷说了句，"这肯定查不着啊？查这些有意义吗？"李艾本已转身走开，听见这句还了得，马上回头厉声说，"还没查就说查不着！没意义我能叫你查呀！直接打外资司电话问哪！"

"他们那电话打一百遍能通一回就算不错，打通了人家也不好好跟你说。"

"那你就先打一百遍再来问我！电话接不通，不知道动动脑筋找关系啊，你们外经贸那么多同学不都在部里嘛。哎大周，你今儿状态不对啊！都干两年了，怎么还说这么

275

没水准的话！"

大周皱着眉低下头，不再反驳，默默打开电脑和卷宗。

中午，林松杉招呼李艾吃饭。出门时李艾看了看，大周虎背熊腰的身躯还趴在小书桌上，一手握着笔记录，一手拿着听筒，似乎一上午都没动窝。

"你上午对大周太厉害了！"走进电梯间，林松杉看四下没人，轻声对李艾说。

"不是，你也听见了，他今天态度明显有问题，职场上怎么能说那种话，旁边还坐着那么多刚毕业的呢，影响多不好，都学这一套，不成国企啦，以后还怎么干！"

林松杉笑笑，"中间抽烟的时候我跟他聊了聊，昨晚上和女朋友分手了，半宿没睡，今天状态不好。"

"怪不得……那也不能这样啊，成年人了，把情绪都带到工作中来还得了，所里一千来号人呢，谁家每天没点事。我失恋的时候，还不是照样天天加班！"

"哈哈，哪都能跟你比啊！你是灭绝师太，一般人没这个功力。大周是跟着你干的，要多关心人家。管理嘛，没有规则不行，只有规则没有人情也不行，您升大帕的日子指日可待了，这么管理，谁还敢跟你混啊！"

李艾想想，林松杉说得没错。她并不真是灭绝师太，上午训完大周后，一直在留心他的状态，出门时看他还在打电话，心里还一阵不忍。电梯停在一楼，李艾拿出手机给大周拨过去，"下来吃饭，不差这一会儿……你一个大男人，又没生病，怎么会不想吃饭呢！快下来，我在lobby（大堂）等你，林老师也在，中午请你吃大餐……哪那么多废话呢，给你一分钟，赶紧下来！"

李艾舍近求远，带着两位男士去嘉里中心的日本桥大快朵颐。一餐过后，大周的情绪好了很多，按照李艾的话说，谁这辈子不被人甩，被甩就是攒人品，早晚人品大爆发。要都是你甩别人才危险呢，早晚还回去。谈恋爱特别锻炼人的能力，要在非理性状态下尽量理性地去判断问题、处理问题，多不容易！每谈一次恋爱就能多一分对异性的了解，学会如何与异性沟通，在工作中大有裨益。很多有魅力的人并不是天生有魅力，是不断地恋爱后的规律性总结。"总之大周，今天值得庆祝，你向着更优秀更有魅力的自己又迈进了一步！"李艾煞有介事地总结陈词。大周已经被她忽悠晕了，林松杉在一旁摇头微笑。一顿长长的午餐，三人溜达回办公室，已经快要两点。大周心满意足地干活去了。李艾回复邮件，又在内网上输了工作日志，转眼就到2点20分，她抄起电话输入电话会议的账号密码，BGC已经在线了，除了童谣，还有他们香港法务部的美国女士。鉴于有人不讲中文，整个电话会用英语进行。李艾最讨厌开这种电话会，用英语沟通专业知识没问题，但运用语言的技巧去说服客户、引导客户就显得障碍重重。往往中文十分钟能说明白的事，这种隔山跨海的英语电话会就得开上两小时。李艾摁下MUTE（静

276

音）键，又打开speaker（公放），一边改文件一边听，她不是会议主持人，不用一直坚守着，等需要自己时再吭气。

电话会没开几分钟，童谣刚介绍完各方参会人员和今天的主题，李艾突然觉得一阵眩晕，正纳闷，靠墙的一排铁皮文件柜刷拉拉晃动起来，电话里正讲话的童谣也戛然而止，安静的空间里，突然有个男声响起，"天哪，Earthquake！""What?"老美在香港惊呼。紧接着，电话里连着传出"Line 1 is leaving now；Line 2 is leaving now……（线路1已离线，线路2已离线）"。李艾再一回头，金达办公室也乱作一团，墙壁持续发出吱吱响声，大周正往紧急出口的方向跑，边跑边喊："我是独生子，我还没结婚，我家不能没后！"李艾有点蒙，四十层啊，跑得出去吗？去厕所！初中时那点跟地震防御相关的知识迅速涌上心头。她抓起手机冲向厕所，一推门，发现里面竟站满了人。靠！真有反应快的，李艾定定神，琢磨还有什么地能躲，突然觉得整个楼已经不晃了。没事了！虚惊一场。她整整头发，不屑地看了眼仓皇逃窜的同事们，大无畏地往回走。远远的，就看到林松杉从她办公室小跑出来，"你干嘛去了？地震了没感觉到吗！"

"没事，都过了，瞎跑什么啊！"李艾很淡定。

"我说你可真二，赶紧收拾东西下楼吧！万一只是前兆呢？好像很多地方都震了！"

"啊，真的？那，会还没开完呢，这么早撤，要不要跟杜律师说一声？"

"说什么说啊，老大机灵得跟什么似的，第一分钟就窜没了，这会估计都开上车了！你还真敬业！赶紧的，就CBD这片儿，这么多高楼，肯定不禁震！"林松杉不由分说拖起李艾，朝楼梯口跑去。

穿着高跟鞋的李艾走下四十层，累得气喘吁吁。嘉里、财富、旺座周围的小广场小草坪上站满了人，马路水泄不通。汽车鸣笛声，电话声，心有余悸的感叹声此起彼伏。地震的感觉似乎真实了些，人们的表情好像世界末日来临一般。林松杉始终拉着李艾的手，紧张让他忘记了可能随时会遇到金达同事。

"这么多人，周围又全是楼，再震一下子，不陷进地底下，也得被砸死，不被砸死，也得被踩死。"李艾嘟囔。

林松杉瞥她一眼，"没想到你寻死的愿望这么强烈！以后我不管，今天别死在我手里就行。"说着，他拉着李艾向国贸方向走去。那一瞬，李艾的心柔软潮湿起来，如果这就是世界末日，被这样一只手握着至少不会孤单。她想起《乱世佳人》，白瑞德驾着马车载着郝思嘉穿越战争炮火中的亚特兰大，那时的她并不爱他，或者说，她还没意识到自己爱上了他。

国贸1座，在阳光的照射下光彩夺目，作为CBD最"古老"最有代表性的建筑屹立在长安街北侧，虽然建成已经十八年，依然表现卓越，不仅在租金收入上，更在品质上。

灾难袭来时，人们对它的信任一目了然。1座西侧的地面停车场站满了人，连国贸西楼周边也挤满了从四面八方涌来的白领。陌生的人群在这不寻常的一刻变得亲切，很自然地攀谈起来：你是哪个楼的？你在哪家公司？国贸质量还是好，要是连它都倒了，周边就更没地儿躲了！李艾走到这里已是一身大汗，她说什么也不在太阳下站着，拽着林松杉走进1座的星巴克。坐定后，给童谣打电话，她果然还在办公室，李艾叫她下来坐坐，挂电话前嘱咐她别坐电梯，走楼梯！

不一会，童谣抱着笔记本出现了，李艾和林松杉都围过去看，有不少网友在论坛上发帖，报告各地的地震情况：长椿街，崇文门，五道口，复兴门。再多翻几页，发现很多城市都有震感：西安、武汉、长沙。李艾这才有些后怕，到底是多大规模的地震啊，范围这么广，那震中岂不很可怕！又陆续有帖子冒出来，说重庆楼塌了，四川死人了。李艾的汗毛一下立起来，和童谣面面相觑。那是她们曾经生活了四年的城市，有多少老师同学还留在那片土地上，难道，那里是震中？电脑时间显示15:32，李艾抄起电话打给当年同宿舍的闺蜜，毕业后她去了都江堰检察院，可怕的是，电话始终无法接通；李艾又转而打给当年的辅导员，电话还是不通。正紧张，童谣的手机响起来，是Amy。原来接到国贸1座物业通知，为了大家的安全，大厦要清楼，Amy叫童谣快回去收拾东西，办公室准备锁门了。看来事情并不简单，大楼里一片慌乱，不到4点，全是提着电脑包匆匆离去的身影，很多人不敢坐地铁，1座门口打车的长队快排到国贸饭店。

童谣开车往回走，三环堵得水泄不通，原本十五分钟的路程，足足开了一小时。她到家没多久，邱媚也回来了，穿着簇新的工作套裙，兴奋地讲第一天上班的见闻。等她说完，童谣才问起地震的事，邱媚没感觉到，只听同事说通州地震了。童谣把网上看到的消息一一道来，邱媚嘴巴都张圆了，赶紧给邱丽珍打电话。晚上，两人守着新闻频道看报道，电视里各种惨痛的消息和画面陆续传出，邱媚和童谣不住地流眼泪，穿插着地震的消息，又间或有境外留学生在火炬传递过程中亲身呵护国旗和火炬的报道，天灾人祸，中国面临着巨大考验，奥运倒计时的欢快气氛突然显得悲壮肃穆。

第二天中午，童谣和几个同事利用午饭时间去国贸楼下的银行捐款。平时空旷的大厅弯曲地排着长队，全是楼里自发来捐款的白领们。银行工作人员给排队等候的人们端来水，态度前所未有的好。Jack低声嘟囔："平常也这样多好啊，大家都客客气气的，互相尊重心情好！"

"你爸没给你打电话吗？"跟在身后的Vivian问。

"打了，能不打吗，怎么说我是他亲儿子，他说不行就回美国。我才不回去呢，这是鉴证历史的时刻。你说我请假去四川做志愿者，Eric能同意吗？"

"估计没戏。除非你休年假。"

"哎，今天好多网站的主页都变成黑白色了，早上我看报道，太难受了，死了那么多人。"

"是啊，大自然面前，人类太渺小了。人类还老自以为是，说什么'征服自然'，快别干这么不自量力的事了，还是和谐相处吧！"Vivian朝天白了一眼。

"嗯，2008年中国不寻常啊，这么多事，马上还要开奥运，我也算是都赶上了。"Jack感慨。

"这一年会载入史册的，每个活着的人都会记得这一年。"前边的童谣看着窗外自言自语。

那几天，壮丽山河呜咽，神州大地悲戚，十三亿人都将目光聚焦在受灾最严重的四川、重庆、甘肃，每一天，新闻滚动播出一个又一个生命奇迹。走到哪里，都能听到那首歌：无论你在哪里，我都要找到你；血脉能创造奇迹，手拉着手，生死不离。商场电视专柜前，王府井大屏幕下，总有人驻足观望。电视里的广播员几度哽咽，电视外的人群随着好消息鼓掌，随着不断跃升的死亡数字流泪。那几天，每一个陌生人的命运都和自己的喜怒哀乐休戚相关，人性在大灾面前迸发出无私无惧的光芒让活着的人敬佩震撼。还记得那个困在水泥板里的男孩和一直为他举着输液瓶的同学吗，还记得那个用身体顶住坍塌垣壁从死神手里抢回孩子的母亲吗，还记得那些写在纸箱上、报纸上的"谢谢"吗，还记得我们每个人在那一刻最真实的感动，和血液里涌动着的最热烈的爱吗？数不清为地震的消息流过的泪，亦不可计算这场灾难中所有的丧失与回归。国民在2008空前团结，不是因为奥运，或者说不仅因为奥运，是因为这场荣誉后承担的太多不易和不屈！这段不平静的岁月，注定会成为一个传奇，唤起我们太多情愫。这个"我们"，是共和国里年轻的公民意识，是大世界中源远流长的同胞之情。很多人，开始真的学着和这个苍老的民族同呼吸、共命运；和这个国家里所有陌生又熟悉的面孔，精致或粗陋的表情，一起承担，一起分享。

5月19日，地震发生第七天，中华文化祭奠死者的头七之日。19日清晨，天安门广场下半旗，哀悼5·12汶川大地震中遇难的同胞。5月19日至21日，全国哀悼，各地和各驻外机构下半旗致哀，停止一切公共娱乐活动。5月19日14时28分起，全国人民默哀3分钟，汽车、火车、舰船鸣笛，防空警报鸣响。

19号是周一，许家祺早晨开车出门时，交广台、音乐台，所有电台都没有任何音乐，路过公共单位的大院，国旗只升到一半，马路上有很多人自发拉起黑色祭坛，就连平日里音乐不断的国贸商城也静悄悄的。办公室的同事们很有默契地全部黑色套装，平添几分沉重。下午2点25分，正在和香港、纽约、新加坡办公室开电话会的许家祺，用英语提议休会五分钟，全中国将为5·12地震中遇难的同胞哀悼，五分钟后我们再继续。

说完这段话，他沉默了两秒，用普通话说："希望所有的中国人，无论你来自香港、台湾、纽约、新加坡，都能在28分为逝去的同胞起立默哀，谢谢！"许家祺挂了电话走到落地窗边，已经有几个同事站在那里，脚下的长安街停满了车，大家面朝着天安门广场的方向立正。第一次，家祺强烈地感受到作为一个中国人，祖国和同胞带来的感动与力量。他低头闭上眼，听到楼下传来汽车的鸣笛声，凄厉呜咽。

这一刻，九百六十万平方公里的土地时间静止，正在广州出差的童谣站在大成集团在珠江新城马上竣工的超高层楼顶，和陈子城等集团高管，以及周边还在施工的农民工们一起立正默哀。一个看起来只有十八九岁的农民工小伙子低头抽泣，大成集团的工程总监悄悄告诉童谣，他们几个都是四川人。童谣的眼睛湿润了，脚下的珠江蜿蜒流长，依稀听到江轮悲怆的鸣笛声。

在北京的邱媚已经结束了公司培训，第一天到中关村售楼处上班，她和几个同事提前走上大街，十字路口的警察关闭交通灯，有秩序地指挥四个路口的车辆和行人暂停行进，然后立正脱帽，邱媚手臂上还清晰看得到昨天排队献血留下的淤青。28分，她紧紧握着售楼处一个来自重灾区——甘肃陇南老乡的手，强忍着不让眼泪流下来。

这一刻，在祖国的心脏——天安门广场，自发聚集了数千人，他们手持黄色菊花，默默站在旗杆旁。随着28分的到来，周边汽车鸣笛声纷纷响起，很多人手牵手噙着热泪。人群中几个四川人哽咽地喊出"四川加油！中国加油！"，这声音立刻传播开，一层一层声浪触到每个人心中最柔软的神经，瞬间就成几千人震耳欲聋的呼声。李艾和林松杉在人群中冲散了，她跟着周围陌生的同胞们一起流泪，大声振臂高呼"四川加油！中国加油！"这呐喊声，是中国人在心底憋屈了近百年的痛，经过那么多天灾人祸的折磨，没人能击垮这个多灾多难的民族。这声音喊给苍天、喊给大地、喊给受灾同胞，喊给所有中国人。远处的林松杉也哽咽了，他高举着手机，记录下我们这代人年轻生命中最感动的一刻。

27. CBD风流志

随着时间远去，人们渐渐从地震的巨大悲恸中回归平静的生活，李艾没告诉任何人，全国默哀日的下午，她收到一条短信，只有短短四个字：你还好吗？发件人：伍迪。她握着手机凝视许久，想起几个月前独自离开东莞时蚀心的痛，默默删掉了短信。然而，世界似乎还是不同了，她忍不住偷偷去伍迪的QQ空间浏览，在她收到短信的前一天，有篇日志这样写：地震撼动山河的那一刻，你想到了谁，你挂念谁？人永远无法真正了解自己的心，或者，是无力面对。有时，就连一句最简单的"你还好吗？"都不知有多少人有勇气说出口。

李艾有点后悔删了短信，她想再看看那四个字后是问号，还是省略号。周末是李艾的生日，她懒洋洋地不想庆祝，求林松杉带自己去个安静的、人少的、有意思的地方。林松杉欣然答应，周六下午开车接上李艾，在东四环上飞驰，七拐八转，停在北大对面。

"到了，下车！"林松杉拉起手刹。

"你就带我来这儿啊，又不是没来过！"

"没导游，你来这儿就是拍照片，跟着我，才叫深度游！赶紧，寻觅吃食去也！"

既来之，则安之，李艾跟着林松杉茫然地走进中国无数教科书封面印着的那道门。6月初的北大校园，依然有杨絮飘飞，草地上躺着晒太阳的学生，脸上扣着貌似深奥的书籍。林松杉带着李艾溜达，告诉她哪里是图书馆，哪里是一教，曾经红极一时的"一塌糊涂"是什么说法。在三角地的旧址，两人讨论着十九年前那个春夏之交这里发生的故事，唏嘘不已。每一代人都有梦想，每一代人年轻时做的梦都不可避免地被时代留下烙印。许多人说，80后只有发家致富的梦，李艾不这么看。的确，改革开放后成长起来的这代人，比他们的父辈祖辈有更鲜明的市场经济意识，但并不意味着，这一代年轻人，就没有治国平天下的梦。在蔡元培先生的墓前，李艾背诵了一段话，是她大一时工工整整地抄写在日记本里的：

选择法学，意味着摒弃慵懒的生活方式，发掘永无止境的思想能力及精神动力。你可以在豁亮的教室，体会名家风范；在静谧的图书馆，打造灵魂通道；更欢迎你加入社会实践的洪流，服务于大众，受知于大众，且知学无止境！从今天起，你是大学里的大学生。大学之大，不在于面积之大，是气象的大，气质的大，气魄的大。我们的母校，思想的声音遍及全国，思想的力量，更推动着中国法制化进程。你可以骄傲地在这片土地上自由耕种，收获属于自己的硕果，更为民族基业添砖加瓦！当然，自信的同时，不该忘记自律。不为浮躁世象所动，不因私欲名利所累。大学，本就是理想化的所在，是现代社会的精神领地！戴上校徽，意味着一种使命。从今天起，你要坚信"天下兴亡，匹夫有责"，坚持关注所有弱势群体，维护每个公民的正当权益；胸怀感念之心，用自己的所学所知回报社会；更重要的，你要铭记"大学是海上之灯塔，社会之灵光，不应随波逐流；大学之生是民族之栋梁，社会之精英，理应铁肩担道义！"作为学长，今天，我写下这样的文字，为的是欢迎并启迪你们，愿你们用青春的笔墨，撰写大学之道。四年后，当你回首大学生活，希望能无憾于己，无愧于天！

林松杉在一旁鼓掌："写得好！你写的？"

李艾摇头，"上届学生会主席写的，是个学姐，印写在我们入校时的《新生手册》扉页。我看得热血沸腾，一口气就背下来了，这么多年都忘不了。"

"总听你说，我对你的重庆、你的大学都很好奇。那是个什么样的地方？很有生机，很有力量吧？"

"或许粗陋，但绝对真诚；不够理智，但很有血性；比北方更柔情，比江南更烈性。我的重庆，呵呵，我喜欢听你这么说，总之，是个有故事的地方。有机会，我也带你去我的母校走走，看看我的思想灵魂形成的地方！"李艾脸上有些潮红，和林松杉在一起，常有心心相印的感觉，这种思想的激情碰撞，甚至是身体的完美交融，是任何人不曾给她的。然而，李艾时刻提醒自己：我们只是朋友，过界的时候，就是结束的时候了。

不知不觉，在北大耗去半天，黄昏时分，李艾随林松杉闲坐未名湖畔，博雅塔在夕阳沐浴下散发幽幽光泽，开阔的湖面随晚风荡起涟漪。林松杉沉默地微笑，阳光在他身上镀了层金。

"松杉，你觉得我们是什么关系？"李艾凝视他很久，突然发问。

"嘘！"林松杉把食指放在嘴边，依旧安静地看着远处。不多时，远处飘来校园广播，久违了的老歌又在耳畔响起。一曲终了，林松杉才转过头来，"你刚才说什么？"

"没什么，"李艾笑笑，"要是能回到学校就好了，那么安静，那么简单。"

"呵呵，我打赌你上学时不这么想。你那时的理想是什么？做律师吗？"

"不是。我上大学那会儿，对国际法特感兴趣，幻想着有一天能去海牙国际法庭，我觉得那儿才是大师所在，多刺激啊。"

"后来怎么没去？"

"跟别人我可以说不现实，跟你没法这么说，因为我知道这都是借口，想去一定有办法，可能还是自己不够坚定吧，觉得遥远就放弃了。"

"其实人都很矛盾，期待自己的人生与众不同，骨子里又害怕成为传奇，知道那要付出很多，结局往往很孤独。所以，无法实现理想，多半是主观不愿，而非客观不能。"

"你想说什么？"

"我们这个年龄，生活还有很多可能。把自己的手脚绑起来沉下去，做个牛逼律师，升成合伙人，买三套大房子，两部好车子，没问题；或者，就索性去做自己想做的。"

"那，你想做什么?" 李艾有点不安。

林松杉沉默不语，许久才转头，"呵呵，看你一脸惆怅，放心，我暂时还不想出家。据说人在死之前，大脑会高速旋转，把之前几十年的记忆都重现出来，像一张张胶片一样。等你大限的时候，会记得这一刻吗?"

李艾睁大眼睛，想狠狠记住眼前的一切，微风吹皱了博雅塔的倒影，余晖洒满校园，广播正放着熟悉的旋律《祝福》，一个声音伴着音乐淡淡地说："李艾你好，今天是你二十七岁生日，你身边的朋友为你送上这首歌，他想对你说：愿心中，永远留着我的笑容，伴你度过每个春夏秋冬……"

晚上，林松杉送李艾回家的路上，两人都沉默不语，有隐隐的伤感在车内流动，这大概是他们之间离"爱"最近的一刻。可到底还是没有发生，没有"爱情"发生在这对彼此尊重、彼此依赖、彼此欣赏、彼此温暖的男女之间。林松杉没有送李艾上楼，他和平时不太一样，没那么善谈、那么调侃；李艾也不一样，没那么尖刻、那么大大咧咧。临别时，林松杉笑着说："抱一下吧，二十七岁的第一个拥抱，留给我。" 李艾紧紧拥入他怀中，有种说不出的难过。

电梯里，李艾一个人哭了。

回家打开电脑，童谣还在线忙碌，李艾问她：最揪心的，是不是错过多年后街头拥抱的瞬间?

过了很久很久，李艾都准备下线了，童谣回过来一句话：不是，该是错爱多年后无言擦肩的片刻……

晚上11点，李艾躺在床上睡不着，手机突然传来短信，是林松杉吗? 她一把抓过来，没想到竟是伍迪：今天是你生日，我没忘，只是不知还有没有资格祝福。愿生日快乐，永远幸福。

李艾盯着手机许久，慢慢打下几个字：谢谢，祝福永远有资格。

很快，手机在黑暗中又泛起荧荧蓝光：你还好吗? 一直很牵挂，生日怎么庆祝的?

没什么，和朋友吃了顿饭。

男朋友?

李艾犹豫半天，回复：只是朋友。你最近怎样，还好吗?

许久，伍迪发来条信息：直截了当地告诉你吧，我很后悔。有时候，人看不清自己的心。地震之后，我随单位去援助，在汶川，看了很多生离死别，想得最多的就是你。我知道自己伤害了你，所以没奢望还能和你在一起，只想把这种感受告诉你，或许能让你欣慰些。只希望你别躲着我，别从我的生命里消失。

李艾蒙了，呆呆地握着手机不知说什么，几分钟后，伍迪又发来条短信：我想见见

283

你，可以吗？

什么意思，你在哪里？

下午就飞到北京了，不知该怎么面对你，不知你会不会想见我。

李艾"噌"一声坐起来，这是她三个月前日思夜想的情景，此刻竟然真实地发生了，可她心中却有种说不出的压抑。

那天晚上，李艾到底去见了伍迪，两人在金鼎轩坐到了黎明，她哭了，他也哭了，她收下他带来的山竹和荔枝，却没请他去家里休息。伍迪顾长的身影消失在黎明的曙光时，李艾想起小年夜里，自己孤独地走在东莞陌生的街头，她在心底祈求上苍，让伍迪爱上自己，也像自己爱他一般疯狂。如今，这个愿望实现了，可是李艾，却并不那么快乐。

周一上班时，迎面撞上林松杉，他挑挑眉毛和李艾打招呼，似乎又恢复了常态，李艾却不太自然，这个周末，混乱得让人应接不暇。伍迪走之前告诉李艾，从四川回到广东当天，就和女朋友彻底分手了，他无法再欺骗自己的心。他只是把这消息告诉她，并没开口请她回头。李艾明白，他是内疚说不出口，也是没把握会得到怎样的答案。整整一天，李艾都缩在座位里，不怎么讲话，也不动弹。晚上加班到10点，林松杉端着两杯咖啡进来。

"怎么了，看你一天都没精神。"

"你猜？"李艾想找个人倾诉，又觉得林松杉似乎不是合适的对象，可是，她还能找谁说呢。

"大姨妈来了？"

李艾摇头。

"你妈又让你相亲了？"

"讨厌，有点正形儿行不行。"

"呵呵，"林松杉坐着椅子原地转一圈，"那男的回头了？"

李艾差点一口咖啡喷出来，林松杉笃定的表情根本不像在发问。

"你怎么知道！"

"你脸上写着呢。打算怎么办？"

"不知道啊，你帮我想想？"

林松杉放下咖啡杯，双手交叉在胸前，微闭着双眼摇头，"最毒不过妇人心，咱俩那一腿你忘得真快啊！竟然让我帮你想，真把我当闺蜜了。"

李艾一阵脸红，想发怒又想笑，"你小声点，隔壁还有人加班呢！"

"这有什么好想的，还有感觉就好，没有感觉就拉倒。剩下什么亏欠呀，承诺啊，都是骗小孩的，就这么简单。"

"可是——"李艾刚要说话，就被林松杉打断。

"可是什么，爱情就是两情相悦的事，别把它搞复杂了。赶快干活，早点回家休息，我先撤了，熬夜老得快！"他拿着空杯子起身离去。

看着他的背影，李艾突然明白，为什么周六在北大校园他会说那些奇怪的话，他是预感到该转身的时候了吧？这个男人，就这样匆匆经过自己的生命。李艾一直没问出口的话是：那我们呢，不曾两情相悦吗？算是爱情吗？

地震期间，许家祺的生活很充实，周一到周五紧凑的工作，利用周末带海石基金的人又去了趟重庆。看完卿城项目地块，吴清明带许家祺和陈子城去重庆本地乐队自发组织的地震义演，子城一激动，去隔壁银行提了两万，还非算许家祺一半。演出，许家祺看过很多，这种纯民间的赈灾演出还是第一次，渝都的热烈狂野，在那个舞台表现得淋漓尽致。有一首叫做《重庆森林》的歌，格外引人入胜。女歌手略带沙哑的空灵嗓音，弹电吉他时的笃定与自信，手臂山水画般的刺青，像极了森林里的困兽游走在舞台。有那么一瞬，许家祺突然想到童谣，她们是完全不同类的女人，可是偶尔的一瞥，眼神又似乎相似，是不羁？还是坚定？许家祺没有把握。童谣很少跟他提起重庆的往事，自己所知的点滴，多半是李艾叨叨出来的。他听李艾说，童谣读书时和现在反差很大，美丽和智慧像她手中的两把剑，光芒闪烁。许家祺无法想象那时的童谣：锋利、坚硬？这和眼前的女友判若两人。是什么让她变成了今天的模样？他越来越不了解身边的女人，其实，似乎从来都没懂过它。这个念头让家祺有点泄气。和她在一起四个月了，童谣总是欲言又止，若即若离。无论家祺努力或者懈怠，似乎都对她产生不了影响，她好像活在自己的世界，一个强大到任何人都无法看穿、无法走进的世界。

回北京没多久，丫丫又出现了，发短信问许家祺考虑得如何，超过三个月做不了人流了。家祺扫了眼，立刻按下删除键，理智上他知道躲不过，情感上却总想逃避。许家祺算了笔账，和丫丫在一起那半年，花在她身上的钱差不多已有十万，要再加上这二十万，也不是小数目了。三十万可以做很多事，砸女人也砸得下一打了。真不值。他所能做的似乎只有逃避。直到有一天，和童谣吃饭时，丫丫的追魂索命CALL又不期而至。许家祺拼命说话想压过电话在口袋里震动的声音，可丫丫的执著让他的表现显得很傻且是徒劳。电话响到第二十遍时，一直佯装认真听家祺讲话的童谣突然忍俊不禁："你把手机当按摩器呢？真不想接，就摁掉，我不会问的。"

一句话让许家祺无地自容地安静下来。童谣故意去洗手间，家祺迅速接起来："有必要这么打电话吗？"

"你到底考虑得怎样了，为什么一直不接电话！"

"我在健身，手机不在身边。丫丫，我觉得你这个要求有点不合理。"

"什么意思，想变卦吗？"

"我之前也没答应啊，只是说考虑啊！"家祺也不高兴了。

"好！许家祺，你要对我这么无情，我就只能对你不义了！"丫丫终于狠狠抛出了这句话。

家祺反倒觉得撕破脸也未必是坏事，反正孩子是自己的可能性不高，她要真敢生，他就敢养。好半天，童谣才从洗手间回来，世界已经恢复了平静，家祺等着她发问，没想到童谣自始至终只字不提，依旧只说些无关紧要的话题。家祺喘口气，侥幸逃过一劫。晚上，许家祺开车送童谣回家，到了小区，童谣兴致很高，提议散散步。对于这个难得的要求，家祺当然欣然答应。北方的夏夜，是一年中最舒爽、最安逸的时刻，两人牵着手，顺着小区的峡谷花园溜达，不时有遛狗和锻炼的夫妻经过。

"等我们老了，还会这样散步吗？"宁静的夜色让家祺的心也柔软起来。

童谣把头靠在他的肩膀上，并不直接答这个问题："家祺，我明白，有些事你不告诉我一定是有原因的，一定是为了我们能更好地走下去。你的选择和方式，我都会理解，别担心。"

夜色里，许家祺有几分尴尬，比尴尬更难忘的是，感动和温暖。

看着许家祺的车子消失在夜幕里，童谣转身进了楼。一推开家门，方便面味扑面而来，数不清这周邱媚是第几次吃它了。

"怎么又吃方便面，一点营养都没有。"

邱媚还穿着公司发的黑色套裙，和脚上粉色的拖鞋配在一起，很有喜剧效果，她依旧没精打采，入职快一个月了，一套房子都没卖出去。

"我一定是哪里不对。"她眼神呆滞地看着前方，吸溜溜扒进两口面。

"什么？"童谣擦着手走进餐厅。

"我真的很努力啊，随便什么客人来问，我都很耐心地介绍，别的销售还坐沙发上休息会，我从早上进门，屁股就没沾过凳子，每天腿都站肿了。楼书那些东西我都背得滚瓜烂熟了，为什么呢？为什么就是卖不出去呢？"她放下筷子，情绪激动地问童谣。

童谣一时也不知该说什么好，只能安慰她："运气还没到吧，慢慢来，都有个过程的。"

邱媚皱着眉摇头："不关运气的事，一定是我有什么问题，我们一起培训的那批人，基本都签过单，现在只有两个人一套都没签，马上一个月，公司要末位淘汰，怎么办啊！"

"你这周星期几调休？"看邱媚愁眉不展的样子，童谣突然问。

"周四吧，怎么了？"

"正好，天津有个项目找我们融资，周四我要去做市调，你跟我一起去。没准能找到原因。"

"市调？什么意思？跟卖房子有什么关系？"

"就是市场调查，要投一个项目，先要看项目所处地区同类物业的市场情况，这样为后期的投资决策提供依据。简单地说，就是踩盘。我觉得，你的问题是，你从来没买过房，无法真正体会买房人的心态，所以无法很好地说服别人。"

邱媚皱着眉，嘴角的辣椒油都没擦，"对！你说得对。我虽然下了很多功夫把这些东西都背下来，但是可能并不是别人真感兴趣的，而且我背下来的信息，别的销售也背得下来，完全没有新意！你说得对！"

"好，周四正好只有我一个人，也不会被同事知道，你记得穿球鞋，累着呢。"

星期四上午7点半，BGC经常合作的汽车租赁公司安排了辆黑色帕萨特等在童谣楼下。邱媚和童谣都是短裤波鞋，一前一后上了车。

"怎么没让你们要收购的公司派车来啊？"邱媚戴上墨镜问。

"这种市调一半都不让对方跟着，他们带去的楼盘一定是卖得好、卖得贵的，这样才能体现他们要卖的项目价值高。"

"嗯，有道理，天津你熟吗？"

"还行，干这行的，不论男女，方向感都必须强，随时都有陌生城市的项目，你要了解这个城市的各种信息：GDP多少？人均可支配收入多少？交通状况怎么样？近期有没有利好的政策出台？哪个区是传统的热销区，哪个区是新兴的开发区，市场去化率怎样？平均售价租金有多少？基本上，投一个项目就熟悉一座城吧。"

"哎呀，听着真好玩，可以去那么多城市！怪不得你老出差，不觉得累吗？"

童谣笑着答："还好吧，能干一份自己喜欢的工作，挺不容易的。所以你知道吗，我对城市的感情很深。无论哪座城，都有属于自己的脉络和情感。每次飞机起降时，在空中看那些城市，我就想，这些钢筋水泥里，有多少爱恨情仇。城市是时代的背景，是我们所有记忆的基座。我在雅典时去卫城参观，那曾经也是一片多么繁华的城池，有庙宇，有剧院，和多少代人的生活息息相关。如今人没了，城空了。如果说建筑有生命，那些大理石柱会不会在深夜回想，谁曾在这里歇过脚，谁曾靠着这儿说情话；在那里慷慨陈词发表演讲的人被绞死了，战火来袭的时候，随着樯橹湮灭，多少人流泪了……"

邱媚静静地听，想起了兰州、西安，这些她留下生命印记，也在她心里留下倒影的城池。回头看看窗外倒退的风景，一阵酸楚涌上心头，那些说出口没说出口的关于付出生命的誓言，都不复存在了。

一小时后，车子驶入天津市。童谣打开电脑，指点师傅往左往右，七拐八拐来到第一家她提前选定的楼盘，司机笑着感叹："天津我来了好几回，还是找不着道，这儿的路都是斜的，您方向感真强！"童谣微笑不语，下车朝售楼处走去。邱媚拿着笔记本，紧紧跟上。

　　"你拿本子干嘛？"童谣发问。

　　"记你问的问题啊，看人家都怎么回答。"邱媚一脸严肃。

　　"傻瓜，这么进去，人家一看就知道你不是来买房的，不会搭理你。放包里去，听着就行了。"

　　邱媚若有所思地点点头，"怪不得我们那些个老销售，经常在沙发上坐着，肯定是看出来有些人根本不是要买房！"

　　"没错，好钢用在刀刃上，光出力不行，还得动脑筋。买房子对绝大多数中国老百姓来说都不是小事，一个人来看房，十有八九不买房，起码不会是当时就能买。一会进去，你就假装是我姐，注意听售楼小姐说什么。"

　　邱媚神情严肃地跟在童谣身后走进售楼处。童谣在沙盘前立足，马上就有销售过来，笑容可掬地问好。童谣气场很大，请她介绍情况，等对方说完，一会问开盘时间，一会问入住时间，一会揪住一套大户型从朝向、空间布局、交房标准刨根问底，一会又突然问开盘到现在销售的情况；不时的，还转头跟邱媚交流两句，问她觉得怎么样，老头老太太住行不行，邱媚丈二和尚摸不着头脑，只好点头应着。售楼小姐的情绪也被调动起来了，热情地带她们去样板间，摸摸大理石地板，指指TOTO的卫浴设备，最后还故作神秘对童谣说："小姐，一看您是识货的，我们这个盘单价虽然高点，但是赠送面积特别大，阳台可以当健身房。这种一梯两户的花园洋房，出房率特别高，83%呢！小区绿化率45%，远远高于一般标准，住着特别舒服，尤其适合老年人。性价比绝对没的比！您赶快定吧，下周我们又要提价了！"

　　童谣点点头，又问了问银行贷款的情况，拿了楼书和销售员的名片离场了。一钻进车，她迅速打开电脑，在一个已经搭好架子的EXCEL表里，填进去各种信息，什么Plot Ratio（容积率），GFA（建筑面积），Retail（商业），Parking（停车位）等等，邱媚刚想问，就被她打断，"填完再说，一会该忘了。"

　　所有的信息填完，童谣让司机开到售楼处后的工地。车一停，她迅速掏出照相机，手脚麻利地拍照片。一切搞定，童谣安排司机去第二个目标楼盘，这才转头问邱媚："怎么样，我问到我要的答案了，你找到你的答案了吗？"

　　"嗯，"邱媚点头，"有点感觉了，我不应该不停地说，应该给客人一点思考的时间，看他们其实想问什么；有些信息虽然楼书上有，但需要人把它发挥出来，比如刚才那个销售以为咱是给父母买房，就重点介绍旁边的三甲医院；还有，很多信息是楼书上没有的，比如那套卫浴，很多人也不知道这个内装有多好，但是她一介绍市场单价，我就觉得值，所以很多信息是要自己去搜集总结的，对吧？"

"呵呵，我就知道你干这个准行！相当有悟性！"童谣笑着点头，"我刚才还想到了另一个问题。邱媚，如果你和白小锋一起来看房，你是希望遇到一个朴素热情的销售员，还是一个大美女销售？"

"当然不要大美女了！"邱媚脱口而出。

童谣点点头，"在中国买房子，无论大房小房，无论投资自住，完全不要听女人意见就敢做主的男人是少数。这女人有可能是妈，有可能是老婆，有可能是女朋友，这三类人里的哪一类，也不希望遇到一个花枝招展、范冰冰一样的销售。邱媚你已经很漂亮了，我倒建议你不必跟那些同事学，化那么浓的妆，清新淡雅反倒有亲和力，让客户有安全感。即便有些大老板，真就冲着你美才买房，你拿什么和他换啊？"

邱媚豁然开朗，原来美丽也未必就是绝对优势，有个智慧的脑袋，才能驾驭它，让它发挥更大的价值。她渐渐明白为什么童谣工作学业样样出色，就像她自己说的：这张脸会带给我们很多机会，但要想把握住机会，还得靠头脑。

一趟天津之行，邱媚开窍不少，九个楼盘跑下来，真是腰酸腿痛，她终于明白为什么童谣每次回到车上都不说话，先做记录。每个楼盘少说半小时，那么多信息，又都很近似，看了一天，邱媚已经完全搅和了：金碧天下是那个1:1车位的花园洋房吗？山水居卖了几栋楼来着？哪个的主力户型是三居？真是干什么都得用心。换位思考了一天，找着感觉了，回北京的路上，邱媚带着疲倦的笑容睡着了。

到北京已经晚上7点，童谣放下邱媚，径直回办公室。国贸1座三十八层灯火通明，除了行政人员，Business Team（业务组）人全在，童谣安静地走到桌前，根据现场记录的信息，汇总市场调查的PPT报告。没一会，Jack吆喝去吃饭，Vivian和几个同事都一起去了。童谣不觉得饿，准备一鼓作气把报告写完再说。不知过了多久，觉得身后有人，一转头是程蔚，吓了一跳。

"我有那么可怕吗？"程蔚拿着两份6寸赛百味，递给童谣一份，"先垫点，老这样把胃搞坏了。

"谢谢！"童谣笑笑，环视四周，硕大的办公室只有两三个人了。

"今天顺利吗？"程蔚靠坐在桌沿上，开始吃自己的那份"晚餐"。

"还行，看了九个盘，市场还不错。有两家和泰德的项目很有可比性。你看，就在这儿。"童谣指着电脑上的天津市地图，她正在上面插坐标。

程蔚顺着童谣指的方向仔细看，"卖得快吗？价格怎么样？"

"都还不错，你看这个盘，"童谣指着离目标项目最近的一个图标，"'五一'刚开，一个月，据销售说已经卖了80%，我刚在克尔瑞的数据库核实，确实有75%。成交均价一万二千。"

程蔚停止咀嚼，若有所思地点点头，"不错。这样，你打开model，把销售速度调快一点，看看IRR（内部收益率）怎么样。"

童谣迅速地切换屏幕，双手基本不碰鼠标，纤细的手指在键盘上跳跃。一个十几页的Excel表呈现出来，童谣按程蔚说的，在"Assumption"（假设）那一页把销售期由十八个月缩短到十二个月，然后又切换到"Summary Page"（汇总表），标红的项目IRR由原来的28%变成了32%。

程蔚满意地点头，"现在的价格增长率是多少？"

"每季度增长5%。"童谣一边回答，一边迅速地切换到另一个Sheet（工作表）。

"试试8%。"

"会不会太aggressive（激进）？"童谣有点担心。

"差不多，奥运题材的现在都好卖，很多盘都每周调价，何况咱们的初始价格取得还偏保守，看看现在IRR多少。"

童谣迅速调整数值，安静的办公室里就听到键盘"嗒嗒"的敲击声，"38%"。

"好！就按这个吧，你周末前把Memo（备忘录）都准备好，发给ICS（投委会秘书），这样下周就可以上会，这个项目不错，别跑了。"

"好！"童谣神情严肃地点头。

"先吃点东西吧，我专门让加热的，别又放凉了。"程蔚指指桌上的赛百味，"你最近怎么样？我看你去年的annual leave（年休假）作废了好几天。"

童谣笑笑，"以前不都可以carry（延期）到6月吗，没想到今年只到3月底，我也没注意。"在BGC，员工的年休假通常可以延长到第二年。

"自己的事要操心，这些policy（政策）随时都在变。Admin（行政）和HR（人力资源）的邮件还是要认真看，我知道你们都是扫一眼就删了。"

"呵呵，没事，反正我也没计划去哪里，今年不是还抽到马尔代夫了嘛，知足了。"

程蔚也笑了，眼角浅浅的皱纹和身上淡淡的松香味道，让人放松又温暖，"你倒是什么时候都挺知足。"

"对了Eric，好像有次听你说，大成在中关村新开的金悦府，你有兴趣？"童谣保存好Excel，靠在椅背上吃饭。

"是啊，那个位置不错，学区房，投资还是可以的，怎么了，你也想买？"

"呵，我哪有那么多钱。是这样，我有个好朋友在那个盘做销售，刚去，一直没开张，你要真打算在那买，我可以介绍你们认识，算是帮她一个忙。"

"没问题啊，反正我找谁都是买，我正好准备周六去看看，她上班吗？"

"上班！我把她电话给你，你联系她就行！叫邱媚。"童谣立刻放下三明治，撕张便利贴，把姓名和号码都写上。

"行。你朋友嘛，一定要帮的！"程蔚温存的笑容，突然让童谣有点紧张。

天气越来越热，奥运的脚步也越来越近。在童谣的帮助下，邱媚平安度过试用期。程蔚很给力地签下一套二百平的大户型，邱媚拿到了二十七年人生中第一笔万元奖金。可让人意外的是，她似乎不那么开心。周末，童谣陪邱媚逛街置办行头，她多少有点心不在焉，中午吃饭时，又兴致勃勃地讲起程蔚去买房的场景。

"我真没想到你们老板那么帅！那天他从那辆墨绿色的捷豹走下来，像电影明星出场一样，大家都震了。说话彬彬有礼，声音特别好听，我紧张得大脑空白，不知道说什么。他不但没说我，还特别幽默地给我解围。哎，真不愧是美国博士，那么有教养。"

"呵呵，"童谣笑起来，"说多少遍了，他不是博士，是双硕士。"

"差不多嘛，哎，你们公司缺不缺秘书啊，我去你们那当秘书行不？"

"我看你真是抽风，好好的工作不干，我们那儿秘书都是留学回来的。"

邱媚其实也知道没可能，又像泄了气的皮球一言不发。

"咦，邱媚，我怎么觉得你对Eric那么有好感呢？不会是……"

"我，我也不知道，反正我生活里从来没有过这样的人。头发一丝不苟，皮鞋一尘不染，举手投足都那么温文尔雅，对谁都很有礼貌，很有分寸。比如说话的时候，他会一直看着你，但眼神里绝对没有挑逗或者居高临下的意思。不像有些男人，有几个钱，不是把自己当太上皇，就把自己当小流氓。而且，我觉得吧，他对我真的也挺好的，他还说我本人比名字还明媚呢！你不是说他也离婚单身吗？"

童谣微笑着倾听，心里琢磨该怎么不伤面子地打消邱媚这种不切实际的念头。她很了解程蔚，金融圈里有不少这样的中年男子，岁月的历练让他们懂得很好地隐藏自己的缺点弱点，随时展现出最优秀最有魅力的一面。但这并不意味着他们就是完美的。他们无一例外冷静睿智，也很自我为中心。他们受过很好的教育，走遍世界各地，见过各种各样的女人，有才华有品位又多金，只要想，就可以拥有一切。所以，当惯了大佬的他们，绝不会轻易动心或者付出。到这个年纪，他们很明白，谁也不会比自己重要。比如说，他想顺便让你开心一下，都不用说"漂亮"这样庸俗的辞藻，脑海里随便挑几个词，就可以让女人兴奋好久；或者适时地帮你拉开门，手掌很有力地放在你后背，让你觉得贴心温暖。这种不损一金一银，赢得别人好感，也使自己形象更完美的事，他们乐得做也擅长做，其他，就不一定了。

"Eric就是那样的人，对谁都很nice（好），但你知道他为什么离婚吗？他太太生孩子时难产，他还在办公室加班。"

"那说明他很敬业啊！"

"是，他是很敬业，他把和自己相关的一切都看得很重，对别人就不一定。而且，这话我不该说，他绝没你以为的那么真诚。他夸人的话无非锦上添花，你现在再问，他未必记得。"

"怎么会？我觉得人在上一段感情中受伤了，会更渴望遇到一个温暖的人寄托感情呀。"

"邱媚，"童谣摇摇头，"你也许是这样，他不是，他比你坚强得多，他早过了那个需要别人来寄托自己感情的年纪了。他现在想的最多的，是怎么把自己的事业做大，爱情对他来说，从来不是必需品。至于为什么，我也说不清，但这个圈子就这样，锦上添花的多，雪中送炭的没有。"

"也没你说得那么可怕吧，许家祺不也是投行的吗，我看他就很好啊，他不就是年轻版的程总嘛，你不也跟他在一起了嘛！"

童谣不作声了，许家祺是不是真像看起来那么好，怕只有他自己清楚。一个破烂不堪的公司能让IBD这帮人包装得像待嫁的黄花闺女一般等人来抢，包装自己想必也不难吧。

前几天，童谣听说一件事：一个花枝招展的女子在三十六层围追堵截许家祺，长达三小时不肯离去。消息迅速传遍BGC，在乏味紧张的写字间里，还有什么比身边同事的八卦更让人兴奋？没人知道那个女人是谁、要干嘛，只凭她暴露的超短裙和举手投足的妖媚，就足以让人浮想联翩。公司没人知道许家祺和童谣的事，Vivian压抑着兴奋跟她八卦时，童谣挂着招牌式的微笑随着Vivian夸张的表情挑挑眉毛。无独有偶，网络上正沸沸扬扬地传播"投行小三门"事件。某知名外资投行北京公司女金领群发邮件，怒斥在另一家知名外资投行的丈夫和小三的卑劣行径，邮件发出没几小时，丈夫和小三分别回信，还是Reply to all（回复所有人），抄送给邮件列表上的所有成员。原配和小三都不罢休，继续口水战。本来一桩不罕见的狗血事件，网上热炒的重点在于：三位主角均来自令人向往又神秘莫测的投行，而且来往信件皆是英文，各种优雅的语法，精准的表达，在网上被评为英语六级范文。网友们幸灾乐祸，争相翻译。一时之间，投行人员"活色生香"的私生活成了社会大热。

早在网络上炒热这件事之前，消息已在BGC内部爆炸开来，IBD的刘定坤，就是原配邮件长长的抄送列表上光荣的一员。革命经验丰富的刘定坤并没有直接转发，他知道自己的电脑随时都被远在印度的IT人员监控，转发一切与工作无关的邮件，都是违反办公室政策的。但他也实在不忍心让这个千载难逢的八卦事件就此消散，于是他谨慎地打印了一份丢在办公桌上，没半小时，IBD几乎人手一份了。GREI这边，Jack最先收到在渣打实习的大学同学转发的邮件，他兴奋得像过节一样，迅速将邮件转发给GREI-all（全球地产投资部全体成员），同时还抄送了评估公司和基金公司的几个哥们。童谣看到后无比惊讶，事件主角"丈夫"和"小三"她都认识，对小三的印象还挺好，觉得她精明能干，气质长相都不赖。没想到会闹出这样的事。这样闹过一场，照片都被人肉出来，不知会不会影响工作。童谣唏嘘不已。没想到，这件事出了没几天，BGC也爆出真人版：来了不明身份的美女一枚，站在IBD前台死活不走，非要等外出开会的许家祺回来说个明白，直到两小时后许不得已出现，又拉拉扯扯许久才离去。

连着几天，许家祺都以工作忙碌为借口，回避与童谣见面。童谣也假装什么都不知道，努力配合他的情绪。深夜加完班回家路上，童谣心情压抑，打开收音机，快人快语的主持人和嘉宾又在拿"投行小三门"说事，男嘉宾兴高采烈地说："现在骂人表面上人模狗样，背地里男盗女娼都说，你投行的吧！"主持人赶紧接话："哈哈，特别适合形容金玉其外、败絮其中的感觉！"童谣"啪"一声关了收音机。她戴上蓝牙耳机，拨通了李艾的电话。

"干嘛呢？"

"在家呢，你不会才下班吧？"

"嗯，在路上呢。"

"嘿嘿，最近投行很火嘛，我终于知道为什么我混不进去了，英语不够好啊，哈哈！"

"换个话题好吗？"童谣无奈地笑笑。

"呦！情绪不佳啊，嘿嘿，你的办公室恋情不会暴露了吧？"

"我们男未婚女未嫁，暴露了又怎样，大不了有一个人走呗。倒是你，我看这轮整完投行，下轮就到律所和四大，你的办公室小暧昧怎么样了？"跟李艾贫嘴很能放松心情。

"我跟你说件事，别骂我啊。"李艾的声音突然严肃起来。

"说吧。"童谣有点纳闷。

"我跟伍迪……复合了。"

"啊？什么时候的事啊，我才多久没见你？你不是跟你们那个同事挺好的吗？"

李艾深深叹口气："也就半个月吧，我生日那天他来北京找我，上周末又来了一次，我觉得我对他还是有感情的，这次他彻底跟那个女孩断了。所以我想再试试。喂，你倒是发表点评论啊。"

童谣已经开到了小区，担心车子驶进地库信号不好，影响李艾的情绪，索性熄了火停在路边。"你想听我说什么？"

"想说什么说什么呗！"

"唉，我真不知道该说什么，那个林律师呢？"

"我跟他又不是男女朋友，我们俩不可能的，不是那么回事。"

童谣一时语塞，打开收音机，正好是蓝调北京，悠悠的音乐轻柔地飘满车。"我一直以为你会和他走到一起，你们俩不论语言、习惯、圈子都有很多共性，似乎更合适些。"

"你不了解，我跟他一开始就有默契，no string attached（互不约束），大家都没那个意思。"

"是吗？我看你们是string attached，被绑在一种模式化的定义里，谁也不敢突破。你们俩倒很守约，好律师！"

电话那头的李艾沉默了，许久才开口，"现在说这些也没意义了，他准备辞职呢。而我呢，也选择重新和伍迪在一起了。你不觉得生活是件很有意思的事吗？以前我觉得，命运就掌握在自己手里，按照自己既定的方向生活不难，但这半年发生的事，让我突然有了种'身世浮萍'的感觉，不知道命运会在第二天安排什么，一次见面，一声招呼，一杯酒，可能一切都变了。原来过去的每一分钟，都是改变世界的一次机会。我现在终于理解为什么人家说，幸福，就是降低未来的不确定性。"

"你说得对，命运确实不在我们自己手里，我早就没这份自信了。可你不觉得，选择伍迪，会加大未来的不确定性吗？你们以后怎么办呢？"

李艾又沉默了，这份沉默让童谣很担心，好的感情不该是这样，不该沉重纠结，不该有一丝一毫的不快乐。"我之前答应过他，如果在一起的话，会离开北京去广东……"

"你不会现在还这样打算吧，那他还答应和你在一起不离不弃呢，他先违约了啊。"

李艾咯咯笑起来，又恢复了嬉皮笑脸的状态，"好久没见你这么律师范儿了，难得啊！你是不是特别舍不得我啊？也是，我要是走了，还有谁陪你加班？放心吧，这次我不会仓皇决定，怎么也等看完奥运会，盼了这么多年，下次再来北京办，不知道我们还在不在世呢，岂容错过？"

奥运的脚步越来越近，许家祺的笑容却越来越少，这个夏天不知怎么了，各种离奇古怪的麻烦统统来找。他仔细擦拭了一遍床头摆着的琉璃兽，期待快点转运。北京到底开始了机动车单双号限行制度，道路拥堵的情况似乎有些好转，可是公共交通运力不足的问题又暴露出来，高峰期的地铁站像挤满了灾难片里逃难的人群，各个愁眉苦脸、精神萎靡，衣服发型全被挤变了形，让人望而生畏。国贸1座门口排队打车的队伍越来越长，任凭你绕到中国大饭店，还是2座门口，全都一个样。要是赶上下雨天，更是陷入全城瘫痪，三公里的路，黑车敢要五十块，还得和人拼车。许家祺撑着雨伞走在下班路上，突然感慨这个城市和自己很有默契：希望满怀、问题不断；态度积极、困难重重。丫丫呢，他到底是无奈地妥协了，正应了许世斌的那句话：丫是无产者，你是青年才俊，光脚的不怕穿鞋的！她没什么好失去：财产？时间？声誉？尊严？她通通没有，有什么好怕！所以，你怎么可能是她的对手。自从丫丫来办公室闹过一场，许家祺才深刻地明白，原来"革命者"从来不是说说而已。第二天，他怀着30%的歉疚，40%的息事宁人，30%的心有余悸，给丫丫账户打了六万，于情于理也算过得去。可丫丫毕竟闹过一场，像通惠河不时飘出的恶臭，让人在这个明媚的夏天提不起精神。连着好几天，许家祺郁郁寡欢，童谣也没联系他，莫非是听到了传言？家祺心里没底，既无勇气也无状态再去给童谣赔笑脸，他恨不得这个世界暂时没有女人，让自己清净几天。这一清净就是一周，两个人都够沉得住气，一栋楼里上班的情侣，白天不见面，晚上也不打电话。下周一就到大成在香港联交所聆讯，许家祺出发前犹豫再三，拨通了童谣的电话，哪知她正在杭州看新项目，两人像什么都没发生似的闲聊几句，对了对未来一周各自的行程，似乎有机会在广州碰面，于是相约羊城见。挂了电话，许家祺暗自思忖，这个童谣，到底是太聪明还是太马虎，他以为她是听到传闻生气才不联系，可电话里她毫无芥蒂的声音又让家祺觉得自己多虑，那么，她又是为什么凭空消失一星期呢？

她到底还是不那么在乎吧。这个念头一旦冒出来，就很难消失，本是家祺没理在先，想到最后，反倒让自己不舒服起来。飞机上，许家祺在难得清静的世界里回忆两人在一起的点点滴滴：童谣的美丽、聪慧和一点神秘曾经强烈地吸引自己，可她始终如一的淡定平静、自我封闭，越来越令自己疲惫。男女之间那点感觉，其实很简单，无非在追逐与疲于追逐之间往复循环。谁也不会比谁有趣太多，谁也不会比谁的吸引力更长久。许家祺从胸腔里闷出一声，闭上双眼，一觉即是千里。

28. 投资者关系

大成集团在港交所聆讯的消息早被媒体传得沸沸扬扬。到2007年，在香港上市的国内房企已有九家，2008一开年，就先后有十多家内地房企在港交所排队，大成集团本来计划上半年上市，无奈年初时香港股市表现极不稳定，仅1月就暴跌三千多点，内地在香港上市的多家房企股票更纷纷跌破招股价，进入大幅震荡期。最惨的时候，SOHO比上市发行价跌32%，奥园跌40%，远洋勉强守住招股价。此外，内地多项调控措施的实施，对香港投资者的信心也产生了很大的负面影响。原计划1月31日挂牌的昌盛中国已将融资额缩减一半，但对市场反应仍无把握，无奈之下暂停IPO，成为2008年首个搁置的IPO。许多原本赴港的内地房企纷纷延后或暂停上市计划，进入观望。

眼看2008过半，恒生指数总算随着奥运脚步临近，慢慢恢复了元气。大成的IPO计划还在按部就班进行，和预期一样，有BGC保驾护航，港交所聆讯顺利通关。陈大成走出IFC大厦不到半小时，网上就爆出消息，公司对外事务联络官的电话几乎被打爆。按招股书的记载，大成集团此次拟发售二十亿新股，另可超额配售约三亿股，集资额将近一百五十亿港元，各金融机构对未来的估值都集中在一千二百亿美元上下。这个数据意味着，大成上市一旦成功，中国将诞生一名新首富。这消息刺激着人们的神经，也把陈大成推到了聚光灯下。然而此刻，集团内部却出现完全不同的声音。以大成集团CFO薛总为首的几位高管，认为市场条件不好，必须延后上市计划，否则竹篮打水一场空。陈大成和BGC连开了几十次会，分析各种可能，最终顶着来自高管内部的压力，坚持按原计划进行。陈大成是个个人英雄主义色彩浓重的人，他知道自己身后还排着十几家内地房企，也清楚媒体早都端好了长枪短炮，看你敢不敢往上冲。市场到底何时好转，没人敢打包票。过去二十年的创业史，哪次不是在一片质疑和反对声中做决定，这次，他依然选择相信自己。更何况，以BGC为首的五大国际金融机构作为集团战略投资人，已经累计投资大成股权约六亿美元，不上市，按照股权回购条件，日息12%，每天一辆凯迪拉克。陈大成在周五的总裁办公会上力克群雄，和薛总几乎吵红了脸，最后他一拍桌子：IPO已箭在弦上，不得不发！暂定8月6日全球路演，9月30日上市。

BGC投行部一干人，得到了大成集团的最终确认，窃喜的同时也深感压力重大。早前一直担心大成要无限期延后上市时间，过去一年的忙碌就算白费，年终奖也要化为泡影；如今明确了逆势而上，能冲到什么程度，到这个时点公司几乎已无计可施，全依仗BGC的市场运作能力了。许家祺振作精神，去铜锣湾的Hair Culture修剪了头发，又在中环置办一套阿玛尼最新款西装，铆足劲儿投入到路演的准备工作中。周五一早，家祺接到陈大成电话，通知他参加下午在广州召开的全球路演誓师会。大佬亲自通知的用意很明显，接下来就是你们登台表演的时候了，是骡子是马拉出来遛遛。许家祺在火车上又仔细翻看了全套资料，微闭双眼在脑海中模拟路演情景，突然许家祺想到个细节，几天前，大成集团有个人事变动，原来负责投资者关系的老总调到了董事会办公室，取而代之的是一位用陈大成的话说"复合型人才"，以弥补之前那位英语普通话都烂，个头袖珍，长相也略显猥琐的汕尾仔。但愿这个会不同，家祺心想，这个位置对投资者很重要，这是未来与他们沟通最频繁的关键人物。相通的交流方式，类似的思维模式，不仅代表着公司国际化的形象，也直接影响未来的合作进程。

下午两点半，许家祺照例提前来到大成集团，陈子城陪他在会客厅等候，顺便商议"卿城项目"的工作进展。到此刻，BGC和大成集团仍然都不知道它的存在，这个秘密眼看要孕育出惊人成果。陈子城气色颇佳，调规划的事，吴清明在重庆已经跑得七七八八，许家祺这边成功引入了海石基金，条件还算不错：五千万溢价收购公司49%股权，现有股东按比例稀释，其余两亿元以股东贷款形式支付，12%的年息。初步测算整个项目有八亿净利润，前两亿基金先分，再两亿原股东分，四到八个亿的部分原股东与基金同时分，七三开，超出八个亿的部分，原股东独享。陈子城对未来充满信心，他在搭经济模型测算利润的时候，故意调低了未来售价上涨率，调高了建安成本，未来项目的净利润应该不止八个亿。

两人嘀咕没一会，门外就人声鼎沸，家祺连忙起身，果然，陈大成的身影出现在会客厅门口。这也是中国文化的一大特色：位高权重的人走到哪，身后都有条长长的尾巴，什么时候走廊里传来唯唯诺诺的应承声，虚情假意的笑声，不消说，一定是领导来了。陈大成气宇轩昂地招呼两人去大会议室，挺胸阔步地走在前边，他春风得意的神态，和陈子城站在卿城地块时何其相似，遗传基因真是了不得。只可惜此刻的陈子城，已经不知淹没在后边那条长尾巴的哪个角落，在父亲强大的气场下，他还真没什么发挥的空间。家祺有点理解为什么子城在卿城项目上倾注那么多热情，他太急于证明自己给父亲和集团看了。

一行人走进1号会议室，已经有人等在里边，许家祺环顾四周，几张熟悉的老面孔中跳出一张过于美丽的脸：面若银盘眼若星，香奈儿5号的红色唇膏，衬托出自信的气质和让男人禁不住多看两眼的魅惑。家祺不知自己是不是错觉，那女子似乎一直对他眼含笑意。待大家落座，陈大成开始介绍，原来这就是他高薪请来的投资者关系总监——季红。这女人背景果然优秀：当年复旦毕业后，在香港PwC（普华永道）做了两年，又去美国哥伦比亚大学读了MBA，毕业后留在JP Morgan（摩根大通）的基金做IR（投资者关系），去年初回国，在一家大型上市公司做IR，不知这次陈大成花了多少银子挖她来，看样子深得老板欢心。会上，她言谈举止间释放出的成熟自信、幽默睿智，巧妙地遮掩着强势和锋利；性感的声音和深V领的套裙，让她在黑色西装环绕的会议桌前格外醒目。许家祺其实有点抗拒这样的女人：中国名校，世界名校，世界顶尖公司，中国顶尖公司，一米七的个头，C-cup的胸围，姣好的面容，聪明的头脑……她得多自负多强势啊！这样的女人想搞定任何人大概都易如反掌，可谁想搞定她似乎就没那么容易。

下午的誓师会顺利进行，许家祺介绍了此次路演的行程安排，最后又重申了几点注意事项。这一套程序，家祺轻车熟路，胸有成竹，来北京两年多，他的国语越来越标准，会议室就像他的舞台：他自信从容地手执激光笔，快慢有度地站在投影屏幕前讲解，熟练到都不需要回头看PPT，笔挺的西装修剪出好身材，迷人的微笑让听众都充满信心。从陈大成到陈子城，就连一直反对在此刻上市的薛总，都频频点头。此外，还有一股幽香，裹挟一缕赞赏、一丝挑逗从角落飘来。季红始终似笑非笑地望着他，每当许家祺看过去，她就会似乎不经意地微微挑起嘴角，眼神散发万种风情。在这样的眼神里，家祺也更有表演欲，他一手揣进裤兜，一手舒展地指向大屏幕，手臂紧实的肌肉一览无余。季红扬起小脸，端起水杯，性感的嘴唇在白色杯壁上留下红印，丹凤眼眯成一道缝，眼神分明传递着青睐和诱惑。

晚宴时，季红交际花一般招呼四周，酒量惊人，口才更不一般。酒过三巡，众人端着杯子穿梭于两张大桌之间，季红不声不响地坐在了家祺身边。

"红的白的？"她晃着手里的高脚杯，脸色已泛起红晕。

"我真不行，知道你厉害。"家祺也没少喝，酒精让他的神经放松，一开口说出句似乎很熟悉的话，其实这还是他们之间的第一句话。

"呵呵，男人怎么能说自己不行，"季红的笑声响起，她平时声音就略带沙哑，酒精刺激后，愈发性感。"来杯红的吧，我干了，你随意。"说着，她伸出光滑的手臂一饮而尽，丹红色的甲油衬得皮肤白皙。

"你在New York City（纽约）也这样喝红酒吗？"家祺无奈地喝了杯。

"Do as the Romans do（入乡随俗）。你要是介意，咱喝白的？"季红眯起眼挑衅。

许家祺连连摆手，"聊聊天吧，光喝酒有什么意思，我们还没正式介绍过吧。"

季红哈哈大笑，"嗯，你还真是，so cute（好可爱）。好，介绍一下，你不觉得我面熟？"

面熟？家祺有点纳闷，旋即一想，她一定是在逗自己，决定跟她逗下去，"这么一说，是有点，还请小姐点拨。"

"呵呵，仔细看看，想不起来？"

许家祺煞有介事地皱起眉，左手撑住下颌："难道，是在梦里？"说完，他自己乐起来。

季红却不动声色，"没跟你开玩笑，我们真见过。"

家祺犹豫地收住尴尬的笑声，季红一脸严肃，似乎还有些嗔怪之色，他努力在脑海里搜索，可惜酒精上头，完全没有概念。

"七年前，在香港，鹏飞的项目。"季红给了些提示。

七年前，鹏飞的项目。许家祺当然不会忘记，那一年他还在高盛做分析师，所有的记忆就是工作。没日没夜守在办公室电脑前，永无止尽地做材料，非常个别的时候，和同事去中环酒吧喝一杯，黑莓红灯一闪，又立时三刻被招回去加班。鹏飞当年增发，是由他们做券商，请的会计师正是普华永道香港。带队的合伙人是个四十多岁的英国人，下边干活的有三个，经理是个正怀孕的新加坡女人，跟着个有点女性化的香港仔，还有个脸色苍白，戴黑框眼镜，总记笔记很少说话的女孩。没错，就是她，Stella Ji！

"Stella！哇，是你！你的……眼镜呢?"许家祺脱口而出。

季红的脸上总算有了些笑意，"Laser operation.（激光手术）"

"哇，发型也变了，你变化好大！我记得你那时很少讲话！"许家祺也有点激动。

"呵呵，是啊，那时候刚到香港不久，讲不好广东话，怕被你们笑话，所以不讲。现在好了，再没人逼我讲粤语，轮到你们讲国语了。"

季红似笑非笑的调侃，眼神流露出似乎报复性的快意，让家祺本已放松的神经又微微不自在。不管怎么说，多年后重逢也是种缘分。当年的Stella，给许家祺的印象不深：消瘦，清汤挂面头，永远一身黑色套裙，个子虽然高挑，但实在谈不上美女，更与"性感"两字毫无关系。七年过去，那个寡淡的女孩脱胎换骨一般站在面前，她说得没错，世道都在变，何况一个人。当年的家祺怎么会想到，数年后的自己能大口吞下白酒，讲着百转千回的"北京话"，生活在曾经有些恐惧的神秘城市，和完全不知出处的女人们谈情说爱。

一晃数年，犹如一场梦。

夜色笼罩羊城，一群人尚不尽兴，奔驰车队穿过车水马龙，停在至尊夜总会门前。许家祺随大队人马走进一间巨大的包房，少说有一百五十平。陈大成还在打电话呼朋唤友。众人刚坐定，一个妆容贵气的中年女人走进包间，要是不说，还以为是某成功女企业家。她贴着陈大成耳语几句，不一会，鱼贯而入一群美女，红装绿裹，各有千秋。正和薛总窃窃私语的陈大成，斜睨了眼舞台，摇摇头，那个企业家模样的妈咪立刻挥手示意她们出去。没几分钟，又一队女子走进包间，站在小舞台上惺惺作态。坐在一旁的许家祺，没觉着这批好了多少，也不知对了老板哪根神经，陈大成点头示意几个老总先挑。大家一番客气，小姐们陆续从小舞台上走下，插空坐在男人们之间，许家祺也被陈大成钦点的女子团团围住。

这样的场面，许家祺司空见惯，他的态度是不主动要求，也不刻意拒绝。男人们之间也有默契，玩玩可以，别过火。都是生意场上的利益关系体，今天哥们，明天敌人，聪明人哪个也不想在这种事上贻人口实，留下把柄。许家祺扭头看看身边的女子，吊带连衣裙，宽发带，一副学生扮。他对这个骨瘦如柴的女孩提不起兴趣，眼神不自觉地随季红移动。脸色绯红的季红脱掉了外套，深V领的无袖短裙包裹着凹凸有致的身体，她刚去洗手间补过妆，愈发唇红齿白，这会儿嬉笑怒骂婀娜多姿地穿过人群，没等家祺反应，扒拉开旁边的小姐，一把拉起他的手："坐着干嘛，走，唱歌去！"

许家祺不记得从何时起，就清晰地明白自己很招女人喜欢。大胆表白的、暗度陈仓的、勾引色诱的，各种各样的迷恋方式他都见过。只是自己一向对谈情说爱不太感兴趣，还有个只有自己明白的毛病：他骨子里其实很羞涩，这样的事总是让他面红耳赤，精心维护的专业成熟形象总是瞬间成了别人的笑谈。所以，在投行的花花世界里，许家祺其实算得上是个老实人。眼下，季红正不依不饶地拖着他唱《甜蜜蜜》，她唱歌不算很好，贵在自信放得开：声情并茂，无限风流。许家祺有点笨拙地被她牵着转，台下的老总们哈哈大笑地看台上的live show（现场直播），笑许家祺的大红脸，笑季红的妩媚。唱到高潮处，季红很自然地把家祺的手放在自己腰间，顺势靠在他怀里，眼神扫过肩头，风情万种地看着他。许家祺连歌词都想不起来了，陈大成在台下拍手叫好，正热闹着，包厢门开了。迎面走进来高大的程蔚，旁边瘦小的男子是华南五虎里另一位老大张总，两人身后跟着个白色套裙的女子，不是别人，正是童谣。

许家祺一愣，一把松开季红的手，可惜慢了一步，早被童谣看在眼里。他有点慌乱，和那位大佬握手后，一下竟不知该如何同童谣打招呼。童谣倒沉得住气，客客气气和众人点头微笑。看着她消瘦又独立的身影，家祺心底的忐忑变成了难过。原来，程蔚正带着童谣在广州看新项目，陈大成早就邀请他们来参加誓师会。两人下午没赶上，晚上来捧个场。那边张总一听大成准备开趴的誓师会，也要来拜会。陈大成当然欢迎，都是一个圈里混的人，还有点项目合作的事要聊。这么一来，派对越开越大，宽敞的大包房一下拥挤了不少。家祺默默走回座位，童谣怎么不提前说一声呢，她明知我在这啊？他掏出手机，又看看黑莓，确定没漏掉一条短信或邮件。她是有多不在乎啊，才能这么泰然自若，还面带微笑地与陈大成聊天。许家祺轻轻叹气，端起茶几上的酒杯，还未到嘴边，另一个杯子碰过来，是季红。她似笑非笑看着他，许家祺的一举一动，都被她尽收眼底。

那个女人是谁？童谣转身拿餐巾纸盒时，又快速扫了眼许家祺坐着的方向。难道她就是前几天堵在IBD门口的年轻女子？不对，这女人的言谈举止倒不像众人描摹的三流小演员。可方才走进包间时，二人的亲密"互动"，完全不像刚认识的样子。凭自己对许家祺的了解，他到底不该是个随便的男人。不过，童谣转念一想，你又了解他多少？短短半月，两个绯闻女主角，还有多少不知道的呢？联想这半个月来，家祺的冷淡与逃避，童谣心里也阵阵难过，比难过更甚的，是深深的疲倦和无奈。自从当年项北辰翻脸，童谣对男人就不再有把握：他们此时或许温柔亲密，不知彼时会变成何等面目可憎，爱情像游丝飘忽不定，一旦不再，也就是陌路了。所以更多时候，童谣选择自我封闭，不再轻易给别人伤害自己的机会。

觥筹交错，欢歌笑语里，光阴伴着寂寞游走。童谣轻轻叹气，顺手端起茶几上的酒杯，还未到嘴边，一只强有力的手不动声色地接过来，是程蔚。"脸都红了，别喝了。陪我唱首歌吧，很久没听你唱歌了！"童谣点点头，隐隐感到一丝温暖。程蔚点了《在雨中》，拿过两个无线话筒唱起来：在春天我拥有你，在冬季我离开你，有相聚也有分离，人生本是一出戏……

　　灯红酒绿的夜总会，飘起这样一首歌，似乎格格不入。当年在校园里弹吉他唱歌的少年，总还是怀念纯粹，向往真情。程蔚的眼神越来越温柔，不知是因为晚宴时多喝了两杯，还是这包间里那淡淡香薰，自己有点醉了。童谣歌唱得真好听，眼里写满忧郁。他想起一种味道：雨后的中午，女生们穿着白裙子走过树荫，淡淡的洗发水混着泥土清香。不知哪来一股冲动，程蔚伸手环住童谣的肩，将她揽入怀中。童谣愣了片刻，当着众人，也不便有太多抗拒，她心里的委屈快要溢出来，在这个温暖坚强的怀抱里，幸福似乎更不确定……

　　第二天一早，许家祺在威斯汀酒店的行政客房睁开眼时，头疼欲裂。他倒了杯凉水，站在落地窗边看二十八层楼下的车水马龙，内心像这个季节的广东，潮湿闷热，压得自己透不过气。房间里残存着尚未散尽的香水气息，提示着他昨夜发生了什么，季红的丰满和妩媚，确实令人兴奋。可为什么，此刻他的脑海中挥之不去的，依然是那个刺痛自己的画面：程蔚强壮的手臂，揽着童谣羸弱的身体，像是要把她融化在自己的怀抱里。许家祺紧紧皱眉，浑身的肌肉都僵硬起来。转头看看书桌上的时钟，8:25，这个时候，童谣和程蔚应该已经在去白云机场的路上，一会等送行的人散去，等他们走进头等舱，会不会一路十指相扣，再不要任何人打扰？许家祺心里焦灼不安，转身去洗手间冲凉。黑色大理石瓷砖透出几丝凉意。洗发水、沐浴液全都完好无损地封着口，难道季红昨夜离去时都没冲个澡？

　　季红也是个有意思的女人。有着最妩媚妖冶的外表，和比男人更强大的内心。她昨天到底何时离开，许家祺完全没有概念。云雨之欢过后，许家祺借着酒意深深睡去，半夜惊醒时，身边已空无一人。她不曾传来一条短信，不需要温情暖语，或是安抚慰藉。就这么，走了。温凉的水柱击打着皮肤，精神似乎有些放松了。也许这个时代的女人，早就从男人一厢情愿的想象中脱胎换骨。谁也不需要谁负责，谁也负不起谁的责。无论是妖艳风流的季红，还是冰清玉洁的童谣，骨子里，都有着无比强大的内心，强大到可以独自构建自己的完美世界，少了谁，都并不残缺。啪一声，家祺关了开关，刚才还哗哗作响的世界，瞬间安静无比，他呆呆地看着水珠顺着瓷砖往下流，不知此刻的自己该轻松，还是，失落。

　　整个七月过得毫无生气，原定8月6号出发的全球路演，因为陈大成心脏突发房颤住院，被迫推迟了两周。境外一系列活动又得重新排期，好在有了季红这样能干又强悍的IR总监，许家祺也觉得轻松不少。两人one night stand（一夜情）广州之后，好像什么都没发生过。许家祺佩服季红的淡定从容，该黑即黑，该白即白，既不假公济私，也不刻意回避。他的好奇越来越强烈，到底犯贱没hold住，季红来北京出差时，主动邀她单独晚餐。餐厅里幽暗的烛光下，季红又回到那夜的状态，许家祺载她回家一番缠绵。晚上11点，季红坚定地谢绝了家祺送她的好意，坚持打车回酒店。真是不寻常的女人，家祺心想。无论如何，两人在某件事上的配合默契和酣畅淋漓，是这个夏天最让身体快乐的事。尽管有时，家祺内心的纠结会盖过这种快感的诱惑，这关系还是发展下去了：北京、广州、香港。每次不是去许家祺的酒店，就是去许家祺的住所，从没去过季红那儿。有次家祺问，她玩笑道：我的床容不下男人的味道。

在北京的日子，许家祺和童谣有一搭没一搭的见面吃饭，谁也不问不解释，也不提分手。用家祺的话说：又是我犯贱没hold住，主动给她打了电话。他很清楚，终究还是放不下童谣，何况也有越来越多对不起人的地方，有什么资格去质疑，所以宁可假装一切不存在，苟延残喘也好过断然失去。和许世斌吃饭时，想起来北京这几年的种种境遇，许家祺摇头感慨：这些女人，每一个，我都惹不起。许世斌问起丫丫的情况，又戳到了许家祺的烦心事：之前给出的六万块，只管了二十天，就在家祺以为终了时，丫丫打电话说手术不顺利，子宫感染了，还要继续住院，要他再出五万医药费和营养费。家祺明白她的战术了，一口气要二十万，成功率太低，那就一点点来。现在什么都流行分期付款，敲诈也适用！他想不清楚该如何对付她，询问许世斌的看法。老许倒简单："你给丫脸的！给了第一笔，就有第二笔，要是我，找几个朋友教训丫一顿，叫丫滚蛋！"许家祺瞠目结舌，没想到法律工作者许世斌，会说出这样的话。老许看出他的诧异，补充一句："这里是北京，不是香港。你以为这儿是法治社会呢？何况这种事，像你这种又要面子又要里子的人，在香港遇到了也只能这么办！"

唉，许家祺只能一声叹息了。这几日，陈子城一直守在父亲病榻旁，别说这样提不上台面的私事无法叨扰，就连重庆卿城的很多事，子城也顾不上管。许家祺只好多跟吴清明电话沟通，随时关注项目进展。吴清明虽谈不上十分精明，胜在做事勤恳，酒后豪气外漏，喜欢别人把他当大哥，也常给人可信赖的感觉。许家祺引入的海石基金，已经通过委托贷款将首批借款打入公司。通过委贷的形式，基金的监管力度相对较低，方式也灵活。当然，也是基于和许家祺常年互信的基础，卿城项目还算"自由"。尽管如此，几乎没跟金融机构打过交道的吴清明，还是有很多不适应。最近一段，吴清明总是致电给家祺，有时商议项目遇到的具体困难，有时也抱怨对基金公司很多要求的不理解。许家祺耐心地跟他讲解行规，还举例子带他换位思考。电话里，吴清明总是"嗯嗯"地答应着，但家祺明白，他并未从心底里理解，每个人都需要个过程，骨子里有点倔强的吴清明更不是一朝一夕就能够改变，慢慢来吧。

奥运开幕前一天，吴清明来电，语气淡定地说了句："工地上出了点事。"许家祺立刻觉得事情不小，否则以老吴大包大揽的性格，绝不会把工地上的事拿来说。原来，有个工人晚上喝多了酒，回工棚时跌进地基坑摔死了。家属来闹事要赔偿，老吴觉得这事发生在工休时间，况且工人自己还喝了酒，正在扯皮中，不知谁报的信，被一家报纸给报道了。于是，一桩简单的安全事故，眼看要演变成社会事件。老吴这才打电话给家祺。许家祺，写字楼里的金领，生活在斯文优雅的世界，哪里亲历过这样的事。人都死了还能是小事！他思忖再三，决定请假直飞重庆。虽然他也不知道自己能做些什么，但从小所受的教育让他觉得，重视的态度是必须的。

许家祺简单收拾了东西，直接开车去机场。他犹豫一路，还是觉得应该告诉童谣一声。等车子停在地库，家祺拨通了童谣的电话。他听到童谣压低声音走到了办公室走廊。家祺把重庆的事情简单说说，童谣听上去倒很镇定，问了些情况，许家祺也说不清。最后，童谣不声不响地说了句："明天下班我过去，看有什么能帮忙的。"那一瞬间，家祺心里有点感动。在他无助的时候，能站在身边的人，不是任何人，只有她。这种支持不仅是精神上的，他确实需要求助于她，方方面面，她都可以是他的坚强后盾。

这是2008年8月7日，中国人盼了许多年的奥运会真的来了。每一场盛宴，大幕拉开前，总让人莫名的兴奋，何况是十三亿人一起做的大梦，何况经过了那么多不屈和不易。北京奥运会之于国人，早就不是一场体育盛会那么简单，它被赋予了太多意义。这种憋足了劲儿想要获得肯定的姿态，像许家祺，像陈子城，像李艾，像每一个形单影只奋斗着的年轻人，让人心疼，让人心脏潮湿。童谣挂了家祺电话，回到GREI的办公室。外国同事们还在心无旁骛地写邮件、讲电话；中国同事们，无论拿什么颜色护照，都无心工作，凑在落地窗前，拿着望远镜看远处刚落成的簇新的鸟巢水立方。他们或端着咖啡，或拿着黑莓，自信又兴奋的剪影，开怀的笑声，和平日里安静低调的气氛很不同。主权赋予的公民自由，童谣脑海里突然冒出一句从不知哪本偏门法理学论述中看到的话。正发呆，手机传来短信，是李艾：下班了吗？晚上一起吃饭吧，有事跟你说。童谣低头看了看电脑上没写完的Memo（备忘录），突然觉得自己也该放会假，好好享受"主权赋予的公民自由"，遂毅然决然关了电脑，去赴李艾的约。

盛夏夜的四九城，无比热闹。李艾坐在鼓楼桥南的竹园宾馆，望着窗外湖心里影影绰绰的荷花灯。这是小时候爸妈最爱带她来的去处之一，外地人很少知道。这一院闹中取静的景致，本是清末邮政大臣盛宣怀的私邸。院内楼阁相续、长廊曲折、竹林荫翳。春季百花争艳、竞吐芳菲；夏秋彩灯垂檐、翠竹摇风；冬日苍松傲雪、独具英姿。李艾有个怪癖，这样私密的好地方，除非是从小一起长大的朋友，旁人她一概不带，就连李君凡，好了那么多年，也从没想过带他来这儿。潜意识里，总觉得这是老北京的地儿，该护着它的一份纯粹和净雅。这算不算是种排外呢？以前的李艾没想过。她曾经觉得自己和童谣是有分别的，哪怕两人再要好，世界观人生观价值观再一致，这种区别也显而易见；就连爸妈，也经常会在饭桌上拿这种不同教育自己：看你们同学一个人在北京打拼多可怜，回家连说话的人都没有，别说吃爸妈做的饭了，你有条件还不回来，身在福中不知福！有一次，李艾和童谣聊起户籍制度，童谣赞同大学时一位教授的观点，认为这是违宪制度，理应废除。作为法学院的毕业生，李艾从理论上也赞同这种观点，但在实践上，她实在不觉得户籍制度在这个历史阶段具备取消的条件。那北京不得炸了！她真心怀念童年时那个美好的四九城：青山碧水，红墙绿柳，天高云淡，道路畅通。然而此刻，李艾想的最多的，是广东的伍迪会不会也有不愿外人分享的风景和记忆，在那个陌生的城市，她这个异乡客会结交新朋友吗？他们会毫无芥蒂地容纳她，接受她吗？李艾有点无助，无助里又潜伏着点大义凛然，她决定约童谣来竹园宾馆告诉她自己的决定，她不知道童谣能不能感觉到自己的良苦用心：到了跟故乡告别去他乡的一刻，才终于明白，该要让更多决定留在这里的人，把这里当作故乡，像我爱它一样，爱这里。

李艾还在臆想中，童谣迈着轻盈的脚步出现在桌旁，菲拉格慕的黑色蝴蝶扣平跟鞋，和木地板摩擦出清脆的响声，"你真会挑地方，好难找。不过这园子倒舒服，什么地儿啊？"

"不好能带你来吗？原来是盛宣怀的宅子，后来安德海、董必武、康生，各种风流人物都占过，80年代修缮成了对外开放的宾馆，我从小就特喜欢，一般宴请根本不带人来。"

童谣端起八仙桌上的茶杯呡一口，浅笑着问李艾："看来今天不是个一般日子咯，你不会是约我来庆祝奥运开幕吧！"

李艾张了张嘴，欲言又止，"咱别这么直奔主题行吗？你先尝尝菜吧，都是这儿的特色，我把他们所有的菜都尝遍了挑出来的，快趁热吃！"

童谣低头一笑，也不追问，拿起筷子去夹那盘貌似宫保鸡丁的菜：肉丁晶莹透亮，花生米裹着糖衣，琥珀色的光泽无比诱人。入口微甜，和着坚果的清香，鸡肉滑嫩却不失劲道，果然是用心制作。

"怎么样？"李艾盯着童谣的脸，殷切地问。

"不错，酸甜适宜，外酥里嫩。"童谣看看一脸期待的李艾，兀自乐起来，"你是收了店家的回扣吗？还是打算做饭托了？李律师，至于的嘛！"

李艾被她说得不好意思，转念一想，以后想要再吃这一口还真不容易，又难过起来，"哎，还真的至于。谁知道下次再来得什么时候了呢……"

童谣并不接话，又陆续夹了几口菜，悠悠地抿了口碧螺春，这才抬起头问："说吧，到底怎么了？"

李艾本就无心吃菜，索性搁下筷子，一字一句地说，"我做了个决定：离开北京，和伍迪复合。"话毕，她紧盯着童谣的眼睛，想象着她接下来惊讶、诧异，甚至因为反对而愠怒的表情。出乎李艾的预料，童谣平静得快要让周遭的空气静止，她凝视李艾许久，然后深呼吸转过头，看着窗外悠悠摆动的竹影，指着檐下垂挂的灯笼问："那儿点的是灯泡还是蜡烛？"

李艾有点发蒙，转身看看窗外，又转过来一把拍在童谣的手臂上，"讨厌，跟你说正事呢，扯哪去了！"

"是正事啊。"童谣叹口气，"下次再和你这样悠闲地坐在北京城的夏夜里，不知要什么时候了，有什么比好好体味当下更重要吗？"

李艾顷刻无言，本来就百转千回的纠结，童谣淡淡一句，像是一剂药引，惹得她双眸湿润。

童谣欠身握住李艾的手，欲言又止，半晌，才接着问，"接下来什么计划？"

"你不劝我吗？"李艾摸摸眼角的泪水，语气中有点嗔怪。

"劝你什么？已经是第二回了，这一次，想必你们都过了最冲动的时候，依然做这样的决定，恐怕就不是我三言两语劝得回来。"

"所以你其实还是不看好，对吗？"

童谣摇摇头，"外人怎么看，对于你们俩的关系既无帮助，也无影响。何况，我和伍迪说起来同学一场，大学四年说过的话总共不超十句，完全不了解，怎么能贸然评价你的选择对还是错。我只是觉得，感情刚开始时就需要一方牺牲太多，未来难免压力过重，有些不安罢了。"

李艾平时极善言辞，唯独在童谣面前，常常觉得接不上话。童谣声音温婉，语速也不快，却总是三言两语就直入骨髓，让你的辩解、困惑都显得画蛇添足。李艾翕动嘴唇，又觉得再说什么都多余，倒还真不如好好享受这荷塘月色呢。

"难过的该是我呢。"沉默片刻，童谣先开口，"你一走，再要找个能说话的人可就难了。"

"呵呵，"李艾顽皮的性子又抬头，"哪至于，你不是还有邱妹妹嘛！"自打邱媚住进童谣家，李艾总是有事没事这样打趣，不为吃醋，只为添趣。

童谣也被她逗笑了，正说着，手机在桌上震动起来。正是邱媚，下班了询问童谣是否回去吃饭。李艾忙挥手邀她一起来。其实李艾挺待见邱媚的，觉得她身上有种难得的淳朴和敦厚。

邱媚离竹园宾馆不远，半小时工夫，李艾正说在东莞找工作的事，邱媚就探头探脑地出现在餐厅门口，一身黑色套裙将身材包裹得玲珑有致。

"呦！这才多久没见，鸟枪换炮啦！这小裙子短的！"邱媚在大成上班以来，李艾还是第一次见她，与之前总是运动衫牛仔裤的形象大不相同，不免惊讶。

邱媚憨憨一笑，连忙解释："这是工服，我休息的时候也不这样穿。"

"休息的时候也要这么穿！这多婀娜啊，方能衬托出你的风骚气质呀！"李艾平时这样说惯了，风骚啊，妩媚啊，都是好词，夸人的词。邱媚不了解，笑得有点尴尬。

"你再说吓着她了。"童谣笑着解围，"我们偏远省份来的，你这些夸人的词，需要适应。"

三个人边吃边聊，不知不觉已过9点，李艾买了单兴致尚浓，带着两人往后海溜达。因为第二天就是奥运会，街上好不热闹，老外比中国人还多，各色各样的小吃店坐满了人，临街的商铺家家户户都悬挂着国旗，不时有孩子们串来串去扔摔炮。三人路过一家租自行车的小店，几个老外正和老板比划着砍价，李艾是热心人，上前帮忙翻译，却左顾右盼看上了一辆红色自行车，非说和她上中学时骑过的一模一样。童谣和邱媚也在她的感召下寻找自己当年骑过的那款。不多时，三个人推着两辆车走上街头，李艾和童谣骑着，邱媚因裙子太短不方便，扶着童谣的腰跳上后座，童谣的车把晃动几下，逐渐找回了当年的感觉。一瞬间，似乎真的回到了中学时代。

两辆单车在熙攘的胡同里穿梭，夜色被天边的烟花映得发红，白墙青瓦老屋檐，时间在倒退，退回到那些单纯美好的小时光。夏夜的风迎面袭来，吹起少年额前的碎发。李艾迎风唱起自己小学时学会的第一首流行歌曲，仿佛一下回到了九十年代：羞答答的玫瑰静悄悄地开，慢慢地绽放她留给我的情怀，春天的手呀翻阅她的等待，我在暗暗思量该不该将她轻轻地摘……童谣和邱媚也回想起很多童年往事：少年宫摆满花盆的红砖墙，一中操场上苍郁的沙枣树，黄河岸边光秃秃的白塔山，那些湮灭在时空里的泪水和期许。爱情的手拂过少年的情怀，却终究被爱成悲哀。童谣和邱媚也跟着轻声唱起来，路边喝啤酒的老外冲她们打口哨。

车子越跑越快，李艾转头对童谣大声说："你知道吗，上中学那会我特迷武侠，金庸、古龙，有名没名的我全看遍了，那时候我的人生理想是当个侠女，仗剑走天涯！"她说着，一只手指向天空。"你呢？你十六岁的梦想是什么？"李艾冲着咯咯直乐的邱媚扬扬下巴。

"我……"邱媚张了张嘴，有点犹豫，"我学习没你们好，没什么理想，呵呵！"

"少来！我那理想跟学习好不好也不沾边，快说，不然以后不带你玩了！"李艾突然说出一句多年没听到的话，不带你玩了，逗得大家一阵笑。

"我说我说，我那时的理想是当明星，比张柏芝还红的明星！呵呵，是不是有点肤浅？"

"嗨，做梦还分什么深啊浅的，别说，你没准还真有戏，长这么好看！"

"何止，"一直专心骑车的童谣突然插话，"邱媚当年是我们省最有名的舞剧的首演主演。"

李艾"嘎"一声捏紧手刹，真的！没看出来啊，快给我来一段，让我陶醉一下！"

邱媚从童谣的车子上跳下来，呵呵直笑，"现在怎么跳，没鞋没场地的！"

"哎呀，你就随便跳一段嘛，我以后都没机会看了！求你了，跳嘛，跳嘛。"

邱媚转头看看童谣，"真跳啊，那，你跟我一起跳！"

"对对！你俩一起跳，童谣跳舞我见过，当年她在我们学校跳，万人迷。快跳，快跳，这不正好有音乐嘛！"

的确，不远处烤肉馆传来的音乐，是新疆舞曲《巴郎仔》。邱媚犹豫着，看着童谣肯定的眼神，脚尖在地上点了点节奏，每个细胞都渐渐苏醒，路灯像一束追光洒在头顶，她像只蝴蝶一样跃跃欲试地振翅飞翔。李艾坐在路边的石阶上，惊讶得嘴都合不上了。邱媚依旧不太好意思，伸手拉童谣一起跳。童谣也不扭捏，两人像双生子一般默契地翩翩起舞，仿佛昨天还一起排练。李艾简直看呆了，她脑海里满是那些美好的少年时光，旋即，她意识到，眼前这一幕，必定是垂暮中满脸皱纹的自己终生难忘的青春记忆。李艾大睁着眼睛，舍不得闭半下，这一支舞，在这座城池的映衬下，把青春演绎得淋漓尽致，完美无瑕。一曲终了，四下响起掌声口哨声，把李艾拉回现实。邱媚捂着脸咯咯笑，童谣推起单车向深幽的午夜长街跑去。"等等我！"等李艾反应过来，她们都快要融进夜色里。

多久没有这么释放地笑过、闹过，没人记得清。三个人走累了，趴在后海边的栏杆上看着湖中溢出灯光的画舫，远处隐约飘来琴瑟和鸣的声音。

"诶，你记得大一那年暑假，你来北京上新东方，和我们一帮北京的同学坐硬座，正好赶上申奥成功？"李艾转头问童谣。

"当然，2001年7月13号晚上，我就在天安门广场，北京城像被点燃了一样，炽烈地烧了一夜，昨天我还在网上搜当时的新闻，看到当晚广场的镜头，无法想象自己曾经就在那些人群里。七年了，当年那些没有自知之明的理想都烟消云散了。"童谣笑着自嘲。

"怎么能这么说，那这大街上走的，哪个又是有自知之明的？她没当上明星，我也没成女侠。小时候，谁没在马桶上幻想上电视被采访，谁没对着镜子演练走红毯的笑容。这是什么，这就是梦想啊！男人有，女人一样也有，谁说男人的梦想是世界，女人的梦想是男人？我不认同，女人一样渴望被尊重、被认可、被爱戴，渴望与众不同，渴望成为传奇！倘若有一天，生活要是只剩混吃等死，连做梦的勇气都没有，那才可悲至极！"

邱媚的思绪被拉回不愿回望的过去，申奥成功那刻，她和白小锋在西安和几个同事吃夜宵，恍如隔世，"我的梦想现在只剩一个，在北京活下来。"

童谣拍拍她，懂得她心里的无奈和迷茫，"给你们念条短信：北京，是个不要看不起任何人的地方，是个三十岁没结婚都不嫌晚的地方，是个在马路上大吼一声却无人理睬的地方，是个让你时刻受伤却不得不强装坚强的地方，是个每天都想离开，却一直没能离开，有机会离开又放弃离开的地方……"

远处的霓虹在夜色里闪烁，熙攘的人群中传出欢声笑语。北京，一个每天都想离开，却一直没能离开，有机会离开又放弃离开的地方。

北京，北京。

29. 时光里的秘密

周五晚上，童谣提前下班赶往机场。临走时，被正开电话会的程蔚看到，他追到电梯口问童谣，一会儿奥运会开幕式，你不去了吗？童谣说家里有急事，得赶回杭州一趟，她的票已送给邱媚。程蔚欲言又止，点点头，说了几句工作上的事，转身回了办公室。

谁曾在奥运会开幕的瞬间在夜空中俯瞰这座沸腾的千年古城，看半空中绽放的一簇簇绚烂焰火，看远处夜空中走来的"脚印"？脚下的城市灯火通明，那一刻，你的身影在哪里，在欢腾雀跃，感动落泪，还是用欣慰的姿态，和这座城市道别？

童谣坐飞机向来要靠走廊的座位，那天飞重庆却专门要了靠舷窗的座位，她俯在小圆窗边向下看，直到机身钻进浓重的雾霭。两小时后，画着福娃的飞机徐徐降落在江北机场，一出到达口，就看到长袖白衬衣的许家祺挺拔地站在满眼短裤凉拖吊带衫的人群中。童谣心里微微一动，他俊秀淡定的神情似曾相识，卓尔不群的姿态里带着丝倦怠的神情。自广州一幕，两人在北京虽也见过几面，却总是若即若离，距离感是明显的。都是极骄傲，极自尊，又极内敛的人，有些事做不得，有些话说不破。许家祺感激地笑笑，接过她的拉杆箱，转身向停车场走去。从何时起，这份感情变得如此尴尬，没人说得清。

在停车场等待的吴清明上前迎接。一边帮忙放行李，一边赞叹二人是"璧人一对"。许家祺和童谣都不作声，上车后直奔主题，问起工地事故的情况。听老吴介绍后，童谣掏出手机打电话。等车子停在解放碑洲际酒店门口，她耳朵上的耳机还在闪光，家祺去办入住手续，约摸又过了十分钟，才挂电话。老吴急切地问如何，童谣说联系了几个尚在重庆的大学同学，有律师，有法院的，还有报社的，事情本身不复杂，关键是态度。吴清明使劲点头，不住自责："都怪我一开始太强硬。"童谣安慰他，也没有想得那么糟，只要没发展成社会事件，对未来的销售不至于产生太大负面影响。第二天的行程安排妥当后，许家祺催吴清明回去休息，转身递给童谣房间门卡。童谣一声不响接过来，表情没任何变化。许家祺给她新开的这间也在三十四层，就在他房间对面。他是在刻意疏远吗？看来这次真只是需要她的帮助，并无其他。男人都很理智现实，有时候自私吧。童谣心里有些黯然，故意客气地向家祺道晚安，转身走进自己房间。

冲了澡，时间尚早，她裹着浴袍站在窗口，不远处解放碑广场上，依然站着看完奥运转播不愿散去的人群。脑海里迅速闪过一幅画面：一个俊秀颀长的少年，鬓角的头发有点卷，他和二十岁的自己牵手走过解放碑，坐在麦当劳看来往人群……这是回忆，还是幻觉？爱的名义都可贵，转身后都决绝地可憎。又回到这座城，那些被自己想过千万遍，又狠狠发誓彻底忘记的过去，在自己珍视与摒弃的情绪交替中早已真假不辨，斑驳不堪。童谣正发呆，房间门铃响起。是家祺，汗水打湿了白衬衣，手里拎着个纸袋。"明天要走不少路，这边山路多，刚去旁边shopping mall（商场）买了双慢跑鞋给你，看看是不是合适。"

童谣有点惊讶，却不动声色地接过提袋，说声谢谢。两人又陷入沉默中，家祺尴尬地点点头，叫她早点休息，转身向自己房间走去。

一夜梦重。

这一天安排得满满当当，先去江北项目现场，又赶回解放碑同学所在的律所。中午，童谣在翠云水煮鱼请客，陆续来了七八个人，包厢里好不热闹，大家一会儿普通话，一会儿重庆话。许家祺不太跟得上，童谣开席介绍他时，只以同事身份一笔带过。重庆女孩子的热情泼辣，家祺算是领教了，童谣的几个美女同学，端着大杯啤酒给他敬酒，搂着他脖子拿手机拍照。看着他面红耳赤的样子，童谣在一旁淡淡地笑。

饭后，许家祺怕童谣中暑，叫她回酒店休息，童谣不肯，去商店买了上好的补品，让吴清明带路，执意要去出事工人家中拜访。吴清明和那家撕破了脸，正愁没合适人去转圜，心下感激不尽，又佩服童谣的勇气和精力。许家祺早听说那家女眷泼蛮，不想让童谣掺和，可又没更好的办法，只得情绪紧张地跟在身后，准备随时营救。去的路上，车子沿滨江路左转右转，停在江边一排老房旁，很多郊县来渝打工的人都租住在此。几个人边打听边找，还未走到出事工人家中，已经尾随了不少人，高声叫喝，前呼后应。许家祺紧紧皱眉，突然握紧童谣的手。童谣被这预料之外的呵护击中，心里暗暗感动。整个下午过得紧张混乱，也卓有成效。童谣诚恳隐忍地向出事工人的妻母道歉，任凭她们哭闹谩骂，一句不回。好几次，许家祺都快要受不了，想冲上去拉走童谣，却被吴清明按住。她们得有个发泄的出口，吴清明低声说。许家祺有些愠怒，怎能让个弱女子去充当出气筒！可愠怒过后，他也很清楚，童谣决定要做的事，凭谁也拉不回来，自己唯一能做的，就是始终在她身后不远处，默默跟随。

一行人离开时，已快要6点，马路渐渐拥挤。吴清明边开车边赞叹童谣的勇气和定力，童谣不答，微闭双眼靠着车窗，窗外天空阴沉。家祺只当她太疲倦了，轻抚她后背，细心地叫吴清明关小空调。车子在百转千回的山路上行驶，童谣确实累了，闭上眼小憩。待她醒来，车已停在嘉陵江旁一个狭口，曲折简陋的石阶通往停靠在江边的小船。童谣下车后立即驻足，紧紧蹙眉，"这是什么地方？"

"吃新鲜江鱼最好的地方，今天累了，咱们好好补一补。许总啊，一会你尝尝，肯定比你们在北京吃的鲜得多。"吴清明解释。

童谣沉默不语，眉头越皱越紧。

"怎么了？不舒服吗？"家祺关切地问。

"童小姐是不是怕水啊？没关系，我们扶着你，两步就到了。"

"……没有。"童谣摇摇头，紧张的表情并未舒缓。

"童小姐不吃鱼吗？"吴清明一头雾水，试探着问许家祺。

家祺也纳闷，他分明记得童谣是吃鱼的，到底怎么了呢？以他对童谣的了解，如果不是有确实让她为难的原因，她一定会选择迁就别人。

"要是不想吃就换一家，没关系的。"他揽过童谣肩膀。

"没事，"童谣的身体有点僵硬，"可能刚才吹空调有点冷，走吧，我们过去。"说着，她走下石阶，顺着蜿蜒的小路，穿过杂草丛生的江岸，有点发颤地走上小船与岸之间长长的木板。家祺紧紧跟在身后，看得出她越来越紧张，突然，木板一晃，童谣失声喊了出来。他连忙从身后扶住她，没想到，童谣整个身体都在发抖。家祺也开始纳闷，他记起之前去陈子城的游艇，童谣没这样怕水啊。等她慢慢平静下来，才紧握他的手，一步一停上了船。

船舱很简陋，二层有四五个小包间，里面五六把椅子，一张圆桌，两盘葵瓜子，一卷纸巾，别无他物。许家祺瞟了眼菜单，价格不便宜，全都是难见的野生鱼。吴清明熟练地点菜，不时有电话进来，好像是还有人往这边赶。许家祺问他是何人，老吴很神秘地说贵客，来了再介绍。童谣捧着盛满茶水的塑料杯，一直不语。不多时，包厢门被推开，一个布衫布裤的光头男人进来，圆脸上架着金丝边眼镜，手腕上套着好几串佛珠。这打扮在生活在CBD的许家祺看来很奇怪，他起身准备与他握手，那人却双手合十点点头，不冷不热寒暄两句，随即入座。吴清明介绍："许总别见怪，这位是传真大师，通晓易经风水。项目最近接连出事，我请他来给咱们看看。"

风水大师香港倒也多见，但这种打扮不常有，何况，家祺看看一桌子鱼，难道不忌讳吗？不过管他许多，能与各种离奇古怪之士相遇相交，本也是生活中的乐趣，家祺放下疑虑和他攀谈起来。这位传真大师也没什么架子，讲城市、讲历史、讲哲学，知识面颇广。家祺边听边观察，大师几乎不吃东西，舀了两碗豌豆尖汤，说到激动处，滔滔不绝口沫横飞。吴清明对大师相当推崇，不时问些很实际的问题：戴什么物件可以开源，床头摆件该怎么归置，最后说，小孩的病，您有空帮我瞧瞧，这是我一块心病。大师点头，好说。许家祺没听明白问老吴，你不是没小孩吗？吴清明解释说是亲戚的孩子，从小得了白血病，什么招都使了，也不见好，笑容中藏着几分尴尬。许家祺看出他躲闪的神情，也不再追问。家祺想找点话题，大师仿佛看透他的心思，主动与他说话："许总有什么问题尽管问，但说无妨。"

家祺脸有点红，犹豫半天，说道："大师，请你看看我何时结婚？"

大师脸上露出意料之中的神情，不紧不慢地答："说远不远，说近不近，其实全在你自己。"

"我？"家祺诧异起来，"那你就没看对，别的还好说，这件事真不是我说了算的。"

传真大师哈哈大笑，"告诉我你的出生时间，算给你看。"

"1978年7月10日，下午5点。"

大师从提包里拿出沓稿纸，写写画画，还不时拿出手机计算。举座都不敢大声喧嚷，过了快二十分钟，大师停笔抬头，递给家祺，只见上面写着：此命为人灵机性巧，胸襟通达，志气高，少年勤学有功名之格，青年欠利，腹中多谋，有礼有义，有才能，做事勤俭，一生福禄，与人干事，反为不美，六亲骨肉可靠，交朋友，四海春风，中限光耀门庭，见善不欺，逢恶不怕，事有始终，量能宽大，义利分明，吉人天相，四海闻名，末限成家立业，安然到老，高楼大厦，妻宫无刑，子息三人，只一子送终，寿元七十七，卒于春光中。

许家祺长这么大，还是第一次被算得如此仔细，这大概就是传说中的"批命"吧。他来来回回看了三四遍，一会觉得是在说自己，一会又觉得人人皆适用，唯最后一句"寿元七十七，卒于春光中"，实在不能不令人感慨唏嘘。在嘉陵江上这个潮热的夏夜，许家祺踮起脚尖，想眺望自己生命的终点，像是偷窥剧本结局的演员，生活竟就是这样短促平庸，无异于任何人，索然无味。人这一生如果真有定数，再努力争取怕也难逃命运。七十七岁，原来自己人生已快要过半，却依然孑然一身，一事无成，家祺心中升起一丝难过，竟是人生可悯。

整个席间，童谣几乎一言不发，东西也吃得少，似乎还没从上船时的惊吓中缓过劲来。唯独家祺问结婚之事时，多看了他两眼。这会，她要过家祺手中的纸，仔细看几遍，未置可否地放在一边。

"童小姐有什么问题吗？"不想传真大师主动问道。

童谣有点诧异，"我？没什么要问的。"

"童小姐不信吗?"吴清明从没见过逮到免费算命的,还能如此淡定什么都不问的人。

"不是不信,只是,我总觉得命运这东西,要是一两句说得清,怕也就是假的了。"

"你可别小瞧传真大师,他很有来头的,市里好多领导都请他看!"吴清明热情推荐。

童谣无奈地笑笑,她不指望被旁人理解,却也不想被他们误解,"我怎么敢小瞧大师,倒不如说我不敢算呢。命运的事,知道不知道又能怎样,何必要问,是不是。"

"童小姐这个年纪看这么开,不多见。"大师有点不爽了,他盯童谣几眼,轻描淡写地说,"童小姐是北方人吧,可以问问生辰吗?"

没等童谣开口,许家祺就性急地插话,"没错,是北方人,1981年11月6日,中午12点。"

童谣诧异,也不知哪次聊天时自己提过这么一嘴,难为他连时辰都记得清楚。大师眯起眼睛盯着自己,让人很不自在。

"童小姐这个命,名字加水字旁有利;四柱喜水,有利的方位是北方,不利西南。你与重庆有孽缘。"大师停顿一下,抬头看看窗外,伸手掐算。"应该是,2004年左右,有血光之灾。"

"嚯,这么严重,大师说得对吗?"吴清明迫不及待求证。

童谣紧闭双唇,一言不发。许家祺隐隐觉察出了不妥,他总觉得童谣心里有个深远不能触及的秘密,而大师轻描淡写的一番话,明显击中了她。她故作镇定地坚持着,神色却不再轻松。

"童小姐这一生颇不平坦呢,"大师接着说,"年届三十,或有牢狱之灾。"

这下,桌上的气氛严肃起来,吴清明有点不安地看看大师,又看看童谣,不知该接什么话。

时间似乎凝固,约摸三五分钟,还是童谣先端起茶杯,笑着道:"呵呵,我以茶代酒敬大师一杯,求您别算了,吓得我一会出不了这门了!"既这么说了,大家也都知趣地转了话题,童谣似乎比开席时精神了点,不时说笑几句。许家祺看得明白:她是怕再被人盯住,强撑着融进这觥筹交错的氛围而已。

晚上回到酒店,许家祺左思右想不放心,总觉得童谣晚上的状态异常。他打电话到她房间,没人接;过了十几分钟去敲门,依旧没人开。家祺越发担心,站在客房走廊拨通了童谣的手机,房间里果然没有传出铃声。已经11点,这么晚,她去哪儿了呢。许家祺又拨了两遍,还是不通,他有点慌乱,紧张地给童谣发短信:去哪里了?我很担心,请回电。许久,没有回信。这太不符合童谣的风格了,那个永远替人着想,不习惯任何人为自己担心的人,怎么会这样。一个可怕的念头钻进家祺脑海,他反复告诫自己不可以这么想，可越压抑，这念头越强烈。他想起晚上回酒店的途中，童谣双手紧紧抓住汽车把手，布满血丝的双眼盯着宽阔低沉的江面，眉头紧蹙一言不发。

　　许家祺快步冲进电梯，不耐烦地按下一层，惊觉自己的手有点抖。走出被冷气隔离的酒店大堂，重庆闷热潮湿的低压空气迎面扑来，几道闪电撕裂远处的天空，一场暴雨呼之欲来。这座陌生的城，压抑得快要爆发。一群装扮夸张的年轻人从身边经过，五颜六色的头发，乌黑的眼圈，大网格劣质丝袜紧紧裹着修长白皙的双腿，叼着烟的女孩面熟，家祺猛然想起正是上次去那个地下酒吧，唱《重庆森林》的女孩。一个脖上有刺青的男孩子紧紧搂着她孱弱的肩膀，她面无表情地抽着烟，眼睛直勾勾地盯着许家祺，那眼神里有种近似冰点的寒意。家祺恍惚，正犹豫该不该微笑示意，突然发觉那眼神其实并没焦点，掠过人群，掠过建筑，掠过爱恨情仇，空洞到没有灵魂……

　　瓢泼大雨，倾泻而下。

　　生平第一次，许家祺强烈地想骂人。寿元七十七，卒于春光中，耳边反复萦绕着这句话。他想要把这念头从脑袋里挤出去，可越挣扎，声音越大，无休无止。这就是我们每天小心翼翼、唯唯诺诺、诚心供奉的生活吗？命运的手，碾过这些活生生的小人物，像碾过灰尘一样，无所忌惮。许家祺绕着解放碑走了一圈，汗水雨水把自己弄得透湿。童谣还是没有音讯。他重新回到酒店，又去童谣的房间敲门，依旧没人。他慌慌张张地跑到大堂，询问前台。漂亮周到的服务员差人拿来毛巾，可惜他们当然也不会知道客人的去向。许家祺深呼吸，强迫自己镇定下来，站在玻璃门前注视着夜雨深处。如果，童谣就这样离开了，我一定会后悔吧。后悔不曾与她真心相对，后悔没把那些误会说清楚，后悔没来得及告诉她：其实，我是真心爱你的。那么，大师在命书中说的"妻与子"，其实都与她无关，对吗？而她，注定只是自己生命中那个天使一样美丽的过客？让人惦念，让人回忆，让人放不下，更追不回。许家祺如鲠在喉，一种酸涩涌上心头。他犹豫要不要拨打110，正在这时，一个纤细的身影从茫茫大雨深处疾步走来：白色保罗衫被雨水浇透了，米色短裤贴在腿上，脚上正是那双咖色和米色相间的慢跑鞋。家祺抄起酒店门口的公用伞，冲进密雨中。那正是童谣。双手交叉挡在头顶，瓢泼大雨冲得她睁不开双眼，头发一缕缕贴在额前。猛然间，一把银红色的大伞在头顶撑开，没等她看清，那个撑伞的青年男子，将她紧紧揽入怀中。他身上也是湿的，古龙水的香氛裹挟了淡淡汗味，让人觉得温暖安全。两个人沉默地站在雨中，任何解释在这一刻都显得多余。她能感觉到那种真诚，真诚里压抑着爱情带来的痛苦和不安。他用生命中最大的热忱紧紧抱住自己，只在耳边低声却坚定地说一句话：

　　我爱你。

　　童谣没有告诉许家祺自己去了哪里，她还没做好准备和他分享过去，尤其是那些最不堪的过往。2004年夏天的夜里，也下着这样的瓢泼大雨。白谣谣在冉路宿舍楼下等他，一口气顶在胸口，顾不得雨水浇透了自己。冉路怕被同事们指点，开车拉谣谣上了滨江路。没人清楚，两人到底谈了什么，滨江路上的摄像头拍到的最后一个画面，隐约看到白谣谣坐在副驾驶上，侧过身对冉路动作夸张地说话。凌晨12点55分，那辆几乎全新的红色吉普，高速冲出滨江路护栏，翻了三四圈，跌落长江里……第二天童依兰醒来时，已快十点，雨过天晴，打开窗，一股清新的江风吹来，夏天里难得的爽朗。她站在窗口打电话订了第二天飞杭州的机票，是时候离开了，她不希望冉路和白谣谣分手，不希望自己影响他们的未来。从冉路那里汲取的宠爱，是这个夏天最荒唐，却像大麻般可以让自己短暂忘记疼痛的事，她在心底里感谢他。等我走了，一切都会恢复平静，没准过不了两年，谣谣还会请我回来参加他们的婚礼。至于那个孩子，童依兰摸摸小腹，就让她随着这个夏天的所有疼痛一起走吧，不要回头，也不要有怨念……

周日下午，童谣从重庆疲惫不堪地回到北京富力城。一进门，淡淡音乐声流出来，房间里弥漫着啤酒花的糯香，夕阳洒在客厅的木地板上，泛着慵懒温暖的光芒。"邱媚?"无人应答，童谣换上拖鞋，有点纳闷地走进卧室。邱媚正披散着长发坐在飘窗上，地上摆满啤酒罐，阳光照射的瞬间，绿光刺人的眼。邱媚面朝着窗外，脸上竟是未干的泪痕。

"你，怎么了?"

邱媚低下头，将小脸掩埋在双膝之间，一言不发，任凭巨大的悲痛席卷自己的身体。

"出什么事了?"童谣握住她的手，紧张地问。这个多事之夏，事故频发，许家祺昨晚的温柔体贴，刚刚让她内心平静片刻，邱媚又不知出了什么状况。"是家里有事吗?"

邱媚总算摇摇头。

"不会是，白小锋有什么消息吧?"

邱媚继续摇头。不是家事，不是小锋，能让女人这样流泪的不会是工作，只可能是——爱情。童谣不说话了，她基本已经肯定了男主人公，只是不确定他们之间到底发生了什么。两张奥运会开幕式的票根静静躺在窗台上，被邱媚摆得整整齐齐，半罐啤酒压在上面。

童谣深深叹气，身体向窗棂靠去，她最担心的事还是发生了。她不知该怎样安慰邱媚，甚至没力气发问，她明白，那问题的答案，刺痛邱媚，也同样会让自己难过。童谣脑海里，是过去三年与程蔚间的一幕幕过往：无数次和他并肩战斗在谈判桌前，无论对手多么强悍，他们从不放弃；大年三十午夜，在办公室赶最后一场电话会，一向老板架子十足的他，像孩子一样神秘兴奋地从纸袋里变出盒水饺；还有，在飞机上度过的那些时光，她当然知道每次是谁在自己睡着后，轻轻为她披上滑落的毛毯；还有那次走红毯，无数绚烂的灯光，自己的小手在他的大手里一动不敢动，她想起那刻的呼吸，和曾经悸动的心。好长一段时间，程蔚是自己坚持这份高负荷工作的动力，也是屡次拒绝猎头诱人offer（录用函）的原因。三年里，童谣小心翼翼隐藏着这份情愫，她不是感觉不到程蔚的青睐，她当然也明白他心中的那份不确定。童谣想过很多次，如果有一天，程蔚主动往前走一步，她该怎样面对。她会不会跟他说：先想好如何结束，我们再开始。生活总与想象大相径庭，程蔚到底没迈出那一步，许家祺走进了自己的生活。暮色里，童谣看着邱媚被痛苦扭曲的脸庞，除了陪她一起麻醉自己、麻醉记忆，还能做什么？

生活还在继续，没有死掉，就只能爬起来。

周一一早，邱媚化好妆，穿好套裙，毅然决然地冲进人潮汹涌的地铁站。她没对任何人说，过去这个周末到底发生了什么。邱媚一手护着提包，一手紧拉吊环，人们毫无尊严地彼此蹂躏，沙丁鱼罐头一样拥挤闷热的车厢，挤碎了多少人的梦想。邱媚闭上眼，仿佛又闻到程总身上挥之不去的淡淡香氛：她没想到，看完开幕式的夏夜，他真的会接受自己的邀请，一起去酒吧坐坐。邱媚当然不仅仅是想感激他买了房，让自己开了大单，她心里清楚，那些故作世故的玩笑背后，有着一颗小心翼翼的真心。她记不清那夜他们在酒吧喝了多少酒，程总话不多，倒是很喜欢听她讲小时候和童谣一起长大的故事。酒吧很吵，邱媚要贴在他耳朵上才能说话，就是那一刻，邱媚第一次闻到他身上那种好闻的味道。她太急于想要程总看到自己最美丽的一面，于是主动邀请他跳舞。没错，就是在舞池，她清晰地看到程总的眼神流露出诧异、赞叹，带着几分醉意的欲望。出租车里，他开始吻她，冲动莽撞与平时斯文雅致的形象大不同。邱媚的手臂被他捏得痛，可在这疯狂的亲昵里，挣扎只会让人更兴奋。车子停在光华路一间五星级酒店前，那么富丽堂皇的大堂，邱媚还是第一次见。程总示意她去大堂酒吧等待，自己很快办好了入住手续。邱媚有点犹豫，十八岁以来，自己没有过第二个男人，如果和他没有未来，我会后悔吗？容不得她多想，电梯里，程蔚将她用力压在琉璃色的玻璃上深吻。那一刻，邱媚有点恍惚，这个男人的身体，让她无法拒绝。走进房间，程蔚三两下除去她的外衣，衬里的吊带有点紧，他不耐烦地拽两下，索性一把扯烂了它。邱媚清晰地感到下身温热潮湿，原来身体的渴望，比精神来得更甚……

"前方到站，建国门，请下车的乘客做好准备。"地铁里的广播突兀地响起，司机一刹车，车厢里骂声一片。邱媚隐隐觉得背后的男人一直用裤裆顶着自己臀部，可车挤到连转头都不可能，她除了假装不知，也无能为力。那天晚上，程总后来还说过什么？邱媚闭上眼睛仔细回忆，云雨过后，他问自己要不要先去冲澡。她突然想不起他的五官，记不清他的声音，在想了太多遍之后，一切都亦真亦幻，唯有空气里那暧昧的气味，证明一切曾真实地发生。邱媚心口一阵绞痛。如果，一切只停留在那一刻多好；如果，再来一场大地震，他们就可以随着那富丽堂皇的酒店一起赤裸裸地陷入地心炙热的火焰里。没有伤痛，没有屈辱，没有那些猜度，没有是是非非。周六一早，邱媚被关门声惊醒，她眯着眼转过身，房间里好像只剩自己一人。她试着唤他，周围静得没一丝回应。她起身想去追他，慌乱中，来不及穿衣服。等她终于套上浴袍冲出房门，走廊里安安静静，电梯间也空无一人。披头散发的邱媚有点慌神，她退回房间，摸出手机给他打电话，却无法接通。她冲到窗前，想看看他离去的身影，可惜窗口并不对着大堂出口。邱媚失落地坐在地毯上，他就这么离开了？连句再见都不说？邱媚盯着手机，想给他发条短信，却不知道该写什么。没错，就在那时，就是在她抬头发愣的时候，床头柜上那沓刺眼的人民币，红色的百元大钞，冲进了她的眼。邱媚一个激灵，她紧皱眉头，犹豫着爬到写字台旁，酒店的便利条上，刚劲又不失隽秀的字迹写着：对不起，把你衣服弄破了，昨晚的事很抱歉。有那么几秒，在巨大的羞辱和痛苦袭来前，邱媚最先感慨的，竟然是"字如其人"。到那一刻，她还在为他的种种优点所折服，他好像代表着另一个世界，一个邱媚很陌生的世界：优雅高贵，自信从容。只是到那一刻，邱媚终于明白，自己不属于那里，而那个世界里近乎完美的人，也并不欢迎自己这样来自另外一个世界的人。

两千元，不多不少，正好一个月底薪。可以让自己在这座无情的城市活下去，不至于饿死，不至于居无定所，不至于对这个时代产生怨念。邱媚小心翼翼折好那张纸，收进钱包最里边的口袋。这会不会是她与那个世界曾有交集唯一的证据？邱媚的一腔真情被撕得粉碎，她说不清难过、委屈、耻辱、不甘，哪种情绪更多些。有一点她很清楚：自己不会再联系程蔚了，这一定也是他希望的结果。昨天晚上，童谣端着煮好的泡面走到飘窗前时，没一丝犹豫地将热腾腾的碗放在两张摆放整齐的票根上，"垫了吧，留着只会更难过。"一句话，撕开了邱媚心里最后一道尊严，也揭开了她刚刚不流血的伤口。

她其实什么都明白，对吧。她早就知道程总不会对我有意思，所以才反复劝我，因为她知道，程总喜欢的人，正是她自己。邱媚空荡的心抽搐着难过，这是相识二十年的姐妹，彼此鉴证了那么多眼泪和伤痛，却最终成为眼泪和伤痛的原因。看她同样无力地坐在飘窗上，乌黑的眼睛失神地望着远方，陪自己喝啤酒。二十年的默契让邱媚清楚地知道，童谣的难过绝不仅仅是同情自己。她与程总之间，会不会也有这样的过往？何况，邱媚心里涌起个以前从没想过的问题：他们俩才是同个世界的人，是顺理成章该被尊重爱护的人。从春节再一次见到童依兰，邱媚就隐隐感到，她的世界和自己的世界越来越远，唯一的维系是共同的过往，亲情一样的关注。她们不再像以前，有聊不完的话题，依兰不喜欢回忆过去，尤其不喜欢谈少年时的恋情。甚至，邱媚隐隐觉得，她都不喜欢再被叫做"依兰"。那个和自己一起长大的童依兰，与眼前的童谣那么不同。她不再像以前那样开朗锋利，敢爱敢恨；她沉默了很多，把喜怒哀乐都藏在心底，不与人分享。邱媚有时羡慕童谣与李艾的默契，让她想起十年前的她们。她无法面对她，无法面对她的关心，无法对她说自己的伤痛委屈，她想离开她的家，可是，这个偌大的北京城，除了童谣，自己还有什么亲人，还可以相信谁？

有多少次，你想在这个操蛋的世界里咆哮，想对着粗陋的天空大喊；又有多少次，你真的喊出了声，真的流下了泪？

童谣上班时，明显感觉到程蔚躲闪的眼神，她无力过问。他们之间，从未开始，也无承诺，谁也无须对谁解释。她早就决心好好和许家祺在一起，经过这个周末更确定，自己和程蔚之间那段朦胧的温存，连记忆都该被抹杀。程蔚到底是怎样伤害了邱媚，童谣不知道也不想知道，无非是那些庸俗的桥段：她喜欢他，他不喜欢她，大概还不止这些，否则邱媚怎么会那么伤心。不管怎样，都随风去吧。只希望这个夏天快点过去，夏天里的眼泪和痛苦，也会随时间消逝。

忙忙碌碌的一星期，吴清明打来电话，说童谣的记者朋友已经把那天去看望工人家属的照片和文章都登了出来，那家人也冷静很多，主动找到他们谈价钱。谈价钱，童谣不喜欢这个说法，原来一切都是有价的，是可以谈的，生命不例外，感情是不是也不例外？周五下午，童谣正在开GREI的电话例会，突然在黑莓上看到一封发自李艾的邮件，不是金达的邮箱，是她的私人邮箱。童谣说完自己负责项目的本周近况后，轻轻点开了邮件：

走了走了，迫不及待地写这封信给你，因为没来得及告别。原谅我这次不辞而别，你知道，那种悲悲切切的场面，和我不搭。

我知道你一定会说我冲动，其实冲动在半年前就消失殆尽了，我只是想去兑现一个承诺，如果守约是种不负责任，那我只能认了。

告别北京，最舍不得是CBD和你。回头想想，CBD写字楼昼夜不息的灯光里，有多少拥挤的光荣与梦想，有多少好故事可以说。这个疆场少了我，不会再如从前一般活色生香；还好，还有你，所以，它还可以是个传奇。

CCAV的新大楼出地面了，国贸三期也嗖嗖地拔地而起，记得上次你说BGC准备搬到三期去，忘了告诉你，金达也开始和三期谈租赁了，合同的初稿是我写的，租金很贵。等你们搬家了，记得替我上顶楼，好好看看长安街，看看北京城。

到了东莞，有什么小案子，记得介绍给我。我还不知道自己能做什么，但我知道，我不会停。

广播登机了。去年我们在这里重逢，现在，是时候离开这个城市。我先出发了。有个文艺的问题，认识你快十年都没好意思聊过，一会在三万英尺的高空，我想，是时候琢磨琢磨，你也帮我想想？

我们，到底想要，怎样的生活。

李艾于北京机场

童谣盯着屏幕发呆，邮件已经到了最底端，她还机械地拨动滚轴。她有点反应不过来，怎么这么快，快到连再见都来不及说。她抬头看窗外建设中的国贸三期，一抬眼，飘落了一颗泪。会议桌对面，正用地道的美语讲话的程蔚，突然停顿了。这是2008年的夏天，送往迎来的夏天，和过去重逢，和未来妥协的夏天。

重庆之行，让许家祺更加看清了自己的心。说到底，真心爱的女人，只有童谣；危难时刻能站在一起的女人，也只有童谣。即便他有时看不清她的心，有时怀疑她对自己的感情，可他更清楚地知道，自己到底放不下她。感情就是这样没天理，只有你愿不愿意承受，无关他人愿不愿意给。在童谣失去联系的那个雨夜，他清晰地感到自己的紧张和疼痛；而当他拥着童谣被雨水浇透的身体时，巨大的愧疚难过和心疼瞬间占据了自己的心。他害怕她真的从自己的世界消失，那么至少，家祺做了个决定，不要让自己的不端和疏忽成为她离开的理由。

丫丫的事，许家祺不想再迁就，随她闹吧，看能折腾成什么样。大不了主动向童谣坦白，丫丫毕竟是"前女友"，关系在与童谣开始之前。只要自己模糊和丫丫那一夜情的具体时间，想必善良的童谣会原谅他。至于季红，那么独立强势，根本没把这事当回事，也一定不止他一个sexual partner（性伴侣），只要减少接触，她那么自尊的人，绝不会纠缠。还没准，她已经先于自己厌倦了，家祺有点落寞地自嘲，快两周没任何消息，这样最好，就慢慢远了吧。

正琢磨着，电话铃响起，是陈子城。老陈总已经基本稳定了病情，周末准备出院，路演的事再一次排上日程。许家祺安慰子城几句，一切都在推进中，又顺便说了上周末在重庆的事。子城在电话那端感慨不已，不住地说下次来北京定要面谢童谣，最后还不忘阴阳怪气地调侃家祺一句："遇到这样的女孩，你也差不多该收心了，当心演砸了，自己孤苦终老啊！"许家祺脸上发烫，条件反射看看四周，低声对子城说："这回是真的了，你做好当伴郎的准备吧。""哇，不会吧！子城在那边喊起来，我老爸在医院躺了没几天，发生这么多事！不会和大成一起敲锣（上市仪式）吧！"许家祺呵呵笑，"没那么快，确定了通知你。"挂了电话，许家祺自己乐起来。打从重庆回京，这个念头就一直在心中盘旋，虽然他还没有一个完美的求婚计划，只刚才那样自然地流露几句，就着实窃窃幸福了一把。原来自己一直渴望的，就是这样踏实安稳的幸福：稳定上升的事业，殷实的物质保障，温柔美丽的贤妻，知心知意的朋友。而这一切，其实并不遥远，只需要自己再珍惜一点，再用心一点。

北京的盛夏接近尾声，奥运会还在如火如荼地进行，人们逐渐适应了单双号隔日限行的方式，爱国情怀随着不断攀升的金牌总数高涨。这个格外明媚的夏天，空气清新，交通顺畅，满街是身着蓝白色T恤的志愿者，热情周到的老头老太和谦逊礼貌的大学生都挂着黄色笑脸牌。顽强乐观的四川人民5月13日就开始打麻将；开幕式和姚明携手入场的小英雄林浩，用他夏天一样明媚的笑容，安慰了全世界。股票市场表现依旧不尽人意，但因为"相信"，更多的中国人，在这盛宴一样的季节选择宽容，宽容所有的失去。

30. 百日剧变

9月初，大成集团蓄势待发，以BGC为首的5家战略投资人同样跃跃欲试。尤其BGC，战投中唯一既可做股权投资，又可做项目投资，同时还是上市保荐人。大成的胜利，无疑也将是BGC的胜利。陈大成、程蔚、许家祺、陈子城，几个男人的命运在此刻紧密相连，荣辱与共。用程蔚的话说：上市就像是拍电影，战投是制片人，投行部是导演，陈大成要提供剧本和演员，律师、会计师、评估师分担摄像、音响、剧务。过去一年，通宵达旦的工作，艰苦卓绝的谈判，让整个team（团队）建立起了同舟共济的感情，现在，是将摄制完毕的影片推出公映的时候了！

飞机徐徐驶离北京首都国际机场，第一站，伦敦。

陈大成、程蔚、许家祺、薛总都在头等舱，陈子城、季红、Stephen等一班人马"屈居"公务舱。陈大成住院这十来天，父子关系融洽了些，看着儿子跑前跑后，陈总心里颇感欣慰。可一到病愈，他又恢复了强势威严的做派，子城很清楚父亲这么多年形成的个性，当年他若不和母亲离婚，或者爷爷奶奶尚在世，总还有人敢教训他几句，或许他还不至于这样。如今生意越做越大，走到哪都围满了趋炎附势、溜须拍马的人，又娶了个小媳妇，张口闭口不叫老公，叫陈总；小媳妇的爸妈见女婿一面，还得提前跟他秘书预约。这样的环境，老头子独断霸道也是必然。起飞一小时，子城到头等舱提醒父亲吃药，家祺叫他坐会儿再回去，他挤眉弄眼地摆手，抬屁股就走。许家祺还想和他说几句重庆的私事，起身跟随他往公务舱去。公务舱没坐满，许家祺跟Stephen寒暄几句，偷瞄几眼静静坐在后排角落的季红。

对于这样的座位安排，Stephen很不满。按照BGC的规定，他和许家祺一起出差，不应该有待遇上的差别。无奈这些现实的国内地产商，通通以title（职位）取人。论教育背景、工作经历、敬业程度甚至气质长相，自己分毫不输给许家祺，可他总那么顺风顺水，自己这几年却接连走背运。如今，连客户都开始将他们区别对待了。Stephen暗想，等这一单做完，我一定要和Richard谈谈，再不调我回香港，就辞职！许家祺并未觉察到Stephen的不满情绪，他更关注季红的一举一动。她始终塞着耳机，盯着电脑，根本不朝这边多看一眼，在候机厅也只是客客气气打过招呼。许家祺心里有点矛盾：她这样冷淡疏远，自己应该高兴才是，可又多少又有点不甘心。正想着，季红起身朝前排的洗手间走去，路过自己身边时，头也没转一下。真是个冷漠绝情的女人，家祺在心底感慨，幸亏自己爱的不是她。他和子城又聊了几分钟，飞机上开始供应餐饮，家祺起身回头等舱。穿过几排座位，刚路过洗手间，门哗地开了，季红一把将他拽进拉着帘子的备餐区，不由分说吻过来。许家祺蒙了，活了三十年，还是第一次在三万英尺的高空和如此火辣的女人猝不及防地接吻。前一秒她还冷若冰霜，这一秒又热情如火，许家祺情不自禁迎合她，紧紧搂住她婀娜的腰。季红的喉咙深处传出一阵笑声，旋即推开许家祺，眯着眼睛低声问他，想我了？这一句，让如临梦境的家祺清醒过来，他不自然地理理衣领，想着该怎么扭转这不好的苗头。季红没意识到他情绪的变化，只当他羞涩紧张，兀自笑起来。到了伦敦我去找你，她在耳边低声说。

飞机降落在伦敦西斯罗机场时，正是当地时间下午5点。BGC伦敦办公室的同事早在出口等候，一行人办好入关手续，取出一大堆托运行李，天色已近黄昏。陈大成像打了鸡血似的兴奋，一路话题不断，丝毫看不出刚出院不久。陈子城在飞机上没少睡，这会儿也生龙活虎，此次伦敦之行，对他同样意义非凡。当年在这里度过青葱岁月的少年郎，如今带着两代人的心血卷土重来，来攀登世界的金融高峰。在一车人的欢声笑语中，许家祺显得有些安静，的确没太多值得兴奋的，这只是他日常工作的一部分，何况来时路上，心事重重的家祺一直没休息好，满脑子都是到了伦敦该怎样不伤面子地拒绝季红。出于善良的本质，再加上现实的考虑，无论如何，都不可以让季红难堪，但是更不可以的，是维持这样的关系。

车子沿泰晤士河行驶，夕阳的光辉擦过塔桥，有着百年历史的黑色金属泛起温暖的光芒。一行人办完入住手续，天色完全黑了。考虑到旅途劳顿，BGC当晚没安排对外活动，选了当地有名气的一家餐厅，坐落在Chelsea区的Gordon Ramsay，为陈大成接风。这家店在英国人心中意义不同，1998年，三十一岁的苏格兰厨师在伦敦开了这间以自己名字命名的餐厅，三年内就获得了三颗米其林星，成为全英四个保持米其林星级的厨师之一。Gordon Ramsay对于食材选择极其讲究，每道菜的烹调方式亦很独特，焕发出食材的独特鲜香。菜品口感细腻，酱料美味。餐厅的设计师David Collins在英国也享有盛名，设计风格独具特色。为了在这样一个明星云集的餐厅订到一张大餐台，BGC提前了整整一周。东道主如此煞费苦心，陈大成越发精神抖擞，无比自信甚至张扬地频频举杯。陈子城挨着父亲坐，义不容辞地充当翻译；这边季红不知何时换了身衣服，长卷发随意绾在脑后，绛紫色镶金的中式对襟露肩小褂，剪裁紧致的黑色微喇长裤，两颗淡紫色玻璃种翡翠耳环，在鹅黄的灯光下流韵溢彩。坐她左右两侧的鬼佬殷勤有加，季红英语纯熟，落落大方，的确给大成集团增色不少。

一桌人觥筹交错，唯独许家祺有几分心不在焉。他一会看陈大成，一会看程蔚，一会跟伦敦的同事聊几句，始终回避季红的眼神。这样的时刻，本应该他来做中心，串联起场面上各种人物。可巨蟹座的许家祺，始终逃不开性格里羞涩和内敛的一面。他很难同时摆平那么多关系，很难在心虚时还慷慨陈词落落大方。就这样，晚上10点，一餐饭总算结束。东道主看大成集团上下兴致不减，提出去酒吧坐坐，却被一向爱玩的陈子城婉言拒绝，他始终担心父亲的身体。大家不再勉强，驱车回到酒店。下车时，季红越过人群，似是无意地投来一眼，让本来就紧张的许家祺更加手足无措。他依旧没想出拒绝的理由，之前还指望季红旅途劳顿忘记了飞机上的话，看来，这世界上的麻烦从不会自动消失。回到房间，许家祺忐忑地冲完澡，刚打开电脑处理邮件，写字台上的电话就响起来。他愣了几秒，又担心是陈家父子，只好犹豫地接了起来。对方刚一出声，他立刻蹙眉，不是别人，正是他最害怕听到的人——季红。

"睡了吗？"季红慵懒的声音里透着撩人的性感。

"还没，飞了这么久，攒了好多邮件。"

"呵呵，去找你聊会？"

"今天，要不算了吧，挺累的，还有好多活要干。"家祺吱唔半天，总算找到搪塞的理由。

好在季红也不勉强，"行，那你早点休息，歇够了，才有劲嘛！呵呵。"她晚上没少喝，声音透着股酒精的微醺。许家祺尴尬地陪着笑，对方总算挂了电话。他靠在座椅上叹气，躲过初一，躲不过十五。这次她相信了这个理由，以后呢？每次都这样回避，她一定会明白。哎，不过她早晚也得明白，也许到那个时候，一切就风平浪静了。

伦敦招股一切顺利，BGC和大成集团配合得天衣无缝，三天后，一行人启程前往本次路演最重要的片区——美国。战斗真正打响。从到达纽约第一分钟起，所有人神经紧绷，没有闲情逸致去思考任何工作以外的事，BGC为陈大成安排的各种投资者见面会从上午8点一直排到晚上10点，回到酒店，团队内部还要开会讨论，随时修订方案。对于一个刚出院不久年过半百的男人来说，这不是件轻松的事。陈大成每天饮用大量咖啡，始终保持精神矍铄，状态比之前在香港彩排时还要好几分。BGC纽约办公室甚至专门租用了一架飞机，方便整个路演团队在美国各城市间往返。大成集团为什么要上市，投资人为什么要买大成的股票，上市后会为投资者创造怎样的盈利空间，这些问题全在BGC的辅导范围内，陈大成用从草莽中野蛮生长起来的中国民营企业家独有的气魄和胆识对答如流。有个别苛刻的投资者问陈大成的年龄和身体状况，以及他未来退休后，大成集团可能的发展趋势。这是BGC最担心的问题之一，怕陈大成使劲拿毕业于剑桥大学的陈子城说事。所幸，经过几轮彩排，陈大成脑海中已经坚定地贯彻了"职业经理人团队"概念，彻底从"父业子承"的传统家族企业思维中升华出来。程蔚作为战投代表的问答阶段，也让投资者信心增加不少。过去良好的track record（投资业绩），丰富的经验，使得他对西方投资者内心深处的好恶都了如指掌。轻描淡写的几句话，几个数字，淡定稳重充满自信的表现，立刻给听众们服下了定心丸。许家祺在台下坐着，目不转睛地盯着他，听他用美国式的思维、美国式的风趣侃侃而谈，将复杂的问题化解成一种天然的信任，心中暗暗佩服。这个中年男子的魅力，确实难以抵抗，如果我和他，以平等的方式站在童谣面前，不知她会选择谁。

一切按部就班进行。到美国的第二个周末，大队人马坐专机从芝加哥返回纽约，疲惫不堪地住进公园大道上以奢华著称的著名饭店——丽兹卡尔顿。连日的劳顿和大量咖啡因的摄入，令陈大成的心脏又隐隐不适。这种关头，陈大成明白，自己的身体状况将直接影响股票定价，他不敢对任何人讲，只把子城叫进房间，一边服下大量药片，一边轻描淡写地跟儿子交代他之前的病例都收在哪只箱子的文件袋，该如何跟美国医生沟通，还严肃地嘱咐他严格保密。子城被父亲一番话搞得满头大汗，他了解老头子这种硬汉作风的男人，不到十分难受，断不会说出口。他恨不得当下把老头子打昏抱上床，拔了房间的电话线，自己搬把椅子坐门口，守着父亲安安静静睡一觉。可惜，陈大成哪里会听他的。他忙前忙后地想给父亲找点开水吃药，又惹得正戴着花镜看邮件的陈大成心生烦躁："出去出去，别在我这晃了，需要什么我给你打电话。"陈子城被父亲连推带搡地送出房间，只好悻悻离去。

晚上，许家祺在房间里处理完工作邮件，打开个人邮箱：一封剑桥定期发送的校友刊物，一封Linkedin的邀请函提醒，一封SPG酒店promotion广告，一封WSJ（《华尔街日报》）的新闻邮件，还有一封……又是丫丫。许家祺点开看看，还是那套无理取闹的威胁之词。"……这是我最后一次提醒你，你要是再不接电话，不回邮件，我真的不客气了，到时候别怪我不念旧情！"许家祺早就在电话上把丫丫拉入了黑名单，她是不是打过电话，自己根本不清楚。至于邮件，家祺犹豫片刻，要不要回个只言片语，转念一想，正是自己的善意和软弱，一次次给她机会，断不能再这样，索性按下了DELETE

（删除键）。这时，电脑显示已经21:50，他伸伸懒腰，连日的紧张日程以及长途飞行使得本来就不轻松的肩颈格外沉重。他迅速换好运动衣，小跑去健身房。Fitness Center（健身中心）传出淡淡音乐声，这么晚了，几乎没人锻炼。落地窗外，深蓝色的海湾被金色的路灯包围，自由女神像矗立在夜色里，城市退去了白天的喧嚣和激情，沉淀着历史与现代交融的气息，依然孕育着那个让无数人神往的美国梦。许家祺环视四周：只有一台跑步机开着，一个高大健硕的男人正戴着运动蓝牙耳机跑步，腿部肌肉紧实强壮，肩膀宽厚，肱二头肌像专业运动员一样线条优美。那不是别人，正是程蔚。家祺犹豫片刻，走向他旁边的跑步机。

"Hi Eric"

"Hey，刚来?" 程蔚摘下耳机，有那么点惊讶。

"对，发了几封邮件。" 许家祺扫了眼程蔚的跑步机，Distance（距离）显示已经3.5公里。他打开跑步机，快走了一段，也将速度调节到8.6跑起来。安静的健身房只有跑步机运转的声音、跑步声和呼吸声。两人不再讲话，似乎有场暗地里的较量正在进行。大约二十分钟后，许家祺已经跑了3.8公里，程蔚依然没有停下来的意思。家祺并不擅长长跑，平时自己锻炼也就跑三四公里，跟着就是器械。但今天，他决心挑战一下，绝不在程蔚停止前走下跑步机。就这样，又过十几分钟，许家祺面前的Distance已经显示5.2，程蔚那边才终于传来降低速度的声音。考虑到程蔚提前开始，家祺又坚持跑了一公里才减速，此刻已是大汗淋漓。看着这个年长自己六七岁的男人，步态轻松地走向拉力器，家祺心里暗暗佩服。等他也调整好呼吸，走向器械区域时，程蔚主动与他攀谈起来。

"Clinton你也经常锻炼吧?"

"还好，每周一次吧，但像这样road show（路演），就比较没谱了。"家祺带着港台味说出"没谱"时，让程蔚觉得很可爱。

"嗯，你年轻不是问题，到我们这个年龄，不锻炼就不行。"

"哪有！我看你比我fit（有型）很多啊！你经常跑步吧?"

程蔚哈哈笑，"一周一万米，这是基本的。"

"Wow，太厉害了，听说你以前是运动员?"

"很久以前了，大学那会我是游泳队的，那时候还参加全国大学生运动会呢。"

"那你现在还游吗?"

"现在只当是锻炼。游泳是个人运动，没法和朋友一起玩，时间久了也会乏味。"

"那你打Golf吗?"

"打，但是坦白说，我不是特别喜欢。我在美国的时候，周围有一帮朋友玩帆船航海，很刺激，也有意思。玩得好要掌握很多技能，比如缆绳怎么打水手结，怎么用最短的时间升降帆，还要懂一些空气力学、水动力学，包括初级的气象知识，也很讲究团队配合，非常过瘾。遗憾的是，这种运动要有整块的时间，还要有团队，挺不容易凑。你呢，你喜欢玩什么？"说到运动，平时话不多的程蔚兴奋起来。

"我？"许家祺不属于运动达人，搜肠刮肚地想除了健身、网球、golf，还有什么不俗的爱好，"我玩的不多，比较有意思的还是polo（马球）吧。"

"你玩polo，不错啊！北京有什么地方可以打吗？"

"有的，北边有几个，阳光时代，唐人。球场和马都还可以。我打得其实也一般，以前在英国读书时，在学校打过。"

"在北京你们有固定的team（团队）吗？"

"还算有个固定team吧，队长就是马场的老板。其实是他们喜欢玩，但是北京会打的人不多，所以才经常叫我一起。你要是有兴趣，下次可以一起啊。"

"好啊，我倒真想学学，但是我没基础，马会骑，球就没打过。"

"没问题，像你这种专业的，学起来会很快，运动都是相通的嘛！"

健身房又传出程蔚爽朗的笑声，"你看，你要工作，要加班，要出差，周末还要打马球，这么忙，有时间陪女朋友吗？"

这突然一问，让家祺有点紧张，但他很快镇定下来，"还好，她也很忙，所以比较能理解我。"

他等着程蔚后边的问题，比如她是做什么的，哪里人，他甚至有点期待他问下去，他希望他们之间能建立一种默契，关于童谣的默契。可是程蔚什么都没再问，只是笑着点头，转身拿起搭在架子上的毛巾，擦擦汗准备回去了。

程蔚的房间和许家祺在同一层，两人边聊边走，走廊里飘荡着淡淡的音乐和香氛，出了电梯拐个弯，家祺愣住了。穿着吊带裙的季红正站在他门口，她听到动静转过头，也愣了片刻，旋即露出招牌式的迷人笑容，主动迎了过来。

"你们真团结啊，锻炼都约在一起。"

"呵呵，你羡慕吗？"程蔚似是而非地回答，怎么听都像是话里有话。

还好季红也是久经沙场的镇定，"羡慕啊，我对帅哥最没抵抗力了，何况是双份！呵呵，Clinton，可以拷一下你今天用的那个PPT吗，做个备份。"

"……没问题。"许家祺看着她空空如也的双手，犹豫片刻硬着头皮回答。

"你们先忙，我不打扰了。Good night！"程蔚冲两个人挤挤眼，向走廊深处走去。

以他老狐狸般的洞察和判断，会相信季红的急中生智吗？许家祺没把握；回北京之后，他会不会似是无意地和童谣聊起这件"趣事"？许家祺也没把握。他沉默着打开门，季红跟在身后，还故意评论着下午一个投资人的问题。进屋关上门的瞬间，她也沉默了，叹口气坐在床上。一会，还是季红率先打破沉默。

"你去健身怎么不带电话？"

"我去健身带电话干什么。"

两人的语气都很平静，似是最平常的对话，内容却针锋相对。

季红看他一眼，莞尔一笑，"不会有人在乎这种事的，Eric没那么八卦。"

许家祺想说你知道什么，可他不想让季红知道童谣就是他女友。"总归不好，你是我客户，别人会怎么想？"

"别人会想……你以色事人咯！"季红悄无声息地走过来，突然从身后搂住家祺。

许家祺条件反射地一把拉下她手臂，季红愣住了，场面有点尴尬。这下又轮到家祺内疚，"对不起，大成IPO的事，我压力很大，确实没心情。"

"是现在没心情，还是不会再有心情了？"季红走到窗前，望着夜色冷冷地问。

看着她的背影，家祺内心很焦灼，但他明白，早晚也得有这天，"我想，我们还是慢慢淡了吧，既然也不会有结果。我知道你也是很看重事业的人，为这样的事影响总不好。你看今天多悬哪，没准Eric都猜到几分了。"他停顿下来，等着季红的反应。

"呵呵，"季红冷笑一声"'这样的事'，这样的事很不堪吗？你倒不如直接说，你不想继续了，何必拿我的事业说事儿？"

"不是，我真的是替我们两个人考虑，毕竟我们是工作关系。"

"不用解释了，"季红打断他，"我们开始时就是工作关系，这个条件没变化，变了的是你的想法。许家祺，你哪方面也没棒到会让我舍不得放弃，只是你要明白一件事，这个世界里，不是所有的事都男人说了算，想开始开始，想叫停叫停。"季红转过身，冷冷地看着许家祺，眼睛里有种令人紧张的狠，嘴角却还挂着似有似无的笑。"在我的世界里，只有一条规则，那就是我说了算。"她一字一句地说完，抬脚离开房间，步伐依然优雅性感，留下一脸尴尬的许家祺。

9月13日，星期六，纽约。

周末是繁忙的华尔街相对安静的日子，但过去一周，让这条街蒙上了层阴云。房地美和房利美公司在经历了半个月的跌宕起伏后，为了避免更大规模的危机，9月7日，美国政府宣布接管。大成集团在芝加哥路演时，投资人的反应就很不积极，对房地产股的判断莫衷一是。BGC团队提心吊胆的同时，拼命鼓吹"China Story"（中国故事），他们深知，一旦大成IPO受到负面影响，后续的连锁反应无疑会是灾难一场。

周六上午，为了让团队稍作调整，只在中午为陈大成安排了工作午餐。11点45分，许家祺提前到达酒店餐厅，纽约总部的John已经坐在那，正戴着蓝牙耳机讲电话，脸上布满了诡异的表情。

"Big news!（劲爆消息!）"大约五分钟后，John扯下耳机，用有点发抖的声音说。

"What?（什么?）"许家祺眯起眼睛看他。

"Leman is going to die!（雷曼要垮了!）"John压低声音，布满血丝的眼睛闪着光。

整整半分钟，许家祺一个字也没说出来，雷曼集团遭遇财务危机早就是华尔街公开的秘密，但情况到底有多糟，雷曼最终会面临怎样的结果，没人敢揣测。听John如是说，家祺的嘴唇翕合好几次，"Are you kidding me?（你在开玩笑吗?）"

John摆摆厚实的手掌，"Seriously, Barkley is talking about the acquisition right now! Will be decided soon!（真的，巴克莱正在和他们谈收购的事，就现在! 很快就有消息了!）"

许家祺浑身的肌肉都充满紧张感。雷曼兄弟，世界排名第四的大投行，资产规模六千三百九十亿美元，遍布全球四十八个国家和地区，两万多名雇员，成立了一百五十年，他竟然面临破产! 就在几周前，许家祺还接到猎头的电话，有个雷曼香港的董事职位，问他是否有兴趣，怎么可能就这样破产! 但John的消息应该不会错，他是老投行了，又在华尔街混，消息都是第一手的。

"Why are you so excited?（你怎么那么兴奋啊?）"看着John满眼放光、坐立不安的样子，家祺不解。

"Come on buddy! It is the historical moment! This weekend! Here! We are witnesses!（天哪哥们! 这是个历史时刻，就是这个周末，就在这! 我们是历史的见证者!）"John右手握拳，随着每一句强调，重重向下挥，声音透出复杂的情感。

"And victims! How about BGC?（我们也是牺牲品啊! BGC会受牵连吗?）"许家祺可没美国佬那么兴奋，他立刻想到BGC会不会受影响，自己晋升的事会不会成泡影。

"Confidential.（这是机密。）"John瘪瘪嘴，"Don't be so pessimistic. Leman is too big, too big to fall! It won't be that bad.（不用太悲观，雷曼太大了，没那么容易倒。不会太糟糕的。）"John停了停，一边起身一边低声说，"Don't mention it to him.（别跟他提这事。）"

许家祺回头，陈大成正带着陈子城、季红一行人向这边走来，他条件反射低下头，季红倒像是什么都没发生过，笑容可掬地向大家问好，包括许家祺。

9月13日，星期六，北京

此时此刻，地球另一端的北京已经夜色深重。灯光从富力城拉着紫色窗帘的小窗户透出，带着梦幻般的融融暖意。邱媚的东西收拾差不多了，她到底自己租了房，执意搬出去。自从奥运会开幕的周末，邱媚的性格有了些不易察觉的改变：话少了，笑声少了，人也懒了。不再热心地张罗做饭、洗衣服。童谣虽然忙，但很敏感，加之和邱媚相识二十年，情同姐妹，怎么会不清楚她哪怕一丝一毫的变化。

两人合上箱子推到门口，旁边还放着没拆包的被子枕头，脸盆衣架。邱媚双手叉腰，看着一堆东西感慨："来北京不到半年，东西添了这么多。"

童谣从冰箱里取出瓶绿色包装的百利甜，是薄荷味的，"今天把这个开了，你搬走了，我一个人都不知道什么时候才想的起来喝。"

邱媚笑呵呵地答："又不是不回来了，哪天你不加班，或者我受委屈了，随时过来。"

童谣动动嘴角没言语，心里有种莫名的难过。两人打开音响关了灯，拉开窗帘坐在飘窗上。窗外城市霓虹闪烁，映照着房间的木地板，像月光洒在小河上，过去二十年也像河水上的涟漪般一圈圈闪现。她们回忆起一起跳过的舞，为某个遗忘的动作比划半天；回忆起那些共同认识的朋友，为某段印象不深的八卦上网搜索。当然，不可回避的，她们也想到了少年恋人——白小锋，项北辰。

"北辰他爸后来判刑了吗？"邱媚问。

"判了吧，我也不知道，后来再没联系。"

"你们怎么可能一点联系都没有呢？那个杨阳呢？起码还有些共同的朋友吧。"

"杨阳去美国了，去年底回来过一次，我们吃了饭，但是完全没提项北辰，没兴趣知道了。"

"唉，你俩也是没缘分，那时候看着那么般配，金童玉女一样。"

"不关缘分的事，是他自己放弃了。哪有什么般配不般配，现在还有人说我跟许家祺是金童玉女呢。"

"你，一直在怨恨他吧？"难得童谣不抗拒谈这个话题，邱媚把一直担心的也问了。

童谣没说话，面无表情地看着窗外，"你会恨一个和你毫无关系的人吗？我只恨我自己，差点因为他的自私懦弱毁了我的人生，还让无辜的人付出了代价。"

邱媚不敢说话了，童谣身上那种剑一样熠熠生辉的寒气和锋利在多年后的夜里终于又显现出来，那是她还叫童依兰时最与众不同的个性。

"我在英国时做过一个梦。梦见我和他在长江边吵架，他看到我的瞬间，脸上闪过嫌恶烦躁的表情，像是看到不干净的东西。我很失控，失手把他推了下去，很快警察来了，我妈拉着警察哭，求他们别枪毙我……"童谣清清嗓子，低下头。

"梦是反的，别瞎想。"邱媚听出童谣的声音除了寒意，还掩埋着巨大的悲恸。

"这么多年，我一直记得这个梦，想起来就浑身发冷。梦不全是反的，有时候是你忘不掉的记忆。项北辰那种嫌恶的表情我见过；失去亲人的悔恨自责和恐惧，我也经历过。你不是一直好奇我为什么改名吗？我改名是为了重新开始。开始一个没有项北辰，没有过去的人生。"

音乐不知何时停了，房间寂静，邱媚不知该说什么，自言自语道："或许，项北辰也有他的难言之隐吧。"

"他的难言之隐，就是太懦弱太自私。不过，可能很多男人都这样，在没经历重大变故时，看上去都很美，一遇到考验，立刻就退缩了。"

童谣的话让邱媚心里也隐隐作痛，男人是不是都这样她不知道，但至少白小锋也没能免俗。

"跟你说件事，心里像吃了死苍蝇一样别扭的事。"邱媚顿了顿，"7月份，白小锋给我发了封邮件，说生意上有点事着急用钱，问我有没有。这是我们离婚后他第一次找我。我二话没说就给他打了五千，他还说要来北京看我。虽然我已经不爱他了，但是他这么说时，我还挺期待的。"

"后来呢？"童谣轻声问。

"后来，就再没消息了，连那个手机号都停了。"

童谣叹口气，拍拍邱媚孱弱的肩膀。

"没事，我现在都不难过了。后来我想这样也好，反而让我彻底断了关于他的念想，清清楚楚开始新生活。"

童谣自嘲又无奈地笑了笑，"难道初恋都这么腐败不堪？有句话说得好，让人揪心的，不是错过多年后在街头拥抱的瞬间，却是错爱多年后无言擦肩的片刻。"

"可不是！"邱媚感慨。

"还好，我们还年轻，还有新生活。"

邱媚坚定地点头，又猛地想起程总的事，似乎让她的新生活也不像期待的那般美好，顿时心里升起阵异样情绪。她想跟童谣倾诉，考虑半天，这个男人不仅是当下生活里的人，更是和她们两个都相关的人，还是不提为好吧。

正在此刻，童谣的手机在客厅响起来，她出去接电话了。邱媚抱过笔记本重新选歌，顺手打开百度。"白小锋""程蔚"这两个词条已经被她搜索了几十回。程总的新闻很多，白小锋几乎都是同名同姓的信息。项北辰，邱媚的脑海突然想到他，也不知这人现在干嘛呢。叫"项北辰"的人不多，倒是有那么几条新闻："人民子弟兵，生命长城""军旗猎猎，无惧无悔！""5·12地震甘肃陇南灾区英雄榜"。邱媚心头一紧，忙点开链接，新闻里有一串名单，项北辰的名字就在其中。她迅速向下看，全是为了救援灾民，在余震中牺牲或是重伤的英雄报道。这是不是那个项北辰呢？邱媚的手有点发抖，她翻到第二页，一张红底证件照赫然映入眼帘，照片上身着绿色军装，清秀帅气的年轻人不是别人，正是童依兰的初恋男友——项北辰。

"奇怪了……"童谣的声音从身后传来，邱媚急忙关了网页。

"怎么了？"

童谣双手交叉在胸前，"刚才一个女的打电话，说是许家祺的朋友，有事想找我聊聊。"

"啊！什么情况？"邱媚此刻的诧异不亚于方才，真是一波未平一波又起。

"她没在电话里说，约我明天见面谈。"

"你答应她了？"

"本来没有，我说既然是他的朋友，有事你去找他谈吧。但是那女的说，和你们工作有关。"

"工作？什么意思啊？明天约在哪了？我陪你一起去吧！别是什么圈套！"邱媚有点紧张，有点兴奋，好像十八岁夏天，准备和白小锋私奔前的心情。

"下午三点，国贸星巴克。没事，那边我熟，不用担心。"

邱媚依旧不放心，"还是我跟你一起去吧，万一她要泼硫酸呢！"

童谣侧过身，瞪大眼睛看她，旋即笑起来，"那你更不能去了，本来只泼我一个人，你一去，连你也泼了！呵呵！"

9月14日，星期日，北京

下午3点。童谣帮邱媚在新家收拾停当，驱车来到国贸。周末，平常人潮汹涌的CBD安静了很多。童谣进星巴克前，先朝里看了看，只有个老外对着电脑上网。已经3点整了，她犹豫片刻，转身上楼去了办公室。二十分钟之后，童谣重新回到一楼，星巴克果然多了位衣着鲜亮的女人，黑色长发披在身后，头上戴顶宽沿草帽，一看经过精心修饰。童谣买了橙汁，径直向她走去。那女孩听到脚步声回头，冲她挑挑嘴角，不摘墨镜也不起身，坐着打招呼："童谣是吧，坐！"

童谣礼貌地笑笑，坐在对面的沙发上。

对视了两分钟，那女孩先沉不住气，"今天约你来，是想跟你聊聊许家祺的事，当然，和你也有关！"

童谣并不接话，示意她说下去。

"至于我是谁，叫什么名字，你就不必关心了。"这番话显然提前编排过，看来也不是老手。童谣笑笑，说了进门后的第一句话："我不关心。"

年轻女孩有点接不上话，她挪挪身子，"我知道，你是许家祺的同事，也知道你们俩关系不一般，但是想必你也知道，他是有女朋友的吧？"

"接着说。"童谣继续面无表情。

"如果你们不想让他女朋友知道这件事，或者不想让你们同事都知道这件事，就麻烦你通知许家祺，让他尽快跟我联系，按我说的条件办。"

童谣喝了口橙汁，冰得让人浑身打颤。她盯着那女子冷冷地说："你是在诈我吧。"

女孩颇为得意地笑笑，"早想到你会这么说。没证据怎么敢约你。"说着，她掏出手机，是时下最为流行的触摸屏，滑动几下，女孩紧握手机伸过来。

童谣不欠身子，依旧稳稳靠在沙发里。手机上的照片，正是自己和许家祺走进新城国际大门。"So?"她微微耸肩。

女孩没听懂，皱着眉问她什么意思。

童谣微笑，"这照片说明什么问题，有何意义？"

"你可能觉得没问题，他女友看了一定不会这么想。这么晚，两人一起回公寓……"她挑挑眉毛，胜券在握的样子。

童谣低头笑笑，"这么说，你认识他女朋友？"

"这我没必要告诉你，但你要明白，我找得到你，也一定找得到她。"

童谣悬着的心放下来，貌似是盘乌龙棋，她大口喝下半瓶橙汁，准备离开了，"那等你联系到他女友，再来找我吧。"

"等一下！"看到童谣起身离去，那女孩有点急了，"你不相信？好，我再给你看样东西。"说着，她又打开手机，没几秒，童谣手机响起来。打开一看，一封彩信：还是在公寓大堂，同样是深夜，一个高挑丰满的女子紧随许家祺。两人靠得很近很亲密。童谣定睛一看，那不正是大成集团的IR总监，曾在广州夜总会和许家祺亲密对唱的季红！

"我告诉你，她的联系方式我也有，等我联系她，怕是你们就都不好看了。到时候不用我出手，她一定会上公司来告你们！所以，你最好告诉许家祺，让他别躲着我，我手上还有很多可以让他身败名裂的证据！"

9月的北京，风高云淡。童谣看看窗外，想起邱媚找到工作的那个下午，也是在这间星巴克，那个背着黑书包的绿军装，消失在茫茫人海，天边布满火烧云。那一刻，她像现在一样恍惚，不知所措。

"你已经告诉她了？"童谣冷冷地问。

"没，不过你们要不按我说的办，我可以立即联系到她。"

童谣摇摇头，"小姐，你出错牌了。我就是许家祺的女朋友，说给全世界都没什么可担心，至于这女人是怎么回事，"童谣停顿一下，"也不用你费心了，我自然会问明白。至于你，"童谣指着自己的手机说，"你发来的照片很清楚，通常，我们把它叫'直接证据'。你刚才说的话，我都已经替你录了下来。你现在干的事，有个专业名词叫'敲诈勒索'。你可能不懂，碰巧我学过法律，可以告诉一些信息供你参考：我国《刑法》第274条规定，敲诈勒索公私财物，数额较大的，处三年以下有期徒刑、拘役或者管制；数额巨大或者有其他严重情节的，处三年以上十年以下有期徒刑。你好自为之。"说完，童谣合上手机，也关闭了录音功能。她缓步走到那女子身边，俯在她耳边狠狠地说："丫丫，你跟着许家祺几天，自然该清楚，干我们这行的，除了有钱就是朋友多，老板、警察、黑社会……你要胆敢再出现在我的世界里，我发誓，让你后半生都活不舒坦！"

9月14日，星期日，纽约

下午2点，安排在BGC纽约总部的投资者说明会如期举行。世界顶尖投行美林、雷曼遭遇危机的消息，已经在圈子迅速传开。看着BGC高管们频繁穿梭在美联储、美国银行办公室，程蔚明白，这次危机，BGC恐怕也深陷其中。BGC纽约总部坐落在举世闻名的公园大道，程蔚端着咖啡，凝神站在会议室落地窗前。从这里望出去，到处高楼林立，马路上急速驶过黄色出租车，对面大厦悬挂的星条旗，在丽日蓝天下猎猎飘扬。窗外的景致与十年前他第一次踏入时，似乎没有分别。那时，他和前妻还恩爱有加，他们租住的公寓离这里大约三四个街区，每天清晨，两人一起去街角咖啡店买早餐。他还记得，前妻最常点的是Mocha和Croissant，小店弥漫着研磨咖啡豆和烘焙新麦的清香。那种香气伴随着飞驰而过的这十年，迂回在心头，提醒他那些年轻的、简单的、快乐的、充满理想的岁月。生活，到底向着怎样的方向前进？此刻的自己似乎离当时的理想越来越近，可日子，却越来越孤独。

程蔚还陷在回忆中，许家祺神色凝重地走来：约谈的五家机构投资人，有一家缺席，另外两家临时改变出席人员，从要职变为次职。程许二人带着一班鬼佬，匆匆赶往楼下酒店的小宴会厅，大成集团的人午餐后就等在那了。陈大成并不十分了解华尔街正在经历的阵痛，他不读也不听英文，消息来源有限；陈子城、季红等人，注意力都集中在大成集团的上市，虽然也听到风声，毕竟事不关己高高挂起；BGC团队，尽管各个忐忑不安，却都心照不宣地少提此事，生怕会对大成集团的上市询价造成不良影响。遗憾的是，最担心的事还是发生了。

陈大成一进门就敏锐地觉察到气氛有变，他指使陈子城去打听，自己不自觉紧张了三分。上市，只是公司快速发展的渠道，本身并不具备太神圣的意义。陈大成本来也是以轻松的心态上阵，无奈，自从与战投签下对赌协议，这件事似乎越来越不受自己控制。总觉得身后有个挥鞭子的人，只有带着公司几千号员工全力奔跑，才能到达绿洲，否则，就会死在沙漠里。他总忘不了第一次和程蔚在澳门赌博时对他说过的话："拿了我们的钱就得拼命跑，这些钱都不便宜，必须创造出超过利息的价值才合算，不然把自己输干净了；不过，"年轻自己十岁的程蔚，笑得自信狡黠，"和赌博一样，押得大，才能赢得大，老陈，你说是不是？"

投资说明会准时开始。起先都是常规问题，陈大成对答如流。半小时后，换CFO登场，几家机构投资人代表揪着未来现金流测算不放，轮番开炮，问题尖锐直接。大家心里都明白，这些问题只是引子，他们真正目的只有一个，压低股票定价。几轮下来，薛总有些招架不住。陈大成的眉头越皱越紧，许家祺的心也悬在嗓子眼。气氛僵持不下，突然，一家投资代表转头抛给陈大成一个问题：What keeps you up at night？（什么事会让你夜不能寐？）

Shit！许家祺在心里暗暗骂了句，这种路演培训教材里收录的老土型圈套问题也拿来问，现在还有谁用这种不着边际的东西。翻译话音一落，小宴会厅一片肃静。陈大成有点丈二和尚摸不着头脑，路演辅导时，从来没准备过这个问题。他低头沉思片刻，心想这帮老美是想测试我的抗压能力？回想起自己过去五十年的人生，什么样的风雨没经历过，中国民营企业家艰难而又野蛮的生存状态，岂是你们这些西装革履的学院派金领所能体会！陈大成缓缓抬起头，用很慢的语速回答："我今年五十二岁了，中国有句老话：五十而知天命。知天命，"他笑着指指天空，"上帝知道的事，我都知道一半了，还有什么能让我彻夜难眠？"

许家祺双手交叉在前胸，饭店里冷气很足，后背却被汗水打湿了。他当然清楚，这样的答案完全不是投资人想要的，甚至是这种幽默方式，在基督教国度里也是不妥当的。但是此刻，他没任何办法，无法阻止陈大成，也无法进行补充说明，只能尽量使自己cool down（冷静）。陈大成依然陶醉在自己的演讲里，想起了这几十年的奋斗和艰辛，越讲越形而上。一班鬼佬随着翻译的话音结束，传出礼貌的笑声，却没有后续评价。接着又是死一般的寂静。许家祺看看陈子城，他双手背在身后，嘴唇因为紧张而紧紧闭合，黑框眼镜后的小眼珠，在几个投资人脸上扫来扫去。家祺想起大一春节，陈子城母亲从加拿大飞来英国看他，那时，用子城的话说，他都不记得母亲的样子了。那天下午，伦敦下很大的雪，他陪子城去希斯罗机场接机。一贯嬉皮笑脸的陈子城，那一刻，就如同此刻的表情：紧闭双唇，眼睛在迎面走来的每个亚洲中年妇女脸上扫过，大概就是从那时起，少年许家祺和少年陈子城，成了真正的朋友。

下午的说明会草草结束。投资者的报价纷纷低于港币4元每股的最低询价，市场前景不容乐观。陈大成完全不接受投资者压价，尽管他深知，如果上市不成功，公司将面临多么严重的财务危机。大成集团高管们各个面色凝重，上市不成功，所有期权都化为泡影，之前的种种努力付诸东流，之后公司还将面临生死存亡的考验。晚上，许家祺带IBD团队连夜加班，调整经济模型，重新进行敏感性分析。大成集团的人也半宿没睡，审视即将面对的财务缺口，掂量自己可能承受的失败。

What keeps you up at night?　什么事让你彻夜不眠？

这一夜，华尔街有多少通宵不熄的灯光，又有多少人，彻夜不眠。

9月15日，星期一，纽约

上午8点，丽兹卡尔顿酒店早餐厅，几乎所有客人都在谈论一则新闻——雷曼兄弟递交破产保护申请。人们端着咖啡，有的沉重，有的兴奋，有的焦躁，有的感慨。记者一早就围堵在雷曼纽约总部门口，不放过任何一个从里边出来的人。在经历了十九世纪的铁路公司破产，二十世纪三十年代大萧条，乃至九十年代末长期资产管理公司崩溃的考验后，雷曼兄弟这家拥有一百五十八年历史的老牌投行今天在曼哈顿的美国破产法庭申请了破产保护，债务总额达六千一百三十亿美元。巴克莱银行和美国银行放弃了接管雷曼兄弟的谈判，与此同时，雷曼市值已下跌94%，迫使其申请破产保护。

许家祺没有下楼吃早餐。他一夜没睡，从一个频道换到另一个频道，几乎所有新闻都在报道雷曼兄弟的消息。他不能相信自己的眼睛，脑海里始终是John说过的那句话：too big to fail（大而不倒）。怎么可能，这个资产规模六千多亿美元的大家伙，怎么能说倒就倒？难道美国政府就这样看着他倒掉？与此同时，美国银行抛弃雷曼后，调头与同样陷入危机的全球第三大投行美林证券进行收购谈判，准备趁虚而入，低价收购美林集团。成立于1885年的美林证券是世界上最大的证券经纪商和第三大投资银行，在全球近四十个国家有超过七百个办公室，所管理的资产总值达到1.7万亿美元，富可敌国。曾连续十年为全球最大的债券及股票承销商，还是首家获邀在中国设立办事处的美国投资银行。曾被中国财政部委任为国家信用评级工作顾问，还独家承销首批中国十亿美元全球债券。如今，美林六万名雇员和雷曼兄弟的2.5万雇员前途未卜。

许家祺有点发蒙，这些世界最优秀的公司，无数年轻人的梦想之地，怎么会一夜间如大厦倾颓。没等他缓过神，电视又开始连篇累牍地报道AIG、BGC等公司也面临巨大财务危机，唇亡齿寒。这是美国金融界有史以来最黑暗的一天，华尔街到处是悲伤的人群，雷曼兄弟公司在曼哈顿第七大道的总部门口人来人往，对面各电视台直播车排成一排，不少员工抱着纸箱，拎着手袋，甚至拖着拉杆箱走出大楼，相互拥抱道别，甚至掩面哭泣。早晨九点半，股票开市。尽管已有足够的思想准备，黑色星期一还是令所有人恐慌：道琼斯指数暴跌4.42%，标普500重挫4.71%，Nasdaq大跌3.6%。雷曼兄弟股价更是暴跌94.95%，收于0.19美元，五十二周前还有67.73美元。一夜之间，上万亿美元蒸发。

欧洲三大股市也一路下挫。这场危机已开始蔓延，没人知道，它还要波及多大范围，持续多久。但所有人都清楚，这，只是开始。许家祺呆呆地站在电视机前，走廊里不断传来急促的脚步声，他还没吃早餐，甚至没冲澡，然而此刻，他想不出下一步该做什么，也不清楚二十四小时后，BGC将面临怎样的命运。

2008年 9月15日，星期一，北京

这天是中秋节，全国假期调整后第一个放假的中秋节。童谣睁开眼，已经上午11点。头天失眠，她依稀记得最后一次看表是凌晨3点40。半睡半醒间，白谣谣说要找份解放碑附近的工作，离冉路单位不远，逛街也方便。她笑得那么开心，似乎对生活所有的期待都已实现；她还说，依兰你也留在重庆吧，这里的风水养女人，以后我们互相照应，周末我煲汤，你过来喝。在梦里，自己还被唤做童依兰，还是倔强灿烂，骄傲又自负的少年模样。在梦里，她又看到那张脸，那张鬓角微卷，剑眉星眼的面庞。

童谣压压太阳穴，从枕边摸过手机，竟然有十几个未接来电！昨晚失眠后将手机调了静音，就怕清早被售楼中介吵醒，谁成想一上午这么多人找。她定睛看看，一大半是境外号码。不消说，十有八九是许家祺。童谣起身去冲澡，她还没想好如何跟家祺说昨天下午的事。此时此刻，许家祺和季红正在纽约享受无拘无束的好时光，岂不是郎情妾意？童谣心里一阵绞痛，自己该如何问他？或是一如既往地回避矛盾，只当一切是误会？温凉的水滑过皮肤，好受些了。她不是不在乎，昨晚失眠时，想到家祺在重庆暴雨中抱住自己的瞬间，眼泪终于还是夺眶而出。为什么，要一份简单安静的爱那么不易，在自己好不容易下决心重新开始一段恋情时，却要不断被干扰，被伤害。或许，这都是命运的报复。让自己也来承受，曾经带给别人的伤害。然而，今天自己所承受的，又怎可比过去带给别人的伤害？这个念头在心头闪过，童谣有些泄气。还是顺其自然吧，别人都不得已宽容自己，又有什么理由不宽容别人，也许这就是命。冲完澡，身上的水珠还未擦干，电话响起，是李艾，她从广东回京搬家，约童谣邱媚晚上一起吃饭。不知不觉，李艾走了已快一月。她的工作还是没着落，不甘心去做公务员，东莞的律所平台又远不如金达，当所有问题很真实地摆在眼前时，李艾才真正开始明白自己正在付出的代价。所幸的是，伍迪对她倒是格外好，似乎为了弥补之前的伤害，这让一切都还配得起"值得"二字。

童谣挂了电话，站在客厅擦拭发梢的水滴，顺手打开电视，铺天盖地都是雷曼破产、美林被收购、华尔街动荡的报道。童谣惊呆了，整个人僵在那儿。直到新闻开始插播广告，她才惊醒过来，跑去卧室找黑莓。未读邮件不多，只有五封，除了和业务相关的三封，一封是香港办公室周末为同性恋员工组织活动的通知，另外一封，静静地躺在

那，短短几行内容，发自全球CEO，James Brain。童谣不敢相信自己的眼睛，反复看了两遍，没错，电视里报道的一切都得到了证实。BGC高层正在与日本最大的投行大河证券讨论整体收购事宜，纽约时间9月15日上午10点，香港时间晚10点，召开全球电话会议，所有员工可通过卫星电话拨入收听。另外，邮件还特别强调，所有员工不得在未授权的情况下接受媒体采访。这个周末怎么了?! 童谣握着黑莓一屁股坐在床边，她觉得自己迫切地需要一杯酒，或者一根烟。我们每天为之拼命奋斗的生活，会在一个周末丧失全部意义吗? 那么接下来，在结束这冗繁无序忙碌的生活后，我该去哪里?

这个夏末秋初的中秋节，注定不寻常。整整一下午，童谣守着电视电脑黑莓，仔细体味着每一条新闻，每一封邮件。此刻正是纽约的凌晨，她不想给许家祺打电话，一方面不想打扰他休息，一方面还不知该如何面对他和季红的"绯闻"。下午五点，童谣饿了，她翻遍所有抽屉，连包泡面都没有。邱媚搬走了，家里空落落的，空气里似乎都充满了落寞的味道。所幸冰箱里还存着KPMG送的哈根达斯冰淇淋月饼，童谣拿出小叉，静静坐在沙发上，过一个人的中秋节。黑莓的红灯又亮，童谣急忙打开，一封未读邮件，来自Eric Cheng（程蔚）。没有标题的邮件，点开的瞬间，童谣有点诧异，竟然是中文：当时明月在，曾照彩云归。

童谣将邮件拉到底部，定睛再看一遍，确实没有其他内容。这首词出自北宋宰相晏殊小儿子晏几道之手。写这首小令时，晏几道已不再是当初的豪门贵公子，随着父亲晏殊相位被罢免，盛极一时的晏家迅速颓败，失去了父亲的荫蔽，晏几道春风得意马蹄疾的日子一去不复返。这首词里，还有个唤作小蘋的女子，是晏几道钟爱却无缘相守的歌女，"记得小蘋初见，两重心字罗衣"。程蔚为什么突然发来这样一句词，是感慨盛世辉煌不在，还是叹息往日情怀已远? 童谣没有答案，她想象地球那端，同样守着新闻彻夜不眠的程蔚，在破晓时分，以一种怎样的心情，第一次，怕也是最后一次，将心底最深的感触说给她听。那一刻，童谣心底的难过溢出来。童谣按下reply键，写下一行字：回首向来萧瑟处，归去，也无风雨也无情。输入句号时，她听到自己眼泪落下的声音。北京的天空云淡风轻，有些人，有些事，有个时代，似乎要过去了。童谣看着黑莓良久，最终将邮件存进草稿箱。这封信她不能发，命运已做出了选择，那就当作繁华不再、城池倾颓时的一次宣泄，当作这个全球震撼的日子的一点祭奠。

晚上，李艾把童谣和邱媚约去簋街翼栈餐吧。店的旧址在奥体附近，因为奥运会临时关了，店家几番寻觅，最终在簋街的一片闹市中，找到个世外桃源般的四合院。翼栈的老板曾经游历世界各地，回来后开了这个独具特色的餐吧。墙壁上，房檐上到处挂满了他行走各地的照片。不少驴友把这儿当做据点，交换各自旅途中的故事，也期待邂逅下一段生命的伴侣。交际面甚广的李艾，和老板也是朋友，这一次，她带着颗离人之心，想重温这挂满红灯笼的四合院里那一钵香辣的江湖。短短一个月，李艾经历了人生中若干转变：辞职，背井离乡，和父母再度闹僵，在陌生的城市安家，找工作，接受伍迪的求婚。这一切，让她应接不暇，让她来不及思索，更来不及准备。生活这条河，在2008年夏天拐了个弯，流向未曾想过的远方。李艾现在有点相信命运这回事，不是吗？自己的生活曾那么清晰明确：做金达的合伙人，高级合伙人，管理合伙人；嫁给李君凡，做有车有房有佣人的少奶奶，还是事业有成最酷最潇洒的女律师少奶奶；将来生两个可爱的混血宝宝，可以选择去国际学校，也可以送去国外念书；永远是亲人的骄傲，永远是别人羡慕的对象。如今，生活展开了一幅完全不同的画卷，在那么多未知面前，一贯喜欢刺激新鲜的李艾都有点惶恐，她急于看到终点，看到一个确定的方向。此次回京，一方面为了搬家，另一方面也是想得到故交的支持。李艾和伍迪准备利用"十一"假期，举办一场简单的婚礼。照目前的架势，父母是铁定不会参加。李艾这个被宠惯了的大小姐，嘴上虽然很硬，坚称他们到不到无所谓，心里免不了难过委屈。就这样孤孤单单远嫁他乡了吗，没有祝福，没有亲朋好友？她心有不甘。此刻，童谣是她最后的希望：如果婚礼那天她能作为伴娘站在身旁，心里总算踏实些。

晚上7点，翼栈餐吧熙熙攘攘，李艾曾是这里的常客，服务员热情地和她打招呼。大概没人知道我已经离开了吧？李艾心中感慨，她有一肚子话想跟童谣说，只是……李艾又想起半月前在东莞的那件事：

那个周末，伍迪曾经的同事加死党刘林从广州去东莞看他们。刘林原是他们校友，高伍迪一级，当年从刑侦学院毕业后，分配来了东莞公安局。第二年伍迪分回东莞时，正好和刘林一个处。刘林对师弟照顾有加，伍迪的父母也常邀请刘林这个北方孩子去家里吃饭。渐渐地，两人从校友同事成了无话不谈的挚交。据说，在伍迪犹豫不决，不知该选择李艾还是前女友时，刘林还坚定地投给过李艾一票。几个月前，刘林调去广州的省厅，知道李艾来了东莞，专门利用周末回来和他们小聚。那天三人都很高兴，喝了不少酒。尤其李艾，难得在东莞遇到故人，虽然在学校时他们并不认识，但哪怕一起说说重庆的事儿，就足以让在东莞举目无亲的李艾幸福好几天。也是在那一天，几个人第一次说起要在"十一"举办婚礼。用伍迪的话说，他虽然没办法给李艾买车买房找工作，至少要让她风风光光地嫁过来。李艾很兴奋，借着酒劲畅想自己的婚礼：买什么样的婚纱，穿什么样的旗袍，后来，说到了伴娘，她转头兴奋地跟伍迪说："让童谣来给我当伴娘吧！"

"童依兰啊？"与李艾不同，伍迪还是习惯这么叫她，毕竟那是她大学时被叫惯的名字。"她那么忙，有可能吗？"

"只要我开口，她请假都会来！我了解她，她很讲义气的，对我更没得说！"

"哈哈，那当然好，她来会增色不少！刘林，伴郎的重任就交给你了哦！"

刘林转着手中的啤酒杯，歪着脑袋看他俩，表情有点奇怪，过了几秒才开口说话："童依兰？法学院那个？"

"对啊，当年的院花啊！你不是号称学校的美女没不认识的嘛，要是连她都不知道，你可就吹大发了！"李艾没心没肺地调侃。

刘林没说话，喝完杯中酒，眉头越皱越紧，"你跟她关系好？"他特意强调了"她"字。

李艾这才觉得异样，她收起笑容，不摸情况地点点头，"很好啊！我们俩上学那会不熟，工作后在北京又碰到了，天天一起混，她还是我客户呢！很铁的。"李艾从刘林的眼神中看出强烈的不悦，但她还是急于表现出和童谣的关系，潜台词就是，我们是闺蜜，有关她的坏话别跟我说。

刘林看看义气的李艾，翻翻眼睛没说话，倒是伍迪有点纳闷，"怎么了？你认识她？"

刘林放下杯子叹气，讲起一段多年前的故事，"我跟她有过几面之交，不熟，可是，我跟另外一个人很熟。冉路。"刘林顿了顿，又端起酒杯喝酒，"我和冉路一个宿舍，童依兰和他好的时候，有时去宿舍找他，我们也会聊天开玩笑什么的。后来他们分手后，我们也再没说过话。有时在学校碰见，她就像不认识一样，挺冷的。"

"艺术团那个冉路？他们好过？"李艾按捺不住心中的好奇，抢话道，"不可能吧！上大学时她就一个男朋友啊，是他们高中同学，在外地，还去重庆看过她呢。"

刘林冷笑一声，"这就是童依兰狠的地方，她把冉路伤得体无完肤，还一副与她无关的样子，干脆连这段感情都不认。冉路是我大学四年最好的朋友，无话不说。大四吃散伙饭时，大家都喝多了，冉路才又跟我说起童依兰，说的时候居然流眼泪了，那时候距离他们分手都快三年了，原来他一直都没放下。"

李艾很诧异，这些事她确实不知道，刘林也不像说谎的人，但是，出于朴素的讲义气的心理，她还是想为朋友分辩几句，"唉，上学那会，十几岁的人，谁真懂爱啊。尤其大一，状况都没搞清楚呢。我觉得依兰也未必是否认，冉路后来不也有女朋友了嘛，这事过了就过了呗，经常提对大家都没什么好处。"

沉默良久，刘林出于对李艾的尊重没有反驳她，只是接着往下说："也许吧。如果没有后来那些事，我想我也不会对她，怎么说，想起来觉得挺恨的，毕竟她和我无冤无仇。"刘林的声音有点颤抖，看得出来，他在强压情绪，"2004年夏天，童依兰从英国回来，借住在冉路和白谣谣家。7月20来号，冉路给我打过一个电话，状态特别不好，说他跟童依兰又在一起了，不知该怎么跟白谣谣说。我当时就劝他，千万别再跟童依兰搅合，你爱她她不爱你，你招惹不起。可是冉路很痛苦，说他舍不得放弃，但又觉得很对不起白谣谣。"

"白谣谣是他后来的女朋友吗？怎么能允许童依兰住在他们家，不是引狼入室吗？"伍迪听得有点糊涂。

"白谣谣是童依兰的表姐。她很善良很单纯，甚至有点傻，跟她妹妹完全不是一类人。她一直喜欢冉路，但是冉路对她一直没感觉。冉路和童依兰分手后，白谣谣每天送吃送喝，帮他洗衣服，连我们一个宿舍的都跟着沾光。我觉得冉路后来有点感动吧，总之，快毕业的时候他们俩才好了。对了，你刚才说童依兰现在叫什么？"刘林突然转头问李艾。

"叫，童谣。"李艾有点紧张。

刘林嘴角撇了撇，冷笑一声，"这就对了，总算她还有点良心，没有连这段都忘了。当时接到冉路电话时，局里正在搞集中培训。我听出来他状态不好，但是也没办法请假，我跟他说，'十一'叫上几个同学回重庆一趟，毕业一年了，大家聚聚。没想到……"刘林摇摇头，眼睛红了，"没想到，那是我最后一次听到他的声音。8月初，在我们班的QQ群里看到重庆的同学留言，说冉路7月29号凌晨出车祸，连人带车翻到长江里，同车的还有白谣谣，两人的尸体一直没找到……"

"什么!?"李艾惊诧地喊出来，"冉路死了！白谣谣也死了?!"

刘林点点头，"一个二十三岁，一个二十二岁。生命就停在那了，再也没有后来了。那年'十一'，我们年级回去了好多人。10月2号是中秋节，晚上大家回学校足球场，点了蜡烛，带着吉他口琴，算是给冉路办了个追思会吧。那晚的月亮特别圆特别亮，操场周围还有学生围观，我们把冉路当年唱的歌都唱了一遍，特别是他自己写的那首《重庆森林》。'就算背影可追悔，又有哪段能完美，你等我半日再会，守住刹那变作鬼。'"刘林兀自唱了两句，低头不语。许久，他才又抬头，"没有人知道那晚到底发生了什么，但是我知道，这事一定跟童依兰有关。有件事，我没有跟任何人提起，冉路给我打过电话后，有一天半夜又给我发了条很长的短信。我当时简单回了他几句，也没顾上删。后来知道出事后，就一直舍不得删。"刘林掏出手机，熟练地摆弄几下，递给李艾，"喏，你看看。"

李艾有点犹豫地接过来，心里充满忐忑。自己即将看到一个离开人世多年的少年，一个当年在校园里被无数女生青睐的少年，在临死前不久发出的短信，说的，还是关于自己最亲密的朋友。她吞下一口吐沫，捱着嘴唇按亮手机："四年了，我承认自己一直没放下她。可是那天晚上，我们在一起时，竟然是她第一次。她跟前男友好了三年，却没发生任何关系。所以我相信，命中注定我们是该在一起的，无论别人怎么骂我，无论谣谣怎么恨我，我一定要和她在一起。"李艾有点发蒙，这是在说BGC那个善良温婉的童谣吗，那个总替人着想的童谣？李艾转念想起童谣对过去恋情的讳莫如深，想起她与读大学时判若两人的个性，又不得不相信，刘林说的也许都是真的。突然之间，李艾有点明白童谣的转变了：她在以自己的方式向过去赎罪，她的宽容、大度、热情、隐忍，都是在为过去的"童依兰"赎罪。

四合院入口处，走进个高挑靓丽的身影，李艾连忙招手，穿着高跟鞋的邱媚小心翼翼走过来，生怕被砖缝卡了鞋跟。

"大美女，越来越美了啊！"李艾热情地打招呼。

邱媚垂下眼帘，不好意思地笑笑，李艾这才注意到，她贴了假睫毛，以前不施粉黛的小脸，也画上精致的妆容。

"童谣没跟你一起来？"

"没，我现在没住她那了。在公司那边租了房子，上班近点，昨天刚搬家。"

"嗯，也是，"李艾点点头，"咱们两个电灯泡，再天天照着，她跟许家祺都该黄了。"小桌传来一阵笑声。服务员端上了招牌菜"江湖一锅鱼"，香气四溢。

"吃吧，吃吧，别等她了，我在东莞吃不着辣的，馋死了！"李艾拿起筷子插进那撒满芝麻，红彤彤油汪汪的瓷盆里。鲶鱼肥美，青笋鲜脆，最好吃的要属被鱼鲜和香辣煨透了的老豆腐。李艾顾不得烫，吸溜吸溜连吃好几块，再喝口店里自酿的酸奶酒，这才心满意足地抬起头。邱媚被她夸张的动作逗得直乐。李艾调侃道："你可是不知道背井离乡的滋味！痛苦着呢！"

"呵呵，我怎么不知道，比你知道的早多了。"

李艾又想起那个在心中盘旋已久的问题，或许邱媚知道，毕竟她们认识二十年了。"之前听童谣说，你俩六岁就认识了？"

"对啊！小时候在少年宫舞蹈队，谁也不服谁，依兰那时候可厉害呢，没少跟我打架。"

"哈哈，可以想象，她后来为什么改名，你知道吗？"

邱媚低着头小心翼翼地剔一根鱼刺，半天才接话，"前天晚上我们俩聊天还说起这个事，好像和她重庆一个表姐有关系。"

"白谣谣？那人是不是已经去世了？"

"好像是，听说是车祸。"

"她表姐车祸去世，为什么她改名字，和她有什么关系？"李艾一听真有这回事，连菜都顾不上吃了。

"那她就没说。不知道当时发生了什么事，但我总觉得依兰和以前不一样，变了好多。"

李艾点点头，转念又瞪着眼睛问："你认识她以前那个男朋友吗？好像是她中学同学？"

"项北辰啊，当然认识了，比我们高一级，你怎么知道他？"

"怎么能不知道，上大学时他还去过重庆呢。那时候我们学校好多男生都不平衡，说我们年级的大美女，天天抱着电话蹲在宿舍走廊地板上谈恋爱，资源巨大的浪费。"

邱媚咯咯笑，"是，他们俩那是真好，可让人羡慕呢。两人都长得好，学习好，多才多艺，家世也好，最挺难得的是，感情特别好。"

"后来呢？感情那么好为什么分手了呢？"李艾有点迫不及待。

邱媚抬眼看看她，犹豫片刻压低声音说，"后来，项北辰家里出事了，他爸因为经济问题被抓了。项北辰的工作也受了影响，依兰那时正好在英国，中间还杀回来看他，但是，哎，感情还是受了影响，最后就彻底不行了。"

"不会吧，依兰不是那样的人吧，因为他家出事就跟他分手？"

"哎呀，不是！"邱媚回头看看院子门口，小心翼翼地说，"那时候项北辰精神上受了很大打击，特别脆弱。依兰离得又远，部队里打个电话都不方便。他们单位有个女的，听说是项北辰领导的女儿，对他特别关心，穷追不舍，时间一久……"邱媚扬了扬尖下巴，"你懂吧，男人嘛，还不都是那样。"

不都哪样啊？李艾还是没太听明白，正想往下问，四合院入口处走来素面朝天的童谣，她连忙刹住话题。童谣戴着框架眼镜，眼窝深陷，显得无精打采。邱媚帮她拉出椅子，一脸关切地询问："你没睡好吧，黑眼圈都出来了。"

童谣不作声，淡淡地摇头，却微微蹙眉。

"对了！昨天下午那女人到底是谁啊？什么目的？"邱媚想起这或许是她气色不佳的原因。

童谣看看邱媚，眼神扫过李艾的脸庞，最终还是摇摇头，"没什么事，有点误会，现在都弄清楚了。"

李艾虽不清楚邱媚口中的女人是怎么回事，但精明如她，立刻就猜到此事和她们共同相识的人有关，且童谣并不打算再说，恐怕是担心圈子太小，生出是非。李艾并不是八卦的人，律师做了这么多年，表面上虽然大大咧咧，其实相当善于察言观色，她立刻善意地转了话题，询问最近工作忙不忙，大成上市怎么样了。这一下，更说到了童谣的心事。

"他们正在美国路演，但恐怕不理想。你听说了吧，这周末华尔街的事。"

李艾摇摇头，又发挥幽默的天性："我现在就一乡下人，北京的事都不知道，别说华尔街那么洋气的地儿了。"

童谣苦笑，"雷曼兄弟今天宣布破产了，美林被美国银行收购了，BGC也爆出了重大负债，恐怕快不行了。"

"啥——！"李艾大喊一声，简直无法相信自己的耳朵，这些曾经那么高高在上，被律所四大拼命争抢，抢上了还要当广告一样印在宣传册上的超级牛逼客户们，竟然会破产！"这怎么可能！天哪！不会吧！美国政府不管吗，就任由你们这样倒掉吗？这几家要是完了，不得像多米诺骨牌一样，世界经济都跟着受水！"

"你说得没错，我今天上午刚听到消息时，跟你一个反应——不敢相信。你今天还没看电视吧，"童谣指指吧台后面的小电视，"喏，中央台都在报道了。"

李艾连忙转身，探过半个身子往前凑，电视声音不大，勉强能听到新闻里正在重复童谣刚说过的消息，屏幕上一个个神情憔悴的人，抱着纸箱离开华尔街的大楼。李艾情不自禁捂上嘴，半晌，转过身来问童谣，"那你们怎么样，会受影响吗？"

童谣叹口气，一边无意识地滑动黑莓的滚轴，一边摇头，"No idea（不知道），晚上10点有个全球电话会，到时候就知道了。"

一直没讲话的邱媚其实没太听懂究竟发生了什么，但从李艾和童谣的神情中，她感觉到事情不小。来的路上，邱媚的脑海里始终浮现着前天在网上看到的那条关于项北辰的报道，她犹豫该不该告诉童谣，该怎样告诉她。此刻在这样沉重的环境里，显然，这个话题不太适宜。三个人在有点沉重的气氛里结束了晚餐，童谣虽然始终心不在焉，不时地查邮件，但依然爽快地答应了李艾请当她伴娘的要求，还苦口婆心地劝她务必尽快与父母和好，否则气坏了他们的身体，自己后悔莫及。

午夜时分，童谣独自坐在家中拨入了BGC全球电话会议专区，CEO简短地介绍了情况，公司正处于严重的财务危机中，目前正与一家大型机构就并购事务进行谈判，很快会有结果。之后又安抚了一下民心，基本都是套话，没实质内容。到问答阶段，草草几个问题就收场，基本都是关于公司的，本来开放了提问端口的人员就很少，这些人又几乎都是高管，谁也不好意思上来就问会不会降薪裁员，只有个别人很隐晦地表达了担忧，CEO也很官方地表示，无论公司面临什么样的危机，都会最先保护员工利益。整个电话会，不到1小时就宣告结束，留给BGC全球三万多名员工的，是长长的叹息担忧，还有一个又一个无眠之夜。

31. 裁员季

2008年9月，秋高气爽，风和日丽。很多年后，人们回想起那一年，总有些感慨挥之不去：冰雪灾、5·12地震、奥运会、金融危机、神七发射……这无疑会是载入史册的一年，会值得后人大书特书。这些大时代背景下，隐藏着多少小人物的喜怒哀乐，悲欢离合。

9月24日，在北京飞往深圳的航班上，童谣闭着眼整理几日来起伏的情绪。几个昼夜，世界已经不同。受金融危机影响，BGC全球节约开支，出差每日的餐饮报销额度从两百美元直降到一百美元；出差飞行时间少于三小时只能坐经济舱。北京到深圳的这一班，国航偏偏显示两小时五十五分，童谣拖着登机箱走进狭小的座位，多少有点不适应。早晨6点她踩着朝露出门，正赶上台风"黑格比"，飞机像高尔基笔下的海燕一样在深圳上空盘旋，在剧烈的颠簸中，童谣第一次觉得力不从心，深深的倦怠压抑着自己的心。

大成集团上市最终折戟而归，陈大成不接受西方投资者压价，宣布暂停路演。如果说在全球经济不景气的情况下选择逆势路演是破釜沉舟的决定，那么宣布暂停之后的道路，就只能是困兽一搏。国内针对房地产业的限制性政策本来就如秋风扫落叶一般，又赶上谁也始料不及的全球次贷危机，整个行业雪上加霜。BGC全球地产投资部已接到指令，balance sheet（自有资金）投资全面叫停。BGC作为GP（普通合伙人）和最大的单一LP（有限合伙人）在亚太成立的地产基金审慎观望，原本已启动的第二支基金的募集工作，也被迫暂停。

童谣走出深圳宝安国际机场，顶着瓢泼大雨冲进接她的奔驰车，周仰杰的高跟鞋钻进泥沙，汗水和雨水顺着头皮往下滑，痒嗖嗖的。市场限购，银根紧缩，不愿等死的地产商们像热锅上的蚂蚁四处融资，借高成本的资金就像饮鸩止渴，投资商开发商都在赌后市，要么一起上天堂，要么一起下地狱。童谣想起儿时火过的那首歌：我拿青春赌明天，你用真心换此生。生命大概就是场赌博，我们每天做的决定，都是在赌未来的幸福。当然，这个场子里，其实还有些根本没本钱来赌的人，比如此刻的BGC。童谣心里清楚，这次在粤东，不论看多少项目，项目有多好，开发商愿意让多少利，她一分钱也不会投，因为BGC已经全面收缩在地产行业的投资。既然如此，为什么还要看项目呢？童谣看一眼旁边年过半百、满眼期盼的地产老板，迅速转头，顺着他手指的方向，望向窗外雨雾中盖了一半的大楼。那一刻，她心里有愧意，却说不出口。耳际回响的是临走时程蔚说的那句话：keep the market warm（保持市场上的活跃度），一旦市场发现我们已经在往回撤，BGC死得会更快。

BGC要死了，这个有着一百多年历史的大投行，这个曾经富可敌国的金融帝国要倒了。半个月来，大家已经越来越看清了这一点，不需要粉饰，也不用怀疑。北美地产业务的收购最终失败，已于一周前宣告破产。亚洲要幸运些，尽管日本市场第二季度的MTM（逐日盯市）值已趋近于0，中国和印度市场的表现还算不那么糟。大河证券正与亚太高层谈判，将以一个少得可怜的价格完成收购。

Jack实在太想见证这个伟大的历史时刻，按捺不住好奇溜到国贸雷曼兄弟办公室打探：前台已空无一人，整个办公区也空空荡荡。没见到雷曼的人，却遇到几个围堵在那等采访的财经记者，一看到BGC的工作牌，二话没说将他围住，不断追问BGC的命运。"听说大河准备收购你们的亚太业务，大概什么价格呢？"Jack边摆手边往电梯跑，有个模样挺清秀的女记者追过来，聊天一样地说："不用那么紧张，你们现在应该已经放心了啊，有人收购，也不会失业咯！"她一闪身，跟着Jack挤进电梯。Jack看四下没人，放松下来，从小接受的教育让他觉得不回应一个女士的问题太不礼貌，"谁说的，日本已经在裁了，这种事哪说得准。""日本不一样啊，他们市场表现太不好了，中国业绩还是不错的！"听到连记者都这样说，Jack心里涌起骄傲，"那倒是，我们起码不至于像日本那样，MTM value都快要0了。"电梯到三十六层，单纯的Jack走出去，他没想到，自己在BGC的日子也开始倒数了。

　　三天以后，办公室走进一男一女两个陌生人，身着套装，一脸严肃，在Amy带领下走进一间小会议室。不一会儿Amy垮着脸出来，在开放办公区叹口气，她看到一张张盯着她，或紧张、或恐惧、或沮丧的脸。第一个被叫进去的是李昂，这多少在大家的预料之中。会议室里很安静，外面的人都无心工作，紧紧盯着那扇贴着BGC logo的落地玻璃。约摸四十分钟后，李昂垂头丧气地出来，本来就狭窄的眉心，此刻简直揉成了一团。Amy不知何时已带着IT部工程师走到了他桌旁，她低声对李昂耳语几句，李昂盯着电脑数秒终于爆发。他们两人，平时为报销之类的琐事矛盾挺多，没事有事拌几句嘴，这一刻，任何一个理由都能成为发泄的出口："你至于嘛！啊！我们BU的人裁光了，你以为你们这些为BU服务的Admin还能待几天？早晚兔死狗烹！"

　　"Leon，我提醒你注意，我说的每句话都是根据policy（政策）来的，本来还想给你留点面子，既然这样，也没什么好说。请你现在就收拾私人物品离开公司，电脑不可以再碰，三天后我们会约你办理其他离职手续。"

　　李昂的脸都青了，他抄起桌上的茶杯重重摔在地上，愤而向大门走去。那个不锈钢杯子很结实，在地上滚了两圈，"铛"一声砸到Jack的办公桌。

　　"Ridiculous（有病）！"Amy咬牙切齿地哼一声，吩咐IT工程师打包电脑，转身又走进那间掌握人命运的小会议室。等她再出来时，脸色比刚才更难看。只见她眉头紧皱，快步走到Jack旁，低声耳语。Jack深深舒口气，像准备就义的烈士般起身走进会议室。

　　Jack进去了，Vivian本已揪死的心反倒有些释然。她开始去D盘的"Personal"（私人）文件夹删除文件：有自己这两年存下的学习资料，有趣的电子书或者文章，还有不少参加公司活动和同事们的照片。有张照片是Jack和她在香港training时在亚太总部门前的留念。两人都穿着昂贵笔挺的套装，意气风发！她轻轻叹气，舍不得按下删除键。或许，一会我可以和Amy商量，把这些照片拷走，只要在他们的监督下应该可以吧，她想。BGC所有的电脑，U盘插进去就会受到远程监控，只可转入文件，无法转出文件。私人邮箱是无法登录的，如果你用工作邮箱给自己或者后缀不明的邮箱发邮件附件，也同样经常会面临被要求解释的局面。有一次，Vivian给一个没企业邮箱的小地产公司发了份带Excel附件的邮件，不到半小时，就收到来自新加坡风控部门的质询邮件，抄送给Eric不说，还抄给一堆大脑袋，自己好一顿解释才算过关。"和平年代"尚且如此，此刻还是小心为上吧。Vivian整理好想留着的东西，都存在Personal文件夹，又在里面设好几层子文件夹，小心翼翼藏进去一个自己亲手搭的经济模型，复杂精密，堪称范本。Vivian记得很清楚，培训时香港compliance（合规）部门的同事强调过，所有工作期间创作的成果文件，所有权都归BGC。可她到底不甘心，凭什么自己几宿没睡的劳动成果，以后连看一眼的权利都没有。她决定冒这个险，估计Amy也不会查那么仔细，李昂说得没错，兔死狗烹，她一定也在担心自己的未来。

Vivian正想着，小会议室里突然传出吵嚷声。她坐直身子往里看，背对着门的Jack显得很激动，对面两人倒是老道平静。不至于吧，难道Jack会想不通？他早就私下说过，如果被裁，就拿着赔偿金回美国，开个按摩中医馆，中国文化越来越火的今天，绝对有市场。难道是赔偿金很少？Vivian暗自琢磨。之前她旁敲侧击问过Amy，赔偿金大致什么标准。Amy只是很官方地回答，"工作年限加1"是最低标准。Vivian算了算，自己在BGC待了两年，应该至少有相当于三个月薪水的赔偿金，这样好歹也有小十万。万一BGC慷慨点，给点额外补偿，歇两三个月还是有底的。可以接受Jack的邀请，去美国休假，顺便考察MBA，趁着市场不好读书吧。这样想了一千遍之后，觉得被裁也是件好事，起码终于可以睡个好觉了，痘痘也不会再长，况且，在这样的历史时刻被裁，谁也不会没面子。但是，无论如何Jack也不像是会计较赔偿金的人，且别说他父亲绝对算得上富甲一方；他自己大学时和几个同学一起做的网站，最终被一家风投收购，赚了人生第一桶金。那么，到底是什么激怒了他？Vivian正想着，Jack夺门而出了，满脸通红。几个同事起身，关切地询问。Jack很无奈地耸耸肩，简单收拾了东西迅速离开办公室，前后不超过一分钟。

看着他独自离开的背影，Vivian心里难过无比，她顾不得下一个被裁的可能就是自己，起身追出去。"Jack！"在国贸1座大堂，Vivian一把拉住他的双肩包。

"Vivian！你怎么下来了！"Jack满脸诧异。

"刚才怎么了，他们说什么？为什么跟他们吵？"Vivian急得嗓音有些变调，这些问题并不是为自己即将面对的局面做准备，纯粹是发自内心的关怀。

"唉，没事。他们问了我几个无聊问题，裁都裁了，还说那些挺没意思的。"

"问题？被裁还要问我们问题！他们以为是面试啊！"

Jack被Vivian逗得大笑，两人一起走出大厦，北方初秋的街道，风景正好。"你说得太对了！你知道他们问我什么吗？"Jack情绪放松下来，回想起那些问题，自己都忍俊不禁。

"什么啊？喂！你不会神经了吧，刚才还面红耳赤，这会又笑！"Vivian有点莫名其妙。

"你记得上个月，我发过一封Victoria Secret（维多利亚的秘密）今年的新品宣传给你？"

Vivian想了想，好像有点印象，Jack经常发些精美的搞笑图片或者小故事之类。

"被他们监视到了。他们说这些是 'non-business related'（非工作相关内容），不应该发，okay，我无话可说，and then they say, the bikini picture is … low taste!（那些比基尼照片，品位太低）"Jack"扑哧"一声又笑起来。

"什么！"Vivian不敢相信自己的耳朵，"太逗了，那你怎么回答？"

"我能怎么说，难道要我跟他们说那些不是low taste，是艺术嘛！他们也不会明白啊！"

Vivian笑得前仰后合："你就因为这个和他们吵起来了？"

"还有一件事。昨天网上有条新闻，说BGC员工透露，公司已开始大规模裁员，日本投资业务市场估值趋近于零。"

"是吗！谁啊，这种时候还敢接受采访，不会是故意放消息出去吧？"

Jack苦笑一声，"文章里提到被采访的员工姓名，Jack Liang！"

Vivian有点不明白了，"Jack Liang？你！怎么回事？"

Jack把三天前在雷曼兄弟门前的经历对Vivian讲了一遍。

"天！那个记者好阴险！可她怎么会知道你的名字？"Vivian有点纳闷。

"我也是刚才想明白，就是通过这个，"Jack指指挂在Vivian胸前的工作牌，"这个角度看真的很清楚。"

Vivian翻起胸牌，上面有自己的证件照片，下面印着英文名字和工作编号，"那你有没有跟他们解释呢？你是无辜的啊！不对，他们现在提这些干嘛？难道……"

"没错。No severance pay（没有补偿金）。"Jack耸耸肩，神情里有几分不以为然，"I don't care money. This is something about respect（我不在乎钱，这是尊重不尊重的问题。）"

"哎，这个世界有时候真的很残酷，或者说到底，还是我们太幼稚吧。"Vivian联想起自己的命运，心底一阵潮湿。"我们每天那么努力地工作，从来不敢懈怠，别的年轻人约会、逛街、看电影，我想都不敢想。如今说开就开，即便完全不是自己的错，也没处讲理去。今天早上格林斯潘在新闻上说：华尔街投行时代将宣告结束。那我们的失业恐怕也不是暂时的了，真不知道未来在哪里……"

"Vivian，跟我回美国吧！我们可以一起开中医馆，还可以，一起做很多事，你明白吗？"

看着Jack孩童一般纯净的眼神，Vivian愣住了。她承认，他们之间一直有种超越同事的情谊，互相帮衬，互相体恤，在那些连续出差，飞机坐到想吐的日子；在那些通宵加班，半夜打不着车的崩溃瞬间，两个没有家人没有朋友的大小孩，总是互相搀扶着渡过难关。Vivian不是没想过，有一天这关系会有所突破，可每当这种念头冒出来，她就会在心底挥起小锤，像打地鼠一样拼命把这念头打下去。她很看重这份工作，一个二十几岁的女孩，想要在这个竞争残酷的世界有保障有尊严地活着，工作是她的立身之本；一个家里没太大背景，自己又有追求有底线的女孩，想要得到世人的认可，成为父母的骄傲，这份事业是她大海搏击的独木舟。她不想因为一份不确定的感情影响工作，只好小心翼翼地回避，假装这世界男女间就是有纯洁的友情。可是此刻，她坚持守护的事业，在一个下午就毫无意义，她不知该如何面对他殷切期待的眼神，一瞬间，委屈、欣慰、紧张，各种复杂的情感涌上心头，久违的泪水润湿了眼眶。

看到Vivian流泪，Jack有些手足无措，他伸手为她拭去泪水，却被她一把握住，"好！我答应你！我们一起走！没什么大不了的，让他们都go to hell（去死吧）！"Jack惊呆了，没想到对面这弱小的身体，瞬间爆发出强大的情绪，或许是压抑了太久吧。他紧紧拥抱Vivian，在人来人往的国贸1座大门口，全然不在乎别人诧异的眼神。"你先上去吧，一会他们该找你了，我去Starbuck等你。"Jack拍拍Vivian的肩，阴霾的下午，瞬间就阳光明媚。Vivian微笑着点头，没什么好怕的了，model（模型）拷不拷出来没关系，甚至和Jack的那张合影都无所谓，因为未来，他们还会有很多合影，一起去天涯海角，去享受全世界最美的风景。

Vivian一蹦一跳回到办公室，先前的愁容瞬间消失，完全不像要失业的样子，爱情是女人的春药，这话一点不假。美国，我来了！办公室里很热闹，有个Asset Management team（资产管理组）的姐姐正在边流泪边收拾东西，Amy和另外几个同事围着她安慰。Vivian默默走到自己的座位，不到一小时，原本满满当当的办公室，空了快一半。不知道此刻是谁在会议室呢？她抬头向那望，怎么回事？小会议室的门敞开着，里面空空如也！Vivian噌的起身，四下看看，确实没那两个不速之客的身影。他们去哪了？她溜到Amy身边低声问，"那两人走了？"Amy点点头。"他们，刚才找我了吗？"Amy白她一眼，"不想干了可以辞职！但是没有赔偿金！"瞬间，Vivian凌乱了，她不知道自己该欣喜、失落还是泰然处之，这是她二十四年的人生经历中，感触最复杂的时刻。金融危机后第一轮秋风扫落叶般的裁员结束了，Vivian自己都不明白为什么她会成为侥幸残留在树上的小绿叶。楼下的星巴克，有个真诚可爱的男人正等着自己，他大概已经在设计他们的美国新生活了吧。可是，Vivian却不知该如何面对，如何选择。

程蔚在杭州萧山机场头等舱候机厅已经坐了快两小时，面前的红酒杯两次见底。神七飞船发射，很多飞机延误，他饶有兴趣地看了全程直播。三十年前，自己在小学作文"我的理想"中郑重写下宇航员，没想到三十年后，有同胞替他实现了。大部分人的理想是会变的，回头看，有多少人还坚守着自己记录在小学校友录上的梦想？1972年出生的程蔚，童年时畅想的未来和自己现在所处的大千世界太不相同，十岁的他没见过雪茄，没坐过飞机，听都没听过华尔街。他儿时所知的三百六十行，根本没有"投行"。他想不到自己会从事周围几代人闻所未闻的职业，也想不到年近四十却依然孑然一身。

今天这趟差其实并不必要，程蔚选在这天离开北京，自然有他的用意。两天前，当他收到HR发来的北京办公室最终裁员名单时，还是有些不舒服。他不是第一次经历这种大裁员了，1999年亚洲金融危机，他刚从纽约调到香港不久，前一天还一起加班的哥们，第二天就抱着箱子离开，最严重时，部门整体被裁。人也好，行业也好，繁盛时有多风光，败落时就有多凄凉，这是亘古不变的道理。与今天不同，那时的程蔚还需要为自己担心，他想过如果被裁，就回国干建筑师老本行。结果一班同样高智商高学历、勤奋拼命的同事走了，自己留了下来，一干又是十年。比起那时的提心吊胆，程蔚觉得现在的角色更令人不舒服，他虽不用为自己担心，却要决定别人的命运。HR要求他为下属打分，评判标准很综合、很客观，看起来不针对任何一个特定的人，但需要被裁掉的名额是有数的。程蔚明白，有些人必须走，而自己的打分就是生杀大权。哪些人要被迫离开，他心里早有数，看着他们毫不知情、依然早出晚归地工作，有种说不清的愧疚，可职业操守要求他，在正式宣布之前必须保密。

这一天还是来了，没有特赦令，也没有奇迹。

所以，这一天，程蔚选择回避。情感上，他不愿意面对朝夕相处的同事们哭哭啼啼的离开，理智上，他也担心有些人情绪激动会迁怒于自己。抬手看表，已经晚上9点半，下午的"惊心动魄"想必早就结束了。被裁掉的同事，此刻会独自在街边买醉，还是在家人关切的目光中暗自垂伤？无论如何，今天该不会有人加班了吧。程蔚叹口气，很想找人说说话，他脑海里闪现此刻被困在广州白云机场的童谣，犹豫再三拨通了她的电话。

"登机了吗？"程蔚的蓝牙耳机发出幽幽的光。

"没，起飞时间待定呢。"

"下午的事，知道了吧？"

"Vivian给我打过电话，听说了。"

沉默，令人尴尬的沉默。

"你早就知道吧？"童谣也不知该说什么好。

"我也改变不了。"

"我明白，大环境如此，谁都能理解。"

听电话里童谣轻声宽慰，程蔚心里升起久违的温暖。这两年，他越来越清晰地意识到自己需要个港湾，一个能在落寞疲倦时陪在身边说知心话的人。

"'十一'什么安排？"程蔚换了个话题，他已经过了随便冲动的年龄，他要做件事，一定要有胜算的把握。

"也没什么，李艾9月30号在东莞结婚，要我过去。"

"东莞？那你现在回北京，过两天不又得飞过来？"

"是啊，没关系，都飞惯了。"

"这样，你先别着急回来，明天去趟大成，他们又看上两块地，你去看看怎么样。"

童谣沉默。她感觉到金融危机以来，程蔚对自己的关心越发明显。这样一个别人眼中理智冷静，甚至自私冷漠的工作狂，正在以他自己的方式默默接近。这种亦兄亦父的呵护，在童谣因为工作感情身心疲惫时，格外温暖。

"别在机场耗着了，快回酒店吧。晚了不安全。"

"嗯，好的，明天上午9点JLL（仲联量行）还约了去办公室，别忘了。"

"知道了……到酒店发个短信，这么晚了没车接你，我有点担心。"程蔚犹豫着说出后半句。这是明显超出上下级的关怀，它更应该出现在朋友或情侣间。他想试探童谣的反应。

"放心。有问题随时联系。"童谣的声音很温柔，用语却依然很专业。程蔚一直在猜测，那夜在纽约他在感慨中发给童谣的诗句，她读懂藏在背后的心思了吗？又是为什么选择沉默来应对？无论如何，他希望这是个开始。

大成集团上市折戟而归，公司内部有很大震动，又适逢国内遭遇最严厉的地产调控，员工士气大降。原本计划9月底举行的庆祝公司成立十五周年，同时预热上市的大型活动，也仿佛一下子失去了意义。薛总本着节约开支的考虑，打算缩减活动规模，陈大成却不同意。按照他的说法，大成集团现在最冒不起的风险就是市场口碑，一旦有一个人说你没钱，第二天就有一群人排队让你还钱，那时候，大成就真悬了。活动不但要搞，规模还一点不能小，明星要请，媒体要请，各个片区排节目，9月28号广州总部汇演！

像邱媚这种基层销售人员，并不清楚上市与否对公司会有怎样的影响，她们深切的体会是，房子越来越不好卖，奖金越来越少了。邱媚本来并不热衷排节目，不当吃不当喝的，后来无意中听说节目选上了，可以去广州参加集团汇演。邱媚心里有点痒。广州，十年前自己第一次离开兰州获全国舞蹈比赛大奖的地方。在广州，十七岁的邱媚意识到，这个世界只有一件事，可以让她忘记家庭的不完整，忘记生活的不平坦，让她像灰姑娘一样瞬间变成公主，轻而易举就得到鲜花掌声肯定和尊敬，那就是在聚光灯下起舞。这感觉邱媚丢了很多年，在做销售的日子，她受了不少委屈。生活上的困苦她不怕，可独立地在这世界为生存做选择，被磨蚀被侵犯，让她柔软的心脏快要麻木。心底里，她担心自己有一天会找不到底线和原则；可现实中，又有种更强大的力量驱使她说越来越多违心的话，容忍很多无法想象的手段。在这样的情绪中，邱媚报名了，并且毫无悬念地被选为大成集团京津片区的代表节目。京津片区总经理没想到销售公司还有这样的人才，骄傲地给邱媚的节目起了个名字——《丝路明珠》。就这样，邱媚独自上路了。飞机飞上三万英尺高空时，头顶着舷窗的她落泪了，她可以原谅陪白小锋挥霍的那些青春，可以原谅程蔚或许没有恶意的侮辱；她痛的是，短短十年，二十七岁的自己，已经没有任何梦可以做，无论是关于生活，还是爱情。在未来漫长的几十年里，自己存在的目的似乎只有一样：让妈妈安度晚年。就当是对自己青春和梦想的祭奠吧，邱媚想。演出当晚，那个阔别七年的舞台还是那样迷幻多彩，让人着迷。一瞬间，邱媚想起许多不愿回忆的往事：那些曾经炽热的梦想，燃烧的青春，最初的爱人，那些鲜花掌声闪光灯，都在十年里消失殆尽。空空的，什么也不曾留下，就像眼前这空旷的舞台。邱媚满含热泪走出去，用她生命残存的热情，跳青春里最后一支舞。

那天晚上，现场观众都被震撼了，雷动的掌声丝毫不亚于给请来助场的大明星的。这些被震撼的人群里，有个人被深深打动。他有点恍惚，这样一支民族舞，是自己从不熟悉的，可为什么心却随着百转千回的舞姿颤动。坐在第一排的他，清晰地看到舞者眼中有闪闪泪滴。为什么？这苍凉哀伤的音乐里，藏着怎样深重的故事和秘密？他想去探寻，却被突如其来的不安和忧郁席卷。舞台上的她是那样摄人心魄的美，柔弱中藏着倔强，这个谜一样美丽的女人，到底在诉说怎样的故事？陈子城陷入沉思。晚上高管聚餐，他特意和京津片区总经理多聊了几句，似是无意地说起他们的节目很专业。站在片区老总旁边的销售总监不失时机地介绍："小陈总，她就是邱媚啊！当初还是您推荐的啊，BGC公司童谣小姐的亲戚！"

原来是她！陈子城心头一惊，看来缘分早在，差点被自己错过了。他琢磨该找个怎样的理由接近邱媚，以公司领导的身份她无论迎合或拒绝都会不纯粹，最好还是以朋友的姿态出现。而能建立起这种联系的最佳人选就是童谣。恰巧她这几天在广州，第二天又要去东莞参加李艾的婚礼，邱媚想必也会同去。没错，李艾的婚礼！凭着陈子城多年的泡妞经验，朋友婚礼绝对是开始一段感情的良好契机。第二天中午，陈子城出现在童谣的临时办公室门口，先聊几句工作上的事，话题一转说起头天晚上的晚会。对于大成集团花重金请明星捧场，战略投资人们其实是有意见的，无奈这预算批得早，想反悔也来不及。童谣是个聪明人，从不说已无意义的事，又念着与陈子城也处成了不错的朋友，更是闭口不提。所以，子城刚说一句，这次花销不少，让你们为难了。童谣马上笑着宽慰："批都批了，效果好就好！陈总的用意也是对的，这种时候一定要撑得住。都是为大成好嘛！"

陈子城多少有点感动，金融危机以来，以BGC为首的几家战投日子都不好过，美国本土业务岌岌可危，都忙着收缩海外投资。大成上市中止，又赶上中国房地产调控，有几家已经提出要根据当初签下的对赌协议提前赎回投资。如果五家战投同时行驶Put Option（选售期权），大成只有死路一条。要不是BGC着眼大局，一直在战投间斡旋，替大成集团承受压力，日子恐怕真不好过。有一次，陈子城从童谣办公室门前经过，听到她开着公放和其中一家投资人开电话会。那家犹太基金，精明强悍的工作作风总让人畏惧三分。电话那头的男人连珠炮一样严厉声讨，无论童谣怎么解释，说大成的土地储备，中国市场的未来预期，对方就只有一句话：I don't care！I just need my money back（我不管，我就是要把现金拿回来）。童谣被逼得没办法，给他算了算账：现在退出，你投的五千万美元，只能拿回去四千八百万，为什么不再等等呢！电话里的男人竟然搬出"fiduciary duty"（受信义务）说事，说BGC作为几家战投的leader和代表，在大成集团派驻董事、财务控制官，没有尽到"受信义务"，将来他要连BGC一起告！看着童谣眉头紧蹙，除了摇头一句话说不出来，陈子城心里也十分过意不去。

"唉，我明白，让你们费心了！"陈子城发自内心地感慨一句，转回轻松的话题，"不过昨天效果真不错，没想到你推荐给大成的是个人才啊！"

童谣呵呵笑，"别的不敢说，跳舞邱媚绝对专业！她以前是我们省歌舞团的，舞剧主演，如果不转行，现在混个一级演员没问题！"在任何场合，童谣都力挺邱媚。

"这么厉害！怎么做起销售了？岂不可惜？"

"唉，说来话长。你这么关心人家，不会是？"童谣笑眯眯地看子城。

陈子城的小眼睛在镜框后忽闪两下，决定跟童谣说实话，她肯帮忙才有希望，"嘿嘿，我今天还真是为这件事来求你！昨天一看她跳舞，哇！我魂都没了，真的！一夜没睡好。她有没有男朋友啊？你一定要帮我啊！"

"呵呵，她是单身，不过，"童谣顿了顿，"你这样的playboy，今天喜欢这个，明天喜欢那个，邱媚是老实孩子，可禁不起。"

陈子城一听童谣这话，汗都下来了，"我知道，我要说我从来不花心，你也不会信。可你是聪明人，应该明白人不会是一成不变的。我对她有种感觉，以前从来没有过，我很想去了解她，可又担心这样莽撞效果反而不好。所以，你看得出来，这一次，我很谨慎，谨慎意味着认真！你说对吧！"

童谣莞尔一笑，"我不怀疑你这一刻的真诚，但我也真没法为你以后的情绪做担保。"

"我懂我懂，我不是要你去帮我跟她说，恰恰相反，我想请你帮我隐瞒一件事。"

"隐瞒?"

"这个词用的可能不太准确。我跟她，现在有同事或者说上下级的关系，以这样的身份出现，双方都会不自然，所以我想请你替我保密我的身份。至于她会不会接受我，我自己会认真争取，不要你帮忙，只需要帮我瞒这件事就好！"陈子城压低声音说。

"可你是大成的少东家，邱媚怎么会不认识呢?"童谣觉得不妥。

"真不一定，我们网站上有照片的高管，哪轮到我啊，总部认识我的都不多，更别说北京公司了，先试试看嘛！"

童谣心想这家伙捣什么鬼，不过，他肯这样用心思去追，倒也不失为一件好事，如果邱媚和子城真能成……童谣想起邱丽珍殷切期盼的眼神，决心帮他俩一把。"好！我可以替你保守这个秘密，但是，请你一定真诚相待，好与不好，务必不要伤害她。邱媚不比你以前那些女朋友，拿得起放得下。我也不想有一天，你们之间有什么不愉快的事，咱们连朋友也没法做了。"童谣语气很诚恳温柔，潜台词无疑也给陈子城敲了警钟。

"哎呦！童总放心！这次我就是顾虑到这些，才格外谨慎小心。你要是跟我翻脸，家祺，我这么多年的死党，恐怕也要跟我绝交，我不会乱来的！"

童谣点头，似是无意地说，"下午我和邱媚一起去东莞，李艾明天结婚，好像也请你了吧?"

"当然请了，我跟李律师多好的交情！我明天一早去，嘿嘿，婚礼见咯！"陈子城得意地挤挤眼，已经在幻想如何在婚礼上和邱媚"巧遇"。

李艾没想到自己的婚礼有这么多人来捧场。童谣、邱媚、陈子城，在广东的一班大学同学，甚至金达的老同事，也都不远千里前来祝福。晚上，伍迪带男生们去过Bachelor night（单身之夜），李艾安排女生们做按摩，独自返回酒店房间。酒店冷气很足，李艾抚摸着衣柜里的白色婚纱，有种做梦的感觉。自己是怎样从那个繁华的大都市来到这个陌生的南方小城，CBD流光溢彩的奋斗岁月如同宿醉后的一场梦。到底什么才是自己想要的生活，李艾依旧没有答案。曾经的她，坚定地相信人要听从内心的声音，这一年的经历，却让她有很多不确定的惶恐：当你的内心有不同声音时，或者，当这声音随环境变换、时光流逝变化时，我们，该如何选择，该如何看清楚自己的心。光荣、梦想、事业、爱情，当这些让人振奋的词汇冲突时，我们每一分钟的抉择，会改变未来多少年的岁月？前一晚，李艾收到封邮件"来自远方的祝福"。不用点开，她也知道是谁写的。潜意识里，李艾一直在等这封信，仿佛是和平行时光里另一个自己的约定：

坐在耶路撒冷哭墙对面给你写这封信，阳光很刺眼，让人有幻觉的光影浮现。我已经到了这里，曾经出现在我们对话里的"另一个世界"。从这里走出去的人，眼里都带着深深的忧郁，没人记得时间的概念。今天，明天，或者昨天，无非是遭遇平行时光里不同的自己。北京、上海、重庆，还是你此刻停留的城市，藏在这些地理名词背后的，是不一样的生活和经历，却是同样的生命和感动。所以，无论你的选择是什么，我都祝福你。

有一天，我会去你念念不忘的那座两江之城，在37度的高温里，感受存在的温度。

林松杉

32. 你是答案

9月30日上午11点，婚礼如期举行。按照广东的风俗，婚礼本应晚上办，可北方长大的李艾，总觉得晚上办的是二婚，心里十分别扭。经过一番折腾，伍迪终于说服家人改了时间。这件事，让李艾对婚姻有了些脚踏实地的感触，不同文化背景，不同生活习惯，立场和角度都不同的两个人，要想在一起过好日子，真不是件容易的事。早上6点起来化妆时，摄像师讲不好普通话，匆忙中打翻了化妆水，李艾心里烦躁无比，想到父母不能来鉴证这么重要的一刻，到底没绷住，委屈地哭了。身为伴娘的童谣，用尽方法哄她开心，邱媚也在一旁忙前忙后。好不容易，一切准备就绪，漂亮的新娘子穿着洁白的婚纱，出现在酒店宴会厅门口。距离11点28分的吉时还有些许时间，李艾探身往宴会厅里看，二十桌竟然都满了，大多数是伍迪家的亲戚朋友。等在门口的杜律师笑嘻嘻地冲李艾抬起手臂，一扫平日的玩世不恭。因为李艾家人未到，杜律师义不容辞地担当了护送李艾进入婚礼殿堂的角色。

"您这么慈祥的表情，我真不适应！"看到曾经朝夕相处的老大，想起在金达的点点滴滴，李艾心里五味杂陈，只得用戏谑的口吻掩饰。

"能给你冒充一回爹，也是我的终身荣幸啊！"

李艾白他一眼，转头没看到童谣，"咦？我伴娘呢？"她一下有点慌。

"刚下去了，说马上来，你别急，我这就给她打电话！"邱媚手忙脚乱地翻手机。

一片慌乱中，楼梯口出现三个身影：穿着香槟色伴娘裙的童谣，还有跟在她身后的老夫妻。先生西装革履，戴着金丝边眼镜；女士一身飒爽英姿的警服，肩章熠熠生辉。那不是别人，正是新娘子的父母双亲。李艾惊呆了，泪水奔涌而出，他们什么时候到的？怎么知道婚礼在这举行？李艾看看童谣，一定是她在与爸妈联系！她心中有千言万语想对父母说，却觉得喉头发紧，胸口委屈得喘不上气。

"爸——"刚喊出一声，李艾就嚎啕大哭。这半年，为了爱情这件小事，任性的自己背井离乡，众叛亲离。没想到，最后一刻，曾被自己狠狠伤害的他们到底原谅了她，不远千里飞来广东，只为在婚礼上站在女儿身后，让她的人生没有遗憾。

几个月没见，李教授觉得女儿瘦了，他其实不赞同夫人对这件事的坚决态度，可又不能和夫人唱对台戏，看到女儿涕泪纵横，心里别提多难过。他紧紧拥抱女儿，她像小女孩一样，在父亲怀抱里嚎啕大哭，把半年的委屈和不易都吐出来，眼影蹭花了爸爸的白衬衫。几个月没见，父亲也苍老了一截，李艾抚摸着他鬓角的白发，想到自己从此与父母两地相隔，远嫁他乡，不能在愈渐年迈的父母身边尽孝，心里无比酸楚。我们还没长大，你们怎么就老去了呢？手臂不再那样有力，内心不再那样坚韧。可我们还需要你们，要你们做永远的后盾。像小时候，坐在爸爸28自行车的横梁上，听妈妈在后座喊着慢点骑，看风雨都挡在爸爸的肩头落不下来。李教授眼圈红了，不住抚摸女儿的后背，像哄20年前那个受了委屈的小女儿；李艾妈妈原本是那么强硬理智的女人，这一刻却抽泣得像筛糠一般。旁边站着的人，无一不动容，童谣轻拍着阿姨的后背，眼泪也落下来。邱媚更是泣不成声，她想到千里之外孤身一人盼着她消息的母亲，还有记忆里永远年轻英俊的父亲。

慌乱中，吉时到来，婚礼进行曲奏响，众人擦干眼泪，李艾的父母陪着女儿走到初次见面的小伙子身边。伍迪第一次见岳父母，又是在婚礼现场，本来就紧张，再一看岳母肩头的警衔，条件反射立正敬礼。他隐约记起，李艾好像是提过自己妈妈也是警察，可没想到，这个传说中的女警察竟是这样位高权重之人。李艾当然明白平常格外低调的母亲今天穿制服来参加婚礼的用意，她是来给远嫁他乡的女儿打气，怕她独在异乡受欺负。这就是最无私的爱吧，哪怕年少轻狂的我们用最决绝的方式背叛了你们二十余载的养育和期待，也永远是你们割不断放不下，可以用性命去保护的女儿。

婚礼顺利进行。李艾精心挑选的音乐响起，她看到在爱情中一路走来的自己，热情，勇敢，敏锐，多情。最后头破血流遍体鳞伤，不知是谁伤了谁，又是谁成全了谁。范玮琪那首《你是答案》如约而至。原来，你就是答案。从今天起，我把一切都给你：过去难忘的记忆，明天幸福的憧憬；那些属于他们的歌，我也不再吝啬。从此，所以喜怒哀乐都只为了你，美好的诗，动人的音乐，都只与你的名字相连。因为，从今天起，我的过去、未来，只属于你；因为，你是答案，唯一的答案。

原本新娘答谢的环节，李艾激动得讲不出话，转身把话筒递给童谣，直接进入伴娘送祝福的部分。没有思想准备的童谣有点紧张，她润润嗓子拿起话筒："李艾宣布她要结婚的那天，华尔街动荡，很多公司破产了，她还是一如既往的有力量，有气场，"台下爆发出一阵笑声，"是我们认识的那个最执著、最坚强、最聪明的大女孩。李艾要我送她一段话当做结婚礼物，听起来容易，其实很难。她提了不少要求：不能刻意煽情，不要蓄意浪漫，要有点小资有点文艺，但切忌琼瑶范儿。还有最重要的一点，要能感动她，让她无论何时想起来都觉得温暖。"童谣顿了顿，声音有点颤抖。"东莞，一年四季都很温暖，有了这个英俊的小伙子在身边，这个关于温暖的愿望一定不难实现。反倒是有些话，想跟李艾说，那天去深圳的航班上，我想起一年前我们在机场重逢的情景。这一年，我们共同经过了许多事，而现在是我最想流眼泪的一刻，因为，这个幸运的男人，把总在MSN上和我比赛加班的女律师带走了。"童谣微笑着，眼里有晶莹的泪水。"李艾，你离开北京时，在机场发了封邮件，我却一直不知该怎么回，今天我终于写好这封信，念给你听。"童谣话音刚落，宴会厅门口闪身走进一个人，她愣了愣，是许家祺。大成上市失败，许家祺从纽约回来后直接去了香港，等他再回到北京，童谣又飞来了广东。丫丫找童谣闹事后，接二连三发生了很多事，占着每一根神经，让人来不及仔细品味这份已千疮百孔破败不堪的感情。童谣最终还是选择了隐忍，于是两人还是隔三差五打电话，尽着情侣的义务，也不记得哪天说起过李艾的婚礼，没想到他竟然来了。童谣垂下眼帘，收了收心思，念起手中的信：

你说得对，我其实不想告别，却又无法回避。

第一天，你跟我说，你一定是CBD唯一敢拿Hello Kitty笔记本上班的女人。我笑了，其实你一直还是个小女生，有着自己的小倔强和小坚持，固执地以为，不向这个世界妥协的唯一方式，就是对抗。过几天，距离这第一天就一年了，整整的。

我们曾一起向南飞，珠江上的卿城号里，你的《双城故事》唱醉了两岸风景；羊城的同学会，你乱发名片，却遇到了改变自己生命轨迹的男人。

你请我吃饭，一晚上从君太、翅酷吃到池记，撑死算数，这是名副其实的加害给付，我可以侵权违约择一而诉。那是去年的冬天，圣诞节的北京夜色正浓，我们冻得哆里哆嗦，穿着高跟鞋在雪地里走过那么远的路。

地震那天下午，在国贸星巴克，谁也不知道下一秒会怎样，你握着我的手说：看，街上那么多神色慌张、衣着光鲜的年轻生命，像不像《倾国倾城》里轰炸来袭的瞬间！你还说，如果这里就是终点，我们的故事会不会有人写，会不会有人看？我懂的，你故意表现得没心没肺，是习惯了假装坚强，其实我们都怕的，怕不曾真心去爱，不曾真心被爱。说出来，也无妨。

　　大成项目一起加班的两个月，共同属于我们的是浩如烟海的邮件、金湖的外卖和电话会里的沉默。那时候以为永远没有尽头的To do list，竟然都早已结束。或许这是我们第一次也是最后一次在同一个项目上卖命，以后，大部分时候，我们真的只能call了，且不是daily call。

　　关于爱情和生命的意义，我回答不了你。改编了龙应台先生的一句话，送给你：从今天起，有些事，你不必一个人做；有些路，你不必一个人走。

　　最后我想说，在这个物是人非的世界里，我不一定非站在道理那边，我永远，站在你身边。

　　童谣讲完最后一句话，宴会厅里很沉静，好多女孩偷偷抹眼泪，她对李艾做了个无声的口型：love you！两人红着眼睛拥抱在一起。坐在台侧的邱媚也留下眼泪，她想起许多往事，想起那年春节在西安的小宾馆，童依兰和项北辰为自己操办的那个小婚礼。这么多年过去，依兰的样子一点没变，还是那么有文采，可是，和自己的距离却似乎越来越大；那时生命中的男主角，如今都湮灭在前尘往事中，不愿被提起，也不能被提起。看着今天的新娘和自己当年的"伴娘"相拥而泣，邱媚心里有点失落，鼻子一酸眼泪又落下来。自己被抛弃了吗？被友谊抛弃，被爱情抛弃，被时代抛弃了吗？邱媚低下头，不知哪来的一包餐巾纸递到了手边。她抬头一看，一个戴着黑框眼镜的男人正望着自己，眼神充满了关切与温情。

　　"谢谢。"邱媚接过纸巾点点头。

　　"新郎是你前男友？哭得这么伤心！"

　　邱媚"扑哧"一声破涕为笑。

　　那个小伙子伸出右手，"你好，陈子城，新娘的朋友。"

　　邱媚有点不习惯握手，随意碰碰他的手，有点羞涩地回答："我叫邱媚，我也是新娘的朋友。"

　　"哇，好有缘！其实呢，仔细论起来，我是伴娘的朋友。"

　　邱媚笑，小酒窝像盈满露水，"其实，仔细论起来，我也是伴娘的朋友。"

　　"你学我！"陈子城故作严肃地指着她。

　　"呵呵，真没骗你，我和依兰认识都二十年了。"

　　"谁？"这次陈子城真没反应过来。

　　"哦，童谣，那你呢？你和伴娘是什么关系？"

陈子城双手摊开一脸无辜地回答:"我和她没关系,真的,我很长时间没跟任何人有关系了。"

邱媚咯咯笑起来,这世上还真有这么贫的人,却贫得一点不招人烦。两人相视而笑,有种默契在慢慢滋长。这时,舞台传来闹哄哄的声音,原来主持人要现场所有单身女孩都聚到台前,新娘要抛手捧了。邱媚想到自己离异的身份,不想去凑热闹,却被陈子城不由分说拉起来,"走!去抢手捧!"

"你那么激动干嘛!你又不能抢!"邱媚觉得可笑,这男人看来也三十了,却像小孩子一样。

"去帮你抢啊,这样下次你就可以站在台上哭了!"他在她耳边轻声说。

邱媚那颗本已怠惰的心,像被仙女棒点了一下,泛起新鲜的颜色。

下午3点,黑色奔驰车队接走了换上红色礼服的李艾,伍迪家的亲朋都去闹洞房,娘家人按规矩不能前往,童谣招呼叔叔阿姨在酒店办好入住手续,又张罗婚庆公司结账,好一番忙活。许家祺一直在宴会厅门口默默等待。他想去帮帮童谣,又不知该如何插手。这半个月,他总感觉童谣躲着自己,态度虽没明显变化,但和在重庆雨中相拥时截然不同。以前,每当这种不确定的感觉出现,许家祺的第一反应就是程蔚。但经过重庆之行,家祺下定决心好好和童谣相处,再不要背叛、谎言,也不要怀疑。

快一小时后,童谣向他走来,香槟色裙摆在阳光下透着温暖的光芒,她淡淡笑着,眼里有努力掩饰的忧郁和倦意,家祺心中有点不忍。快一个月没见,经过了金融危机,大成上市失败,又决绝地推走了季红,家祺什么都不想说,只想好好抱抱她。他突然觉得,只要她还在自己身边,还能这样温婉的微笑,这世上,失去什么都不可怕。童谣安静地在他的怀里,一言不发。过了许久,许家祺隐隐觉得肩头发湿,他抬起她的脸,惊讶地发现她眼泪布满脸颊,"怎么了?"童谣含着泪摇头,"家祺,我不知道……"她不知该怎样开口,她想说,我不知道该怎么继续,该怎么再相信你,面对你。

"不知道什么?告诉我,你担心什么?"家祺有点慌。

"不知道,我们能走多远……"童谣的眼泪再次奔涌而出。

"别这样,"许家祺紧紧抱住童谣,"你这样我特别不好受,我们会走到底,相信我!"一向内敛的许家祺不知突然哪来一股勇气,"Elaine,嫁给我吧,我们结婚吧,再也不要分开了!"他看着她的眼睛,语气坚定,眼神却透露出忐忑。

童谣惊呆了,脸上的泪痕还没擦干,双唇微翕,"你是在,求婚吗?"她不相信自己的耳朵。

许家祺环顾一圈,浑身唯一的环状物就是印有BGC标志的水晶钥匙扣,去年年会时发的纪念品,他三两下除去密码钥匙,紧张地抿抿嘴唇,向后撤退半步,单膝跪在酒店大堂冰凉的大理石地板上，"Marry me！"他脊梁挺得笔直，西装裤线九十度弯曲，姿态里有一少年般骄傲的矜持和俊美。

童谣捂住胸口，惊得失语。她下意识看看四周，阳光透过落地玻璃窗照射在那枚水晶扣上，BGC logo缤纷的投影落在地板，像极了电影里蒙太奇的水波纹，竟然在这一刻，自己的生活依然与工作相连，童谣觉得讽刺。远处有人驻足围观，有人报以微笑。

"快起来，Clinton！"她伸手去扶他。

许家祺在她紧蹙的眉头中读到不祥的预兆，他没动，尽管内心已慌乱无比，却想再坚持一下，哪怕此生最怕冒险，最怕引人注目。他真的怕失去她，而他也隐隐感到，她要离开自己了，如果不抓住这个机会，可能永远都不会有机会。他依旧执著地看着她，等着她的答案。童谣突然失控了一般，失声恸哭起来，身体也软下来，跪坐在许家祺对面，泪流满面。许家祺惊呆了，无法想象内敛矜持的童谣会瞬间崩溃，他心如刀绞，起身抱起她。周围讶异或同情的眼神，在这一刻似乎都不再重要。他已经明白了她的答案，他不明白的是，为什么拒绝对她来说那么痛，既然那么痛，又为什么不选择在一起？十月的阳光也会这么刺眼吗？许家祺陪着童谣坐在大堂沙发上，轻抚她后背，等她平复下来。这一刻，他没力气讲话，也没勇气讲话，只希望一切快点过去，2008年快点过去，命书上说，属马的人，2009年会转运……

"十一"大假，童谣回杭州，许家祺回香港。两人在东莞候机楼分道扬镳，两个背影向着相反的方向走去，看起来同样孤寂落寞。邱媚没走，那个叫陈子城的广州小伙，自告奋勇担当导游，号称要带她吃遍广东、游遍广东。邱媚活了二十多年，还从没有一次真正意义的旅游度假，欣然接受。陈子城从公司开了辆不显山不露水的老款奥迪A4，白天载着邱媚去茶楼吃早茶，登越秀；晚上带她游珠江，去路边的大排档排队吃生蚝。邱媚在美食美景的衬托下，在陈子城一刻不停的玩笑中，焕发出一种夺目的光彩。她情不自禁地跟子城讲起许多往事，回忆起十年前，来广州参加"桃花杯"比赛的场景。子城接着她的话问，这么多年就再没来过广州？邱媚迟疑片刻摇头，她当然不会忘记和白小锋从家乡仓皇逃离后的第一站同样是这里，在火车站附近一间又脏又乱的旅店，度过了紧张惶恐又有点兴奋的一夜。可这些往事，怎么可能与眼前这个来自另外一个世界的男人分享。她明白，早晚有一天，这件事会成为他们之间的一道坎，这个来自上流社会的男子怎会不介意。邱媚觉得委屈难过，十年前的自己想不到，曾经用生命去护佑的初恋，竟然会成为自己日后生活的"污点"。

愉快的假期总是过得飞快，转眼就到六号，邱媚要回北京了。这几日，每晚子城送她回宾馆，两人在大堂依依不舍地告别；第二天早晨，等邱媚睡醒了下楼，总能看到坐在沙发上等她的陈子城。晚上，子城在自家豪宅中回想白天的情景，总有种美滋滋的幸福萦绕。他自己都觉得奇怪，这么多年，从没有如此慢速的拍拖，快一周了，手都没牵过。更奇怪的是，虽然这么慢，他对她的兴趣只增不减，还很享受这种纯纯的慢速度。看着她认真地掏一颗螺蛳，或是嘴里塞满了虾饺，眼睛还直盯着装满各种小吃的早茶推车，陈子城心里总会泛起爱怜和温暖。他恨不得把整个世界展示给她，那些在他眼中司空见惯、引不起任何兴趣的生活，却是邱媚双眸中新大陆一般美好的世界！第二天下午邱媚就要回北京了，上午带她去哪好呢？陈子城想起邱媚反复提过的"桃花杯"舞蹈大赛，对！带她去找那间她自己都记不清的剧院！陈子城打开电脑搜索，又给家里的老司机打电话，询问十年前的广州城市图。忙活到半夜终于有了头绪。他安排佣人第二天去广州市图书馆找1998年6月的一期羊城晚报，有关于那届"桃花杯"舞蹈大赛的报道。自己眯瞪了几小时，又精力充沛地守在邱媚住宿的七天酒店楼下。

邱媚的神色里有淡淡的忧伤，她舍不得告别这个梦一样的假期，更舍不得和眼前的男子道别。陈子城倒一直很兴奋，神神秘秘地说，带你去个好地方。邱媚一路懒懒的，不怎么说话。车七拐八拐，子城戴着耳机不停问路，终于驶进一片开阔处，电子栅栏门内，有个剧场一样的二层楼。看门大爷闻声出来询问，讲着硬邦邦的广东话。陈子城麻利地跑下车，从口袋里掏出包事先准备好的香烟塞给大爷，攀谈起来。这是哪里呢？他带我来这儿做什么？邱媚趴在车窗上向外看，高高的台阶上，玻璃幕墙从三层垂落到地面，白色的瓷砖墙上镶着四个巨大的银字"友谊剧院"。

友谊剧院！邱媚脑海中闪过一道光，像是暗夜里的霹雳，瞬间照亮隐没在黑暗中的风景。她一把拉开车门，径直向高台阶上的大门走去，很多记忆随之浮现。她还记得一大帮穿着演出服的少男少女，叽叽喳喳坐在大轿子车里，探头探脑往外看；后台一片片炸耳的笑声，叉烧盒饭的味道，还有不时被带队老师煽动起来的斗志和紧张感……没错，就是在这里，邱媚走上那条离梦想最近的路，她几乎就要登上巅峰，几乎要够到那个可以改变命运的契机，没错，是这里，启开了她二十七年人生中转瞬即逝的最辉煌最灿烂的记忆。

这天剧院没演出，大门紧闭，邱媚贴着玻璃门往里看。正出神，钥匙开锁的声音在旁边响起，值班大爷叼着烟，跟在身后的陈子城冲自己得意地挤眼睛，手里展开一张泛黄的旧报纸，上面赫然印着大标题"第六届全国'桃花杯'舞蹈大赛在穗举行"，标题下的大照片是当年独舞一等奖的演出照。旁边还有张小一点的照片，正是邱媚她们当年的参赛舞蹈——《敦煌观音》。邱媚终于明白子城这一天的良苦用心，她心中一阵悸动，眼里泛起潮湿，自己何德何能，能让他如此用心付出，该如何回报他才好？邱媚心中的感动和忐忑一起涌来，跟着子城，走入那个曾经展翅起飞的世界。一切都没变。邱媚痴痴地望着安静的剧场，灰色灯光在记忆中慢慢点亮，舞台上有精心装饰的布景，音乐声缓缓响起，幕桥上站着候场的主持人，自己越来越兴奋，周身的血液快速流转，像高老师说过的：你天生就属于舞台。

那个梦，终于回来了。

邱媚随着心里的音乐在台上翩翩起舞，那些舞步像融进血液的记忆，根本不用去回想，连贯舒畅地展现。台上的她陶醉在自己的回忆里，台下的他陶醉在她无声的表演中。待一曲终了，他热烈地鼓掌，一下惊醒了邱媚。陈子城活了三十年，第一次觉得词穷，他想肉麻地赞扬她，话到嘴边竟觉得难以出口；他想深情地表白，告诉她自己日思夜想的爱意，却突然觉得舌根发硬，生怕说出口就假了。邱媚双手捂脸，百感交集地站在台上；子城双手环抱在胸前，有点不安地站在台下。他们心中，在细细品味同一种感觉，一种近似爱情的忐忑、甜蜜和心动。

33. 危机重重

金融危机的爆发，让这一年的秋天提前到来。中国改革开放整整三十年，享受全球化市场红利的同时，也理所当然无法在全球危机中独善其身。年初执行的地产调控政策，在叠加了金融危机的负面影响后，使得经济基本面十分不乐观。房地产行业，作为关系到国计民生的基础性行业，从来都不是独立存在，牵一发动全身。A股市场一线飘绿，与地产相关的建设、钢材、水泥等行业全线下跌。房价越跌越没人买，都在观望；已经买房正背贷款的人熬不住了，深圳、上海陆续出现了消费者断供的案例；银行业本来就让华尔街的一夜坍塌吓得哆嗦，这一来哪还受得了；最后，连地方政府都撑不住了，房地产业不景气，土地出让收入、税收，最终是当地GDP都受到负面影响。一时间，人心惶惶，气象不稳。CBD，金融街里出没的光鲜人群，几乎人人都受危机之害，降薪失业比比皆是；奇怪的是，不知何时起，金融危机已成了街头巷尾的热议，满头大汗挤公交车的打工族，坐在胡同口摇蒲扇的大爷大妈，也时不时冒出几句"次贷危机""房地产调控"这样的新鲜词汇。

比起大部分隔岸观火的人，陈大成可真成了金融危机加地产调控这口热锅上的蚂蚁。当初为了上市，在BGC建议下，大成集团左冲右突在全国拿下六十九个新项目，其中四十个将在今年推出，土地储备比2007年增长八倍，资产负债率超过90%！上市成功，土地储备丰富无疑是好事，赶上金融危机上市失败，土地储备反而成了沉重的包袱。在舆论渲染下，这几乎是眼下地产界最悲壮的一幕。大成集团"百日巨变"的预言甚嚣尘上，很多人等着大成倒下以佐证自己的预见；而雄心勃勃的陈大成，也被心怀叵测的对手描述成"冒险家""野心膨胀者"，被舆论视为全球地产江湖巨变的"牺牲品"。上市融资失败，大量到期欠付的土地款追在身后，销售回款随着市场进入寒冬急速收缩，各家银行的贷款到期日也接踵而来。正应了那句诗：屋漏偏逢连夜雨。市场不好，谁也使不上劲，管你降价、促销、搞活动，就是没人买。大成集团的现金流眼看要断，陈大成带着团队和各种催债的主儿周旋：一方面求政府宽限土地付款期限；一方面求战投延迟贷款期，再做轮新融资。还是点背，如果只是国内调控，或许战投还可能再给大成融点钱，无奈赶上1929年以来全球范围最严重的危机，五家战投有的濒临倒闭，有的面临被收购，有的急于撤出海外市场。陈大成真到了呼天天不应、叫地地不灵的地步。

陈大成红着眼睛坐在1号会议室发呆：刚下海那会儿，抛家舍业的艰辛和无奈不说了，靠着认识土地部门和银行的几个人，拿着份会议纪要就敢空手套白狼，什么险没冒过，什么难没扛过，真刀真枪都闯过来了，难道要在入海口翻了船?!他不甘心。半年前还天天一起打高尔夫、抽雪茄的洋买办们（陈大成背后从来把投行的中国机构戏称为"洋买办"），这会儿都翻脸不认人，连中庸的场面话都不讲，直接让律师跟你对话。陈大成这才明白，原来那十几箱中英文合同真不是虚的；投行付给律师事务所近千万的费用，也不是白给的；搞不清哪页的犄角旮旯，就冒出要命的一条：平均售价低于7000元每平米，就触发战投所持股权的选售权（Put-option），且大成集团的回购价格以日息15%计算；一旦上市不成功，三个月内，战投就有权无条件要求大成偿还所有贷款，并回购股权……随便哪条，都能瞬间致大成集团于死地；而这随便哪一条，都是"和平年代"里谁都觉得不可能发生的事。陈大成后悔不迭，还是吃了缺少契约精神的亏，从来没重视合同的意识，当初签字时光顾了合影、开记者招待会，结果签了卖身契都不自知，活活当了回杨白劳！

刚才的电话董事会开得风生水起，洋买办好歹还把律师顶在前边，洋买办背后的洋人简直声色俱厉。他们本来与陈大成也不熟悉，这会吹胡子瞪眼，一点情面不讲。大成集团的小翻译满头是汗，眼睛在陈大成脸上和笔记本上来回转，陈大成明白，经她一润色，有些话已经好听多了，鬼知道这帮老外骂了些啥！五家战投的领头人BGC算是很给面子：一边摁着叫嚣撤资的其他几家投资人，一边摁着不服监管的大成集团。程蔚一会英文一会中文，声音听起来干涩疲惫，足见他日子也不好过。最终矛盾集中在几块已经签订成交确认书，但一直拖着没付土地款的地块上。陈大成坚持要把这几块地拿到手，原因如下：1、几块地都很划算，等市场翻身那天，都是无价之宝；2、已经支付了很多记不进账的灰色成本；3、政府的关系不能得罪；4、市场上一旦有大成退地的风声，后果不堪设想！遗憾的是，除BGC尚未表态，其他四家战投都不同意，他们才不关心以后的事，就着急拿现金走人。凭陈大成说破嘴皮，战投们就是油盐不进。站在他们的角度考虑也不奇怪，本来这帮老外对中国市场就不十分了解，中央政府到底还让不让地产业抬头，他们不敢有十足的信心；更何况你说现在是谷底，万一翻过年跌得更狠呢？到时连本都收不回来。另一方面受金融危机的负面影响，外资投行急于收回投资，没事估计都得找出些"违约事项"把钱拿回去，何况眼下这种光景。

陈大成厚实的手掌交叉在额前，烦躁无比却找不到出口。无论如何不能坐以待毙。他在会议室里大喝一声，守在门外的小秘书跑进来，最近老板心情极差，她的日子也不好过。

"去！把李总他们都喊过来开会！"陈大成眉头紧皱，嘴憋得像个倒置的饺子。"还愣着干嘛，快去啊！"陈大成不耐烦地挥手，小秘书知趣地瞬间消失在他视线里。几分钟后，公司高管陆续走进会议室，除了在外地出差的，也差不多有十来人。看见老板苦着张脸，大家都小心翼翼，不敢造次。等人都落座了，陈大成叹口气，眼皮子都没抬一下，"洋买办要还钱，不让我们拿地，死活说不通，怎么办？"会议室一片寂静，没人敢开腔，这种问题答了是挨骂，不答也是挨骂，还是稳妥点等着出头鸟吧。

陈大成斜睨着眼睛扫视一圈，"老薛，你说！"

薛总对事情的来龙去脉最清楚，方才开电话会时就在陈大成旁边，他十分明白情势之恶劣，战投们是虎，大成就是狼，谁也不会轻言放弃。毕竟，大成集团走到今天，也有自己多年的心血，于公于私，他都必须看好大成的后市发展，面前这个两难选择，让他也愁眉不展："这个事，我感觉是这样。陈总分析对，市场不会一直这么差，一直这样下去，政府自己都扛不住。所以这几块地一定要拿！咱们和投资人不一样，大成集团对我们来说不是一锤子买卖，咱已经跟了十几年，以后还要跟下去。他们只考虑眼前，不看未来，是因为立场不同。但是，现在的困难在于，我们的手脚让人家绑住了，人家还挥着刀子天天在咱眼前头晃。现在得两步走，一方面还要继续不断地跟他们沟通，让他们意识到这是个双赢的事；另一方面，也要开始寻找一些抽出手脚的办法。"

"嗯，"陈大成点点头，不愧是一起奋战多年的兄弟，很明白他的心思，"他们拿刀子吓唬人我倒不怕，真要是把大成整垮了，他们的钱也拿不回去，损人不利己。只是，怎么在尽量减少冲突的情况下，把这个事情做成！"陈大成眯着眼睛扫过一张张看着桌面的脸，"张老师，账上现在什么情况？"

张老师是财务部主管，公司的总会计师，因为多年前在学校教过财会，人们都习惯称她张老师。"账上就剩八百多万，不过这个月会有两亿预售款进来。"

"付首批够了。老乔，你赶紧再打一份延迟付土地款的申请报上去，明晚约国土王主任吃饭！张老师，这些钱看死了，准备抽出来付土地款。"

"陈总，账户是BGC控制的，财务章在人家那，不盖章钱取不出来呀！"张老师多年来依然保持着学校的工作作风，非常直率。

陈大成皱着眉头想了想，"季红，你和薛总再去趟香港，下午就去，挨个约他们谈，一定要把他们攻下来！让他们同意！"

季红的丹凤眼转了转，未知可否地哼了声。

10月的香港依旧燥热无比。季红和薛总马不停蹄地约见战投，动之以情晓之以理，不仅如此，又开始和香港几家私人企业接触，做好准备万一战投强力退出，得有人接盘。经过一番不懈努力，5家战投内部划分成两个阵营：以BGC为首的和谈派，和以ED为首的强硬派。和谈派主张再做一轮私募，帮大成渡过难关，如果现在退出，必然导致市场恐慌，大成只能破产，各家连本金都不能100%收回；强硬派的主张是市场尚未见底，无论如何不能再等，更别说再融资，再等下去，恐怕血本无归。两派间意见对峙得厉害，程蔚、许家祺都赶到香港，一方面努力劝服其他投资人，一方面也不断为BGC亚太大佬蔡庆杰洗脑，让他也相信中国市场一定有回暖的时候，大成集团一定有重见光明的一天。蔡庆杰逐渐接受了程蔚他们的观点，另一方面，与其他几家战投不同，BGC还是大成上市的主承销商，大成的胜利，不仅影响着直投部的利益，还决定着投行部的利益，大成和BGC亚太的紧密关系，正应了《红楼梦》里那句话：一荣俱荣，一损俱损。

晚上1点，季红身心疲惫地回到中环香格里拉，陪香港郑家打麻将，从中午一直奋战到刚才，熬心费神。刚进房间，手机又震，是老板。陈大成在那头瓮声瓮气地问沟通情况，季红详细汇报一番，陈大成不语。半晌说你到大堂来一下，我们当面说。老板已到香港！季红很诧异，连忙蹬上高跟鞋，三步并作两步赶到大堂酒廊。陈总眉头紧皱地坐在沙发上，周围并无一人。

"陈总什么时候到的?"

"晚上，约了李家谈点事。"陈大成有点心不在焉，"你们这边进展还是太慢。前天我约了王主任吃饭，土地那边下了最后通牒，下周再见不到钱，地就要收回去。你们这周五之前能拿到战投的同意函吗?"

季红低头不语，这简直就是mission impossible（不可能完成的任务）。

"得想想办法！"陈大成换个方向跷起二郎腿，神色凝重。"财务章在谁手里?"

季红飞快地看他一下，"在BGC那儿。"

"BGC的态度倒一直比较温和，即便有什么事，老程应该也不至于对我下死手！"陈大成顿了顿，"章是不是在许家祺手里?"

季红大脑快速运转，老板这么问自己究竟什么意思，"具体在什么地方我不知道，他是财务控制人没错。"

"许家祺……"陈大成摸摸自己的下巴，盯着季红看。

季红有点明白了，决不能坐以待毙，要赶在老板开口前堵住他的嘴，"对，可以问问小陈总，他们不是同学吗？让小陈总帮着说说话？"

陈大成从鼻子里哼出一声，"小王八蛋，这几天不知道跑哪去了，好几天没看见他了！他不行，自己屁股都擦不干净，指不上。"话锋一转，"我看你和小许关系不错，去探探他的话？"

季红第一次跟许家祺上床就想到早晚会被人知道，工作关系里的暧昧，纸包不住火，那些躲在暗处的眼睛耳朵，什么看不见听不着？当事人再镇定，也无济于事，何况许家祺那个没出息的，动辄一张大红脸，哪瞒得住这些老江湖。她没想到的是，这种关系不仅会引来闲话，还会授人以柄。季红低头不语。

"不会亏待他的，都是互惠互利。"陈大成补充一句，"养兵千日用兵一时，公司到这个地步，冲过去，大家都开心；冲不过去，都不好过。"

季红眼睛转几圈，两三分钟后她抬头回答："陈总，容我考虑下，明天给您回话，好吗？"

晚上，季红在酒店大床上辗转反侧，这不是个容易的决定。老板既然已开口，横竖在大成集团的职业生涯就到头：拒绝，立刻会被打入另册，过不了多久就让你卷铺盖回家，私企就是这样，老板好恶是唯一标准，没理可讲；接受，事办不成捅了篓子，自己一定要当替死鬼，即使办成了，知道老板这么多秘密，又用过非常规的方法，他岂敢留你在身边。季红想起一句不知在哪里看过的话：职场比坏男人还会辜负女人的青春。哼！季红咬咬牙坐起身，和坏男人斗智斗勇的经验不少，心得就是：要比他还洒脱，还混蛋。只是有一点，在纽约时虽被许家祺伤了面子，但毕竟有几夜情分，季红也不想做得太绝，最后再给他一个机会，也给自己一个机会，如果他还念旧情，这活就让老板去找别人。季红拿过手机，给许家祺发了条短信，黑暗里蓝色的荧光照在脸上，有点瘆人……

第二天一早，季红走进餐厅，远远就看到坐在窗边的陈大成。她简单取了烟熏三文鱼、水果沙拉、面包圈，端着餐盘径直向老板走去。两人像往常一样道早安，陈大成又指着报纸聊聊股市情况，十分钟后才把话引到正题。"所以啊，房地产明年一定得回暖，咱们上市的事还是有可能的。关键得挺过现在这个阶段，不能让洋买办牵着鼻子走，否则早晚把我们拖垮。"陈大成顿了顿，发现季红又拿起手机看，今天早上，她重复这个动作很多次，是在等什么短信吗？"有事？"

"噢，没有。"季红放下手机，许家祺到底也没回短信，犯得着吗？一个月前还为下半身那点欲望上赶着，翻过脸就像躲避瘟神般连基本礼貌都不顾及，既然如此也没什么好顾虑的了。

"陈总，昨晚我想了很久，这件事还是有难度的。首先，许家祺和我的关系，和您理解的还不完全一样，我的话他未必听得进去；其次，凭我对他的了解，他对钱的兴趣远不如对事业的兴趣大，"季红看了眼陈大成阴晴不定的脸，"不过，有句老话说得好，越不容易被收买的人，越容易被出卖！"她低声在陈大成耳边和盘托出自己的计划。

陈大成默默点头，等季红说完了，他嘴角露出一丝笑容，"BGC不会置我于死地的，他们不敢起诉，这个顾虑你可以打消。钱好说，我可以给你这个数，"陈大成伸出5个指头，"够吗？"

"我去试试吧。投行的人挣钱多，能不能看上这个数还真不好说。"

"嗯，先试试，有情况你再跟我说。"陈大成舒口气，车到山前必有路。

"陈总您放心，我们都是大成集团的人，危难时刻谁也不会见死不救。不过，"季红笑眯眯地看着老板，"说到根上，大成要倒了，对陈家最不好，我们不过是打工的，换个地方还是一样上班下班……这么冒险的事，要干，还真需要点勇气和感情。"

陈大成呵呵一笑，"我明白你的意思，危难时刻拉过大成的，我心里都有数，这样，我下午先打五十万到你账户，事办完了，风声过了，我再打五十万给你。"

季红笑着摇头，"陈总说笑话了。为一百万做这么件事，太不值了吧！您给演员发小费都不止这个数。我们为大成赴汤蹈火，这让人多寒心啊！"季红语气里还有些娇嗔的嗔怪。

陈大成哈哈大笑，听起来很爽朗，"好好，我说不过你。这样，给你这个数。"他伸出2根手指，"还是先付一半，另外，给他的那5个，你要能谈下来，省下的都是你的。"

季红笑着应下来，心里并不开心。出身名校，曾供职于最牛逼的公司，她其实也没那么爱钱，只是事已至此，就算为自己不久后的失业争取点补偿金吧，得联系猎头开始找工作了。这个操蛋的职场，你不找事，事找你。好在是，只要你放下女人温柔善良的天性，谁操谁还不一定呢。

这件事为什么不让陈子城做，一方面当然是出于保护儿子的立场，另一方面，陈大成也的确有几天没看到陈子城了。打电话问他，支支吾吾说在重庆，有个朋友出事了。具体什么情况，怎么问也不说。儿子很少这么不听话，尤其在公司这么紧要的关头，陈大成气不打一处来。但子城这次却铁了心不回来，看来那头麻烦也不小。陈大成顾不上管他，等他回来再问不迟。

两天前，陈子城接到给卿城项目投钱的海石基金李总的电话，说无论如何这个月底也要先拿回一部分股东借款，利息可以打个折。李总不是第一次为这事和自己联系，之前，他跟许家祺也沟通了若干次。按照当初签订的借款协议，这笔钱应该明年1月到期，今年底，项目就能拿到四证，可以申请银行贷款了，无奈金融危机一来，李总所在的海石基金也受水，有1家LP（有限合伙人）要退伙，逼他拿现金出来。李总只好和已经投资的项目挨个沟通，放弃一些利润，提前拿一部分钱出来。李总和许家祺私交不错，这次让利可以省下近千万资金成本，眼看卿城项目也能靠银行贷款转起来了，陈子城想想，倒不是不能考虑。纳闷的是，跟吴清明电话沟通了几次，他的态度和之前截然相反：以前总抱怨基金钱贵，把项目利润都吃了，现在眼看着能省下一大块，他又坚决反对基金退出。子城没办法，只好把电话直接打到了公司财务刘姐那。刘姐是吴清明招的，做了七八年地产公司财务，技术过关，人也老实，问一句答一句，多一句废话没有。陈子城问她借款到上月底的本息余额有多少？她答2.1亿；又问她账上有多少钱，她答三百八十万。子城准备和家祺商量，找笔钱过桥，把基金的这笔替换出去，总是划算的。

时间紧迫，他应下李总，立刻就订了飞重庆的机票。下午就出现在重庆公司办公室。前台小周正聚精会神地网购，一看陈总大驾光临，连忙起身迎接，典型的重庆美女，精明、爽快，声音沙哑。吴清明不在办公室，据说去项目现场了。不到半年，项目公司已经快二十号人，公告墙上贴着员工素质拓展的照片，团队建设搞得有声有色。陈子城一心琢磨着如何找钱替换，径直去了财务室。刘姐看他突然造访，神色紧张。陈子城要账簿，她神情恍惚地翻柜子，边翻边嘟囔：查账要吴总签字的。陈子城听着好笑，公司都是我的，我还不能看账了，转念想想也对，应该鼓励员工严格按规范流程做事，不给任何人搞特殊化，有利于公司运营。随即，他拨通吴清明的电话。

吴清明一听陈子城已到公司，吃惊得很，埋怨他不打个招呼好派车去接，三步并作两步往回赶。这天的重庆，闷热得了得，空气里像是能挤出水，在工地上刚跑两步，浑身汗水立刻湿透衣衫，连屁股缝里都能感到汗水流过隐隐发痒。他赶到办公室时，陈子城正坐在刘姐座位上盯着电脑。办公室空调开得太低，吴清明觉得自己一个激灵。看到他子城有点惊讶，几周没见，一下衰老很多，眼窝深陷，胡子拉碴。子城示意他去隔壁等，并没起身的意思。

"小周！怎么没给陈总倒水？"吴清明慌里慌张地张罗。小周端着茶水走来，吴清明伸手去接，烫得扔在地上，"真没眼色！这么热的天，还倒什么开水！"吴清明面红耳赤。

陈子城揉揉太阳穴，总觉得哪里不对，是会计报表？周围的气氛？还是吴清明的神态？

他有点吃不准，决心求救，"你们都去会议室等我，帮我把门带上，我打个电话。"

刘姐唯唯诺诺地退出去。陈子城一个电话打给大成集团的财务主管，"张老师，你现在在办公室吗？我发张报表给你，你帮忙看看哪里有问题，我总觉得不对劲。……哎呀，知道知道，我跟他说过了！……嗨，当年accounting（会计学）没学好嘛！你尽快帮我看，很关键的哦！看完给我电话。"张老师在大成集团十五年了，虽然脾气直，性格暴，但忠心耿耿，是陈大成最信任的人。张老师看着陈子城这个"没娘"的孩子长大，感情也不同于一般主顾关系。没事总叨叨他几句，要他为老爸分忧，要接得住大成集团的旗子。没一会，张老师的电话回过来，开口就说："这个报表有问题，表表不符。'卿城开发建设'是哪个公司啊？"陈子城心里咯噔一声，他刚才隐隐担心的事，终于被验证了。蓝牙耳机还在幽幽闪光，陈子城双手交叉，他有点紧张，有点激动，有点困惑。看着斜对面会议室等着开会的一屋子人，他深深呼吸，想着该如何开场，如何收场。

　　毛泽东在文章里写：革命不是请客吃饭；陈奕迅在歌里唱：恋爱不是请客吃饭。看来这世界上最重要的两件事，事业和感情，都不是请客吃饭，可是转念想想，我们每天除了请客吃饭还做过什么？陈子城有点恍惚，风马牛不相及的念头在脑子里转。刚才在会议室，他试探着向刘姐询问财务报表的事，这个老实的中年妇女，连掩饰都不会，结结巴巴，眼睛一个劲往吴清明脸上瞅。老吴的脸一片铁青，脸上的肌肉似乎都在颤抖，陈子城看他几次，他连眼珠子都不转，直盯着会议桌上的茶杯。陈子城如芒在背，被最信任的人骗了，报表做了假，有一千多万不翼而飞。他摁着指关节咯吱作响，犹豫再三，最终沉住气，没直接质问吴清明，毕竟刘姐还一味在装糊涂，没说什么切实信息。

　　会开得有始无终，陈子城推说肚子饿了，暂时告一段落。老吴抹抹脸，艰难地挤出个笑容说领子城去个有特色的地方。又是吃饭，成败原来都在于此。车子七拐八拐，停在一片郁郁葱葱的吊脚楼前，原来是吃花花草草。清淡点甚好。陈子城压着愠气，和吴清明推杯换盏，然而气氛毕竟不同以往。这个富二代，经见的世面比常人多，与年龄不符的霸气和淡定，也渐渐显露出来。他还没有想好下一步怎么办，查明真相不难，难的是如何善后。项目离不开钱，也离不开人，纵容不是对策，太过决绝又恐项目受损，关键是钱到底在谁手上，干了什么，是否追得回来？陈子城皱着眉头，不时斜睨吴清明。老吴情绪十分低落，开始还强打精神说自己失职，后来大概也明白子城已经对他生疑，只低着头一杯杯兀自喝酒。老吴到底是疏于监管的失职，还是监守自盗的失职，陈子城没有把握。两人对饮，快一斤酒下肚后，陈子城突然问刘姐什么背景，你当初怎么认识她？吴清明本来就灰暗的脸愈发雪上加霜。他支吾几句没说话，眼睛却红了。陈子城讶异，这么个爱逞强的汉子，竟有如此脆弱的一面。

　　"刘莺是重庆人吧，她老公干嘛的？"子城追问。

　　吴清明平静了下情绪，吞吞吐吐地回答，"刘莺是个命苦的女人，很小的时候父母就离婚了，上初中时父亲得了肺癌去世了。刘莺跟着叔婶，读了个财会学校，早早就出来工作。我认识她的时候，她在一家房地产公司做出纳，后来大家也陆续给她介绍过对象，就是一直没合适的，单到现在。"

"她是哪年的？"

"1977年的，三十一了。"

陈子城有些感慨，生活的艰辛的确在刘莺身上留下痕迹，他完全没想到大家口中的"刘姐"才三十一岁，比自己大不了多少。这样一个行事谨慎、家庭关系单一的女人，能有多大物质欲望，以至于要挪用公款？子城看老吴一眼，这种事十有八九都是财务和总经理串通，他的直觉告诉自己，吴清明才是整件事情的主使。老吴为什么这么做呢？嫌待遇不够好？他不是算计的人啊，从来也不见他有什么奢靡的爱好，何况公司股份他也有份，项目赚钱指日可待，他这么着急要钱何用？陈子城不想贸然戳破那层皮，免得没法收场。他换个话题，问起吴清明的家事。

"老吴，嫂子最近还好吧？"

"她，去成都学习了。"老吴眼神闪烁，支支吾吾。

"你和嫂子怎么一直没要孩子啊？"

吴清明握着酒杯的手停在半空，浑浊的双目布满血丝，目光有些呆滞。许久，他放下杯子，给陈子城斟满酒，双手颤巍巍地端起酒杯，对着陈子城说了句："陈总，我对不起你，辜负你了，我会给你个交代的。"话毕，一饮而尽，抹抹嘴招呼服务员结账，声音颤抖。

陈子城回到洲际酒店的第一件事，就是给许家祺打电话，要他迅速赶来重庆，出大事了！正好第二天是周五，许家祺捏了个词，下午就飞到重庆。真是个多事之秋！坐在飞机上，他的眉头就没展开过，自打"十一"在东莞和童谣一别，又半个月没见。现在索性连电话都很少打，大概就只欠找个时间说分手。工作忙碌有时真是种讽刺，忙得没时间谈恋爱，忙得也没时间说分手。许家祺一直不明白，为什么路演之后童谣态度大变，到底发生了什么？因为程蔚？不太可能，他也一直在国外，没机会啊。其他还能有什么呢？许家祺不敢问，怕一开口，就到了不得不直面分手的时刻。此时的他，隐隐感觉许多东西正离自己而去，就像溺水的人，连一根稻草都想抓住。许家祺回想起那天冲动的求婚，也多少有点这样的情绪。无论如何，人生中第一次求婚的经历，就这样仓促地以失败告终，这对他的自尊心是个不小的打击。加之"十一"后，公司的事一桩连一桩，裁员风已经刮到IBD，同一天下午，收到日本、印度、韩国无数同事的辞职告别信，办公室到处弥漫着紧张绝望的气氛，像是快要失守的城邦，炮火就在耳边炸开。头天晚上，陈子城打电话时的语气和声音，是许家祺陌生的。他无法想象，一向举重若轻、戏谑人生的子城，还有那么严肃紧张的一面。许家祺本来正在郁闷该去哪里借钱过桥，子城的电话简直是火上浇油：公司财务报表有假，账上一千多万不翼而飞！他脑海闪过一百种可能，最后又落在自责上。作为一个专业投资人士，为什么这几个月就从没想过查查账？李总所在的海石基金投资后，按理是要定期派人来"资产管理"，怎么竟然也浑然不觉？难道真像李总曾对自己说的：你的公司我们还查什么，你们投行多专业，华尔街好多年前玩剩下的，中国都还没开始玩呢，你要真想干嘛我们怕也看不明白！唉，又是因为自己害了公司。许家祺懊恼不已。子城在电话里劝他："你别自责了！我的责任才大，我老爸住院那阵，项目的事基本都没问过。唉，怪只怪我们太信任吴清明。现在的问题是，接下来怎么办。你说我们要不要报警？"

"这，警察会管吗？"说到底，两人都是阳春白雪，真刀真枪的事哪里经过。

"那怎么办，刚才吃饭大家都心照不宣，他肯定明白我怀疑他。他要趁今晚跑了怎么办？"

"也是……"

"唉，你还是打个电话问问童谣吧，她读法律的，重庆地盘又熟。"这已经是陈子城第二次建议了，许家祺继续沉默。"你们到底怎么了？吵架啦？这事可比你谈恋爱的事大多了！拜托，大哥你要实在为难，我打！"

"现在这么晚了，我明天给她打。明天我开完会马上过来！"

许家祺顶着黑眼圈赶到办公室，陈子城正在大发雷霆。总经理办公室门口站着几个不知所措的保安，扔了一地文件、杂物，放在门口的绿植花盆也被打碎了。

"这，怎么了？"许家祺踮着脚尖走进去，一脸困惑。

看他来了，陈子城使劲挥手，"出去，都出去，围在这里做什么！"

"到底怎么回事？"许家祺关上门，紧张地问。

陈子城摘下眼镜，撕一张餐巾纸，边擦边说："中午，公司的人都去吃饭，突然来了几个壮汉，把大门从里边锁上，直接就进了这里，把我堵在房间不让出去，电话也不给我，外边大屋有两个人，也摁住不让动。困了一个多小时。"

"他们要干嘛？！"

"问我要吴清明的下落。"陈子城叹口气，"说吴清明欠了他们钱，最他妈混账的是，借条上还盖着我们公章。后来幸亏小周精明，吃饭回来发现大门锁着，里屋好像有动静，就下楼把保安叫来了。"

"他们是什么人啊，这地上？"许家祺指指一地狼藉。

"都是他们砸的！黑社会，电影看过吧！"

"靠，你没事吧？"许家祺已是一背汗。

"还好，吓唬了几下，没真动手。"陈子城瞥许家祺一眼，"我已经给童谣打过电话了啊，她晚上就到。我不管你们之间怎么了，我们现在需要她，她也是我朋友。"

许家祺没接话，一屁股坐在沙发上，"那吴清明呢，在哪里？"

"唉，早上就没来，电话一直关机，已经派人去他家找了。刘莺也没来，电话也不通。"

"我们还是报警吧，现在这个情况，不是我们自己能控制的了！"

"再等等吧，混黑社会的，哪个在警察局不认识人。还是等童谣来了再说，她在公检法有同学，找个可靠的人来办。"

这一系列的事生猛野蛮，完全不在陈许二人想象之内：开公司做点生意，怎么会沾惹这些麻烦！陈子城想起每当逢年过节，父亲多喝几杯，豪情满怀地讲一路打拼的离奇轶事，曾经的他都颇不以为然：时代变了，那些老黄历在今天的市场玩不转。然而此刻，他多想给父亲打个电话，不为求助，哪怕寻他点建议也好。电话在手中翻转几次，子城最终还是放弃了这个念头。他知道，父亲此刻一定正在为战投撤资的事发愁，卿城项目本来就瞒着家人，现在去添乱，摆明了找骂。

"家祺，ED和你们谈的如何了？还是要退吗？"陈子城已经好几天没关注大成集团的事，见到家祺不免想问。

"主要是Eric在谈，他们很tough（厉害），不好协调。不过我理解，BGC是不会退的。"许家祺在一大堆凭证和账簿中翻查，想找出些端倪。

"那BGC有没有考虑把ED的份额买下来？"

"这个，BGC现在要做新的对外投资很难，估计怎么也要等完成亚洲业务收购之后。"

"哎，你们也不容易。大河确定要收购了吗？还是MBO（管理层收购）？"

许家祺耸耸肩，把头从电脑屏幕前移开，"现在都不确定，但可以肯定大河不可能接收所有人，估计还得走一批。"

"你肯定没问题啦，业绩那么好，老板又器重。"子城捧着小周送来的盒饭，却没胃口。

"Who knows.（谁知道。）"

陈子城和许家祺之间早就建立了种默契，对工作的询问只限于朋友间的关心，有利益冲突的部分，尽量避而不谈。何况此刻，两人还要共同面对更凶险的困境，大成集团的事就往后放吧。

童谣飞机晚点，9点才赶到公司。陈子城把情况简单讲了讲，许家祺也找到了几张有问题的凭证。童谣直接从武汉的会议中赶来，还穿着套裙高跟鞋，淡淡的体香散发出来，有种不易察觉的吸引力。

"吴清明联系上了吗？"童谣听完后立刻发问。

"手机一直不通，家里没人开门。"

"联系他太太了吗？"

"打了电话，他太太在成都学习，走了半年了，晚上赶回来。"

"刘莺呢？"

"电话也不通，没人知道她住哪，入职表登记的地址是她以前租的房子，说早搬走了。"站在一旁的小周回答。

"把他俩的身份证复印件给我，职工档案里应该有吧？"

"有，童总您稍等，我马上去拿！"

童谣掏出手机打电话，简单描述了情况，把刚得知的身份证号码和详细姓名告之对方，显然之前已经联系过。不一会，那边打电话回来，童谣皱着眉点头，之后不住感谢。"刘莺的身份证今天下午在遵义一家酒店登记过，吴清明有可能也在。我们先报警吧，得把程序走了。"她挂了电话对子城说，"对了，黑社会怎么回事？"

陈子城一一道来，童谣详细询问了借条的情况，眉头紧锁，"这个比较麻烦，吴清明有代表公司签字、对外举债的授权，除非有确定的证据证明这钱没用在公司。"

"这钱是没用在公司，上个月账户确实收到过四百万，但第二天就转走了，转给了一个叫高义的咨询公司，凭证上写提供了项目市场定位报告，前期部和工程部的人都说没见过。"许家祺举着手中厚厚的凭证单答道。

童谣看许家祺一眼，点点头，这还是她进门后他们的第一次交流。事情都安排得差不多，许家祺带童谣回酒店。出租车上，两人保持着距离泛泛而谈，像是同事、朋友、合作伙伴，唯独不像情侣。在洲际酒店办完入住手续，家祺拎着她的箱子一直送进房间，又细心地帮她找出拖鞋，拆掉防尘套。童谣靠在桌旁沉默不语，九个月前在马尔代夫海滩上遇到他时的心情，已经找不回来了。

"早点休息吧，又辛苦你跑一趟。"家祺的眼里有种故作的理智和距离。

童谣抿嘴摇头，"客气什么，再怎么说，我们还是朋友。"

还是朋友。听到这四个字，许家祺强撑或者逃避的一切都不那么重要了。他垂下眼睑，沉默良久，自言自语地说："我们到底是哪里出了问题？"

童谣别过脸不说话。

"分手也要说清楚吧！"家祺有点恼了，"去路演之前，不是还挺好的吗？……快一年了，我始终都走不进你心里。你每天想什么做什么，我从来都不了解。如果是我做错了，你至少应该告诉我！我是真心想跟你在一起，可你这么自我封闭，什么事都要我去猜，有时候真的很累。"家祺把憋在心里许久的话都吐了出来。

童谣依旧低头沉默。

"那天在东莞，为什么拒绝我？"家祺走到童谣面前。

她凝视他的双眼，"家祺，你是真的想和我结婚，还是怕失去我？"

"这，有区别吗？"许家祺被问得莫名其妙。

"当然有。你其实并没做好结婚的准备，你觉得我们的状态可能结婚吗？"

"我们在一起快一年了，方方面面都很般配，为什么不可以呢？"

"般配？般配是给别人看的！你刚才说得没错，你是不了解我，可你不觉得我也不了解你吗？你每天在想什么做什么，我同样一无所知。我们没办法互相信任，没办法毫无芥蒂地去拥有对方。这种状态下结婚，你不觉得有问题吗？"

"好吧，可是九个月还无法建立信任吗？你不说，要我怎样去懂？谈恋爱是要谈的啊，你都不跟我交流，怎么可能信任我。你心里有个谁都走不进去的世界，就算你在以前的恋情中受过伤害，也不能一直固步自封，永远活在过去，不再相信任何人吧！"家祺有点激动。

童谣抬起双眼看着他：他为什么会这样说，难道在他心里，我们没办法继续是因为我无法从过去的伤害中走出来吗？童谣心里一阵凄凉，无言以对，最终还是低下头，她实在不想让自己陷落在庸俗的质疑和争吵中。

"你怎么想的拜托告诉我，如果是我错了，我可以解释，可以道歉，但是别一直不说话好吗？"许家祺刚说完，手机不合时宜地响起来，竟然是季红。他愣了愣，摁掉电话。没几分钟，电话又响起来，这次是Stephen，看来是公事，家祺不得已接起来。原来是季红又把电话打给了Stephen，大成集团北京和广州两家公司月底要报税，问许家祺要财务章。家祺来重庆之前，把所有的印章都原封不动收在印鉴盒里，Stephen问他怎么办，家祺想了想，"着急吗？不急等我回去跟他们一起去。"

"好像很急哦，这么晚还打电话。"Stephen说，"你在哪里啊？"

"我，我在外地，有点私事。如果他们真的很急，你拿着章和他们去税务局吧。"

"哦，那你跟季红说一声，不然她总打给我。"

"好。"家祺挂了电话有点纳闷，以往都是财务张老师负责这些事，这次怎么换季红了。不过也不奇怪，路演以来，季红成了陈大成身边的红人，什么事都管；再者，她会不会也想借此机会和自己联系？许家祺想起前几天收到季红半夜三更发的短信，不会又想回头吧？他还没想清楚，季红的电话又打来了。童谣背对自己站在窗口，虽然是种回避的姿态，但这么小的房间，一切都听得真切。明明是公事，自己不接，反倒显得不正常，家祺犹豫着按下接听键。季红的声音听起来很正常，问了问财务章的事，和方才Stephen讲的一样，许家祺也就把他讲给Stephen的话又同季红讲了一遍。

"那等你回来再说吧，也没那么急。"

"好。"许家祺正欲挂电话，季红的声音又传出来。

"家祺啊，其实，我以前对你还真是挺有好感。当年鹏飞项目上，一帮老男人就属你长得帅。帅不说，人聪明又敬业，也不太贫嘴，也不太呆板。那时候，所里很多女孩都花痴你。"

许家祺看看黑暗里的童谣，窗外的霓虹洒在她肩上，剪影很美。他想打断季红，又怕招她埋怨，反倒令人生疑。

季红的声音又传来，"不说老黄历了。我真没想到会跟你再遇到，遇到后，还能有段愉快的过往，挺好的。我只想给你点建议，男人呢，要对自己狠一点，对自己的欲望狠一点，不是拿得起放得下的人，就别玩，认真地对待自己的人生，不要随便拿或者放，免得别人不舒服，自己也不舒服。"

季红的声音听起来很平静，家祺不太明白她的意思，他嗯嗯的应着，注意力还在童谣身上。

"不管我在你心中是什么形象，你呢，既不必对我歉疚，也不必怨恨。以后见着了，我还会把你当朋友。人生就这么几十年，什么缘都是缘，爱也好恨也好，都只是一瞬间的事。总之，善待自己吧。"

"好，我知道了，谢谢！"家祺总算等她讲完，还好一直很平静，童谣应该没觉察。

挂了电话，家祺解释了两句，说大成集团要借财务章报税，他不在只得改期。童谣转过身，悠悠地说了句："她不恨你吗？"

"啊？什么？"家祺没反应过来。

"还是她也想得开，无所谓？"

"你在说什么？"

"你不是要解释给我听吗，丫丫把你和季红一起回公寓的照片都发给我了，要不要看看？"童谣最受不了的，就是恋爱中的背叛，和三个人的纠缠。2004年夏天发生的一切，在她心里留下个疤痕，当爱情的背叛和纠缠再度袭来时，那些糟糕的感觉又涌上心头，她努力控制自己，声音有点发抖。"你不是一直很好奇，为什么路演回来我的态度就变了吗？如果是你，你会怎么办？"童谣将丫丫找她的事说了出来，压在胸口的一块大石，仿佛突然间成了碎片，能拉伤心脏的碎片。

许家祺的脸刷一下红了，他不知该怎样解释，解释丫丫是因为以前的旧账？还是解释和季红在一起是因为曾经怀疑程蔚和你？当这些当时来势凶猛的感觉要变成语言时，怎么都显得微不足道。

"Elaine，你，你相信我，那些都过去了！你知道的，我不会撒谎。我承认，我犯过错，可是，我真的不是故意要伤害你，那些，都是有原因的，我只想和你在一起。"

"家祺！在一起不仅是个结果，那是种状态。我们已经把这个状态毁了，要那个结果还有什么意义？"童谣的眼泪终于流下来。这么多日子的委屈隐忍怀疑，都随着这句话释放出来。"你回去休息吧，"童谣低着头，"明天还有很多事，我很累，不想谈了。"

许家祺筋疲力尽地回到房间，这个世界怎么了？为什么所有的事都和自己作对！丫丫到底还是行动了，他使劲按着手背的骨头，大脑一片混乱，还有什么坏消息，都一起来吧！

第二天早晨6点，和衣而眠的许家祺被手机铃声惊醒，是陈子城。他疲惫不堪地接起来，听到陈子城用颤抖的声音说：吴清明自杀了……

许家祺还是第一次在清晨来到长江边，江水很浑，雾气散去了，江面上的风吹来，透着阵阵凉意。顺着堤岸的水泥台阶一直向下，码头上泊着几只船，船舷边靠近堤岸处堆着沙袋，芦苇织的席子和幔子。许家祺突然止住脚步，他猛地反应过来，那幔子下盖着的是什么。吴清明太太从成都赶回来了，哆嗦得站不住，许家祺和陈子城只得扶着她往下走。捞尸工手脚麻利地揭开幔子，在水渍里躺着的人显得又白又胖。吴太太惨叫一声，一屁股坐在地上。陈子城一阵恶心，转身蹲在江边呕吐。许家祺也觉得头重脚轻，那是吴清明吗？他斜睨一眼，身材个头差不多，家祺紧锁眉头，忍着恶心和恐惧，探头再看。果真。上次见面还活蹦乱跳，声如洪钟的一个人，竟然如此无声无息地躺在那儿。陈子城在五米外的地方干呕。吴太太吓坏了，瘫坐在堤坝上嚎啕大哭。许家祺急于想摆脱眼前的一切。这一切像场梦，一场噩梦，他无法适应，无法理解。原来这世界有这么粗陋惨淡的表情，他想赶快回到高档写字楼、五星酒店、头等舱的生活去，这种沉重似乎不是他所能承受的。高处的堤岸上站着个女子，穿着石青色的呢子裙，乌黑的长发挽在颈后，月白色的玉石耳环随风晃动。那不是童谣吗，双手紧紧抓住香奈儿背包的链条带子，宛若初见。

眼前的一幕，童谣几乎窒息。四年前的夏天，她也是这样在表姨声嘶力竭的哭声中顶着烈日守在长江边，看着打捞船一趟趟空手而归。多年以来，童谣一直心存幻想：也许白谣谣和冉路并没有死，他们去了无人知晓的桃花源生活，从此再不被人打扰。这一刻，当她亲眼目睹着船上抬下吴清明尸体时，那年夏天所有的撕扯疼痛都一股脑涌上心头。心里那道伤疤，被再度撕开，血肉模糊的记忆一一浮现。

一切都真相大白：吴清明和太太结婚多年一直无子，几年后两人感情也逐渐淡漠。后来吴清明和一刘姓女子交好，两人有了孩子，此女不是别人，正是刘莺。不幸的是，私生女儿患有先天性心脏病，手术医疗费用颇高，吴清明联合刘莺偷偷挪用了公款给孩子治病，没想到第一次手术不成功。吴清明看着那个幼小孱弱的身躯上留下那么长一个刀口，犹如万箭穿心。第一次没被发现，他的胆子也大了些，又第二次用假合同套了钱出来。为了能尽快挣钱补回公司，老吴在当地一个老板的介绍下，拿着钱去地下钱庄赌博，一下成了无底窟窿，拆东墙补西墙，以至于沾惹上黑社会，一发不可收拾。在陈子城来重庆查账前，黑社会已经找吴清明闹过两回，把大粪都浇在他家门上，逼他立即还钱。吴清明承受着巨大的压力，连续数日失眠，孩子的病也让他绝望，自己内敛好面子的性格又无处宣泄，陈子城的突然造访成了压垮骆驼的最后一根稻草。经过调查，那个叫高义的咨询公司股东，正是吴清明和刘莺，警察在贵州找到刘莺时，她还带着刚刚出院的孩子。

吴清明下葬当晚，陈子城和许家祺落寞地回到项目办公室，整理吴清明留下的遗物。吴清明其实还算得上有能力，无奈总是时运不济。当年在建委站错了队，以至于升迁无望；为了孩子咬牙下海，又赶上市场调控，赚钱的日子遥遥无期。陈子城在书桌里翻到他生前在废报纸上写的毛笔字，岳飞的《满江红》。这么个有情有义的汉子，年纪轻轻把自己逼上了绝路。入夜，子城和家祺坐在工地的高坡上，看着拔地而起的地基，唏嘘不已。他们买了三瓶2两装的老白干，一人干下一个，剩下一瓶洒在工地土地上，曾经还是老吴教他们：这个叫歪嘴儿。老吴到底给了股东们一个交代，没想到是以如此决绝的方式。喝了白酒的陈子城有点上头，他摘下黑框眼镜，擦擦眼角："家祺你说，是不是我逼死了他？"

许家祺本来不胜酒力，又连着几日没休息好，这会已经云里雾里，"别这么想，他女儿的病让他绝望，黑社会又逼得紧。"

"我不明白，老百姓过日子怎么这么难？中国人，他妈的是这个世界上最勤奋的民族，每天从一睁眼干到闭眼，干得快累死了，家人有病都治不起！是我们的人贱吗？是我们的奋斗不值钱吗……他为什么不告诉我们呢？我可以帮他啊，哪怕跟我老爸借钱也行啊！"子城越说越激动，声音有些哽咽。

许家祺从没想过这些问题，曾经的他，只关注自己工作和生活的方寸天地，最近这一连串的事，让他逐渐看到这世上粗糙、艰辛却真实的表情。

不管怎么说，人死不得复生，吴清明带着满腔遗憾走了，给活着的人留下许多未尽的责任和痛苦。生活还得继续，卿城项目还得继续。没有死过去，就只有爬起来。

陈子城在重庆待足了七天，办完吴清明的头七才离开，经历了人生中最不寻常的一周。海石基金的李总风闻出了这样的事，更是着急把钱抽回，半个月前还风光无限的卿城项目，瞬间就遭遇灭顶之灾。童谣周一上午返回北京，电话遥控一干同学调查、申请财产保全；许家祺又多请了三天假，留在重庆和子城一起收拾烂摊子，可惜假还没休满，就被公司急召回北京，仿佛那边也出了大事。电话里刘定坤的声音听起来严肃生硬，不像是好事。许家祺已经做好了在裁员大潮中光荣退役的准备，正好也可以全身心地做卿城，吴清明的事，说到底自己和陈子城两个股东都不上心是主要原因。他内心有愧。这愧疚是对谁，却说不清，如果自己当时盯紧些，吴清明拿不出钱，公司不至于走到这个地步，他自己不至于搭上性命。其实，即便是有了个填不上的大窟窿，他又何必要轻生，大家一起想办法解决，总是天无绝人之路吧。吴清明用这样极端的方式说了抱歉，让不得不面对烂摊子的子城和家祺，除了自责，没办法有任何怨恨。许家祺走的时候和陈子城商量好，不追究刘莺的责任，先把黑社会公司的钱还了，再想办法找钱填窟窿吧。

34. 繁华散尽

周三中午，许家祺从机场直接赶回公司，刚走进36层办公室，一种怪异的气氛袭来：先是前台用回避的眼神偷瞄他，紧接着遇到端着咖啡路过的May欲言又止。许家祺回到座位刚打开电脑，刘定坤从一间会议室里探出头："Clinton, come over."（Clinton，过来。）许家祺赶忙起身走进会议室，一进去才觉得事态更不寻常，Stephen耷拉着脑袋坐在桌旁，Richard蔡庆杰也在！正一脸严肃地看着他。旁边还有一男一女，男的有点面熟，是香港compliance（内控部门）的人，女的从未见过。许家祺被这气氛弄得紧张，有点忐忑地落了座。

"上周五晚上，大成集团是不是跟你联系过，要财务章？"等了半天没人说话，刘定坤只好先开口。

"对，"许家祺突然有种受审的感觉，"怎么了？"

刘定坤皱着眉，"前天他们把北京和广州两个监管账户里的销售收入全部转走了，付了土地款，"刘定坤顿了顿，"一共两个亿。"

"这，怎么可能！"许家祺脑袋嗡的一声。

"他们说是去报税，其实早有所预谋。"蔡庆杰终于发话，"问题是，Clinton，你怎么可以同意在没人监管的情况下让他们把章带走呢！现在是多么敏感的时期！"

"我，对不起，"许家祺脸一下红了，变得语无伦次，转念一想不对啊，"可是我没同意把章给他们啊！我说等我回来后跟他们一起去报税啊！"

许家祺发现，他话音刚落，会议室所有人的表情都更加怪异了，这时，一直没有开口的Stephen一脸紧张地喊起来，"Clinton，你别开玩笑，是你给我打电话让我把章给他们啊！"

"我，我，"许家祺简直蒙了，"Stephen，你搞什么！"他激动地讲起粤语。

Stephen转身对两个内控部门的人说，"确实是Clinton同意的，季红一开始打给我，我说我没有权力放章，章都是Clinton直接管。她说他们说好了的，我不确定还专门打电话跟Clinton核实，不信你们可以查电话记录！"

许家祺有点明白了，他气愤不已，"Jesus Christ（天啊）！你为什么这样讲！上周五晚上，季红确实给我打过电话，但我拒绝她了，你们可以去问她。电话记录能说明什么问题？关键是内容啊！"许家祺说完，突然发现所有人都用质疑的眼神看着他，很久，蔡庆杰才开口："大成公司说，是得到你确认后才拿章的，而且，他们说之前也跟你口头沟通过要转出部分销售收入去付土地款，你没有表示反对。"

许家祺呆了，他隐约记起读小学时，有个小朋友丢了钱，老师找坐在那小朋友周围的同学挨个问话，别人都很镇定，轮到自己，明明不是他拿的，却面红耳赤地说不出话，以至于所有人都怀疑。直到几天后，那个小朋友在换下的运动服里找到钱，他的嫌疑才得以洗脱。许家祺明白这是自己个性上的弱点，不够镇定大气，有时缺少自信。那场会开得无疾而终，大家都明白，Clinton和Stephen有一个人在撒谎，但说谎的人是谁，没人敢轻易确定。蔡庆杰很生气，BGC出了这样的事，不仅仅造成业务上的损失，关键是这事太不光彩。会后，他与刘定坤和内控部门的人又开了个小会，一方面，先不做任何处理，也不宜公开调查，大河证券正处于收购亚洲业务的尽调期，这种事能摁就摁，不能影响大局；另一方面，把两人手头的工作逐步卸下来，尤其是大成集团的事，不动声色地让他们回避，以观后效。

晚上，愤恨不已的许家祺拨通了季红的电话，他到底要问个明白，"季红，什么意思？你们早就串通好了是不是！"

"许总，你什么意思，明明说好的事，怎么一推三不知了？"季红答得滴水不漏，明显是防范他录音。

"你！"老实的许家祺倒真没想到录音的事，被她这样的回答气昏了头。

"许总，我要是你就多跟BGC沟通，现在采取过激行动，对双方都没好处，对你自己也没好处。你说呢？"季红云淡风轻地"建议"。"年景不好，很多事都是无奈之举，相信BGC能理解你的处境，他们早晚会明白，这是唯一双赢的选择。"

"季红，我知道你们是有备而来，我只想告诉你，BGC本来在第二轮融资的问题上态度比较积极的，你们这么做，只会把朋友逼到对立面去。"

"呵呵，许总说笑话了，生意场上有句话：没有永远的朋友，也没有永远的敌人，只有永远的利益。BGC和大成谈不上朋友，更谈不上敌人，大家绑在一起，目的是赚钱，过程和方式都是服务于这个目的的。明年市场一定会回暖，这个观点你应该也赞同，那你就该继续支持大成，把第二轮融资做成，大家一起挣大钱，这才是你最忠于BGC的表现。"

许家祺被她顶得说不出话，只得愤愤挂了电话，他一屁股瘫坐在真皮沙发里，回想起和季红的几夜情缘，脑海交叉出现她娇嗲的姿态和冷漠的声音。家祺怎么也想不明白，到底是自己的哪句话哪个眼神刺激了这个曾经有过肌肤之亲的女人，大家不是早有默契，好聚好散的嘛。他想起出事前几天，她发来的那个问候短信，难道那是她最后一次试探自己？他又想起周五在酒店接到电话时，她最后说的那些话：你呢，既不必对我歉疚，也不必怨恨；以后见着了，我还会把你当朋友，人生就这么几十年，什么缘都是缘……许家祺痛苦地摇摇头，没想到，女人，竟成了他事业的致命之伤。

夜里下了场雨，淅淅沥沥一晚，早起时温度骤降，被雨水打落的黄叶，混着发乌的青苔陷落在泥泞中，一踩一脚泥。童谣穿着加厚丝袜出了门，宝石蓝的呢子套裙配条明黄色丝巾，给这个阴霾的日子增添几分色彩。真是一场秋雨一场凉，站在路边打车时，童谣的手情不自禁往袖筒里缩。丝巾还是去年生日时李艾送的礼物，转眼快一年了，CBD的风景似乎都物是人非。前一天晚上加班晚餐时，Vivian八卦起IBD许家祺的一件大事，说他被调查了，与大成集团的销售收入监管有关。金湖茶餐厅人声鼎沸，童谣以为自己听错了，Vivian神神秘秘地招手示意她贴过去，又咬着耳朵把来龙去脉讲了一遍。听完这段"八卦"，童谣面前的干炒牛河几乎就再没动过，她拼命喝柠檬水，陷入沉默。从重庆回京后，童谣本已将许家祺定义为前男友，经过那么多事，实在没法再继续下去，虽然大家都心有不甘，只怪时机不对吧。许家祺不是个坏人，甚至都算不上花花公子，可他天性里的多情、纠结、优柔寡断，凭哪个女人也消耗不起。男人，如果不能对自己的欲望，或者没有意义的善意做决断，一定会让身边的人伤痕累累。这种伤害，甚至还要更甚于薄情寡义之人，正因为他本质不坏，所以总让人放不下忘不了，恨不起来还抱有幻想。童谣想起项北辰，他们二人表面上那么不同，其实骨子里有着同样的少年气质：善良单纯，忧郁又无力。那么，在这样重大的打击袭来时，他能否扛得过去？

头天说起时，Vivian也并不清楚详情，只隐约知道由于许家祺的疏忽，大成集团转走了原本准备用来赎回战投投资的资金，转而买了土地。从第一轮裁员的惊吓和沮丧中缓过劲来的Vivian，眯着眼睛分析："许家祺那么有经验的人，怎么会在这种事上疏忽，背后一定有原因！"她顿了顿，抬头看看四下没人，压低声音说，"不是有人陷害他，就是拿了大成的好处！哦？"她扬扬小尖下巴，等着童谣的观点。童谣眉头紧锁，她断定这其中一定另有原因，可她不能轻易表态，否则自己和家祺已然仓皇结束的地下情，必将成为BGC更为来势汹涌的八卦。下午，童谣找了个理由去IBD办公室，四下转一圈，没见到许家祺。晚上加班时，她群发了一封有关大成集团项目的邮件，抄送列表上的七八个人都纷纷回信，一直等到晚上十点，快要下班了，许家祺依然没有任何反馈。童谣有点担心，在回家路上拨通了许家祺的电话。没响几声，他熟悉的声音传出来，童谣心里多少安慰了些，"你，还好吧？"

电话那头沉默许久才传出回答："……还好。"

童谣一时也不知该怎么说，直接告诉他，自己听说了大成的事，他一定会更加郁闷，觉得消息已经满天飞，正在童谣犹豫时，家祺先开口了，"下周我准备休假去重庆。卿城那边，现在离不了人……另外，应该很快就会有人通知你，Rocket的事，以后不用发邮件给我，我可能要从项目上撤下来。"

"哦……好。"

"周末一起吃饭吧，我还想，再见见你。"

"好，没问题，你定地方，发短信给我。"听着他落寞的声音，童谣心里涌上一阵难过。

果然，第二天一早，程蔚来公司没多久就把童谣叫进了一间小会议室。

"大成把钱挪走的事，听说了吧？"程蔚轻描淡写的一句，不涉及任何人。

童谣坐在对面点点头。

"听谁说的？"程蔚冷不丁一句，鹰一样的双眼紧盯着童谣，似乎能看穿天下事。

童谣紧张片刻，随即平稳情绪，她与程蔚之间，建立着一种似有似无的默契，互相支持，又似乎不断在角力。两个天蝎座的人聚在一起，是不是注定是这样的局面？"office（办公室）很多人在传，加班吃饭的时候，听他们说了几句。"

"嗯，"程蔚点点头，"私下跟大家说说，这事就不要再传了，敏感时期，对公司不利，就是对自己不利。另外，"程蔚抬眼看看童谣，"从今天开始，Clinton和Stephen都从Rocket上撤出，以后发邮件，不用给他们了。"

童谣抿着嘴，似是而非地点点头，等着程蔚多说点细节，程蔚却也盯着她的表情，仿佛等她先发问，这样僵持了片刻，两人同时说okay。童谣低头挤了个笑容，起身准备离开，这时，程蔚充满磁性的男低音又在耳畔响起。

"Elaine，凭你对Clinton的了解……这件事，是他大意了，还是另有原因？"

凭我对Clinton的了解，这话什么意思，童谣心想，程蔚在此刻如此发问，是真心想听她的判断，还是在试探什么？她想了想，很坚定地回答："Clinton在工作上一向严谨，这么敏感的时期，不应该大意，我想，还是另有原因吧。"

"嗯，他跟Stephen的说法不一样，很棘手，Richard也很为难。你对他还是很了解啊。"程蔚补充一句。

童谣犹豫片刻，"还好。"

"行，回去忙吧。这件事就到此为止，无论谁问，我们都不做评论，你的判断，也就仅限于与我之间的交流，好吗？"

"什么意思？"童谣明白他话里有话。

程蔚耸耸肩，"你也在这个项目上，或许会有人来调查，你和他，"他顿了顿，"毕竟只是同事，有些话少说些，是对自己最好的保护。大河证券收购的事谈的差不多了，他们不可能接收所有人员，年底之前还有一轮裁员，我不希望你因为这件事成为牺牲品。"

童谣明白他的意思了，程蔚在尽量保护自己，甚至突破了下级之间应有的界限，这对于一向谨言慎行的他实属不易。那么，她是该识趣地感激，还是该发自内心的感动？童谣没有答案。

许家祺很久没休假了，每年十几天的假期，有一半都折成了三倍的工资。重庆的十一月会像北京一样萧瑟清冷吗？需不需要带上几件羊毛衫？星期六，他独自在家收拾行李，面前摆着的银色RIMOWA大箱子，从香港搬来北京时用过一次，搬家时用过一次，之后就一直安静地躲在储藏间。此去重庆，时间不会短，除非BGC招他回京问话。许家祺本来担心此刻申请休假有"逃跑"嫌疑，不会得到批准，没想到平日里似乎总和自己较劲的刘定坤，却大大方方地站在了支持他的阵营。不但毫无顾忌地批了他假，还在内控部门的调查中，为他的人品打了包票。家祺心中有些感动，可是性格内敛的他，始终也说不出一句肉麻的感激之词，只在离开办公室时和刘定坤郑重握了握手，这个东北汉子很爷们地说：谁一辈子没挫折？你刚来北京办公室的时候，我也有挫折感，所以你得清楚自己的分量，这么年轻优秀，经历点逆境，未必不是好事。我相信你的人品和能力，只要你自己不放弃，早晚，你小子还得在我们之上。一番话，说得许家祺百感交集，本来已经一无是处的北京城，又平添了几分温暖。

至于Stephen，自己平常待他不差，为何要用这么极端的方式陷害自己？许家祺还是想不通。他什么时候和季红串通在一起的？许家祺就更无从知晓。不过有一点，家祺有七八分把握，Stephen一定收到季红不小的好处，否则他不会做这么冒险的事。能给出诱惑得了Stephen的价格，也一定不是季红本人，而是她背后的大成集团。那么，一个让家祺心中一紧的念头涌上来，陈子城是否也参与其中？家祺拿着衬衫的手僵住了，想起几天前还和自己把酒诉衷肠的陈子城，想起他总是精明强悍的样子，想起大成集团第一轮融资成功后，他还曾试图给自己银行卡，许家祺有点拿不准了。不会吧，相识十多年的兄弟，会这样对待自己？转念想想，另一边是生养他三十年的父亲，还有关乎自身利益的家族企业，出卖一次兄弟又如何？许家祺觉得如芒在背，这念头压得他透不过气。怪不得，季红和Stephen会不早不晚，偏偏在卿城出事，自己离开北京的当晚打电话。如果当时自己在京，或者没发生那么多令人应接不暇的事故，怎么会让他们钻了空子？许家祺的眉头越皱越紧，他恨不得立刻打电话质问陈子城，又怕电话打通只会伤了自己的心。

晚上7点，许家祺准时来到三里屯太平洋百货后院的餐饮区，别看这地方不大，却别有洞天，吃喝玩乐，一应俱全。其中，新开业的"1949 The Hidden City"算是近来相当时尚的潮流之地。这里原是家工厂，前不久改建，六千平米的空间汇聚了餐厅、酒吧、画廊、私人会所，就像一座城中之城。最先令许家祺着迷的是这个名字，"The Hidden City"，夜色笼罩下，影影绰绰的灯光与倩影，在弥漫着独特的酒精和香水气息的红砖墙内，引人遐思无限。穿过阳光玻璃屋的糖吧，沿着地上的石砖一路行走，映入眼帘的便是Taverna开阔高大的木屋，栗色的橡木地板、泛着温暖光泽的木质餐桌，宽大的棕色皮质沙发，给人回家的感觉。这是许家祺第二次来了，环境的优雅已不足以带给他惊喜，他只想找个安静的所在，把自己也藏进这座秘都之中。

远远就看到坐在角落的童谣，黑色的短袖高领羊毛衫，长发三七分缝，紧紧系在颈后，有一绺在低头的瞬间不经意垂落眼前。她抬手示意家祺，玫瑰金色的卡地亚LOVE手镯在餐桌上那盏鹅黄色竹笼灯的映照下闪耀光辉。见面虽不突兀，笑容却有些尴尬。许家祺落座后，两人各自盯着菜单，有一搭没一搭地闲聊两句，直到点好菜打发走了服务员，家祺才从一脸倦容中勉强挤出个微笑。

"西班牙菜，不知道你喜不喜欢。"

童谣微笑点头，眼神中满溢着宽慰和善意。

"在英国读书时，有一年假期去西班牙葡萄牙，我很喜欢那里。寂寞的海岸线，安静的小镇，不很发达，也没有那么多人，适合生活。葡萄牙有一种民歌非常好听，忧伤苍凉，据说是曾经在那里殖民的阿拉伯人，被民族武装打败后，沦落在民间做苦力、佣人、妓女，生活状态从统治地位一下跌入生活底层，又无望回到家乡时唱的歌。"

"你说的是Fado吧？"

"你知道！"许家祺有点诧异。

"Fado is Fate，有人说这是世界上最悲伤的歌声，因为命运本来就是世界上最无奈的选择。"童谣悠悠地说。"但是Fado里最精髓的唱腔是saudade，没有它就是自怨自艾，有了它，fado就有了劲儿。"

"saudade是什么？"

"是渴望。被命运左右，却又可以超脱命运的灵魂。"

被命运左右，却又可以超脱命运的灵魂。家祺仔细品味这句话，觉得童谣有所指，这种灵魂，需要强大的精神力量做主人，"没想到，你对这个还有研究。"

"没研究，闲来无事的时候翻过几篇文章……什么时候去重庆？"

"明天一早。"

"打算待多久？"

"看情况吧，我收拾了一个大箱子！"许家祺故作轻松地比划一下，透着点孩子气。

"那件事……有说法了吗？"

"还没，只说让我配合调查，工作暂停。"他咽下口冰水，皱着眉低下了头。

童谣心里隐隐难过，伸手握住他的手，"会过去的。所有当时觉得过不去的坎儿，回头看，还不都已经是往事了。"

"你相信我吗？"家祺抬头问。

"当然了，我从来没怀疑过你的人品和能力。而且我相信，大家心里也都有数。"

"唉，我今年大概真是冲太岁，什么都不顺，你也离开我了。"

童谣没想到他会突然这样说，一时不知该怎样作答。

"我也是自作自受，当初如果没和季红走那么近，也不会有这些事。"家祺太累了，只想把内心最真实的感触表达出来，完全忽略了童谣作为"前女友"听到这话时，脸上扫过的尴尬。

"Stephen怎么说的？"童谣并不清楚事情的全部经过，只听闻两人说辞不同。

许家祺把调查时的情景和盘托出。童谣听得仔细，渐渐明白了其中的奥妙。"他们打电话给你，就是那晚我们在洲际房间里说话的时候，是不是？"

"没错，就是那天！"

"当时，季红好像跟你说了不少话？"

"是……"许家祺想起他当时唯恐童谣觉察的忐忑心情，有点脸红。

"她跟你说什么？"

"她说，嗯，也没什么，奇奇怪怪的。"家祺觉得很尴尬。

"呵呵，"童谣低头笑笑，"这是大事，你说吧，我不会介意的。无论最后还要不要留在BGC，总不能带着污点离开。我不太赞同你的态度，职场上没有清者自清的说法，你也明白，track record（过往履历）太重要了。和异性客户关系暧昧，总好过诚信存疑的罪名。"

童谣说得没错，这个行业里，个人生活活色生香的大有人在，不会有人拿来说事；可若是圈子里传你没诚信，或者有收受贿赂之嫌，你的职业生涯就基本结束了。

"她就说七年前我们一起做项目时对我的印象，后来又说，什么缘都是缘，让我不要怨恨她。现在想来，她当时已经决定要栽赃我了，才会这么说。"

"哦？她这样说？"童谣有点惊讶。

"对啊，最毒不过妇人心，我当时完全没意识到。"

"也未见得。她能这样说，说明她也并不是完全没灵魂的人，对你，多少还有些情谊，所以不想把事情做绝，也不想你记恨她……想来她这么做，也有自己的不得已。毕竟，像她这种出身的女人，不用非得走这种邪路，凭着那几张文凭和以往的工作经历，再加上脸蛋头脑，想混出头也不难。冒这么大的险，不值得。"

"你同我想的一样！她背后一定有人指使，而且，做这么冒险的事，一定是大老板点头的，所以，这几天最让我担心的是，"家祺紧张地看着童谣，"你说，陈子城知道这事吗？"

"子城？"童谣愣了愣，想起那天他们在重庆的情景，"不应该吧，如果他当时就知道，那可以当影帝了。"

"可是，他们为什么能赶那么巧，我下午才到重庆，晚上电话就到了。如果我当时在北京，我一定会赶过去，他们一定得逞不了！"

"只要你不在办公室，他们就有可乘之机，把章取走再说你电话里同意了也一样。只是如果你在北京，立刻赶过去，他们可能还来不及去银行转账。子城是你最好的朋友，这样想，只能是折磨自己。"童谣安慰家祺，心内也隐隐存疑。

许家祺陷入沉默，这个想法确实很折磨自己，可他又没办法把这念头挤出脑袋。正郁闷，电话响起来，不是别人，正是陈子城。

"在哪里啊？我刚到北京。"他声音听起来依旧如故，大大咧咧。

"和童谣吃饭。你来北京干嘛？"

"来干嘛，找钱呗，你们不是要退出吗，得想办法凑钱还哪。"

"找钱？你们现在不是有钱了吗？"家祺话里有话。

"那些钱哪里够。不说这个了，你明天是去重庆吧，今晚有时间吗，我还有事要找你。"

许家祺也正想会会他，遂应下了。

秋夜里凉意袭人，还未到全市供暖的日子，窗外不知何时淅淅沥沥下起了雨，昏黄街灯下避雨的路人都瑟缩着发抖，家祺看着心更冷，从来不胜酒力的人，竟主动叫了瓶红酒，和童谣不谈工作不论关系，天南海北聊了许久，才带着醉意往陈子城住的中国大饭店去了。算起来，许家祺来北京快要第三年，心底里，他和Stephen想得不差，从来只当自己是外人，脚下这座千年古城不过是又一个过路的地方。他没想在这里落地生根，即便牵着这儿的女孩的手走过皇城根儿，他也只当自己是过客。只是没想到，本来春风得意的地方，会瞬间消磨得自己凄凉惨淡，伦敦、纽约、香港，还从来没哪座城给自己留下如此不堪的记忆。他心里多少有点怨恨。到了大堂打电话，陈子城照例在阿丽雅的酒廊。家祺进去时，看他对面坐着个西装革履的男子，见到自己，子城和那人简单两句，握手送他离开。

"谁啊？"家祺落座后便问。

陈子城听着有点不习惯，许家祺修养向来很好，从不主动探问，仔细看他面孔发红，不用说是喝了酒，倒也不奇怪了。"一个地产基金的，不靠谱。"子城摇摇头，"去我房间说？"

"就在这吧，给我来杯whisky（威士忌）。"

陈子城觉得他与往常不同，只当是因为卿城项目的事烦闷，也不多说，招手点了酒，给自己也加一杯。对于不常喝酒的人，纯粹的威士忌口感干涩，许家祺喝下一大口，眉头紧蹙，直盯着子城不说话。

"昨天是老吴三七，我在院里烧了些纸钱，你明天到重庆再去看看刘莺吧，他女儿看病的钱我出，让她别想不开。"子城说完看家祺依旧没有开口的意思，兀自接下去，"李总下午又给我电话，出了这样的事，基金的钱无论如何留不住了，我们得想办法再找钱，把他们置换出去。老吴挪走的那些钱，恐怕你我一时也拿不出那么多现金来，说到底，还是我用人失察，我想把广州的一套房卖了，先填上这个窟窿。"

"房子不是你老爸买的吗？你如何卖？"

"是他买的，但在我名下，我偷偷卖了，等他知道再说，先救急，以后赚了钱再补给他吧。"

"也是，毕竟你们是父子，到底一家人，分什么你我。"

陈子城听他话中有话，也不明就里，"你这次去打算待多久？"

许家祺两手在空中挥了挥，做了个不知道的动作。

"待多久都不知道，你哪来这么长假期？BGC能放过你？"

许家祺眯起眼看着陈子城，心中涌起股无名火，"BGC当然不会放过我，托你家的福，我能休这么长的假，恐怕日后再不用起早贪黑了呢！"

"你一晚上阴阳怪气，到底什么意思！"陈子城也终于忍不住。

"我什么意思？难道跟我还要装傻吗！你们一家子使尽下流手段偷出那两个亿，把脏水泼到我身上，可笑我还一直在BGC帮大成说话，所有人都当我拿了大成的好处，给朋友放了水！我前程都毁在你们手里了，你知不知道！"

陈子城早都憋红了脸，认识许家祺十多年了，头一次见他发这么大火，竟还是冲自己。子城又哪里是能受委屈的性格，何况他确实莫名其妙，"你喝多了吧！满口胡言乱语！什么叫'偷'，话别讲那么难听！这两个亿哪一分不是我们自己流血流汗挣出来的！

你们才是些见利忘义的小人，光景好的时候，各个赔足了笑脸排着队来找我爸，这还没到生死存亡的时候呢，釜底抽薪的事干了不说，恨不得伸手掐死我们，骨髓还要吸一吸！哼！"

"好，我早就猜到是这么回事！到底你还是姓陈，不用到生死存亡，就你们、我们分得清楚了。我真是糊涂，早听人说朋友之间不过利，当初无论如何不该介绍BGC给你，还做什么卿城！早散了完事！"许家祺一口咽干杯中酒，将玻璃杯重重放在桌上，气冲冲起身离去。

陈子城在周围的侧目中，站也不是坐也不是，摔杯子也不是，买单也不是。他懊恼委屈，坐在那里生闷气：什么意思，冲着我来了！我为了卿城夜不能寐，连卖房子这样不得已的办法都想了，他不帮忙不领情，还劈头盖脸骂我一顿！真是吃错了药。足足憋闷了十分钟，一团愠气依然堵在心口，这样回去是断断睡不着的，子城掏出手机拨通了邱媚的电话。两人约好，半小时后在德胜门池记串吧会面。

广州一别，足足一月未见。陈子城本来答应邱媚尽快来京找她，谁想一月之内出了这么多事，各种牵绊委屈，心情与"十一"时截然不同了。池记是邱媚推荐的，子城只说找个吃夜宵的地方，邱媚左思右想，要有北京特色，还得是自己买得起单的地方，那么这一家最合适。初秋的寒夜里，守着一铁皮桶热腾腾的涮毛肚，泛着火星的银炭上滋啦流油烤着肉筋，再来口醇烈的二锅头，京城的冷雨夜才有几分味道，几分温暖。晚上十一点，陈子城一脸愁容走进小店，掀起薄棉门帘，烤肉浓郁的香气扑鼻而来，邱媚靠窗坐着，银灰的兔毛翻领衫，配一对粉水晶耳坠，头发从两侧挑起两绺，翻卷着别于脑后，面颊上红晕翻飞，特别可人。一瞬间，陈子城有点忘了那些烦闷情绪，刚喝下的威士忌似乎后劲方起，心跳变快，双耳发烧。

落座之后，两人都有些不知所措，邱媚点了烤肉、涮毛肚、烤鸡翅、烤蘑菇、烤土豆片。服务员问喝什么，邱媚看子城，等他的意见。

"他们喝的什么？"陈子城指指对面桌上放着的小玻璃瓶。

"二锅头。"邱媚笑着答。

"来一瓶？"子城试探着问，见她微笑着点头，就欣然下单了。

两人边喝边聊，菜还没上齐，二两装的牛二就见底。子城看邱媚脸不变色心不跳，又多叫了两瓶。很久没这么惬意地喝过酒，他正需要这样一次释放，最近压抑的日子让人透不过气。邱媚真是女中豪杰，眼看二两下肚，一点反应没有，话还是不多，静静听子城说话，还不停把烤物从竹签上撸下来，方便他夹着吃，贤惠又温柔。

"是不是做销售的都特别能喝啊？我看你都不吃东西，真厉害。"陈子城忍不住问。

邱媚脸上掠过几分不以为然，"才不是，我从小就能喝，我爸是维族人，跟你们汉人的血不一样。"

陈子城惊叹："怪不得看你不像中国人，你小时候在新疆长大？"

邱媚摇摇头，"在兰州。我爸妈早离婚了，也就是我两三岁的时候吧，我一直跟我妈过。对我爸都没印象了。"邱媚垂着眼睛回答，也看不出情绪起伏。

"这样啊，你后来都没见过你爸吗？"

"没，他早回新疆了，又结了婚生了孩子，他可能都不记得还有我这么一个女儿吧。对了，我有他照片，给你看看！"邱媚眼睛亮了亮，找出钱夹。在内侧透明的夹层里，有张发黄的合影，八十年代初期的拍摄手段，刚刚改革开放的内陆城市风貌，一对年轻夫妻抱着个婴儿，女子清秀白皙，男子英俊潇洒，一看就是异域风情。"怎么样，帅吧！"

"嗯，确实帅，难怪你这么漂亮。"陈子城情绪再低落，嘴也还是甜的。

邱媚又自己端详了会，淡淡一笑，"啪"一声合上放进背包，"帅有什么用，现在在人群里遇到，互相都认不出来吧。"

陈子城不知该如何安慰："唉，都差不多，我父母也离婚了，我也很久没见过我妈。我爸现在的老婆，比我大不了几岁，又有了小孩。我比你还惨，我十几岁就被我老爸送去英国，一直一个人。这么多年，就见过我妈两回。读书的时候，老爸从来不管我，毕业找工作，他又什么都要做主，什么都要管。"

邱媚有些诧异地看着陈子城，"你妈后来又结婚了吗，不想你吗？"

"她，"子城顿了顿，想起些很久远的往事，"唉，我八岁那年，我爸刚下海，没多久交了个女朋友，我妈当时在武汉学习，我爸就有时带着我和那女人一起吃饭逛街什么的。我那时候小，懵懵懂懂觉得他俩有点不对劲，但也不很懂，小男生嘛，不像女生那么敏感，每天就是疯玩。等我妈回来听到闲话，有一次堵在家里，为这事闹得要死要活，终于还是离了。离婚也就罢了，讨厌的是后来有人跟她说，你儿子早知道这事，天天跟你老公和那女的混，早被收买了。从此以后，我妈就对我仇恨满腔的，觉得我贪图我爸的物质条件所以向着他，每次见我都说我是叛徒。你说我冤不冤！"子城摊开两手，玩笑中掩饰着一丝无奈和委屈，"本来我也是受害者，从小家庭不完整，父爱母爱都缺失，还搞得猪嫌狗不爱的……"或许是酒精作用，子城突然有点难受。

"你妈现在还这么说你吗？"邱媚轻柔地问。

陈子城闷下一口酒，摇摇头，"后来她去加拿大了，一心信教，也就不说从前那些事了。反倒是我自己，有时候给她打电话，听到她声音那么老了，对什么都淡淡的，心里挺不好受。想起她年轻的时候，那么有劲地跟我爸闹，那么义愤填膺地说我，"子城脸上挂着笑，声音却有点哽咽，"唉，其实她挺不容易的，五十多了，没一个亲人在身边。我有时候挺自责的，她就我这么一个孩子，我却不能为她做任何事，还给她心里留下个大疤……"

邱媚嘴角一瘪，眼泪先流下来，同是天涯沦落人。

"怎么了？"陈子城看着邱媚，边笑边抹眼角。

"想我妈了！"她拿过餐巾纸擤鼻涕，"也不知道她现在干嘛呢，睡了吧。我小时候特别不懂事，让她受了很多委屈。我妈年轻时可要强了，在少年宫老师里也是数一数二的。现在就属她看着老，我在网上买瓶油给她，她都舍不得用……我现在唯一的愿望，就是多赚点钱，将来把妈妈接到身边，让她吃好点穿好点，再不让她伤心了。"邱媚的眼泪哗哗流下来。

"唉，别难过，谁都有年少不懂事的时候。你好歹还有个目标，我呢？呵呵，我们这代人真是可怜，这个时代捧你毁你，都只是一瞬间的事。我这么卖命的工作，无非想做出点成绩，让老爸正眼瞧我一次！可为什么，那么背的事情都能找到我！邱媚，告诉你一件事，这几天，在我心里压得真是太难受了。"子城拍拍胸口，又喝下一大口白酒，"我一个同事，上个月自杀了。他把公司的钱卷跑了还不上，就这么，一走了之了。我没办法，真的没办法接受，我不知道该怪他，还是该内疚。看见他女人，我觉得对不起，看见他小女儿，我也觉得对不起……我他妈的看见谁都觉得内疚！还得到处求爷爷告奶奶地借钱，还得偷偷摸摸地卖房子，要不公司怎么撑下去？那么些等着发工资的人，我怎么对得起？我也想一走了之啊，我做错什么了，谁对得起我了！许家祺，这种时候阴阳怪气地教训我，要跟我一拍两散！我们是十多年的朋友，在这种时候，我最难的时候，他跟我翻脸！我做错什么了，到底做错什么了？"陈子城喝多了，也是这个月压力太大，他控制不住地流眼泪，憋了许久的委屈释放出来。邱媚的倾听和安抚，是他在这样的秋夜里，唯一的温暖。

邱媚有点听呆了，自杀、破产、背叛、翻脸，她完全没想到陈子城在过去一个月竟然承受了那么大压力，那么多委屈。本来她心中还嘀咕为什么广州一别，子城的热情似乎有所降温，看来是自己误会他了。此刻，他虽然失了态，但那不是信任和依赖，又是什么。看着平日里乐观顽皮的大男孩，此刻那样无助和委屈，邱媚心里升起浓浓爱怜，她伸手握住了子城的手，眼泪也跟着流下来……

第二天一早，陈子城在邱媚房间醒来时天已大亮。他迷迷糊糊地看着这个田园般温馨的小屋，到处是鹅黄粉嫩的颜色。床头柜上的玻璃杯里盛着蜂蜜水，床边还静静放着双天蓝色棉拖鞋。对面衣橱上摆着张照片，是少女时期的邱媚，穿着鲜艳的演出服，手捧鲜花，站在一幅宣传展架前，黑白相间的底色上写着：舞剧大漠敦煌，主演邱媚。

"你醒了?" 邱媚听到卧室有声音, 推门进来。

陈子城睡眼惺忪地看她, "你要对我负责, 我可什么都记着呢!"

邱媚愣了片刻咯咯笑起来, "去洗洗吧, 牙刷毛巾都是新的, 我做了酸汤面皮, 喝完酒吃这个最舒服了。"

子城心底升起股甜蜜, 跟着她往洗手间走, 看到客厅沙发上放着枕头被子, "你昨天在这里睡的?"

"可不是嘛, 怕你说我趁人之危啊!" 邱媚俏皮的一笑, 温柔妩媚, 陈子城握住她的手, 心中满满的心疼和爱意。

35. 死而后生

周一清早, 童谣刚进办公室就接到个陌生的电话, 一个拿腔拿调的男子找童小姐, 她定神分辨, 突然意识到是久未联系的杨阳! 这家伙, 不逢年不过节的, 怎么回国了。哦, 她竟然差点忘了, 杨阳在纽约供职的公司不是别处, 正是雷曼兄弟, 如此说来也就不足为奇。虽然已是 "失业青年", 他说话方式依然如故, 颐指气使, 自信爆棚。聊了十多分钟, 相互关心了各自公司的现状, 又说起美国中国的经济大环境, 不一样的担忧, 一样的感慨。挂电话前, 两人约好晚上一起吃饭, 童谣就近定在嘉里中心的日本桥餐厅。

一整天, 忙得脚打后脑勺。财务章脱管事件, 合规部门还在秘密调查中。下午, 程蔚召集Rocket项目的主要人员开会, 闭口不谈销售款被挪用的原因和责任, 只讨论后续应对措施。投行部和直投部, 在大成集团的未来发展潜力上, 有着非常一致的积极判断。只是, 如何将这个Pre-IPO项目, 成功完成IPO, 什么时间, 以什么价格, 此时此刻, 大家心里都没底。讨论了两小时, 确定一个统一的方向: 虽然未经投资人许可, 擅自挪用被监管资金, 大成集团已构成整个夹层投资的重大违约, 可立即据此提起诉讼, 但综合考虑正在收购期间的BGC此刻无法承受任何负面信息, 同时, 大成集团依旧存在未来可预见收益, 这个项目还是要 "保", 而不能 "打"。童谣看着刘定坤带领的IBD团队, 少了许家祺和Stephen两元大将, 显得势单力薄, 有几分恍惚。

散会时, 程蔚让童谣留一下, 给她看他黑莓上刚收到的ED派驻大成集团董事Mark发出的措辞严肃的英文邮件, 大意是大成集团此次擅自挪用监管资金用于购买未经董事会书面批准的地块, 构成合同项下重大违约, 如果BGC不采取任何有效、积极的措施,他们将正式考虑启动诉讼程序。ED公司是德国数一数二的大投行，保守严谨不仅体现在他们的工作作风上，也深刻影响着他们的投资策略。金融危机一开始，ED就开始在亚洲投资业务中逐步撤退，房地产行业尤其避之不及。一年前，ED跟随BGC投资大成集团，以两亿美元出资成为第二大机构投资人，谁成想大成上市折戟而归，两亿变二十亿的梦想破灭不说，随着中国地产市场寒冬到来，大成集团的季度市场估值过山车一样往下滑，眼见两亿美元都收不回来了。ED中国首代Mark，担心这一个项目就足以毁了他前程，他不想再押注于后市，只想尽快保本撤出，这样没有功劳，至少也没有大错。有这样想法的不止ED一家，那家犹太基金也迅速站在ED一边。犹太基金因为投资份额少，在大成集团董事会中没有席位，所以只能揪着童谣闹事，说BGC作为银团代表，没有履行Fiduciary Duty（受信义务）。他们闹归闹，毕竟隔一层，不能直接对大成集团动手；ED就不同，第二大投资人，Mark和程蔚一样，在大成集团董事会中同样任董事，虽然ED只有他一个席位，不比BGC（BGC的蔡庆杰也是董事之一），投票时没那么好使。但当初为了保护单个投资者利益，在章程中赋予了所有董事veto right（一票否决权）。这一招可不是开玩笑的，Mark每每与程蔚意见不合，就拿Veto right吓唬人，眼看要在战投内部另立旗帜，不和BGC保持一致了。

童谣当然知道这封信的厉害，Mark为人也是说一不二。ED作为单一投资人提起诉讼没有任何法律上的障碍，他们先主张，就有可能先受偿。两亿美元不足以拖垮大成集团，能拖垮大成集团的是市场恐慌。一旦发生第一桩诉讼，本来就不好的市场销售会雪上加霜，关键是各家金融机构在这种情形下必定，也只能，跟随提起诉讼，以防血本无归。"挤兑"一旦发生，大成就只剩破产一条路了，到了破产清算阶段，有土地做抵押的商业银行贷款还排在投资银行夹层投资之前，等轮到BGC受偿，恐怕连豆腐渣都剩不下。程蔚眉头紧锁，"你怎么看？"

"诉讼当然是万不得已的最后一条路，于大成，于任何一家战投都没有好处，Mark不应该不明白这样的道理。"

"或者，他是想只要跑赢了我们，先主张，就能先把他那两亿拿走，剩下的三文不值两文卖了，还够不够还其他人，他也不关心了。"

童谣想了想，摇摇头，"我觉得不会。首先，咱们的交易架构都做在境外，大成的资产都在境内。ED如果起诉，只能在境外诉，境外判决不能直接在境内执行，像香港这种和中国签过treaty（合约）的，也还要走'申请承认执行'的程序，少说半年，再加上前边判决的时间，后边执行的时间，等ED摸到大成资产，也得一两年后了。但是，ED在境外一诉，立刻就构成境内商贷的交叉违约事项，人家在境内，又有土地押在手上，都执行完了，境外的判决恐怕还没'承认'完呢。Mark有那么强大的律师团，不会不清楚这些。"

"所以，你觉得他只是拿诉讼来要挟，其实另有目的？"

"没错。最不愿意看到诉讼的，是陈大成，他资金链本来就快要断了，任何一点风吹草动都经不起，ED要是真sue（起诉），不用等判决，立案不出三个月，大成集团就可能倒。所以，用这招吓唬陈大成是有用的。第二个不愿意看到诉讼的，是我们，因为如果他先诉了，他就有可能先跑，我们投的是大头，最后很可能血本无归，所以这招吓唬我们，也是有用的。吓住了陈大成，吓住了我们，他那两亿不就有人接盘了嘛。"

"嗯，他要真铁了心走诉讼这条路，大可不必告诉我，免得我先一纸诉状递上去，他岂不是更亏。只是，即便吓得住我们，要立时三刻凑出两亿美元，把他买出去，也不容易啊。"

"的确，我们恐怕得早作准备，看有没有可能出一点。如果我们又投了第二轮，其他几家有可能也跟着出点，大家凑凑，兴许顶得过去。关键是，陈大成那边也得找钱预备着。他不是总埋怨战投把他的股份稀释得够呛吗？这不正是他收回一部分股权的好机会。"

"没错，现在这个市场，我看Mark也没抱赚钱的指望，老陈如果能用成本价收回股权，两亿美元白给他使一年，可真是大便宜。他砸锅卖铁也应该把这钱预备好。"

"是，只是要快，市场这么差，见没见底也不知道，要是再跌得厉害，Mark真急了，干出鱼死网破的事，也不是不可能。"

"这样，你马上准备一份memo（议案），就按照我们再跟投五千万美元来写，算算对总体回报的影响，强调这既是保全原有投资的策略，也是争取更大利润空间的机会。我马上跟香港沟通。"

"好。"童谣说完却并不起身离去。

程蔚一眼看出她还有话要说，"怎么了，还有什么事？"

童谣犹豫再三："Clinton那边，有结论了吗？"

"还在调查中。"程蔚跷起二郎腿，铅笔在手中转了一圈。

"哦……你估计，会怎样处分他们？"

"这个很难讲，要看性质。如果只是疏忽还好说，如果牵扯到利益交换，恐怕没那么简单。"

"公司会起诉他们吗？"

"我真的不知道。我也从来没遇到过这样的事，而且，到现在这份上，也不是我们个人可以影响的了。"

"如果能有证据证明，是有人做了局，并不牵扯利益交换，公司会不会不再追究？"

程蔚眯起眼看童谣，寂静的会议室，仿佛听到二人的心跳。"他们两人的证词完全相反，证明一个人无辜，恰恰说明另一个人有罪，我不知道你有什么办法证明，但无疑，除了他们二人，还会牵连到无辜的人。这就是为什么我始终不建议你过度关注这件事。公司自有公司的分寸，不管你出于什么目的想要帮助他，首先要对自己负责。"话已经说得很明了，程蔚不让童谣掺和这件事，是对她的保护，也是斩断自己内心深处的忧患。

晚上7点，杨阳的电话打过来，正在专心写议案的童谣才猛地想起还约了晚餐，连忙拿了钱包往嘉里中心赶，不免又被杨阳奚落一番："多大干部啊，胡哥都没你忙！"他和一年前见面时没什么变化，只是头发胡子略长了些，没那时精神。童谣不睬他，低头点菜，被杨阳这样编排也不是第一次，童谣今天很累，没精神跟他针锋相对。等到寿司上桌，话题也渐渐热络起来，对童谣来说，杨阳不仅仅是儿时旧友，他们更是有着相似背景和思维的同道中人。童谣关切地询问杨阳未来的打算，杨阳喝下半杯清酒摇摇头："还没想过，休息一段再说吧，这几年可是累死我咯。国内怎么样，受冲击大吗？"

"也不小，我们已经裁过一轮了，年底前据说还有一轮。"

"BGC还不错啊，大河不是要收购你们吗？"

"唉，谈了快两个月了，也没个准信，什么结果谁也说不上，再说，大河收购，也不会所有人都接收，以后依旧不好说呢。"

"也是，别像我们，妈的被Barclays（巴克莱银行）闪了，最后BOA（美国银行）也掉头收Merrill Lynch（美林集团）了。"

童谣笑："是，真想不到华尔街有这么一天，风光不再了。我看现在很多人都骂华尔街，快成老鼠过街了。"

杨阳皱着眉摆手："他们知道个屁！在华尔街工作的人，从来没在社会上得到过应有的尊重。为什么？你拥有财富掌握权力的时候，政府敬畏你，老百姓羡慕你，舆论也捧着你；一旦演砸一回，那些敬畏、羡慕、吹捧，通通变成了指责、妒忌、捧杀！华盛顿和华尔街，就像一个家的两兄弟，前者负责布置工作、维持秩序，对内张罗，对外宣传；后者负责把家族成员创造的价值，挣的钱，攒在一起，变着法多挣钱，一块变两块，两块变十块。两个家伙其实都不干具体事，不是劳动者，但都有贡献。年景好时，人人都捧着华尔街，买股票，买债券，买金融产品，靠华尔街来丰满自己的荷包，来实现自己的住房梦；不好时，华盛顿就带头指责华尔街，说他拿老百姓的血汗钱不当钱，贪婪挥霍，是人性污点的大阴沟。这公平吗？再说说咱们自己！"杨阳拍拍胸膛。"几年前，我刚进雷曼那会，清华经管学生会，请了两三个我们这种在投行的人回学校演讲，给师弟师妹讲如何才能进国际大投行。那鲜花和掌声，从开场到结束，就没断过。满场艳羡的小眼神啊，当时非要让我们留下邮箱，解答后续问题。不是我跟你吹，之后各式各样的邮件，拐弯抹角让我推荐的，直接发玉照想进一步'发展'的，半年后都有。前几天，有个当年留校的同学知道我回来，非让我去和师弟师妹们分享金融危机的切身感受，说我来自风暴核心——华尔街雷曼。我本来死活都不去，多丢人啊，失业青年，分享失败吗？后来这厮骗我说回来几个同学在学校聚会，我没多想，蓬头垢面就去了，结果真有几个哥们，就是除了他们，还有一屋子学生。没办法，只好硬着头皮坐下。等一介绍，一听我这背景全冲我来了。你知道，小孩们一开场问我什么？"童谣摇摇头。"一个毛头小子，站起来煞有介事地说：舆论认为，这场金融危机是华尔街的贪婪和疯狂导致的，却要全世界人民来买单，您同意这种说法吗？还有，从社会精英到失业青年，您个人从人性的角度对这场危机有怎样的感触和反思？"

童谣笑起来，"问得挺直接嘛，你怎么说，有没有代表咎由自取的失足青年好好悔过自新？"

"我问了他三个问题。第一、舆论是谁？舆论就是真相吗？你也是舆论的一份子吧，今天在电视里听一耳朵，明天也可以有样学样地指责华尔街，可是，你们，谁曾经真正了解华尔街，了解那的游戏规则，了解生活在那里的人？第二、全世界人民又是谁？什么时候，华尔街的工作者们就不再是世界人民的一份子了？你知不知道次级贷实现了多少贫民的住房梦？危机前，人人排队买金融产品，全都挣钱，华尔街挣大头；危机了，买了的都亏钱，我们破产失业。没有买单吗，不公平吗？第三、什么叫人性缺陷？什么叫华尔街的贪婪和疯狂？资本本来就有逐利的天性，又不是做慈善。你有听说过只赚不赔的买卖吗？我没听过。自由经济的必然结果，就是有人致富，有人破产，太正常不过。华尔街的人没偷没抢，世界上再没有什么行业的人比他们更勤奋，更智慧，更勇敢，更具有奋斗精神并且渴望成功！从人性的角度反思？我在清华的四年，每天晚上11点离开图书馆时，都能看到你们辅导员在女生宿舍楼下谈恋爱；在MIT两年，为了能得A，每门课我都录下来不分昼夜地听，以至于我的左耳听力都受损。在雷曼这几年，总部办公室，凌晨1点从来灯火通明，还在工作的同事肯定比你们上公共课的人多。我的同事们，来自世界各地，都受过最棒的教育，都很聪明有趣，有的能说七八种语言，有的能把全世界几乎所有国家的会计准则烂熟于心，有的搭几十上百页的model（模型），眼睛都不眨一下。这些人，在任何一场竞争中都是优胜者，从校园到职场，被我们淘汰了的，进了美联储，进了监管机构，进了媒体。因为危机，否定这样一个优秀的群体，说他们是人性贪婪和疯狂的象征，这公平吗？华尔街的banker（银行家），也是有血有肉，有爱恨情仇，有理想有抱负的人，不是机器。插一句题外话，刚才我穿过舜德楼，看到周四有一个Blackstone（黑石）中国的校园推广会，请问你们谁不去？"

"呵呵，你挺不按套路出牌嘛！人家等着听反思呢。"童谣捂着嘴笑。

"我说得不对吗？我从来都觉得自己很优秀，哪怕现在失业了，我依然这么认为。反思什么，反思自己一直太努力？高考，出国读研，找工作，每次都胜出？要指责，就指责自由经济本身存在发展的瓶颈和弊病，过几十年就得犯一次病，不要批评那些为了成功起早贪黑努力奋斗的人。还有，下来以后，我一直在想一个问题，当年如果美联储给我差不多的待遇，我会不会去？想了很久，我还是觉得不会。"

"为什么？"

"诶，我问你，如果现在证监会和Goldman（高盛），都给你一百万美元，你去哪？"杨阳盯着她问。

童谣笑着摇头。

"真的，你认真想想，就比如真有这么两个offer，这对我的思考很重要。"

"……可能还是会选择Goldman（高盛）吧。"沉思了很久，童谣回答。

"你看，一样啊，你个女孩都会这么选。为什么，你想过吗！Goldman（高盛），牛啊，洋气啊，姑娘小伙儿，个顶个精神。不是哈佛的，就是沃顿的，最次也得是你们伦大的！"杨阳手舞足蹈地比划，还不忘逗逗童谣。"五星级、头等舱，有没有想过所谓虚荣的心理需求是什么，就是体面有尊严地活着！这些华尔街都能给你，优雅的氛围和优秀的环境。那里每个人都很勤奋敬业，发自内心地热爱自己从事的工作，为自己所在的团队骄傲。像我那时候，出去特爱给人发名片，你要是让我现在去一民企，给钱再多，也不会有这种感觉。所以，投行的号召力，决不仅仅是金钱那么简单，那都是被媒体刻意丑化的。它更像是一个领奖台，一种证明：我是优胜者，我奋斗，我得到！这不是凝聚力是什么，这不就是华尔街的魅力所在嘛！"杨阳拍着自己的胸口，激动地说。

童谣拖着下巴微微点头，思绪飘回了废寝忘食工作的办公室：谈判时激烈的辩论；交割时彻夜不眠的等待；电话会上尖锐的问题、紧张的呼吸；甚至是年会的红地毯，水晶六角星，香奈儿小黑裙……一切仿佛还在昨天，还依稀看得到程蔚袖口的字母刺绣，Jack一丝不苟竖起的发梢，Vivian耳麦下露出的钻石耳钉，还有，许家祺，永远笔直的裤线，雪白的衣领，长期睡眠不足而微微凹陷的双眼。此时此刻，他们都在哪里，过着怎样的生活，温习怎样的回忆。

一个时代快要结束了，第一次，童谣在心里问自己，你，是不是也有离席的一天？

"想什么呢？"杨阳吃了口海胆，没忍住问道。

童谣从思绪中拉回，愣了愣，"没什么。"

"不说工作了。你现在怎么样，"他停顿片刻，"交男朋友了吗？"

这话该如何答。自己和许家祺算是分手了，何况要说有，杨阳必定又有一堆的话要说。"没有。"

"你跟他分开后，就一直再没谈过吗？"

"怎么可能。"童谣脱口而出。她第一分钟就猜到杨阳又要扯到这，却依然无法控制情绪。

杨阳不傻，他当然听出这话里的对抗和不满，"你们现在还有联系？"

童谣低着头不说话，半晌，才压抑着情绪懒懒地答："联系什么，有必要吗？"

"唉，何必呢，搞得跟仇人似的。到底他家出了事，也不能算对不起你。毕竟好过一场，干嘛不多想想在一起的好呢？"

童谣没忍住，立刻冷了脸，天蝎座的特点暴露无疑，"两人之间的事，只有当事人明白，家事败落就能理所当然成为移情别恋的借口？何况他怎么对我的，你不知道吗？"

"嗨，那么久的事了。按说你们俩分手，我应该最开心，可话说回来，这么多年朋友，不说爱不爱的，就这些岁月堆积起来的亲切，也足够一笑泯恩仇了。你们刚分手那会，我是挺生他气的，那年我在兰州见他时，还和他打过一架。但是现在毕竟这么多年过去了，有些事也该放下了。"杨阳想起当时和项北辰在西北小城的烤肉馆打架的情景，怎么也无法和CBD绚丽的夜色联系起来，仿佛过了一个世纪。

"你们还打过架？为什么？"童谣很诧异。

"为你啊！把你让给他，他又没照顾好你。嗨，男人年轻的时候，不都为这些事打架吗，没什么。后来他跟我说，他不能拖累你，你已经走上了和他完全不同的道路，你又那么倔，他不松手，你是绝不会放手的，最后只会害了你。"

"难为他还能想到这些。他和那女的现在怎么样？你们有联系吗？"话一出口，童谣惊讶自己仍有几分紧张。

杨阳犹豫片刻，"去年春节时，听说好像是结婚了吧，我也很久没消息了。"

结婚了，他到底结婚了，娶的不是自己。一瞬间，年少时说过的诺言，流过的泪，全都涌上心头。在那些凉爽的夏夜，他们曾牵手畅想蜜月之旅，如今一切都远去，不知他还记不记得那些痴情岁月，还记不记得在黄河岸左公柳下立过的誓言。"也该结婚了，部队传统得很，跟领导女儿谈恋爱，总不是白谈的，确定了关系对他自己也好。"童谣的语气很平静，仔细听却仍有恨意。杨阳看看她，欲言又止，四五年过去了，想不到这段经历在她心里，依旧无法释怀。杨阳此次回国，假期无限长，准备带父母游山玩水。童谣存了他国内的手机号，也答应帮忙留意合适的工作，心下有点感慨，没想到这么多年过去，反倒是杨阳，还一直出现在自己的生活中。

ED到底给陈大成发了律师函。一周后，Mark带着大队人马杀去广州，BGC不敢怠慢，程蔚一行也立即赶到。星期六，一场战役要在大成集团1号会议室打响。Mark本来安排在他入住的酒店会议室谈判，陈大成早料到来者不善，断然拒绝，坚持在大成集团开。童谣不解，去的路上问程蔚，这是不是男人的怪癖呢，在哪开有多大区别？程蔚答，就像是球赛，分主场客场，越是对抗性强的活动，场地作用越明显。你看，会还没开就呛呛起来，一会儿的火药味可见一斑。"那我们怎么办？"童谣心里没底，"最后肯定要我们表态。""见机行事吧，"程蔚看着车窗外熙熙攘攘的人群，"基本立场是继续保这个项目，香港那边我已经沟通过了，问题不大。"童谣不喜欢吵架，紧紧皱眉，那帮犹太人也来了，她已经被他们逼怕了。程蔚当然知道她的担忧，轻轻拍她的肩，"别担心，一会你坐着就是，今天有我在，他们不敢对你怎样，有什么不满的，让他们冲我来！"

果然是一场恶战。Mark一进门就黑着脸，ED一行人都不说话，他们带来的律师倒亢奋不已，把合同里所有能说事的条款都搬出来念叨一遍，大成集团有若干违约事项几乎已成板上钉钉的事实。ED的律师说完，犹太基金的人就开始措辞刻薄的叫嚣，陈大成涨红了脸，却一直不回应。拿合同说事，不是他的长项，他的底牌要到最后才能出。犹太基金的人看陈大成不接茬，转过来盯住BGC。程蔚一行打从走进会议室就感觉气氛诡谲，先到的ED坐在大会议桌靠门一侧，陈大成一行坐在靠窗一侧，BGC该坐哪呢？已经没整排的主位了，如此，大家只好分散坐在椭圆会议桌的两端，座位和立场一样尴尬。

"Elaine，现在不是BGC保持沉默的时候，你们是银团的leader（负责人），应该负起责任。"犹太基金的老外为了给大家施压，直接讲中文了。

童谣早知道他会点自己，是不是觉得女性比较好欺负？她正思忖该怎么应对，一直沉默着的程蔚开口了，"Ethan，正是因为负责任，BGC才会坐在这里。负责任的方式有很多，除了指责，找到双赢的解决方式恐怕是更有效的作法。"程蔚向来气场大，他端坐在会议桌一头，眉头微蹙，声音低沉，反客为主。

"是吗，Eric，那为什么BGC作为所有投资人委派的Financial Controller（财务控制人），没有控制住本来可以用来还款的钱呢？"

童谣心里咯噔一下，好在程蔚依旧镇定，看不出分毫变化，"中国有句成语，叫'舍本求末'，比喻抓不住事情的根本，而在细枝末节上下功夫。智慧的人是不会输在'舍本求末'的错误上。今天，不是其他投资人来追究BGC责任的会议，如果你们要追究，也最好找得到依据，拿出证据，否则破坏了partnership（伙伴关系），不是明智的选择；今天我们来这里，是大家敞开了，把各自的诉求表达清楚，各方都在克制、理智的基础上，一起努力找到一个集合点，才能双赢。ED的律师刚才说了不少了，老陈，说说你的意思。"程蔚不怒自威的一段话，四两拨千斤，听者即便不服，也找不出破绽。

听到BGC这么说，陈大成心里也踏实了几分，只要不是所有人都跳反，这事就有商量。他眯眼四下看看，冷笑一声，端起杯子喝口茶，一字一顿地开口："大成集团从成立到现在，快二十年了。这其中经历的各种波折挑战，恐怕不是你们可以想象的。换言之，大成的生存能力，和对未来市场的判断能力，恐怕也比你们想象的强。中国市场的钱好赚吗？真的是'人傻、钱多'？呵呵，我陈大成能干的事，换个老外，未必搞得定。这一点，我想大家有共识。过去一年，我和在座的各位相处得都挺愉快，不仅建立了合作伙伴关系，也结交了朋友。你们都是国际上数一数二的大机构，之所以放心把钱交给我，也是经过了非常详细周密的判断。我看过你们写的报告，从中国的城镇化率，到市场各类需求的调查，来判断中国房地产市场走势，工作做得确实很细。现在回头看，这些经济基本面的判断，会因为一时的调控政策而发生变化吗？当然不会，各位大可放心。人，各有所长，你们擅长投资、算数、做交易；但对于中国政策和市场的解读，我可能更擅长一些。今天，我可以跟各位打个赌，明年，市场一定会反弹，市场一好转，我会立即重启上市，到时候，你们肯定又得追着我囤地了，但是地价，呵呵，怕就不是现在这个价了。"陈大成收起笑容，"有一点，大家没理由质疑，那就是我所做的每一个决定，一定是为了大成集团的发展考虑。有些是你们看得懂的，有些可能是我先想到而你们还没想到的，但说到底，大家都是大成集团的股东，根本利益是共同的。把大成搞垮，谁都不好看。刚才那位律师说了很多嘛，我的经验，什么事让律师一掺和，能干成的都干不成。哈哈！"ED的律师尴尬地陪着笑。"律师别介意啊。当然我也理解，那句话怎么说，商业契约精神，资本主义的核心价值观，市场经济的基石。先进的东西我们都要学习，要适应。不谦虚地说，法律我也懂一些，法律本来就是一种解释学，你刚说的，我有'十宗罪'，但那只是你对合同条款的解读，我可以一条都不承认。到底我有没有违约，是不是该罚，我说了不算，你说了也不算，得法官说了算。律师，我说得没错吧？"

ED的律师呵呵笑："您说的从原理上说没错。但咱们现在谈的是基于一种常识性理解的普遍认可。比如说，咱们章程里约定了需要全体董事一致通过的事项就包括购买土地，您这次购买的土地确实没有上过董事会，也没有董事会决议。这一点，事实非常清晰，那我们对于裁判结果也当然可以有合理的预判。"

陈大成放下茶杯，"这个地啊，之前我在各种场合跟程总、朱总（Mark）都沟通过，'十一'前还组织各家战投去看过，大家都认为地不错，价格也便宜，当然，从法律上说，这些表示，和书面决议肯定是不同的。我倒想问问这位律师，你章程里约定购买土地需要决议，'购买土地'是指办理土地证，还是签订土地出让合同啊？"

ED的律师脱口而出："肯定是签订国有土地出让合同啊，办证到什么时候了。"

陈大成哈哈大笑，"律师说了句大实话，以签出让合同为准。那我告诉你，我还没签合同呢，我手上只有一份成交确认书，我律师说了，这个东西不能作为确认权属的依据，所以说，我还没到需要上董事会的时候呢，你凭什么说我违约？哈哈，今天大家都录着音呢啊，咱们律师都说了，签合同之前我一定报董事会审批。"

Mark坐立不安了，陈大成虽没带律师，背后一定有高人指点，不能再任由这个家伙搅和下去，Mark厉声打断正欲开口的律师："陈总，咱不纠缠这些细节了，像刚才您自己说的，到底怎么认定，谁说了都不算，法院说了算。如果咱们没有智慧解决这些问题，就只能交给法院解决了。我们和您不一样，您是老板，对自己负责就可以了，公司也是自己家的。我们都是给机构打工的，出了这样显而易见的问题，我不可能跟境外老板说'有没有违约大家理解不同'，他们会认为我这里出问题了，"Mark敲敲自己的脑袋，"我必须给他们一个交代。这个交代，一定是真金白银实打实的，不是大成集团给我的，就是法院给我的！陈总如果我们达不成共识，我就必须得采取行动，否则不作为，我的老板们就要作为我了。"Mark的态度斩钉截铁，内容更是不好听，陈大成恨得牙痒痒，摆明了拿诉讼要挟，可他却说不出你爱起诉起诉这样的话，这真是他的软肋。会议室一片寂静，只听见陈大成用茶杯盖刮茶叶的声音，虽然会前程蔚就跟他打过电话，让他考虑凑钱买回ED一部分投资，但从谈判战术上考虑，这话先由ED说出来更好。可眼前的情景，难道要自己先退后一步？

"朱总，您的难处我们理解，上头有老板，的确得有所作为。但这个作为的方式也要考究，否则作为了没有任何效果，恐怕更不好交代。"会议室里冒出个年轻的声音，语气和声调像极了陈大成，不是别人，正是坐在最边上的陈子城。陈大成有点诧异，这小子居然敢发言，反正现在也没什么词应对，且听听他说些什么。"ED投给大成集团的钱，是和Silver River（境外壳公司）签的协议，Silver River注册在Cayman（开曼群岛），合同约定的适用法律和争议解决地是香港。所以，ED如果决定用诉讼手段来解决问题，只能在香港起诉，最少也要半年，判决结果是不是像你们现在说的那么有把握，大家心里都有数，毕竟不是单纯的债权投资，股东之间风险共担，利益共享是基本原则。今天我们先不说这些，只说程序上的问题。半年后，要拿着判决来境内执行资产，先得去申请'承认执行'，这起码还得半年。一年后，广州法院确认了判决，开始执行，到真正能拿到资产，还要半年，这都是最快的情形。朱总没有想一想，一年半以后，ED还拿得到钱吗？你们在境外一诉，工行、建行肯定也要有所作为，地都在他们手里，要执行不是比你们快得多？到时候折腾得，沸反盈天，人人都知道ED不但做了笔不好的投资，还翻脸告了合作伙伴，最重要的是，连本金都没拿回去，以后，谁还敢跟ED做生意？你们境外的BOSS恐怕更不开心吧。"陈子城说完，会议室四下无声，他看看陈大成不动声色的脸，又补充一句，"而且，ED这样一告，让其他几家战投情何以堪？跟着也不是，不跟也不是，最后讨了骂，挨了打，圈子里名声也受损。实在不是个明智的选择。"

"哈哈，"陈大成的笑声在会议室响起，这次是发自内心的，"子城的说法嘛，有点极端，但有他的道理。我们的确得用智慧解决问题，这一堆纸，"陈大成晃了晃桌上的合同，"都是不得已的办法，最后只能是双输。这是条破船，不抽甲板，我一定冲得出去，抽了，大家一起沉，谁也逃不了。"话毕，陈大成瞄了子城一眼，那小子正一脸严肃地盯着自己，像是生怕漏掉了父亲的一个标点，一丝表情。打仗亲兄弟，上阵父子兵，这句古话真有道理，在这腹背受敌的季节，陈大成第一次从内心深处觉得欣慰。

这边，陈子城面前的笔记本电脑上，MSN又弹出一个对话框，一个名叫"爱上艾情"的人问：怎么样？他们没词了吧？

子城忍着笑意回复：都闭嘴了，李大律，拜托你以后少发点成语好吗，明知我中文不好！沸反盈天，什么意思啊，刚才差点念错！

李艾在电脑那头无比得意地打字：哈哈，给你家当法律顾问我确实还有点犹豫，但可以先当你中文老师，也按小时计费吧！

什么是奋斗，奋斗是每天挤地铁不嫌苦，在办公室熬通宵不喊累，奋斗是为了胜利想破脑袋磨破嘴，奋斗更是和一帮与自己一样的年轻人站在一起，为同一个目标而战！

所有人都沉默着等Mark开口，他终于沉不住气："诉讼当然不是我们的目的，我们的目的是保证投资能安全收回。明年市场怎样，陈总你说的也许有道理，如果是我自己的钱，我就留着了，但这是机构的钱，不能用'赌一赌'这样的方式去说服管理层，我得保证2亿美元分文不少的回来。"

陈大成松了口气，老朱无意中露出底线，看来他也没指望按照12%的年利率赎回。会议有了转机，经过四小时艰苦卓绝的谈判，陈大成初步同意以1.5亿美元回购ED所持有的10%的股份，以及犹太基金所持有的5%的股份；BGC也表态可以考虑跟投五千万美元，买走ED所持有的5%的股份，另外两家一直和BGC保持一致的机构，也初步确认了再投资五千万美元，买入ED所持有的剩余5%股份的意向。照此，ED和犹太基金都可以拿走本金全身撤退了，但2.5亿美元让大成集团便宜了一年，算上时间成本，再加上人民币升值造成的汇率影响，其实是亏本买卖。律师现场起草了LOI（合作意向书），各机构纷纷发回法律部门审核，一场鏖战告一段落。这个结果与陈大成的预期相差无几，虽然眼下找出1.5亿美元不容易，他也别无选择。有了这一遭经验，陈大成不想再跟机构借钱，他准备找香港和马来的几大家族试试，一定要趁这个机会多拿回点股份。

会后，陈大成和薛总在他办公室商量策略，陈子城贴着墙边溜进来，坐在一旁的小沙发上安静地听着。两人说差不多了，陈大成才招呼子城："你不是有个马来西亚的同学，家里开银行的？"子城立刻起身答是。"你问问他，看有没有可能借点，咱们自己估计能凑出1个亿，还得找五千万。"陈大成很少这样和颜悦色地和子城商量事儿。子城连忙应承。

"你还有事？"陈大成看他没有走的意思，薛总知趣地退出去了。

"嗯，有件事想跟你汇报一下。"

陈大成坐直身子，点点头，"坐下说。"

陈子城不坐，刚要开口突然觉得喉头发紧，他咽口唾沫，两手情不自禁地背在身后，"三月份，我在重庆拿了个项目。是一个同学家的，当时他们着急转股，很便宜……"陈子城把卿城项目的来龙去脉原原本本跟老爸汇报一番，包括一个月前吴清明出事，公司现在面临的财务危机。从听到他说自己拿了个项目，陈大成的眉头就皱了起来，一直到听完，眉头没有松开，倒也没演变成暴跳如雷。陈子城努力平复情绪，只当给领导汇报工作，可这领导毕竟是人世间最亲的人，他想起在重庆受的刺激和一路奋斗的艰辛委屈，到底把自己给说激动了。终于，等他说完一切，陈大成从鼻子里哼一声，也陷入沉默。许久，陈大成抬头说话，"坐着说，站着不累吗？公司有这么多项目，你为什么要出去找呢？"

子城坐在小沙发上，还有点发抖的双手十指紧扣，"公司是你打拼出来的，我想做点能证明自己的事。"

"那你现在跟我说这事，是需要公司给你投钱吗？"

"不是！公司现在自己都很紧，我不会要一分钱！"子城猛地抬起头，"我只是……"他不知该如何解释，半天，脸都憋红了，"只是因为，你是我爸，我想告诉你，我在做的事，虽然失败了，还是想跟你说说。"子城的声音哽咽了。

陈大成看着面前这个三十岁的年轻人，和二十多年前的自己何其相似，虽然嘴上从不承认，可他的确是自己的骄傲：出身名校，懂事顾家，像下午那样的关键时刻，总能坚定地挺身而出。子城哪里知道，成熟老辣的陈大成，同样也有说不出口的歉疚和深情，正是对自己。陈大成之所以始终对儿子苛刻严肃，一来担心他会像许多富二代那样自废前途，将来无法撑起家业；二来，这个十几岁就远离父母护佑的儿子，陈子城觉得亏欠的太多，生怕自己的关怀会泄露他内心最深处的脆弱。

"这样，晚上回家吃饭慢慢说吧，给你讲讲我当年为了拿项目，被抓到公安局的事。你这个不算什么大错，锻炼一下也好，也就知道社会的残酷了。厚待你那个同事的家人是对的，你公司的事我不管，他小孩将来的手术费我全出了；另外，广州你名下那几套房子，放着也是放着，你们学金融的不是讲究要盘活资产嘛，自己倒腾钱去吧。"二十年，快二十年，陈子城没有在父亲面前流过一滴泪，这个下午，他特别想抱着父亲哭一场，把二十年前刚到英国寄宿学校，父亲转身离去时的委屈恐惧，到一个月前，看到吴清明尸体时的震惊悲痛，全都哭出来。

陈子城擦干眼泪回到办公室时，童谣等他半天了。子城看见她有点诧异，"咦，你没跟程总一起走啊？”

"哦，没有，还有几个单子需要我签字。另外，"童谣看看四下无人，关上陈子城办公室的门，"还有点重要的事要找你。"

"奇怪哦，大美女主动找我，说吧，什么事。"陈子城平复了情绪，又回到玩世不恭的状态。

"家祺周日就去重庆了，你们有联系吧？"

"嗯，打过几次电话，他最近怪怪的，老是阴阳怪气，也不知道谁惹他了。"

童谣看看陈子城的神情，不像藏着掖着什么，许家祺被装进去的事应该和他无关。"你别怪他，他情绪不好，出了点大事，工作可能保不住了，闹不好还会染上官司。"

"啊！什么情况？他怎么一点都没跟我提过呢？哦，我说呢，问他休假休多久，他说不知道，还把我骂一顿。到底怎么回事？"

童谣叹口气："这话原本不该跟你说，但是眼下，恐怕只有你能帮他。说了，怕你为难，不说，没准会影响家祺一辈子。"

"哎呦童总，你就快说吧，看来还跟我有关啊！"

"你们擅自挪用了BGC监管的两亿出来，你知道吧？"

陈子城小眼珠一转，警觉地反问："怎么又说到这个事？我们可不是擅自哦！"

"子城，我现在跟你说这事，绝对不代表BGC，只作为朋友。那个账户的财务章，是家祺管的。这事也是寸，本来，你们在境内各公司的财务章都在我们部门控制，但是当时上市重组时，为了方便，就留了两个章在IBD那边。谁想到，就是这个章留鉴证的账户，成了挪钱的目标。现在，BGC怀疑许家祺拿了大成好处，才放了水，把财务章私自交给了你们，因此，名义上是休假，其实已经暂停他工作了，否则今天这么重要的会，他怎么可能不来。"

"他拿了大成的钱？不可能，我了解家祺，他没那么贪，胆子也没那么大，何况，大成集团要给他钱，肯定是通过我啦，我怎么会不知道。"

"说的正是。这事看起来复杂，理清来龙去脉也不难，只是家祺现在有口莫辩。"童谣把Stephen的证词和许家祺对不上，再到重庆当晚她在酒店房间旁听到的电话都说了一遍。

"你是说，是Stephen拿了大成的好处？那就只可能是季红安排的咯？"

"我是怀疑。其实这件事无论最后什么结果，BGC脸上都不光彩，起诉的可能性几乎没有，我担心的是，如果BGC辞退了家祺，他以后找工作背景调查时说点不好听的，金融圈这么小，事业恐怕就毁了。"

"还有这样的事！"陈子城一边感慨，一边大脑飞转，直觉告诉他，这件事请，他爸一定知道，"哦，家祺一定觉得我参与这件事了吧，对我态度那么差！原来是这个原因，这个闷骚男，也不明说。童谣我发誓，这件事我今天是第一次听说，我真的没参与，而且完全不知道。"

"你不用发誓，我要是不相信你，又怎么会来跟你说。这件事情其实没有谁对谁错，商场如战场，只是尽量别伤着无辜的人，特别这个人还是我们共同的朋友。"童谣这么说，是在给陈子城宽心，她断定这件事陈大成一定知情，等子城反应过来，话说得太狠，会让他为难。

子城转着手里的笔，眉头紧锁，"他们一定是有意背着我，我要是知道会把家祺装进去，一定不能让他们这么干。没看出来，季红够狠的哦，她怎么想到要找他下手的，这个许家祺也是，从我十五年前认识他，就一点防人的心都没有！"

"家祺就是那样的人，生活上善良单纯，工作上正直忠诚。至于季红为什么选他，也不能全怪季红，"童谣顿了顿，觉着还是得说，"家祺跟季红，有些超出合作伙伴的关系，你知道吧？"

陈子城盯着童谣三秒钟，摇摇头。其实他早都发觉许季二人关系密切，但是正牌女友突然这么问，还得替哥们瞒着啊，谁知道她是不是套话呢？

"家祺跟我也谈过了，正是这个原因，季红对他可能有些怨恨，所以才联合了Stephen来装他。子城，今天我来找你想办法，不求别的，只希望能让家祺清白脱身。我会去跟BGC Compliance（合规部门）的人说，那天晚上我就在家祺身边，他确实没在电话里说过任何放章的话，更别说拿好处。但是，我一个人的证词是不够的，我这样一说，公司会立刻知道我们的关系，他们会觉得我在帮他。可是，如果这话从季红嘴里说出来，就大不一样。"

"可是季红怎么会承认！"陈子城脱口而出，他咽下去的后半句话是，那不是把幕后主使陈大成供出来了！

"所以要你帮忙啊。"童谣期待地看着陈子城的眼睛，"其实季红说不说，这个项目上的人都明白，没有大老板的授意，她怎么会冒险做这事。所以最后无论把责任定在Stephen还是Clinton头上，大成这半边的故事，BGC虽然管不着，心里也是清楚的。今天下午的会开得挺成功，这事我看就这样抹过去了，BGC决计不会再大张旗鼓地跟大成提，毕竟财务章脱管不是光彩的事，后边那么多盯着我们的投资人，估计就内部处理了，所以最后就只亏了家祺。他还不如拿点好处呢，这样惹了身麻烦也不算屈。季红嘛，我看她也只是好强，不是绝对心狠手辣的人，那晚在电话里跟家祺还说了几句掏心窝子的话，可见心里还是有不忍。你要是能旁敲侧击地跟她聊聊，兴许能帮上忙。"

陈子城有点明白童谣的意思了，许家祺如果真因为此事断送了前程，自己一辈子都会内心有愧，这个忙他一定要帮。可那头又是自己的亲爹，自家的公司，还真是个讲究技巧的事，得好好琢磨一番。童谣也难得，明知家祺和季红的关系，还不惜暴露自己帮他，真是有情有义。

"你放心，我会想个两全其美的办法，相信我的智慧，"子城挤挤眼睛，"家祺有你这样的女朋友，真让人羡慕啊！"

"……子城，我跟家祺其实已经分开了，但是这件事，就算是普通朋友也不能袖手旁观，你也不用跟他说我找过你，免得他不舒服。"

这下，轮到陈子城诧异，这一年里所有的过往，确确实实是他三十年人生里从未曾体验的。子城突然想到一句老话：患难见真情。那些泛着钻石一般光芒的爱情、友情、亲情，在风平浪静的岁月里，只是锦上添花；是否真的能如钻石一般坚贞不屈，就只有在危难之中才能体现了。

36. 我在春天等你

许家祺接到BGC合规部门打来的电话，叫他即刻返京配合调查。这一天是"大雪"，他简单收拾了几件衣服，匆匆往回赶。重庆的冬季暗无边际的阴霾，十日里有三日雾气弥漫。整个城市陷落在沮丧里，压抑着不能爆发。这里和香港原是不同的，冬日就越发明显。许家祺站在江北机场候机厅凭窗而立，各次航班晚点的广播声不绝于耳。此刻的北京会是怎样呢？有大片的雪原和匕首一样的寒风？可以在哈着水雾的窗棂上写爱人的名字；可以静静地聆听壁炉里干柴燃烧的噼啪声……许家祺惊觉，自己竟然开始有几分想念北京了！即使那里不再有爱人或朋友，不再有职场或光荣；即使那里，在自己一腔热忱时辜负了你。可转身后却发现，汲取了你的青春时光和情感，它必定与众不同。"一座城，因为有人，才有它的血液；因为有有情人，才有它的灵魂；爱一座城，爱它的灵魂，就值得为钢筋水泥去付出，为滚滚红尘去赴汤蹈火。"他耳边又回想起童谣说过的这句话，香港、北京、重庆，这些风格迥异，美丽而又独立的城市，到底哪里是过路之处，哪里是终点？家祺没有答案。他只消极地期待，此一番回去，BGC不至于采用法律手段来对付自己，若此，他向来一帆风顺的职业生涯就彻底夭折了。唉，原来人生可悯。

一心扑在卿城项目的许家祺并不知道，在他离开的这段时间，公司经历一番风云变迁：大河证券已经正式与BGC签约，收购BGC亚洲。消息虽未经官方媒体披露，却已在

BGC内部不胫而走。许多人刚松一口气，又立即紧张起来。收购的具体条款无人知晓，是否接收所有人员？是否有"黄金降落伞"的安排？全都不得而知。高管们消息灵通，话语权也大，这时候纷纷发挥主观能动性，为未来铺路；低级别人员，就只能听天由命，等着第二只靴子掉下来。

Vivian经历了上一轮裁员，已成了惊弓之鸟，偷偷在电脑上查询《劳动法》有关辞退员工的相关规定。午餐时候故意和Amy套近乎，还把自己在网上查来的一知半解分析给她听。Amy表面上依旧摆出过来人的姿态，内心却也慌乱无助，她拍拍Vivian的手臂，"小姐，操心好你自己手头的工作就是！查那些有什么用，且别说咱们都是跟香港签的合同，归不归中国的法管两说；就算按你查的那个，你还真有本事去告BGC？金融危机这么多投行都裁人，我可从来没听说有什么人去劳动仲裁。你要是愿当这第一人，姐姐我绝对支持你！精神支持哈！"

Vivian悻悻地低头喝汤，原本想和童谣聊聊，无奈她这几日总是愁云密布，没事就往程蔚办公室跑。难道真像Amy说的：聪明如童谣，早就开始和领导拉关系了？Jack上一轮被裁之后，日子过得悠然自得，报了个中医培训班，又找了地方学太极拳。Vivian每次见他身着中式绸衫，都有种上不来气的抽离感。Jack天天劝她，被开了正好，过完春节和我一起回美国，言语之间，藏不住期待。Vivian自己可不这么想，辛辛苦苦读了那么多年书，当年高考也是市里的小状元，毕业后脑袋削尖才进了投行，难道就是为了去美国当个中医馆的老板娘？何况经过上一轮的"幸免于难"，就像是游戏已经打过了前几关，谁都期待幸运再次降临，哪里肯放弃！美国长大的Jack不明白她的感受，每天乐呵呵的，Vivian却由衷地担心两人的未来。

有一点，大家都没看走眼，童谣最近去程蔚办公室的确日渐频繁。大部分是公事，也有那么几次，童谣去找程蔚的确是有别的事要说，却都被他巧妙地抽断，只得讨个没趣出来。童谣要说的正是许家祺丢章之事。从广州回来后，童谣一直和陈子城密切地电话联系，果然不出所料，季红不久前向大成集团递交了辞职报告。这是千载难逢的好机会，既有可能为许家祺洗清冤屈，又能妥善回避大成集团。陈子城也憋着一口气：一边时不三五地跟家祺电话沟通卿城项目的具体工作，听着他情绪逐渐平复，却依然不咸不淡；一边几次三番约见季红，动之以情晓之以理。为什么？子城就等着和童谣把一切都安排妥当，还许家祺清白那一日，好拍着胸膛站在家祺面前说一句："我是你兄弟，就绝不会出卖你，不管是为什么为了谁，我陈子城，不是那种人！"

季红的辞职虽说有几分无奈，却也在预料之中。自打陈大成按照事先约定，将后续一百万打入她私人账户，季红就清楚，自己该走了。冬天来了，圣诞节的脚步越来越近。广州的冬天没有雪，季红在金葵花VIP客户室电视上，看到电影《Holiday》广告片：漫天风雪里古堡一样的英伦小屋，热气腾腾的巧克力，烤箱新出炉的英式饼干，装饰得五颜六色金光闪烁的圣诞树……季红仿佛已经置身其中，此时不走更待何时呢？她的辞呈批得很快，足见也正合老板心意。就在季红忙着订机票酒店时，却接到了陈子城风火轮一样没休止的"追魂索命Call"。看在是旧主的公子，私交也还不错的份上，季红答应和他见面。陈子城要问什么，季红了然于胸，令她吃惊的是，子城竟然提出要她为许家祺的清白作证。几番谈话，季红明白了子城的心意，她有点佩服，这个富二代也算有情有义，有胆有谋。对于幕后主使，大家都心照不宣，子城一方面要尽力维护父亲和大成集团的利益，另一方面，还要为无辜蒙冤的朋友出头，的确难为他了。出于感动，也是对许家祺的歉疚之情，季红同意她从北京飞伦敦前，可以陪同陈子城去见BGC的人一次，证实许家祺确实没有接受任何贿赂，也不曾同意放章，把财务章给她的是Stephen。除此之外，她什么都不会再讲，书面的东西更不可能留。至于如此，是不是有违当初和Stephen的约定，季红就不关心了，谁也没义务为背信弃义的人买单，何况他到底拿了好处，付出点代价也应该。

陈子城那边都安排妥当，童谣无论如何不能再等。程蔚几次三番不接茬，即便自己硬说了，他十有八九也会按下不发，考虑再三，童谣决定直接找刘定坤。虽然此前刘定坤与许家祺的竞争关系总有点各色，但自家祺出事，刘定坤不分内外挺他，童谣看在眼里，记在心中。这日下班前，童谣径直走进IBD办公室，出发前她打过电话，此刻，刘定坤正在会议室等她。童谣有什么事找自己单独谈，刘定坤拿不准。据他对童谣的印象：沉稳持重，聪明却不外露，一直是程蔚的得力干将。她有事，刘定坤也很有兴趣听听。

"David，耽误你吃晚饭了。"一进门，童谣微微欠身。

刘定坤起身回应："没事，我都吃得晚，快坐，喝点什么？"

"不用，就几句话，关于大成财务章的事。"童谣直奔主题。

"那个事！"刘定坤完全没想到，"Compliance（内控部门）不正在调查吗？应该快有结论了。"

"是，他们主要还是内部调查，恐怕也很难有什么直接信息。我今天来，是因为了解到一些情况，可能对调查有帮助。你是IBD负责人，跟你沟通，我想最合适。"

"什么情况？"刘定坤纳闷。

"季红从大成集团辞职了，她这几天会路过北京，不知你有没有时间见她一面，她是最重要的当事人。根据她现在反馈的信息，Clinton确实没有收受大成集团的任何好处，也没在电话里同意把财务章给大成的人。可以肯定，是Stepehen自己擅作主张。"

"季红怎么会跟你说这些？Stephen为什么会给他们章呢？"刘定坤越听越离奇。

"为了挪钱买地，季红受命和BGC沟通。她了解Clinton为人很讲原则，不好说话，就

403

联系了Stephen。Stephen担心直接这么干风险太大，所以商量出这么个把水搅浑的办法，想着混水摸鱼也就过去了。"童谣说得很谨慎，只描述事实，不涉及任何定性判断，更无任何人身攻击。

刘定坤皱着眉头，"冒这种风险，Stephen总不会是白干吧?"

"这一点季红就没说，毕竟她也没义务配合调查。目前有的信息也就这么多。"

"你，和季红很熟吗?"刘定坤觉得奇怪。

"我知道你现在的疑惑很多，既然是季红一手安排的，她为什么又要作证;这事和我毕竟不直接相关，我又为什么会知道这么多? 这些问题，我都会解释。"童谣将了将碎发，"季红和Clinton曾经一度关系亲密，后来Clinton主动疏远，她有点不开心，再加上大成集团又有所要求，所以联合Stephen安排了这个局。事后，季红辞职离开了大成，知道Clinton受处分，心里多少有些不安，所以愿意出来证明他的清白。还有一件事，"童谣顿了顿，"这件事和我本人也有关，因为关系到一个人的前程，必须说出来，但希望你能为我保密。接到季红和Stephen电话要章的那个周五晚上，Clinton的确不在北京，因为一些私事他在重庆。当时，我就在他旁边。我可以作证，Clinton在电话里没有任何明示或暗示Stephen放章。相反，他还反复强调等他回去再说，实在着急要报税，也必须由Stephen陪同前往。"

刘定坤吃惊不小，随着秘密一层层剖开，他无法想象平日里和自己朝夕相处的同事客户，风平浪静的表面下隐藏着这么多不为人知的秘密。童谣接着说:"如果需要，我可以向Compliance（内控部门）的人作证。当然，电话毕竟不是我接的，我只能听到Clinton说什么，至于电话那头的人说什么，我的判断没有意义。现在季红肯出来作证，事情就非常明朗了。我今天来，一是希望你能见见季红，她不同意直接见Compliance（内控部门）的人;二来，也是希望你对整件事情有所把握，毕竟你是Clinton的直接上级，需要的话，可以要求我作证。"童谣一番话，让丢章的事变得清晰了，其实刘定坤本来也觉得Stephen疑点更大，但，更多的秘密被牵出了头。童谣为什么会半夜三更和许家祺在一起，还是外地，又为什么为了他挺身而出，不怕影响自己的声誉和前景。答案似乎只有一个，她喜欢他。这小子，刘定坤早觉得许家祺是花花公子一个，当初对他不以为然，一大半也是因为听闻他私生活不安定，传统的刘定坤觉得这样的年轻人没定性，没想到他竟然还能俘获BGC中国头牌的芳心，真是有福却不自知。刘定坤客客气气送走了童谣，在会议室左思右想，自己一个人去见季红肯定不妥，既然童谣已经主动跳进这滩浑水，于情于理，直投部门也脱不了干系，他得拉上程蔚，既是童谣的领导，又是Rocket项目的负责人。这样想着，他拨通了程蔚的电话……

童谣回办公室回复了几封邮件，没心情加班，收拾东西准备回家。刚进电梯就接到程蔚电话，他下午去外边开会，这会儿声音听起来严肃阴郁，得知童谣正准备走，让她在地库等他。在地库等？童谣觉得气氛不对，莫非刘定坤这么快就跟他通了气？她溜达到公司的固定车位，琢磨该去自己车里等，还是就在程蔚的空车位上等，正犹豫，那辆墨绿色捷豹就驶了过来，车速很快，转弯时，轮胎磨得地面生响。车子"刺"一声停在她面前，程蔚欠身替她拉开副驾驶的门，"上车！"

"啊？"童谣有点纳闷。

"上车！"程蔚头都不侧一下，语气里充满了不容置疑。

童谣上车后，安全带还没扣好，他就一脚油门开上三环，直到被下班晚高峰的车流截住，才放慢速度，摇下车窗透气。童谣静静坐在一边，半晌，程蔚终于开口："你为什么要跟David说那些？"程蔚果然是控制情绪的高手，这会的语气已经听不出波澜了。

"我想跟你说，你不听。"童谣最初让程蔚觉得与众不同，就是当所有人都被他的气场震慑得语无伦次时，她虽然年轻，却可以镇定自若地回答问题。

程蔚干笑一声："那你就去跟他说了？我还是你老板吧。"

"你是我老板没错，但这事牵扯到他们部门的人，所以……"

两人又陷入沉默。程蔚把车开下三环，右转掉头，开进通惠河边刚刚建好的公园。11月末的北京已经很冷，黑色天幕下，新建成的银泰中心直插云霄，楼顶的红灯笼造型像舞台的装饰灯。程蔚停好车也不说话，又过了几分钟，他打开车门独自走下去，一股寒风吹进来。童谣看着他穿着单薄的西装站在河堤上，有点担心，迎着风走到他身后，"Eric，上车说吧，你穿得太少，当心着凉。"

"Elaine，我一直在想该怎么跟你说，不至于突兀。一直没找到合适的机会，以至于，可能，机会已经走了。"他兀自笑一声，白色雾气在面前升腾，"我知道你想帮他，你知不知道我不让你说，是为了保护你？"他双手插在西裤口袋，颀长的身材越发显得高大挺拔。

童谣紧紧身上的风衣，不知该如何应答。

"好吧，现在我听你说，你来告诉我，你想要说什么？"程蔚侧过头看童谣，见她低垂眼帘，双眉紧促，并无开口的意思。"许家祺，人不坏，能力也有，可是他还不成熟，不足以托付。我一直觉得你是个很聪明的女人，却没想到会做出这么不理智的判断，甚至不惜牺牲自己的前程。他对你，有那么重要？"程蔚转过身直视童谣，等她的答案。

这一刻，童谣内心酸涩得想哭，程蔚一直是她十分信任的人，这份信任甚至超过对许家祺。此时他的话句句都像针一样刺进心里，这些问题又何尝不是自己每天都思索的难题。"我这么做也不是因为我想从他那里得到什么或是他对我有多重要。我的一句

405

话，有可能挽救他的前程，换了你，难道你可以袖手旁观吗？"

程蔚眯起眼睛："你知不知道我昨天才给咱们部门的人打完分，最后谁能留下来现在是最敏感的时候。你想挽救他的前途，你有没有想过自己的前途？我问你，是Clinton要求你这样做吗？"

童谣摇头："不是，他并不知道。"

"那么，你们已经在一起了？"程蔚犹豫很久，终于问出这句话。

这同样也是童谣最难以启齿的一句话，和程蔚讨论这事的感觉很怪，好像背叛后的坦白似的，半天，她说："已经分开一段了。"

还好，这个答案不是程蔚最不愿听到的，"那你为什么还帮他？希望能以此复合？"

这话让童谣很不舒服，她抬起头看着程蔚的眼睛说："Eric，我在感情里什么状态，你可能不太了解。我以前犯过一些错，从那些错误里我汲取的最大的教训就是，凡事不强求。所以我从来不去争取什么。我这么做唯一的原因就是，如果不这么做，我会觉得对不起自己的良心。至于工作，我知道现在是敏感时期，也知道你一直想要保护我，可是比起一份高薪的职业，我觉得内心踏实更重要。你是个很有事业心很有能力的老板，也是个很有责任心很有担当的男人，但是有时候，你把事业看得太重了，你也太清醒太理性了，这是我们之间最大的不同。我真的感谢你，可是我有我自己的方式和选择。"童谣转身去车里取包，准备打车离开。程蔚才觉得这个冬夜的风竟然这么刺骨，他像台精密运转的仪器，对自己对工作对周围的人，都有严格的要求，没想到被这样一个温柔里藏着倔强的女孩，闹得心烦意乱。程蔚不由分说把童谣拉回副驾驶，"别闹了，这会儿是打不到车的，我送你回去……你刚才说，我把事业看得太重，知道为什么吗？"程蔚一边发动车子，一边面无表情地看着窗外，"因为除了事业，我什么都没有。"

12月8号，回到阔别大半个月的办公室，许家祺百感交集。桌上的绿植依然郁郁葱葱，计算器、文件夹都像他离开时一般摆放，似乎这真的只是个悠长假期，一切都可以从头开始。办公室比他离开时冷清了些，Stephen桌上空空如也。蔡庆杰正在小会议室等着自己，大背头一丝不苟地梳到脑后，精神抖擞气色焕发，若不是鬓角的几根银丝，看起来与三年前面试时毫无分别。见他推门进来，蔡庆杰伸手示意他坐，桌上摆着几个信封，和几张倒扣在桌面的A4纸。许家祺明白，到了最后宣判的时刻了。经过近一个月的折磨，他已经做好了接受任何结果的心理准备。

"许家祺！"蔡庆杰用粤语一字一句地念，一边翻起桌上倒扣的纸查看，最后抽出两张，看了看，捏在手上。"公司的情况，你基本都了解，大河虽然收购了我们亚洲部分，但人员没办法全部接收，金融危机行业不景气，我想大家也都有准备。你一贯表现很优秀，所以公司也一定会考虑你离职期间的经济补偿，以及未来的工作机会。这封信上有Garden Leave①的具体内容。你先看看。"

许家祺犹豫地接过他递来的纸，有点困惑，怎么会有Garden Leave？正常裁员时才会有这种安排，还不是所有人都有的待遇。他飞速扫过英文文件，第一张纸是确认员工离职的原因是由于公司战略性重组；第二张纸是关于员工在离职后六个月内受保密义务的限制，不得在同行业竞争企业中任职，因此公司将一次性支付六个月工资，六个月后，公司HR部门负责给员工介绍新的工作机会，直至该员工重新签订劳动合同。此外，许家祺还得到相当于四个月工资的补偿金。他有点不敢相信自己的眼睛，这是给我的吗？家祺又看看文头，确实写着Ga kei Clinton Hsui.

他抬起头，蔡庆杰笑眯眯地递过来一只空信封，用来装那两张纸。

"That's all（就这样吗）？"家祺还是有点不确定。

"Or what（不然呢）？"蔡庆杰双手摊开，一脸无辜。

"Stephen怎么样了？"

蔡庆杰耸耸肩，做了个无可奈何的表情，"为了不扩大影响，公司决定免予起诉，人已经被辞退了。当然，他要想再回到这个圈子里，恐怕很难了。"

"那，我呢？"家祺还是不放心。

"你？呵呵，"蔡庆杰笑笑，"Clinton，三年前我招你进BGC时，你比现在状态好，很有冲劲！现在……"蔡庆杰摇摇头，"神有点散掉了。我年轻时，也经历过一次萧条，在家里十个月找不到工作，但我还是每天西装革履地出门，精神，是靠自己撑的！我面试你时就看得出来，你很聪明，也很努力，难得的是做人还有原则，这都是你的优点。那时候我唯一的担心就是你不够沉稳，现在看来我的担心是有道理的。做人，不因为春风得意而得意忘形，不因为消沉失意而自贬身价，这才算成熟。关于这件事，我们都相信你不会做违背职业道德的事，但是，对下属的管理失察，没有处理好客户关系的责任你还是要担的。不过我相信，经过这一番磨练，你自己也能汲取很多教训。你的未来我从不担心，说不准以后我们还有一起工作的机会，圈子这么小，谁知道呢？如果有那一天，我一定力荐你！我还是看好你的。年轻人，找个好女孩结婚吧，成家立业，先把自己的心定下来，未来还有广阔天地等着你。"蔡庆杰笑着起身，给了许家祺一个鼓励的拥抱。

许家祺感慨地从会议室出来，May正满面笑容地等着他，手里抱着个装东西的纸箱。家祺尴尬地笑笑，接过箱子收拾东西：记事本，名片夹，自己常用的几本关于各国会计准则和发行制度的工具书，一盒没用完的名片，桌角上还挂着个闪着紫色金粉的小

---

① Garden Leave：为避免公司员工跳槽到竞争对手公司，作为商业条款将其空闲一段时间，同时付给其工资。

星星，去年圣诞节过完，国贸那棵大圣诞树拆卸时，家祺正好路过，服务员非要把这颗星送给他，他想起和童谣还一起写了贺卡挂在树上，就欣然留下做个纪念。转眼，又是一年了。May怕自己守在一边让家祺尴尬，不停地说他不在的日子公司的变化，原来，已经有好几个同事被裁了，他不是第一个，也不是最后一个。

"下一个就是我！"May狡黠地挤挤眼睛。

"你？怎么知道！"家祺看她非但不难过，还有点未卜先知的得意。

"嘿嘿，我就是知道。裁员嘛，首当其冲的都是后台部门，这次前台都走了这么多，现在还不跟我谈话的唯一原因，就是给我一个机会送送大家。何况，我每天做的那些事，国贸楼下随便招个小姑娘都能做，工资省一半不说，还能毫无怨言地煮咖啡、买快餐！不像我这么'事儿'！我要是老板，都不留我。"May说得没错，市场就这个行情，她平日里最恨别人唤她煮咖啡之类，总是端着个AVP的架子，行政也要做得professional，但这样的竞争力在北京，就很难生存了。

许家祺被她学来的那句京味十足的'事儿'给逗乐了，"也不能这样妄自菲薄，你会讲广东话啊，这就是你的优势嘛。"

"哇，有没有搞错，现在连美国人都开始学中文了，会讲广东话有什么用！何况你和Stephen一走，我更是英雄无用武之地了！"May嘴快，话一出口，才想起不该跟他提Stephen，她眼神迅速扫过家祺的脸。

家祺从来也不是记仇的人，事到如今，他对Stephen也谈不上怨恨或者不理解了，人各有志。"没关系，我不怪他，"他又亮出招牌式谦和礼貌的笑容，"他回香港了吗？"

May看他说的像是真心话，也乐得八卦下，"应该是，后来我跟他也没联系。他走那天倒蛮平静的，还让我帮他打电话订了第二天回香港的机票，记事本、名片，这些东西都没拿走，后来他给我机票钱时，还说不用找了。我追到电梯找钱给他，他正跟女友打电话，说终于要回去了，看起来还蛮开心的。哎，他也算如愿以偿了吧。"

"那就好！"家祺微笑着点头，本来听到Stephen被辞退，多少有点于心不忍，听May这样说，心里还算安慰了些。"我走了，你多保重，有机会再见面。"

May送他到电梯口，用力抱了抱，眼睛有点红。

就像是一本小说，这几年的北京CBD奇遇记，每个人都等到了结局。许家祺猛地想起狄更斯在《双城记》开篇里的那段话：

It was the best of times, it was the worst of times, it was the age of wisdom, it was the age of foolishness, it was the epoch of belief, it was the epoch of incredulity, it was the season of Light, it was the season of Darkness, it was the spring of hope, it was the winter of despair, we had everything before us, we had nothing before us, we were all going direct to Heaven, we were all going direct the other way.

（时之圣者也，时之凶者也。此亦蒙昧世，此亦智慧世。此亦光明时节，此亦黯淡时节。此亦笃信之年，此亦大惑之年。此亦多丽之阳春，此亦绝念之穷冬。人或万物具备，人或一事无成。我辈其青云直上，我辈其黄泉永坠。）①

两天后，许家祺收拾好行李准备离开北京，房东按电话约定的赶来了。那个曾经留下多少回忆的大房子，家具装饰都依旧如故，似乎并没有因为他的离去有所改变。房东四下看看，感慨道："许先生的东西真少，跟没住过人似的。能问一句您这是要去哪啊？"房东是个腰圆体壮的北京人，和家祺是第二次见面，过去一年，两人连电话都很少打，一个按时交钱，一个从不叨扰，相安无事。

"去重庆，那边有个项目，要过去忙一段。"

"还回北京吗？"

家祺愣了愣，叹了口气："不知道，要看有没有机会了。"

房东笑笑，瞄了眼他一直握在手里的相框，一个温婉美丽的女子和他在蔚蓝的大海前微笑。"那是马尔代夫？"

家祺拿起来看看，"对，春节去的。"

"呵呵，你女朋友是北京人？"

"算是，新北京人吧。"

"她跟你一起去重庆？"

家祺若有所思地摇头，"她还在这儿。"

房东溜达了一圈，背着手站在客厅门口，"许先生，这样好不好，您是个细心人儿，房子保护得好，我就愿意租这样的人。咱俩的合同是明年六月到期，我呢，也不缺钱，您要是愿意，这房子我还给您留着，什么时候回来了，什么时候开始交房租，要是彻底不回北京了，明年六月我再租出去，但是您的押金就不能退了。好不好？"

许家祺很是诧异，提前解除合同，他本来也没打算要回三个月的押金，房东如此豪爽，让他不知该如何作答，"这，这样您不是太吃亏了吗？"

"嗨！"北京爷们儿很爽快地笑笑，"什么叫吃亏，什么叫占便宜啊？我也懒得折腾，再换个不如意的房客，不是更大的麻烦。何况，"他看着家祺手里的照片狡黠地笑，"许先

---

① 选自魏易《二城故事》中华书局1913年版。

生，我跟您打个赌，您一定会回来的。歌儿里不都唱了嘛：北京欢迎您！有些个用不太着的东西就搁这儿吧，钥匙我也还给您留着，中间临时回来，就跟这儿住，自己家，方便。"

家，原来，这是我的家。

许家祺这次回京，匆匆来去，没有见童谣。他并不知道童谣和陈子城为他所做的一切，只是觉得发生这么多事，他既无颜面，也无精力再见她了。回重庆后，许家祺又投入到紧张的项目管理中，他不能允许自己再有一点错误，从产品设计、施工建设，到材料招采、人员招聘，事必躬亲。擅长的要发挥所长，不擅长的要加紧学习。他迅速在当地结交下一批朋友，有些是之前童谣引荐的老同学，有些是工作中遇到的新相识。像初到北京时一样，大家对他都特别热情，平时约吃饭，周末约打球，有困难肯帮忙，有问题更是不厌其烦。家祺试着让自己更外向更随和一些，以更积极的心态去面对周围的一切，然后他发现，这个火辣辣的城市也回报给他不一般的真诚和热情。值得一提的是童谣那班老同学，在家祺的请求下，她们带他去了童谣当年生活过的大学校园，还溜进了当年居住的女生宿舍楼。从他们的讲述中，许家祺心中慢慢地有了个新形象，一个和童谣不完全相同的形象，一个生命力更旺盛的叫做童依兰的形象。有个女孩子问，那么关心我们依兰，是不是想追她啊？许家祺憨憨地笑着说是，在大家的一片哄笑中，他突然释然了。以前他觉得没说分手，就不算分手，所以他不太敢见她，怕一见面，就真成了最后一面。如今他敢于面对了，就算是分手了吧，我也还有再追求的权利。期间陈子城来过一次，没打招呼直接就到了项目现场。许家祺正跟工程总监在工地上检查施工质量，重庆的天空飘着阴冷的小雨，家祺身上的羽绒服被汗水和雨水打湿了，牛仔裤被工地里的泥泞和石灰染得黄一块，白一块，如果不说，谁能想到这是个曾在世界顶尖投行里叱咤风云的金融王子。陈子城心里不好受，转身去旁边商店买了两顶棒球帽，脱掉博柏利的大衣，冲进小雨里……

晚上，许家祺带子城去他住所附近一家砂锅鸡吃饭。老吴走了，再想吃吃喝喝就得靠自己摸索，许家祺在被麻辣了无数次后，发现了这个好地方，一直算计着等子城来了带他吃。对于子城，他早没有责怪之情了，别说也只是猜测，就算子城直接告诉他，我就是参与了，家祺也只能选择接受。毕竟，那边是他亲爹，他身边唯一的亲人，大家都是冲着钱去的，没人冲着自己。陈子城端起古香古色的陶瓷碗，乳白色的鸡汤浓香四溢。

"小心烫！放点葱花，很提鲜味。"许家祺舀起一撮青翠欲滴的葱花末，送到子城碗边。

子城也不道谢，从鼻子里哼一声，把碗伸过去，"你不怪我了？"

家祺吹着白汤上薄薄一层鸡油，吮下一口，浑身的寒意瞬间散了一半。"事情都过去了，没什么怪不怪的，大家都有难处。"

"哼!"陈子城放下碗,"就知道你还是怀疑我!家祺,我们认识十几年了,我承认,很多方面我不像你那么有原则,但有一条,我既然把你当朋友,就一定不会出卖。挪钱那件事,从始至终,我真的不知道。要不是童谣来找我,我都不知道你为什么突然就生我气了!"

许家祺一愣,他明白子城肯这样讲,就一定是真话,而他后半句似乎又牵出个秘密,"童谣,她去找你做什么?"

子城瞥他一眼,"是啊,她不光找过我,还找过David,找过Eric,找过……季红。"

许家祺正在砂锅里搅汤的瓷勺,"铛"一声碰在壁上。

陈子城把之前他和童谣为了让许家祺洗脱冤屈的所有努力都说了一遍,包括季红到北京后,童谣单独去拜访她,并安排她去见程蔚和刘定坤。许家祺吃惊得嘴都合不上,他深深地责怪自己错怪了子城,更无法想象,童谣和季红见面会是怎样的场景!原来,她虽然杳无音讯,却一刻不停地为自己奔忙,甚至不惜押上工作。那是不是可以说,她还爱着自己呢?家祺攥着手机的手出了汗,他恨不得立刻飞回北京,和童谣冰释前嫌,重新在一起。

"喂,你在想什么?"陈子城瓮声瓮气地问。

"子城,谢谢你!"家祺端起茶杯,以茶代酒敬子城,"没想到让你这么费心。我知道,这么做你很为难……其实,我心里始终是相信你的,我们认识十多年了,除了信你,我还能信谁。对不起子城,那天在阿丽雅我有点醉了,不会怪我吧?"

陈子城"切"一声,"兄弟之间别说这些了。眼下卿城是最重要的事,我已经跟我爸谈过了,家里的事忙过春节,就full-time(全职)来做卿城。你一个人在这边盯着,薪水都不开,实在太不应该。"

许家祺拍拍陈子城的肩头,两人嫌隙全消。

"对了,你跟童谣现在到底怎么回事?"子城想起这个一直在心头的疑问。

"我也说不清,也没直接说分手,但状态差不多吧。你说,我现在打电话给她好吗?"家祺拿不定注意。

陈子城坚决地摇摇头,"不好!你做了那么多对不起人家的事,从丫丫到季红,现在等于都大白于天下了,这时候找她,就算她爱你,也没办法接受你!还不如等过了这段,你们都比较平静了,再慢慢来。"

"那,过多久啊?"家祺担心时间太长,童谣也心凉了。

"过……唉,等过了春节吧,你不觉得属马的人今年特别背啊?索性等过了春节,新年新气象,大家都重新开始!"陈子城挤挤眼睛。

"春节还有一个多月。跑了怎么办?"许家祺戏谑地说出自己的担心,怕子城取笑他。

"那就是没缘分咯！谁叫你拥有的时候不好好珍惜！哎呀，不会的，我最见不得你愁眉苦脸的样子，一个月哪至于，程总追了那么久，不也没怎样嘛，嘿嘿。"子城知道家祺最不爱听这个，故意逗她。

小店里突然热闹起来，几个服务员都往门口跑，一会脸冻得红扑扑进来，笑呵呵大声说着他们听不懂的重庆话。陈子城拉住一个小妹问怎么了。那女孩儿粗着嗓门用生硬的普通话答："下雪咯！"许家祺用餐巾纸擦擦窗户向外看：果然！轻盈洁白的雪花在鳞次栉比的高楼大厦间，静静飘落下来，不急不躁，被霓虹照亮的城市夜空，瞬间清洁了许多；不多时，树梢，车顶，都落了层薄雪。春天，许家祺从没像此刻这般盼望过春节。等到明年春天再来，心爱的人就能回到身边了吧？

过了没几天，不到春节，许家祺竟然接到了童谣电话，说有个基金对"卿城"感兴趣，想过来看看。家祺连忙应承，抛开私情不谈，海石基金天天催，急着把钱撤走，他和陈子城卖车卖房，好容易才补上账上的窟窿，要拿出五千多万赎回基金的投资，万万没可能。最近一段，为了置换出海石的钱，家祺已经连续接待了好几家地产基金，没特别靠谱的，大多数是没钱出来忽悠。童谣办事稳健，她介绍的，应该有些希望。果不其然，星期三赶早班机，童谣带着两个男人飞来重庆，交换名片，是个叫新日盛的基金。两人来后，直奔工地，看了项目，又在现场办公室开了会。都是专业人士，不用绕什么弯子，三两下就把基本问题谈得清清楚楚。许家祺热情地挽留他们共进晚餐，二人却执意赶回北京，家祺突然想起这一天是平安夜，难怪，遂不再强留。童谣和他们一起折返去江北机场，许家祺满心的话想对她说，却找不到合适的机会开口。到了出发大厅，在熙熙攘攘的人群中，许家祺在童谣耳边低声询问：这么着急回去，明天再走好吗？

童谣依旧明眸皓齿地微笑："今天好容易请下一天假，办公室还有好多活等着。"

"明天圣诞，半天假也不放？"

"现在还哪里有圣诞，大河收购正在交割，每个项目都有无数的报告要写，不然新东家进门怎么管呢。"

"那……"许家祺犹犹豫豫，骨子里特别自尊的他，从来说不出一句求人的话。

童谣看出他的意思，转头让新日盛的两个人先过安检。等他们走远了，许家祺看看童谣，又不知该说什么，春运前奏刚打响，周围聒噪混乱，完全没有对话的氛围。

"去外边透口气吧，这里太闹了。"还是童谣善解人意。

两人前后穿过汹涌人潮，走出大门，又走过停满车的匝道，世界终于安静下来，天色渐暗，远处的城市灯光若隐若现。整整一年了，家祺想起去年平安夜，和童谣一起将新年愿望写进贺卡，挂在国贸那棵圣诞树上。那时候童谣的愿望是时光倒流，他在她的卡片上亲手写下"Let's back to the past"。整整一年，自己竟然都没问过她，为什么，想要时光倒流。2008年发生了那么多大事小情，自己却独独忽略了她的心声。他倏地有点明白了，他们之间的问题，不是程蔚或者季红，是自己不够坚定执著，亦是她深藏在内心未解的伤痕。"前阵子，我去了趟你的大学，还有你原来住过的宿舍，学校很美，建在山坡上。我在想，你二十岁时是什么样，依兰，对吗？"

童谣完全没想到他会这么说，不知该如何接话。

"下次来重庆，我陪你回去看看吧。去年圣诞时，你的愿望，不就是时光倒流吗？希望你可以带上我。"他小心翼翼的幽默，神情里有种委曲求全的不易。

童谣叹口气，墨色瞳仁在夜色中泛着水光，"家祺，我从来没想过要回学校，就连重庆，都没想过有一天会再回来。我和这地方有缘分，但不一定是善缘。我懂你的好意，但有些过去，非得我自己释然了才行，旁人拉也没用。咱俩这一年，跌跌撞撞的，到底也没找到个出口，想来想去，还是怨我自己心里不干净不透彻，这种状态，很难开始新恋情，希望你不怪我。"

"Elaine，别这么说，该道歉的是我。我知道自己很多事都没做对，我很后悔。说心里话，我不想和你分手，但我也明白，发生这么多事，你也很难再立刻接受我，大家的确都需要时间。我们，可不可以，先不说分手？就当给彼此一段调整的时间，等明年春天，我们再试试，放下所有的顾虑怀疑再试试，好不好？卿城需要你，我也需要你！"

看着他孩子一般紧张焦虑的神情，童谣打心里难过。这一年冬天，这个英俊青年头顶最夺目的光环被无情剥夺了，他还在寒风中坚守着自己的那一点骄傲，谁知心中怎样惶恐无助。童谣走过去抱紧他，"家祺，这个城市里每天都有分分合合，每天都有不一样的故事发生，如果我不能让你更快乐，至少，也不要让你难过。什么都别想，把'卿城'做好，以后，那里会长出楼房、花园，会有人在我们造的房子里享受天伦，在我们种的杉树下蜜语缠绵，那儿会有很多爱，很多个家。给我点时间家祺，等我调整好自己。你放心，我不会离得太远，你需要我的时候，我一定会回来！"

童谣回到北京，立即陷入浩如烟海的文件中，亚太总部发来几十张表格，所有投资都要分门别类：按持有型、销售型划分；按股权、债权投资划分；按投资金额档次划分；按不同退出时间划分等等。每个项目都得写出本小册子：投资背景、交易结构、主要交易文件、控制权、资产管理、退出方式。新股东用意很明显，正式交割后无论谁走，哪怕全员换血，都别影响投资项目的正常运转。用Vivian的话说：我们现在干的就是"自掘坟墓"的活儿，写得越清楚，他们越可以毫无顾虑地裁人，早晚卸磨杀驴。

自那次谈话后，程蔚对童谣一直爱答不理，虽然他到底还是和刘定坤一起见了季红，并在处理会议上力挺了家祺，见到童谣时，总有些别扭。童谣当然能感觉到老板的疏远，感谢或解释的话都显得突兀又多余，她所能做的，只能是一如既往尽职尽责地做好工作。童谣仔细地写完所有项目的Memo（备忘录），又把纸版文件一一分类，叫来Vivian叮嘱她记住分类依据和重点内容。Vivian瞪着眼听完，扶扶眼镜低声问："干嘛，他们找你'谈话'了？"谈话，在这个敏感时期特指裁员前的解职谈话。童谣笑着摇头："谈完话还能让我再碰文件？"Vivian有点疑惑："那你搞得像交代后事一样。"最近公司秘密流传一段八卦，童谣和许家祺谈恋爱。Vivian初闻时不以为然，这事要是真的，自己跟童谣关系不错，怎么会不知道。可经过这一段悉心观察，自从许家祺出事，童谣始终神色凝重，有事没事去程蔚办公室关着门说话，还往IBD跑；许家祺正式离开公司后，童谣也多了几分落寞，这几天总交代些事情给自己，难道是准备追随他去了？仔细想想，童谣一向谨言慎行，这种敏感的私事不告诉自己也是有的。Vivian到底有些暗暗的不悦，想起自己每次见到家祺都流露出花痴表情，童谣指不定怎么偷着乐呢！"Elaine，你说Clinton走之后会去哪呢？"Vivian一边帮童谣整理文件，一边似是无意地发问。

童谣表情淡定地回答："不知道啊，休息一段再接着干呗。"

"你说他会回香港吗？"Vivian也继续装傻。

"谁知道呢，人家的事。"对于这个问题童谣其实也没底，家祺是不会一直在重庆待着的，大材小用，北京又是他的伤心地，未来他到底会选择哪座城市，也是她顾虑的。

"嘿嘿嘿，别瞒我了，"Vivian突然换了副狡黠的笑容，"说，那天你请假是不是去找他了？公司都传开了，你还骗我！"

童谣十分尴尬，条件反射地向四周看看，"净胡说！"

"哈哈，没事，Eric听不见，"Vivian看看坐在办公室里的程蔚，"我说老板这两天郁郁寡欢呢！"说着，冲童谣挤挤眼睛。

童谣脸都僵了，公司恋情本就是大忌，倘若还牵扯三角关系或是上下级，以后还怎么待得下去。她听不出来Vivian的话是玩笑，还是另有他意。但她自己也清楚，自打她去找刘定坤那一刻，就没指望这个秘密还能守住多久。2008年的日历剩最后一天了，这一年的喜怒哀乐也都会随之翻过了吧。

又是一年交替时。晚上8点，程蔚开完会从小办公室出来，看到大家还都在各自忙碌，挥挥手说："明天元旦，耗这么晚干嘛？都散了吧！"说着拉开衣柜，穿上大衣，径直走出办公室大门。圣诞假期，前妻带儿子回北京娘家，他又快一年没见到孩子，5月份买的生日礼物，只能和新年礼物一起送了。程蔚前脚出门，后脚就有同事走，不到半小时，办公室就只剩下童谣一人。她不知该如何打发新年午夜，想来想去拨通了邱媚的电话。响了七八声，电话终于接起来，那一端喧闹无比，和静默的办公室形成鲜明对比。

"喂，你在哪啊，好热闹！"童谣提高声音。

"在蓝色港湾呢！这儿有灯光节，可漂亮了啦！你还在办公室吗？"

"刚下班，本来想约你吃饭呢。"

"那你到蓝色港湾来找我呗，我也一个人！"

邱媚下午陪一个同事来逛街，吃完饭她和男朋友约会去了，邱媚只好一个人闲逛。童谣想想，也是，邱媚来北京闯荡，有一半是因为自己在这，这样的特殊日子，怎能让她孤单度过呢。童谣穿上大衣，驱车来到那片灯火世界。

这里好热闹！车子刚刚接近，童谣就被眼前白夜一般五彩缤纷的景致震撼：几百株大树被数以万计的LED灯装饰得美妙绝伦，每根枝条都荧光缭绕；人工运河岸边的竹林，布满了的灯光星座；中央广场，一只巨型圣诞花环被无数小灯组成的彩带缠绕，两只金光夺目的铃铛悬挂其中，在夜色下熠熠生辉；西边的森林迷宫到处飞满了萤火虫，桃花长廊装点成粉色，处处洋溢着烂漫春光，犹如天上的街市落入凡间。她停好车，穿梭在人山人海中，迎面而来全是灿若桃花的笑靥和醉人心扉的笑声，这里，仿佛正在举办大型派对，人人都在星光灿烂中尽情开怀。终于，在五彩灯光映照的喷泉水潭边，童谣找到了邱媚：她裹在雪白色羽绒服里，头戴白色毛线帽，颈间随意系着桃红色围巾，看到童谣使劲冲她挥手，冻红了的脸颊衬着鼻尖的小雀斑，十分可爱。

"干嘛不去商店里等啊！外边这么冷！"童谣搂紧邱媚的肩，却发现自己穿的比她单薄多了。

"没事不冷，外边热闹，我刚看演出呢，还有现场乐队。"邱媚指指远处的大舞台，清晰地听到电子乐的轰鸣声。"你还没吃饭呢吧，走，先吃饭！"两人转了一圈，几乎所有餐厅都排队，还是邱媚熟悉地形，拉着童谣去商场地下的"大食代"，那里果然空旷，天天应酬吃大餐的童谣，一看有许久未见的麻辣烫，也开心得不得了。新年大餐有点简约，两个女孩子守着一盘土豆、平菇、青笋之类，倒也自在。

这里比地面上冷清许多，童谣埋头吃酸辣粉，听邱媚兴奋地说一个未曾听闻的牌子打折，突然不知该应什么。时尚八卦电视剧，自己全然不知；工作投资金融危机，她也没兴趣。其实这种感觉，邱媚也有，两人在一起总感觉很亲切，可除了亲切，共同话题越来越少。有时她羡慕李艾，和童谣有那么多说不完的话；有时又觉得自己和童谣更亲，毕竟一起走过那么久。到底是怎样的，邱媚也说不清，她执意从童谣那儿搬走，也是担心早晚有无话可说的一天。

岁月一年一年过，青春的容颜，少年的誓言，谁都希望永远不变，可这世上，又有什么是不变的呢？

等邱媚细数完各类打折信息，童谣跟着点头，也没表现出太多兴奋，气氛有点尴尬。童谣赶紧又找话题："给你妈打电话了吗？她身体好些了吗？"

"打了，"邱媚点点头，"她最近还行，腰好多了，但还是不能用力，坐久了就会疼。"

"唉，一个人还是不容易，等她办完内退，你还是把她接到北京来吧，你们互相有个照应。"

"嗯……跟你说个事呗，千万别跟我妈说啊，"邱媚抬眼看看童谣，"我失业了。"

"啊！什么时候的事，他们怎么会……"童谣大为惊讶，差点脱口说他们怎么会开你，不看僧面也要看佛面啊。转念又想起陈子城托她保密的事，也不知他俩有没有后续发展。

"我们那个盘卖差不多了，其他项目也卖得不好，都不缺人，好多销售都走了。其实干这行的，要是没房卖，开不开也没多大差别，每个月的那点死工资，交了房租也剩不下多少。"

"那你现在经济上……"

"经济上没问题，"邱媚打断她，生怕她又要接济自己，"之前还挣了点钱，撑几个月是没问题的，就是还得接着找工作。"

童谣一时不知该说什么好，两人又陷入沉默。

"你看，小时候咱俩天天一起玩，那时候我没觉得跟你有区别，现在看来，差别太大了，"邱媚笑得有点落寞，"还记得中考完那个暑假，下雨那次我俩吵架？那时候你说你将来一定比我强，我还不信，现在回头看，我真是太幼稚了，把自己的前程毁了。"邱媚低下头，眼圈有点发红。"我要是不跟白小锋跑，也别说成名成家，留在歌舞团，或者去艺校当老师肯定没问题。不至于像现在这样，眼见着奔三了，连一份稳定工作都没有，将来靠什么养我妈，我真有点怕了。"

"邱媚，别这么说，有什么区别？跟你说吧，我也快失业了。那些事都过去了，谁年轻时不犯错？至于阿姨，不还有我吗？你也别想那么悲观。"童谣听她那么说，心里也难受。

童谣话音刚落，邱媚立刻摇头，"我欠你够多了，不想再欠你了，有多大本事吃多少饭，你别帮我了。"

邱媚突然亢奋的自尊心，让气氛愈加尴尬，童谣想，还是换个话题吧，"你跟陈子城后来有联系吗？就是在李艾婚礼上认识的那个。"

不说这个还好，邱媚正有话要问她："有啊，对了，你们怎么认识的啊？"

"我们……"童谣想到底要不要说子城的家事，算了，既然答应了人家，如果他们真能在一起，子城自然会自己开口的，"他是许家祺的大学同学，家祺介绍的。"这样说也不算撒谎。

邱媚盯着她不作声，眼睛里有说不清的神色，半晌，她点点头，"嗯，他人挺好的，我们，算是在一起了吧。"

"真的！"童谣惊讶万分，"这么快！你怎么都没告诉我呢！"

"也不快啦，从'十一'到现在都两个月了，你那么忙，哪有工夫听我说这些啊。何况我跟他也才好上，之前就是打打电话。"邱媚并没有多少娇羞幸福，倒像是有几分不快。

童谣也不明白她这是为哪般，倒想起了另外一件事，"那他，知道你以前的事吗？"

"什么事？"邱媚立起眉毛。

"就是你，离婚的事。"

邱媚眼睛忽闪两下，严肃地说："不知道，我也不打算让他知道，所以你也别跟许家祺说。"

"这，不太合适吧，我觉得你还是该告诉他。你们如果能走到底的话，他早晚也会知道啊！"

"那就是我跟他的事了，他不是也有事没告诉我嘛，你不是还帮他瞒着嘛！"邱媚怒上眉梢，"他是大成集团的大公子，陈大成的儿子，不是吗！你们天天一起做生意，你会不知道？"

"我……"

"别跟我说你没机会讲，我刚才问你怎么认识他，就是想试试你，你果然是故意瞒我。哼，我明白你们为什么这么做，是怕我知道他的身家，会为了他的家产跟他好是不是？在你们眼里，我早就是这样的人了是不是？"邱媚越说越激动，小脸通红。其实自打程蔚事件后，她心里就有了阴影，总觉得和童谣的疏远，已经是不同阶层决定的了。

童谣百口莫辩，"邱媚，我从来没这么想过，也不是我故意要瞒着你，只是因为我答应了子城……"这么说下去，似乎又有挑拨他们二人之嫌，童谣真是懊恼死了，"唉，总之你多心了。你既然知道了，失业的事没告诉他吗？"

邱媚斜她一眼，"没说，我不想拿这样的小事去烦他。再说，他还不知道我知道他是谁，这样一说，不显得奇怪嘛！"

"他不知道你知道他是谁？"这话真拗口，"你葫芦里卖什么药啊？"

"我葫芦里能卖什么药！我就是想看看你们到底要瞒我到什么时候！我刚才跟你说的话不是开玩笑，你千万别告诉他我跟白小锋的事。需要说的时候，我自然会说。你跟他没两年交情，都帮他瞒着我，你要还把我当朋友，就必须替我保密。"

童谣听这话刺耳，这什么逻辑啊，还拿"够不够朋友"这种小学生的话来说，"我当然不会主动去跟他说这件事，但他要问到我，我没办法装不知道。你瞒他的事，跟他瞒你的事，性质完全不同。你想想看，比如我找个男朋友，我离过婚不告诉他，他爸是亿万富翁不告诉我，这是一码事吗！"也许是认识的时间太久了，童谣在邱媚面前，不自觉流露出犀利的真性情。

邱媚噌一下站起来，"童依兰，你什么意思！过去十年我吃了多少苦，受了多少委屈，别人不知道，你不知道吗？我是离过一次婚，可我跟白小锋在一起，是为了钱吗？少年时两个人不顾代价地去爱，是什么见不得人的事吗？还有，当初我走的时候，没有你那五千块，我们走得了吗！现在你变了，变得一点都不真诚，每天生活在虚伪的面具里，维护你们那些人的尊严和安全，就是你生活的全部意义。我十八岁时也没想到，有一天会走到这一步，你早就看不起我了吧，我的存在是不是让你觉得特没面子？"邱媚声音颤抖着，眼泪像断了线的珠子，"如果，我上一次嫁的是陈子城这样的富二代，现在遇到的是白小锋这样的穷小子，我有没有跟他讲我离过婚，是不是就不重要了呢？"

童谣心里又气又疼，她很多年没这样大脑充血了，"我早知道会有这一天，你会怪我，会把我当初的善意变成刀子来戳我！邱媚，恰恰是你把这一切看得太重了！张口闭口'你们''我们'，我什么时候这样说过？我倒想问问你，你心里是怎么划分的，是按穿什么衣服开什么车，吃什么东西赚多少钱，对吗？我拍着心口说，我从没觉得和你有不同，到底是我看不起你，还是你自己看不起自己了！我还要答你刚才那个问题，你上一次嫁的哪怕是李泽楷，这一次再谈恋爱，也应该跟人家说清楚。这跟条件没关系，这是最起码的真诚！"

邱媚刚哭得稀里哗啦，她不安慰自己，还针锋相对地反唇相讥！爱冲动的邱媚恨不得抄起个东西朝她扔去，"你，你！好，真诚！那我问问你，你跟许家祺谈恋爱，有没有告诉他你跟程蔚的关系？有没有告诉他，你以前和项北辰的事？就你真诚，就你高尚！"

童谣一愣，气不打一处来，"我跟Eric什么关系都没有，我是怕你在他那受伤才拦着你，你倒这么想我，分明是你自己喜欢人家，才生了这些奇奇怪怪的念头。至于项北辰，我跟他本来就什么都没有，家祺也知道我以前谈过恋爱。你还要我说什么？"

邱媚本来说不过她，听到程蔚这一出，恼羞成怒，"童依兰！那你姐呢！你为什么改名，是觉得对不起白谣谣吗？把自己说那么纯，就算你跟项北辰没关系，那你跟冉路呢？你姐在你最受伤的时候收留你，结果引狼入室，你抢她男人，还跟那人怀了孩子，最后把他们两个都逼死了！啊，怎么不说话了，这些，你告诉过许家祺吗！"邱媚还没说完，就看到童谣的脸一下子白了，嘴唇发抖，没等邱媚反应过来，就被童谣抢起的巴掌掴在脸上。她呆了两秒，看到童谣的手也在发抖，邱媚毫不客气，一巴掌回敬过去。世界瞬间安静了。

不知过了多久，童谣起身离去了，邱媚脸颊烧得疼，才意识到周围有不少关注的目光。她喝口冰凉的酸梅汤，渐渐冷静下来。邱媚开始后悔，自己干嘛要说那些东莞听来的传闻。李艾婚礼结束后，童谣匆匆折返，晚上李艾请婚礼上帮忙的朋友们唱歌，闹到半夜只剩了伍迪、李艾、伴郎刘林和自己，话题自然离不开大家共同认识的人——伴娘童谣。刘林多喝了几杯，又说起冉路的事，听说邱媚是童谣一起长大的朋友，就追问了许多童谣的旧事。尽管李艾不时拦着，邱媚还是从刘林断断续续的诉说中，听明白了七八分。她一直好奇依兰为什么改名，那晚着实把自己吓一跳。也是那晚，邱媚终于明白，童谣为什么对项北辰这个名字讳莫如深，任何关于初恋的话题，她都避之不及，想必是觉得如果没有和项北辰的纠缠，也不至于要另外两条年轻生命付出代价，心底必定又恨又悔，依旧放不下吧。

　　哎，干嘛要说这个，邱媚踢一脚凳子，明知那是她心底长不好的疤。从当初看着她跟北辰相互倾慕又不能表明，到金童玉女终于牵手彼此承诺终身，再到北辰家室败落移情别恋，依兰从英国一路哭回来，誓不松手……自己本该是最懂她的人，却成了最伤她的人。又像十年前的那次吵架一样，自己不能再用三年去赌气后悔怀念了。邱媚拎着包追出去。广场依旧人山人海，许多人在等待新年钟声。邱媚不停给童谣打电话，却始终无人接听。她不会做什么傻事吧？或者开车出事了？邱媚越想越后悔，越想越担心，眼泪都急出来了。自己和她有什么好吵，一起长大情同手足的姐妹，这世上除了妈妈最亲的人，如果童谣因为今天的争吵出了事，那岂不是一生都不能原谅自己。邱媚双手颤抖着给童谣发短信，眼泪快要在脸颊上冻成冰了。她一连发了七八条短信，仍旧没有回音。最后，她想了个邪招：我在喷泉等你，十分钟之内，你要再不接电话不回短信，我就跳进水池里。我说到做到，你了解我的！

　　发出去后，邱媚看着结了层薄冰的水池有点后悔，如果童谣真不肯原谅自己呢？2009年的第一天，得在医院度过了吧。时间一秒秒过去，邱媚紧盯着的手机没一点变化。距离发出那条短信过去十分钟了，她万念俱灰，童谣不是出事了，就是真的不在乎自己了。既然这样，去水池里冻一下，当作对自己的惩罚也是应该。邱媚穿着棉靴子爬上大理石围栏，冷风呼呼吹，她刚颤颤巍巍地站直身子，身后响起个更冷的声音：你还要怎么胡闹？

　　邱媚的眼泪夺眶而出，她哭着爬下来，嘴里呜咽着对不起，跑过去一把抱住童谣。这短短十几步，脑海中却像黑白默片一样闪回成长中的点点滴滴：小学时在少年宫葡萄架下分享一颗大白兔；中学时爬到一中操场的树上偷沙枣；《大漠敦煌》首演时，幕桥上紧张守候的依兰；还有那年冬天，在那个简陋的小宾馆，四个人一起守着红烛许愿……邱媚抱着童谣瘦弱的肩膀，不停说着对不起，童谣也哭了，疼痛和委屈充满了心脏。周围的人群突然骚动起来，向着敲钟的小广场涌去，2009年就要来了，被荣耀、灾难、眼泪和欢笑洗礼过的2008年只剩下最后几秒钟。邱媚用手背擦擦眼泪鼻涕，抽泣着在童谣耳边说：依兰，有件事我一直没告诉你，汶川地震的时候，项北辰，死了。你原谅他，也原谅自己吧，其实我们都知道，他是爱你的，是真的爱过你！谁都没有错，爱是没错的，我们都要从过去走出来，还有好多明天等着呢，你听见了吗！

随着邱媚落下的话音，2009年的钟声，敲响了。

37. 最好的时光

一个星期后，正在东京开会的程蔚，突然收到童谣的邮件，他滑动黑莓滚轴，眉头越皱越紧。那是一封辞职信，全英文的内容中规中矩：感谢大家的支持和帮助，也珍视在工作中建立的友谊，过去在BGC的岁月令自己永生难忘，但因为一些个人原因，准备辞去工作。邮件同时抄送给Amy和香港HR部门，程蔚想压一压都无计可施。她搞什么名堂！童谣本来在大河证券接收的人员名单之列，她怎么也不问问自己，就突然做了如此决定。程蔚掏出手机想立即拨给童谣，可主桌上亚太新上任的主席谈性正浓，这时候离席太不礼貌，有跟新老板叫板之嫌。他想想，单回给童谣一封邮件，就一个词：Why？（为什么？）约摸又过去半小时，黑莓红灯亮，程蔚急忙打开，童谣并没有在那封题为"Resignation"（辞职信）的邮件上直接回复，却"Re："了一封没有题目的邮件，点开一看，竟是一句诗：回首向来萧瑟处，归去，也无风雨也无情。程蔚继续往下拉，哦！竟是回复自己2008年9月15日发出的邮件。程蔚想起来了，金融危机爆发那天，他在纽约辗转反侧，一个时代辉煌不再，自己空有一腔感慨却不知与谁分享，最终，他发了封邮件给童谣，写着"当时明月在，曾照彩云归"。等了许久，也不见她回复，程蔚为此还有点后悔，没想到，她是记在心里，等着最后的告别。程蔚心底里很柔软的一根弦被轻轻触动，尽管这感触与金属和硬木装修的会议室格格不入，他还是不禁想起了四年里的很多过往：在香港初见她时的青涩谨慎；第一次独立投项目时的懵懂紧张；无数次在谈判桌上颔首而笑的默契；无数次在彻夜不眠的加班午夜递上的热牛奶；自己编辑文件名的习惯，谈判时的策略，甚至是许多口头禅，也渐渐成了她鲜明的特点。程蔚相信，即便是那封中规中矩的辞职信，其中所有的感激和感慨，也必定都是她内心所想，真诚坦露。从来，她就是个有心的孩子，经过这四年，这孩子俨然出落成一个有灵性的女人，一颦一笑都有自己的个性和思想，如果她决心要走，谁也拦不住的。

四下突然爆发出热烈的掌声，程蔚的思绪被拉回现实，新上任的亚太主席讲完话了，新闻通告马上就要对外发布，大河证券正式完成了BGC亚太的收购，用新主席的话说：A new era is coming.（一个新时代开启了。）程蔚起身和所有人一起鼓掌，BGC消失了，六角星的LOGO不复存在，大河证券的标志将会在未来一个月出现在亚洲所有办公室的墙壁上、名片上、笔记本上、纪念品上……旧时代划上了句号，不用怀疑，有那么多依旧满怀理想和热忱的年轻生命，新时代一定会到来。

Vivian到底留了下来，她把自己想象成游戏里的女战士，经过一轮轮残酷的淘汰赛，终于打通了关。春节长假前，照例谈话发奖金，为了体现大河证券收购不影响员工晋升，Vivian被提升为Associate（经理）。程蔚找她谈话时，完全没想到的她激动地双手捂住脸颊，眼泪止不住在眼眶打转。的确太不容易了，逆势而上。一个月后，Vivian拿到换了公司名称、标志、职位的全新名片，感慨万千。她利用春节长假，买了人生第一部车，火红色的奔驰C200。程蔚加班吃饭时逗她："什么样的人会买这样的车呢，一个顶级品牌的入门级车型，前面的标志却比顶级系列的还大。"Vivian当然明白他的意思，她挥刀专注地切一块牛排，淡定地回答："这只是我的第一部车，我以后，会买到顶级品牌的顶级系列，每个阶段需求不同，你要的是低调的安全感，我要的是报复性的快感！"程蔚哈哈大笑："你报复谁啊？报复这份工作？"Vivian答："没错，它夺去了我的青春、健康、爱情，它必须用最直接的方式告诉我，它回馈给我什么了。"Vivian说的是心里话，春节时，Jack陪她去4S店挑了这辆车，算是尽了男朋友最后的义务，之后就独自回了美国。自从Vivian晋升到经理，Jack就明白，她是不会和自己走了，他们的缘分，只能到这里。晚上加完班，Vivian一个人啃着苹果穿越国贸楼群，各个角落都在发生着故事，人们之间暗生情愫。她又看了遍胸前没来得及收起的工作牌，上面印着她的2寸彩照，下写着，"Associate 708L8"。二十五岁的经理，比去年童谣提经理时还小，我比BGC中国当年的传奇还厉害，Vivian心想，只是BGC，这个有着一百年历史的名字，不复存在了，它带着多少代人的光荣与梦想，永远消失在2008年。

自从元旦那天和童谣吵过架，邱媚心里总是不安，其实她自己也明白，子城瞒她的事，和她瞒子城的事，性质完全不同。春节前，子城来北京时无意中得知邱媚失业在家，当着邱媚的面儿，立刻打电话给大成集团北方区销售总监，要他立即安排邱媚回去上班。这样一来，即便不曾直接坦白，他的身份也大白于天下。邱媚压力愈发大了，有天做梦，梦到和子城去民政局领结婚证，临要盖章，电脑系统突然显示出邱媚的婚姻状况是"离异"，子城勃然大怒。邱媚被这个梦吓了身冷汗，想了很久还是开不了口，最终写了封长长的邮件，把和白小锋的大致过往，以及自己内心的犹豫担忧都直白不加修饰地写出来。然而，她没想到的是，自那封邮件发出，陈子城就人间蒸发了，电话不接，短信不回。整个春节，邱媚黯然神伤。男人到底是计较这些的，她伤心的不止是失去了陈子城，失去了一个或许可以改变命运的机会，更令她惶恐的，是自己的未来。轰轰烈烈的初恋，竟成了她日后爱情生活中抹不掉躲不开的污点。母亲邱丽珍不明就里，只觉得女儿终于出息了，挣钱了，从北京给自己买了护肤品、新手机，还提着稻香村的点心、全聚德的烤鸭，这些她只在报纸上见过的东西。邱丽珍整天围着厨房转，亲手给女儿做牛肉面、黄焖羊肉、糖水百合，幸福之情溢于言表。女儿给她的，不仅仅是这些礼物，女儿许她一个未来，等明年，或者后年，她就能和邱媚一起去那个令人向往的大都市生活，从此再也不分开。这不是春天的希望，又是什么呢？

大年初七那天，邱媚从兰州回到北京，回到辛苦的上班族中。早上刚到公司手机响起，邱媚愣了片刻，这个名字曾经牵动她的喜怒哀乐，却有小半年没在手机里有任何动静了。没错，正是程蔚，约她共进午餐。他有什么事？邱媚很诧异。中午落座后，两人客套几句，程蔚言归正传，原来是童谣找不到了。自从她交了辞职报告，又待了一个星期交接完工作，就休年假了。程蔚从东京回来没见到她本人，开始电话还打得通，春节前，手机就总处于关机状态，整个春节长假，连一条问候短信都没有。程蔚有点急，想邱媚和她一起长大，或许有其他的联系方式，于是一上班就约了她出来。邱媚也很诧异，当场拨童谣的手机号，果然关机。她最后一次和童谣联系，大约是春节前两周，当时她问童谣春节是否回兰州，可以搭伴同行。童谣说还是回杭州陪父母。当时听她讲话的状态，除了疲惫低落，也并无不妥。邱媚也没敢多说，自从说过项北辰的事，童谣就一直这样的声音。程蔚问邱媚，她杭州家里的电话你可知道？邱媚摇头。程蔚叹口气：她留在公司的紧急联络方式，是一个兰州的号码，打过去都销号了。兰州的号码？邱媚眼前浮现起那个曾令她羡慕的温馨的家，有着栗色光辉的木地板，餐桌上永远绽放的太阳菊……两小时的午餐很快结束，邱媚对程蔚复杂紧张的各种情绪也回归原点。席间，程蔚隐晦地为自己上一次莽撞的行为道了歉，从西服衬里口袋掏出个信封，邱媚的心立刻揪起来，生怕他又要给钱。定睛看看，他掏出的是张演出票，黑白相间的底色上，用彩虹般的转色写着《最好的时光》。

"今天晚上张信哲的演唱会，银行送的，位置还不错。我年轻的朋友不多，送给你吧，过去的事就让它过去，希望你别介意。"程蔚修长的手指拿着票，精心修剪过的指甲清洁整齐。

邱媚明白，到底，他们是不同世界的人，他称自己为朋友，是一种姿态，一种情怀，邱媚心底涌上一阵难过："你自己怎么不去看？"

程蔚挥着手中的票笑笑，"我最好的时光，都留在办公室了，我还是该回到那儿。"

最好的时光。晚上，邱媚在体育馆坐席第一排的最中间，张信哲每个眼神都看得清楚。邱媚从没坐在过这样的位置上，从没被这样对待过，尊重过，宠爱过。她一直站着，热泪盈眶地跟着唱完所有的歌，穿着廉价的工作套装，背着一百五十块钱的仿名牌包，从《别怕我伤心》到《过火》，从《爱如潮水》到《信仰》。邱媚唱歌跑调，所以她几乎不在KTV开口，这一晚，她大声唱了十年的歌。那些年少单纯的校园岁月，那些为爱心疼流泪的漫长午夜，全都涌上心头。谁不是这样舔舐着伤口长大，谁不曾咬碎了梦想在现实里挣扎。80后，就这么长大了，长到了最好的年华，最好的时光。唱到《且行且珍惜》时，邱媚已经泪流满面，旁边的男生一直拿着手机冲着舞台，胳膊酸得不停更换，依然不肯挂机。电话那头是他的青春记忆，还是他的至爱亲朋，邱媚不知道。她也想找人分享这一刻，却不知该打给谁。三个小时的演唱会进入尾声，张信哲在观众一遍遍的呼喊中返场，此时的节奏轻柔安静，是首邱媚不熟悉的歌，后边粉丝团一齐大声喊：最好的时光！仿佛所有的人，都在声嘶力竭问未来要一段最好的时光。邱媚掏出手机想拍张照片，屏幕上显示一条未读短信，点开：在干嘛呢？发件人：陈子城。

邱媚笑了，笑出了眼泪，在消失了半个月后，在这个被音乐和泪水洗礼的早春之夜，陈子城终于又主动联系了自己。张信哲的声音正回响在体育馆上空：因为你，我拥有最好的时光，我感谢，你给我最好的时光。

2009年的春天，来了。

除了程蔚，还有一个人也在想尽办法寻找童谣，就是许家祺。童谣离开重庆没几天，许家祺就收到了新日盛基金发来的MOU（意向书），条件不错，连本带利置换出原有出资人海石基金，按12%溢价收购许家祺与陈子城持有的各5%股权。3年后，基金50%的投资按照固定收益12%退出，其余50%的投资按销售收入清算退出。许家祺松了口气，卿城有救了！他激动地给童谣打电话。童谣笑着说，卿城本来就是个好项目，不论股东层面发生什么，这样的地理位置、环境，注定她早晚会像钻石一样发光。许家祺无比欣慰：你说得对，经历的挫折越多，未来的光芒就会越夺目！这是我们的第一个项目，却不会是最后一个，我越来越能体会，你对城市的情感，卿城，爱这城，爱这城里每一寸光阴擦过的角落，爱钢筋水泥里每一份汲汲营营的情意。

与新日盛的谈判很顺利，进入交易文件的实质讨论阶段，许家祺和陈子城突然发现新日盛GP公司的两大自然人股东，竟然是陈大成的妹妹和程蔚的父亲。原来这就是他们的那个基金！许家祺感慨万千，陈大成断了他在BGC的前途，却给了他另一条生路。可见世间万物，爱恨交织，百转千回，根本没有谁毁灭了谁，谁成就了谁。不如看做是时代的更替与交接，打压着我们，又激励着我们。许家祺的自信和斗志逐渐回来了。春节大假前的最后一个工作日，双方签约。不再有虚荣炫目的签约仪式，办公室朴素的会议室里，许家祺代表卿城项目公司与新日盛执行总裁握手时，感到了力量和希望。

会后，许家祺给童谣打电话，对方却关机。接下来的日子，童谣的电话始终不通，许家祺坐立不安，他通过BGC通讯录联系到Vivian，才知道童谣已经辞职。她去哪里了呢？为什么一点消息都没有！家祺找遍了能想到的地方：童谣在北京的家，国贸1座，中国大饭店的健身房，思妍丽……到处都没有她的踪影，直到大年三十，准备回香港过年的家祺，绕道东莞，希望能从李艾那得到些信息。遗憾的是，李艾也一无所知，她独自请许家祺吃饭，赶上春运，伍迪又在备勤。

"你还要继续找下去吗？"李艾问。

"不知道，能想到的地方都去过了。"家祺深深叹气。

"其实，有时候，也许不需要不停寻找，等在原地，她会回来的。"李艾想起她和李君凡在巴黎街头的经历。

"嗯，也许你说得对。"家祺抬头看窗外，一对学生模样的情侣撑着同一把伞，正拿着手机自拍，夕阳余晖穿过雨珠，映照着他们年轻单纯的笑脸。"我会在香港住段时间，陪陪爸妈，也调整一下。春节你和伍迪过来玩吧，这么近，我陪你们到处走走。"

"呵呵，去不了咯，他是警察，不能随便出去。我会转达你的邀请，谢谢！"李艾笑着答。

"……李艾，说实话，现在的生活，你适应吗？"犹豫很久，家祺还是抛出了藏在心里很久的问题。

"你是说，不能和爱人周游世界？"

"不止这些。宝马没了，香奈儿没了，也没有几个亿的项目等着你，亲朋好友都那么远。你在CBD的梦想和光荣，只能是回忆了。"

"嗯，这些是没有了……但现在，我有自己的家，有一起打拼的生活，一起奋斗的目标，有爱的信念。"说着，李艾笑起来，透着恬静美好，"你刚才不是问我为什么戒烟吗？呵呵，因为我要当妈妈了！四个多月了，昨天晚上，他第一次动了！你知道那种感觉吗！他在踢我，想要跟我说话！有了孩子你就会明白，这世上没什么比他的心跳更珍贵！"李艾的左手轻轻放在小腹上，无名指上的素戒在夕阳里泛着温暖的光，"我是去不了全世界了，但是现在，我拥有全世界，在这儿。"她右手轻轻抚在自己的胸口。

许家祺被深深感动，面前这个女孩，不，应该说女人，她素面朝天，衣着朴素，却拥有全世界最平静、最美丽、最有力量的笑容，"李艾，你真的长大了！和两年前我第一次在国贸看到你完全不同。那时候我觉得你是……"

"80后不靠谱女青年？哈哈……家祺，有一种爱可以呵护你永远长不大，永远像孩子一样，那是幸运，像过去的我；有一种爱能让你成长，让你疼，然后学会勇敢，学会担当，变得成熟，更有智慧，那是幸福，像现在的我。人不能祈求永远会被幸运垂青，但可以汲取寻找幸福的力量。"

　　许家祺陷入了沉思，他想到自己，想到不知身在何处的童谣，想到他们之间，坎坷、忐忑、疼痛，却依然无解的爱情。这一年，我们每个人都经历了太多：繁华、衰败、眼泪、光荣、坚持、放弃、拼搏，还有成长。然而梦想还在，希望还在，于是就有理由相信，幸福也不会遥远。

　　就如同，我们正在走过的美好时代。

　　李艾送许家祺到东莞候机楼时，下了一天的雨终于停了。空气饱满湿润，地上的积水倒映着碧日蓝天。送别的人们在这里止步：握手，拥抱，祝福，留恋。李艾看得出，许家祺强打着精神想掩饰内心的失落和无助。

　　"知道吗，家祺，东莞我最不愿意来的地方，就是这儿。"

　　"为什么?"

　　"这是我的伤心地啊，多少次流着眼泪从这儿离开，头都不敢回，怕他在身后，更怕他不在身后。可转念想想，也正是在这儿，我找到了通往幸福的门。痛苦不可怕，因为它能指引你找到幸福。我知道你现在的感受，相信我，幸福不远了。你看，一整天都在下雨，但到底还是会放晴。"

　　家祺用力拥抱李艾，错过脸把心酸咽了回去。李艾始终微笑着，那笑容美好沉静，充满力量。一个时代结束了，却不会落幕，新的时代马上就来，幸福和未来就在前方。有一天，我们的孩子会长大，会像今天的我们一样充满梦想，努力奋斗，会比我们更加勇敢地去爱，更懂得珍惜。

　　时间不会为谁驻足，我却可以，在属于自己的那一瞬，让生命怒放。

　　春节结束后，许家祺回北京找邱媚打听，邱媚只好把元旦发生的一切，以及童谣从未提及的过去都一一说给家祺听。讲到童谣一路从伦敦不吃不喝哭回兰州，只为了当面听项北辰说一句分手时，家祺流泪了。邱媚小心翼翼地问他，我告诉你这些，你不会介意吧? 家祺摇头，真正爱你的人，不会在乎过去，只会心疼你受过的伤，她应该早点告诉我这些，我怎么还能让她难过。邱媚感慨地点头，她希望子城对她的爱，也一样禁得起考验。送走家祺时，邱媚犹豫再三告诉他：除了你，还有个人找过我，是程蔚。许家祺并不诧异，笑容里有些无奈：我跟他现在是一样的，是我把自己的位置丢了，只能期待，有一天能重新赢回她的爱；至少，我们之间，还有一个关于春天的约定。

　　许家祺说这话的时候，正是那年元宵节。黄昏时分，北京城飘了场小雪，朝阳公园的灯会熙熙攘攘，热闹纷繁。双龙戏珠灯，荷花采风灯……最美的，却是路两旁枯枝上挂着的红绸灯笼，顶着层薄雪，透出暖暖光晕，映出条悠长寂静的小路，通向远方。元宵一过，春天就真的来了，夜晚的风虽然依旧冰凉，却透着丝丝温柔。欢喜的人潮中，那么多年轻美丽的生命，那么多童谣、李艾、邱媚一样的笑脸，都锦衣素颜，等待春天。

成长，虽再难有纯粹的快乐，也愿此去经年，我们都能平静安然，铅华洗尽，微笑相顾。

这座城里，从来都不缺故事，从来都不缺写故事的人。

尾 声

项北辰：

今天是2009年5月12日，汶川大地震一周年。我是真不想去做什么报告演讲，但是军人的天职是服从，也无可奈何。战士小张推我上讲台，调整话筒高度时，台下唏嘘一片：轮椅上的英雄，也许，这就是我后半生的定位了。五年前，我无论如何想不到自己的人生会呈现这样的状态，就像那时的我想不到有什么力量，可以把我们分开……

小张在医院陪护期间，总跟我讲他湖南老家读师范的初恋女友，他说："我们说好了，等我复员回家，她也毕业了，到时候就结婚。我们说好了……"这句话听着真耳熟。所有的少年都以为，幸福只要两个人说好了，就是真的，岂不知，这世上还有一种力量，叫做命运。瘫痪后，刘丹丹反倒不嫌我没出息，不跟我闹离婚了。婚姻大概就是这样，需要有点事儿来折腾，但她早晚会厌倦的。就像之前她意识到我真的就只是个前少将的儿子，一个平凡的中尉，不是被巫婆变成青蛙的王子，还能够变回去。现在，要留住一个曾经我不在意的女人在身边，也不是件容易的事。

一月底的时候，我还在住院，刚做完第四次手术，身上包裹得像木乃伊。有次刘丹丹说在走廊遇到个戴墨镜的女人，像你。我很清楚那就是你，从你经过病房门口时，我就知道，我只是没法唤住你，我们，已经隔了千山万水，回不去了。去年5·12之前，我去北京开会，给一个老领导在国贸工作的孩子捎东西。我在楼下星巴克买了杯咖啡，想体会你的生活环境。看着来往的年轻人穿着帅气笔挺的西装，意气风发，我突然意识到，我与他们曾经没有差别，我的生活本来可以是这样，如果当初没选择军校。那一瞬间，这种想法击中了我，让我本来已经麻木的心脏一阵痉挛，于是，我仓皇逃走了。没想到，回来之后，有一场更大的灾难等着我。

不过我不后悔，不后悔在余震中去救那对母子。能从死神手里抢回来点东西，让我觉得舒服，既然无力改变自己的命运，就做点让别人好过的事吧。人生总算在救赎中辉煌过一次，这样，你想起那个曾让你陌生的前男友，也能欣慰一些：他好歹没有在逆境中放弃自己，没有变得猥琐懦弱自私冷漠，变成我们都最痛恨的那种人。

你为什么会回来呢？听说了我的情况，还是现在的生活让你难过？我知道，我欠你一个承诺的幸福，所以无论何时，你流泪的时候，我都会自责，如果可以，我愿意用剩下的半条命去换你的幸福。这辈子，最骄傲的事就是爱过你；最后悔的事，就是伤过你。过了这么久，岁月可能改变了我们的情感，却不会改变记忆。

如果今生还能相见，我想认真地跟你说一声：对不起，多保重。

程蔚：

今天是2009年8月8日，北京奥运会开幕一周年。一年前的这一天，我做了件让自己后悔的事，当这一切都过去之后，我意识到，比那件事更令我后悔的是，错过你。

楼市回暖，大成集团卷土重来，昨天在香港敲锣上市了，陈大成真成了中国新首富，新闻报道铺天盖地，想必你也看到了。还记得咱俩的那个赌注吗？记者招待会上，我总感觉你还在身边，把我要引用的数据都写在小纸条上递过来……然而，我在一片闪光灯中回头寻找你温暖的笑容，想同你分享此刻的成就感，却再一次失望了。Vivian站在那儿，看起来比你更加professional（专业），可是，我总觉得她少点什么，是那种温柔又坚定的力量吗？

过去几年，我总是试图影响你：工作方式、思维习惯甚至是为人处世之道。表面上，你总是善解人意地接受建议，其实，我知道你在坚持着自己，从来也没有被提职加薪绑架，从来不向这个时代里，某些你不以为然的价值观妥协。

打算什么时候回来呢？我知道你还有很多梦想，还有用所学所知改变世界的大志向。我对你的了解，其实胜过你曾经尽量保护过的他，对吗？他只看到了你温柔智慧的一面，不了解那个勇敢磅礴的你。

回来的那一天，记得找我，我们可以一起做很多事。这一次，我不会再试图改变你，我想看看，你会怎么想，怎么做。

无论如何，照顾好自己，我还在这里，等着你回来，回到这个行业，回到CBD。

许家祺：

今天是2009年10月1日，是中国六十年大庆的日子。这个共和国正以前所未有的速度蓬勃生长，我和几个新同事在温哥华的酒吧守了一整夜，收看国庆庆典现场直播。拉着五彩烟雾的空军战机飞过东三环，飞跃国贸，我的眼睛竟然湿润了。那是北京啊，是大洋彼岸的北京，是我生活的CBD。国歌响起的时候，酒吧里所有的中国人都起立行礼，我的右手抚在胸口，我终于能还算完整地哼唱这首歌，用还算标准的普通话。

我又有了新工作，没有回香港，没有去纽约或者伦敦，而是选择留在北京。我加入了一家"中"字头的投行，他们很热情地邀请我，说非常欢迎我这样的人才。我不知道自己是不是人才，但我的确有很多经验跟教训想和同胞们分享。在国外出差的时候，我会说我是中国人，来自北京；在国内的时候，我开始更多的关注身外的世界，比如NGO的援助项目、大西北的农村。我经常想起你说的话：这个世界，还有很多不幸的人，我们的微笑和帮助也许会减轻他们的痛苦；中国，还没有真正强大，还需要更多持续的热情和脚踏实地的付出。

是的，我还是会经常想起你。我已经停止了寻找，但没有放弃等待。我总感觉你会回到这座城市，这座记录了拼搏奋斗的城市；我坚信你会积极地生活在世界的某个地方，或许在汶川做重建志愿者，或许在高原上的乡村小学里为孩子们描述世界的模样。我知道，你是快乐的。因为付出，本身就是种快乐。我没有丢掉自己的爱，这种爱更大更淳厚了，有一天，你一定可以感知。

我等着你回来，无论是童谣还是童依兰。我的愿望写在2007年平安夜挂上国贸圣诞树的卡片里："To be with you"（和你在一起）。它从未改变。今年中秋夜，对着温哥华的月亮，我还是同样的愿望。看到月亮，我又想你了，因为我知道，此刻，你也在凝望着它……

当年龄痴长，便总能从别人的故事里看到自己。初出校园时，自诩"有笔头千字，胸中万卷"，当有幸偶然选择了投行，便以为世界从此流光萦绕，星辉凝彩。此后的生活（若还有生活的话），被各种安排压榨得密不透风，曾凤夜加班后猛然看到远处天边的微明晨光而怅然伫立，曾在航班上看到窗外皓月当空而生"此生长接淅"之慨叹。洗尽铅华，午夜泡一壶茶独茗，如鱼饮水，冷暖自知。入行十余载，也常憧憬那条未走路上的风景，但无论如何，作为一个banker，我很开心在还来得及努力的时候学会了勤学不辍、锐意进取和追求极致。目前，在我还可以和愿意继续努力的情况下，我的投行生涯也还会继续。

　　　　　　　　——第一创业摩根大通证券董事总经理　陈兴珠

跋·恰同学少年

拖欠数月，加班间隙，终于下笔。

好久不见，你在你北二环的办公室，我在我国贸的格子间。我们电话说，见见吧，然后你奔你的机场，我去我的法庭。我们微信说，该见见了，然后你搭你的模型，我整我的证据。我们微博艾特来艾特去，却继续各自早出晚归，行色匆匆，擦肩而过。书里的我们都相见了，我们自己却老是见不着。

滚滚烫的青春，地图上叫做重庆。出一身汗褪一层皮，唤作山城——我们的卿城。毕业近十年，几番奔忙，周游世界，没有约定，也没有期许，命运却安排我们重逢在经济危机风雨飘摇的北京，霓虹闪亮却夜凉如水的大北窑北。二十五六岁的年纪，手头攥着一沓镶金边的证书，就以为一整个世界都在前方等着你。一腔热血满腹豪情，纵身一跃，义无反顾地投身大时代的滚滚潮流。有过追问苍茫大地谁主沉浮的豪情，也有过中流击水浪遏飞舟的气盛——而这种初入职场的新鲜感很快就消弭于日复一日的加班和零碎的timesheet。外人看你光鲜亮丽，大牌傍身，头等舱飞来飞去，五星级酒店进进出出，我只见你常年蹲守午夜的办公室，顶着硕大的黑眼圈和粉饼遮不住的痘痘，坚信熬得出个明天。周遭牛人一片，高山仰止，做的与学的大不同，时常惶恐，惴惴不安，生怕一个不发奋就朽木一截，被斩掉止损。你常说，天资不足勤来补，对自己恨，更对自己狠，逼着学，逼着懂。遇见过贵人，舍得骂，也舍得教。一路走来，小小运气，更是步步扎实。

动笔至今，整三年，恋了失了，爱了结了，你却还没忘了山城和北京的种种。心头那个目的地，有人说麦加，有人说巴黎，过去十年，我们一直漂泊，一直寻找，居无定所，身畔喧嚣，却无可依靠。借你的笔，我们，你们，他们和她们，在这迟来的春日的北京，跃然纸上，粉墨登场。看了多少遍的稿，热乎乎地捧在手上，见人就说，嘿，这是我朋友写的。然后就此打住——多么难为情啊，荒诞的无知的莽撞的青春，年少的轻狂的不知事的我们。不知幸或不幸，生活最终没有沿着我们最初设想的方向行进。磕磕碰碰一路走来，虽谈不上圆满，却也不留遗憾。只是还是会去想如果。不能选择爱或不爱，只能假设有或没有。每一个选择到现在看来还是那么似是而非，每一个岔路走下去都显得那么顺理成章，只是碰了壁的生生疼，却不能原路返回。如今天各一方的好友，各有各的如意和不易，熟悉的场景变了陌生，游荡的身影变了路人。然后，又不期然地，从陌生中看到过往，在别人处映出我们。即便终究扯不断的心思终会虚化，也还是真心地谢谢你，帮我们记得，也帮我们过去。

下笔之时，恰逢5·12五周年，故乡雅安又逢大震。翻看你小说里有关地震章节，昨日亲历之情景，历历在目，这一回，换成我在北京，日夜担心震中的家人和朋友。悲痛暂且按下不表，直感叹，竟又已过五年。如果说我们一起经历的大事件，这两次地震，必定是其中之一。从五年前的惶惶无助，到现在少许淡定。泪水流过几万公里，不再问何处是个头，如你所说，生命根本就是个圈，哪里会有头。学会接受生命的无常，正如学会接受不完美的自己。

在你笔下，我们从未孤单，这个烽烟滚滚的大时代，仿佛谁也不懂谁，又仿佛谁都识得谁。你笔下的柔情百转，快意恩仇，是我们，也不仅仅是我们。生于大时代，我幸亦我命。享这乐，亦享这寂寞。只是，那北方的春风一缕，桃花艳红，远远映着毓秀湖边的郁郁翠柳和盈盈浅笑，这多年后依旧是，风华正茂，恰同学少年。

我不是李艾
2013年5月12日
于北京大北窑北

图书在版编目（ＣＩＰ）数据

CBD风流志 / 姜立涵　著. -- 北京：作家出版社，2013.6

ISBN 978-7-5063-6885-8

Ⅰ．①C… Ⅱ．①姜… Ⅲ．①长篇小说 – 中国 – 当代 Ⅳ．① I247.5

中国版本图书馆CIP数据核字（2013）第067950号

CBD风流志

作　　者：姜立涵
责任编辑：袁艺方
装帧设计：回归线视觉传达
出版发行：作家出版社
社　　址：北京农展馆南里10号　　邮　　编：100125
电话传真：86-10-65930756（出版发行部）
　　　　　86-10-65004079（总编室）
　　　　　86-10-65015116（邮购部）
E-mail:zuojia@zuojia.net.cn
http://www.haozuojia.com（作家在线）
印　刷：三河市紫恒印装有限公司
成品尺寸：170×240
字数：450千
印张：28
印数：01-20000
版次：2013年6月第1版
印次：2013年6月第1次印刷
ISBN 978-7-5063-6885-8
定价：39.00元